오늘은 판타지가 좋겠어요

오늘은 판타지가 좋겠어요

초판 1쇄 인쇄일	2022년 12월 16일
초판 1쇄 발행일	2022년 12월 22일

지은이	김정진 외
펴낸이	한선희
편집/디자인	우정민 김보선
마케팅	정찬용 정구형
영업관리	한선희
책임편집	김보선
인쇄처	으뜸사
펴낸곳	국학자료원 새미(주)
	등록일 2005 03 15 제251002005000008호
	경기도 고양시 일산동구 중앙로 1261번길 하이베라스 405호
	Tel 02-442-4623 Fax 02-6499-3082
	www.kookhak.co.kr
	kookhak2001@hanmail.net

ISBN	979-11-6797-096-1 *03810
가격	28,000원

오늘은 판타지가 좋겠어요

북치는마을

〈오늘은 판타지가 좋겠어요〉라는 중편 소설집은 8편의 중편을 모은 현대 판타지 작품들로 이루어져 있다. 원래 판타지 작품의 시초는 낭만주의에 기초한다. 이러한 문학작품들이 대두되던 유럽의 상황은 산업혁명과 시민혁명이 활발하던 때가 지나고 19세기가 도래했다. 프랑스에서는 나폴레옹이 등장해 전 유럽을 휩쓸고 시민들은 계몽되었다. 그리고 이로 인해 민족주의가 대두되었다.

민족주의의 성행은 그 이전까지 기독교에서는 부정적으로 바라보았고, 귀족계급의 측면에서 미신이라 폄하되던 유럽 전체 각 지방 전설들의 부활을 초래했다.

그리고 산업의 발전을 통한 새로운 기술들의 개발, 증기 기관차와 같은 새로운 운송 수단으로 세계가 일약 엄청난 발전을 하게 되었다. 하지만 너무나도 급작스러운 기술의 발전은 옛것들에 대한 향수를 불러오게 되었고, 고대 문화들의 재발견은 자유로운 사상 속에서 성장한 문인들에게 신선한 소재로 작용했다. 이에 따라 그들은 자신의 지방에서 유행하던 어릴 적의 민담이나 전설들을 가공해 새로운 글들을 쓰게 된다. 바야흐로 판타지 세계가 열린 것이다.

이번 소설집도 앞에서 말한 바와 같이 현대사회에서 일어나는 새로운 글들을 판타지라는 방식을 빌어 출간하게 되었고 판타지가 갖는 상징성에도 관심을 갖게 되었다. 인간세계가 기타 동물의 삶의 양식과 다른 것 중 두드러지는 것이 바로 언어 혹은 기호를 통한 상징계통이라 할 수 있다. 인간은 수용계통과 운동계통 이외에도 상징이라는 인간사회의 연결통로를 지니고 있다. 이 채널은 인간 생활 전체에 무르녹아 있다. 때문에 인간은 다른 동물에 비해 보다 넓고 고차원적인 현실 세계를 살고 있는 것이리라.

문학 텍스트를 창조하는 작가는 특히나 이 상징적 형상화에 능하고 아름답고도 효과적인 방법으로 자기 세계를 만든다. 작가는 세계 속에 살며 상징적인 세계를 맛보고 그걸 모방하는 사람이다. 사물을 직접 다루는 대신 언어적 형식과 예술적 이미지들을 결합시켜 텍스트를 완성시킨다.

〈오늘은 판타지가 좋겠어요〉의 필자들은 작품 속에서 제 기능을 발휘하는 소설 내부의 상징에 주목하여 새로운 소설의 분석과 이해에 접근했다. 그 내용은 상징의 기능과 구조와 상호적인 체계 등의 분석 방법으로 전개되는 것이다.

상징적인 체계가 경험이나 환경에 의한 하나의 획득물일 때 그것은 인간의 삶을 변형시킬 수 있다. 인간의 삶이란 그냥 살아지는 것이 아니고 인간은 현실에 있어 특정 범주에 속해 거기서 살고 있기 때문이다. 그러므로 인간은 동경하는 양질의 삶이 있으며 그쪽으로 지향하는 삶을 살게 된다. 그렇기 때문에 소설에서 인물이 꾸려가는 삶은 몇몇 담론의 상징성이나 그 에너지에 의해 좌우되는 것이다.

그 상징의 그물 같은 자료들은 인간의 경험 위에 복잡하게 짜여진 거미줄과도 같은 것이다. 그 상징 그물에서 인간이 선택하는 방향은 잘못된 전철을 피하고 양질의 가치를 추구하는 것이다. 그렇기 때문에 인간은 동경의 세계를 상상한다. 그리고 소설 세계에서 그 거미줄과 같은 심상들은 전체를 위한 일련의 구조를 취하는데 그것이 바로 상징체계인 것이다. 이러한 상징의 전반적인 이해를 통해 우리는 소설의 이해와 감상 그리고 평가의 차원에서 소설 세계의 또 다른 국면 경험할 수 있는 것이다.

〈오늘은 판타지가 좋겠어요〉의 필자들은 대화나 토론 그리고 가차없는 비판의 목소리를 기다린다. 작가는 독자 없이는 존재할 수 없기 때문에 독자들의 칭찬은 물론 질책도 소중하게 생각할 것이다.

2022. 11. 13.
제천 신월동에서 김정진 씀.

목차

결함의 눈물

오선아

〈현대 판타지〉라는 공통 주제를 갖고 작품을 구상하기 시작했을 때, 현대 사회에서 '판타지'란 무엇인지를 고민하다 아무 결점 없이 완벽한 사람의 존재야말로 판타지가 아닐까 하는 생각이 들었다. 거기에 발상을 비틀어 만약 완전무결한 사람만이 존재하는 세상이 있다면 오히려 지금의 평범한 사람들이 일종의 '판타지'가 될 것 같다는 상상을 하게 되었고, 이야기에 살을 붙이며 구체화하는 과정에서 〈화와 슬픔 같은 부정적인 감정이 존재하지 않는 곳에서 이를 느끼는 사람이 등장한다면〉이라는 소재를 다루는 지금의 작품이 만들어졌다.

　인간에게 있어 슬픔, 분노, 외로움 등의 감정은 살면서 한 번씩 느낄 수밖에 없는 자연스러운 감정이다. 하지만 본인의 부정적인 감정을 회피하는 사람들은 심리적으로 건강하지 않은 상태일 확률이 높은데, 여기서 사람을 괴롭게 만드는 건 안 좋은 기분을 들게 하는 감정 자체가 아니라 해당 감정을 대처하는 태도라고 생각한다. 사람들이 본인의 감정 상태를 제대로 마주하고 인정하는 과정의 중요성을 알았으면 하는 바이다.

새벽이 되면 부산에 놓인 수많은 아파트의 불빛들이 하나둘씩 꺼져 더 이상 동네가 빛을 발하지 않는 때가 온다. 그럴 때는 아직 불이 꺼지지 않은 곳들이 더 환하게 보이는 효과가 있는데, 나 곽학견도 그런 소수 세대 중 하나로 당당히 입지를 차지하고 있다.

'왜 22세기의 인간들은 억울함을 참지 못하는가.'
'21~22세기의 영화에서 보이는 배우들의 눈물'

　다음 주와 다다음 주에 게시할 칼럼의 소재와 정보들을 하나씩 정리하다 보니 벌써 새벽 3시가 다 되어갔다. 평소 작업을 하다 보면 오후 11시까지는 시간이 느리게 가는 것처럼 느껴지지만 딱 자정만 지나면 시간이 제트기처럼 훅훅 지나가 금세 밤을 새워 버리곤 한다. 이것이 내 안 좋은 습관 중 하나라는 걸 잘 알고 있지만…. 바로 그만두기가 쉬운가? 새벽 작업의 효율이 제일 높은데.

　인류학을 전공하고 이와 관련된 소재를 다루는 기자가 된 지 어느새 2년 반이 지났지만, 그런데도 적응되지 않는 것이 하나 있다. 바로 내가 늘 들여다보는 '22세기 인간들'의 감정 상태다. 뭐, 좋게 말하자면 새롭다는 뜻이다. 언제나 본업을 새로운 기분으로 임할 수 있다는 건 좋은 현상이니 감사하며 일하고 있지만, 오랜 시간 키보드를 두들기다가도 이쯤만 되면 어김없이 그들이 떠올라 생각에 잠기곤 한다. 노트북 화면에 원통함을 못 이겨 가슴을 두들기고 있는 사람들의 사진 따위를 꼭 띄워 놓은 채로.

*

"여러분, 이렇게 가슴을 두들기고 있는 사람들이 지금 어떤 상태인지 아시겠나요, 맞춰 볼 사람?"

"어…, 화가 나 있거나 슬픈 상태 같아요."
"속이 안 좋은 거 아니에요?"
"답답해 보이는데…."

27살의 나를 생각에 잠기게 한 이 사진은 11살 때 처음 봤던 것으로, 정규 수업이 끝난 이후에 실시되는 방과 후 수업 때였다. 코딩이나 영어 회화 같은 인기 과목이 아니어서 그런지 정말 적은 수의 애들과 함께 수업을 들었던 기억이 난다. 아무튼, 그나마 있던 아이들조차 사진 속 사람들의 감정 상태를 잘 맞추지 못했고 그건 나도 마찬가지였다.

"이 사람들은 지금 여러 감정이 섞여 있는 상태예요. 여러분들이 말한 감정들이 전부 합쳐진 복합적인 모습이죠."

선생님은 스크린에 비친 사진 속 인물들을 가리키며 말씀하셨다. 그러곤 우리가 내놓은 답들도 정답이긴 하지만 동시에 엄연히 오답이라는 것을 알려주셨다. 사진 속 사람들의 감정은 하나가 아니었기 때문이다. 그때 처음 부정적인 감정이 중첩될 수 있다는 사실을 알았다.

"22세기까지만 해도 사람들은 슬픔, 답답함, 화남이란 감정들을 느꼈어요. 그리고 그것들이 개별적으로만 존재하는 게 아니라 상황에 따라 겹쳐 나타나기도 했죠."

어렵고 복잡하다. 선생님의 설명을 들은 11살의 나는 그런 생각을 했다. 몇 세기 전의 사람들은 도대체 왜 이렇게 피곤한 감정들을 달고 살았던 건지 하나도 이해가 되지 않았다. 그렇게 난 그들에 대해 무엇 하나 이해하지도 못하는 주제에 인류학을 전공했고 지금 그들을 이용해 밥벌이를 하는, 아이러니한 삶을 살게 되었다.

나는 어릴 때 추억은 이제 그만 곱씹자고 작게 다짐하며 보고 있던 사진을 화면에서 지워버렸다. 그리고 그 자리는 마우스 클릭 몇 번으로 '21~22세기의 영화에서 보이는 배우들의 눈물' 칼럼에 사용할 자료 사진이 꿰차게 되었다. 사진 속에는 어딘가를 바라보는 듯한 배우가 코와 귀를 빨갛게 물들인 채 눈물을 머금고 있었다. 배경에는 눈이 오고 있었고 배우는 목도리를 착용한 상태였다. 이 배우의 상기된 얼굴은 겨울의 추위 때문인지, 아니면 본인의 감정 때문인지, 이 두 가지 중 어느 쪽이 맞는지를 주제로 한때 인터넷에서 열띤 토론이 일어났었다. 정답은 후자였지만 말이다. 저것은 가족들의 무덤을 바라보는 주인공이 그들을 그리워하며 슬퍼하는 장면이었다.

주인공의 심정을 공감할 수 없는 것과 별개로, 나는 기자 생활을 지속하며 여러 자료를 보다 보니 '결함이 담긴 눈물'의 종류를 어느 정도 읽기 시작했다. 여기서 결함이 담긴 눈물이란 부정적인 감정에 의하여 흘리는 눈물을 의미한다. 지금은 아무도 흘리지 않는 눈물. 누구도 모욕감을 느끼지 않으니 어떤 말이 모욕인지도 모르고, 슬픔이 없으니 가족이나 친구가 삶을 마감해도 별 감정의 동요 없이 그들의 가는 길이 무탈하기만을 빌어줄 뿐이다. 저번 연도 수능 시험이 끝난 뒤엔 인기 검색어로 '갈등 뜻', '싸움의 정의', '국어 27번'과 같은 키워드가 오를 정도였으니, 부정적인 감정은 이젠 정말로 인류에게 잊힐지도 모른다는 생각이 들었다. 참고로 국어 27번은 어느 이름 모를 작가가 인간관계 속에서 갈등을 겪으며 쓴 수기가 사료로 등장한 문젠데 오답률이 굉장히 높았던지라 아직도 기억에 남는다.

내가 문제를 푸는 당사자였어도 아마 정답을 맞히지 못했을 것이다. 이제야 사진을 보고 얼추 구분할 수 있게 된 정도니까…. 하품이나 재채기 같은 생리적인 현상이 아니라, 부정적인 감정에서 나오는 눈물은 무엇일까. 슬픔은 뭐고 분노는 대체 뭘까. 먹고살기 바쁜 지금의 현대 사회를 살아가는 사람들에겐 쓸모없을 법한 생각 따위를 하며 나는 천천히 얕은 잠에 빠졌다.

22세기까지만 해도 외로움이나 슬픔 등 부정적인 감정이 신체에 악영향을 끼친다는 것은 누구나 알고 있는 사실이지만, 그에 비해 이를 특별히 신경 쓰는 사람은 그다지 많지 않았다. 그러나 얼마 지나지 않아 국적을 불문하고 수많은 사람이 원인을 알 수 없는 질병을 얻거나 건강했던 사람이 의문사하는 등 기이한 일이 벌어졌는데…. 그 원인으로 부정적인 감정이 떠올랐고, 생각보다 마음과 몸이 긴밀하게 연결되어 있다는 사실을 심각하게 인지하게 되었다. 이는 유명인들의 잦은 언급 및 방송 프로그램의 주제로 다뤄질 정도로 모두가 집중하고 있는 화젯거리였고 결국 22세기의 반이 지나가던 시기에 '지금부터 통제 훈련 및 학습을 시작하면 미래의 인류는 부정적인 감정을 느끼지 않게 된다'는 연구 결과를 토대로 무수히 많은 사람이 의무적으로 관련 교육을 받기 시작했다. 그리고 인류는 진화에 성공하여 부정적인 감정은 모두가 느끼지 않는 '없어진 감정'이 되었다. 이것이 우리가 화를 내지 않고 슬퍼하지 않으며 결함의 눈물을 흘리지 않는 이유이다.

기자가 되기 전, 인류학을 전공과목으로 삼아 공부하기 시작한 대학생 시절부터 조금이라도 얕은 잠에 빠지면 곧잘 꿈을 꾸곤 했다. 그리고 학교에서 여러 강의를 듣다 보니, 강의실의 앞쪽에 앉아 어느 인류학자의 논문을 바탕으로 열띤 강의를 하는 교수님을 바라보는 기이한 내용의 꿈이 일주일에 한 번씩 펼쳐졌다. 새내기 때만 해도 별생각 없이 흘려들었던 강의였는데. 그래서일까, 나는 가끔 꿈에서 해당 강의를 재수강하는 꼴이 되어버렸다. 꿈속의 나는 몇 번이고 마중 와주는 교수님을 알아

보지도 못하고 태연히 강의를 들을 뿐이지만 말이다. 둔해 빠진 꿈속의 나는 늘 다음과 같은 문장을 노트에 끄적이고 있었다.

"부정적인 감정은 인간의 결함….."

나는 어느샌가 노트에 적고 있던 것을 입 밖으로 내뱉고 있었다. 물론 현실에서. 까맣게 변한 노트북 화면을 통해 잠이 덜 깬 채 무언가 중얼거리고 있는 자신의 모습을 발견하자마자 잠이 순식간에 달아났다. 이어서 시계를 확인해 보니 검은색의 시침과 분침은 오전 7시 45분이 살짝 넘은 시간을 가리키고 있었다.

이어서 자도 상관없지만, 어차피 잠도 다 깼겠다 그전에 붙잡고 있던 자료 정리부터 다 끝내자는 생각으로 절전 모드가 된 노트북을 켜기 위해 마우스를 잡아 이리저리 흔들었다. 보통 1초 정도 파바박, 하고 흔들면 켜지는 내 노트북이 왜 3초를 넘게 흔들어도 반응이 없는 것일까?

이상하단 생각에 노트북 주변을 살펴보는 중, 그만 발견하고 말았다. 내 노트북 충전기가 연결된 문어발 콘센트의 전원이 켜지지 않은 모습을. 순간 당황했지만 곧 정신을 차렸다. 늘 저장은 필수로 해왔기 때문에 잠들기 전까지 한 작업은 남아 있을 것이다. 아마도. 물론 데이터가 다 날아갔어도 다시 쓰면 그만이다. 시간이 걸리는 게 좀 아깝긴 하지만 뭐 어떤가. 애초에 내가 부주의했던 탓이고.

문어발의 'ON' 버튼을 누르고 노트북의 전원이 들어올 정도로 충전되기까지 기다리기로 했다. 짧지만 긴 이 시간 동안 뭘 하며 기다리면 좋을까 하고 고민하던 도중 오랫동안 방치된 TV가 눈에 들어왔다. 요새 TV 안 본 지 꽤 됐는데…, 오랜만에 지상파 방송이나 봐야겠다.

TV를 보기 위해 4분 정도 리모컨을 찾다 간신히 이불 안에 파묻혀 있는 놈을 발견했다. 지금까지 리모컨과 동침을 한 건가? 어떻게 이런 딱딱한 게 몸에 배기는 줄도 모르고 있었지, 나도 참 감각이 많이 무뎌졌나 보다. 나는 이불을 대충 침대의 구석 부분에 밀어두고 그 옆에 걸터앉아 TV의 전원을 켰다. 내가 사용하는 스마트 TV는 뉴스가 나오는 3번 채널이 기본으로 설정되어 있어, 보기 싫어도 짧게나마 뉴스를 볼 수밖에 없었다. 그래서 모뎀 쪽으로 팔을 뻗은 채 리모컨을 들고 있는 특유의 자세를 절대 풀지 않는다. 바로 채널을 바꿔야 하니까. 리모컨을 가만히 내버려 두는 법도 없다. 계속 다음 채널 버튼을 눌러야 한다. 삐비빅 하고.

삐빅!
TV에 빛이 들어오는 것을 느낀 나는 빠르게 버튼을 연타했다.

"어김없이 찾아온 8시 뉴스입니다. 채널 고정. 아, 이건 옛날에 사용하던 구식 멘트라는데 아시는지요? 자중하겠습니다. 허허허."

뭐지, 가끔 이렇게 리모컨 버튼이 몇 초 안 먹힐 때가 있는데 오늘이 그날인가 보다. 게다가 요즘엔 저녁 뉴스뿐만이 아니라 아침 뉴스에도 약간의 개그를 섞어 넣는 것이 인기인 모양인지 이상한 멘트까지 들어야 했다. 그런 건 됐고 채널 고정? 안 할 것이다.

삐빅. 삑. 삐삑. 삑. 삑.

"뭐야?"

노트북에 이어 리모컨 배터리까지 관리를 안 해둔 것인지 다음 채널 버튼을 계속해서 눌러도 TV 화면은 미동도 하지 않았다. 이건 잠시 안 먹히는 수준이 아니었다. 어쩌면 평소 버튼을 막 누르는 습관 때문에 고장 난 걸지도 모른다. 이런 적은 한 번도 없었는데, 에라 모르겠다 싶어 그저 손으로 머리를 벅벅 긁으며 뉴스로 시선을 돌렸다.

"여러분, 22세기까지 존재했던 부정적인 감정이 현대 사회에 재등장했다면 믿으실 수 있겠습니까?"

오호라, 지금 부분은 내 칼럼을 쓸 때 참고해도 괜찮겠는걸. …근데 재등장이라고? 앞에서 나름의 개그를 섞던 모습은 온데간데없고 갑자기 묘하게 진지해진 분위기에 나는 고장 난 리모컨 따윈 금세 잊어버렸다.

앵커의 모습이 없어지고 이어서 나타난 영상엔 빨갛게 충혈된 눈으로 숨을 몰아쉬는 할머니가 눈물을 흘리고 있었다. 마치 내가 봤던 사진 속의 사람들과 같은 모습을 하고.

'그 인간이 제 사진을 흔적도 없이 태워버렸어요. 그걸 알고 나니 속이 뒤집어지는 것처럼 답답했고 눈물을 주체할 수 없었죠. …대체 왜 이러는 걸까요. 마치 내 몸이 아닌 것 같습니다.'

왼손으로 눈물을 닦으며 일본어로 얘기를 하는 할머니의 모습 아래에는 저런 내용의 자막이 쓰여있었다. 생각보다 꽤 침착하게 말씀하시네. 그나저나 사진 속에서만 볼 수 있었던 광경을 지금 이렇게 생생하게 볼 수 있다니. 나는 울고 있는 할머니를 보며 그저 신기함을 느끼는 게 전부였다.

오늘만큼은 뉴스 말고 적당히 쉬며 볼 만한 킬링 타임 프로그램을 보려 했지만 곧장 생각을 바꿨다. 물론 '오늘만큼은'이라는 말을 쓸 정도로 TV를 많이 시청하진 않았지만, 역시 TV보단 글이지. 뉴스에서 누군가가 설명해 주는 걸 듣고 있으면 마음이 급해진다. 앵커가 말하는 속도보다 당장이라도 다음 내용을 알고 싶은 내 마음의 속도가 더 빠르기 때문이다.

'지금에 이르러서야 다시 보게 되는 원통함의 눈물'
'결함이 담긴 눈물의 재등장'
'결함의 눈물을 흘리는 할머니의 사연'

당장 휴대폰으로 기사 사이트에 접속하니 역시 저 할머니와 관련된 키워드를 다룬 기사들이 보였다. 할머니의 이름은 타테야마 이루카. 일본 미야기현 센다이에 사는 평범한 60대 여성. 평생 간직했던 친구의 사진을 배우자인 할아버지가 태워버려서 이와 같은 사건이 발생. ⋯이 부분은 의외였다. 자막만 봤을 땐 본인의 사진이 태워진 줄 알았는데, 다른 사람이 찍힌 사진이었구나.

관련 기사를 4개 정도 읽다 보니 이젠 다 복사 붙여넣기 한 것처럼 보일 정도로 모든 기사가 같은 텍스트만을 반복하고 있었다. 그놈의 사진 태운 할아버지, 갑자기 부정적인 감정이 몰려오는 것을 느낀 할머니 등등. 풀린 정보가 저것밖에 없으니 그럴 만도 한가.

"지금에 이르러서야 다시 보게 되는 원통함의 눈물이다, 결함이 담긴 눈물의 재등장이다, 라는 제목의 기사들이⋯."

마침 앵커가 조금 전에 인터넷으로 찾아본 기사들의 제목을 읊어주기 시작했다. 역시 내가 직접 찾아보는 게 훨씬 빠르다니깐. 성격이 급해야 살아남는 법. 나는 늘 빠른 아이였다. 남들이 이틀 뒤에야 발견할 것을 몇 시간이면 발견하는, 그런 예리함과 급한 성격을 가졌다. 이러니 기자가 천직일 수밖에 없지. 평소 좋은 흐름을 한 번 타고나면 어떻게 일을 진행하면 좋을지 머릿속에 계획이 착착 그려지곤 했는데, 요새 들어 이와 같은 느낌을 한 번도 받지 못했다. 그러나.

"저 할머니, 실제로 뵈면 어떤 느낌일까?"

지금 저 할머니를 보고 있자니 내 천성을 발휘할 수 있는 계획이 그려지기 시작했다. 아무래도 내가 흐름에 다시 올라탄 모양이었다. 간만에 탄 좋은 흐름인데, 놓칠 순 없지. 바로 노트북의 전원 버튼을 눌렀다. 뉴스와 기사를 읽는 동안 충전이 어느 정도 된 모양인지 바로 화면에 불이 들어오기 시작했다. 이어서 아무 생각 없이 개인 메일함에 접속해 취재 요청 문의 글을 복사하는 중, 나는 마우스를 쥐고 있던 손의 활동을 멈출 수밖에 없었다.

할머니의 연락 수단⋯, 생각해 보니 할머니의 메일 주소는 고사하고 메일이 있는지조차 알지 못한다. 몇 년 전까지만 해도 대부분 메일을 사용했지만, 현재에 들어서는 얘기가 많이 달라졌다. 공적인 연락을 주고받을 때 사용하는 DM 플랫폼이 활성화되기 시작했고, 20~30대가 대부분 그곳으로 옮겨 갔기 때문이다. 나도 그 세대 중 하나고 계정 또한 만들어 둔 상태지만, 솔직히 말하자면 메일을 더 고수하고 있다. 옛날부터 그랬다. 다수가 이용하는 서비스나 플랫폼이 생기면 이상하게도 그것을 별로 이용하고 싶지 않았다. 몇 세기 전의 용어로 '홍대병'이라고 하나. 여하튼 비록 메일이 '기자 같은 사람만 쓰는 거 아냐?' 같은 취급을 받는 횟수가 늘어났다곤 하나, 아는 사람들은 안다. 메일은 DM과 다른 고유의 매력이 있다는 것을. 애초에 난 '기자' 같은 사람이 맞지만.

아직 긴가민가하지만, 나이가 어느 정도 차 있는 사람은 메일이 있을 가능성이 높으니 분명 저 타테야마 이루카란 할머니도 메일 주소를 갖고 있지 않을까. 물론 그걸 증명할 수단이 없으니 당당하게 장담할 수는 없다. 그래도 손 놓고 가만히 있는 것보단 뭐라도 하는 게 낫겠지.

"미야기현 센다이에 사는 60대 일본인…."

내가 할머니에 대해 아는 정보는 이름과 사는 지역뿐인데…, 맞아. 어쩌면 상세한 주소를 알아낼 수 있을지도 모르겠다. 나는 곧장 '타테야마 이루카'라는 글자를 검색해 해당 이름의 일본어 표기법을 알아낸 후 그대로 포털사이트에 붙여넣기 하였다.

'센다이 마츠모리의 타테야마 이루카'
'결함의 눈물 할머니 자작극'

일본어로 검색하니 역시 더 많은 정보가 나왔다. 아무래도 일본인이다 보니 그쪽에서 더 크게 화제가 되었기 때문일까. 게다가 일부 사람들이 할머니가 유명세를 치르기 위해 '연기'한 게 아니냐는 주장을 하는 모습이 보였지만 솔직히 아무래도 좋다. SNS에는 이미 '눈물 흘리는 법'이 공유되며 그것을 흉내 내는 게 유행을 타고 있다. 꽤 실감 나게 따라 한 사람들은 팔로워 수가 많아진다. 설령 타테야마 이루카가 부정적인 감정을 연기한 거라 할지라도 그 모습은 SNS의 '눈물 챌린지'와는 다르다. 오히려 그 결은 내가 가끔 들여다보는 22세기의 사진과 닮아있다. 이미 그걸 재현한 것만으로도 진짜라고 생각하기 때문에, 할머니의 실제 속마음은 내 알 바가 아니다.

"대강 이 정도인가 보네."

미야기현 센다이시의 '마츠모리'라는 작은 동네에 거주한다는 정보와 아까의 뉴스 화면을 종합하여 로드뷰를 몇십 분간 조회한 결과, 타테야마 이루카의 주거지로 추정되는 곳을 적게나마 세 군데 정도로 추릴 수 있었다. 세 군데 중 하나는 아닐 가능성이 높았고 나머지 두 군데가 유력했는데, 오히려 너무 유력해서 문제다. 두 곳 모두 뉴스에서 인터뷰했던 장소와 너무 닮아 있어서 어느 쪽이 진짜인지 알 수가 없었다. 마치 타테야마 이루카의 눈물이 진짜인지 가짜인지 알 수 없는 것처럼.

하지만 여기서 흐름을 놓치면 기자 곽학견이 아니다. 두 곳 중 어디가 진짜인지 모르겠다면 무작정 찔러보면 된다. 하나는 맞겠지. 그렇게 생각하며 메일함에서 복사한 취재 요청 글을 일본어로 변환하기 시작했다. 물론 번역기로. 사실 난 일본어를 아예 못하는 건 아니다. 히라가나, 가타카나, 거기에 중학생 수준의 한자를 몇 개 읽을 줄 알고, 은근히 좋은 청해 실력도 갖추고 있지만 글을 쓰는 건 정말 못한다. 이렇다 보니 번역기를 안 사용할 수가 없었다. 그렇게 번역기에 의존하여 서투른 취재 요청 글을 작성하고, 2장을 출력하여 접은 다음 각각 다른 봉투에 넣었다. 전화번호는 모르니 생략하고 각기 다른 우편번호와 주소, 그리고 할머니의 이름 등을 적어서 두 가지 버전을 만드는 데 성공한 나는 오전 9시가 다 되어가는 것을 확인하고, 봉투 두 개를 바닥에 내려놓은 채 부엌에 있는 정수기로 다가가 컵에 얼음을 잔뜩 받았다.

와드득, 와드득.

이빨로 얼음을 짓누르는 소리는 묘하게 중독성이 있었다. 지금도 우리 아파트 주민 중 4명 이상은 나처럼 얼음을 씹고 있을지도 모른다. 얼음이 아니라 알사탕일 수도 있겠지만. 이렇듯 현대 사람들은 22세기까지의 사람들한테는 없는 신기한 버릇이 있다. 손톱으로 손바닥의 살을 꾹꾹 누르거나, 딱딱한 과자를 두 손으로 빠삭, 소리가 나게 갈라버리는 등 특정한 대상에게 힘을 가하는 특이한 행동을 하는 것이다. 사실 이게 특이한 건지 나로선 잘 모르겠지만 역사에 따르면 그렇다고 한다. 22세기까지의 사람들이 우릴 본다면 이런 점들이 정말 특이하게 느껴질 거라고. 잡생각을 하다 보니 잘게 부서진 얼음조각이 금세 입안에서 없어져 내 손은 저절로 컵을 향해 움직이고 있었다.

"아."

짤그락, 거리는 소리와 함께 얼음 두 개가 각각 다른 방향으로 떨어졌다. 조금만 건드린 것뿐인데 저렇게나 날아가 버리다니. 아무래도 넘칠 정도로 얼음을 가득 받아서 그런 듯했다. 가만히 방치할 순 없으니 얼음을 주우러 가야지, 라는 생각으로 발걸음을 옮기는 도중이었다. 나는 근처에 있던 식용유통을 미처 보지 못하고 발로 차 엎어버렸다. 급하게 통을 세워 놓았지만, 바닥을 보니 어느새 기름이 흘러나와 있었다.

'기름은 닦기 까다로운데….'

빠르게 근처에 있는 키친타월로 기름을 흡수시킨 뒤, 물티슈를 몇 장 뽑아 그 위에 베이킹소다를 뿌려 바닥을 닦았다. 기름을 처리하고 얼음이 날아간 곳들을 슬쩍 보니 이미 80%는 물이 되어있었다. 난방을 켜놓은 탓에 바닥이 따끈따끈해서 빨리 녹아버린 것 같았다. 가만, 얼음이 날아간 곳 근처에 봉투를 두지 않았던가. 혹시나 하는 마음에 이를 인지하자마자 후다닥 다가갔더니…, 역시다. 축축해진 모서리와 번져버린 검은 잉크는 봉투가 젖었다는 사실을 대놓고 알려주고 있었다. 결국 몇십 분을 추가로 소모해서 전부 다시 만들고 나니 컵에 담겨있던 얼음들은 이미 물이 되어있었다. 도중에 기름만 안 엎었어도 이렇게까진 안 했을 텐데.

…이상하게 얼음이 더 씹고 싶어져서 컵에 있던 물을 버리고 다시 얼음을 담아 와작와작 씹어먹었다. 그렇게 계속 얼음을 먹었다. 아니, 씹었다. 난 얼음이 먹고 싶은 게 아니라 씹고 싶은 거였다. 가끔 이런 충동이 심해질 때가 있다. 다른 사람들도 마땅히 겪는 것이겠지? 얼음을 씹거나 딱딱한 걸 갈라 보고 싶어지는, 그런 충동 말이다.

곽학견은 입 안과 목 전체가 차가워져 숨을 쉴 때마다 겨울바람 같은 공기가 느껴질 정도로 많은 양의 얼음을 씹어 먹었다.

*

우편물을 전부 발송한 이후로 일주일 하고도 3~4일이 더 지났다. 그동안 세이브 해둔 칼럼 중 두 개를 성공적으로 업로드하였고, 답장을 기다리다가도 다시 정신을 붙잡고 다른 기삿거리를 찾는 것에 몰두하는 나날을 보냈다. 열흘 정도의 시간은 상당히 길었다. 지금까지 사둔 식재료가 전부 소진되기에 충분한 시간이었으니 말이다.

떨어진 재료들을 쟁여두기 위해 걸어서 3분도 안 걸리는 곳에 있는 식자재 마트에 도착했다. 줄줄이 놓여있는 카트 중 하나를 꺼내 마트 안으로 들어가는, 너무나도 일상적이어서 다른 사람들은 의식도 하지 않는 이 과정이 새삼 새롭게 느껴졌다. 얼마나 밖엘 안 나갔으면.

"알사탕 세트, 종류별로 행사 진행 중입니다. 아이들이랑 시식해 보고 가세요."

마트에 들어가자마자 입구 쪽에서 판촉 중인 직원이 눈에 들어왔다. 요즘 알사탕은 아이들이 먹기 쉽도록 보다 다양한 맛과 부드러운 식감으로 만들고 있다던데. 내 취향은 아닐 것 같지만 궁금하니 하나 먹어 볼까, 라는 생각이 들어 다른 코너를 보는 척하며 근처를 맴돌고 있자니 아이들이 시식용 사탕을 받아 가는 모습이 보였다. 나중엔 아이들뿐만 아니라 엄마나 아빠, 언니로 추정되는 사람들도 입안에 하나씩 사탕을 굴리며 다니기 시작했다.

"요즘 나오는 알사탕은 어르신들도 드시기 좋아요. 부드럽거든요."

"진짜네? 까끌까끌 거리지가 않아."

입구 쪽에서 판촉을 하면 다양한 사람들의 눈길을 끌 수 있다는 장점이 있다. 아마 이번 알사탕 세트는 아이들과 그 부모들을 주 판매 대상으로 삼은 것 같지만 이처럼 노인들도 관심을 보인다는 게 그 증거다. 눈앞의 할머니는 사탕이 꽤 마음에 드신 모양인지 사탕 세트 하나를 카트에 싣고 사라졌다. 감사합니다. 맛있게 드세요, 라는 직원의 말을 들으며.

깍깍. 깍깍. 깍깍.

멀어져 가는 할머니를 보고 있자니 이상한 환청이 들렸다. 아니, 어쩌면 옛날에 자주 듣던 소리가 기억난 걸지도 모르겠다. 할머니와 알사탕이라는 키워드는 우리 할머니를 떠올리기에 충분한 재료였으니까.

할머니는 매일 저녁 식사 후 약을 한 손에 털어 낸 다음 물과 함께 꿀꺽, 삼키시곤 했다. 왜 약을 드시는 걸까, 건강이 안 좋아서? 내가 알기론 할머니는 아픈 곳이 없으셨다. 하지만 늘 약을 드셨다. 비타민이나 영양제를 잘못 보고 착각한 거라 믿고 싶었지만, 틀림없이 '약'이었다. 궁금한 마음에 이를 할머니께 여쭤보면 늘 '다른 할머니나 할아버지들도 밤에 약을 챙겨 먹는다'며 언젠가 나도 자연스레 먹게 될 거라 말씀하셨던 기억이 난다. 할머닌 약을 다 드시고 나면 몇 분 정도 TV를 보시다 딱 오후 10시가 될 때 잠자리에 드셨다. 나는 어렸을 때도 야행성 인간이었던

지라, 1~2시간 정도 더 딴짓을 하다 자곤 했다. 언제는 한 번 시간 가는 줄도 모르고 휴대폰으로 퍼즐 게임을 하다가 새벽 1시가 넘어가는 무렵에도 깨어 있던 적이 있었는데, 그때 그 소리를 처음 들었다.

깍깍. 깍깍. 깍깍.

할머니는 식탁에 앉아 딱딱한 알사탕을 이빨로 깍깍, 소리가 나게 깨무셨다. 그런 할머니를 보자 더 이상 게임을 할 생각이 들지 않아 그저 소리가 나는 쪽을 계속 응시할 뿐이었다. '할머니가 드시는 약이 사실은 몽유병 약이 아닐까'라는 생각과 함께. 물론 몽유병은 아니었고 사탕을 깨무는 것은 그저 할머니의 습관 중 하나였지만. 지금 생각하면 사탕을 깨무는 건 현대 사람들의 습관 중 하나일 뿐인데 어째서 그렇게까지 놀랐던 걸까. 가끔 꿈을 꿀 때마다 딱딱한 무언가들이 부딪히는 소리와 함께 할머니가 나온다. 그럴 때마다 나는 한 마디를 되뇌곤 한다. 할머니, 사탕 더 드릴까요? 할머니….

"다른 맛도 있는데, 더 드릴까요?"

나는 어느새 사탕을 시식하고 있었다. 멍하게 사탕을 오물거리고 있자 직원이 다른 종류의 사탕 봉지를 하나 더 꺼내왔다. 시식용으로 내놓은 사탕이 마침 다 떨어졌기 때문인 듯했다. 사실 '부드러운 사탕'이란 게 무엇을 의미하는지 이해가 잘 안 갔지만 먹어보니 알 수 있었다. 지금까진 표면이 거칠고 이빨로 깨물면 딱, 소리가 날 정도로 단단한 사탕들이 많았는데 이 사탕은 정반대였다. 부드러운 표면을 가졌고 깨물어도 딱딱거리는 소리가 나지 않았다. 오히려 콱 깨물면 사탕이 이에 눌리는 느낌이 들었다. 마치 충격을 적절히 흡수해 주는 역할을 해주는 것 같달까. 궁금해서 혀로 사탕을 만져보니 이빨 모양대로 눌린 자국이 나 있었다.

하지만 사탕이 딱딱하지 않으면 무슨 재미로 먹겠는가? 내가 얼음을 씹어 먹듯이 성인들 대부분은 단단한 사탕을 이로 부숴 먹는 것을 즐긴다. 그런데 그런 재미를 뺀 사탕이라니. 분명 이가 약한 아이들만 먹거나 비주류가 될 게 분명했다.

"감사합니다. 맛있게 드세요!"

비주류가 될 게 분명한데 샀다. 역시 기자로선 주류만 즐기기보단 비주류까지 포함하여 폭넓게 경험하는 것이 중요하지 않을까? 나는 '홍대병'이란 게 있으니까 비주류 상품에 더욱 매력을 느끼는 것이다. …라는 건 솔직히 핑계가 맞다. 그냥 산 거다. 여기서 추하게 핑계를 하나만 더 붙여보자면, 아무래도 아까 사탕을 사 간 할머니의 영향을 받은 게 분명했다. 나는 주변 사람들의 영향을 잘 받으니까.

사탕 세트를 사는 과정에서 생각보다 시간을 많이 허비함을 눈치채고 나선 빠른 걸음으로 움직이며 카트에 식재료를 실었다. 계산하며 알사탕 행사를 하는 코너 주변을 슬쩍 흘겨보니 시식하는 사람은 많지만 정작 사탕 세트를 구입하는 사람은 적은 듯 보였다. 역시 단단한 사탕이 잘 팔리는 때에 부드러운 사탕이 등장하는 건 눈에 띌 만한 이벤트이지만 그 관심만큼의 수요는 없었나 보다.

장바구니를 들고 집으로 들어가려는 찰나, 확실히 보았다. 우편함에 들어있는 흰 봉투 하나를. 나는 참지 못하고 그 자리에서 장바구니를 내려놓은 채 봉투를 거의 찢듯이 열어보았다.

곽학견님께,

안녕하세요. 보내주신 취재 문의 잘 읽었습니다. 죄송합니다만, 본론부터 말씀드리자면 이 주소는 타테야마 이루카의 주거지가 아닙니다. 다시 한번 확인해 보시는 건 어떤지요? 부디 본인에게 잘 전달되길 바랍니다.

아무래도 전송한 두 가지 봉투 중 오답인 쪽의 답장이 먼저 도착한 것 같았다. 이 정도 시간이 흘렀으면 정답인 쪽도 답신을 줄 때가 됐는데, 대체 언제 오는 걸까.

…잘 생각해 보니 꼭 답을 줄 거란 보장은 없었다. 답을 하지 않는 것 자체가 타테야마 이루카의 답일지도 모르기 때문이다. 역시 들어본 적 없는 타국의 기자에게 순순히 응해줄 리가 없지 않은가. 지금까지 쭉 기다려 온 일이긴 하나 이렇게 된 이상 어쩔 수 없지, 라고 생각하며 나는 짐을 들고 집으로 올라갔다. 그리곤 손을 씻고 장바구니에서 두부와 대파를 꺼내 식사 준비를 하는 데까지의 과정은 그리 오래 걸리지 않았다. 아무 생각 없이 식사를 마친 이후 뒷정리를 하고 쉬는 과정에서 아까 봤던 봉투가 눈에 들어왔다. 좋은 소재였지만 그만 놓아주고 새 칼럼을 준비해야만 할 때다. 나는 결심하고 자리에서 일어났다. 그리곤 컵에 얼음

을 잔뜩 받아 돌아왔다.

그렇게 곽학견은 하루에 총 30개가 넘는 양의 얼음을 씹었다.

깍깍. 깍깍. 깍깍.

나는 어느새 자면서 이를 갈고 있었다. 지금까지 이를 갈아본 적이 없어서 몰랐는데, 이렇게 저절로 입이 움직이는 거였을 줄이야. 요새 이를 쓰는 일이 많아서 그런지 괜히 턱이 아파져 오는 것만 같았다. 나는 한 손으로 턱을 어루만지며 고개를 들었다. 창문 밖으로 연 하늘빛의 하늘과 구름이 눈에 들어왔고 그 사이로 새가 지저귀는 소리가 들렸다. 이렇게 이른 아침에 일어난 것은 정말 오랜만의 일이었다.

"그래, 기왕 일찍 일어난 거 아침 산책이라도 하러 가자."

적당히 양치와 세수를 빠르게 마치고, 편한 복장으로 갈아입은 뒤 휴대폰과 이어폰 등 최소한의 짐만 챙긴 채 운동화를 신고 현관을 나섰다. 이후 바깥 공기를 들이마시며 새삼 나는 집을 참 잘 골랐다고 생각했다. 왜냐하면 근처에 식자재 마트도 있고 이렇게 산책로와 중학교도 있으니까. 중학교 안에 있는 운동장은 푹신한 트랙이 있어서 유산소 운동을 하기 딱 좋은 장소다. 하지만 최근엔 운동을 멀리하고 집 안에 박혀 칼럼을 쓰는 생활만 반복해 체력이 많이 안 좋아졌으니 무리하지 말자. 나는 천천히 산책로 쪽으로 발걸음을 옮겼다.

오전의 산책로는 역시 운동복을 갖춰 입은 중년의 사람들이 많이 보였다. 아무래도 다른 나이대보다 건강을 더 생각하는 층이라 그런지 등산

로를 포함하여 이런 산책로까지 운동하는 어른들을 자주 볼 수 있었다. 우리 할머니도 건강을 많이 생각하는 분이셨는데. 사실은 오늘도 할머니의 꿈을 꿨다. 깍깍거리는 소리와 함께. 혹시 내가 이를 가는 소리가 꿈에 반영된 것은 아닐까, 라는 생각을 하고 있자니 어쩌면 이를 간 게 오늘이 처음이 아닐 수도 있겠다는 예감이 들기 시작했다. 할머니의 꿈을 꿀 때마다 난 이를 갈고 있었을지도⋯. 이 생각은 이제 그만하는 게 좋겠다. 나는 자칫하면 생각이 꼬리를 물어 점점 길어지곤 한다. 생각의 꼬리를 바로 잘라낸 뒤 주머니에 넣어두었던 이어폰을 귀에 꽂고 걸음의 속도를 올렸다.

이후 한 시간 정도 걸었을까. 꽤 운동한 것 같은 기분과 함께 서서히 갈증이 느껴지기 시작했다. 얼른 집에 가서 물 마시고 샤워까지 끝내버려야지. 집 근처에 금방 도착한 나는 곧장 현관으로 들어갔다. 역시 집과 산책로가 가까우면 이런 장점이 있다니깐⋯. 응? 우편함에는 처음 보는 봉투가 들어있었다.

"설마."

홀린 듯이 봉투를 뜯어 내용물을 열었다.

곽학견님께,

안녕하세요. 이전에 답신을 보낸 사람입니다. 답신을 보내고 하루가 지난 뒤 우연히 연락드릴 일이 생겨 이렇게 또 한 번의 답장을 적어 보냅니다. 부디 늦지 않게 도착하길 바랍니다. 제가 이렇게 다시 연락드린 이유가 궁금하시겠죠. 신기하게도 당신에게 '이곳은 타테야마 이루카의

주거지가 아니니 본인에게 다시 보낼 것'을 말씀드린 뒤에, 아이러니하게도 타테야마 이루카 본인을 만나게 되었습니다. 그에게 이 건에 대해 말씀드리니 긍정적인 반응을 보이시더군요. 당신을 만나고 싶어 하십니다.

하지만 타테야마씨는 가급적 세간의 눈에 띌 만한 행동을 꺼리고 있습니다. 예를 들어서 출국이라든지, 그런 것들이요. 고로 아쉽지만 곽학견씨를 직접 보러 갈 순 없습니다. 그래서 다음과 같은 제안을 하고 싶은데 어떠실까요? 타테야마씨는 4월 5일 오후 3시쯤 일본 미야기현 센다이의 마츠모리에 있는 '돌고래의 집'이라는 작은 카페에서 시간을 보낼 예정이시라는데, 가능하시다면 이때 카페로 와주시지 않겠습니까? 물론 곤란하시다면 괜찮습니다. 그럼 건강하세요.

P.S. 타테야마 이루카씨의 전화번호와 메일 주소 등의 연락처는 본인의 의사 하에 말씀드릴 수 없습니다.

정말 생각지도 못한 내용이었다. 애초에 이 편지를 보낸 게 타테야마 이루카 본인이 아니라, 어제 도착한 편지를 보낸 사람이라는 것부터 예상하지 못했다. 놀란 것도 놀란 거지만 솔직히 말하면 정말 기뻤다. 이건 둘도 없는 기회니까. 지금까지 '타테야마 이루카'에 대해 일방적으로 다룬 기사는 여럿 있었지만, 그가 직접 인터뷰에 응해준 것은 TV에 송출됐던 뉴스가 유일했다. 일본에서 칼럼을 쓰는 기자들 또한 아무도 그와 인터뷰하지 못했다. 왜냐하면 그가 기회를 주지 않았으니까. 그런데 그 기회를 내가 잡은 것이다. 당연히 춤출 정도로 신나 하고 기뻐해야 맞는 건데…, 왜일까. 뭔가 이상하다. 단순히 이상한 정도가 아니라 이 편지엔 여러 의문점이 존재했다.

이 사람은 나한테 답장을 보내고 나서 하루 만에 타테야마 이루카 본인을 만났다. 이것부터가 작위적이지 않은가? 고작 하루 만에 본인을 만난다고? 그야 이 사람이나 타테야마 이루카 둘 다 같은 마을에 살고 있으니 불가능한 건 아니겠지만…. 그럼 처음부터 본인에게 전해주면 되는데 어째서 마음을 돌린 것일까. 이것 말고도 이상한 점은 더 있다. 타테야마 이루카가 출국과 같이 눈에 띄는 행동과 연락처 공개를 꺼린다는 사실을 알 정도면 어지간히 가까운 사이여야 하지 않나. 물론 저 부분은 본인이 답장에 적어달라고 부탁한 걸 수도 있다. 하지만 그렇다고 할지라도 의문은 가시지 않았다. 편지 내용만 놓고 보면 타테야마 이루카와 초면인 것처럼 보이는데, 그렇다 치기엔 너무 상세한 정보를 알고 있다. 그렇게 조심스러운 그가 처음 보는 사람에게 저런 정보를 줄줄 얘기했을 리가 없다. 나 같으면 차라리 내 주소를 얻어낸 뒤 직접 편지를 보냈을 것이다. 근데 왜 굳이 '처음 본 사람에게 대신 답장을 적게 하기' 같은 번거로운 방법을 사용했을까.

"…저렇게 해야만 했던 이유가 있는 걸까?"

내가 모르는 어떤 사정이 있을 수 있단 가능성도 배제해선 안 된다. 그리고 이상한 점이 있다고 해서 내가 안 갈 사람인가? 설령 대놓고 수상할지라도 난 갈 것이다. 가서 허탕 치면 그냥 허탕 치고 마는 거지만, 안 가면 애초에 만날 기회조차 사라지는 거니까. 편지에서 언급된 4월 5일은 바로 3주 뒤에 오는 토요일이었다. 시간은 충분하니 그동안 개인 칼럼 작성 및 타테야마 이루카의 취재 준비를 하면 된다. 어설픈 일본어도 그동안 보완하도록 하자.

평소 좋은 흐름을 한 번 타고나면 어떻게 일을 진행해야 할지 머릿속에 계획이 착착 그려진다고, 내가 말한 적 있지 않았던가. 지금 딱 3주간의 플랜이 내 안에서 완성됐다.

*

'일일여삼추'라는 말을 알고 있는가? 이는 하루가 마치 가을이 3번 지나가는 것과 같은 정도로 길게 느껴진다는 뜻을 가졌다. 왜 굳이 이 얘기를 하냐면, 내가 그러하기 때문이다. 나에게 주어진 3주간의 시간은 마치 3달과도 같았다. 매일 밤 일본에서 인터뷰를 하는 상상을 하며 잠이 들 정도로 쭉 오늘만을 기다려왔기 때문이다. 물론 계획한 대로 매일매일을 보내다 보니 하루 자체가 길게 느껴지더라도 그 과정이 매우 보람되고 충실했다. 아, 그리고 3주 동안 새로운 사실을 두 개 정도 알아냈다. 첫 번째는 내가 생각보다 칼럼을 굉장히 빠르게 작성하는 능력을 갖췄다는 점이고, 두 번째는 3주간의 공부만으로도 외국어 실력이 꽤 향상된다는 점이다. 물론 기본 베이스가 어느 정도 되어있던 것도 한몫했을 거라 본다. 한자는 서둘러서 외운다고 외워지는 게 아니니까 주로 회화 연습을 했다. 과외까지 수강하면 좋았겠지만, 본업과의 밸런스를 맞추다 보니 대부분 인터넷 강의를 보고 혼자 연습하는 경우가 잦았다. 이외에도 혼잣말하거나 생각할 때도 일본어를 사용하려고 노력했던 기억이 난다. 나름대로 열심히 했지만, 현지인이 들으면 아직 어색한 수준일지도 모른다. 그래도 질의응답과 기본적인 대화만 통하면 되니까 아마 괜찮지 않을까?

일단 여권 만료 기간과 비자도 체크했고, 짐도 충분히 챙겼다. 이제 내일 아침에 다시 한번 확인하는 과정을 거치고 출국하면 완료. 모든 일이 순조롭게 진행되고 있다. 만약 일본어를 하나도 모르고 있었다면 인터뷰 준비와 칼럼 작성, 개인적인 공부 시간을 조절하는 게 더욱 복잡해졌겠지. 내 생애 제일 잘한 일은 아무래도 일본어를 배운 것 아닐까 싶다.

난 할머니가 무슨 말씀을 하시는지 알고 싶어서 일본어를 배우기 시작했다. 참고로, 우리 할머니는 일본에서 나고 자란 분이다. 그러다 도중에 무슨 사정이 있으셨던 건지 모르겠지만 한국으로 귀화하셨다. 그래서 법적으론 한국인이라 할 수 있다. 하지만 그동안 쓰시던 언어를 아예 져버릴 순 없으셨는지, 종종 혼잣말을 하실 때 일본어가 튀어나오시곤 했다. 덕분에 어렸을 때부터 일본어를 듣다 보니 자연스레 관심이 생겼고 히라가나와 가타카나 등의 기본적인 부분을 할머니한테 조금씩 배우곤 했다. 그 일본어로 또 다른 할머니를 인터뷰하러 간다는 게 재밌는 부분이라고 생각한다.

"그래, 인터뷰하러 가야지. 슬슬 자자."

아무리 야행성 인간이라도 다음 날이 기다려지면 일찍 자게 되는구나. 나는 일본에 도착하고 타테야마 이루카와 만나 취재하는 과정을 머릿속으로 상상하며 금세 잠이 들었다.

언제 한 번 수학여행에서 친구가 아침에 이런 얘기를 한 적이 있다. 자긴 잠을 자지 않은 것 같다고. 눈을 감았다 떴는데 그대로 아침이 되었다며 신기해하는 모습에 '몇 시간 동안 잘 자 놓고 본인만 모르는 거 아니야?'라고 반응했던 적이 있었다. 그때는 그랬었는데. 지금은 무슨 말인지 아주 잘 알 것 같다. 어젯밤에 눈을 감고 나서 조금 있다 눈을 뜨니 벌써 아침이 다 된 것이다. 그나마 일찍 잤으니 망정이지, 늦게 잤으면 눈을 반쯤 뜨고 준비를 하는 둥 마는 둥 하지 않았을까 싶다. 나는 머리를 긁으며 욕실로 몸을 옮겼다. 세안과 양치 등을 포함해 전체적으로 몸을 깨끗하게 하고 머리를 말린 뒤 옷을 입는 것까지 속사포로 끝냈다. 마지막으로 짐을 제대로 챙겼는지 확인하는 과정까지 전부 거치고 나서야 겨우 밖으로 나갈 수 있었다.

이른 아침에 공항으로 이동하며 마시는 공기는 딱 전형적인 '아침 공기' 그 자체였다. 추움과 시원함의 사이를 넘나드는 공기를 잔뜩 마시니 목캔디를 먹은 것처럼 목 안이 시원해졌다. 이렇게 느긋이 공기를 만끽하고 있으니 역시 출국 하루 전날에 공항 근처에 있는 호텔을 잡아두길 잘했다는 생각이 들었다. 호텔에 있어봤자 집에서 하던 대로 노트북을 켜고 앉아서 취재 준비 및 정리를 한 게 다지만, 오늘 상쾌하게 출발할 수 있었으니 돈이 전혀 아깝지 않았다. 만약 집에서 출발했다면 비행기를 타기 전부터 몸이 긴장해 금세 지쳤을 것이다. 오늘은 단순히 일본에 가는 것만이 다가 아니다. 출국 과정을 끝내고 약속 장소에 도착해 무사히 취재를 마치는 것까지 수행해야 끝난 거라 볼 수 있으니까. 그러니 정신 차리자, 국내도 아니고 국외에서의 취재야. 길이라도 잃거나 시간 안에 도착하지 못하면 아주 중요한 기회를 눈앞에서 놓치는 꼴이 된다. 숨을 크게 들이마시고 손바닥으로 양 볼을 두드리며 공항 안으로 들어갔다. 이후 짐을 점검하는 등의 복잡한 과정을 마친 뒤 비행기에 탑승하고 나서 겨우 여유시간을 가질 수 있었다.

살면서 나름 할 건 다 해봤다고 자부했는데도 불구하고 지금까지 해외에 나가본 경험이 없었다는 사실이 이번 기회로 실감이 났다. 내 본업이 재택근무가 가능하고 지금까진 굳이 해외로 나가 취재할 일이 생기지 않아서 별 관심을 두지 않았지만, 일이 이렇게도 흘러가는구나. 역시 한 치 앞도 모르는 게 사람 일 이랬던가. 그렇다. 이때까지만 해도 그저 취재 기회를 잡고 해외로 가는 비행기에 탄 것만으로도 이미 '예상외의 일'이 다 벌어졌다고 생각했다. …'예상외의 일'이 연속으로 찾아올 거란 생각은 죽어도 하지 못한 것이다.

*

지금 막 도착한 '센다이'라는 곳에는 일반 공항보다 규모가 작은 중소형 공항이 있다. 오전 11시 20분. 나는 현재 그 중소형 공항 안쪽 로비에 서 있다. 이어서 수하물을 찾고 나니 배 안에서 작게 꼬르륵거리는 소리가 나기 시작했다. 점심시간이라기엔 이른 시간대였지만, 아무래도 사람은 일찍 일어나면 그만큼 배가 일찍 고파지는 것 같다.

3층에 있는 식당가로 이동하여 국수 1인분을 주문해 간단히 식사를 마치고, 마츠모리로 가는 루트를 다시 한번 확인했다. 공항에서 대중교통으로 약 2시간 정도 걸리는 거리였다. 거기서 '돌고래의 집'이란 카페를 찾는 시간까지 감안하면 미리 출발하는 게 나을 것 같아 곧장 공항을 나왔다. 그리곤 공항 근처에 있는 역으로 이동해 열차를 기다리며 다음과 같은 생각을 했다.

'생각보다 낯설지 않네.'

아무래도 타국에 왔으니 식당에서 점심을 먹거나 대중교통을 이용하는 등 평소엔 신경 쓰지도 않았을 일상적인 과정들이 어색하게 느껴질 거라고 생각했는데, 예상외로 그렇지 않았다. 지금 주변에서 같이 열차를 기다리는 사람들과 그 뒤의 풍경도 그저 익숙하게만 느껴졌다. 이것도 할머니의 영향인 걸까. 아예 서양권으로 간다면 이와 다른 느낌일지, 그렇다면 얼마나 더 새로운 기분일지 궁금해지기 시작했다.

··· ♪ ♬

열차가 곧 도착한다는 안내 메시지가 들리기 시작했다. 곧이어 특유의 소리와 함께 들어온 열차가 서서히 멈추곤 눈앞에서 문이 열렸다. 나는 안으로 들어가는 사람들을 따라 열차 안으로 발을 옮겼다. 단순히 열차에 오르는 것뿐이지만 내게 있어선 취재의 길로 나아가는 한 걸음이었다.

출퇴근 시간대가 아니라 그런지 열차 안은 다행히도 붐비지 않았다. 자리에 앉아서 가는 건 바라지도 않았는데, 모든 사람이 앉고도 자리가 남을 정도로 여유가 있었다. 창문 밖으로 슬쩍 비치는 풍경을 보며 '참 오랜만이다'라는 생각을 했다. 지금까진 생활 패턴이 뒤집어질 정도로 열심히 원고를 작성하며 바쁘게 지냈는데. 참 재밌게도 그 본업 때문에 이런 여유가 생길 줄이야. 아무래도 적당히 휴식을 취하라는 하늘의 계시인가 보다.

두어 번 환승을 하고 걷다 보니 어느덧 마츠모리에 도착할 수 있었다. '마츠모리'는 내가 생각한 것보다 훨씬 조용한 곳이었다. 아무리 조용한 마을이라도 어느 정도의 생활 소음은 날 거라 생각했는데, 그마저도 거의 없었고 오히려 무음에 가까웠다. 여기 와서 예상이 깨지는 일이 빈번히 생기는 듯한 느낌이 들어 기분 탓이겠지, 라고 넘긴 뒤 지도 앱을 보며 약속 장소를 찾는 도중이었다.

"분명 이쯤인데…, 어?"

아무래도 단순한 기분 탓이 아니었나 보다.

왜냐하면 '돌고래의 집'이란 카페는 보이지도 않았으니까.

아니, 정확하게 말하자면 카페 자체는 있다. 다만 텅텅 비었을 뿐이지. 앱에선 분명히 영업 중이라 나와 있었는데, 이게 대체 어떻게 된 일일까.

현재 오후 2시. 약속했던 시간보다 1시간의 여유가 남도록 도착했지만, 차마 도착했다고 말할 수 없는 상황이 되었다. 지나가는 누군가를 붙잡고 카페에 대한 정보를 물어보고 싶었지만 그럴 수 없었다. 애초에 사람은커녕 일상적인 소음조차 들리지 않을 정도로 조용한 곳이었다. 결국, 직접 가정집으로 추정되는 곳들을 찾아가 문을 두들기는 수밖에 없었다. 하지만 집 안에도 사람이 없는 건지 아무리 문을 두들겨도 다들 묵묵부답일 뿐이었다. 다른 방도가 없었기에 계속해서 다른 집들을 전전하던 중, 끝끝내 찾아간 어느 집에서 사람의 인기척이 났다. 나는 육상대회 선수처럼 빠르게 달려가 문을 두들겼다.

똑 똑똑.

"…누구십니까?"

몇 초 뒤, 집 안에서 한 여성의 목소리가 들렸다.

"저기…, 가 아니라 죄송합니다. 길 좀 여쭙겠는데요."

사람의 목소리를 듣자마자 나도 모르게 한국어가 튀어나왔다. 하지만 아무것도 아닌 척 자연스레 흘리며 다시 일본어로 양해를 구하는 말을 하니, 다행히도 안쪽에서 문을 열어주셨다. 모습을 드러낸 것은 무슨 일인지 궁금해하는 표정을 한 중년의 여성이었다.

"실례합니다. 혹시 돌고래의 집이란 카페가 어딨는지 알 수 있을까요?"

바로 본론을 말씀드리자 여성은 아~ 라는 감탄사와 함께 내가 무슨 경위로 이렇게 찾아오게 된 건지 다 파악이 된다는 듯한 얼굴을 하곤 고개를 끄덕였다.

"그 카페 몇 달 전에 다른 곳으로 이전했어요. 상호도 바뀌었고요."

"예?"

"여기서 마을회관 쪽으로 10분 정도 걸어가면 조개 모양 간판이 있는 카페가 있을 거예요. 전통이 오래된 곳이라 이름이 바뀌었는데도 어르신들은 아직도 '돌고래의 집'이라 부르는 모양이더군요."

답변을 들으며 해당 정보가 앱에 반영이 안 된 이유를 어렴풋이 알 수 있었다. 인터넷 지도는 아무래도 꽤 긴 시간을 두고 업데이트하기 마련이니 몇 달 전에 옮긴 카페의 정보가 바로 반영될 리 없었다. 게다가 여긴 수도권도 아닌 작은 마을이니까 더더욱 업데이트 주기가 느릴 것이다. 나는 고개를 숙이며 일본어로 감사 인사를 드리고 마을회관 쪽으로 서둘러 이동했다.

카페를 찾는 과정에서 생각보다 많은 시간을 까먹어버린 나는 거의 조깅하는 수준으로 길을 걸었다. 그리고 저만치에서 아까 들었던 조개 모양의 간판이 보이기 시작했다. 가까이 다가가 보니 간판에는 '이루카토카이'라는 문구가 가타카나로 크게 적혀 있었고, 밑에는 작게 '돌고래의 집'이라는 예전 상호가 그대로 표기되어 있었다. 여기서 '이루카'와 '카이'는 각각 돌고래와 조개란 뜻으로, 즉 가게의 이름은 '돌고래와 조개'였다. 이는 내 얕은 일본어 지식으로도 유추가 가능할 정도로 쉬운 이름이었다. 그나저나 간판을 보다 보니 어르신들이 여전히 옛날 상호를 사용하시는 것도 꽤 이해가 가기 시작했다. 예전에 쓰던 상호가 간판에 작게나마 적혀있기도 하고, 바뀐 이름도 그 전과 비교했을 때 큰 차이가 없으니 충분히 그럴 만하다 느껴졌다.

약속했던 오후 3시가 되기 5분 전, 카페 안에 들어와 주위를 살펴보지만 아무리 봐도 타테야마 이루카로 추정되는 사람은 없었다. 혹시라도 편지가 장난이라면…, 아니다. 그럴 순 없지. 같은 나라도 아니고 굳이 일본에서 한국까지 국제 우편을 발송하며 장난을 치는 경우는 거의 없을 것이다. 오히려 우편 비용만 더 들어가는 쓸데없는 짓이기 때문이다. 일단은 적당히 카페의 시그니처 메뉴인 '바다 밀크티'를 주문하고 풍경이 잘 보이는 자리에 앉아 경관을 감상하는 척, 다른 사람들을 관찰했다. 중년의 사람들과 젊은 사람들이 섞여 있는 일반적인 카페의 모습이었다. 작은 마을의 카페인데도 오랜 기간 운영한 곳이라 그런지 단골이 꽤 많은 듯 보였다.

슬슬 음료가 나올 때가 된 것 같은데, 라는 생각을 할 즘에 카페 출입문에 달린 종이 손님이 들어왔다는 것을 알리는 듯 딸랑이는 소리가 들렸다.

"곽학견씨?"

소리가 나는 쪽을 돌아보니 벙거지를 눌러 쓴 노인이 서 있는 모습을 발견할 수 있었다. 비록 모자 때문에 얼굴이 잘 보이지 않았지만, 분명히 타테야마 이루카였다.

"아, 네. 곽학견이라고 합니다. 잘 부탁드립니다."

고개 숙여 인사 드리니 그도 같이 고개를 숙이곤 안녕하세요, 라며 한국어로 인사를 건넸다. 이어서 그가 내 건너편에 있는 의자를 꺼내 앉는 순간 타이밍 맞게 직원이 내가 시킨 '바다 밀크티'를 가져왔다. 유리컵에는 작은 파라솔이 얹어져 있었으며, 위는 연한 하늘색이지만 아래로 갈수록 아이보리색을 띠는 밀크티 안에는 조개 모양의 펄과 돌고래의 형상을 한 얼음이 들어가 있었다.

"같은 거로 하나 주세요."

타테야마 이루카는 직원에게 나와 같은 것을 주문하곤, 자기도 여기에 오면 늘 이 메뉴만을 주문한다며 작게 웃었다. 자연스레 벙거지를 벗은 그의 모습은 어쩐지 뉴스에 나왔을 때 보다 훨씬 좋아 보였다.

"저한테 궁금한 게 많으신 것 같은데."

그가 눈을 똑바로 마주치며 물었다. 궁금한 것이야 당연히 많다. 어디부터 얘기를 꺼내면 좋을까 고민하며 취재 시 건넬 질문들을 정리한 파일을 주섬주섬 꺼내기 시작하자 그는 내 파일을 힐끔 보더니 취재는 뒤로하고, 작은 것부터 얘기하자고 요구했다. 일단 서로에 대해 천천히 알고 싶다고 덧붙이더니 나에게 '일본어 발음이 좋으시네요'부터 시작해 어떻게 일본어를 배우게 됐고 얼마나 배웠는지 등을 물었다. 내 일본어 구사 능력이 엄청 좋은 것은 아닌지라 '할머니가 일본어를 쓰셔서요', '지금까지 조금씩 배워왔어요' 등 간략하게 큰 틀만 정리해서 답했다. 화제가 마무리되는 분위기가 느껴져 나는 다음과 같은 질문을 했다.

"어떻게 제가 곽학견이라는 걸 바로 아셨나요?"

문을 열고 들어오시자마자 망설이는 기색도 없이 바로 저에게 다가오셨잖아요, 라는 말도 덧붙이고 싶었으나 일본어로 몇몇 단어들이 바로 생각나지 않아 참기로 했다.

"그냥, 감이죠."

"예?"

"이 나이쯤 되면 그런 게 생겨요."

그렇게 말하며 그는 풍경이 있는 쪽을 바라봤다. 지금 이 말과 행동은 얼버무리는 거라 봐도 되는 걸까? 사실 내가 한 질문은 대화를 이어 나가고자 대충 던진 것이 아니다. 나는 미디어에서 타테야마 이루카의 모습을 자주 접했지만, 저쪽에선 내 얼굴을 아예 모르고 있는 상태기에 카페에 들어오자마자 바로 나를 찾아내기엔 어려움이 있을 수밖에 없다. 그러나 그는 두리번거리지도 않고 바로 내 앞으로 다가왔으며, 이는 거의 확신을 가진 행동임을 의미한다.

"하하, 장난이에요. 다른 사람들은 다 일행이 있는데, 당신만 멀리서 홀로 앉아 있길래 혹시나 했죠."

정적이 흐를 뻔한 타이밍에 웃으며 말을 꺼낸 그는 내 눈을 똑바로 바라봤다. 분명 나 말고도 혼자 앉은 사람들이 더 있던 것 같았는데, 어느새 일행이 온 건가? 눈을 바라보고 있을수록 내 생각을 다 읽히고 있는 것만 같은 기분이 들어 '생각해 보니 그렇네요'라고 적당히 대답함과 동시에 눈에 들어간 먼지를 떼는 척을 하며 자연스레 시선을 돌렸다. 타테야마 이루카는 그런 내 모습마저 빤히 쳐다보며 곽학견씨는 취재를 하는 것에 상당히 '무엇'이 있으신 분 같아요, 라고 이야기를 이어갔다. 도중에 말한 '무엇'은 모르는 단어여서 알아듣진 못했지만 아마 '열정'이나 '집념'…, 같은 단어가 아니었을까 싶다.

"왜냐하면, 그런 내용의 편지가 왔다고 해서 무턱대고 해외까지 가지 않잖아요. 보통은."

"편지요?"

편지라는 키워드를 들으니 생각할 틈도 없이 입이 먼저 반응했다.

"네. 하루 차이로 두 번씩이나 답장이 갔던, 바로 그 편지요."

두 번의 답장. 그렇다. 처음엔 제대로 된 주소가 아니었기에 그대로 반송당한 거나 마찬가지인 수준의 답장이 왔었고, 다음에는 정말 신기하게도 편지를 보낸 사람이 타테야마 이루카를 만나 내 얘기를 전해주기까지 했었지. 그런데….

"타테야마씨는 저한테 온 편지에 대해 아주 잘 알고 계시네요. 답장이 두 번 온건 그렇다 쳐도 하루 차이인 것까진 어떻게 아신 거죠?"

내 편지를 보고 답장을 보낸 사람이 이를 타테야마 이루카에게 전하고, 다시 그에게 부탁받아 편지를 썼으니 나에게 답장이 온 대략적인 횟수는 2번 정도로 쉽게 가늠할 수 있다. 하지만 편지를 보낸 사람이 그와 만나고 나서 다음 날에 바로 답장을 썼는지, 그다음 날에 썼는지는 본인이 아닌 이상 모를 확률이 높다. 날짜를 지정해줬을 가능성도 있지만 변수라는 게 있는 법이니, 내가 그였다면 저렇게 확신에 찬 상태로 말하진 않을 거라 생각한다. 게다가 아는 사람도 아닐뿐더러 처음 본 사이였을 텐데 그렇게나 본인의 신상을 함부로 노출하길 꺼리는 그가 연락처를 교환해 수신 여부를 살피는 행동까진 하지 않았을 것이다.

…사실 이렇게 열심히 추리해봤자 '같은 마을 사람이니 어쩌다 만나서 물어봤어요' 등의 답변이 올 수도 있는 건데 왜 이리 집요하게 파고들게 되는 걸까. 이놈의 의심하는 버릇은 나이를 먹어도 고쳐질 것 같지가 않다.

"아무래도 잘 알죠. 제가 쓴 편지니까요."

"네?"

일본에 와서 제일 많이 한 말은 아마 '하이?'가 아닐까, 이렇게 눈을 동그랗게 떠본 것은 우리 할머니가 새벽에 알사탕을 깨무는 모습을 목격한 이후로 처음이었다.

"편지에 적지 않았나요, 타테야마 이루카의 연락처는 본인 의사 하에 밝히지 않겠다고요. 만약 제가 당신을 속이지 않고 그대로 답장을 보냈다면 집 주소가 그대로 노출되었겠죠."

"그래서 굳이 답장을 두 번씩이나 보내신 거군요."

타테야마 이루카는 웃음기가 없어진 채로 나를 응시하며 아니요. 그건 아닙니다, 라고 답했다. 그의 이야기는 이러했다. 처음 나에게 답장을 보낼 때만 해도 그는 정말로 취재에 응할 생각이 없어 거절의 의미로 편지를 작성했다. 뉴스를 제외하곤 계속되던 취재 요청도 다 거절한 사람이니 이해가 갔다. 애초에 뉴스 제작진들에게 응한 것도 본인 같은 사람이 존재한다는 것을 조금이나마 알리고 싶었기에 결정한 일이었다고. 파급력이 있을 거라 예상은 했지만 아무리 그래도 이렇게까지 유명해질 줄은 몰랐다며 그는 멋쩍게 웃었다. 아무튼, 더 이상 자신에 대한 신상을 노출하면 안 되겠다는 생각이 들어 지금까지의 취재 요청을 거절해 왔고 내 요청도 그렇게 거절될 터였다. 하지만….

"한 가지 실험을 해보고 싶었어요."

"무슨 실험….."

대체 무슨 실험이요? 라고 물으려는 찰나, 직원이 그가 주문한 '바다 밀크티'를 가져와 테이블로 옮겼다. 지금 보니 내 밀크티는 얼음이 많이 녹아 색이 연해져 있었다. 맛있게 드세요, 라는 말과 함께 직원이 자리에서 사라지자 그는 마저 얘기를 계속했다.

"그건 알려 드릴 수 없어요."

아무래도 내가 꺼내려던 질문에 대해 파악한 모양인지 그는 딱 잘라 선을 그었다. 더 이상 묻지 말라는 뉘앙스였지만 이대로 넘어가기엔 영 납득이 가지 않았다.

"말씀해 주세요. 저는 무엇을 취재할 것인지 전부 밝힐 겁니다. 그러니 타테야마씨도 저한테 무엇을 요구하고 싶은 건지 확실히 답해주세요."

타테야마 이루카는 고민을 하는 듯 빨대를 잡아 일정한 방향으로 돌리며 밀크티를 섞었다. 그러자 돌고래 모양 얼음이 서로 부딪히며 시원한 소리가 났다. 소리가 멎어갈 즘 그는 알겠다고 답했다. 대신 자신의 요구를 거절하면 취재도 없던 것으로 생각하겠다는 말을 덧붙였다.

"감정은 전염된다는 말이 있죠. 누군가 웃기 시작하면 같이 웃게 되는 경험 정도 다들 있잖아요. 여기서 생각난 건데, 제 부정적인 감정도 사람들에게 전염이 되지 않을까요?"

부정적인 감정의 전염. 몇 세기 전까지만 해도 사람들은 슬픔, 분노와 같은 감정들을 갖고 있었다. 그렇기에 부정적인 감정 또한 쉽게 오고 갈 수 있었겠지만, 지금은 경우가 다르지 않은가. 하지만 감정이 전염된다는 것 자체는 부정할 수 없는 사실이다. 타테야마 이루카의 가설은 터무니없었지만 생각해 볼수록 흥미롭게 느껴졌다.

"곽학견씨가 피험자가 되어줬으면 좋겠어요. 마침 이번에 남편과 아예 갈라졌거든요. 그러니 한 달 이상 같이 생활하며 제 홀로서기를 도와주셨으면 합니다. 그거면 돼요. 그 과정에서 당신의 감정 상태 변화도 지켜볼 거고요. 물론 생활비와 필요한 물품은 이쪽에서 지원해 줄 수 있습니다."

안 그래도 단기적으로 머물 예정이었던지라 몇 주 이상을 지내기엔 옷과 생필품이 부족했는데, 이 부분을 지원해 준다니 나에게 있어선 손해볼 거 없는 장사나 마찬가지였다. 그런데 어째서 이렇게까지 해줄 필요가 있는 걸까? 아무리 감정의 전염이 궁금한들 본인의 홀로서기를 돕기엔 나는 일본 생활에 대해 하나도 모르는 '타국의 사람'일 뿐인데. 문득 궁금해져 이에 관해 물었더니, 그는 오히려 자국의 기자에게 이런 제안을 했다면 일본 내에 얘기가 금세 퍼질 게 뻔했기에 연고가 없는 내가 제격이라 생각했다고 한다. 물론 서로의 상황이 딱 맞아떨어진 것도 한몫한 듯 보였다. 게다가 홀로서기를 돕는다는 건 그저 명목상의 이유라 봐도 괜찮다고. 말이 돕는 거지 실상은 내가 얹혀사는 꼴이 될 것 같았다.

"…제 본업은 계속해도 될까요? 그리고 타테야마씨랑 생활하며 겪은 것들도 칼럼에 싣고 싶습니다."

"네. 물론이죠. 다만, 제가 주제로 들어가는 칼럼 말인데 완성본을 저에게 먼저 보여주셨으면 합니다. 곤란한 내용이 있다면 수정을 부탁드리고 싶어서요. 그리고 업로드는 저와의 생활이 다 끝난 뒤에 부탁드립니다."

본업은 지속해도 좋고, 완성본을 본인에게 미리 보여주고 피드백이 있을 시 수용하면 되고, 칼럼 업로드 예정일은 아마 한국으로 귀국한 다음. 있어도 괜찮고 없어도 괜찮을 정도로 어렵지 않은 조건이었다. 타테야마 이루카의 요구 사항은 파악했으니 이젠 내 차례라는 생각이 들어 책상 위에 올려둔 파일을 그에게 양손으로 공손히 전달했다. 파일을 꼼꼼히 살펴본 그는 알겠다며, 오늘 당장은 안되지만 같이 생활하며 하나씩 천천히 얘기해 주겠다고 답했다. 그러곤 돌고래 모양의 얼음이 새끼 돌고래만 한 크기가 되었다며 음료를 마실 것을 권했다. 내 밀크티의 돌고래는 이미 물속으로 사라진 지 오래였지만. 나는 빨대로 한 번에 음료를 반 정도 들이키곤 궁금한 점을 더 여쭤봐도 되는지 물었다. 의문으로 남아 있는 점이 아직 있었기 때문이다. 바로 부정적인 감정의 전염에 대한 것이다. 이에 대해 어떤 방식으로 실험할 예정인지 묻자 그는 같이 살다 보면 알아서 될 것이라고 다소 애매하게 답을 하며 웃었다. 그저 같이 사는 것만으로도 된다니, 너무 계획이 없는 것 아닌가? 물론 내 목적이랑은 관계없는 일이니까 그 이상 파고들지는 않았다. 애초에 파고들 정도로 능숙한 일본어를 구사할 수 없지만.

음료를 다 마시고 나선 타테야마 이루카와 함께 카페 밖으로 나와 마을을 둘러보기 시작했다. 그는 당분간 지낼 곳이니까 어느 정도 지리를 알아둘 필요가 있다고 말했다. 우리는 간단히 산책을 하며 여러 군데를 살펴보았다. 저곳은 마을 회관, 여긴 편의점과 마트, 빵집, 식당가 등등. 식당가에서 위로 올라가면 버스 정류장이 있고, 거기서 시내로 가는 버스를 탈 수 있다고 한다. 그리고 마을의 안쪽에는 타테야마 이루카의 집이 있다. 다른 이웃들도 있긴 하지만 자주 마주치지는 않는 것 같았다. 여기에 처음 와서도 느꼈던 거지만, 사람들이 사는 게 맞나 싶을 정도로 매우 조용한 곳이었다.

일단 타테야마 이루카의 집에 들러 가방을 내려둔 다음, 시내로 나가서 필요한 물품을 구비하고 장도 볼 겸 해서 다시 외출을 나가기로 했다. 지금 생각해 보면 출국하기 전에 미리 호텔을 예약해두지 않아서 다행이었다. 그랬으면 급하게 취소해야 했을 테니까. 물론 한국으로 가는 비행기 표는 취소해야 했다.

버스 정류장으로 올라가는 길엔 '초록색'이 많이 보였다. 엄청 시골인 것은 아니지만 그렇다고 도시라고 볼 순 없는 이 마을은 잔디와 논, 멀리 보이는 산 등 자연을 많이 접할 수 있는 환경을 갖추고 있었다. 간간이 들리는 새소리와 맑은 공기를 들이마시며 가끔은 세속적인 삶에서 벗어날 필요가 있음을 다시 한번 느꼈다. 마을이 엄청 조용하네요, 깨끗하고 자연 친화적인 곳 같아요, 등 이런저런 잡담을 하며 걷다 보니 금세 정류장에 도착했다. 지친 다리를 쉬게 할 겸 타테야마 이루카와 나는 자연스레 의자에 앉아 휴식을 취했다.

"…만약에 말인데요, 제가 나타나지 않았더라면 어떻게 하셨을 거예요?"

도로 쪽을 힐끔힐끔 보며 버스가 언제 올지 살피는 중, 나는 문득 생긴 호기심을 입 밖으로 던졌다. 어떻게 하시긴 뭘 어떻게 해. 저분은 그냥 카페에서 시간을 보내셨겠지. 안 갔을 때 손해를 보는 쪽은 나면서. 막상 말을 해놓고 왜 이런 쓸데없는 질문을 한 건지 스스로가 이해되지 않았다.

"글쎄요. 솔직히 말하면 올 거라 생각하지 않았어요. 그런데 당신은 왔더군요."

그가 한 마디를 마치자마자 버스가 바퀴로 도로를 가르며 달려오는 소리가 들리기 시작했다. 당장은 올 거라 생각하지 않았던 버스의 등장에 얘기는 자연스레 끊겼다. 그리고 버스에 탑승하고 나니, 생필품도 생필품이지만 환전도 시급하단 생각이 들었다. 카페에서 마신 음료와 버스

비를 지불하는 과정에서, 일본에서 길게 머물 생각이 없었기에 엔화를 적게 들고 왔다는 사실이 기억났기 때문이다.

2인석에 앉아 창밖으로 풍경을 보고 있자니 옆에서 시선이 느껴졌다. 고개를 돌리자 옆에 앉은 그와 눈이 마주쳤다. 그러더니 그는 나지막이 곽학견 씨가 '무엇'이 있는 사람이라 다행이네요, 라는 말을 흘렸다. 여기서 '무엇'은 카페에서 알아듣지 못했던 말과 같은 단어였다. 그래도 두 번 이상 들어보니 무슨 뉘앙스인지 알 수 있었다. 아무래도 '열정'이란 뜻이 맞을 것이다. 연락처도 뭣도 제공해 주지 않고 그저 일본으로 건너오라는 말만 남겼는데도 이렇게 찾아와준 게 고맙고 신기하다고 덤덤히 말하는 그를 보며 나는 그저 내 이익을 위해 온 것뿐인데 이런 좋은 말을 듣고 있는 상황이 마냥 신기하게 느껴졌다.

"물론 오지 않을 거라 예상한 것과는 별개로 내심 기대가 되긴 하더군요. 웃긴 소리지만, 만약 안 오셨으면 조금 슬펐을 것 같아요."

"슬퍼요?"

타테야마 이루카의 눈썹이 묘하게 팔자를 그리는 것과 달리 나는 아무 표정의 변화도 보이지 않은 채 되물었다. 그러자 그는 네. 슬펐을 거예요, 라고 강조하며 살짝 웃어 보였다. 그저 일이 다르게 흘러간 것뿐인데 왜 슬퍼하는 것일까. 나는 도통 이해가 되지 않았다.

버스가 달릴 때마다 열어놓은 창문으로 바람이 조금씩 들어왔다. 적당히 시원하고 기분 좋은 바람을 맞고 있자니 곧 시내 근처에 있는 정류장에 도착할 수 있었다. 버스에서 내린 뒤, 타테야마 이루카를 따라 아랫길로 내려가니 번화가가 나타났다. 확실히 시내라 그런지 조용했던 마을과 달리 사람들로 북적이는 게 느껴졌다. 이런 광경을 보니 내심 시내도 한적할지 모른다는 예상이 확실히 틀렸다는 것을 깨달을 수 있었다.

"먼저 환전하러 가도 괜찮을까요? 제가 엔화를 별로 안 들고 와서….."

"그래요. 근처에 편의점이 있으니 거기로 갑시다."

타테야마 이루카에게 양해를 구하고, 일단은 시내에서 처리할 무수한 일 중 환전부터 하기로 했다. 그를 따라 걸으니 금세 편의점이 나타났고 안에 들어가서 두리번거리다 보니 ATM 기계를 찾을 수 있었다. ATM에 다가가서 제일 처음 한 일은 언어 설정에 가서 한국어 버튼을 누르는 것이었다. 아무리 어느 정도 일본어 공부를 해왔다지만 돈이 걸린 문제는 신중히 확실하게 처리하고 싶은 마음에 실수할 가능성이 제일 적은 한국어를 골랐다. 그리고 넉넉하게 돈을 갖고 있는 게 낫겠다는 생각이 들어 출금 최대 금액인 100,000엔 버튼을 눌렀다. 아무리 저쪽에서 생활비를 지원해 준다고 한들 사비가 쓰일 일이 있을 수도 있으니까.

"하나, 둘, 셋….."

환전이 끝나고 돈을 집은 다음, 설정한 금액대로 잘 나왔는지 빠르게 세며 확인했다. 10,000엔짜리 지폐 10장. 제대로 나온 것이 틀림없었다. 밖에서 기다리고 있는 타테야마 이루카에게 빨리 돌아가야겠다는 생각이 들어, 돈을 접어 지갑에 욱여넣고 출구 쪽으로 몸을 돌렸다. 그런데.

"아."

편의점의 출입문을 통해 나가려는 참이었다. 어떤 남자가 어깨를 세게 부딪히고 지나가는 바람에 지갑을 툭, 떨어뜨리고 만 것이다. 나는 아무 생각 없이 지갑을 주웠고 그대로 말없이 지나가는 남자의 등을 보니 똑같이 아무 생각 없는 표정을 하고 있을 게 훤히 보였다.

"저기요. 사람을 치셨으면 사과를 하셔야죠."

목소리의 주인은 무표정을 짓고 있는 타테야마 이루카였다. 아니, 무표정이라기엔 눈썹이 살짝 올라가 있었다.

"…아, 예. 제가 급한 일이 있어서요. 죄송합니다."

어깨를 친 남자는 몇 초 말이 없더니 내 쪽으로 다가와 아까 예상했던 모습처럼 아무 생각 없는 표정으로 사과를 건넸다. 나는 반사적으로 괜찮습니다, 라는 답을 하는 게 고작이었다. 달리 할 수 있는 일이 없었기 때문이다. 그렇게 남잔 제 갈 길을 가버렸다.

"예의 없는 사람이네요."

멀어지는 남잘 보는 사이, 타테야마 이루카가 다가와 말을 걸었다. 솔직히 말하면 지금까지 살아오면서 저런 사람들을 일일이 신경 써 본 적이 없다. 나뿐만이 아니라 모든 현대 사람이 그렇지 않을까.

"그러게요. 근데 바쁜 것 같았으니 이해는 가요. 상대나 저나 별생각 없기도 했고."

"저 남자야 별생각 없는 게 당연하죠. 본인이 친 거지, 당한 게 아니잖아요. 곽학견씨는 방금 상황에서 화를 내도 마땅했어요."

화를 내도 마땅한 상황이라니…, 애초에 화가 나본 적도 없고 내본 적도 없는데. 역시 한 번 분노라는 감정을 느꼈던 사람이라 그런지 몇 세기 전의 사람처럼 특정한 상황에서 화를 느끼는 듯했다.

"그리고 누군가 뭐라 하지 않으면, 다른 누군가도 저 사람한테 치이고 사과받지 못하겠죠. 제가 오지랖 부린 건 미안하게 생각합니다."

"…아닙니다. 다 저를 생각해서 하신 행동이니 괜찮아요."

이는 지금까지 생각해보지 못한 시각이었다. 몇 세기 전만 해도 부당하다고 느끼던 일들이 그대로 현대에 일어나도 지금의 사람들은 화를 내지 않게 되었다. 그리고 그건 나 또한 마찬가지였기에 아무 생각 없이 살아왔고, 다른 사람에 대해 걱정도 하지 않게 되었다. 기분이 이상했다. 나는 은연중에 누군가에 대한 고려를 전혀 하지 않는 현 사회의 사람들과 나 자신보다 타테야마 이루카가 훨씬 인간답다고 느꼈지만, 이때는 이 기분을 뭐라 정의할 수 없었다.

"그럼 기분 전환 겸 옷이라도 보러 갈까요. 오래 지내려면 옷이 더 필요할 것 같은데."

우리는 장 볼 거리와 물품을 구입하기 전에 내가 입을 옷 몇 가지를 먼저 구입하기로 했다. 시내 안쪽으로 향하니 2층짜리 대형 옷 가게가 있었다. 안으로 들어가니 직원의 인사 소리와 사람들의 소리가 뒤섞여 마치 마을에 없던 인구가 전부 여기에 몰려있나, 라는 생각을 들게 했다.

지금은 적당히 선선한 4월이지만 이곳에서 한 달 정도 있다 보면 곧 여름이 되겠지. 타테야마 이루카의 말에 이르면 일본의 여름은 녹는다고 느껴질 정도로 덥다고 한다. 나는 봄용으로 입을 셔츠와 여름에 입을 반팔과 바지 등을 고르기 시작했다. 내 직업상 매일매일 출근하는 루틴을 가질 필요가 없다 보니 지금까진 몇 년 전에 사둔 옷들을 돌려 입으며 생활했다. 앞으로도 체형이 크게 변하지 않는 한 옷을 더 살 일은 없을 거라 생각했는데, 이렇게 옷을 여러 벌 사도 괜찮은 합리적인 이유가 생겼으니 그냥 즐기기로 했다. 왠지 모르겠지만 가게에서 마음에 드는 옷을 찾고 고르는 이 상황이 소소하게 기분 좋았다.

"윗옷 세 개랑 바지인가요? 멀리까지 오느라 수고 많았으니 제가 사드릴게요. 선물이라 생각하고 받아주세요."

그는 내가 눈여겨본 옷들을 기억한 모양인지 그대로 읊으며 본인이 선물해 주겠다는 의사를 밝혔다. 당연히 내가 사려고 했던지라 엄청 많이 골랐는데, 이런 많은 양의 옷을 대신 사주신다니 기분이 이상했다.

"…취재를 승낙해 주셨으니 이쪽에서도 기념으로 몇 벌 사드릴게요. 골라보세요."

이를 들은 타테야마 이루카는 눈을 동그랗게 뜨더니 기쁜 얼굴로 고맙다고 말했다. 나는 지금까지 이런 행동을 해본 적이 없어서 그런지 말을 꺼낸 직후 어색함에 얼굴이 조금 빨갛게 물들고 말았다. 그리고 오랫동안 옷을 사러 온 적이 없어서 뭐부터 봐야 할지 모르겠다는 그의 말에 같이 옷을 봐 드리기로 했다. 다른 할머니들보다 키도 큰 편이시고, 현재 쓰고 계신 벙거지도 그렇고, 전체적으로 스타일이 좋다고 느껴졌기에 세련돼 보이는 슬랙스 하나를 추천해 드렸다. 피팅해 보니 제 것처럼 사이즈도 딱 맞았으며 아까보다 다리도 훨씬 길어 보였다. 마침 본인도 마음에 쏙 든 모양인지 이 옷으로 하겠다며 계산하러 가자고 말을 꺼내는 그에게 나는 다음과 같이 답했다.

"바지 골랐으니 윗옷도 고르셔야죠. 저도 많이 받았으니 적어도 두 벌 정돈 사드리고 싶어요."

그렇게 타테야마 이루카는 블라우스까지 해서 총 옷 두 벌을 새로 가질 수 있었다. 물론 나는 더 많은 옷을 받았지만. 이렇게 같이 옷을 고르고 구입하는 과정 덕분인지 카페에서 처음 만났을 때 보다 훨씬 가까워진 것 같은 기분이 들었다. 이어서 오늘 먹을 저녁을 포함해 며칠 동안 먹을 수 있는 양의 식재료와 칫솔, 양말, 수건 등 개인적으로 필요한 물건 등을 보충했다. 이후 다시 버스를 타고 마을 쪽으로 가는 과정에서 하늘에 진 노을이 까맣게 물들며 하루가 다 지나갔다는 신호를 보내고 있었다. 버스에서 내려 집으로 돌아가는 길에 타테야마 이루카는 덕분에 하루를 즐겁게 보냈다며 또 고맙다는 말을 전했다. 이분은 고마움과 기쁨이 많은 사람이구나. 사실 덕분에 즐겁게 보낼 수 있었던 건 이쪽도 마찬가지였다. 나도 우리 할머니랑 오늘과 같은 삶을 보내고 싶었다. 같이 시내를 돌아다니고, 옷을 골라주고, 집으로 돌아가는 길에 소소한 얘기를 하고…, 타테야마 이루카 덕분에 잠깐이나마 소원을 이룬 듯한 기분이 들었다.

콰직.

길거리에 웬 음료수 캔이 있지. 캔이 개미허리가 될 정도로 아주 제대로 밟아버렸다. 나는 이렇게 깨끗한 동네에도 길에 쓰레기를 버리는 사람이 있구나, 라고 평소엔 신경 쓰지도 않았을 것에 반응하고 있었다.

"곽학견씨가 보여 준 파일에 이런 질문이 있더군요."

캔을 밟고 나서 묘하게 가라앉은 분위기를 타테야마 이루카의 목소리가 갈라냈다. 고개를 들어 목소리가 난 방향을 쳐다보니 그는 생각에 잠긴 듯 허공을 응시하고 있었다.

"그 사건 이후로 남편과는 어떻게 됐고 사과는 받았는지…, 카페에서 이미 들었겠지만 남편과는 갈라졌어요."

"역시 전에 일어났던 사건 때문인가요?"

타테야마 이루카의 남편. 그는 타테야마 이루카가 아끼던 사진을 태운 사람이다. 대체 무슨 이유로 그런 짓을 한 건지 정확히 알려진 것은 없으나, 다른 기사들과 커뮤니티 사이트에는 평소 할머니가 사진에 집착하는 경향을 보여 이를 바로잡기 위해 태운 게 아니냐는 의견이 오가고 있었다.

"마냥 그것 때문은 아닙니다. 애초에 그전부터 서로 생활을 청산하기로 결정했었어요. 그리고 그 사건 이후로 멀어지는 과정이 자연스레 빨라진 거죠."

그는 생각이 많아 보이는 듯한 태도로 말을 이어 나갔으며, 사건이 일어나고 나선 타테야마 이루카는 본인의 집에 계속 머물고, 남편은 고향인 수도권 지역으로 돌아갔다는 사실을 알 수 있었다. 남편에 대한 푸념을 듣고 있자니 금세 그의 집에 도착할 수 있었다.

아까는 짐만 빠르게 내려두고 가느라 집 안을 자세히 둘러볼 여유가 없었지만, 여러 개의 방과 거실 등을 다시 보니 상당히 넓고 좋은 집이라는 것을 뼈저리게 체감할 수 있었다. 목판으로 이루어진 바닥엔 타테야마 이루카가 지내온 세월이 묻어있었다. 집의 뒤편으로 가니 마당과 작은 밭도 딸려있었다.

"내일은 양배추와 브로콜리 모종을 심는 것을 도와주셨으면 해요."

"네, 알겠습니다."

본격적으로 타테야마 이루카와의 생활과 취재가 시작될 것을 생각하니 다시 가슴이 두근거리기 시작했다. 이는 큰 건을 따냈기 때문도 있지만 나는 원래도 학구열이 상당한 학생이었다. 그런 학생에게 '부정적인 감정을 깨우친 사람이 어떤 행동 양상을 보이는지' 실시간으로 관찰할 수 있는 환경을 준다면 어떻게 되겠는가?

"일단 씻고 욕실 옆에 있는 방으로 와요. 잠자리를 마련해 둘 테니까."

금강산도 식후경이라 했나. 아무리 열정이 넘친다지만 쉴 땐 충분히 쉬어 주어야 한다. 지금 상황과는 미묘하게 안 어울리는 말이긴 하지만 아무럼 어때, 뜻만 통하면 됐지. 나는 아까 시내에서 구입한 칫솔의 포장을 뜯어 욕실로 들어가 사용한 흔적이 잔뜩 느껴지는 치약을 찾아 짜낸 뒤 이를 닦기 시작했다. 이를 구석구석 닦고 물로 가셔낼 동안 타테야마 이루카가 다른 방에서 이불과 베개를 갖고 왔다 갔다 거리는 게 느껴졌다. 이후 세안까지 마치고 얼굴에 묻은 물기를 수건으로 깔끔히 다 닦고 나서야 욕실을 나올 수 있었다. 옆에 있는 방으로 이동하니 흰색 바탕에 식물이 그려진 이불과 꽤 높이가 있어 보이는 베개가 날 반기는 중이었다.

"앞으로 이 이불과 베개를 쓰면 돼요. 이부자리는 건너편 방의 붙박이장 안에 보관하고 있으니 참고하세요."

수건을 옷걸이에 걸어놓으려는 순간, 타테야마 이루카가 방으로 들어와 말을 건넸다. 앞으로 아침에 일어나면 이불을 개서 붙박이장 안에 넣어두고, 잘 땐 다시 꺼내고를 반복하면 되겠다고 생각하며 그에게 안녕히 주무세요, 라는 인사를 건넸다. 그도 똑같은 인사말로 답하며 전등 스위치를 꺼주는 세심한 배려심을 보여주곤 방문을 닫고 사라졌다.

나는 이불 안으로 들어가 베개가 푹 파이도록 편히 누웠다. 단단해 보이는 겉모습에 비해 푹신한 베개와 은은한 향기가 나는 이불은 약간의 불면증을 가진 나를 금세 재워주는 수면제와 같은 역할을 했다.

"헉."

눈을 뜨니 적당히 따뜻하고 기분 좋은 햇살이 느껴졌다. 하지만 기분 좋음과 동시에 드는 이 묘한 느낌은 마치 중요한 일정이 있는 날에 늦잠을 자고 일어난 느낌과 같은 종류의 것이었다. 내가 대체 몇 시까지 잔 거지? 이 방에도 시계가 있나 싶어 이리저리 둘러보니 전등 스위치 근처에 있는 탁상 위에 작은 시계가 하나 놓여있었다. 나는 그 작은 시계로부터 지금이 오전 11시 30분이라는 정보를 얻을 수 있었다. 생각보다 늦게 일어난 탓에 급히 잠자리를 정리하고 이부자리를 두 손에 가득 든 채 붙박이장이 있는 방으로 향했다.

"좋은 아침이에요."

그러나 그 과정에서 복도 쪽에 있는 타테야마 이루카와 딱 마주치고 말았다. 나는 똑같이 좋은 아침이라는 인사를 건네며 일찍 일어나서 뭐라도 도와드릴 걸 그랬다는 말을 흘렸다. 그러자 그는 정말 아무 상관없다는 듯 어차피 오전에 할 일도 없었기에 괜찮다고 답하며 호탕하게 웃어 보였다.

"대신 늦게 일어나면 제가 아니라 곽학견씨가 손해예요. 아침밥을 못 먹게 되잖아요."

"하하, 그러네요. 이제부턴 적어도 9시 30분엔 일어나야겠어요."

사실 난 아침밥을 먹지 않는다. 하지만 이는 비밀로 하고 적당히 대답한 뒤, 점심 식사 준비를 도우면 되는지 여쭤보았다. 아무래도 아침에 만들어둔 게 있으니 그대로 다시 데우기만 하면 되는 것 같았지만 계란 프라이가 부족했기에 2개만 더 만들어달라는 부탁을 받았다. 그렇게 나와 타테야마 이루카는 계란 프라이와 생선, 미소 된장국을 메뉴로 점심 식사를 했다. 딱 정석적인 일본 가정식 요리였다.

먹고 나선 10분 정도 휴식을 한 뒤, 사용한 식기들을 싱크대로 옮겨 설거지를 시작했다. 지금까진 먹고 나서 바로 설거지를 해본 적이 없었는데 아무래도 남의 집에 얹혀사는 모양이다 보니 몸이 저절로 움직였다. 설거지를 열심히 하다 보니 몸에 열이 올라서 이를 식힐 겸 세수와 양치를 했다. 하지만 얼마 안 가 몸을 식힌 게 아무런 의미가 없어져 버렸다. 양배추와 브로콜리 모종을 심기 위해 뒤편에 있는 밭으로 이동해야 했기 때문이다. 밭으로 가니 심어야 할 무수한 모종들이 나를 반기고 있었다.

"이거 끼고 하면 돼요. 근데 내 손에 맞춘 거라 사이즈가 맞을지 잘 모르겠네요."

그는 나에게 흰색 바탕에 끝부분에 노란색 선이 그어져 있는 목장갑을 건넸다. 받은 것을 자세히 보니 다른 목장갑에 비해 깔끔한 모양이 아니었는데 아무래도 사이즈를 조절하느라 어느 정도 수선을 한 흔적이 남아 있는 것 같았다. 장갑을 껴보니 확실히 손에 딱 맞는 것이, 다른 장갑과의 차이가 확 느껴졌다. 지금까지 시중에 파는 것들을 착용했을 땐 손가락 끝부분이 말릴 정도로 헐렁했는데. 아무튼 지금부터 타테야마 이루카가 해주는 설명을 잘 들어야 했기에 잡생각은 넣어두기로 했다.

다행히도, 작물을 심기 전에 퇴비와 석회를 뿌리고 밑거름을 준비하는 과정은 내가 오기 전부터 진작 완료되어 있었기에 해당 작업은 생략할 수 있었다. 우선은 호미로 전에 심었던 작물을 걷어내고 새 모종을 심을 자리를 만드는 작업을 시작했다. 처음은 별거 아니네, 라고 생각하며 스피드 있게 정리해 나갔지만 점점 쭈그려 앉은 자세가 불편해지기 시작했다. 중간중간에 일어섰다 앉기를 반복하며 다리의 피로를 풀어주는 시간을 가진 나에 비해 타테야마 이루카는 일정한 속도로 꾸준히 작업을 하고 있었다. 역시 밭일을 해 본 경험이 있는 사람들은 본인만의 요령을 갖고 있구나. 그에게서 여유가 느껴졌다. 그를 보니 나도 도움이 되어야겠다는 생각에 덥고 습한 손으로 다시 호미를 집었다. 파박. 파박. 흙을 파는 소리만이 마당을 메웠다.

파박, 파박, 파박, …깡!

갑자기 깡? 무슨 소리인가 싶어 황급히 옆을 바라보자 타테야마 이루카가 주저앉은 채로 땀을 닦는 모습이 보였다.

"무슨 일입니까!"

가까이 다가가니 그는 말없이 손으로 어딘가를 가리켰다. 손의 끝부분에는 부러진 호미의 머리가 보였다. 숨을 몰아쉬며 얘기를 잘 이어가지 못하는 그를 보니 이거 안 되겠다, 싶은 마음에 당장 장갑을 벗어 던졌다. 그리곤 빠르게 손을 씻고 컵에 냉수를 잔뜩 받아왔다.

"물 좀 드셔가면서 하세요."

안 그래도 목이 말랐는지, 그는 가져온 물을 벌컥벌컥 마시기 시작했다. 컵이 금세 바닥을 드러낼 정도로 빠른 속도였다. 수분을 섭취하고 나서 어느 정도 진정된 타테야마 이루카는 부러진 호미를 챙기곤 혀를 찼다.

"이놈의 호미가 또 부러졌네요. 열이 안 받을 수가 없어."

아무래도 살짝 화가 난 것 같았다. 기척을 살피는 내 시선이 느껴진 것인지 그는 애써 화가 난 것을 잠재우곤, 호미를 사도 사도 자꾸 부러지는 게 여간 번거로운 일이 아니라며 웃었다. 지금까진 호미가 여러 번 부러져도 늘 그렇듯 아무렇지 않게 넘겼지만 '결함의 눈물' 사건이 일어난 뒤론 이상하게 화가 나기 시작했다고. 역시 부정적인 감정을 한 번 느끼고 나면 지금까지 대수롭지 않게 느끼던 일들도 다르게 받아들여지는 듯했다.

그가 더 이상 일을 진행할 수 없는 상태라는 걸 알았기에 더 열심히 작업을 해나갔다. 땅을 정리하고 깊게 파내는 등, 호미로 할 수 있는 전반적인 일을 내가 맡았다. 이후에는 같이 땅에 물을 붓고 모종을 심는 활동에 집중했다. 몇 시간이 흘렀을까. 모든 모종을 심고 나니 하루가 다 가버렸다. 새삼 체력이 안 좋은 내가 하루 안에 모든 작업을 끝냈다는 게 대단하다고 느껴졌다. 어떻게든 뒷정리를 하고 저녁 식사를 하니 그제야 몸에 피로감이 몰려와 저절로 곡소리가 났다. 타테야마 이루카는 밥을 먹으며 앓는 나를 보곤 정말 수고 많았다며 수시로 칭찬을 날렸다. 칭찬 일색인 식탁에서 그래도 밥값은 해야죠, 라고 너스레를 떠는 중에 어디선가 벨 소리가 들리기 시작했다.

자리에서 일어나 현관으로 가는 타테야마 이루카를 보고 나서야 방금의 소리가 초인종 소리였다는 것을 깨달았다. 이 집의 초인종 소리는 마치 아파트 내 안내방송이 시작될 때 울리는 알람음과 비슷했다. 현관에선 몇 마디가 오고 가는 듯하다 이내 철컥, 하고 문이 닫히는 소리가 들렸다. 다시 식탁으로 돌아온 그는 손에 흰 봉투를 들고 나타났다.

"그 봉투는 뭔가요?"

"국가에서 주는 약이에요. 어느 정도 나이가 차면 노인 건강 복지랍시고 지급받을 수 있더라고요."

가까워지는 그를 보며 그런 게 다 있군요, 라고 답하려는 그 순간이었다. 타테야마 이루카는 방금 받아 온 약 봉투를 쓰레기통에 냅다 처박아버렸다.

"지금 뭐 하시는 거예요?!"

평소라면 잠자코 있었을 테지만, 너무나 예상 밖의 일에 그만 큰 소리를 내버렸다. 그는 태연하게 자리에 다시 앉더니 먹을 필요가 없으니 버린 거라는 간결하고도 간결한 답을 내놓았다.

"곽학견씨, 혹시 국가에서 실시하는 예방 접종을 꾸준히 받고 있나요?"

*

전국적으로 예방 접종 비용을 정부가 부담하기로 한 지 벌써 몇백 년 이상의 시간이 흘렀습니다. 덕분에 국민들의 질병 감염 수치가 전폭적으로 감소하여 이로 인한 사망률 또한 꾸준히 줄어들고 있습니다. 이번 접종 기간도 4월부터 시작되니, 질병관리청 누리집 사이트에서 세부 사항 확인 후 꼭 예약하시길 바랍니다.

"학견아, 이번에 주사 맞는 거 잊으면 안 된다."

저 방송만 흘러나오면 할머니는 나에게 예방 접종을 꼭 받으라며 신신당부하곤 했다. 그래서인지 나는 어렸을 때부터 청소년기, 20대 초반까지는 무슨 일이 있어도 꼬박꼬박 주사를 맞곤 했다. 물론 20대 후반이 된 지금은 귀찮다는 이유로 잘 맞지 않게 되었지만…, 이제 곧 2년이 다 되어가니 맞으러 가야겠지.

동아시아와 서구권을 포함한 대부분의 나라는 국가에서 예방 접종 비용을 지원하고 있지만 2년 이상 해당 지원 서비스를 이용하지 않으면, 이후로 영영 지원을 받을 수 없게 된다. 지속성을 보여주지 않는 국민은 알아서 비용을 지불하라는 뜻이다. 그렇기에 할머니는 나에게 계속 '예방 접종을 잊지 말 것'을 강조한 것이다. 독감 주사만 해도 평균 4만 원이고, 비싸면 10만 원 이상도 하니까.

할머니는 규칙에 잘 따르는 사람이었다. 좋게 보면 성실하지만 나쁘게 보면 고지식했다. 보통, 병원에서 처방받은 약을 꾸준히 먹는 경우는 거의 드물다. 중간에 증상이 멎으면 이제 괜찮겠다 싶은 마음에 복용을 멈추는 것이다. 하지만 우리 할머니는 약 하나 먹는 것조차 시간에 맞춰 꼬박꼬박 끝까지 먹는 분이셨다.

"다른 할머니나 할아버지들도 이렇게 밤에 약을 챙겨 먹는단다. 너도 때가 되면 자연스레 먹게 되겠지."

*

"예방 접종 안 맞은 지 곧 2년 다 되어갈걸요? 지금 좀 아슬아슬해서 한국 가면 바로 맞아야 할 것 같은데…."

"되도록 맞지 마세요."

타테야마 이루카는 내 말이 끝나기도 무섭게 단호히 맞지 말라는 말을 꺼냈다. 물론 예방 접종을 유료로 받아도 될 정도로 경제적인 여유가 있다면 그렇게 하라는 것을 덧붙이며.

"이건 제 생각인데, 국가에서 지원해 주는 주사는 뭔가 이상해요."

내게 있어선 주사보다 해당 발언이 더 이상하게 느껴질 뿐이었지만, 매우 진지해 보이는 그의 태도 때문에 쉽게 단정 짓는 말을 내뱉을 수가 없었다. 하지만 국가에서 국민들에게 해가 될 짓을 할만한 마땅한 이유가 아무리 생각해도 떠오르지 않았다. 결국 그에게 무엇이 이상하냐 묻자, 예상외의 정보를 얻을 수 있었다. 타테야마 이루카는 현재 국가의 접종 지원을 받지 않는 상태로, 2년 이상 예방 접종을 받지 않아 지원 대상자 자격을 박탈당했다. 그렇기에 지금은 돈을 지불하며 접종을 받는 중이며, 덕분에 국가에서 지원해 주는 주사와 개인 병원에서 맞을 수 있는 주사 두 가지를 전부 맞아 본 경험이 존재한다. 그의 말에 따르면 국가에서 지원해 주는 주사는 일반 주사와 달리 용량이 더 크고 성분 또한 틀려 보인다고 한다. 성분을 직접 분석한 것은 아니지만, 두 주사 간의 증상이 확연히 차이 났기 때문에 그렇게 생각한다고.

"나이가 들며 몸에 변화가 생긴 건 아닐까요? 유료 주사를 맞기 시작한 게 더 나중의 일이잖아요."

"…저도 그렇게 생각했어요. 처음에는."

그는 손가락으로 쓰레기통을 가리켰다. 저 안에는 아까의 약 봉투가 쓰레기 냄새로 물들어가고 있을 것이다.

"국가에서 제공한 주사를 맞았을 때와 저 약을 먹었을 때의 증상이 같단 걸 눈치챈 뒤론, 생각이 바뀌었어요."

그가 말하는 '증상'이라는 건 이러했다. 오늘 오후에 호미 머리가 부러진 것처럼 짜증 날 것 같은 일이 여러 번 일어나더라도 아무렇지 않은 감정을 유지할 수 있고, 악의 없는 모욕을 넘기고, 몇 세기 전의 사람들이라면 분노했을 만한 일에 점점 무뎌지는 것이다. 이는 마치 지금의 현대인들과 내 모습을 보는 것 같았다. 게다가 약과 주사를 통해 무덤덤한 성격으로 변해가는 과정에서 이상하게도 딱딱한 음식을 더 즐겨 먹게 되었다고. 물론 이 부분은 취향의 변화인지 증상 중 하나인지 확실하지 않기에 장담할 순 없다고 말했다.

"하지만 지원이 끊긴 뒤로는 딱딱한 건 쳐다도 보지 않게 됐어요. 이후 사람이 점점 감정적으로 변해가는 것을 느꼈고, 몇 달 뒤 그 사건이 터진 겁니다."

그의 말을 정리하자면, 국가가 무료로 지원해 주고 있는 예방 접종과 노인들의 건강을 위해 지급하는 약들이 부정적인 감정을 인지하지 못하게 하는 역할을 한다는 건데, 그의 가설에 내 가설을 덧붙이자면 저 서비스를 이용하는 사람들이 딱딱한 물체를 씹는 것은 아마 인지하지 못한 스트레스를 발산하는 행위인 듯했다. 이런 엄청난 정보를 왜 그토록 많은 사람이 모르고 있었을까. 한 나라만 그런 것도 아니고 몇십 개의 나라가 해당 정책을 실시하고 있는데, 그 수많은 사람 중에 이의를 제기한 사람이 아무도 없다니.

"의아하죠, 저도 그렇게 생각해요."

타테야마 이루카는 아무래도 나와 비슷한 생각을 한 것 같았다. 그는 현재 비싼 주삿값을 감당하기 싫어 국가의 지원을 받는 세대가 극단적으로 많다고 말했다. 나라별 통계만 봐도 많은 국가의 국민들이 평균적으로 90% 이상 해당 지원 서비스를 이용하고 있었다. 특히 일본과 미국의 경우는 예방 접종 서비스를 지속해서 이용하는 국민들에 한해 반년에 한 번씩 무료로 수액을 맞는 것이 가능했기에 지원을 '안 받는 사람이 바보'였다. 하지만 사람들이 들고일어나지 않는 이유가 정말 이것밖에 없을까? 고작 국민들의 서비스 이용률이 매우 높다는 거 하나만으론 다 설명이 되지 않는 느낌이 들었다. 국가의 지원을 받지 않는 10%의 사람들은 어떤 사람들일까.

"…어쨌든 되도록 국가에서 실시하는 예방 접종은 받지 마세요. 나중에 집으로 약이 와도 절대 받아먹지 말고요."

"왜요?"

이쪽에서 의문을 표하니 그는 내심 놀란 듯이 나를 바라보았다. 하지만 나는 그저 솔직하게 반응했을 뿐이었다. 타테야마 이루카가 제공한 정보는 확실히 충격적일 만큼 큰 건이었다. 그러나 주사와 약이 몸에 큰 해를 끼치는 건 아니다. 실제로 해당 제도 덕분에 많은 사람이 암과 같은 치명적인 질병에 걸려 사망하는 경우가 매우 줄었고, 일일이 부정적인 감정을 느끼지 않으니 삶이 피곤하지도 않다. 물론 얼음이나 알사탕 등 딱딱한 것을 씹는 행동이 주사나 약과 관련이 있을 수 있지만, 그래봤자 그의 예측일 뿐이지 확실한 물증이 있는 것도 아니다. 그래서 나는 그에게 다음과 같이 말했다. 이런 좋은 지원을 버려가면서까지 부정적인 감정을 느끼면서 사는 것을 선택하는 게 정녕 좋은 건지 잘 와닿지 않는다고. 물론 부정적인 감정이 전염되는지에 대한 실험을 도와주겠다곤 했지만 그건 개인의 삶과 가치관을 건드리지 않는 선에서였다. 실험은 어디까지나 동거 생활 안에서만 이루어지는 것이지 내 인생 전반에 영향을 줄 수 있는 선택까지 그 범위 속에 집어넣을 순 없었다.

"…미안해요. 제가 너무 강요한 것 같네요. 하지만 전 반대로 묻고 싶어요. 부정적인 감정을 인식하지 않고 사는 게 좋은 걸까요? 기쁨이나 감동처럼 그저 자연스러운 감정 중 하나일 뿐인데 이를 통제한다니 솔직히 말도 안 된다고 생각해서요."

그는 어떻게든 이성을 유지하며 말을 이어 나갔지만, 어딘가 나를 설득하고 싶어 하는 기색이 역력했다. 이후 타테야마 이루카는 내가 국가의 건강 지원 서비스를 계속 이용하는 것을 선택하더라도 본인이 뭐라 할 권리가 없다는 것을 인정했지만 자신이 한 말에 대해 곰곰이 생각해 봤으면 좋겠다며 식사를 마쳤다. 그가 일어난 뒤, 나는 식탁에 10분 정도 더 머물렀다. 그의 식기를 확인해 보니 거의 손을 대지 않은 상태였고 나는 알 수 없는 기분으로 뒷정리를 하기 시작했다. 식어버린 고기 조림과 얼음이 거의 다 녹아버릴 정도로 방치된 오이냉국을 보며 어떻게 보관하면 좋을지 생각하던 참이었다. 오이냉국에 둥둥 뜨는 얼음을 보니 한국에 있을 때 얼음을 한가득 씹던 게 떠올랐다. 참 신기하게도 지금은 얼음을 입에 넣고 싶지도 않다. 이다음의 일은 잘 기억이 나지 않는다. 아마 정리를 마치고 씻은 뒤 일찍 잠들었겠지.

이후 타테야마 이루카와의 생활은 단조롭게 흘러갔다. 일어나선 같이 아침 식사를 하고 씻는다. 나는 재택근무를, 그는 독서와 밭일을 하고, 오후에는 집안일을 분담해 해치운다. 마지막으로 저녁 식사를 하고 하루를 마무리하는 루틴이 계속 되풀이되었다. 아, 가끔 밖에 나가 산책을 하기도 했다. 이런 생활이 3주 넘게 반복되는 과정에서 나와 타테야마 이루카는 그다지 많은 대화를 하지 않았다. 정확히는 그에게서 주사와 약에 대한 이야기를 들은 날로부터 미묘한 거리감이 느껴졌다.

어떻게 해야 좋을까. 오늘 우연히 거실에 있는 달력을 확인하고 깨달았다. 여기에서의 생활이 곧 한 달 가까이 되어간다는 사실을. 이를 알고 나니 상황을 개선해야 할 것만 같은 의무감이 들기 시작했다. 타테야마 이루카의 실험에 조금이나마 도움을 주고 싶었는데…, 는 무슨 내 코가 석 자인데 지금 누굴 걱정하는 걸까. 난 그에게서 인터뷰만 따내면 된다. 잡생각은 넣어둬야지. 가서 뭐라 말이라도 붙여봐야겠다. 나는 내 방에서 나가 거실로 향했다. 이젠 '내 방'이라는 호칭을 스스럼없이 사용하게 된 것을 눈치채지 못한 채로.

"응?"

거실에 있는 테이블에서 책을 읽고 있어야 할 그가 보이지 않았다. 이상하다. 이 시간에는 항상 집에 있었는데. 거실 곳곳을 살펴보고 있자니 현관 쪽에서 옷감이 스치는 소리가 들렸다.

"어디 가세요."

현관에는 외출할 준비를 한 채 신발을 신고 있는 타테야마 이루카가 있었다. 등에는 큰 가방을 메고 있는 것을 보아 단순한 산책이 아닌 것 같았다. 그리고 이건 내 감인데, 장을 보러 가는 것 또한 아닐 것이다. 어디 가냐는 내 물음에 그는 추억 팔이 좀 하러 간다며 저녁엔 돌아오겠다는 것을 알리고 현관 손잡이를 잡았다.

"잠깐, 잠깐만요. 저도 같이 가면 안 될까요? 외투만 빨리 입고 나올 테니까."

"같이요? 곽학견씨는 별로 재미없을 텐데…."

그가 걱정하듯 말을 흐리는 중에 나는 상관없다고 대답하며 서둘러 방에 들어가 아무 외투나 잡히는 대로 입고 신발을 신었다. 이렇게 오붓이 외출할 기회를 놓치면 점점 어색해지겠지. 그렇게 되면 나중엔 밥도 따로 먹고, 영영 아무 말도 오고 가지 않는 사이가 될 것만 같았기에 어떻게든 그가 혼자 나가는 것을 붙잡고 싶었다.

*

바깥은 생각보다 선선했다. 안 그래도 정신이 없어서 안 입어도 될 외투를 어쩌다가 챙겨 입고 나온 게 신경 쓰였는데, 오히려 잘된 일이었다. 나와 타테야마 이루카는 마을 위쪽에 있는 산으로 향했다. 추억 팔이라길래 마을을 돌아다닐 거라 예상했는데 인적이 드문 산으로 간다는 게 의외였다.

"산에는 왜 올라가나요?"

"생각난 물건이 있어서, 찾으러 가려고요."

의문을 풀기 위해 물어봤으나, 오히려 의문이 늘어났다. 다행히도 산은 경사가 심히 가파르지 않았고, 금방 목적지에 도착할 수 있었다. 내가 벤치에 앉아서 한숨 돌리고 있는 동안 타테야마 이루카는 가방을 내려둔 채 주변을 샅샅이 뒤지고 있었다. 그렇게 한 10분 정도 지났을까, 나무 밑 한 군데 한 군데를 세심하게 살펴보던 그는 무언가를 찾은 듯 자리에 멈춰 섰다. 그리고 가방에서 삽을 꺼내 가더니 땅을 파내기 시작했다. 가뜩이나 오랜 시간 산을 올라 지쳤을 텐데, 삽질까지 한다니. 가만히 두고 보기만 할 수 없어 근처로 다가갔다.

"도와드릴게요. 삽 저 주세요."

타테야마 이루카는 빠르게 고개를 흔들며 됐다는 신호를 보냈다. 그의 눈은 여느 때보다 진지했다. 잔뜩 집중하고 있는 모습을 보니 더 간섭하는 것도 안 될 것 같았다. 이후 땅에서 무언가를 파낸 그가 자기 가방에서 물을 가져다 달라고 요청했고 나는 이를 빠르게 수행했다. 그가 땅에서 파낸 건 오랜 세월이 묻어있는 작은 상자였다.

"이건 제 타임캡슐이에요. 몇십 년 전에 묻은 거라 그런지 많이 낡았네요."

호기심에 찬 내 시선을 느낀 것인지, 타테야마 이루카는 상자의 먼지를 털어내며 이것이 타임캡슐임을 알려주었다. 안을 열어보니 같은 종류의 노트 3권이 상자 속을 가득 채우고 있었다. 표지에 네임펜으로 날짜를 적어둔 것을 보니 아마 일기장인 것 같았다. 그는 모든 노트의 페이지를 전부 넘겨보곤 한숨을 쉬었다. 그 한숨은 후련한 건지 아쉬운 건지 알 수 없는 것이었다. 역시 아무것도 없네, 아무것도 없어, 라며 혼잣말을 하는 모습을 보니 아무래도 타임캡슐 안에 '어떤 물건'이 들어있기를 바란 것 같았다. 별 소득을 얻지 못한 그는 노트 3권을 상자 안에 다시 넣곤 산에서 내려가자고 말했다. 나는 거기에 군말 없이 따랐고, 집으로 돌아가선 말없이 저녁을 먹었다. 기계처럼 몸을 움직여 뒷정리를 하고, 씻고, 이제 잠자리에 들기만 하면 되는데…, 이상하게 잠이 오지 않았다. 지금까지 느껴본 적 없는 기분에 나는 다시 한번 옷을 갈아입기로 했다. 그저 밤공기를 한 번 더 맡고 싶었다.

조용히 집을 빠져나가 아무 생각 없이 마을을 거닐다 보니 머리가 차분해지는 게 느껴졌다. 왜 오늘따라 잠이 오지 않는 걸까. 지금까지 칼럼 작업을 하다 늦게 잔 적은 많았지만, 잘 기분이 아니라는 이유로 자지 않은 것은 오늘이 처음이었다. 대체 무슨 바람이 분 건지.

콰직.

"아, 또 이러네…."

처음 이 마을에 왔던 날처럼 길에서 음료수 캔을 밟아버렸다. 왜 이 음료수 캔은 늘 이곳에 있는 걸까. 아무도 버려주는 사람이 없으니 나라도 버려줘야겠다. 근처에 쓰레기통 하나 없겠냐며 주변을 더 걸어 다녔지만, 놀랍게도 발견하지 못했다. 깨끗한 마을의 비결이 쓰레기통의 여부가 아니라 마을 사람들이 평균적으로 쓰레기를 잘 버리지 않는 것 때문이었나. 이 캔을 버린 사람은 아무래도 나 같은 외부인이거나 아주 드물게 있는 배려 없는 사람인 듯했다. 그냥 집으로 가서 버리는 게 더 빠르겠단 생각이 들어 쓰레기통을 찾는 것에 집착하지 않고, 산책을 계속하기로 했다. 물론 아까의 캔을 계속 든 채로. 그렇게 몇십분 걸으니 낡은 그네가 있는 공원에 도착할 수 있었다. 나는 도착하자마자 쓰레기통과 눈이 마주쳤다. 쓰레기통에 눈이 어딨겠냐만, 일단 마주쳤다. 잘 됐다 싶어 캔을 쓰레기통에 버리는 도중이었다.

"아, 깜짝아!"

순간, 눈앞에 검은 고양이 한 마리가 튀어나왔다가 빠르게 사라졌다. 갑자기 뭐가 튀어나올 거란 생각을 못 하고 있었기에 적잖이 놀란 나는 쓰레기통을 발로 차버렸다. 쓰레기가 별로 들어있지 않아 가벼웠던 건지 쓰레기통은 생각보다 멀리 날아가 버렸다. 넘어진 것을 다시 세우러 다가가니 은색으로 빛나는 쓰레기통의 표면에 내 얼굴이 비쳐 보였다. 나는 눈썹을 가운데로 모으고 있었다. 어느새 인상을 쓰고 있었단 사실을 깨닫자 얼굴이 다시 무표정한 모습으로 돌아갔다.

나는 쓰레기통을 세우고 떨어진 쓰레기들을 주워 넣었다. 이제 원래 있던 곳으로 옮겨 놓기만 하면 완벽하겠지. 두 손으로 쓰레기통을 들어 적당히 원래 있던 곳과 비슷한 위치에 내려놓았는데 이상하게 수평이 맞지 않는 느낌이었다. 땅이 평평하지 않은 것처럼 쓰레기통이 조금 옆으로 기운 것이다. 쓰레기통을 치우고 아래를 내려다보니, 땅속에 커다란 돌이 묻혀 있는 게 보였다. 아무래도 묻히다 만 돌이 조금 튀어나와 걸린 것 같았다. 대충 쓰레기통을 그 옆에 두고 돌아가면 되는 간단한 문제지만, 여기서 내 발을 묶은 것은 호기심이었다. 나는 돌을 꺼냈다. 생각보다 크고 무거운 돌을 꺼내니 안쪽으로 커다란 구멍이 나 있는 게 보였다. 구멍만큼이나 커진 호기심은 더 이상 걷잡을 수 없었다.

"어차피 더러워진 손인데 뭐, 오랜만에 땅이나 파볼까."

구멍을 파고 파고 파다 보니, 안에서 상자 하나를 발견했다. 이는 아까 산에서 봤던 타테야마 이루카의 타임캡슐과 비슷한 모양을 하고 있었다. 조심스레 이를 열어보니 젊은 여성들이 찍혀있는 사진이 여러 개 나왔다.

8월 5일, 이루카와 바다.
10월 20일, 놀이공원에서.
12월 24일, 크리스마스이브.

수많은 사진 중, 한 사진의 뒷면에는 '이루카'라는 이름이 쓰여있었다. 아까의 타임캡슐 상자와 지금 발견한 상자의 모양이 비슷한 것부터 묘한 낌새가 느껴졌지만, 이걸로 확실해졌다. 이것은 타테야마 이루카와 확실히 관련이 있는 물건이었다. 게다가 사진에 적힌 글로 보건대, 해당 상자는 타테야마 이루카가 묻은 게 아닌 것 같았다. 보통 타임캡슐은 친구들과 다 같이 묻으니까. 그의 친구가 여기다가 묻어두고 까먹은 게 아닐까? 타테야마 이루카도 오늘에서야 겨우 찾아봤으니 충분히 그럴만하다고 생각한다. 산책을 하다 캔을 밟고, 고양이 때문에 놀라 쓰레기통을 뒤집어엎고, 생각대로 흘러가지 않는 일의 연속이었지만 그 덕분에 매우 중요한 단서를 찾을 수 있었다. 나는 상자를 들고 바로 집으로 향했다.

타테야마 이루카가 깨지 않도록 아주 조심스레 현관문을 열었다. 그러나 깜깜할 줄 알았던 집안에서 옅은 불빛의 존재가 느껴지기 시작했다. 거실에는 테이블에서 작은 무드등을 켜고 앉아있는 타테야마 이루카가 보였다. 오늘 찾은 일기장을 읽고 있는 것 같았다. 나를 발견한 그가 밤에 어딜 갔다 온 거냐 물으며 이쪽으로 고개를 돌렸다. 그는 내가 들고 있는 상자를 발견하곤 한 3초 정도 멍하게 있더니 빠르게 다가와 이걸 어디서 찾았냐고 다급하게 묻기 시작했다. 우선 테이블로 돌아가 그에게 지금까지의 경위를 설명했다.

그는 고개를 끄덕거리곤, 상자를 열어 사진을 한참 동안 바라보았다. 나는 TV에 송출되었던 장면을 다시 한번 볼 수 있었다. 타테야마 이루카가 눈물을 흘리고 있던 것이다. 하지만 아무 말 없이 사진을 어루만지며 우는 그의 모습은 뉴스에서의 모습과 어딘가 달라 보였다. 분노와 억울함에 찬 것이 아니라 기쁨이 묻어있는 눈물이었다. 아무래도 할아버지가 태운 사진은 이 사람과 찍었던 사진인 것 같았다. 그렇게 그가 한참 동안 눈물을 흘릴 동안 나는 가만히 기다렸다. '결함의 눈물'이란 대체 뭘까, 이 모습을 결함이 있는 모습으로 볼 수 있을까? 오히려 물리적으로 고통을 줘서 억지로 눈물을 짜내는 모습을 영상으로 찍고 이를 SNS에 업로드 해 반응을 즐기는 '눈물 챌린지'야말로 '결함의 눈물'이라는 생각이 들었다. 이런 생각을 하다 보니 시간이 많이 흐른 건지, 어느샌가 타테야마 이루카는 눈물을 닦고 진정한 상태였다.

"이 사람은 리호라고 해요. 제 전남편이 태운 사진도 리호의 단독 사진이었어요."

타테야마 이루카는 여러 장의 사진 중, 어느 여성이 혼자 찍혀있는 사진을 가리키며 말했다. 내 예상과 비슷하게, 할아버지가 태운 사진에는 저 '리호'라는 사람이 찍혀있었구나.

"엄청 친한 단짝이셨던 것 같은데…, 이렇게 사진이 더 남아 있어서 다행이에요."

아무래도 국가의 주사와 약을 먹지 않은 상태에다, 매우 친한 친구와의 사진이 불태워졌으니 이러한 상황들이 합쳐져서 분노할 수밖에 없던 거였겠지. 조금 이상한 방법이긴 했지만 어떻게든 사진을 되찾아서 다행이라고 생각하던 그때였다.

"단순한 친구가 아니에요. 리호는 제 연인이었어요."

이런, 실수했구나…. 나는 죄송하다고 말하며 입을 다물었다. 나도 모르게 사진만 보고 친구라고 단정 지어 버린 것이다. 타테야마 이루카는 그런 내 모습을 보곤 괜찮다고 말했다. 전 남편도 리호와 자신이 연인 관계였음을 오랫동안 믿지 않았다는 말을 덧붙이며.

"리호랑 저는 대학에서 만났어요. 처음에는 단순한 같은 과 동기 사이였는데, 자연스레 호감을 느끼고 연인으로 발전하게 됐죠. 정말 행복했어요. 그러다 3년 뒤 리호는 유학을 가게 되었고, 저는 대학원 진학을 목표로 하고 있었기에 갈라졌어요. 연인이 된 과정처럼 이별도 자연스러웠죠. 아무도 슬퍼하지 않았어요."

몇 세기 전만 해도 소중한 사람과의 이별은 슬퍼할 만한 일 중 하나였겠지만, 현재의 사람들에게 있어 이별은 자연스러운 현상으로 자리 잡았다. 책을 읽기 시작하면 언젠가 마지막 장을 넘기는 사람도 있고, 중간에 읽는 것을 관두는 사람이 있다. 이처럼 연인 관계 또한 마지막의 형태가 다양하게 있음을 다들 인지하고 있었다. 타테야마 이루카도 그렇게 대학원 생활에 매진했다. 오늘 파낸 타임캡슐의 존재를 잊을 정도로 열심히. 그렇게 대학원에서 전남편을 만났고 서로의 존재가 이득이 됨을 알았기에 별 감정이 없음에도 결혼하여 생활을 이어 나갔다. 전 남편은 리호의 존재를 알고 있었지만, 그들의 관계가 제 눈에는 단순한 친구 사이로 보인 것인지 연인 관계였다는 사실을 믿으려 하지 않았다고 한다. 타테야마 이루카의 말에 따르면 속으론 알고 있으면서 겉으로는 부정한 것 같다고. 그렇게 이 부부는 몇 년이고 무난한 생활을 했다. 둘의 삶을 그래프로 표현하자면 쭉 일직선을 그리고 있었을 것이다. 하지만 평생 형태를 유지할 것 같았던 선은 어느 날 드높게 치솟고 말았다.

타테야마 이루카가 약과 주사의 이상한 증상을 알아차린 날부터 약을 복용하지 않고 쓰레기통에 버리거나 국가의 주사를 2년 이상 맞지 않으려고 버티기 시작하자 할아버지와 이에 대한 의견 차이가 생기기 시작했다. 안 그래도 별 감정 없이 시작한 결혼 생활의 청산은 이를 계기로 발생하였다. 하지만 할아버지도 나름 타테야마 이루카의 주장이 신경 쓰였던 건지 쓰레기통에 버려진 약 봉투는 어느덧 2개가 되어있었다고 한다. 그러던 어느 날, 할아버지는 집을 청소하던 도중 할머니가 아직도 리호의 사진을 갖고 있던 것을 발견했다. 더 이상 그들의 관계를 부정할 핑곗거리는 없었다. 그렇게 할아버지는 사진을 흔적도 없이 태워버렸고 머지않아 '결함의 눈물' 사건이 일어나게 되었다.

"분명 리호에게 미련은 없다고 생각했어요. 하지만 사진을 버리지 못했던 나날과 그것이 태워진 당일을 떠올리면…, 저도 어쩌면 회피하고 있었던 게 아닐까 싶어요."

이미 결혼한 사람이 있음에도 옛 연인에게 미련을 갖는 것은 바보 같은 짓이다. 하지만 그런 바보 같은 짓을 해도 아무도 화를 내지 않고 기분이 상하지 않으니 경각심 또한 점점 갖지 않게 된 거겠지.

"곽학견씨, 사진을 찾아준 건 정말 고마워요. 하지만 이건 리호의 타임캡슐이지, 제 것이 아니에요. 장소만 알려주면 내일 제가 다시 묻어놓을게요."

"사진을 기껏 찾았는데…, 괜찮으시겠어요?"

이에 타테야마 이루카는 바로 괜찮다고 답했다. 내가 사진이 들어있는 상자를 들고 왔을 땐 정말 기쁘고 눈물이 났지만, 이것을 계속 갖고 있으면 평생 미련을 버리지 못할 것 같기 때문이었다. 본인이 묻은 타임캡슐의 존재를 떠올린 후 바로 찾으러 가지 않은 이유도 여기에 있었다. 미련이 더 커질까 봐 지금까지 쭉 망설여 온 것이다. 하지만 아이러니하게도 미련을 지우기 위해서 이를 다시 마주해야 할 것 같았다고. 타임캡슐을 열고 후련해하는 건지 아쉬워하는 건지 헷갈리던 그의 태도가 이제야 이해가 갔다. 타테야마 이루카가 자신의 감정에 대해 보다 빨리 눈치챘다면 미련을 버리는 것 또한 빨랐을까? 나는 이상한 생각이 들기 시작했다. 지금까진 주사와 약이 사람들에게서 부정적인 감정이 느껴지지 않도록 없애주는 역할을 한다고 여겼는데, 사실은 '없어진' 게 아니라면?

"이렇게 털어놓고 나니 후련하네요. 덕분에 결심이 섰어요. 더는 미련 갖지 않기로요. 곽학견씨, 제 실험도 여기까지예요. 이제 한국으로 돌아가셔도 좋아요."

"네? 갑자기요."

눈을 동그랗게 뜨니, 그는 본인이 너무 갑자기 말한 것 같다고 사과하며 당장 나가라는 의미가 아니라 편할 때 돌아가도 괜찮단 의미였다고 정정했다. 물론 내 칼럼에 쓰일 질문 리스트는 원할 때 전부 답해주겠다고. 그게 당장이어도 괜찮다고 말했다. 하지만 나는 취재보다도 왜 실험이 갑자기 끝났는지가 궁금했다. 이것도 그의 미련 중 하나였던 걸까. 이를 질문하자 그는 다음과 같이 얘기했다.

"…표정을 보니 알 것 같아서요. 지금까지 제 얘기를 들어주는 곽학견 씨를 보고 있자니 역시 감정은 전염된다는 생각이 들었어요."

아까 쓰레기통에 내 모습이 비쳐 보였을 때처럼 나는 무의식적으로 다른 표정을 짓고 있던 모양이었다. 나는 그에게 비행기 표를 구해야 하니 일주일 정도만 더 머물고 가겠다는 의사를 밝혔다. 이어서 오늘 밤은 취재용 인터뷰가 아니라 평범한 대화를 나누며 보내고 싶다 말하니, 그는 기뻐하는 것처럼 보였다. 사실 취재에 필요한 내용은 이미 완성되었기에 더 이상의 인터뷰를 계속할 필요가 없었다. 그냥, 언젠가 오늘이 그리워지는 순간이 올 것만 같아 최대한 같이 시간을 보내고 싶었다. 철저히 감정만을 따른 행동이었다.

그들은 서로의 목적을 달성했다. 곽학견은 화제의 인물을 취재하여 현 여론의 흐름을 조성하는 것에 크게 일조하고 싶다는 목표 하나만을 바라보고 일본으로 넘어갔고, 그곳에서의 경험이 담긴 칼럼은 성공적으로 완성됐다. 타테야마 이루카도 그것을 검수하고 업로드를 허락했다. 그는 예상외의 내용에 놀랐지만 매우 재미있게 잘 읽었다는 평을 남겼다.

하지만 다수의 취향은 달랐던 것일까. 곽학견의 칼럼은 업로드되고 나서 사람들의 입에 오르내렸지만, 그만큼의 빛은 보지 못했다. 해당 칼럼은 많은 이들에게 가벼이 여겨졌고 다른 자극적인 기사의 빛에 묻혀 금세 그림자가 져버렸지만 그런데도 곽학견은 만족했다. 모두가 단단한 사탕을 집어 갈 때 부드러운 사탕을 가져가는 사람이 있는 것처럼, 그가 쓴 칼럼의 메시지를 읽어 줄 소수가 분명히 존재할 것을 알고 있었기 때문이다.

*

"박사님, 5분 뒤에 시작합니다."

일정한 노크 소리와 함께 스태프의 목소리가 들렸다. 박사님이라는 호칭으로 불린 중년 여성은 대기실 안에 놓인 테이블에서 대본과 자료를 번갈아 보며 무언가를 계속 중얼거리고 있었다. 대본의 겉면에는 '뛰어들자, 인류 속으로'라는 프로그램의 제목이 적혀 있었다. '뛰어들자, 인류 속으로'란 요새 수요가 있는 TV 프로그램 중 하나로, 집에서도 인류의 역사를 알 수 있는 교양 방송이었다. 수많은 청중 사이에 설치된 무대 위에서 전문가가 설명을 하며 진행되는, 아주 전형적인 강연 프로그램이었다. 하지만 이것이 인기를 끈 이유는 인류의 감정에 대한 역사가 아주 흥미로운 내용이었기 때문이다.

"오늘 강연을 이끌어 주실 분은 심리학의 대가라고 부를 수 있을 정도로 대단하신 박사님이십니다. 아주 먼 곳에서부터 발걸음해 주셨어요. 힘들게 모셔 왔으니 다들 큰 박수로 환영해 주시길 바랍니다."

진행자의 멘트가 끝나기 무섭게, 사람들의 박수 소리가 현장을 가득 메웠다. 그 사이로 정장을 깔끔하게 갖춰 입은 여성이 모습을 드러내자, 박수 소리는 더욱 거세졌다.

"안녕하세요. 여러분, 심리학을 연구하고 있는 칸죠 박사라고 합니다. 제가 한국어를 아직 유창하게 하지 못해 듣기 불편한 부분이 있을 수 있는데, 가급적 조심해서 발언하도록 하겠습니다. 이 점 청중분들께 양해 부탁드립니다."

칸죠 박사의 말이 끝나자마자 뒤에 있는 스크린은 어느 사람들의 사진을 보여주기 시작했다. 본인의 머리카락을 쥐어뜯으며 울고 있는 사람과 음식을 엎곤 화가 난 듯 벽에 얼굴을 파묻고 있는 사람 등등 다양한 상황이 담긴 사진들이었다. 칸죠 박사는 손짓으로 사진 하나하나를 가리키며 질문했다. 이 사람은 지금 어떤 기분일까요? 라는 물음에 청중들은 슬픔과 분노 등을 언급하며, 마치 일 더하기 일은 무엇이냐는 질문을 들은 것처럼 척척 대답해 나갔다.

"어째서 이런 간단한 질문을 하는지 궁금하시죠. 여러분, 슬픔과 분노 등 우리에게 존재하는 자연스러운 감정들이 한때 없어질 뻔한 적이 있었습니다."

사람들의 사진이 내려가고, 스크린에는 어떤 주사와 약품의 사진이 새로 떠올랐다. 이를 본 청중들의 분위기가 사뭇 진지해지는 게 느껴졌다. 칸죠 박사는 현장의 공기를 읽는 듯 몇 초 뜸을 들이더니 다음과 같이 설명하였다. 아주 오래전부터, 여러 국가에선 사람들의 건강을 위한다는 명목으로 일정 기간 관련 교육을 받게 하거나 사진에 나타나 있는 주사와 약 등을 이용해 사람들이 부정적인 감정을 느끼지 않도록 통제하기 시작했다. 이런 통제를 받은 세대를 '통제 세대' 또는 '억제 세대'라고 칭하고 있으며 현재 70세 이상의 고령자들이 이에 속하고 있다. 그들은 아무 문제 없이 잘 살아가는 듯싶었으나 오랜 시간 국가에서 제공하는 주사와 약을 거부한 타테야마 이루카씨가 부정적인 감정을 느끼게 되어 '결함의 눈물'을 흘리는 사건이 발생했다. 그리고 그처럼 국가의 지원을 받지 않은 10%의 국민 중 상당수가 국가의 통제 시스템에 반감을 품은 심리학자들이었으며, 이들은 주기적으로 모임을 갖고 연구를 진행했다. 한 국가에 한정된 것이 아닌, 동양인과 서양인 등 다른 국적과 환경을 가진 자들이었다. 그렇게 집안 대대로 연구를 지속할 정도로 긴 시간을 연구에 투자하던 중, 타테야마 이루카처럼 도중에 부정적인 감정을 느끼게 되는 사람들이 대거 속출하기 시작한 것을 계기로 심리학자들은 국가가 제공하던 주사와 약에 대한 연구 성과를 갖고 '부정적인 감정을 느끼지 않는 사람이야말로 판타지적 존재다'라고 주장하며 본격적으로 목소리를 높였다. 그렇게 부정적인 감정을 통제하던 제도와 교육은 대대적으로 폐지되었으며, 사람들은 점점 괴로움, 무서움, 슬픔 등의 감정을 표출하기 시작했다.

심리학자들의 연구로 밝혀진 내용은 다음과 같았다. 교육 및 의료 시스템 등, 국가의 통제 방법으로는 부정적인 감정을 아예 없애지 못했다. 부정적인 감정은 사라진 게 아니라 사람들이 이를 감지하지도 못할 정도로, 극심한 회피 성향을 보이게 된 것이었다. 칸죠 박사는 현재 자신의 설명을 듣고 있는 청중들은 대부분 이러한 내용을 어느 정도 숙지하고 있을 거라며 자신은 이런 단순한 역사적 사실을 줄줄이 읊으러 나온 것은 아니라고 말했다.

"현재 심리학자들 사이에서 제일 화제가 되는 것이 무엇인지 아십니까? 바로 40년도 더 전에 업로드된 한국 기자의 칼럼입니다. 해당 칼럼은 업로드됐을 때만 해도 별로 빛을 보지 못하였지만, 심리학자들이 오랜 기간 연구를 하고 논의한 끝에 내린 결론과 비슷한 내용이 담겨 있다는 사실이 밝혀져 이제야 겨우 빛을 보기 시작하고 있습니다. 저는 이번 강연에서 여러분께 이 칼럼을 소개하고 싶습니다."

스크린에는 '곽학견'이라는 작성자 이름과 함께 칼럼의 내용이 떠올랐다. 칸죠 박사는 칼럼의 제목이 〈결함의 눈물〉임을 언급하곤, 칼럼의 내용을 한 문장 한 문장 정성스럽게 읽어나갔다. 이번 강연을 직접 보러 간 청중들도, 방송을 본 시청자들도 개인의 가치관과 경험들로 가득 차 있을 뇌 한구석에 기어코 자리를 내줄 정도로 그 내용이 인상 깊었는지, 강연과 방송이 끝난 이후에도 다들 입을 모아 해당 칼럼에 대한 얘기를 계속했다. 칼럼에 적혀 있는 모든 부분이 입에 오르내렸지만, 여기서 사람들이 가장 주목하는 부분은 그가 타테야마 이루카로부터 취재 건을 따낸 부분도, 그와의 일본 생활 이야기도, 타임캡슐과 할아버지의 사정도 아닌 맨 마지막에 적혀있는 마무리 글이었다.

나는 취재하는 동안 기뻐하고 웃음 짓는 순간이 소중한 만큼 눈물 흘리며 슬퍼하는 순간도 사람에게 있어 중요한 거름이 된다는 사실을 알았다. 부정적인 감정을 느끼지 않는 현세대의 사람들은 이런 거름을 얻을 기회를 놓치고 있는 게 아닐까. 진정한 '결함의 눈물'이란 슬픔, 분노, 외로움과 같은 부정적인 감정에서 나오는 눈물이 아니라 이를 회피하는 이들이 의미 없이 흘리는, 아무것도 담겨 있지 않은 눈물일지도 모른다.

*

이루카에게.

새벽에 알사탕을 씹고 있자니 문득 네 생각이 나서 이렇게 편지를 써.

너한테 이 편지가 갈 거라곤 조금도 기대하지 않지만, 주변 사람들에게 내 얘기를 조금씩 남겨두면 좋겠다는 생각이 들어서 이렇게 편지를 쓰기로 결심했어. 요새 정신이 자주 오락가락하거든. 몸은 건강한데 머리는 대체 왜 이러는 걸까.

너랑 헤어지고 나선 여러 나라를 돌아다녔어. 그러다가 한국에 정착했고 어쩌다 보니 귀화까지 하게 됐지. 이름도 '인하'라는 한국 이름으로 바꿨어. 솔직히 말하자면 귀화까지 할 생각은 없었는데, 여러 사정 때문에 혼자 딸을 낳아 키우게 됐거든. 그래서인지 30~40대 동안은 정말 바쁘게 지냈지만, 지금은 귀여운 손녀딸도 생기고 안정적인 생활을 이어가는 중이야.

우리 타임캡슐 묻었던 거 기억나니? 그때 내 타임캡슐에 우리의 추억이 담긴 사진들을 많이 넣어뒀어. 네가 사진을 별로 안 갖고 있다는 걸 알고 있었거든. 그러니 필요하면 언제든 가져가. 그 대신 타임캡슐이 있는 위치는 직접 찾아내야 해, 알겠지.

너랑 쓸데없는 이야기를 나누고 같이 시간을 보내던 순간이 지금도 생생하게 떠오를 정도로 즐거웠어. 너한텐 고마운 마음뿐이야. 언젠가 인연이 닿는다면 또 만나자. 만난다면 꼭 손녀딸을 소개해 줄게. 아, 근데 이 녀석이 내 타임캡슐을 너한테 가져다줄까 봐 걱정이네. 묻은 장소를 알려준 적은 단 한 번도 없지만, 운이 좋고 비범한 애라서. 네가 부탁하면 어떻게든 찾아다 줄 것만 같다는 생각이 들어. 하하, 이야기가 산으로 가는 버릇은 나이가 들어도 고쳐지지 않네. 이해해 줘.

아무튼 네가 항상 건강하고 행복하길 바라, 이만 마칠게.

리호가.

피그말리온 효과

연은지

친구 사귀는 것이 어려웠던 이아정은 어렸을 적 애착 인형을 떠올
려 성인이 되어서 인형을 입양하는데 그 인형에게 사랑의 감정을 느
끼고 그들과 말하기를 소원하면서 일어나는 일을 이야기하고 있다.
더불어 간절하게 빌면 소원이 이루어진다. 라는 주제를 가졌다. 그로
인하여 제목을 예전 그리스 로마신화에 나온 피그말리온 효과로 정하
게 되었다.

* 피그말리온 효과: 정신을 집중해 어떠한 것을 간절히 소망하면 불가능 한 일도 실현된
다는 심리적 효과

"너 이번 인형이 마지막이야. 또 인형 사 오기만 해봐"

"엄마, 나 이제 성인이야. 성인이 된 것도 2년 넘었고, 이제 나에게 그만 간섭해"

"어휴, 저걸 딸이라고 내가 미역국을 먹었으니"

제주도로 혼자 놀러 갔다가 눈에 밟혀서 사 온 인형까지 나에게는 총 9명의 인형을 가지고 있다. 9명이라서 다들 놀랄 수 있다. 나에게 인형은 사람 친구나 마찬가지이기 때문에 명이라는 단위가 내가 생각하기에는 맞다.

22살인 내가 인형을 모으게 된 이유는 어렸을 적 나에게는 애착 인형이 있었다.

5살쯤이었을까 아빠가 술 먹고 현관에서 나를 부르며 쥐여준 것이 바로 나의 애착 인형이 된 곰 인형.

그전에는 인형 자체가 없었고 그 인형이 나의 첫 인형이었다. 그 곰 인형은 곰 인형답게 갈색이었고 목에는 빨간색 리본을 달았다. 지금 생각하면 딱 전형적인 곰 인형의 형태였다.

나는 외동이었고 부모님은 맞벌이로 바쁘셨다. 결국엔 집에 남겨진 건 나 혼자였다. 그 순간에 와준 곰 인형은 나에게 아주 특별한 의미로 다가왔다.

"오늘은 나랑 엄마·아빠 놀이하자! 나는 엄마하고 너는 아빠!"

".........."

"오늘 저녁은 된장국에 밥이에요 얼른 먹어요. 내가 먹여줄게요 아~"

".........."

내가 말을 걸어 봤자 아무 의미도 없는 짓인 것을 알았지만, 그래도 놀이를 하는 것이 혼자 집에 있다는 사실을 잊게 해주었으니까.

"병원 놀이할 사람 여기 여기 붙어라 안 붙으면 땡이다. 땡!"

"............."

"너는 언제쯤이면 나와 놀아줄까"

"네가 사람이었으면 얼마나 좋았을까"

"네가 내 동생이었으면 좋겠다."

항상 그 인형을 달고 살았다. 나를 생각하면 그 인형도 같이 떠오를 정도로

"아정아 오늘도 그 인형을 가지고 왔네. 그 인형이 그렇게 좋아?"

"네! 이 인형만 있으면 저는 어디 가든지 좋아요!"

"그럼 그 인형은 잠깐 바이 바이하고 저기 의자에 가서 앉자 예방 주사

맞아야지"

"싫어요. 이 인형이랑 같이할래요. 아니면 그냥 갈래요"

"알았어. 그럼 인형이랑 같이 진료실로 들어가자! 근데 이 인형의 이름을 간호사 언니도 알 수 있을까?"

"당연하죠! 얘는 나나라고 해요"

"나나! 귀여운 이름이다~ 아정아 나나랑 손잡고 같이 들어가자~!"

그러던 어느 날 그 인형에게 집착적으로 변한 나를 발견한 부모님은 그 인형을 나에게서 떨어내려고 했다.

"엄마 내 거 나나 어디로 갔어?"

"음, 아정아 나나는 멀리 여행하러 갔어. 저 멀리 아정이 네가 모르는 곳으로"

"왜? 나한테 말도 없이…"

"나나가 사정이 생겨서 아정이한테 말 못하고 떠나야 했대. 나나가 엄마한테 아정이한테 작별 인사 대신해달라고 했어. 이렇게 가서 미안하대"

"아니야 내 나나 데려와, 데려와 엄마는 나나가 못 떠나게 막을 수 있었잖아. 엄마 미워!!!"

나나가 없어진 그날 엄청나게 울었다. 집 안이 떠날 정도로 울어댄 것 같았다.

엄마가 나나를 버린 것을 알게 된 것은 내가 성장하기 시작했을 때 알았다.

그렇게 나의 애착 인형은 나를 떠나갔다.

그리고 나의 인형들을 만들었다.

인형이 다시 내 손에 오게 된 것은 고등학교 1학년이었다.

소심했던 나는 친구들을 사귀지 못했다. 학년이 위로 올라올수록 새 학기에 친구 만드는 것을 어려워했고 결국엔 내 주위에 아무도 남지 않았다.

"역시 내 주위에는 아무도 없구나. 난 항상 외톨이지. 하지만 너무 외로워 나도 친구를 만들고 싶어"

"친구를 만들고 싶은데 나를 친구로 생각해 주는 사람은 그 누구도 없어. 나만 붕 떨어져 있어... 결국 나 혼자야"

친구를 만드는 건 너무 어렵고 하지만 외로워진 나는 어렸을 때 기억이 떠올라 인형을 찾았다.

이번에는 사람 인형으로.

인터넷으로 고르고 고르다가 눈에 띈 하나의 사람 인형.

머리 색깔은 자몽 색이고 눈썹은 짙은 갈색 왼쪽 볼에는 보조개가 있는 20cm의 사람 인형이었다.

"이거다 이 인형이야"

사진으로 본 인형은 너무 귀여웠다. 얼른 내 손에 들어오기를 소망했다.

며칠 뒤 학교에 있던 나에게 문자 하나가 도착하였다.

[CJ 대한통운] 고객님의 상품(393605110607)이 배송되었습니다. ▶인

수자(위탁):문 앞

드디어 도착했다

학교에서 내적 비명을 지르며 빨리 집으로 가고 싶어졌다.

학교에서 집으로 가는 내내 콧노래를 부르며 집으로 가는 발걸음을 재촉했다.

가방을 내려놓기 무섭게 커터 칼을 들고 상자를 뜯었다.

포장지를 뜯고 드디어 내 인형을 볼 수 있었다.

"오랜만이야 몇 년 만에 내 인형이 다시 생겼어!"

"너는 머리색이 자몽 색이니 너를 자몽이라고 부르게 될 거야. 앞으로 잘 부탁해 자몽아!"

상자 안에는 인형만 온 것이 아니라 인형 옷까지 도착했다.

두 세트가 들어있었는데 한 세트는 빨간색 후드 티와 찢어진 청바지, 한 세트는 고등학교의 교복이었다.

인터넷 쇼핑에서 세트로 팔아서 모두 샀다. 나의 첫 사람 인형인데 옷이 없으면 민망하고 사람 인형의 옷은 어떻게 생겼나 궁금하기도 해서 질렀다.

"현실 사람의 옷과 별반 다르지 않네. 오히려 정교하다! 여기 찢어진 청바지의 디테일이며 후드 티 매듭까지 정말 굉장해"

생각보다 옷 디테일이 살아있어서 놀라웠다.

자몽이에게 후드 티와 청바지를 입히는데 생각보다 들어가지 않아서 답답했다.

하지만 다 입힌 후 자몽이의 모습이 너무 귀여워서 입이 다물어지지 않았다.

"후드 씌우고 매듭까지 동여매서 귀만 쏙하고 나왔는데 정말 사람 같아. 아, 너무 귀여워!!!"

"이건 사진 백만 장 찍어야 하는 수준이야. 손 모양도 엄지손가락 하나가 톡 튀어나와서 더 귀여워"

"몇 년 만의 인형인데 너무 잘 샀다. 나 자신 아주 잘했어."

상자 안에는 인형 옷과 함께 입양 증까지 있어서 그 점이 아주 마음에 들었다.

"오늘 날짜가 2016년 4월 27일이니까 자몽이 입양 증에 오늘 날짜 써야겠다.

그리고 내 일기장에도 써야겠다. 오늘은 특별한 날이니까"

입양 증

이름: 자몽이

입양일: 2016.04.27.

자몽이가 이제 왔으니 먼저 목욕부터 해야겠다고 생각한 나는 미리 사둔 울 샴푸를 대야에 풀어 넣고 자몽이를 담갔다.

"우리 자몽이 깨끗해져야 하니까 목욕부터 먼저 하자!"

인형은 보통 솜이라 울 샴푸로 목욕해야 상하지 않는다고 인터넷에서 봤기 때문에 울 샴푸를 미리 샀고 조심스럽게 자몽이를 목욕시켰다.

"우리 자몽이 이제 깨끗해졌으니 기분 좋지요? 기분 좋아?"

".........."

이번에도 대답 없었지만 이제 그런 건 신경 쓰지 않는다.

"자 이제 나가서 햇빛 샤워 좀 하자. 햇빛을 받으면 금방 뽀송해질 거야. 그때 나랑 놀자."

자몽이를 씻긴 나는 건조대에 햇빛을 보게 올려놓고 만족한 표정으로 낮잠에 빠져들었다.

눈을 뜬 건 저녁 8시가 넘어서였다.

"너 저거 뭐야 갑자기 왜 인형이 생겼어. 네가 애도 아닌데"
엄마가 저게 뭐냐며 자몽이를 가리키며 나한테 따지듯이 물었다.

"아 그냥 옛날 생각도 나고 인터넷 보다가 갖고 싶어서 샀어."
"너 이제 고등학생이야 고등학교 올라가면 대학생이고 저런 거에 얽혀서 살지 마"

'잔소리 대 마왕 고등학생이 인형 사지 말라는 법 있나!'

나는 속으로 중얼거리면서 방으로 들어왔다.
얼른 자몽이가 말라서 나랑 같이 놀면 좋겠다.

자몽이가 얼른 마르게 드라이기로 말리기도 하고 건조기로도 돌린 끝에 자몽이가 마르게 되었다.

"정식으로 이제 너와 놀 수 있어서 얼마나 좋은지 그치 자몽아?"
"너도 나랑 놀게 되어서 좋게 생각하지?"
"..........."
"좋다고 생각할게. 자, 이제 옷 입고 나랑 나가서 산책하자 자몽아"

자몽이와 첫 나들이 순간이었다.
그날이 5월 5일 어린이날이었다. 산책로에 자몽이를 데리고 간 나는 시시때때로 아이들이 인형을 데리고 부모님과 같이 산책 나온 것을 볼 수 있었다.

그러네, 오늘이 어린이날이었구나
어린이날에 자몽이와 첫 나들이라니 특별한 순간이야. 이렇게 생각한 나는 자몽이를 들고 셀카를 찍었다.

"자몽아 여기 보고 하나둘 셋 김치~"
"자몽아, 이거 봐 뒤에 꽃 배경이랑 네가 너무 잘 어울려, 잠깐만 귀에 꽃도 꽂아줄게.
와 정말 귀엽고 깜찍하고 다 해. 자몽아, 너무 사랑스러워!!"

자몽이 모습은 마치 천사같이 아름다웠고 귀여웠다.
그 순간을 남기고 싶어 미친 듯이 사진을 찍었던 것 같다.

집으로 돌아온 뒤 나는 내 자몽이를 사람들에게 알리고 싶어서 자몽이 전용 인스타그램 계정을 생성했다.

"계정 생성 완료, 자 이제 프로필 설정하고 자몽이의 귀여움을 사람들이 알아줬으면 좋겠는데"

계정을 생성한 지 며칠이 지났는데 사람들의 반응은 미지근했다.

'좋아요' 수가 몇십 개 눌러져 있었지만, 반응이 폭발적일 것이라고 생각한 내 생각이 빗나갔다.

"내 생각과는 전혀 다르네. 사람들이 인형에는 관심이 없나? 흠, 그냥 나는 나만의 길을 가야지 그리고 우리 자몽이만 있으면 돼"

자몽이와 놀다 보니 하루하루가 빠르게 흘러갔다.

어느 날 생각해보니 자몽이는 내가 학교에 가면 혼자 남겨져서 외로울 것이라는 생각이 들었다.

'자몽이 친구를 데려올까? 혼자 있으면 외로울 거야. 친구를 만들어 주자!'

그렇게 자몽이 친구들을 늘려갔다.

두 번째로 들어온 아이가 매직이 세 번째로 들어온 아이가 홍합이 네 번째로 들어온 아이가 꿀벌이 다섯 번째로 들어온 아이가 새싹이 여섯 번째로 들어온 아이가 하모니 일곱 번째로 들어온 아이가 해경이 여덟 번째로 들어온 아이가 크앙이 그리고 마지막으로 들어온 아이가 이번에 들어온 애월이이다.

아이들을 왕창 구매했던 것이 아니라 몇 개월씩 기간을 두고 들여왔다.

몇 개월 간격을 두고 구매했던 이유는 아이들이 단체로 들어오면 기존에 있던 아이들이 낯설어하면 어쩌나 하는 생각이 들었기 때문이다.

아이들이 늘면서 인형 옷을 쇼핑하는 것이 내 일상이 되었다.

인터넷을 검색하면서 예쁜 옷이 없나 탐색하고 다녔다.

"우리 아이들은 모두 20cm니까 20cm 전용 옷들이 뭐가 있지? 이번에 젤리하운 옷장에 신상품 들어왔으니 거기서 두벌 사고 5MOON은 역시 반짝반짝한 옷들이 많아서 좋아. 별문 옷장 3벌 결제하고 씽크빅 옷장은 언제 봐도 한복이 아름다워서 좋아 여기는 4벌 사서 트윈 룩으로 입혀야지! 저 옷들이 빨리 한국으로 와서 입혀보고 싶어. 입으면 얼마나 예쁘겠냐고"

"결제가 완료되었습니다. 구매해주셔서 감사합니다."

옷값이 장난 아니게 나왔지만 뭐 어때 내 아이들이 예쁘기만 하면 그만이지

"오늘은 형님라인이랑 카페 가야지 자몽이랑 매직이 홍합이 이렇게 세 명 챙기고 카페 콘셉트가 궁전 모습의 카페니까... 내 옷은 원피스 차림의 옷을 입고 가고 아이들 옷은 보리 스튜디오의 왕실 옷장이면 딱 맞겠다! 자몽이는 치마 버전을 매직이와 홍합이는 바지 버전을 입혀가야지"

카페에 도착한 후 주문하고 내 자리로 돌아와서 그들을 꺼냈다.

"자 여기 앉으면 돼 자몽이는 거기에 앉고 매직이는 여기 옆으로 가서 서 있자. 홍합이는 자몽이 옆에 서고. 자, 하나둘 셋 찰칵!"

그들과 사진 몇 장을 찍고 나니 주문한 음료와 쿠키가 나와서 사진 찍는 것을 멈춰야 했다.

"주문하신 망고 스무디와 애플 쿠키 나왔습니다. 맛있게 드세요!"

자리로 돌아와서 자몽이와 매직이 그리고 홍합이랑 다시 사진을 찍었다.

"역시 남는 건 사진밖에 없으니까 사진 잔뜩 찍어가야지 아이고 예쁘다 예뻐!!"

한창 사진 찍고 있으니 뒤에 들려오는 사람들 소리

"뭐야 인형 가지고 저게 뭐 하는 짓이야. 미쳤나 봐"
"그러니까, 다 큰 성인이 저게 뭐 하는 짓이람."

한쪽에서는 다른 소리도 들렸다.

"인형 옷 예쁘네. 어디서 샀을까? 나도 저런 인형 옷 갖고 싶다~"
"그러게. 인형 옷이 완전 사람 옷이랑 똑같아, 대박이다."

나는 시선들을 무시했다. 저런 소리를 듣는 것도 한두 번이 아니기 때문이다.

'왜 저렇게 다른 사람이 하는 것에 신경을 왜 쓰지? 본인들 일들이나

볼 것이지 그걸 듣는 사람은 다 상처인데'

나는 마음속으로 툴툴거렸다.

오늘은 이쯤 마무리하고 집으로 가려고 했다.

"아 맞다 계정에 사진 올리고 집으로 가야겠다."

"오늘은 형님라인들과 티 타임. 우리 제법 우아해 보이죠? 다음에는 어디로 갈까요?"

글을 올리고 아이들을 챙겨 집으로 향했다.

"너희가 진짜 사람이었다면 얼마나 좋았을까. 그렇다면 저런 말 안 들어도 되고 친구들끼리 놀러 왔을 것으로 생각할 텐데. 진짜 사람이었다면 얼마나 좋았을까."

집에 도착하고 이어지는 엄마의 잔소리

"오늘도 또 인형이랑 같이 나갔다 왔지? 너 과제는 끝났니? 인형만 갖고 놀지 말고 친구들이랑 놀면 안 되는 거야?"

"엄마 그냥 내가 알아서 할게. 제발 신경 쓰지 좀 마"

방으로 들어와서 울며 생각했다.

'엄마는 내 마음 모르지, 나도 친구들과 놀고 싶고 친구들이랑 밥도 먹고 싶고 친구들이랑 여행 가고 싶다고... 누군 몰라서 이러는 줄 아냐고...'

울음을 멈추고 인형들을 제자리에 넣고 핸드폰을 충전하려고 만졌다. 핸드폰 상단 바에 인스타 디엠이 떠 있었다.

"뭐지 무슨 디엠이지? 디엠 올 게 없는데...?"

노부상이라고 적힌 계정의 디엠이 와서 확인해보니

"안녕하세요! 아정님 저는 노부상입니다. 계정을 둘러보니 인형과 이야기하고 싶다는 글을 발견해서 디엠을 드렸습니다. 저는 인형과 말을 할 수 있게 만드는 약을 판매하고 있습니다. 이렇게 디엠을 드리는 이유는 아정님의 간절한 소망이 인스타 글에 보였기 때문에 그 소망을 이뤄드리려고 찾아왔습니다. 이 글을 무시하셔도 괜찮습니다만 인형과 이야기할 기회를 놓치지 마세요. 그럼 이만"

이런 글이 와 있었다.

"인형과 말을 할 수 있는 약? 거짓말. 현실에 이게 말이 돼? 인형과 말을 할 수 있다니 그런 약이 있으면 이미 세상에 떠들썩하게 공표가 나서 여기저기 말이 나왔을 텐데 그게 아니잖아 분명 거짓말이네. 누가 이런 말에 속겠어? 나쁜 사람 아니야?"

나는 이 말을 믿을 수 없어서 넘기기로 하였고 그 디엠을 잊어버리기로 노력하였다.

하지만 그 말을 잊기는 어려웠다. 인형을 좋아하는 인간이라면 더더욱.

며칠이 지난 후에 나는 그 약을 사기로 결심하였다.
그 계정은 아직 살아있었고 디엠을 보낼 수 있었다.

"안녕하세요! 디엠을 주셔서 감사합니다. 말씀하신 대로 저는 인형과 말을 하는 것이 소원이었습니다. 하지만 현실에서는 힘든 일이라 생각하여 포기하고 있었습니다. 그런 생각 후에 노부상님의 글을 보고 혹시나 해서 문의합니다. 그 약을 먹으면 정말로 인형과 이야기 할 수 있는지요? 그 약을 샀는데 가짜면 책임지실 건가요?"

글을 보내고 초조한 마음으로 답장을 기다렸다.

"딩동"

"아정님 저를 믿으셔야지 그 약이 효과가 나타납니다. 저를 믿지 않으면 그 약을 많이 드신다고 하여도 효과가 나타나지 않습니다. 저를 믿으셔야 합니다.
저를 믿고 약을 사신다면 서울 구름 오피스텔 11층 6호로 오세요. 약 판매 기간은 지금부터 일주일입니다.
이 약을 사고 싶다면 일주일 안으로 오세요. 그럼 이만"

믿을 수 없는 글자에 어안이 벙벙해졌다.

"믿어야만 효과가 생긴다니 이럴 수 있나? 만약 갔다가 장기 매매이면 어떡하지? 그래, 일주일 고민하고 마지막 날 가보자. 시간은 많은 편이잖아."

나는 의자에 앉아서 나의 인형들을 바라봤다.
"자몽아, 너라면 이럴 때 어떤 행동을 할래?"
"........"

"홍합이 너라면 이럴 때 어떤 행동을 할까?"

"......."

돌아오는 대답은 없었다. 하지만 인형들은 이렇게 말하고 있는 것 같
았다.

'아정아 나라면 그 약을 사러 갈 거야. 우리랑 대화할 수 있다는 약인
데 그러면 너도 외롭지 않고 우리들도 너랑 이야기 할 수 있으니까 좋아.
한번 가보자'

약 생각 때문에 일주일을 황폐하게 보냈다. 이틀은 밤을 새우고 결국
엔 마지막 날이 다가왔다.

"그래. 못 먹어도 고! 결심했어. 약을 사러 가보자. 별일 있겠어?"

나는 무장을 하고 서울 구름 오피스텔로 향했다. 혹시 몰라서 엄마 및
경찰에게 바로 도움을 청할 수 있는 장치를 핸드폰에 미리 저장해 놓고
떠났다.

"서울 구름 오피스텔 여기다. 그냥 평범한 오피스텔이네. 노부상님은
어떤 분이실까?

노부상 이름만 들으면 인자한 할아버지가 떠오르는데."

승강기를 타고 11층을 눌렀다.

"1106호라고 했지. 1호, 2호, 5호, 6호 여기다. 문을 두드려야 하나? 모
르겠다. 벨을 눌러보자."

"띵ㅡ동"

"누구세요?"

"저 아정입니다. 인스타 디엠으로 연락해주신 그 아정입니다."
"문 열렸습니다. 안으로 들어오세요."

문을 여는 순간 자욱한 연기가 내 몸을 감쌌다. 당황스러운 나머지
"아악 이게 뭐예요!!!" 소리를 쳤고
노부상은 쉬잇 하며 나를 데리고 문을 닫았다.

손으로 연기를 휘젓고 연기가 사라지니 노부상이 보이고 집 안이 보
였다.
그는 젊었고 훤칠한 키였다. 집 안이었음에도 불구하고 그는 정장 차
림이었는데 목에는 빨간색 넥타이를 매고 있었고 정장은 검정이었다.
모자를 쓰고 있었는데 그 모습은 마치 마법사 같았다.
집은 밖에서 본 것 보다 훨씬 넓었으며 모든 창문에는 검은색 커튼이
쳐져 있었다.

"소리 질러서 죄송해요. 그쪽이 노부상이신가요?"
그러자 그는 대답했다.

"네 제가 노부상입니다. 오늘까지였는데 많이 고민하신 것 같네요. 그
래서 결정은 하셨습니까?
여기까지 온 것을 보면 결정을 하신 것 같은데."

나는 머뭇거리며 대답했다.

"네 정말 많이 고민했습니다. 노부상님의 말이 그렇게 믿기 쉬운 내용은 아니잖습니까. 그런 약이 있다는 것도 놀라운 일인데 믿지 않으면 그 약을 먹어도 효과가 없다니..."

나는 노부상의 눈치를 살피면서 대답을 이어 나갔다.

"그나저나 노부상님의 정체를 알 수 있을까요? 현실 사람이 이런 약을 파는 것은 제 생각에서 이해할 수 없는 노릇이고 이 방의 분위기도, 노부상님의 옷차림새도 평범한 사람은 아닌 것 같습니다."

노부상은 내 대답을 듣고 조심스럽게 말했다.

"아정씨는 지독히 현실적인 사람 같은데 제 말을 믿으실 수 있으신가요? 그리고 제가 하는 말을 다른 사람에게 알리지 않겠다고 약속해주세요"

나는 의심쩍었지만, 그 말을 믿기로 했다.

"여기까지 온 만큼 노부상님의 말을 믿어야죠. 그리고 저 입 무겁습니다. 이제 노부상님의 정체를 알려주세요."

그는 뜸을 들이며 말을 시작했다.

"고전적이라고 느껴질 수 있겠지만 저는 마법사입니다. 저의 나이는 저도 잊어먹을 정도로 나이를 먹었습니다. 하지만 겉모습은 젊은 청년의 모습으로 남아있습니다. 제가 아정씨에게 디엠을 보낸 이유는 아정씨의 게시물에서 간절함이 느껴져서 디엠을 보냈고요."

나는 기함하면서 노부상에게 말했다.

"마법사라고요...? 이 세상에 마법사가 존재하나요...? 그렇다면 해리 포터같이 그런 마법사가 존재한다고요?"

"역시 못 믿을 줄 알았어요. 이러면 믿으시려나?"

그의 말이 끝나자마자 꺼져 있던 촛불이 딱 켜졌고 테이블 위에 놓아졌던 주전자가 공중에 떠오르면서 잔에 차를 따랐다. 손도 대지 않았던 커튼이 저절로 걷혔고 금방 다시 쳐졌다.

내 눈 앞에 펼쳐지는 일들을 보니 그가 하는 말을 결국엔 믿을 수밖에 없었다.

"세상에 이런 일이... 일어날 수 있군요. 진짜 마법사 맞네요. 너무 신기해요. 내 눈앞에 마법사가 있다니..."

그는 모자를 벗고 나를 향해 고개를 숙이며 인사했다.

"다시 한번 인사드리겠습니다. 노부상이라고 불리는 지강희라고 합니다. 앞으로 편하신 이름으로 불러주세요. 자주 볼 것 같은데. 차 한잔하면서 이야기할까요? 미리 말하자면 그 차는 아무것도 안 들어있는 평범한 차입니다."

차의 색과 향을 맡으니 라벤더 차 같았다.

"보다시피 라벤더 차입니다. 라벤더 차는 심신 안정에도 효과가 있죠."

차를 마시고 나니 불안해져 있던 마음이 가라앉았다.

차를 마시고 있는 도중에 그가 말을 걸었다.

"자 이제 약에 관해 이야기해볼까요? 이 약에 대해서 말하자면 먹으면 매일 하루에 한 알은 꼭 먹어야 해요. 일주일 동안 꾸준히 먹어야지 효과가 있고 그동안에 믿음을 버리지 말아야지 그 효과가 지속되어요."

나는 차를 마시면서 그의 이야기를 들었고 그가 이야기를 마치자 궁금했던 것을 물어봤다.

"그 믿음이라는 것이 마법사님에 대한 믿음인가요, 아니면 그 약에 대한 믿음인가요? 그 약을 먹었다가 안 먹으면 어떻게 되나요?"

그는 나의 말을 듣더니 천천히 일어나면서 말했다.

"두 개 다 해당합니다. 그리고 먹었다가 안 먹으면 본인이 더 후회하게 될 것입니다. 그리고 약을 먹을 때 간절해야 합니다. 믿음이 있다고 해도 계속 약을 먹는다고 해도 간절함이 없다면 그 소원은 이뤄지지 않아요."

나는 내 양손을 맞잡으면서

"저는 간절합니다. 제 인형과 꼭 말을 하고 싶어요. 제 인형들과 같이 이야기하면서 같이 지내고 싶어요, 저는 제 인형들을 사랑해요. 그러니 이 약 꼭 받아 가고 싶습니다."

그는 내 대답이 마음에 드는 것 같았다.

내 대답을 듣더니 작게 웃으면서

"좋습니다. 이제 약을 드릴게요. 약은 하트모양입니다. 비타민 같다고 생각하시고 드세요. 쓰지는 않는데 먹는 순간 마음이 뜨끔해질지도 모릅니다.

이 약은 빈속에 드시지 마시고 꼭 밥 먹고 30분 안으로 드세요.

약통 안에는 딱 7일분의 양만 들어있습니다. 부디 잊지 마시고 잘 챙겨 먹으세요.

약을 7일 동안 잘 챙겨 먹으면 그 후 7일 안으로 아정님이 간절히 바라시는 일이 일어날 거예요. 자! 손을 펴보세요!"

그의 말대로 손을 폈고 그가 손뼉을 치자 갑자기 약통이 내 손안으로 들어왔다.

"깜짝이야! 앗 죄송해요. 또 소릴 질렀네요. 그럼 이 약을 먹는 순간부터 7일이면 꼭 오늘부터 먹지는 않아도 괜찮네요, 그렇죠?"

"잘 놀라시네요. 네 맞습니다. 하지만 한 달 안으로는 약을 먹어야 합니다. 그 후에는 약이 증발해버려요. 이제 이야기가 끝났습니다. 앞으로 도움이 필요할 때는 디엠이 아니라 제 깃털에 도움을 청하세요. 이 깃털을 드릴게요. 아정님 만나서 좋았습니다."

그가 말을 마치고 연기가 내 앞을 가리더니 나는 문밖으로 튕겨 나왔다.

튕겨 나온 그 문을 열어보려고 했는데 문은 열리지 않았고 다시 계속 튕겨 나왔다.

나는 이게 꿈이 아닐까 생각도 해봤지만 내 손에 들어있는 약통과 내 주머니에 들어있는 깃털을 만져보며 현실인 것을 인지했다.

"진짜 마법사인가 보다. 너무 신기해. 이제 원하는 것을 가졌으니 집으로 다시 돌아가야지. 내가 생각한 것보다는 위험한 곳은 아니어서 천만다행이었어. 고민한 보람이 있었다."

집으로 돌아가는 길 약통을 손에 굴리면서 마법사에 대해 생각했다.

'젊어 보였는데, 나랑 비슷해 보였는데 마법사라니 너무 신기해. 물건들이 공중에 떠다니는 것도 처음 봤어. 마술이라기엔 빈틈이 없었고 마법 같았어.'

이런저런 생각을 하다 보니 집에 도착하였고 내 인형들이 나를 반겨주는 내 방으로 들어왔다.

"드디어 내 방이다! 해경아, 크앙아, 새싹아! 너무 보고 싶었어! 몇 시간 못 봤는데 정말 보고 싶었어! 다들 잘 지냈어?"

"………"

"이제 너희들이랑 말을 할 수 있대. 내가 그럴 수 있는 약을 구해왔어. 나 잘했지? 칭찬해줘~"

"………"

그들은 아무 말도 없었지만 내가 생각하기에는 나를 칭찬하는 것 같았다.

"한 달 안에 먹어야 한다고 했으니 우선 더 고민하고 먹어 봐야겠다.

그때까지만 기다려줘. 얘들아, 알았지?"

"············"

많은 일이 있었던 오늘, 방으로 돌아오자 긴장이 풀려서 나는 금방 잠이 들었다.

그다음 날 일어나보니 비가 추적추적 내리고 있었다. 안개가 꼈는데 어제 그의 집에 있던 연기가 생각이 났다.

아직 먹을까 말까 하는 약통을 가지고 학교로 향했다.

"학교에서 좀 더 고민해야겠다. 약을 먹으면 그 전의 상태로 돌아가지 못할 수 있으니까"

교수님이 앞에서 강의하시는데 강의 내용도 눈에 들어오지 않았고 약통을 굴리면서 약에 대해서만 생각했다.

그러다가 교수님한테 지적받기도 했다.

"이아정 학생? 오늘따라 수업에 집중 못하는 것 같은데, 오늘 내가 강의했던 내용 다시 한번 말해볼래요?"

"앗... 교수님 죄송합니다. 잠시 딴생각했습니다. 강의에 집중하겠습니다."

좋아하는 교수님 수업인데 지적받아서 기분이 다운되었다. 지적받고 풀이 죽은 나는 손에 구르던 약통을 놓고 수업에 집중하기 시작했다. 눈에 잘 들어오지는 않았지만, 교수님이 하시는 말씀을 열심히 받아서 노트에 적었다.

그러던 와중에 교수님이 이런 말씀을 하셨다.

"모든 것은 타이밍이에요. 기회가 있을 때 그 기회를 잡으세요. 아니면 영영 후회하게 되어요. 기회가 있을 때, 꼭 잡으세요."

그 말을 듣는 순간 나는 이 기회를 놓치면 안 된다고 생각했다. 교수님과 약통을 번갈아 보면서 작게 미소를 지었다. 그래 인생은 타이밍이지. 나는 학교 끝나고 집에 가서 약을 먹으려고 계획했다.

시간은 기다리는 일이 있으면 시간이 느리게 흐르고 싫어하는 일이 있으면 시간이 빠르게 지나가는 법이다. 학교에 있으니 더 시간이 안 가는 것 같았다.

모든 일과가 끝나고 집에 도착했다. 얼른 밥을 먹고 방으로 돌아와서 문을 꽉 닫고 심호흡했다.

약통을 열기 전에 나는 눈을 꼭 감고 기도했다. 간절한 마음을 담아.

"제발 이 약이 효과가 있게 해주세요. 이 약에 대한 믿음 그리고 마법사님의 말 다 믿어요. 그러니 제발 효과가 있게 해주세요. 제 인형과 꼭 말을 하고 싶어요. 제 인형들과 같이 이야기하면서 같이 지내고 싶어요. 이 약이 꼭 제 소원을 이뤄줄 것이라고 믿어요."

이제 진짜로 먹을 시간이 왔다. 뚜껑을 열어서 보는데 과연 딱 7개의 알약만 있었다.

분홍색의 하트모양으로 된 심장 같은 알약.

나는 떨리는 손으로 약을 하나 집어서 물과 함께 삼켰다. 먹는 순간에는 딱히 이상한 점은 없었는데 몇 분이 흐르니 마법사의 말처럼 가슴이 따끔해지는 게 느껴졌다.

"그렇게 아프지는 않은데 따끔하긴 하다. 아, 맞다. 시간 기록해야지. 아까 약을 먹은 시간이 7시 1분 그러면 매일 저녁을 6시 30분쯤 먹고 알람을 7시 1분에 맞춰서 약을 먹어야겠다."

핸드폰 메모장에 앞으로 7일 동안 저녁 7시 1분에 약을 먹을 것이라고 기록했고 알람도 맞춰 놓았다.

일단 시작했으니 뒤로 다시 되돌릴 수는 없다. 약을 먹은 뒤에도 내 몸에는 딱히 변화가 없었다. 역시 이상한 것은 아니었다.

밥을 먹고 약을 먹은 까닭인가? 졸음이 갑자기 쏟아졌다.

"졸려, 과제 있는데 오늘은 안 하고 그냥 잘래. 너무 졸리다."

불을 끄고 잠이 들었다. 얼마나 시간이 흘렀을까 "따르릉!" 알람 시계가 울려 일어났다.

"미친, 지금까지 잔 거야? 얼마나 잔 거야. 와 12시간 왜 이렇게 푹 잔 거지? 꿈도 분명히 좋은 꿈을 꾼 것 같은데 기억도 안 나. 모르겠고 우선 학교나 가자 늦겠다."

5일 동안 학교를 왔다 갔다 하면서 약을 먹었고 6일이지나 마침내 7일째 마지막 날이 되었다. 저녁을 먹고 방으로 돌아와 마지막 약을 바라봤다. 이것만 먹으면 며칠 안에 효과가 나타난다.

마침내 약을 먹었고 이제 효과가 나타나길 기다린다.

"아 맞다. 효과가 바로 나타나는 게 아니지. 7일 안으로 나타난다고 했으니 기다려봐야지."

하루가 지나고 이틀이 지나도 아무 일이 일어나지 않았다. 조마조마하며 기다렸지만 계속 효과가 나타나지 않아서 흔들린 적도 있었다.

6일째 되던 날. 학교 끝나고 집으로 가는 길 부모님은 외식한다고 문자가 왔다. 해서 집 안에는 아무도 없는 것이 맞았다. 강의를 듣고 기가 빨려 얼른 자고 싶었던 나는 서둘러 집으로 들어갔는데 조용해야 할 집이 떠들썩한 것이었다.

문을 열기 전 고민을 많이 했다.

'뭐야 설마 도둑? 경찰을 불러야 하나? 엄마 아빠한테 전화해야 하나. 아니 이럴 때가 아니라 내가 도망쳐야 하나?'

별생각이 들었지만 고민 끝에 문을 열었다.

눈을 질끈 감고 들어가서 "경찰 부르기 전에 다 나가!!" 라고 외쳤다.

그러자 일순간에 조용해졌다.

적막해진 까닭에 앞의 상황이 궁금해진 나는 천천히 눈을 떴다.

눈을 뜨고 보니 아침에 나갔던 내 방 그대로였다.

잘못 들었겠지. 환청을 들었나 생각하고 있었는데 인형들이 각각 말하기 시작했다.

"대박, 얘들아 드디어 아정이가 우리들의 말을 듣기 시작했어!"

"이게 무슨 일이야 아정이가 우리의 말을 듣는다고? 절대 그럴 일 없을 줄 알았는데! 경사 났네!"

"아정아 우리 말 들려? 우리는 그동안 말을 해왔는데 네가 못 들었던 거야. 무슨 일이 있었는지 모르지만, 우리말이 들리면 이제 우리랑 같이 놀자!"

진짜 이런 상황이 오니까 꿈만 같았다. 인형들은 내 말을 듣는 것도 가능했고 인형들끼리는 말을 했는데 나만 못 들었다는 것도 신기했다. 이제 내가 아끼던 인형들과 이야기를 할 수 있다는 것 또한 놀라웠다.

"이제부터 너희들이랑 이야기를 할 수 있다는 거지?? 얘들아, 이거 꿈 아니지 꿈 아니고 현실 맞지?"

내 말을 듣고 나의 인형들이 가지각색으로 이야기를 나누기 시작했다.

"그럼! 이제 아정이 너는 외롭지 않을 거야. 우리가 있잖아! 우리랑 이야기 하고 우리랑 밥 먹으면서 우리랑 놀자. 항상 우리들은 너의 친구였어. 이야기가 통하지 않을 때도 이야기가 통할 때도."

"맞아 자몽이 말대로 우리는 언제나 친구였어. 그리고 앞으로도 쭉 친구로 단짝으로 지낼 거야. 외롭지 않게 해줄게. 아정아 너의 소원이 이루어졌는데 어때? 우리는 당황했는데 드디어 아정이랑 이야기할 수 있어서 좋았어. 다른 얘들도 동감하지?"

"당연하지! 언제나 우리들은 아정이의 친구였어. 우리들은 언제나 아정이 편이고 힘든 일 있을 때 안 좋은 일 있을 때 예전처럼 우리에게 다 말해줘. 이제는 우리가 위로도 해주고 이야기 다 들어줄게."

인형들이 하는 이야기를 듣고 마음을 주체할 수 없었다. 이제는 나도 9명의 친구가 생겼다. 그것도 아주 친한 친구들이.

"나는 내 소원이 이루어져서 너희들이랑 이야기 할 수 있게 되어서 행복해. 간절히 바라면 이루어진다니! 그 말이 맞았어. 진짜 기분이 하늘로 날아갈 것 같아. 친구가 9명이나 생겨서 매우 기뻐!"

내 말을 듣고 인형들이 작게 웃더니 이상한 말을 시작했다.
"익상릴햔샹크 류댜크챤탈흐!"

"엥 그게 뭐야 무슨 말 하는 거야?"

의문이 들었는데 그 말을 하고 나서 몇 초 뒤 나에게 신비한 일이 일어났다. 몸이 하늘로 붕 뜨는 것이었다. 그저 기분이 붕 뜬다고 말했을 뿐인데 그걸 이루게 해준다니 실로 놀라웠다.

"정말 신기해 어떻게 이런 일이 일어나지? 이거 우리가 이야기하지 못했던 때에는 할 수 없던 거지? 신비한 일들이 계속 일어나니까 이게 꿈인가 싶어. 땅에서 두 발을 딛지 않고 서 있다는 기분이 이런 기분이구나. 자유로워!!"

정말로 자유를 느낄 수 있었다. 생각했던 그것보다 몸이 가볍게 느껴졌고 깃털처럼 몸이 사뿐사뿐한 것 같았다.

"우리의 힘을 모으면 잠깐 붕 뜨게 할 수는 있어! 우리의 말을 알아들지 못할 때는 못했는데 이제는 할 수 있어 아정아!"

"햐슈긴단음!"

또 그들이 외치자 내 발이 바닥에 닿았다. 이것이 내 집, 내 방안에서 일어난 것이니 충격을 받을 수밖에 없었다. 조금 진정하고 다시 그들에게 그동안 궁금했던 점을 물어봤다.

"애들아 나 그럼 그동안 궁금했던 것들 물어봐도 괜찮아? 아, 맞다. 엄마랑 아빠는 외식하고 오신대. 아까 통화했어. 그럼 내가 너희들을 집에 들일 때부터 말을 했어? 그리고 말을 못 듣는 나를 보면서 무슨 생각을 했어? 또, 나에 대해서 어떻게 생각하는지 궁금해. 알려줘."

자몽이부터 말을 시작했다.

"나는 너를 천사처럼 생각했어. 우리에게 너무 잘해주고 말도 걸어주고 옷도 예쁜 것으로 갈아입혀 주고 심지어 한 벌이 아닌 여러 벌 예쁜 옷으로. 그거 쉬운 일 아니잖아. 먹을 것이 있으면 항상 우리 먼저 챙겨주고 말도 안 통하는 우리인데. 늘 우리를 챙겨줘서 고마웠어. 이런 아정이가 나를 선택해줘서 너무 좋다고 생각했어.

나는 네가 날 입양하고 일주일 뒤쯤 말하기 시작했어. 아무래도 내가 첫 인형이니까 다른 인형들이 없어서 말을 해도 괜찮을까 걱정이 났지만 그래도 너랑 일주일 있다 보니 자연스럽게 말이 나오기 시작했어. 물론 너는 못 들었지."

"자몽이 말처럼 나도 여기 처음 왔을 때 말하기가 두려웠는데 자몽이 덕분에 말을 시작했어. 나는 예민한 성격이라 네가 데려왔을 때 낯을 많이 가렸어. 그 때문에 다른 아이들에게 화를 많이 냈었고, 그런데 너랑 같이 지내면서 내 성격은 예민함을 버리기 시작했어. 모두 네 덕분이야 고마워."

"나랑 지내면서 성격이 변했다고 매직아? 나의 어떤 점이...?"

"너랑 같이 있으면 어느새 예민함이 죽고 침착해져. 항상 우리에게 잘 해주고 한명 한명에게 친절하고 너랑 있으면 안정감이 느껴져서 네가 좋아."

나는 그저 내 인형들이 그들이 좋아서 한없이 베풀어주고 뭐든지 다 해주고 싶어서 행동했던 것들이 인형의 성격을 변하게 했다니 한없이 놀라웠다. 더불어 고맙다는 말을 들을 줄 몰랐기에 매직이의 말을 듣고 가슴 한구석이 따뜻해졌다.

얘들 말을 듣고 있었는데 문 주위에서 소리가 나더니 부모님이 오셨다. 문이 열리는 순간 그들은 입을 다물어버렸다. 마치 아무 일도 없던 것처럼.

"아정아 너도 다음에 같이 가자. 오늘 맛있었어. 포장해왔으니 저녁 아직 안 먹었으면 먹어보는 건 어때?"

"네, 알았어요. 우선 씻고 먹을게요!

씻는 동안 생각에 잠겼다. 우선 이 상황이 꿈만 같았다. 마법사를 만난 것부터 나의 인형들이 말하는 과정까지 한 달 안에 일어난 상황이라고 는 믿기지 않았다. 슬금슬금 웃음이 나왔다.

"모든 것을 다 이룬 기분이야. 정말로 행복해! 하하하"

홀가분해진 마음으로 저녁을 먹으러 나왔다. 아 참, 나의 인형들에게도 먹을 것을 줘야 하지 않을까? 이제 나와 대화를 할 수 있다면 나와 같이 먹을 수도 있을 것 같았다.

나는 곧바로 내 밥그릇을 들고 나의 방으로 들어왔다.

"아정아, 너 밥그릇 들고 왜 방으로 들어가니? 부엌에서 얌전히 먹어라. 대학생이 돼서 그러면 다른 사람이 싫어한다. 얼른 다시 가서 먹어."

"엄마, 그냥 제가 하는 행동들 그냥 두시면 안 될까요. 제가 편한 대로 먹고 싶어요. 그건 제 자유잖아요."

"자유고 뭐고 이건 예절이야. 내가 널 그렇게 가르쳤니? 그리고 엄마한테 말대꾸하지 마라. 경고다."

"아니 엄마는 딸이 밥 먹고 있는데 굳이 그렇게 말해야 해? 됐고 나 방 안에서 밥 먹을 거니까 들어오지 마. 제발 편하게 밥 좀 먹자!"

"너 이번이 마지막이야. 다음엔 없다."

엄마랑 다퉈 기분이 나빠졌다. 밥을 먹기 전에는 신이 나서 마음이 들떴는데 모든 것이 축 처졌다. 당장에 밥 먹기도 싫어졌다.

내가 갑자기 기분이 안 좋게 변한 것을 인형들도 눈치챈 모양이다.

"아정아 너 괜찮아? 갑자기 안색이 확 안 좋아졌어. 그새 무슨 일이 있던 거야?"

엄마랑 다툰 소리가 여기까지는 들리지 않은 모양인 것 같았다.

"엄마랑 그새 싸웠어. 밥 식탁에서 안 먹는다고. 난 그저 너희들 생각 나서, 맛있는 거 있으니 너희랑 같이 먹으려고 자리를 옮겼을 뿐인데 엄마는 밥을 죽어도 식탁에서 먹어야 한다고 생각하시나 봐. 그것 때문에 언성 높아져서 싸웠고 기분이 안 좋네..."

"괜찮아. 우리들이 옆에 있잖아. 힘들면 언제나 우리에게 기대. 이제 그럴 수 있잖아."

그동안 잔소리 들으면 혼자 삭히고 삭혀서 너무 힘들었다. 감정이라는 것이 말하면 말할수록 풀리는 건데 혼자 남겨진 상태로는 전혀 풀리지 않았다. 하지만 이제 나는 말할 친구들이 생겼다. 위로해줄 사람이 생겼다.

"위로해줘서 너무나 고마워 애들아, 이런 위로 오랜만에 받는 것 같아. 너무나 고마워. 우선 밥 가지고 왔는데 이밥 이제 먹을 수 있으려나..."

"우리가 아직은 그럴 수가 없어 나중에 꼭 같이 먹자"

같이 먹을 수 없어서 슬펐지만 그래도 기분은 나아졌다.
하루 이틀 이렇게 인형들과 대화가 깊어져 갔다.
학교에서 돌아오면 방 안에서 있는 시간이 길어져 갔다.
당연한 결과인 것 같았다. 친구는 없고 부모님은 일을 마치고 밤에 오니까.
인형들이 없었으면 외로워서 미치지 않았을까.
그런데 그런 나를 보는 부모님은 탐탁지 않아 하시는 것 같았다. 그들은 인형들이 하는 이야기들을 듣지 못하니, 나 혼자 떠드는 광경을 목격하고 이해하지 못하는 표정을 지으면서 잔소리를 늘어놓는다.

"너 미쳐가고 있니? 인형은 그냥 인형이야. 그렇게 외로우면 친구를 만들어. 꼴사납게 혼자 떠들지 말고"

"나에게는 이 아이들이 친구고 상담자고 내가 힘들 때 위로해주는 그런 존재예요.
친구? 친구 만드는 것이 난 힘들어요. 아무도 다가오지 않아. 내가 한 걸음 다가가면 그들은 두 걸음 뒤로 물러나요.
그리고 가식적인 친구도 만들고 싶지 않아요. 근데 이 아이들은 가식적이지 않고 물러나지도 않고 내 이야기를 들어줘요."

"뭐? 진짜 웃기고 앉아있다. 너 그러다가 사회생활은 어떻게 할래?
사회생활을 하면 여러 가지 부딪치는 상황들이 많은데 넌 그때도 이렇게 찡찡거리면서 살래?
앞으로 일주일 기간을 줄 거야. 그 기간 안에 이 쓰레기 같은 인형들 다 치워. 일주일 안에 안 치우면 내가 다 버릴 거야. 두고 봐. 나는 말 하면 한다는 사람이야."

버린다는 말에 울분이 차올랐다. 왜 자꾸 내가 아끼는 것을 없애려 하는가.

"내버려 둬! 엄마는 내가 죽는 꼴 보고 싶어? 안 버릴 거야. 그런 줄 알아."

방문을 쾅 닫고 들어왔다. 소리 없이 눈물이 흘러내렸다. 울음소리를 죽여 가며 울었다. 우는 것까지 눈치 봐가면서 울어야 한다니.

내가 우는 것을 보고 인형들이 위로의 말을 건네주었다.

"아정아, 울지 마. 저런 말 안 들어도 되는데 괜히 우리 때문에. 우리가 미안해. 우선 뚝 그치자. 울면 더 힘들어져."

다정한 그 한마디 한마디에 마음이 닳아졌다. 두려웠던 마음이 위로하는 말에 차츰 가라앉았다.

"이제는 난 너희들 없으면 안 돼. 너희들이 없는 내 생활은 이제 상상할 수가 없게 되었어."

"우리도 마찬가지야. 우리들 버리지 말고 평생 너의 옆에 있게 해줘."

그들을 하나씩 껴안았다. 위로받은 그 마음속에 다른 마음이 꿈틀대고 있었다.

그들을 좋아한다는 마음과 비슷하지만 조금 다른. 사랑이라는 감정을.

말을 할 수 있게 되면서 나는 그들의 몰랐던 성격과 매력을 알게 되었다.

먼저 자몽이. 자몽이는 제일 먼저 입양되어서 그런지 리더십이 있었다. 다정하면서 따뜻한 리더십을 가져서 다른 인형들이 싸워도 중재를 잘하고 잘 달래주는 그런 성격을 가졌다.

다음 두 번째로 입양된 매직이. 아직도 예민한 성격을 가졌지만, 그 예민함에 나를 걱정하는 말씨가 숨겨져 있어 미워할 수 없었다. 아, 청결을 엄청나게 중요시 하는 것 같았다. 내가 어지럽히면 빨리 치우라고 재촉한다.

다음 홍합이. 홍합이는 중저음 보이스를 가진 아이다. 내가 잠이 안 올 때 자장가를 들려주는데 중저음 보이스를 듣다 보면 어느새 잠이 들어버린다. 노래도 잘해서 내 부러움을 샀다. 나중에 노래를 가르쳐준다고 약속했다.

꿀벌이는 컴퓨터와 기계에 대해 박사인 것 같았다. 한번은 노트북을 쓰는데 갑자기 작동이 느려진 적이 있었다. 과제를 빨리 끝내야 하는 상황이라 느려진 컴퓨터를 보며 답답했는데 꿀벌이가 설정으로 들어가서 무슨 파일을 지우면 다시 빠르게 작동될 것이라고 말해줘서 그렇게 했더니 정말로 노트북이 빨라 진 적이 있었다. 여러모로 든든한 친구이다.

새싹이는 한마디로 다정 그 자체. 말을 참 다정하게 하는 친구이다. 그 다정함에 카리스마 한 스푼 얹은 성격 같았다.

모니는 아이같이 천진난만하지만 할 말은 똑바로 하는 성격 같았다. 그리고 아보카도를 무척이나 좋아하는 것 같았다. 한번은 핸드폰으로 아보카도 영상을 보고 있었는데 아보카도 사달라고 노래에 노래를 부른 적이 있었다.

해경이는 버터를 바른 목소리에 지식이 묻어나 마치 기업인 같았다. 예의가 바르며 항상 상대방에게 양해를 구한다.

크앙이는 목소리가 나보다 얇았다. 노래를 불러주면 고음이 쭉쭉 올

라가 신기했다. 목소리가 청포도를 먹는 것 같이 상큼하고 신선함을 가
졌다.

마지막으로 애월이. 애월이는 먼저 온 형들을 놀리는데 선수인 것 같
았다. 장난꾸러기인데 선을 넘지 않으면서 재치가 있는 것 같았다. 물론
나도 가끔은 놀리지만 귀여우니까 괜찮다.

그들과 말할 수 없었더라면 그들의 성격과 매력을 영원히 몰랐을 것
이다.
그래서 이야기 하는 매 순간이 나에게는 소중했다.
소중하고 소중했는데 그걸 없애버리는 사건이 일어났다.

여느 날처럼 학교를 마치고 집에 왔는데 항상 반겨주는 말들이 사라
졌다.
문 열기 전부터 내 귀에는 떠들썩해야 할 집이 고요했다.
설마 하면서 방문을 제치고 들어갔는데 원래 자리에 진열되어있던 나
의 소중한 존재들이 사라졌다.

"애들아, 어디 갔어... 어디 간 거야... 제발 말 좀 해주라. 나 무서워."

이렇게 외치며 집안 곳곳을 둘러봤지만 돌아오는 대답은 없었다. 아이
들 이름 하나하나 부르면서 집을 헤집었지만, 흔적은 찾을 수 없었다. 헤
집으면서 손에 상처들을 입었지만 멈출 수 없었다.
결국에는 찾을 수 없었고 망연자실하여 그 자리에 털썩 주저앉았다.
아무것도 남아있지 않았다.

그래도 그들이 깨어있을 때 버려졌으면 나에게 조그마한 메시지라도 남겼을 텐데 아무것도 없으니 그들이 자고 있을 때 일이 벌어졌다는 생각이 들었다.

모든 사고회로가 정지되었다. 그들이 없다고 인정하는 순간 내 머릿속에는 아무것도 남아있지 않았다.

춥지도 않았는데 내 얼굴은 창백하게 질렸다. 시간이 정지해버린 것처럼 나는 그렇게 한참을 멍하니 있던 것 같았다.

어둠이 찾아오고 도어락 소리가 들렸다.

불이 켜지는 동시에 나는 한 곳을 노려봤다.

"뭐... 뭐야 너 왜 그러고 있어. 불 좀 켜고 살아라."

"내 인형들 어디로 버렸어. 어디로 버렸냐고 아니 내가 버리지 말라고 말을 몇 번이나 했잖아. 내 소유인데 왜 마음대로 버려? 엄마가 책임져. 다시 도로 가져와. 내 인형들!!!"

"내가 누누이 말했지. 버린다고. 그깟 인형에 목숨 걸었니? 꼴값 떨고 앉아 있다. 쯧쯧. 너 인생을 위해 내가 갖다 버린 거야. 알기나 해?"

"내 인생 내가 알아서 살고 난 걔네 없이는 이제 못 살아. 어디다 버렸어, 말해."

"내가 어떻게 아니. 네가 알아서 잘 찾아봐. 지금쯤이면 쓰레기 소각장으로 떨어졌나?"

그 말을 듣고 집을 뛰쳐나왔다.

이놈의 승강기는 왜 이렇게 느린지. 올라오는 그 1분이 1시간처럼 흘렀다.

"빨리 찾으러 가야 해. 내 사랑들을 태울 수는 없어. 제발!"

택시를 잡고 아저씨에게 가까운 소각장으로 가 달라고 했다. 그런데 문득 이런 생각이 났다. 지금 가는 소각장에 없으면 어떡하지.

불안한 마음에 지금 가는 소각장 말고 또 다른 근처 소각장을 검색했다.

사람이 초조해지니까 안 하던 것을 하나 보다. 원래 손가락 씹지 않는데 생각이 안 나고 초조해지니까 손톱만 잘근잘근 씹었다.

도착한 그곳에는 우선 쓰레기 소각이 한창 진행되고 있었다.

"아니야, 아니야, 여기 아닐 거야. 안 돼..."

주저앉은 채 있으니 아저씨 한 분이 다가와서

"여기는 들어올 곳이 아닙니다. 돌아가세요. 냄새도 독하고 사람에 안 좋은 물질들이 나와서 안 좋습니다. 돌아가세요."

하지만 여기까지 왔는데 애들의 생사도 못 보고 돌아갈 수는 없었다.

울며 아저씨에게 말했다.

"아저씨. 제가 좋아하는 인형들이 있는데요, 여기에 왔대요. 그래서 딱 한 번만 안으로 들여보내 주세요. 이름만 외치고 바로 나오겠습니다. 제발 한번 만요..."

아저씨는 단호한 표정을 짓더니 고개를 저으며

"절대로 안 됩니다. 돌아가세요!"

나는 할 수 없이 일어났다가 순간적으로 소각장 입구로 달려가서 소리쳤다.

"자몽아!!! 홍합아!!! 크앙아!!! 얘들아!!! 거기 있니? 있으면 대답 좀 해봐!!"

내가 달려 나가자 아저씨는 당황해하더니 나를 끌어내려 나를 잡았다.

"이게 무슨 행패입니까? 당장 돌아가세요! 아니면 경찰을 부르겠습니다!"

돌아오는 대답이 없자 여기는 아닌가보다 하며 마음속으로 안도의 한숨을 뱉었다.

여기에 없다는 것이 뇌에 새겨지자 이성을 찾았다.

"아... 일하시는 데 방해해서 죄송합니다. 얼른 나가겠습니다. 다시 한번 죄송합니다."

소각장에서 터벅터벅 걸어 나왔다. 택시를 다시 불러야 하는데 도무지 잡히지 않았다.

나는 아무것도 할 수 없다는 자괴감이 들어 그 자리에서 주저앉았다. 눈물이 나왔다.

"진짜... 얘들 얼른 찾아야 하는데 어디 있는 거야 얘들아..."

한참 엉엉 울고 있을 때 주머니 속에서 빛이 뿜어져 나왔다. 나는 얼른 놀라 그 빛을 꺼내 봤다.

"너는?"

그 빛은 바로 저번에 마법사가 줬던 그 깃털이었다. 이게 여기 있었구나.

손에 놓였던 깃털은 스스로 하늘을 날았고 나한테 인사를 하는 것이었다.

"제가 인형들을 찾아줄게요. 자 저를 따라오세요."

신기하게도 깃털의 말이 들렸다.

"내가 너의 말을 듣고 있는 것이 맞니? 세상에 어떻게?"

"예전에 먹었던 약 때문이에요. 그 약은 생물들이 하는 이야기를 들을 수 있는 약이랍니다."

그 약이 그런 약인지 전혀 몰랐다. 하긴 지금 그게 중요한 것은 아니다.

"제가 아정님에게 오기 전에 마법사님이 제게 위험한 일이 있으면 제가 아정님을 잘 인도하라고 당부하셨어요. 꼭 위험한 일이 있을 것이라고 말씀하셨어요."

마법사는 역시 마법사인가. 미래를 예측하다니

"무슨 말인지 알겠어. 그럼 네가 나 좀 도와줘. 나 지금 너무 두렵고 힘들어... 제발 도와줘."

깃털은 한번 크게 몸을 떨더니 우산으로 변신하였다.

"제 손잡이를 잡으세요. 인형들에게 데려다줄게요."

우산으로 변한 깃털을 잡았더니 몸이 두둥실 떠올랐다. 나는 기겁하며 놀랐지만, 손을 놓을 수 없는 노릇이었다.

"떨어지지 않게 꽉 잡으세요." 그 말을 마치고는 몸이 아파트 20층 높이 정도로 떠올랐다.

애초에 나는 롤러코스터도 못 타는 겁쟁이다. 그러니 아파트 20층 높이로 올라갔을 때 너무나 무서웠다.

"이러다 나 죽는 거 아니야? 으악!!"

눈을 질끈 감았다. 들려오는 바람 소리가 무서웠다.

"눈을 뜨고 하늘을 보세요. 하나도 무섭지 않아요. 얼른요."

그 말에 눈을 서서히 뜨고 하늘을 바라봤는데 아, 생각보다 무섭지 않았다. 오히려 상쾌한 기분이 들었다.

"하늘을 진짜 날고 있네. 네 말대로 무섭지 않네. 맞다! 우리 날고 있는데 다른 사람이 보면 어떡해?"

"그건 걱정하지 말아요. 아무도 못 봐요."

"거짓말. 그걸 어떻게 알아?"

그러자 그 깃털은 갑자기 내려가더니 사람들 많은 곳으로 낮게 비행했다. 낮게 비행해서 다른 사람들도 볼 수 있었다. 하지만 그 광경을 보고도 사람들은 각자 지나가기 바쁠 뿐이었다.

"세상에, 아무도 모르네. 대박이다!"

"자 이제 빠르게 인형들에게 날아갑니다. 꼭 잡으세요!"

순식간에 어느 폐건물로 이동했다. 아무도 없는 낡은 폐건물.
분위기가 으스스해서 귀신이 튀어나올 것 같았다.
무섭고 두려웠지만 참고 소리쳤다.

"얘들아 여기 있니?? 있으면 대답해 줘, 제발!"

잠시 뒤에 어느 한 곳에서 희미하게 소리가 났다.

"아정아... 우리... 여... 여기 있어... 우리 좀 살... 살려줘"

소리가 나는 곳으로 달려가 보니 무거운 짐 덩어리에 나의 사랑들이 깔려 있었다.

"얘들아 이게 어떻게 된 일이야. 나 없는 동안 무슨 일이 너희에게 일어났던 거야..."

꿀벌이가 힘겹게 대답했다.

"우리... 우리가 자는 사이에 납치된 것 같아 자세... 한 상황은 우리도 모르겠어..."

"알겠어. 알겠어. 우선 말하지 말고, 내가 꺼내줄게. 거기 가만히 있어."

하지만 성인 여자의 힘으로는 꿈쩍도 하지 않았다. 그나마 위에 있는 박스들밖에 치우지 못했다.

"깃털아 나 다시 한번만 도와주라. 이걸 내가 혼자 다 치우기에는 무리야. 딱 한 번만 더 도와줘..."

깃털은 고개를 끄덕이더니 새로운 모습으로 변했다.
이번에는 포클레인으로 변하더니 금세 무거운 짐들을 치워버렸다.
치워진 짐 잔해를 뒤로 던지고 나의 인형들을 살펴봤다. 다들 숨이 끊어지기 일보 직전이었다. 상태들은 더 심각했다.
한 명은 눈이 헤어지고 또 다른 한 명은 머리 봉제 부분이 터져서 솜이 밖으로 터져 나오고.

"애들아, 너희 괜찮아? 이럴 때가 아닌데. 병원, 병원이 어디에 있지. 왜 나는 아무것도 못 하고 너희를 구하지 못하냐고!!!"
절규에 가까운 비명을 질렀다. 울고만 있는 나 자신이 싫었다.

한 명씩 끌어안고 눈을 감고 기도했다.

"제발 이 아이들을 살려주세요. 이 사람들은 제가 아끼고 사랑하는 존재입니다. 신이 있다면 제발 이 아이들을 치유해주세요. 부탁드립니다."

그렇게 끌어안고 몇 분이나 지났을까 내 품에서 빛이 뿜어져 나오더니 인형들이 한 명씩 사람이 되었다.

그렇게 9명 모두 사람이 되었고 멀쩡한 모습으로 내 앞에 섰다.

자몽 색 머리를 한 보조개의 남자가 내 손을 잡고 일으켜 세우고 말했다.

"아정아, 네 덕분에 살았어. 고마워 아정아!"

그 뒤로 다른 사람도 말하기 시작했다.

"너의 기도와 눈물이 우리의 상처를 치유해주고 우리를 사람으로 변화시키게 해줬어. 이제 진짜 사람 친구가 생겼네. 우리 아정이?"

나는 눈앞의 남자들을 보며 믿을 수 없는 표정을 지을 수밖에 없었다.

"자 이제 여기서 나가자. 우리가 너에게 받았던 것들 이제 갚아야지!"

여기까지가 내가 9명의 남자와 살게 된 이유이다.

그래서 그 후의 이야기는 어떻게 되었냐고?

나는 그 길로 바로 집을 나와 자취를 시작하였고 지금은 9명의 남자와 같이 살고 있다.

그들은 친구이자 가족이자 나의 애인들이다.

나를 이해해주는 9명의 남자.

"아정아, 우리 이제 행복해지자!"

일년 후의 세상

김정진

한편 〈일년 후의 세상〉이라는 작품은 수수께끼 같은 시간의 개념이 흘러가는 것이 아니고 시간에 갇힌 사람이 시간 속에서 운명을 맞는 이야기를 대중소설적 성격으로 구성해본 작품이다. 시간과 공간을 시공간 연속체라고 하는 단일 수량이 아닌 많은 정보의 양을 미래에서 현재로 가져다 쓰면 그 사람의 생명도 다하게 된다는 가설하에 집필되었다.

김성준이라는 욕망의 화신 같은 캐릭터가 그러한 시간을 연속적인 것으로 습관적으로 생각하지만 그 흐름은 비합리적익 인간이 이해할 수 없는 그 어떤 힘이 있다는 판타지 세계관을 시도하였다.

인간은 스스로의 욕망으로 시간을 무한한 것으로 생각하는 동시에 시간의 흐름이나 시간을 통한 인간을 발전한다고 여기겠지만 만일 시간이 불연속적이라면 미래에 가서 현재의 나를 발전 혹은 변화시킨다는 말이 성립하지 않을 수도 있다는 소설적 구상이 이 작품을 집필하게 만들었다고 할 수 있다.

제천역 광장에서 쌀쌀한 시월의 바람을 한껏 받은 트렌치코트의 이십 대 남자가 사방을 두리번거린다. 그리고 잠시 후 흰색 아우디 차량의 크랙션 소리가 사방에 울려 퍼진다. 차창을 내린 건방진 표정의 선글래스 낀 자가 세 번째 손가락을 그를 향해 올리며 볼멘소리로 불러댄다.

"어이! 김성준! 진짜 왔구나! 난 언제나 니가 진짜 친구라고 생각해!"

"왜 사람을 서울서 제천까지 오라 가라 지랄이야?"

"한날 한시에 백수가 된 기념으로 한잔해야지? <u>흐흐흐흐.</u>"

"미친놈! 빽으로 들어간 그 좋은 직장을 석달 만에 때려 치우냐? 나는 취업이 되었다가 출근 첫날 취소가 되고….씨발!"

"그거 정말이야? 서류 오류로 합격 취소됐다는 거? 니 인생 참 골 때린다! 헤헤헤헤"

"그만해라!"

"미안, 미안! 오늘 형이 쓰러질 때까지 위로주를 쏜다. 가자!"

이진성의 제천역 픽업은 극진했다. 그는 엄마의 아우디 차를 몰래 몰고 나왔다. 그는 현찰이 두둑한 지갑을 흔들면서 성준을 칙사 대접하겠다고 호언장담을 했다. 두 사람은 미친 사람처럼 웃어가며 의림지 카페에서 일차로 맥주를 마시고 제천 시청 후문 술집에서 열잔 이상의 칵테일을 해치웠다. 둘은 대리기사를 대동하고 청풍호반의 버스킹 연주를 들으면서 또 맥주캔을 너댓 병씩 들이켰다.

진성은 성준을 제천 터미널 뒷골목의 호스테스바로 데리고 들어갔다. 그러나 여친에게 버림받고 회사에서 잘린 성준이 웬일인지 심드렁해져서는 도로 나와버렸다.

"어디가 성준아!"
"여자 있는 술집 말고 우리 그냥 느네집에서 맥주나 더 먹자."
"왜? 나 돈 많아!"
"병신!"
"나 엄마가 일본 유학가기 전에 쓰라고 천만 원 줬단 말야."
"그래, 너 잘났다. 그런데 야경이 멋진 제천이 오늘은 외국 같네?"
"성준이 너 외국 어디 가봤냐?"

진성의 질문에 성준은 말이 없었다. 성준은 자신도 모르게 한숨이 나왔다. '휴우 이것도 인생이라구! 진짜 외국도 한번 못 가봤군. 난 완전 삼류인생이네......' 성준은 술에 취해 옆에서 졸다가 벤치에서 잠이 든 진성을 업고 그의 집으로 향했다. 대리기사가 능숙하게 제천 타워 28층 건물 앞 주차장에 둘을 내려주었고 성준이 진성의 지갑을 뒤져 기사에게 만원을 건넸다.

"진성아, 잘 자라. 나 후배 하숙집에 가서 자면 된다."

"뭐? 이 새끼가 미쳤나? 우리 집에서 그냥 자고 가. 나 외롭단 말야! 에이 씨!"

진성은 억지로 자신을 일본에 유학 보내려는 어머니가 엄청 싫고 또 억울한 눈치였다. 성준은 그런 진성이 딱하기는 했다. 성준은 그렇게 진성의 초호화 주상복합 아파트로 향했다. 그는 충북 제천에 28층 짜리 아파트가 있다는 것도 처음 알았다. 아파트 맨 위층인 28층에서 화려한 시가지의 야경을 내려다보다가 영월 쪽 숲 위에서 무언가 거대하고 희미한 물체가 일렁거리는 것을 언뜻 보고 그는 퍽 놀랐다. 은은하게 빛나던 길다란 물체는 거대한 뱀 혹은 용 같은 느낌이 들어 성준은 그 환상적인 장면에서 눈을 떼지 못했다.

"와! 저거 죽이네!"

성준은 자신도 모르게 그 커다란 물체를 바라보다가 이내 사라지자 무척이나 섭섭한 마음이 들었다.

"진성아, 느네 동네에 요즘 레이져쇼 같은 불빛 축제를 하나? 개천절 기념인가?"

"몰라. 근데 오늘이 개천절이냐? 시간 엄청 잘 간다. 지난 여름에 취직한 지 엊그제 같은데.... 후우!"

진성이가 뿜어내는 담배 연기에 손사래를 치며 성준이 집 인테리어를 살핀다.

"인테리어 죽인다! 진성아, 이집 느네 엄마 거야?"

"엄마의 쪽발이 애인 거! 도시까쓰상"

"뭐? 도시까스?"

아마도 엄마가 곧 결혼한다는 일본인 새아버지의 이름인 모양이었다.

"진성아! 엄마의 쪽바리 애인? 새아버지한테 말뽄새가 그게 뭐냐?"

"누가 새 아버지야? 이 새끼야! 너 죽을래?"

"알았어! 됐고! 저기 밖의 넓은 발코니로는 어떻게 나가냐?"

"집에 두 개의 키가 있어. 이중문이거든 쪽바리가 헬기로 올 때도 있어서 집에 키가 있지."

성준은 밖으로 나갈 수 있다는 말에 자신도 모르게 흥분이 되었다.

"우리 나가보자!"

"그래."

진성이는 도시까스상이 마시다 버리고 간 발렌타인 양주 한병을 들고 넓은 발코니로 나왔다. 28층 전망은 그야말로 아찔했다. 수많은 뭇별들이 하늘에서 쏟아져 내려와 어두운 영월과 단양 방향에 가득 찬 것 같았다. 성준은 밤 숲에서 광채가 나는 것에 자못 감탄했다.

"아! 역시 양주가 더럽게 맛있네!"

"마셔 마셔! 오늘 죽는 거야! 히히히"

사실 진성은 몇 달 전부터 자살 생각을 하고 있다는 내용의 전화를 성준에게 종종 하곤 했다. 그래서인지 심하게 취한 상태가 되자 옥상에서 뛰어내리겠다고 소리를 쳐댔다.

"나 뛸 거야! 나 말리지 마!"
"뛰어! 그럼."
"에이! 씨발놈! 그럼 섭하지! 말리는 척이라도 하지....."

진성은 다시 양주를 물처럼 들이켰다. 말리지 않는 성준의 등에 기대어 진성은 연거푸 병나발을 불었다. 그리고는 잠시 후 쓰러지고 말았다. 성준은 진성을 부축해 방으로 돌아오고는 쓰러진 그의 모습을 한동안 바라보았다. 그리고는 다시 밖으로 나왔다. 발코니 겸 옥상 계단에 발렌타인 양주가 반 가량 남아 있었다.

"30년산 양주를 마시고 점프하면 저 멀리 보이는 개천까지 날아가서 뛰어내릴 수 있을까?"

성준은 혼잣말을 하고는 웃다가 순식간에 머릿속에서 대단히 빠른 속도로 생각들이 지나가는 것을 느꼈다. 머릿속에서는 시간이 제멋대로 흘러간다는 생각이 자꾸 반복되면서 무슨 큰 깨달음을 얻는 듯 기분이 좋졌다. 지나간 과거사가 순식간에 머리를 스쳐 지나갔다. 그는 난간에서 깊은 생각을 하다가 몸이 기우뚱했지만 다시 생각에 몰입했다. 고삼 때 친구를 구하려다 패싸움에 휘말려 경찰서에 잡혀간 사건, 군대에서 오발사고로 탈영병을 사살한 사건, 대졸 이년 동안 취업이 안되는 상황, 회사에서 지방대 출신이라고 무시당했던 순간, 사랑했던 세영에게 버림받은 엄청나게 슬픈 생각..... 갑자기 머리가 어지러웠다. 그는 중심을 잡을 수가 없었다. 이미 몸이 기울었고 두발이 허공을 딛고 있었다. 그는 실제로는 죽고 싶지 않았다. 허둥대다가 부여잡은 것은 인테리어 공사 후 자재를 덮어둔 커다란 비닐 천막이었다.

"아아아아!"

엄청난 바람이 자신에게 달려든다는 느낌과 함께 무언가 대단히 부드러운 것이 느껴졌다. 비닐이 자신의 몸을 휘감았다가 다시 커다란 연처럼 펴지면서 성준은 하늘로 날아올랐다가 너울너울 날아갔다. 강풍에 휩싸인 그는 백여 미터를 날아갔고 급기야 고압선에 튕겨 십여 미터를 더 날았다.

"아아아악! 사람 살려! 아아악!"

그가 발악하듯 괴성을 질러댔고 비명이 그친 그 순간 성준은 매우 푹신하고 아늑한 공간에 들어온 느낌이 들었다. '이렇게 부드러운 느낌이 이 허공에서 느껴지다니? 내가 죽은 걸까? 아니지! 아직 이렇다 할 큰 충격은 없었는데...... 무척이나 폭신한 그 감촉은 액체와도 같았다. 과연 이 포근함은 무얼까?' 호흡이 곤란했지만 그는 황홀한 추락 속에 고속 엘리베이터가 빠르게 내려가는 느낌이 들었다. 그리고는 실제로 자연낙하는 하는 것이 아닌가.

"어어어어!"
풍덩!
"아이고 차가워! 아푸! 푸헙!"

물속에서 겨우 일어서자 개천은 자신의 가슴높이에 불과했다. 그는 살기 위해 미친 듯이 강둑으로 기어나왔다.

"와! 살았네!"

성준은 물에 빠진 생쥐처럼 온몸이 다 젖은 채로 겨우 다시 진성이의 아파트로 걸어갔다. 자정이 지났지만 편의점들이 모두 성업 중이었고 아까는 보지 못한 가게들이 즐비하게 들어선 것이 아닌가. 그는 자신도 모르게 놀라 사방을 두리번거렸다.

"이게 뭐야? 진성이네 집 앞에 웬 건물과 편의점들이 이렇게 많이 생겼다고? 그것도 불과 십분만에 ....내가 미친 건가?"

성준은 아직도 축축한 옷의 한기를 느끼면서 진성이네 주상복합 아파트 주위를 두 바퀴나 돌았다.

"바로 몇십분 전에 온 것 치고는 주위가 너무나도 달라졌잖아?"

그는 새 건물과 아까 보지 못한 편의점을 보면서 아무리 살펴보아도 계속 놀람의 연속이 되었고 도대체 정신을 차릴 수가 없었다. 정신을 차리고 보니 그제서야 추위가 피부로 느껴졌다.

"아이고! 추위 안 되겠다! 아무데나 들어가자."

성준은 일단 편의점의 달달하고 따뜻한 캔커피 한잔이 간절했다.

"으응? 이게 뭐야?"

뜨거운 커피코너에 일본제 커피들이 즐비했다, 그것도 일본 주류회사의 커피들은 성준으로서는 처음 보는 것들이었다. 산토리의 BOSS커피, 아오야마의 온난커피, 아사히사의 WONDA커피 그리고 KIRIN사의 FIRE커피가 중앙을 장식하고 있었다.

"이런! 쪽발이 회사들이 한국 편의점을 장악했단 말야?"

성준은 별안간 애국심이 발동되어 뜨거운 강릉커피를 사서 원샷을 해 버렸다

"에구! 더럽게 뜨겁네!"

그는 아무 생각없이 편의점 안을 이리저리 둘러보다가 별안간 소름이 끼쳤다. 로또 코너의 지난주 번호들과 날짜를 보고 믿을 수 없었기 때문이었다.

"뭐? 2023년 10월 3일?"

성준은 정확히 일년 뒤의 날짜가 당첨번호 패널에 적혀있었다. 그리고 두꺼운 책자에는 지난 당첨 번호 번호들이 인쇄되어 있었다. 성준은 서울에서 제천으로 내려오기 전에 청량역에서 산 로또 번호가 기억났다. 그는 서둘러 2022년 10월 3일의 번호를 보았다. 그는 당첨자 한명 248억 수령의 주인공은 서울 상계동의 20대 여자라는 뉴스의 토막기사를 보았다.

"그럼 난 안 된 거네?"

성준은 당첨번호를 확인하고는 희한하게도 2.12.32.42.44.45라는 번

호가 눈에 들어왔고 저절로 외워졌다. 성준은 자시도 모르는 사이에 일 년치 번호를 다 적어서 과거로 돌아간다면 수천억을 벌 거라는 생각에 지난 일년 간의 50주에 해당하는 번호를 적어 내려갔다. 그러다가 별안 간 배가 몹시 아팠고 편의점 옆건물의 화장실로 뛰어간 그는 변기에 앉 으면서 그와 동시에 대변이 분출되었고 뒷수습을 하는 과정에서 자신의 몸이 스르르 녹아 사라지는 것을 느꼈다. 그리고 실제로 방금 바지를 치 켜 입을 때 바지와 손과 다리가 그의 눈앞에서 점점 사라지고있었다.

우아아아아아아악!

성준은 놀람도 잠시 이번에는 상하좌우가 환하고 하얀 빛으로 둘러쳐 진 동굴로 빨려 들어왔고 믿을 수 없는 빠른 속도로 자신이 그 터널을 통 과하는 것을 알아차렸다

"아아! 으아아악!"
딱!
"아이코! 아파라!"
"조용히 하라! 너는 누구냐?"
"예?"

성준의 눈앞에는 하얀 머리와 수염이 무릎까지 내려온 그야말로 산신 령이나 도사 같은 노인이 지팡이를 짚고 서서는 성준을 노려보는 것이 아닌가.

"이노옴! 바른대로 말하렸다! 네놈은 누구냐!"

"저, 저...저는 성준인데요..... 김성준이요."

"누가 널 이리 보냈더냐!"

"그게 저..... 그러니까... 똥을 누다가....저절로...."

"이런 미친놈을 보았나?"

도사는 지팡이로 성준의 종아리를 쳤고 그는 한방에 혹 쓰러지고 말았다. 그리고 고개를 숙이고 두려움에 벌벌 떨고 있을 때 어디선가 비명소리가 다시 들렸다.

"으아아아아아아!"

"이놈아! 네놈은 왜 또 왔는고?"

"아! 우탁 도인님! 그간 안녕하셨어요."

"이놈아. 다시는 여기에 오지 말랬잖아! 내가 이걸 치우느라고 죽을 고생이다!"

"죄송합니다."

그런데 도인 앞에 무릎을 꿇고 앉아 빌고 있는 사람이 어디선가 본 얼굴이라 성준은 기억을 곰곰 되살려 보았다

"와! 이 사람? 오성 그룹의 이회장?"

"당신은 누구?"

오성 그룹의 이회장이 성준을 보고 의아해하는 순간 우탁 산신령이 고함을 친다.

"썩 사라져라! 이놈들! 다신 여기 오지 말거라!"

"아아아아!"

"으아아악"

두 사람은 다시 빠르게 웜홀로 이동하기 시작했고 성준은 이회장이 어디로 갔나 하고 살피다가 자신의 몸이 다시 자유낙하 하는 걸 알고 또 비명을 질렀다.

"아아아아아!"

풍덩

성준은 이번에는 조금 여유 있게 첨벙거리면서 개천에서 나와 다시 진성이네집 주상복합으로 달렸다.

"역시! 내가 일년 전 세상에 다녀온 거야!"

주상복합 건물과 일대의 편의점들이 모두 사라졌고 새로운 건물들도 없었다. 성준은 젖은 윗옷을 벗고 서둘러 제천의 번화한 편의점으로 뛰어갔다.

"여기 로또 하지요?"

자정이 넘은 시간이라 편의점 알바가 졸다가 깜짝 놀라 깼고 성준은 주머니에서 일년 뒤 세상에서 자신이 적어온 로또 번호가 적힌 종이를 찾았다.

"어라 없네?"

성준은 모든 주머니를 급하게 다 찾아보았다.

"화장실에 달려갈 때 놓고 갔었나? 아냐! 분명 가지고 갔는데?"

마음이 급한 성준은 외워 온 이번 주 번호를 쓰고 혹시 몰라 그 옆의 번호들을 마구마구 적어 만원 어치의 로또 열장을 샀다.

"10월 8일이 토요일이니까. 한번 기다려봐야겠군. 흐흐흐."

성준은 새벽 네시에 진성이네 집으로 올라갔고 물에 빠진 몰골로 그대로 침대에 누웠지만 너무 흥분이 되어 잠이 오지 않았다. 아무리 잠을 청해도 심장이 계속 빨리 뛰고 눈이 말똥말똥해졌고 자꾸 목이 말랐다. 다음날 아침부터 진성이 차를 타고 동해안으로, 설악산으로 또 강원랜드 카지노로 다니며 놀면서 주중의 시간을 보냈고 토요일에 되어 성준은 진성이와 작별을 고하고 제천 무인텔에 들어가서 로또 중계방송을 시청하기로 했다.

"에이! 벌써 끝났네?"

방송시간을 잘 못 알아서 추첨 중계를 보지 못했지만 이미 로또번호는 인터넷으로 확인할 수 있었다.

"2.12.32.42.44.45 일등이야! 내가 일등! 124억! 아하하하하하!"

다음날 제천에서 청량리 그리고 다시 서대문으로 지하철을 타고 가면서 성준은 몇 번이나 자켓 안주머니에 든 지갑을 만지고 또 확인했다. 서대문 역에서 농협 본점으로 가는 길은 마천루 같은 빌딩들이 성준에게 축하의 손짓을 하는 것 같았다. 흥분한 성준은 달리기 시작했다.

"와! 드디어 왔군! 농협 본점!"

호흡을 가다듬은 성준은 당첨수령 방법을 미리 체크한 덕분에 아주 자연스럽게 5층으로 올라갔다. 그런데 아무도 아는 체를 하지 않아서 그냥 번호표를 뽑으려는데 까칠하게 생긴 아가씨가 그에게 묻는다.

"어떻게 오셨어요?"
"아, 예, 로또..... 일등....."
"일등이세요? 따라오세요."

그녀는 매우 덤덤하게 말했다. 그녀가 안내한 옆방에는 투피스 정장차림의 금테 안경을 쓴 중년 여성이 기다리고 있었다. 그녀는 성준에게 매우 사무적으로 신분증과 로또 용지를 달라고 하더니 한번 씨익 웃어보였다. 성준은 가슴이 덜컹했지만 무슨 의미인지 몰라서 그녀와의 시선을 피해버렸다. 중년여성은 성준에게 농협통장이 있냐고 물어보았고 성준은 그녀에게 뭐라고 대답했는지 거의 기억이 없었는데, 십여 분 후 그의 손에는 구십억이 든 통장과 체크카드 한 장이 들려있었다.

"택시!"

성준은 일단 택시를 잡았고 어머님이 장기 요양중인 분당의 차병원으로 갔다. 하지만 어머니는 코로나에 걸리셔서 면회가 불가능했고, 그는 야탑 터미널에서 고속버스로 제천으로 돌아왔다. '누구한테 전화하지? 하아! 믿을 만한 놈이 없네.....' 그는 일단 자신이 미래로 갔던 탑안로길 부근에 전셋방을 계약했다. '보증금 오백에 월세 오십?' 혹시 누가 자신의 로또 당첨금을 노릴까봐 일단은 작은 투룸을 잡고 그 날밤부터 자신이 들어갔던 웜홀을 관찰하기 시작했다.

'십 미터 높이의 개천 옆이니까 나중에 이곳에 고압선 같은 타워를 만들거나 사다리를 설치해서 올라가야 하나? 아니지! 그건 불가능해. 차라리 이땅을 사서 삼층 정도로 빌딩을 올린 다음 옥상에서 편하게 그 웜홀로 다니는 거야. 흐흐흐흐, 아니지.... 하! 나도 참 미친놈이다! 백억 벌었으면 됐지, 왜 자꾸 과거로 가서 돈을 더 벌어올 생각만 하는 거야?'
혼잣말을 반복하다가 그는 두통이 밀려왔고 뭘 어찌할 바를 몰라 일단 이마트에서 가장 비싼 십만원짜리 양주를 사고 광어회를 배달시켜 밤새도록 먹고 마셨다.

"아! 골치야. 아! 목말라!"

해가 중천에 떴고 머리가 지끈거리는 두통으로 정신이 혼미해진 성준은 또다시 탑안로 길의 개천변으로 가서 밤이 이슥해질 때까지 빛나는 웜홀을 찾아 이리저리 살펴보았지만 아무것도 보이지 않았고 동네사람들이 자신을 정신병자로 모는 바람에 그냥 집으로 돌아왔다.

"일단 그땅을 사서 삼층집을 짓자!"

성준은 쇠뿔도 단김에 뽑으랬다고 일사천리로 땅 주인과 이백 평 토지 매매계약을 했고 그 땅주인이 소개한 작은 건설회사와 슬라브식으로 옥상을 넓게 만든 설계도를 받아 곧바로 착공하고 매일 건설 현장에서 하루하루를 보냈다. 겨울에 준공하고 설날에 입주하게 된 준성은 일층에 빵집과 커피샵 그리고 이층에 보습학원을 세주고 자기는 그 넓은 삼층을 전체 독채로 쓰면서 역시 매일 매일 옥상에서 하루 온종일 웜홀을 찾았다.

"여보세요? 누구...."

"모시모시! 와다시와 진성데스!"

"진성이? 너 일본 유학 가지 않았어?"

"유학은 진작에 때려치웠다. 너 요새 어디 있냐?"

"그냥 뭐 여기 저기...."

"나 서울에서 술 먹고 있는데 여기 세영이가 왔더라구?"

"누구?"

"세영이! 이 새끼야! 니 전 여친!"

"근데 뭐?"

"걔가 너 보고 싶다는데?"

"걔 미친 거 아냐? 날 차버리고 갈 땐 언제구? 됐다고 전해라!"

"아니 그게 아니구....짭새 성정수하고 요새 안 좋은가봐. 누가 알아? 세영이가 그 새끼랑 헤어지고 너랑 다시 잘될 수도. 흐흐흐."

"미친 놈!"

"야, 근데 내가 말하고 싶은 거는 말야, 세영이가 얼굴 수술을 해서 엄청 이뻐졌어!"

"끊어! 미친놈아!"

전화를 끊고 성준은 과거의 슬픈 기억이 나서 몹시 화가 나 못 견딜 정도로 불쾌해졌지만 구십억이 든 통장을 펼쳐보자 이내 화가 누그러졌다.

'일년에 몇 번 웜홀이 열리는 걸까? 일년 후로 가서 로또번호도 알아오고 주식이나 코인의 가격을 알아보면 어디 투자할 지도 정확하게 전략을 잘 짤 수 있을 거야. 내가 이 세상돈을 다 먹어버리고 말겠어.'

하루 종일 웜홀을 밤낮으로 살피며 기름진 배달음식만 먹은 결과 몸무게가 십팔 킬로가 쪄서 걷는데 숨이 차기도 했다. '이런 씨! 이러다가 백억을 다 쓰지도 못하고 고혈압으로 죽는 거 아냐? 이젠 건강식만 시켜먹어야겠군.'

시월이 되면서 국군의 날과 개천절이 빨간 글씨로 보이는 달력을 펼치다가 개천절에 하늘이 열리는 것처럼 웜홀도 그날만 열릴 거라는 확신이 들었다. 그리고 2023년 10월 3일 개천절이 밝았다.

옥상에 마련된 매트리스와 사다리 그리고 요가매트 등을 여러 장 펼쳐놓고 저녁시간을 기다리며 성준은 미래에 가서 알아올 정보 체크리스트를 외우고 또 외웠다. 그것은 작년에 자신이 가지고 온 종이가 없어진 걸 참고해서 일년후 세상에서 현재로 물건은 못가지고 온다는 웜홀의 법칙 같은 걸 대비한 것이었다.

일곱시부터 어두운 하늘을 바라보다가 목뼈가 휠 지경이었고 성준은 쉬지 않고 목 스트레칭을 하면서 옥상 전체의 공간을 돌아다니면서 웜홀을 찾았다.

"이상하네? 아무런 불빛이나 큰 구멍이 보이질 않네?, 에이! 씨! 이게 평생 한번으로 끝나는 거였나?"

요가매트 위에 누워서 서너 시간 동안 하늘을 올려다보았더니 현기증이 나고 하늘이 그야말로 빙빙 도는 느낌이 들었다. 그러다 11시쯤 하늘에서 희미한 불빛이 여기저기 생기는 것이 아닌가?

"드디어 왔다! 웜홀이 열린다!"

오래되어 전지가 약한 플레쉬처럼 어른거리듯 깜박이는 불빛이 어쩐지 점점 밝아지면서 성준의 어깨높이 정도에 지름 이 미터 크기의 구멍이 나타나기 시작했다.

"우아! 급하다! 사다리!"

성준은 미리 준비한 접이식 알루미늄 양쪽 사다리를 갖다 대고 웜홀의 입구에 정확히 맞추었다. 그리고 후다닥 기어올라 웜홀로 들어가버렸다.

"으아아아아아악!"

일년 전에도 그렇게 놀랐건만 다시 한번 겪어보는 웜홀의 통과과정은 롤러코스트보다 빠르고 무서웠다. 하지만 비명을 지른 지 얼마 되지 않아 환한 광장 같은 곳에 도착하면서 자연스럽게 그는 조금은 푹신한 매트 위에 떨어졌다.

"어라? 이번에는 개천이 아니네? 참 그렇지 내가 집을 지었지! 그럼 여긴 내집인가?"

사방을 둘러본 성준은 두툼한 침대 매트리스가 네 개나 놓인 가 한가운데에 떨어진 것이다. 푹신한 침대가 꿀럭거리게 밟으면서 그는 서둘러 삼층에서 일층으로 뛰어 내려왔고 그는 또다시 일년 후의 세상 즉,

2024년 제천의 10월 3일 거리에 도착한 것이었다.

"어라? 핸드폰이 안 켜지네?"

그는 일년 전의 로또 번호를 알기 위해 폰을 켰지만 웜홀을 통과하면서 밧데리가 완전히 방전되어 켜지지 않았다.

"안되겠다! 편의점 아니 도서관으로 가서 일년 전의 모든 정보를 알아오자!"

그는 숨을 헐떡거리면서 제천시 도서관으로 달려갔다. 마침 도서관 문이 열려있었고 정기 간행물실은 잠겨는 있었지만 창문으로 들어갈 수가 있었다.

"지금 11시가 넘었는데 아이들이 공부를 하나? 일반 열람실은 불이 켜있네? 하지만 정기간행실은 전원이 꺼져있었고 복도의 불빛으로 지난 일년 간의 신문을 다 읽을 수 있었다."

"그나마 다행이군!"

그는 일년 전 로또 번호를 삼주치나 반복해서 외우면서 최근의 주식과 비트코인 등의 정보를 A4 용지에 적어 내려갔다. 한국에서는 일년 간 정, 재계의 엄청난 변화가 있었고 주택가격하락과 주식 반등 그리고 코인 등의 모든 정보들이 넘쳐났다.

"가능하면 외우고 안 되는 건 적어가자!"

성준은 정신집중이면 하사불성이라는 신념으로 중요정보를 외우고 또 외웠다. 그때 정기간행물실로 불빛이 들어왔다. 누군가 강한 플레쉬를 비추면서 외쳤다. 그는 도서관 경비였다.

"누구냐!"

성준은 잽싸게 서가 아래쪽으로 몸을 숨겼고 소리 내지 않고 바닥을 기어서 좀 더 어둡고 으슥한 곳으로 숨어들었다. 플레쉬가 점점 다가왔다. 성준은 급기야 막다른 코너에 몰려 영락없는 항아리에 들어간 쥐처럼 옴짝달싹할 수 없는 상태가 되어버렸다.

"왜 그래?"
"여기 누가 있는 거 같은데?"

경비가 한명 더 왔고 두 개의 플레쉬가 쌍라이트처럼 성준이 몸을 도사리고 엎드린 곳으로 서치라이트처럼 점점 비춰오기 시작했다.

"아아! 이대로 끝인가……"

성준이 자포자기하여 손바닥을 손으로 막으면서 비쳐 들어오는 강한 불빛을 막아냈다.

"아아! 눈부셔!"
성준은 견딜 수 없는 강한 불빛에 두통이 날 지경이었다. 그것은 마치 핵폭발이 일어난 섬광처럼 그의 눈과 뇌를 뚫고 지나가는 느낌이었다.

"플레쉬가 이렇게 밝을 수가 있나?"

성준은 양 손바닥으로 눈을 꾹꾹 눌러 가면 아주 강하게 가려도 그 환한 불빛이 계속해서 눈으로 파고들었다. 그리고 언젠가 들어본 무서운 목소리가 들려왔다.

"요놈! 요 쥐새끼 같은 놈!"

성준은 일년 전에 만난 적이 있는 그 도사님을 웜홀에서 또 만난 것이었다. 그가 미래에 머문 지 한 시간이 지나 성준은 도서관에서 웜홀로 이동된 상태였다. 어느덧 그는 백발의 도사와 마주하고 있었다.

"오! 할아버지! 아니 우탁 도인님!"
"엥? 아니 어떻게 네놈이 나를 아느냐?"
"일년 전에 뵌 적이 있어요."
"뭐라고? 일년 전에도? 요놈이 상습범이로군! 이얍!"

우탁도인이 한손을 들어 기합을 넣자 성준의 몸이 속절없이 공중으로 떠올라서는 둥실둥실 날아가더니 벽으로 가서 부딪쳤다.

"어이쿠!"
"네놈들은 천벌을 받게 될 것이다!"
"예?"

성준은 자신의 곁에서 함께 놀라는 사람의 얼굴을 보았다. 그는 현대그룹의 정회장이었고 그 뒤로 오성그룹의 이회장도 또 와 있었다.

"너희들! 다시 또 올 게냐?"

"예? 아니 그게 ……

"이런! 얼빠진 놈들을 보았나! 돈 몇푼 벌겠다고 제 명을 재촉하는 놈들이로구나! 어디 한번 천벌을 받아보거라!"

우탁 도인이 이번에는 지팡이를 바닥에 쿵 하고 내리치자 다시 한번 더 환한 빛이 강렬하게 폭발하듯 퍼지더니 동굴의 벽이 엄청난 속도로 움직였고 성준은 잠시 후 자신의 집 옥상에 미리 설치해둔 매트 위에 떨어져 나뒹굴었다.

"오! 일단 무사히 돌아왔군!"

성준은 서둘러 자신의 방으로 가서 외워 온 다음 주 로또 번호와 일년간 땅값과 아파트값이 오른 지역에 대한 메모를 받아쓰기하듯 적어 내려갔다. 대구, 부산, 서울의 강남과 용산 그리고 세종시의 아파트들이 일년 동안 가장 많이 올랐다. 성준은 예산을 총 동원해 아파트매매계획을 수립했다.

"백억을 투자하면 이백 억이 되는 건 시간문제로군. 흐흐흐."

일단 일을 마친 그는 맥주 한 캔을 한 번에 마시고 10월달 자정 무렵의 한기도 아랑곳하지 않으면서 뜨거운 기쁨에 몸서리를 쳤다. 그리고 다시 일년의 시간이 미치도록 재미나게 흘러갔다. 그리고 성정수와 헤어진 세영이를 다시 만나게 된 것도 자신의 운명이라고 받아들였다.

세영의 소원대로 서울 한강뷰의 오십억대 아파트를 구입하고 올블랙 칼라의 포르셰 수퍼카를 뽑은 성준은 강남 사교클럽에 출입하기 시작했다. 그러던 중 자신을 집요하게 따라다니던 자가 오성그룹의 회장 비서라며 명함을 건넸고 그 다음 날 그룹 총 비서실에서 전화가 왔다.

"김성준씨, 단도직입적으로 묻겠습니다. 회장님께서 동업을 원하십니다."

"저하구요?"

"예, 회장님의 동업 제안을 허락하시겠습니까?"

"그거야 뭐, 조건을 들어보고...."

"일단 우리 그룹이 소유하고 있는 스타파이브 호텔 그랜드테이블 브이아이피 룸으로 내일 저녁 일곱 시에 뵙는 걸로 하시죠."

"좋습니다. 말이나 들어보죠."

다음날 이 회장은 약속 자리에 나타나지 않았다. 그 대신 미모의 여비서가 성준을 맞이했다. 이회장의 제안은 간단했다. 다음 개천절날 이회장이 준비 중인 사업에 대한 정보를 최대한 외워 오는 내용이었다.

"수익배분은요?"

"구 대 일의 배분입니다."

"물론 제가 일이겠지요?"

성준은 못마땅하다는 듯이 미간을 찌푸렸다. 그러나 미모의 여비서가 믿을 수 없을 정도로 눈을 동그랗게 뜨면서 재빨리 말한다.

"그렇죠! 하지만 일조원이면 천억 원이 되지요. 왜요, 싫은가요?"

"아니 천억이 싫은 게 아니라 오 대 오가 아니라는 게 싫은데요?"

"그래서 결국 싫다는 거에요?"

"아니, 뭐, 구 대 일은 좀...."

"건방지시군!"

허리가 잘록한 여비서는 자리에서 순식간에 일어서며 몸매를 뽐내듯 두어 걸음 걸어서 인터폰을 했고 곧바로 다부진 몸매의 남자가 운동으로 다져진 근육을 씰룩거리며 씩씩하게 걸어들어온다.

"저는 회장님을 경호하는 최태하라고 합니다."

얼핏 봐서는 깡패 같은 이미지의 최태하라는 자는 느닷없이 성준의 귀에 대고 작은 소리로 속삭였다. 성준은 계속 고개를 끄덕였고 결국에는 그의 말에 따라 구 대 일의 조건을 수락했다. 요약하면 웜홀이 열려도 들어갈 수 있는 사람은 선택된 자들 뿐이고 그게 자기와 현대그룹의 정회장 그리고 성준이라는 것이다. 마지막으로 허락하지 않으면 그 자리에서 콘크리트 바닥 아래에 바로 묻힐 수도 있다는 말도 지나가는 말투로 했는데 성준은 그 말이 가장 기억에 남았다.

2025년의 개천절에는 이회장과 함께 일년 후의 세상에 가서 한 시간 동안 그가 외우라는 내용을 모두 외워 왔고 그해 연말에 오성그룹의 계열사 이십 개의 주가는 일주일간 모두 상한가를 쳤다. 일년 후의 세상은 분명 기회의 시공간이었지만 이회장과 성준에게는 성에 차지 않았다. 웜홀 안으로 다른 사람을 데리고 갈 수도 없고 핸드폰으로 사진을 찍어 올 수도 없으며 녹음기를 가지고 가서 녹음도 해올 수도 없는, 말하자면 오직 머리로 암기해올 수밖에 없는 웜홀은 대단히 매력적이면서도 불편하기 짝이 없는 노다지였다.

일년 동안 암기학원에서 암기 수업을 받은 성준은 2026년에도 이회장과 커다란 성과를 올렸고 27년과 28년에는 더욱 더 큰 결과를 만들어냈다. 그리고 성준이 사교계에서 이름을 알리면서 사회민주당과 국민공화당의 의원들이 접촉을 원했고 처음에 정치에 관심이 없던 성준이 그들의 제안을 거절했지만 짭새 성정수와 그의 친구 이우현 검사의 압박이 들어오자 정치인들과 어울리지 않을 수 없었다.

2030년 32세의 나이로 정계에 입문한 성준은 그해 최연소 국회의원이 되었다. 그 당선 비결은 29년 선거유세 중 심장마비로 사망한 사회민주당의 이재문 의원의 지역구에 무소속으로 출마하여 당선된 것이었다. 물론 일년 전에 미리 알아 온 정보 덕분이었다.

국회에 출근한 김성준은 여덟 명의 보좌진들이 일사분란하게 반절을 하며 인사하는 국회출근 시간을 즐겼다. 그리고 여비서의 이쁜 목소리로 아침 보고를 받는 것도 좋아했다.

"의원님! 오늘 사회민주당에서 입당 권유가 있었습니다. 무소속보다는 다수당에서 의정활동을 하시는 게 여러모로 좋습니다. 호호호."

보좌진들이 좋은 기회라고 쾌재를 불렀고 성준의 엄청난 재력을 알게 된 민주당 대표는 그에게 미모의 딸이 있다면서 개인 직통전화로 넌지시 운을 띄웠다.

퇴근하자마자 성준은 최근 들어 더 더욱 가열차게 쇼핑과 성형 쁘띠수술에 매진하고 있는 세영을 불렀다.

"세영아! 너 요즘 얼굴 보기 힘들다! 그런데 너 성정수와 이우현의 모임에 갔더라?"

"너 나 미행하니?"

"알았으면 이만 사라져줄래?"

"왜? 국회의원 마누라로 나는 불합격이야?"

"이집 너 갖고 지저분하게 달라붙지 마라. 그 짭새 새끼랑 다시 잘 붙어먹어."

"그래. 애초에 너 같은 찌질이는 한번 차고 말았어야 했는데, 여길 다시 온 내가 미친 년이지...."

성준은 집을 나오면서 곰곰 생각했다. 세영의 변심은 지나치게 많은 돈이 그녀의 삶을 무료하게 했을 거라고 결론을 냈지만 성준은 그걸 자신에게 대입하려다가 그만두었다. 자신은 끝없이 돈과 권력을 가져야겠다는 결심을 달성해야 하기 때문이었다.

하늘은 높고 말이 살찐다는 10월 즉 천고마비의 가을이 되었다. 이틀 후면 개천절이지만 성준의 국회의 산적한 업무와 바야흐로 무르익고 있는 사회민주당 고재인 대표의 딸 고민전과의 혼담이 그가 더 이상 미래로 가는 일을 하지 못하게 막고 있었다. 개천절 저녁에 만찬이 있었고 그 자리에서 약혼발표가 있을 예정이었다.

지잉지잉지잉

오성그룹 이회장 비서실의 전화였다. 성준은 별 이유 없이 기분이 나빠졌다. 그리고 자신도 모르게 답장을 문자로 적고 있었다.

"용무가 있으면 이재용 회장이 직접 전화하기 바람. 국회의원 김성준."

이렇게 적어 문자를 보내고 나기 속이 시원하고 기분이 좋아졌다. 왠지 모를 통쾌한 마음에 입가에 미소가 지어지는 순간 벨이 울렸다. 이재용 회장이었다.

"여보세요."
"아이고 김의원님! 격조했습니다. 많이 바쁘시죠?"

평소 반말 비슷하게 끝을 흐리던 이회장이 깍듯하게 존대를 했다.

"아니 뭐... 의정활동에다가 나랏돈 먹는 사람이 뭐....안 바쁘면 애국자가 아닌 거라서....."
"하하하하. 그러시겠지요! 의원님!"

이번엔 성준이 오성그룹 회장에게 말끝을 흐리면서 반말을 섞어 썼다. 그리고 성준은 기분이 아주 좋아졌다.

"다름이 아니라. 의원님! 개천절날 저녁에 만찬이 몇시에 끝나죠?"
"그거야 모르죠. 결혼 발표와 술자리가 이어지면 밤을 지샐지도.... "

잠시 이재용 측에서 아무런 목소리가 들리지 않았다. 그리고 그의 한숨 소리가 들렸다.

"흐음.....이번에는 팔 대 이로 하시죠."
"뭐요? 나 국회의원이야!"
"이십 프로가 얼마인줄 아시고 이러시나요?"

"얼만데?"

"사천억입니다. 스위스 계좌에 넣어드리죠"

"사, 사천억이요? 정말이요?"

액수를 듣자마자 성준은 다시 존댓말이 나왔다.

"사천억! 틀림없지요?"

"네, 그럼 그날 11시에 우리집 루프탑에서 뵙는 걸로 알고 있겠습니다. 암기하실 자료는 지금 바로 보내드리지요."

띠띠띠띠띠

"어라? 이 새끼가? 지가 먼저 전화를 끊어?"

성준은 괘씸했지만 사천 억이라는 액수에 기가 눌려 이미 끊어진 전화기에 대고 욕을 할 수 조차 없었다.

그리고 카톡으로 외울 자료들이 차곡차곡 전달되고 있었다. 일년 후 세계 무역동향에 대한 자료들이 이번에는 제법 많아서 이틀 동안 그걸 다 외울지 알 수가 없었다.

"그래! 이번 한번만 더 하자! 어차피 정치판에서 선거자금이나 정치자금이 많이 필요할 거야. 흐흐흐. 나도 국회의장 그리고 대통령도 한번 해보는 거야!"

개천절 아침 성준은 웬일인지 몸이 찌뿌둥하고 몸살 기운이 있었다. 제천 집을 비워두고 용산의 주상복합 루프탑 스타일의 대형 아파트로 옮긴 후 항상 컨디션이 좋지 않은 이유를 모르겠지만 피곤한 나날이 계속되는 게 이상하기도 했다. 건강진담 결과는 아무런 이상이 없었지만 알게 모르게 점점 체력이 약해지는 것은 분명했다.

"약혼발표는 하필 오성그룹 소유의 파이브스타 호텔의 더 파크뷰 사파이어 연회홀에서 열렸다. 너댓번 본 사이이지만 고민전은 정략결혼식에 아무런 불편한 기색이 없었다. 아버지의 말을 잘 듣는 충견 같아 보였다. 그녀는 두 번째 결혼이기도 했고 성준의 재산규모를 알고 난 후에 매우 호의적으로 변한 것도 사실이었다. 성준이 지방대 출신이고 편모슬하에서 컸다는 것에 비하면 그녀의 재혼은 별로 흉이 되지 않는 것도 같았다.

"김의원님은 볼수록 미남이세요."
"아닙니다. 민전씨야말로 하늘이 내린 미녀인걸요?"
"그래요? 아이, 몰라요. 호호호호."

그녀는 붙임성도 좋았다. 성준은 며칠 전 세영이를 차버린 사건 때문인지 그녀의 살가운 태도가 이상하게도 어색했다.

고재인 의원의 최측근과 정재계 인사들이 다 참석했고 겉으로는 당대표의 수필집 출간회이었지만 김성준과 고민전의 약혼발표 모임이라는 걸 모르는 사람이 없었다. 그리고 그 자리에 오성그룹의 이재용 회장이 나타났다. 그리고 그는 그룹 총수들이 모이는 재계의 인사들 테이블이 아닌 고재인과 성준 그리고 그의 약혼자 고민전의 자리가 있는 헤드테이블에 와서 자리를 요구했다.

"저도 여기 좀 끼고 싶습니다. 의원님."

"아니, 여기는 다 예약석이라서...."

비서가 말리자 이재용 회장이 소리를 지른다.

"저는 말이죠! 장차 이 테이블에서 우리나라 대통령이 두 분이나 나올 걸로 확신합니다! 고재인 대통령, 김성준 대통령! 합석의 그런 영광을 제게도 좀 나눠주시죠!"

그러자 얼굴 가득 함박웃음을 띤 고재인 의원이 비서를 물러나게 하면서 만류를 한다.

"아냐 아냐. 회장님께 자릴 하나 마련해 드려야지....."

그는 옆에 앉은 의원에게 귀엣말을 했다.

"추미원 의원님, 옆 테이블로 좀...."

"아, 예! 그러시지요!"

소위 국회부의장이고 고재인 의원의 오른팔이라고 불리우는 추의원이 자리를 양보해서 이재용회장이 김성준의 옆자리에 착석했다. 알코올 내음을 풍기는 그는 이미 상당량 전작이 있었다. 고의원의 수필집 출간 축사와 현장 도서판매 그리고 김성준과 고민전의 약혼발표가 있은 후 파티장의 분위기가 무르익었다. 그런데 이재용 회장이 고당대표를 향해서 야릇한 미소를 날리면서 입을 열었다.

"대표님! 제가 이번 결혼식에서는 내 일생 일대의 가장 큰 성의를 보이겠습니다. 우리 그룹 잘 보살펴 주십시요!"

"아이고! 이회장님! 벌써 취하셨군요. 비서를 불러서 모시고 가게 하는
게 좋겠어...."

고대표가 좋으면서도 짐짓 인상을 찡그리면서 말했다. 그러자 성준이
나섰다.

"제가 친분이 있으니 모시고 가겠습니다."

"그러겠나?"

그러자 이재용 회장이 고대표에게 속삭였다.

"제가 김의원님과 아주 중요한 이야기를 나누어야 합니다. 사회민주
당의 명운이 달린....말하자면 큰 액수가 걸린 이야기이지요."

이회장은 고민전을 흘금 쳐다보았다.

"저어 오늘밤 한 시간만 약혼자를 빌려주시죠. 그래도 되나요? 미스
고?"

이재용 회장은 고민전에게 윙크까지 했다.

"아, 뭐 저야 뭐...."

허락을 얻어낸 이회장이 성준의 팔을 급하게 잡아끈다.

"가시죠! 김의원님! 시간이 별로 없네요!"

호텔 현관에 미리 세워둔 마이바흐 자동차가 언제라도 출발할 기세로 대기하고 있었다. 차는 필동에서 퇴계로를 거쳐 한남동 이회장의 저택으로 달렸고 도착하자마자 옥상으로 올라간 두 사람은 옥상 공중에서 이제 막 열리는 웜홀의 입구를 향해 몸을 날렸다.

"으아아아아!"
"이야호!"

　일년 후의 세상에 도착한 성준은 늘 그랬던 것처럼 이회장의 데이터가 정리된 어마어마한 규모의 서재로 갔다. 이회장은 매년 꾸준하게 세계의 뉴스와 정계와 업계의 동향이 정리된 자료실을 운영해왔다. 그리고 그 데이터 본부가 바로 이회장의 자택에 마련되어 이른바 대 오성그룹 자료센터인 것이었다.

"이회장! 필요한 데이터를 다 외웠소이다."
"좋아요! 의원님! 이제 오분 남았다!"
"남았다? 반말이네?"
"아! 미안! 버릇이 돼서....돌아갈 준비하면서 최종 정리합시다."

　성준은 데이터실의 실시간 방송인 유튜브 온라인뉴스를 보고 큰 웃음을 웃고 말았다.

"하하하하!"
"왜 웃지?"
"자료정리 별로 필요 없겠는데?"

"왜?"

"우리가 가로채려던 현대그룹 정회장이 오늘 바로 개천절날에 죽었네?"

"정말? 10월까지 기다리면 쉽게 현대전자와 물산을 먹어버리겠군! 하하하하하."

이회장의 웃음소리와 함께 두 사람은 웜홀로 빨려들어 왔고 이동 중에 웜홀을 지키는 우탁도인의 목소리를 멀찌감치 들을 수 있었다

"이놈들아! 너희들도 머지않았다!"

현실세계로 돌아온 성준은 웜홀에서의 저주 같은 도인의 말에 기분이 찜찜했지만 오성그룹 이회장은 좋아서 펄쩍펄쩍 뛰고 있었다.

"이회장. 올해 안에 4천억 스위스 계좌로 보내주시오."

"예! 의원님! 하하하하하."

성준은 마음이 무거웠지만 바야흐로 무르익고 있는 사랑을 확인시켜주기 위해 고민전을 찾았다. 그녀와의 결혼은 고재인의 권력을 물려받기 위한 수단이기도 했지만 야당 의원들의 실질적인 인정을 받는 절차이기도 했기 때문에 그 결혼은 성준으로서는 여러모로 너무나도 유익한 기회였다.

하지만 야당 정치인들의 무리한 요구와 여당 의원들이 집요한 방해 등등 정계진출의 꿈이 간단하고 쉬운 것만은 아니었다. 재선의원이 되기 위해서는 만만한 지역구로 갈아타는 것이 지름길인데 전통적으로 민주

당 당세가 강한 인천의 지역구에 빈 자리가 났고 당의 사무처에서 연락이 왔다.

"이번 김의원님께서 인천시장에 도전하시면서 당협위원 자리가 비었습니다. 의원님께도 좋은 기회가 될 겁니다."

"아이고! 고맙습니다!"

"의원님, 축하드립니다. 인천이면 떼어 놓은 당상입니다."

"그렇기는 하지요. 그런데 민주당에서 지역구로 진출하는 것이 이렇게 간단한가요?"

"4년 전, 김의원님은 발전기금으로 오십억을 비밀구좌로 기부하셨지요?"

성준은 사무처장의 이야기를 듣다가 불현듯 의심이 생겼다.

"뭐라구요? 국회의원 지역구 자리를 돈으로 사라고요?"

그는 국회의원들의 음모와 공천장사가 암암리에 이루어진다고 들었지만 노골적으로 요구하는 것은 실제로 처음 당해보았다. 하지만 그는 짐짓 강하게 나갔다.

"공천이 오십억? 푼돈이군. 더 드릴까?"

그는 이자연 의원과 야당 국회의원 원내대표 자리를 놓고 당권경쟁을 하게 되어 돈과 정보력과 자기편 만들기에 최선을 경주했다. 그에 따라 성준이 키워가는 욕망도 급속도로 성장해갔다.

그는 사무총장에 당선되자마자 재계를 주무를 수 있다는 능력을 보여주었다. 국내최고의 기업인 오성그룹이 암암리에 자신을 도울 수 있다는 호언장담으로 그는 당내에서 자리 더욱 굳건히 했다. 그는 이제 이회장과 편하게 전화하는 사이가 되었고 당연히 요구사항도 늘어났다.

"여보세요. 이회장님!"
"김의원님! 아니, 당대표님께서 직접 전화를 주셨군요. 이거 영광입니다."

목소리의 크기나 쩔쩔매는 자의 측면에서 보면 성준과 오성그룹 총수와의 관계역전이 분명해졌다. 대화 중에 성준이 강하게 질러대는 표현 중에 '오성그룹을 문 닫게 할 수도 있어! 혹은 이회장! 이거 왜 이러십니까? 장사 그만하시게? 이번에는 당신이 날 도우슈! 뭘 어떻게요? 내가 이제 정계에 첫발을 디뎠지만 이 바닥을 다 말아먹으면 나중에 오성그룹을 무제한으로 돕겠소. 잘 알겠습니다. 제가 최선을 다하지요. 좋습니다. 이회장!' 등등의 대화들이 나타나는 것으로 보아 역전 현상이 분명해진 것을 알 수 있었다.

성준은 점점 더 배짱이 강해지는 자신에 대해 자랑스러움과 불안함이 동시에 느껴졌지만 강해지는 과정이라고 치부하고 말았다.
지역구 국회의원 당선과 원내 당대표로 뽑힌 김성준 의원은 그야말로 승승장구했고 그 배경에는 실질적인 당대표 고재인의 전폭적인 지지와 성준이 매년 가져오는 일년후 정재계의 정보에 힘입은 바가 컸다.
일년 후 당대표 겸 최고위원에 당선되면서 오성그룹과 한국 십대 재벌의 주식을 백지 신탁한 재산이 무려 이조원이 넘었다. 국회의원 재선 당선과 재산의 증식만으로도 고개를 조아리는 국회의원들과 재벌들이 민주당 내부에서 김성준 파벌을 만들어 팔십 명이 그의 휘하에 들어오길 희망했고 당대표인 고재인 세력을 능가했다. 당내분위기는 차기 대통령 후보로 이미 김성준을 지목한 상태이고 그는 기꺼이 동료의원들의 추대를 수락했다. 그리고 아내인 고민전과 정계를 은퇴한 고재인이 오성그룹 계열사인 오성미디어 그룹의 부실을 타고 들어 그 계열사들을 전부 인수하기에 이르렀다. 이 회장은 마음이 편할 리 없었다. 하지만 자신의 저택까지 넘겨준 이회장은 성준의 저택으로 변해버린 루프탑의 옛 데이터 실에서 양도 계약서에 마지막 도장을 찍었다.

"김성준 의원님, 당신의 자신감은 점점 폭력적으로 변하고 있다는 걸 아시죠?"
"오성그룹 이회장! 한낱 장사아치인 당신이 뭘 알겠어? 흐흐흐흐."
"으음! 최비서 가자!"

그런데 최태하가 허리를 숙이지도 않고 뻣뻣하게 말한다.

"혼자 가십시오. 차는 지하 주차장에 대기되어 있습니다."
"뭐야? 너.... 언제?"
"그럼, 안녕히 돌아가십시오."

그동안 이재용 회장의 비서 겸 보디가드 역할을 해오던 최태하가 김성준의 비서로 자리 옮긴 것도 며칠 전의 일이었다. 성준은 여당 대통령 후보가 되고나서 최태하 같은 깡패들을 수족처럼 부리고 검찰과 사법부도 자신의 발아래 두었다고 자신한다.

"자! 한잔하지!"

"예! 각하!"

"에이! 각하는 뭐 벌써...."

"아닙니다! 이미 대통령에 당선되신 것과 다름없으십니다. 선관위가 후보님을 선택했는데 무슨 걱정이...."

"그만!"

성준은 근래 보지 못한 정도로 엄청나게 화를 냈다. 그리고 심호흡을 하고나서 최태하의 어깨를 어루만져주었다.

"최비서, 샴페인을 성급하게 터트리면 곤란하다! 입 조심해!"

"예! 명심하겠습니다! 사죄드립니다!"

최태하는 순간 루프탑 바닥에 무릎을 꿇고 용서를 빌었다.

"됐다! 술맛 떨어지게 빌지 마라! 내 부하는 어디 가서도 이렇게 빌면 안 된다!"

"예! 알겠습니다."

성준은 느긋하게 루이십사세 양주를 들이키면서 짜릿한 양주의 목넘 김처럼 짜릿한 세상 살기가 한편으로는 가슴 깊이 벅차올랐다.

"하하하하하. 하늘을 향해 끝없어 올라가는 로케트처럼 수천 킬로 이상 대기권 밖까지 날아오를 일만이 남았다! 하하하하."

38세 개천절에 성준은 이년만에 웜홀을 타고 일년 후의 세상으로 행했다. 이회장과 결별하고 각자 미래의 정보를 가져오기 시작한 것도 오년이 지났다. 오성그룹은 돈을 성준은 주로 권력을 위한 정보를 가져왔기 때문에 이제 더 이상의 동업은 필요 없게 된 것이었다.

"이야호! 가자!"

성준이 신나게 웜홀을 서핑처럼 즐기는데 느닷없이 속도가 줄고 그러다가 문이 열리지도 않았는데 고속의 움직임이 아예 정지해버렸다.

"이놈! 아직도 여길 돌아다니느냐?"
"우탁 도인?"

미래로 가는 웜홀에서의 우탁도인과의 조우는 처음이었다.

"항상 과거로 돌아가는 길에 이 노인네를 만났었는데?"

성준은 무언가 잘못되었다고 느꼈다.

"이 녀석아! 명을 스스로 재촉하지 말고 되돌아가거라!"

성준은 침착하게 생각을 했다. '약세를 보이지 말자. 도인은 실제로 나에게 아무런 위해를 주지 못한다. 실제로 십여년 간 그는 나를 물리적으로 그 어떤 타격이나 가해를 하지 않았다. 쫄지 말자....'

"비키시오! 우탁도인!"

그러자 도인이 연기처럼 사라져버렸고, 웜홀이 다시 움직여 일년 후의 세상으로 그가 튕겨져 나왔다.

"흥! 역시 도인은 그냥 유령처럼 스쳐지나갈 뿐 그가 나를 죽인다거나 때리지는 못하는군!"

성준은 이제 우탁 도인은 안중에도 없었다. 그는 이제 자신의 자료실이 된 과거 이회장의 자료실에서 일년 후 세상의 정치정보를 외우기 시작한다.

"어? 대통령 선거를 일년 남겨놓고 내가 후보 지지율 1위를 달리는군! 미국과 일본 측에서도 대통령 후보 중 나를 가장 좋게 보고 있구 말이야! 됐다! 그동안 여론조사기관과 선관위에 들어간 돈이 얼만데. 이제 이년 후에는 이 나라의 대통령이다! 으하하하하하."

웜홀을 통해 자신의 현실 자료실로 되돌아온 성준은 향후 계획성있고 치밀하게 삶을 살기만 하면 모든 게 자신의 것이라고 확신했다.

"나는 선택된 사람이다! 흐음."

소리를 크게 한번 질러봤지만, 다행히 아내는 깨지 않았고 밤하늘의 수많은 별들이 자신의 말을 인정하듯이 겸손하게 깜박이는 것 같았다. 유튜브를 검색하다가 성준은 문득 〈37세 대통령 후보는 대한민국의 자랑〉이라는 기사를 보고 자신이 심어놓은 기자의 기사라 그런지 시큰둥했다.

"시간아 흘러라! 이년 후에 내가 왕이 된다. 아부 잘하는 자식들은 왜 그렇게 귀여운 거야? 흐흐흐흐."

그는 지난주 대형 로펌에서 자신의 수하로 들어온 법조계의 엘리트들이 한 말이 지금도 생생하게 기억이 났다. 그중에서도 이우현 변호사가 가장 적극적이었다. 물론 그는 세영이라는 전 여친을 공유했지만 최근 다른 여자들과도 비밀 사석에서 함께 어울린 적도 있었다.

"대표님! 어차피 선관위가 도우면 총선에서 이백 석 넘기시고 개헌하시면 입헌군주제로 갈 수 있습니다. 황제폐하로 등극하시는 건 그리 어렵지 않습니다!"
"입헌군주제?"
"네! 이 나라를 영원한 폐하의 국가를 만드시는 거지요!"
"좋아! 아주 좋아!"

성준은 속으로 생각했다. '왕이 되고 나면 구차하게 매년 미래에 가서 정치와 경제 등 일년후의 세상을 샅샅이 알아보고 암기하는 그 구차한 일을 더 이상 하지 않아도 되겠군..... 흐흐흐'

"으으으, 편두통이 또 오는군! 에이! 귀찮아!"

근래 부쩍 두통과 불면증으로 시달리는 성준은 운동부족이라는 생각에 스쿼트를 하다가 불현듯 허무한 느낌이 들었다.

"왕이 되면 뭐 하나? 얼마 살지 못한다면...."

사십 세가 가까워지면서 체력이 확실하게 약해진 것도 사실이었다. 성준은 시간이 가면 자신의 육체가 조금씩 사라지는 건 아닌가 하는 생각을 하게 된다. 머리카락도 없어지고 뼈도 골다공증이라는 이름으로 사라져버리고 피도 살도 기억도.....기억? 이 대목에서 성준은 몇해 전 어머니의 장례식과 현대그룹 정회장의 장례식이 기억이 났다.

"내가 장례식에 참석했었나?"

성준은 아무래도 기억이 나지 않았다. 야당 대표의 모친상이니 모두들 왔을텐데, 정작 자신이 그 자리에 있었는지가 전혀 기억에 없었다. 30년 전 일이 또렷이 기억나기도 하는데 이년 전 일이 전혀 기억에 없다니.....

"참으로 수수께끼 같은 시간의 흐름이로구나."

그는 생각할수록 시간이 연속적인 것으로 순서대로 이어진다고 여겨지지 않았다. 시간의 흐름이 중요한 사실이기는 하지만 그 흐름은 비합리적인 어떤 알 수 없는 힘에 의해 움직이는 게 아닐까? 여기까지 생각하다가 그는 헛웃음이 나왔다

"내가 지금 무슨 미친 생각을 하는 거야? 허허허허."

성준은 인터넷에서 미래학자의 기사를 하나 발견했다. 그 영국인 철학자는 시간의 흐름이나 시간을 통한 인간의 진보는 환영이라고 주장한다. 그는 시간의 불연속성을 주장하는 철학자로서 과거를 바꾸지 못하는 것처럼 미래를 변화시킨다는 말도 무의미하다고 주장한다.
그 대목에서 성준은 빵 터졌다.

"하하하하하하하! 이런 것도 국제적인 철학자라고 참! 미래를 보지 못했으면 말을 하지 말아야지. 흐흐흐흐흐"

일년 후 성준은 포퓰리즘을 앞세운 눈부신 정치활동과 인기가 점차 하

늘을 찔러 대통령 지지율 칠십 퍼센트를 달리고 있었다.

"내 인생의 마지막이야! 한번 더 가보자!"

대통령 선거 바로 전해 개천절날의 웜홀은 마치 성준을 환영하고 당선을 축하라도 하듯이 휘황찬란하기 그지없었다.

"과연 내가 당선되었을까?"

개천절 밤 열한 시 당선 확인을 위한 미래행은 이전보다 뿌듯하고 자신만만했다. 그리고 화려하고 눈부신 사이키조명 같은 웜홀 통과 장면은 이제 그렇게 괴롭지가 않았다.

"이것도 이골이 나서 그런가? 일년 후에 세상에 도착하는 과정이 지난번과 사뭇 다른데?"

성준은 강한 광선이 작렬하는 눈부신 공간의 초고속이동과 전혀 다른 편안하고 어두침침한 공간의 이동이 느릿느릿 움직이는 것을 보면서 내심 웃음이 나왔다.

"이 웜홀도 늙나 보네? 빠릿빠릿하게 움직이지 못하고 완전히 완행열차가 되어 버렸네. 나가볼까? 후후후후."

웜홀이 열리기 전, 터널의 조명이 어둑어둑해지면서 일년 후의 세상이 정전상태라고 생각하는 순간 그의 뇌가 정지되는 느낌을 받았다. 어라? 생각을 할 수가 없네? 어? 내 팔과 다리가 사라지고 있잖아? 이게 뭐야……

전신이 모래가 되어 부스스 흩어지는 장면이 편안하고 졸렸지만 성준은 그다지 무섭거나 공포스럽지가 않았다. 분명히 거리에 세찬 가을 바람이 불었지만 그 바람이 피부에 와닿지가 않았다.

자정 무렵 시가지가 얽히고 설킨 차량들로 북새통을 이루고 사람들이 인도와 차도에 가득 넘쳐나면서 온 세상에 가득한 호회를 줍느라고 야단법석이었다. 가을 바람에 낙엽처럼 거리를 온통 휘날리는 호외에는 이렇게 적혀 있었다.

오늘 개천절 새벽 대통령 후보 김성준 의원 사망

증발

최현지

처음 이 작품의 소재인 '증발'을 떠올린 것은 한참 우울했던 시기 메모장에 적어둔 내용에서 시작됐다. 이 작품에서 나온 것처럼 유경이란 존재가 나타나 그 당시 나에게 같은 선택권을 줬다면, 실종자들과 같은 선택을 했을지 모른다. 하지만, 지금의 나는 다른 선택을 할 것이다. 이렇듯 죽음이란 참으로 상대적이고 주관적이며 언제든 바뀔 수 있는 것이라 생각한다. 그것을 작품에 넣고 싶었다.

2022년 8월 5일 오후 2시 제천시 경찰서에 실종 신고가 접수된다.

"요새 김 씨가 안 보여요. 매일 같이 나와서 폐지 줍던 양반인데….”

경찰서에 찾아온 나이 지긋한 노인은 평소에 매일 같이 나와 정해진 시간에 폐지를 줍던 김성배가 보이지 않아 걱정된다며 신고했다. 이러한 신고는 거의 한 달에 한 번꼴로 들어올 정도로 흔한 사건이다. 나이가 있지만, 일하는 어르신들은 한 번씩 몸에 이상이 찾아와 며칠씩 안 보이는 경우가 허다했다. 같은 나이대인 어르신들은 보이지 않으면 혹시나 홀로 세상을 떠났을까 하는 걱정에 경찰서에 몇 번이고 찾아와 신고하는 것이다.

신고 접수 받던 경찰은 알겠다며 집에 찾아가 보겠다 말하곤 신고자를 돌려보냈다.

김성배는 독거노인이기에 연락할 가족이 없었다. 개인 핸드폰도 없고, 연락을 취할 방법이라곤 집 전화밖에 없었다. 하지만, 여러 차례 전화를 걸어도 받지 않았다. 어쩔 수 없이 경찰은 김성배의 집에 찾아갔다. 신고가 들어오면 안전한지 확인해야 하기 때문이다. 김성배의 집 앞에 서서 주소를 확인하고 집 전화로 다시 연락을 취했다. 오래된 집인 만큼 문밖으로 벨 소리가 흘러나왔지만, 묵묵부답이었다. 경찰은 문을 두드렸다.

"김성배 씨. 계십니까? 경찰입니다. 실종 신고가 접수되어 확인하려고 왔어요."

여전히 아무런 소리가 나지 않았다. 경찰들은 난감한 표정을 하곤 근처 병원에 연락을 돌리자는 이야기를 나누었다.

"그 집 사는 할아버지 지금 안 보인지 한참 됐어요."

바로 옆집에 사는 집주인이 경찰이 왔다는 소리에 문을 열어 고개를 내밀고 말했다. 그 말을 시작으로 집주인은 문밖으로 완전히 나와 이야기를 늘어놓았다.

"아니 그 집 할아버지가 혼자 살면서 힘들거든요? 그래서 월세도 매번 힘들어하더니 지난달에 갑자기 두 달 치 월세를 무리해서 내곤 갑자기 안 보이는 거야. 일주일도 더 됐어. 그러니 걱정이 돼서 내가 이번 주까지도 안 보이면 신고하려고 했는데, 마침 잘됐네. 기다려봐요."

이를 들은 경찰의 표정은 더욱더 난감해졌다. 간단하겠다고 생각했던 사건이 커진 것이다. 이내 집주인은 여분의 열쇠를 들고나와 김성배의 집 문을 열기 시작했다.

"안 됩니다. 이러시면 주거침입이에요."

"안 되긴 뭐가 안돼. 내 집인데 비켜봐요."

막무가내로 자기 집이라며 문을 여는 집주인을 말릴 틈도 없이 문이 활짝 열렸다. 사람이 드나들지 않은 지 오랜 시간이 지났는지 바닥에는 먼지가 살짝 있었으며, 싱크대에는 유통기한이 한 참 지난 우유갑이 있었다.

"이것 봐 이 할아버지 안 들어온 지 꽤 됐네 꽤 됐어… "

집주인은 들어와 냉장고를 열며 말했다. 자신이 이 주 전에 준 반찬이 그대로라며 열어보지도 않았다고 말이다. 사라진 지 이 주는 넘었다는 뜻이었다. 이후 며칠간 수사를 진행했지만, 정말 아무런 흔적도 보이지 않았다. 짐을 챙긴 흔적도 돈을 찾은 흔적도 근처 병원에 입원했다는 기록도 없었으며 마지막 목격 날인 이 주 전 이후로 김성배를 목격 한 사람 또한 찾지 못했다. CCTV도 없는 동네라 그나마 찾아낸 것이 집 앞에 세워져 있던 집주인의 차량 블랙박스뿐이었다. 하지만 그것마저 마지막 목격 날 집으로 들어가는 장면 외에 찍힌 것이 없었다. 마치 증발 한 것처럼 사라져 버렸다. 방 한 가운데에 옷더미와 정체 모를 흰 가루만 존재할 뿐이었다. 김성배의 우편함에 쌓인 여러 고지서를 보고 경찰들은 이 사건을 단순히 평소 형편이 어려웠던 노인이 야반도주 한 것으로 빠르게 종결지었다.

하지만, 그로부터 한 달 동안 비슷한 실종 신고가 세 건 접수된다. 김성배와 같은 독거노인들이며 모두 흔적도 없이 증발해버린 것이다. 방한 가운데에 옷과 흰 가루만 남은 채.

*

[첫 실종 사건인 2022년 8월 5일 충청북도 제천시에 접수된 A씨(75세)가 실종되었을 당시 경찰은 경제적으로 형편이 어려운 A씨가 야반도주한 것으로 판단하고 수사를 마무리 지었지만 그로부터 한 달 동안 독거노인 실종 신고가 세 건이 접수되었고, 첫 사건인 A씨가 실종되었을 당시 집 안의 모습과 유사하여 동일범의 소행으로 판단 후 '충청북도 독거노인 연쇄 실종 사건'으로 전담팀을 꾸려 수사를 진행하고 있는 상황입니다. 범인이 아직 잡히지 않은 상태에서 11월 15일인 어제 충청북도 제천시 오후 9시경 8번째 실종 사건이 접수되었다고 합니다. 지난 실종 사건과 유사한 형태로 실종된 C씨가 일주일간 보이지 않자 집주인인 B씨가 경찰에 실종 신고를 접수했습니다. 경찰은 C씨의 행적이 보이지 않은 일주일 전을 기점으로 수사를 진행하고 있다고 합니다.]

[대부분 CCTV가 활성화되지 않은 곳이라 수사에 난항을 겪고 있다고 하는데, 참으로 안타까운 일이네요. 지금까지 나온 실종자 모두 독거노인인 만큼 여러분의 따뜻한 관심이 필요….]

주형은 아나운서의 말이 채 끝나기도 전에 TV를 껐다. 지난 한 달간 TV를 틀었을 때 충청북도 독거노인 연쇄 실종에 관련된 이야기로 떠들썩하다. 삼 개월이라는 시간 동안 실종된 인원은 총 여덟 명으로 절대 적지 않은 숫자였다. 범행은 전국이 아닌 충청북도 그것도 제천과 단양, 충주에서 사건들이 일어나고 있지만, 모두 외곽 지역에서 일어난 사건으로 CCTV 또한 없으며, 목격자 또한 찾기 어려운 상태였다. 주형 또한 처음 이 사건을 접했을 때 무서운 마음이 들었다. 현재 자신이 사는 제천에서 실종 사건이 연달아 터지니 자신도 그 사건의 피해자가 될 수도 있다는 생각에 두려움을 느끼고 최대한 밤에 나가지 않았다. 하지만 얼마 안가 피해자 모두 독거노인이라는 점에서 작은 안심을 느꼈다.

주형은 TV를 끄고 바로 노트북으로 과제를 시작했다. 이제 종강에 가까워진 만큼 많은 과제가 쌓여있었다. 과제에 집중했지만, 이내 짧은 집중력이 깨지며 더 이상 진전 없는 상태가 되자 잠깐 재충전을 한 뒤에 과제를 이어 하자는 작은 합리화를 시작했다. 이미 대학을 졸업하고 취업준비생인 채수희만큼 시간에 여유가 있는 친구가 없었기에 친구인 채수희에게 전화를 걸었다. 통화 연결음이 길게 이어지더니 이내 음성사서함으로 넘어갔다. 주형은 전화를 끊고 수희에게 메시지를 보냈다.

[수희야]
[뭐하냐] 21:09 1

메시지를 보내고 한참이 지나도 채수희에게 답은 오지 않았다. 최근 채수희가 취업 준비로 인해 스트레스를 받던 게 생각 난 주형은 같이 맥주나 마시며 기분전환을 하자고 생각 후 겉옷을 챙긴 뒤 모자를 쓰곤 수희에게 메시지를 보낸 뒤 집을 나섰다.

[맥주 사서 지금 님 집 갈게요.] 21:50 1

주형은 편의점에서 4캔에 만 원 행사 중인 맥주와 간단한 안주로 젤리를 사서 채수희의 자취방 건물 앞에 도착했다. 건물 앞에서 2층을 올려다보니 채수희의 자취방은 환하게 불이 켜져 있었다. 주형은 자신이 보낸 메시지를 한 번 더 확인 했지만, 여전히 확인하지 않은 상태였다. 주형은 다시 전화를 걸었다. 하지만, 계속 신호음만 들리더니 음성사서함으로 넘어간다는 안내 메시지가 들렸다.

"뭐야 채수희 왜 전화 안 받냐? 샤워 중인가"

전화를 받지 않는 채수희에 짜증이 난 주형이 작게 중얼거렸다. 그러자 주변에서 '딱-'하는 손가락 튕기는 소리가 들렸다. 주형은 소리가 난 쪽으로 고개를 돌리자 가로등 밑에서 모자를 푹 눌러 쓴 작은 체구의 인물이 한 명 보였다. 그림자 탓에 눈이 제대로 보이지 않았지만, 주형을 쳐다보고 있었다. 그런 시선이 소름 끼치고 찝찝해진 주형이 황급히 시선을 거두고 건물 안으로 빠르게 들어갔다. 주형은 2층으로 걸어 올라가며 계속해서 이상한 사람이라고 생각했다. 술 마시면서 이 이야기는 꼭 해야지 조심하라고 그렇게 생각하며 채수희 집 문 앞에서 서서 초인종을 눌렀지만, 안에서는 아무런 대답도 들리지 않았다.

"채수희 나 들어간다."

허락을 구하는 말이 아닌 통보였다. 평소 참을성이 없는 만큼 주형의 입장에선 채수희의 침묵을 기다릴 만큼 기다린 것이었다. 자연스럽게 집 비밀번호를 누르고 문을 열었다. 미니 투룸인 집은 문을 열자마자 바로 주방이 보이고 하나의 문을 더 열어야 채수희가 주로 생활하는 공간이 나왔다. 하지만, 집은 사람이 있다기에는 지나치게 조용했다. 주형은 신발을 벗고 주방을 지나쳐 문을 열었고 창문 밖을 보고 있는 채수희의 뒷모습이 보였다. 주형은 이미 몇 번이고 무시당했다는 생각에 짜증이 조금 올라온 상태였다.

"야! 채수...희...?"

채수희의 몸에선 미세한 연기가 피어나고 몸 대부분이 옅어져 뒤에 있는 물건이 통과돼 보이는 상태였다. 주형은 바로 사라져 버릴 것 같은 채수희를 붙잡기 위해 무의식적으로 손을 뻗어 옷을 붙잡았다. 그러자 채수희는 뒤를 돌아 주형을 봤다. 그리곤 무슨 할 말이라도 있는지 입을 움직이는 순간 사라져 버렸다. 주형의 손에는 채수희가 입고 있던 옷 일부만이 존재했으며, 조금 전까지 사람이 서 있던 곳에는 나머지 옷과 정체를 알 수 없는 흰 가루만 남아있었다. 주형은 놀란 상태로 손에 옷을 쥔 채 서 있었다. 내가 꿈을 꾸고 있는 것인지 지금 현실인지 분간이 가지 않았지만, 자기 손에 들린 옷이 현실임을 깨닫게 해줬다. 현실이라는 것을 자각하자 주형의 몸이 떨리기 시작했다. 어떻게 해야 할지 머리로는 상황 판단이 이뤄지지 않았지만, 학습된 대로 떨리는 손은 이미 핸드폰을 들어 112를 누르고 있었다.

"저기요. 지금 제 친구가 갑자기 사라졌어요. 제 눈앞에서 막 몸에서 연기가 나고 옅어지더니 증발해버렸어요. 어떡하죠…?"

떨리는 목소리로 횡설수설 말했다. 누가 들어도 말도 안 되는 이야기를 믿어줄 사람은 없지만, 현재 주형에게 그런 판단까지 서지 않았다. 이 이야기를 들은 전화기 너머의 경찰은 침착하게 말했다.

─신고자분. 지금 술에 취하신 상태이신가요?

역시나 경찰은 믿지 않았다. 주형은 한참을 반복해서 말했다. 제발 믿어달라고요. 친구가 눈앞에서 사라졌어요. 지금 친구 집이고요…. 경찰은 주형의 말을 믿지 않았지만, 이미 신고가 들어온 이상 출동하는 것이 의무였기에 주형에게 현재 위치를 확인하곤 곧 출동할 테니 핸드폰으로 연락이 가면 꼭 받으라는 당부와 함께 전화를 끊었다. 그리고 얼마 지나지 않아 문밖에서 노크 소리가 들렸다.

"경찰입니다."

주변을 순찰 중이던 경찰이 신고접수를 받고 바로 온 것이다. 주형은 황급히 몸을 일으켜 문을 열었다.

"친구분이 사라지셨다고요? 마지막으로 목격하신 게 언제죠."

"방금 전이요. 제 눈앞에 있었는데, 막 몸에서 연기가 나고 투명해지더니 사라져 버렸어요. 진짜예요. 이 옷을 봐요. 입고 있던 옷만 두고 그냥 사라져 버렸어요. 어떡해요. 수희 어떡해요."

이미 눈물범벅인 채로 몸을 떨며 횡설수설 말하는 주형의 모습은 도저히 제정신인 상태로 보기 어려웠다. 경찰 중 한 명은 주형을 다독이며 천천히 말해달라고 애를 썼으며, 다른 경찰은 집안을 둘러보더니 검은 봉투 사이로 슬쩍 보이는 맥주 캔을 보고는 혀를 찼다. 그러더니 다른 경찰의 어깨를 잡고는 맥주 캔을 향해 눈짓했다. 다독이기 위해 애쓰던 경찰 또한 같은 표정을 지었다. 그들은 주형의 말을 믿기는커녕 술에 취해서 헛소리하는 것으로 판단한 것이다.

"신고자분. 술 얼마나 드셨어요? 여기 본인 집이세요?"

"술 안 마셨어요. 진짜 제 말 좀 믿어주세요. 수희 집이에요 수희 집⋯."

주형은 경찰이 말을 믿지 않는다는 것을 느끼곤 달래주는 경찰을 바라보고 옷을 꽉 쥔 채 흔들며 말했다. 이 옷 좀 봐요. 이게 증거라고요. 그러곤 손가락으로 방 한가운데를 가리키며 저기서 사라졌다고 말했지만, 경찰로선 그저 벗은 옷에 불가했다. 결국 또 다른 경찰이 잠시 들어가겠다고 말하곤 집을 둘러보았지만, 이상한 점이 없었다. 가리킨 곳도 그저 평범한 옷과 옷 위에 뿌려진 흰 가루뿐이었다. 경찰은 대수롭지 않게 넘기고 다시 주형에게 다가갔다. 계속해서 같은 말만 되풀이하는 주형에 경찰은 난처한 표정을 지으며 일단 알았으니 친구와 연락이 되는지 물었다.

주형은 억울했다. 왜 내 말을 안 믿어주지? 수희가 내 눈앞에서 증발했다니까. 사람이 눈앞에서 증발을⋯. 사람이 증발? 아, 말도 안 돼 사람이 어떻게 증발을⋯. 생각이 들기 시작하자 머릿속에서 정상적인 사고가 시작되었고 자기 말을 믿어 줄 사람이 없다는 것을 깨닫자마자 주형의 떨림이 잦아들었다. 그래. 누가 믿어주겠어. 두 눈으로 본 나도 말도 안 된다고 느끼는데. 주형은 마지못해 고개를 숙이곤 말했다.

"맞아요⋯. 술 마셨어요."

그 상황에서 회피가 주형에겐 최선이었다. 그들을 설득할 힘도 방법도 없었다. 주형의 말을 들은 경찰은 속으로 혀를 찼다. 그렇게 집 주소와 전화번호를 물었고, 주형은 순순히 답한 뒤 경찰차에 올라타 귀가 조치

되었다. 주형은 집으로 가며 생각했다. 이 모든 게 술에 취해서 벌어진 일이면 좋겠다고. 차가 출발하자 채수희의 자취방 건물 뒤에서 작은 체구의 인물이 나와 그 장면을 지켜봤다.

*

경찰은 주형이 집 안으로 들어가는 것을 지켜보기 위해 집 앞까지 함께 했다. 그러며 말 한마디를 얹었다.

"술 적당히 드시고요. 술 깨면 친구분께는 연락 꼭 하세요."

주형을 걱정해서 하는 말이었다. 어린 나이에 헛소리할 만큼 취하고, 친구 집에 민폐를 끼쳤으니 사이가 안 좋아질까 싶어 몇 살 차이가 나지 않음에도 인생 선배로서의 조언했다. 하지만, 이 모든 게 꿈이길 간절히 바라고 있는 주형에게 채수희의 증발을 다시금 상기시켜주는 말이었다. 결국 주형의 억울하고 복잡한 심경이 터지고 말았다.

"하하하. 눈앞에서 증발했는데 연락? 씨발 살아있어야 연락 하지."

그 상태로 문에서 쾅-! 소리가 나도록 있는 힘껏 힘을 주어 닫았다. 사람이 그것도 가장 친한 친구가 눈앞에서 증발해버렸는데, 미치지 않을 사람은 없었다. 주형은 그대로 몸을 웅크린 채 절규에 가까운 울음소리를 냈다. 문밖까지 주형의 형용할 수 없는 소리 들이 퍼져나갔다. 그 소리를 들은 경찰들은 말없이 서로를 바라봤다.

경찰들은 혹시나 주변에서 소음 신고가 접수될까 우려되어 잠시 대기했지만, 이내 주형의 소리는 점점 줄어들었다. 긴장이 풀린 경찰 중 한 명은 검지 손가락을 오른쪽 귀 가까이 가져가 시계방향으로 빙빙 돌렸고, 또 다른 경찰은 이제 복귀 하자며 경찰차로 발걸음을 옮겼다. 경찰차에 올라탄 뒤 시간을 확인하곤 무전기 버튼을 눌렀다.

[11월 16일 22시 38분 청전동 우정원룸 실종 신고 해결했습니다. 단순한 취객의 해프닝으로 신고자 귀가 조치했습니다.]

*

"네. 알겠습니다. 복귀 후 서류 작성해주세요."

평소라면 순찰하고 이미 도착했겠지만, 친구가 사라졌다는 실종 신고 접수로 복귀가 늦어져 소수의 인원만이 자리를 지키고 있었다. 그래서인지 전화를 받는 경찰의 목소리가 선명하게 들렸다. 전화기를 내려놓자 조금 전에 들어온 사복을 입고 있는 여성이 물었다.

"일 터졌나 봐?"

"네 뭐 맨날 그렇죠. 술이 문제라니까요. 친구가 사라졌다고 뭐 증발했네 어쩌네 하더니.. 취객이래요."

진절머리 난다는 듯이 치를 떨며 말하는 경찰에 사복을 입은 여성은 다 이해한다는 듯이 웃어 보였다. 그러자 경찰은 마치 어리광이라도 부리듯이 투정을 늘어놨다. 요즘 너무 바쁘지 않나요? 팀장님도 그 사건으로 바쁘시고··· 하루라도 조용한 날이 없어요. 그렇게 울상을 짓는 신입 경찰을 보며 여성은 그저 고개만 끄덕거렸다. 워낙 어리고 저 시기가 얼마나 힘든지 알았기에 투정을 받아주고 싶지만, 안타깝게도 현재 그에게 그럴 여유가 없었다. 잠시 경청하더니 잠깐- 이라며 입을 열곤 말을 끊었다.

"소장님은 언제 오셔?"

"소장님. 아까 10분 뒤 도착 예정이라고 하셨으니 곧 도착하실 거예요. 연락 안 하셨어요?"

"알잖아. 요즘 소장님 귀찮게 해서 내 연락 은근 피하는 거."

여성은 코를 찡긋거리며 말했다. 그러자 경찰은 아···. 하고는 고개를 끄덕이는 것으로 답을 대신했다. 호랑이도 제 말 하면 온다고 딸랑- 거리는 소리와 함께 소장이 파출소 안으로 들어왔다. 소장은 여성을 보자마자 얼굴을 구겼다.

"어우 또 왔냐. 또 왔어. 징그럽다. 제발 하루에 한 번만 오세요. 이재경 팀장님."

재경은 자신을 지나치는 소장을 따라서 안쪽으로 걸어 들어갔다. 짧은 복도를 끝으로 하나의 문이 있고, 그 문을 열자 또 다른 사무 공간이 나왔다. 재경은 들어오자마자 익숙하다는 듯이 소파에 앉았다. 제천은 첫 실종자가 발생한 곳이자 가장 많은 실종자가 생긴 곳이라 전담팀이 만들어지고 매일 같이 출석한 만큼 재경에겐 익숙할 수밖에 없는 공간이었다. 소장은 책상 위에 놓인 파일과 USB를 재경에게 넘겼다. 재경은 파일을 받아 펼치곤 천천히 훑어보았다.

"이거밖에 없어요? 여긴 더 있죠?"

재경은 실망한 표정이 가득한 채로 소장을 바라보며 USB를 들고 물었다.

"어제 터진 사건이다. 신고받고 현장 확인 후 너희 사건이라 바로 권한 넘겼는데, 그 짧은 시간에 뭐 얼마나 나오길 기대하는 거야."

어제 사건을 넘겨받으며 현장 조사한 자료를 전달 받았지만, 혹시나 다른 실마리를 찾을 수 있을까 싶어 소장에게 기억나는 것 하나 빼먹지 말고 기록해서 넘겨달라고 요구했다. 하지만 기대와 다르게 별 소득이 없었다. 전날 전달받은 자료에 한두 장 더 추가되었지만, 추가된 내용은 이미 재경이 조사하며 나온 정보와 같았다. 재경은 실망한 기색을 감추지 못하고 알겠다며 소장에게 인사 후 돌아서 파출소 밖으로 발걸음을 옮겼다. 뒤에서 경찰이 안녕히 가십시오. 하는 인사에 손만 슬쩍 들어 흔들곤 문을 열어나갔다. 재경의 뒷모습을 끝까지 본 소장은 주머니에서 담배와 라이터를 꺼내 파출소 뒷문으로 나갔다. 담뱃불을 붙이며, 재경을 생각했다. 지금 국민의 온 관심을 받는 사건인 만큼 현재 재경은 살얼음판 위를 걷는 것이나 마찬가지다. 전담팀이 만들어진 지 한 달이 넘었지만, 진전은 없고, 또 다른 사건은 터지고 있으니 이제 경찰을 향한 원성은 더욱 커질 것이다. 이 사건이 해결되지 못하면 결국 모든 책임은 담당 형사인 재경에게 가겠지. 소장은 혀를 차며 다 피운 담배를 바닥에 떨군 뒤 발로 비볐다. 그 뒤로도 몇 개의 담배를 태웠는지 모르겠다. 소장은 한참 담배를 피운 뒤 다시 파출소에 들어갔을 땐 시끌벅적했다. 순찰 나갔던 이들이 복귀 한 것이다.

"아니 진짜 또라이라니까요?"

들어온 지 얼마 안 된 신입이 큰 소리를 내며 오늘 있었던 일에 대해 풀고 있었다. 소장은 소란스러운 신입을 보며 고개를 저었다. 저렇게 감정적이니 언제 한 번 크게 실수를 저지를 것이다. 몸을 돌려 안쪽 사무실로 가려고 할 때였다.

"아니 뭐 친구가 증발했네. 어쩌네 하면서 옷이 증거라 하는데, 뭐 흰가루랑 옷만 있고 술에 잔뜩 취해서는 으휴. 그러곤 귀가시키면서 어린애가 친구 집에 민폐 끼쳤으니 선배님이 친구에게 꼭 연락해서 사과하란 의미로 말했는데, 막 살아있어야 연락하지. 이러더니 욕하고 들어가선 소리 지르고 난리도 아니었어요. 진짜 어휴! 소름 돋아"

신입의 말을 들은 소장의 발걸음이 뚝 멈추곤 몸을 돌려 재빠르게 신입 앞으로 성큼 걸어가 팔을 붙잡고 다시 말해보라며 굳은 표정으로 말했다. 그러자 평소와 다른 소장의 모습에 신입은 깜짝 놀라 제대로 말하지 못했다. 주변에 있던 경찰들마저 토끼 눈을 하곤 소장을 바라보고 있었다. 소장의 손에 힘이 더욱 들어갔고, 고통에 정신 차린 신입은 더듬으며 말했다.

"그… 살아있어야지 연락하지라며 욕을 하고 소리를…."

"아니 그 전에."

"친구가 증발했다고 증거가 옷이랑 흰 가루….""

"실종된 친구 찾았어?"

신입은 고개를 가로저었다. 그러자 소장의 손에서 힘이 빠졌고, 이내 손을 거두어 자신의 이마를 움켜쥐었다. 겁먹은 신입은 한 발짝 뒤로 물러나 소장의 눈치를 보았고, 다른 경찰들마저 함께 눈치를 보고 있었다. 결국 신입과 함께 현장에 있던 경찰이 입을 열어 변명하기 시작했다. 원래대로라면 주형은 현재 서에 와서 진술서를 써야 했다. 하지만, 이러한 일이 너무 비일비재하다 보니 보호자에게 인계하거나 귀가 조치하며 간단하게 처리하는 경우가 많았다. 경찰이 신입을 보호하기 위해 이런저런 변명을 하며, 죄송하다고 잘못을 인정했지만 소장은 여전히 이마에 손을 올린 상태였다. 현재 소장의 머릿속에서는 빠르게 정리가 이루어지고 있었다. 이내 생각이 끝났는지 이마에서 손을 뗀 소장이 입을 열었다.

"실종자가 계속 나타나고 있는데, 신고가 들어왔으면 찾아야지. 귀가 조치 시켜? 다들 정신이 있는 거야 없는 거야. 당장 그 사라졌다는 친구 찾아. CCTV, 블랙박스 다 뒤져서 찾아내."

소장은 빠르게 말하곤 파출소를 나와 차에 올랐다. 흰 가루와 옷. 그간 관계자가 아니면 알 수 없는 실종 사건의 가장 큰 실마리이자 공통점이 20대 실종 사건에 나타났다. 비록 지방에 있는 파출소에서 20년에 가까운 시간 동안 큰 사건 없이 무탈하게 지내왔지만, 지금 소장의 감이 말하고 있다. '충북 독거노인 연쇄 실종 사건'이 이젠 '충북 연쇄 실종 사건'으로 바뀔지도 모른다고. 소장은 재경에게 전화를 걸었다.

"이팀장. 청전동에 우정원룸 앞에서 좀 보지."

*

여덟 번째 실종자 집에서 수사를 진행 하던 중 연락받은 재경이 소장보다도 먼저 우정 빌라 앞에 도착했다. 이 시간에 그것도 방금 전까지 아무 말 없던 소장이 만나자고 한 것은 분명 또 다른 사건이 터졌거나 사건의 실마리를 찾았다는 뜻이었다. 재경은 긴장한 채로 전자가 아닌 후자이길 바랐다. 잠시 후 도착한 소장의 표정은 심상치 않았다. 무슨 일인지 묻는 재경의 물음에 소장은 일단 들어가서 이야기하자며 우정 빌라 안으로 걸음을 옮겼다. 재경은 소장을 따라 2층에 올라갔고, 그 문 앞에는 잠옷 차림의 중년 여성이 있었다. 딱 봐도 잠에서 방금 깬 상태였고, 그의 표정은 불안이 가득했다.

"그래서 수희 학생은요?"

"아직 말씀드리기 어렵습니다. 키 주시죠."

중년 여성은 손에 쥐고 있던 네모난 도어락 키를 넘겼다. 소장은 받아 들곤 바로 앞에 있는 문을 열어 재경에게 들어가라며 눈짓 하곤 중년 여성에게도 나중에 연락드리겠다며 돌려보낸 뒤 문을 닫았다. 재경의 표정은 중년 여성과 마찬가지로 불안이 가득했다.

"이제 말씀해주시죠?"

누군가 사는 흔적이 가득한 집이었다. 소장은 그대로 방을 훑어보았고, 그런 모습이 답답하여 용건을 말해달라고 하자 소장은 방 한가운데를 가리키며 턱짓했다. 재경은 소장이 가리키는 곳으로 시선을 돌렸고 방 한가운데 있는 옷에 시선이 멈췄다. 그러곤 재빠르게 신발을 벗고 달려가 확인했다. 흰 가루와 옷. 또 실종 사건이 터진 것이다.

"순찰 돌던 애들이 받은 신고야. 아직 이 팀장 사건인지 확실하진 않아."

"아니요. 확실해요."

재경은 빠르게 집안을 훑어보았다. 이번 실종 사건은 지난 사건들과 같았지만, 조금 달랐다. 확실히 동일범의 소행이지만, 지금껏 실종자들의 집에 들어오면 집을 비운 지 오랜 시간이 지났다는 것을 단번에 느낄 수 있었다. 하지만 이번에는 아니었다. 불과 몇 시간 전만 해도 사람이 생활했다는 흔적이 있었다. 그리고 무엇보다도 집 안의 인테리어가 실종자의 연령대가 절대 높은 연령층이 아니라는 것을 확신할 수 있었다.

"독거노인이 아니네요…?"

재경이 말하자 소장이 고개를 끄덕였다. 그래서 이팀장 사건이라고 확정할 수 없었다며 소장이 말하자 재경 또한 고개를 끄덕였다. 그럴만했다. 지금껏 모든 실종자는 독거노인이었으니 소장이 동일범의 소행으로 보이는 증거를 보고도 확신하지 못했던 것이다. 재경은 방을 둘러보며 지난 사건 동안 정확한 실종 시간도 목격자도 없었지만, 형식적으로 목격자에 대해 물었다.

"있어. 시간은 11월 16일 22시 5분."

하지만 재경의 생각과 달리 정확한 시간과 목격자가 있다는 대답에 재경의 눈이 커졌다. 불과 약 2시간 전에 일어난 사건이다. 거기다 유일한 목격자가 있는 사건이라니. 재경의 마음이 조급해졌다. 이번에야말로 연쇄 실종 사건을 해결할 마지막 기회라고 느껴졌기 때문이다. 재경은 소장에게 당장 사건을 넘기고, 실종자와 목격자의 신원을 넘기라며 닦달했다. 그러자 소장은 잠시만 기다리라고 말했다. 지금까지는 모든 것이 유사하여 사건을 바로 인계하는 데 어려움이 없었지만, 이번엔 실종자의 연령이 다르니 서류를 올려도 몇 시간 뒤에 승인이 날 수 있을지 확신할 수 없다고 말했다. 아무래도 현재 경찰로서 새로운 사건이 터진 것도 골치 아픈데, 독거노인을 넘어서 다른 연령층까지 넘어갔다는 사건이 언론을 통해 보도되면 국민의 반응이 어떠할지 상상만 해도 골치 아플 것이다. 머리로는 이해해도 재경의 조급함은 어쩔 수 없었다. 시간이 늦어질수록 범인을 찾기 더 힘들 것이다. 그리고 무엇보다도 목격자를 간절히 만나고 싶었다. 지금껏 흔적 없이 증발해버린 실종자들이 어떻게 실종된 것인지 의문이 풀리지 않았으니 말이다.

"침착해. 이 근방 CCTV, 블랙박스는 애들한테 조사하라고 말하고 나왔으니까. 우선 현장조사부터 시작하자고."

소장의 말이 틀린 게 하나 없었다. 재경은 최대한 평정심을 유지했다.

아직 완전히 인계된 사건이 아닌 만큼 함부로 목격자를 찾아가거나 주변 CCTV를 뒤지는 것은 나중에 문제 생기기 충분했다. 재경은 소장의 말대로 일단 현장 수사부터 시작하기로 했다. 주머니에서 전화기를 들어 팀원 중 한 명에게 연락했다.

"아홉 번째 사건이야. 청전동 우정원룸 202호 앞으로 와. 아직 우리 쪽으로 사건 넘어온 거 아니니 조용히 오고. 태식 선배한테 연락해."

전화를 끊고 재경은 가방에서 라텍스 장갑을 꺼내 착용했다. 그러곤 집 밖으로 나갈 수 있는 곳을 모두 다 확인했다. 창문은 이중창으로 굳건하고 누군가 연 흔적도 없다. 결국 입구와 출구는 문밖에 없다는 뜻이 됐다. 그것을 확인한 재경은 핸드폰 카메라로 집안 곳곳을 촬영하기 시작했다. 주방부터 화장실까지 꼼꼼하게 모든 것을 촬영했으며, 가장 중요한 흰 가루와 옷 또한 촬영했다. 그런데 평소와 다른 점이 보였다. 보통 원피스와 속옷, 혹은 반팔, 반바지와 속옷 이런 식으로 한 벌의 구성이었는데, 이번에는 바지와 속옷뿐이었다. 그런 재경을 눈치챈 소장이 한마디를 얹었다.

"목격자가 있다고 했잖아. 그 사람이 옷을 들고 있었다고 하더라고. 아마 집에 가져갔을 수도 있어."

목격자…. 재경은 조용히 읊조렸다. 이 사건의 가장 중요한 목격자. 그가 사건을 풀 수 있는 열쇠가 되던가. 혹은 이 모든 사건의 진범이겠지. 재경은 더욱더 목격자를 만나고 싶어졌다. 그렇게 현장 조사를 하던 중 팀원들이 도착했는지 문밖에서 노크 소리가 들렸다. 재경이 문을 열어

주니 팀원 총 여섯 명과 감식반인 한태식과 태식의 팀원 둘이 함께 서 있었다. 재경은 빠르게 팀원들에게 사건을 브리핑했다. 팀원들의 표정은 처음 이 사건의 이야기를 들었을 때 재경과 같은 표정이었다. 팀원들 또한 빠르게 사건에 투입되었다.

"노트북이랑 핸드폰은 포렌식하고. 태식 선배 동일하죠?"

감식반은 익숙하다는 듯이 제일 먼저 옷과 흰 가루부터 확인하고 있었다. 그 모습을 본 재경이 동일한 가루가 맞는지 물어보자 태식은 고개를 끄덕였다. 역시 동일범의 소행이다. 재경은 이 결과를 소장에게 말했고, 소장은 서에 연락했다. 결국 끊임없는 닦달에 11월 17일 오전 5시 '충북 독거노인 연쇄 실종 사건' 팀으로 우정원룸 실종 사건이 인계되었다. 그리고 위에서 당부도 함께 내려왔다. 돌려서 얘기했지만, 결론은 비밀 유지 철저히 하라는 말이다. 이유는 앞서 재경이 생각한 것과 같았다. 재경은 곧바로 소장에게 피해자와 목격자의 신원을 전달받았다. 그리고 목격자이자 신고자인 김주형의 통화 녹음 파일 또한 전달받았다. 재경은 김주형의 집으로 가기 전 통화 녹음 파일을 들었다. 2분 30초가량 녹음된 통화에는 말도 안 되는 이야기만 반복하는 주경의 목소리가 들렸다.

'…친구가 갑자기 사라졌어요. 제 눈앞에서 막 몸에서 연기가 나고 옅어지더니 증발해버렸어요. 어떡하죠…?'

증발? 말도 안 된다. 사람이 어떻게 증발을…. 안 그래도 아까 소장이 취객이라고 하더니 인사불성이었네. 재경은 혀를 찼다. 그래도 모르는 일이다. 범행을 저지르고 취객인 척 연기 했을 수도 있다. 우선 만나야 한다. 재경은 차에 올라타 시동을 걸던 중 건물 앞에서 담배에 불을 붙이는 막내를 발견했다.

"오민규."

오민규는 재경의 부름에 방금 불을 붙인 담배를 빠르게 끄고 재경의 차로 달려와 창문 밖에서 변명을 시작했다.

"팀장님. 제가 놀던 게 아니라 진짜 수사가 거의 마무리되고 있어서 감식반에 방해될까 봐 잠깐 나와있…."

알겠으니까 빨리 타고 안전벨트나 하라는 재경의 말에 오민규는 얌전히 차에 올라타며 어디 가는지를 물었고, 재경은 목격자라고 말하곤 입을 닫았다. 조용해진 차 안에서 오민규는 5분 전 행동을 후회했다. 그냥 옆에서 조용히 수사나 도울 걸 괜히 잠깐 담배 피우겠다고 나와서 눈에 띈 자신을 탓하며 말이다. 재경이 오민규를 부른 이유도 간단했다. 2인 1조가 원칙인데, 눈에 보인 것이 오민규였을 뿐이다. 차는 실종자의 집에서 차로 2분도 걸리지 않는 목격자 김주형의 집으로 향했다.

*

띵동— 띵동—

몇 번의 초인종을 눌러도 대답이 없었다. 재경은 계속 초인종을 누르다 이내 문을 쾅쾅 두드리기 시작했다.

"김주형 씨 경찰입니다. 채수희 씨 실종 사건 관련으로 왔습니다."

채수희의 실종사건을 언급하자 안에서 인기척이 들렸다. 그리곤 열리지 않을 것 같던 문이 열렸다. 이미 받은 정보만큼 김주형의 몰골은 말이 아니었다. 울었던 흔적이 가득한 얼굴과 붓고 퀭한 눈이 누가 봐도 사건과 관련 있는 사람이라고 말해주는 것 같았다. 재경은 주형에게 말했다.

"채수희 씨 실종 사건 목격자이시니 진술을 위해 함께 서에 가주셔야 할 것 같습니다."

"말하면 믿어는 주실 건가요?"

불신이 가득한 대답이었다. 재경은 미간을 찌푸리곤 증거가 있다면 믿는다며 문을 닫지 않고 주형을 기다렸다. 주형은 그런 재경을 보곤 핸드폰만 챙긴 뒤 재경의 차에 올라타 한 시간을 넘게 달려야 도착할 수 있는 충청북도 경찰청이 있는 청주로 향했다. 한시가 급해 제천에서 하고 싶지만, 최초 목격자이자 가장 유력한 용의자였고, 현재 팀은 충청북도 경찰청 소속이기에 어쩔 수 없는 선택이었다. 주형은 가는 내내 아무 말이 없었다. 재경 또한 말없이 전달받은 자료만 확인했다. CCTV부터 실종자와 목격자의 신상정보 그리고 현재 팀원들이 계속해서 보내주고 있는 정보 또한 말이다. 운전하던 오민규는 어떻게든 분위기를 풀어보기 위해 주형에게 너무 긴장하지 말고 간단한 진술만 하면 된다고 안심시켜주기 위해 노력했지만, 주형의 시선은 창밖만 향하고 있었다.

경찰청에 도착하자마자 진술실로 이동했다. 진술실에 들어가 주형의 맞은편에 앉은 재경은 오민규에게 귓속말로 혹시 모르니 거짓말 탐지기를 준비하라며 진술실 밖으로 내보냈다. 현재 자료로는 주형을 확실한 용의자로 볼 수 없지만, 혹시나 하는 상황을 대비하기 위함이었다.

"김주형 씨 채수희 씨 실종 사건의 최초 목격자 맞나요?"

"네."

"채수희 씨와는 어떤 관계죠?"

"친구입니다."

"일단 빠르게 본론으로 들어가겠습니다. 어제 11월 16일 22시 5분경 제천시 청전 지구대에 채수희 씨가 눈앞에서 실종되었다고 신고하셨는데, 맞습니까?"

"네."

"사건에 대해 자세히 말씀해주시죠."

"눈앞에서 증발했어요."

재경은 작은 한숨을 쉬었다. 통화 녹취록의 내용과 동일했다. 재경은 목소리를 낮추고 말했다. 농담하지 마시고요. 여기서 말씀하시는 모든 내용 녹음되고 있습니다. 다시 한번 물을게요. 목격한 것을 말해주세요.

"증발했다고요."

"김주형 씨. 술에 취하셔서 기억이 왜곡된 것 같은데, 지금 목격자이시지만, 용의자가 될 수도 있다는 거 잊지 마세요. 다시 제대로 기억해보세요."

"술 안 마셨어요."

"경찰한테 술 마셨다고 이실직고한 거 다 알고 있습니다."

"그러니까 아까 말했잖아요. 사실을 말하면 믿어줄 거냐고. 그 경찰들은 제 말을 믿을 생각도 안 했어요. 저 그때 진짜 안 취했어요. 제정신이었다고요."

재경은 최초 목격자라 희망을 품고 있었는데, 술에 취했지, 제정신 아니었다고 하지. 심지어 지금 경찰청에 와서도 사람이 증발했다는 말도 안 되는 말만 되풀이하는 주형에 화가 나는 것과 동시에 더욱더 의심할 수밖에 없었다.

"김주형 씨 저희한테는 사실인지 아닌지 밝힐 수 있는 거짓말탐지기가 있어요. 만약 지금 진술한 내용에 거짓이 하나라도 있으면, 불리하실겁니다."

주형은 한숨을 쉬고 고개를 끄덕였다. 화가 나는 것은 주형 또한 마찬가지였다. 이제야 채수희가 사라진 것을 믿어줬지만, 여전히 경찰은 '증발'했다는 것을 믿어주지 않았다. 주형은 모든 것을 솔직하게 말했다. 주형의 진술 내용은 통화 녹취록은 물론 출동 했던 경찰들의 증언과 CCTV에 찍힌 장소 또한 모든 게 일치했다. 그런데도 재경은 끊임없이 의심하며 증거가 있느냐 물었고, 주형은 옷과 흰 가루라고 말했다. 이 사건의 관련자가 아니라면 알 수 없는 정보였다.

"옷과 흰 가루가 어떻게 증거가 되죠?"

"그 옷 수희가 입고 있었어요. 그런데 수희만 증발해버리고 옷과 흰 가루만 남았어요. 수희의 마지막 흔적이라고요."

"평소 채수희 씨와 갈등이 있었나요?"

모든 진술을 감정 없이 무표정한 상태로 나열하던 주형이 재경의 질문에 억울하고 답답한 감정이 터져 나왔다. 주형은 금방이라도 울 것 같은 표정으로 바뀌곤 말했다.

"장난하세요? 갈등? 하, 어이가 없어서. 갈등 같은 거 없었어요. 가장 친한 친구라고요. 안 그래도 친구가 눈앞에서 사라져서 미쳐버릴 것 같은데, 경찰은 안 믿어주지. 이제는 내가 수희를 없앤 범인 같은가요? 생각해봐요. 내가 범인이면 신고하겠어요?"

주형은 말하다 감정이 격해져 소리가 커지기 시작했다. 숨을 가쁘게 몰아쉬며 말하는 주형의 모습에 재경은 답했다. 보통 최초 목격자와 신고자가 범인인 경우가 많으니 의심할 수밖에 없죠. 결국 재경의 말에 주형은 눈물이 터져 나왔다.

"제 말은 증거가 없어서 못 믿어준다는 거잖아요. 그럼 제가 범인인 증거는요? 수희를 제가 없앴으면 지금 수희는 어디 있는데요?"

주형의 말에 재경은 할 말이 없었다. 주형의 말대로 주형이 범인이라는 증거는 어디에도 없었다. 모든 진술이 일치했으며, 특히나 CCTV의 흔적이 그가 범인일 수 없음을 말해주고 있었다. 주형이 집 밖을 나간 시간은 21:55분 편의점에 도착한 시간은 21:58분 채수희의 집에 도착한 시간은 22:00시 그리고 들어가는 게 찍힌 마지막은 22:02분 신고 접수 시간은 22:05분으로 경찰은 그로부터 5분 뒤인 22:10분에 도착했다. 만약 범행을 저질렀다면, 총 8분 만에 모든 범행을 저지르고 완벽하게 수습까지 해야 했다. 인간이 했다고 볼 수 없는 수준이다.

"저희로선 모든 것을 의심할 수밖에 없어요."

결국 정확한 답도 아닌 애매한 답을 하곤 유리창 너머로 신호를 줬다. 그러자 문이 열리고 오민규와 다른 한 명이 들어와 주형을 데리고 나갔다. 다른 방에 들어간 주형의 몸에 여러 선을 붙이기 시작했다. 이마, 목, 손등과 손가락에 연결하곤 조금 전 진술실에서 물었던 질문을 다시 물었고 주형은 똑같이 대답했다. 그리고 모든 대답엔 거짓이 없다는 결과가 나왔다. 재경은 한숨을 쉬었다. 사건은 더욱더 알 수 없어졌다. 범인을 본 것도 아니고, 눈앞에서 증발했다는 말도 안 되는 답변만 나왔으며 심지어 추가로 진행한 음주 측정 결과에서도 술을 마시지 않았다는 결론까지 나오니 미쳐버릴 지경이었다. 이 내용을 위에 올리면 믿어줄 리 없다. 자신도 믿을 수 없는데, 재경은 일단 알겠다며 주형에게 오늘은 귀가하고, 다시 참고인 조사 연락이 갈 수 있다고 말했다. 주형은 고개를 끄덕이곤 방을 나갔다. 재경은 다시 현장에 가려고 준비했다.

"팀장님. 김주형 씨 급하게 나오느라 핸드폰밖에 안 들고나왔고, 저희 다시 현장으로 갈 텐데, 집에 모셔다드리는 게 낫지 않을까요? 여기서 제천까지 가려면 한 참 걸리고 또 가면서 생각나는 게 있을 수도 있잖아요⋯."

조심스럽게 오민규가 입을 열었다. 이런저런 핑계를 대고 있지만, 오민규는 주형이 걱정되었다. 충격을 받은 듯 혼이 빠져나가 보였으며, 아까 진술실에서 울던 모습이 계속 생각났다. 재경은 그런 마음을 읽고는 고개를 끄덕였고 오민규는 바로 주형을 데리고 오겠다며 뛰어갔다. 재경은 주형과 관련된 진술, 영상, 거짓말 탐지기 기록 등을 USB에 담았고, 또 태블릿에 복사해 옮긴 뒤 주차장에 도착했을 땐 오민규와 주형이 함께 서 있었다. 차를 운전하고 제천으로 가는 내내 오는 것과 마찬가지로 조용했다. 오민규는 어떻게든 분위기를 풀어보고자 라디오를 전원 버튼을 누르고 이리저리 채널을 돌렸다.

'속보입니다. 충북 독거노인 연쇄 실종사건의 아홉 번째 실종자가 발생했다고 합니다. 현재 경찰은 비밀 수사를 진행할 예정이라며⋯'

오민규는 급하게 라디오를 끄곤 잔잔한 음악을 틀었다. 그러곤 몇 번 눈치를 보다 주형에게 이상한 점이 없었는지 물었다. 그리고 바로 친구가 증발했다는 말도 안 되는 진술을 한 사람에게 자신의 질문이 어리석었음을 느꼈다. 하지만, 주형이 뒤에서 답했다.

"수희 집 건물 앞에 사람 한 명이 있었어요. 근데 제가 수희이름을 말하자마자 손가락 튕기는 소리가 났어요. 그리고 아무것도 안 하고 저를 빤히 쳐다보고 있었는데…. 그 사람이 범인 아닐까요? 그 사람이 수희를 증발하게 만드는…."

"에이 무슨 초능력자도 아니고 우연이겠죠. 그냥 뭐 사람이 서 있으니까 봤을 수도 있고."

오민규는 역시나 자신의 질문이 어리석었음을 느꼈다. 그러곤 재경의 눈치를 슬쩍 본 뒤 주형의 말에 말도 안 된다며 대수롭지 않게 넘겼다. 그 말을 잠자코 듣고 있던 재경은 혹시나 건물 앞 CCTV에 찍힌 게 있을까 싶어 영상을 열어봤지만, 주형만 찍혀있었다. 다른 각도의 영상을 찾기 위해 주변에 주차되어있던 차량의 블랙박스를 영상을 열어보려는 순간 울리는 전화기에 행동을 멈추고 전화를 받았다.

―팀장님 채수희 씨 노트북, 핸드폰 포렌식 결과 나와서 조금 전에 메일로 결과 전송했으니 확인 부탁드립니다.

알겠다며 전화를 끊은 재경은 블랙박스를 열어보려던 손가락을 거두고 홈 버튼을 눌러 메일함에 들어갔다. [채수희 포렌식 결과] 메일 제목을 누르자 많은 양의 데이터파일이 있었다. 젊은 세대인 만큼 핸드폰과 노트북 사용 기록이 많았기 때문이다. 그중 가장 중요한 사항들은 상단에 따로 파일로 정리되어 있었다. 재경은 그 파일을 눌러 가장 최근에 검색한 키워드를 확인했다.

[충북 독거노인 연쇄 실종 사건, 실종, 실종 후 핸드폰, 실종 가족, 보험, 실종 보험] 채수희의 최근 72시간 동안의 검색 기록은 모두 실종에 관련된 키워드였다. 이 키워드들은 이번 사건이 지난 사건들과 연관되

어있다는 것을 말해주고 있었다. 그리고 또 한 가지. 채수희는 아무래도 자기 미래를 알고 있었던 것 같다. 그렇지 않고선 실종과 관련된 단어를 이렇게 많이 검색 할수 없었다. 그렇다면 지난 실종자들은? 특별한 증거가 없기에 외면했던 것 중 하나가 지난 실종자들도 자신의 미래를 알고 있던 게 아닐까 하는 의심이었다. 첫 번째 실종자인 김성배도 두 번째, 세 번째 실종자까지 실종 사건이 아닌 단순한 야반도주로 넘겼던 이유는 그들이 사라지기 전 주변을 정리했던 흔적이 있었다. 정기 배달 우유나 목욕탕 이용권을 더 이상 연장하지 않았다. 하지만, 연달아 실종사건이 터지며 공통점이 발견되자 이것들은 단순 변심일 수 있다는 의견으로 바로 연쇄 실종사건으로 묶는 데 문제 되지 않았다. 그 의견에 재경도 동의했지만, 계속 찝찝함이 남아있었다. 왜 그동안 몇 년 혹은 몇십 년을 유지해오던 삶의 루트가 실종 전에 변경되었을까. 하지만 이 또한 증거가 없기에 넘겼다. 그런데 이번 채수희의 검색 결과는 재경의 의문에 불을 지폈다. 재경은 다른 연관성을 찾고자 빠르게 밑으로 움직이던 손가락이 멈춘 것은 채수희가 활발하게 활동한 익면 커뮤니티 '증발'이었다. 주형이 끊임없이 주장하던 증발이 채수희가 활동한 커뮤니티와 같은 단어였다. 과연 우연일까? 재경은 커뮤니티에 대한 정보를 훑었다. 100명도 되지 않는 소수의 인원만 이용하는 곳이며, 초대장이 있어야만 가입이 가능한 곳이었다. 커뮤니티 명이 '증발'인 이유는 세상에서 증발하고 싶은 자들 즉, 자살을 원하는 사람들의 커뮤니티였다. 이곳이 비공개인 만큼 자료 조사는 채수희의 계정으로 이루어졌다고 적혀있었다. 채수희는 약 3개월 전 '충북 독거노인 연쇄 실종사건'이 언론에 공개되었던 시기에 가입되었다. 채수희가 올린 게시글은 무수히 많았다. 하루에 5~10

개 정도 꾸준했으며, 내용은 모두 [우울하다], [살고 싶지 않다], [용기가 없다] 등 부정적인 이야기와 극단적 선택을 암시하고 있었다. 가장 최근 게시물은 [증발 신청합니다.]였다. 글의 내용은 단순했다. 사는 지역, 나이, 이름 그리고 증발을 원하는 이유였다. 채수희가 입력한 내용은 신상정보와 같았으며, 증발을 원하는 이유는 짤막했다. '편안해지고 싶어요.' 그리고 더 이상의 활동 기록은 없었다. 그렇다고 커뮤니티 활동을 하지 않은 것은 아니다. 커뮤니티 내에 외국에서 만든 익명 채팅 사이트로 이동하는 링크가 있었으며, 채수희는 그 링크에 접속해 상당수의 시간을 보냈다는 기록이 있었다. 익명 채팅 사이트는 24시간이 지나면 채팅 기록이 영구 삭제되는 곳이었기에 이전의 기록은 찾을 수 없었다. 그래도 다행히 실종 1시간 전 채팅을 했던 기록은 아직 24시간이 지나지 않아 복구할 수 있었다.

채수희 : 드디어 오늘이야.

익　명 : 후회 안 할 자신 있어? 고통이 있는지 없는지 나는 몰라 끔찍할 수도 있어. 나도 모르니까.

채수희 : 괜찮아. 오늘만을 기다렸으니까. 너에겐 정말 고마워.

익　명 : 그래.

짧은 대화였다. 주어가 없기에 무엇을 기대했는지 확정할 수 없지만, 재경은 확신했다. 채수희는 자신의 미래를 알고 있었다는 것이다. 편안해지고 싶다. 누가 봐도 자살을 암시하는 내용이다. 재경의 머릿속은 더욱 복잡했다. 확실한 증거는 없지만, '증발', '실종', '자살'이 세 단어가 머릿속에서 빙빙 돌며 말도 안 되는 결론을 내고 있기 때문이다. 재경은 좀 더 조사하고자 파일에 있던 채수희의 아이디와 비밀번호를 입력해 '증발' 커뮤니티에 접속했다. 그리고 바로 하나의 창이 떠오르며 커뮤니티를 확인 할수 없게 되었다.

[운영자에 의해 정지된 계정입니다.]

이 사이트의 운영자가 채수희의 계정을 주시하고 있으며, 정지시켰다는 것은 지금 사이트에 들어온 사람이 다른 인물이라는 것을 눈치챈 것이다. 그리고 그것은 채수희의 현재 상황을 알고 있을지도 모른다는 뜻이 된다. 범인이라고 확정할 수 없지만, 이 사이트의 운영자가 현재 일어나는 실종사건과 관련되었다는 것을 느꼈다.

"오민규. 김주형 씨 귀가시키고 현장 가서 도와."

"네? 팀장…. 네 알겠습니다."

재경은 오민규에게 자세한 내용을 말해줄 수 없었다. 지금 뒷자리에는 목격자이자 용의자인 주형이 있기 때문이다. 평소 눈치 빠르던 오민규는 알아채곤 되물으려던 것을 멈추고 알겠다고 말했다. 얼마 지나지 않아 주형의 집 앞에 도착하자 오민규는 차에서 내려 주형에게 데려다주겠다 말했고, 그때 주형은 다시 입을 열었다.

"알아봐 줘요. 수희 집 앞에 있던 사람."

주형은 재경을 보며 말했다. 채수희 집 앞에 있던 인물이 주형은 계속 찝찝했다. 오민규의 말처럼 그 근처에 사는 인물일 것이라 넘겼지만, 계속 이번 일을 생각할수록 그 인물이 머릿속에서 떠나지 않았기 때문이다. 영화에서나 볼 법한 놀라운 일이 자신의 눈앞에서 발생했다. 그렇다면 정상적인 사고로 이 사건을 바라보는 게 맞을까? 그 사람이 사람을 증발시킬 힘이 있다면? 흔히 영화나 드라마에서 보여주는 것처럼 능력을 쓰기 전에 하는 행동이 있듯이 그것이 바로 핑거 스냅이라면…. 그렇기에 내리기 직전 주형은 다시 용기 냈다. 하지만, 재경은 그런 건 경찰이 알아서 하겠다며 차에서 내려 운전석으로 옮겨 탔다. 그런 재경을 주형은 가만히 바라보다 오민규의 재촉에 어쩔 수 없이 집으로 발걸음을 옮겼지만, 시선은 끝까지 재경의 차를 쫓았다.

재경은 차에 시동을 걸고 사이버 수사과 소속 지유정에게 전화를 걸었다.

"어 유정아. 내가 지금 메일로 어떤 커뮤니티 사이트 보낼 테니까 좀 알아봐 줘."

─웬 커뮤니티?

"지금 연락해두니까 공문은 아마 1시간 뒤에 갈 것 같은데, 연쇄 실종 사건 관련이야. 급하니까 미리 좀 해줘라."

─그래 알려주면 이 팀장이 아니지. 네네 본부대로 하겠습니다-.

재경은 통화를 종료 후 '증발' 커뮤니티 주소를 복사해 지유정의 메일로 전송했다. 그리곤 흰 가루의 검사 결과를 알기 위해 다시 청주로 차를 몰았다. 이번에는 어떤 흔적이라도 나오면 좋을 텐데…. 그동안 모든 현장에 흰 가루가 있었지만, 항상 알 수 없는 성질의 가루라는 결과만 나왔다. 왜 모든 피해자의 집에는 공통된 흰 가루가 있을까. 피해자가 마지막으로 입은 것으로 추정되는 옷 위에 소복하게 쌓여 있었다. 같은 가루지만, 사건 현장에 따라 그 양은 달랐다. 특히 이번 채수희의 흰 가루는 지금까지 발견된 실종자의 집과 비교하면 적은 양에 속했다. 과연 무슨 일이 있었던 걸까. 주형의 말을 신뢰해야 할지 끝까지 의심해야 할지도 확신이 들지 않았다. 그때 주형이 내리면서 했던 말이 생각났다. 만약 주형의 말대로 집 앞에 있던 인물이 관련 있다면? 하지만, 주형의 행적을 조사할 때 근처 CCTV를 모두 찾았지만, 의심 가는 인물이 찍힌 모습은 없었다. 어떻게 모든 CCTV를 피해서 주형의 눈에만 보였을까? 거짓말하는 건 아닐까? 그때 주형이 '가로등 밑'을 언급하여 자신이 다른 각도의 블랙박스 영상을 보려고 했다는 것이 떠올라 급히 차를 멈추고 태블릿을 열어 다시 블랙박스 영상을 눌렀다. 그때 영상화면의 끄트머리에 가로등 밑에 사람의 그림자를 발견했다. 다른 차량의 블랙박스 영상을 열어보니 이번에도 화질은 좋지 않았지만, 끄트머리에 사람의 다리와 신발이 보였다. 그리고 그 다리는 주형이 나타나기 전부터 있었으며, 주형이 채수희의 집으로 들어가고 얼마 지나지 않아 경찰이 오자 화면에서 빠르게 사라졌다. 잠시 후 주형을 태운 경찰 차량이 출발하자 다시 화면에 똑같은 자리에 똑같은 신발을 신고 있는 다리가 나타났다. 재경은 근처에 있던 다른 차들의 블랙박스를 다 확인했다. 수상한 인물의 신원 파악은 어려웠다. 어두운 밤에 멀리 찍혀 화질도 안 좋았을뿐더러 모자를 눌러쓰고 있어 얼굴이 보이지 않았다. 하지만, 조각조각 나온 영상을 통해 작은 체구의 인물이라는 점과 검은색 후드 혹은 집업 그리고 검은색 컨버스 신발에 어두운 바지를 입고 있다는 인상착의를 확인할 수 있었다. 재경은 그 인물이 나온 모든 영상을 복사 후 따로 파일을 만들어 저장하고 팀원인 박강준에게 전송 후 전화를 걸었다.

"강준아, 지금 보낸 영상 자세히 보면 가로등 밑에 어떤 사람이 있거든? 자세히는 안 나오는데, 인상착의도 메일로 보냈으니까. 그 주변에 있는 아니, 사거리 넘어서 채수희 집에 갈 수 있는 길이 있는 곳이라면 CCTV랑 블랙박스 찾아서 그 사람 흔적 좀 찾아줘."

재경은 빠르게 말했다. 반대편에서 통화를 듣던 박강준은 알겠다며 통화를 끊었다. 재경은 원래 감으로 움직이는 인물이 아니다. 무엇이든 증거가 있어야만 행동했다. 그렇기에 주형의 모든 진술이 '진실'이라는 결과가 나와도 믿지 않았다. 하지만 이번 사건들은 이상하게도 모든 증거에 매달리고 있지만, 해결은커녕 잘못된 방향으로 가는 것만 같은 불안함이 있었다. 그런데 방금 CCTV의 인물을 확인하자 그 불안함과 반대인 느낌이 재경을 지배했다. 확실하지 않지만, 지금껏 증거를 쫓을 때와는 다른 오히려 알맞은 방향으로 가는 느낌이 들었다. 이 인물을 조사해야겠다는 생각이 들었다. 그렇기 위해선 목격자 주형의 진술이 필요하다. 재경은 태식에게 연락해 가루에 대한 정보를 메일로 보내달라 말하곤 다시 제천으로 방향을 돌렸다.

*

주형은 목격자라고 하지만, 경찰의 반응 특히나 그 팀장은 자신을 범인으로 의심하고 있다. 증거불충분으로 귀가 조치되었지만, 언제 다시 출석이 요구되며 용의선상에 오를지 모르는 위태한 상황이다. 평범하게 자라 이제 대학교 졸업반을 앞둔 있는 주형에겐 모든 게 다 겁나고 두려운 상황이다. 특히나 눈앞에서 증발한 수희를 떠올릴수록 손과 발이 벌벌 떨려왔다. 진실만을 말하고 있는데도 아무도 믿어주지 않는다. 생각을 정리하는 쪽으로 애를 써도 최악의 상황만이 생각났다. 그때 '띵동-'하는 초인종 소리가 복잡한 주형의 머릿속이 멈췄다.

"김주형 씨. 이재경 팀장입니다."

주형은 문을 열고 재경을 바라봤다. 재경은 잠시 들어가도 되는지 물었고, 재경은 어쩔 수 없이 고개를 끄덕였다. 재경은 주형의 집을 훑어보았다. 지독한 직업병이었다. 그런 재경의 모습에 주형은 떨떠름함을 지울 수 없었다. 역시 자신을 믿지 않는다. 그것이 주형의 결론이었다.

"주형 씨. 채수희 씨 집 앞에 있던 사람에 관해 물어볼 게 있어서 왔어요."

재경이 몸을 돌려 주형에게 말했고, 주형은 한숨을 쉬며 말했다.

"아직도 제가 거짓말을 한다고 생각하시나요?"

"재경씨가 말하고 나서 주변 차량 블랙박스에서 의문의 인물이 찍힌 걸 확인했어요. 하지만, 어두운 탓에 인상착의가 확실하지 않더라고요."

주형이 말한 모든 걸 믿지 않던 팀장이 처음으로 믿어주었다. 주형은 고개를 끄덕였다. 그 뒤 재경은 의문의 인물에 대한 인상착의를 물었지만, 팀장이 확인한 것과 같은 대답이었다. 모자를 푹 눌러쓰고, 검은색 후드티에 검정 바지 그리고 검은색 컨버스였다. 어디서나 흔히 입는 옷과 색이었고, 밤이었기에 튀는 색도 아니었다. 주형은 다시 한번 말도 안 되는 가설을 늘어놓았다.

"팀장님 정말 진짜 제 말 못 믿으실 거 알아요. 믿지 못하시겠죠. 눈앞에서 본 저도 믿지 못했는데, 정말 증발했어요. 제가 저지른 범행도 아니고 제가 왜 거짓말을 하겠어요? 애초에 이 사건은 현실적이지 않아요. 그 밤에 손가락을 튕기며 사람을 보는 사람이 어디 있어요?"

"주형 씨. 전 아직도 눈앞에서 증발했다는 말이 안 믿겨요."

"그런데 그럼 어떻게 설명하는데요? 전 분명 수희를 봤고, 수희가 집 밖으로 나갔다는 증거가 없으니 절 의심하시는 거잖아요. 제가 잘 못 본 거면 수희는 어디 있는데요?"

주형의 말에 재경은 반박할 수 없었다. 채수희는 집을 나온 흔적이 없다. 원룸 건물뿐만 아니라 주변 CCTV, 블랙박스에도 들어가는 채수희가 집으로 들어가는 마지막 모습을 제외하고 보인 적이 없다. 더구나 유일한 입구이자 출구인 집 문은 채수희가 들어가고 주형이 처음이자 마지막으로 들어간 인물이다. 재경은 주형의 시선을 피했다.

"현재 사건의 조사과정을 다 알려드릴 수 없어요. 그리고 주형 씨도 입조심해주세요. 현재 비밀수사 중인데, 혹시라도 수사내용 발설하시면 이유를 물을 겁니다. 형사처벌 또한 이루어지고요. 아무튼 저는 이만 가

보겠습니다. 더 생각나는 거 있으시면 이 번호로 연락주세요."

재경의 대답에 주형은 불만스러웠지만, 이번에도 자신이 할 수 있는 것은 없었다. 그저 고개를 끄덕일 뿐이었다. 주형은 재경을 보내고 핸드폰을 켰다. '충북 독거노인 실종사건'을 검색하자 수희의 실종사건으로 인터넷은 난리나 있었다. 가장 상단에 있는 기사를 클릭하자 기사 내용은 실종 사건에 대한 보도와 경찰을 비난하고 있었다.

[진짜 몇 달째냐? 경찰 무능하다.]

[비밀수사? 지랄이다.]

[이번에 독거노인 실종사건 독거노인인지에 대해서도 말 없던데, 이번에는 다른 연령층인 거 아님?]

└ [와씨 이거면 ㄹㅇ 소름 돋는다. 지금까지 다 비밀로 해도 '독거노인' 이 단어는 꼭 언급했잖아. 이번엔 아예 비밀수사라고 단정 짓고 실종자 관련해서 말 안 하는 거 보면 빼박이다. 진짜 소름 돋네. 일은 못 하고 욕먹기는 싫고;;]

└ [확실한 것도 아닌데 궁예 하지 마시죠.]

주형은 기사의 댓글을 보며 답답함을 느꼈다. 스스로 생각했을 때 이 사건은 절대 현실적인 범죄가 아니다. 자신이 본 것을 말하고 싶었지만, 확실한 것도 아니고 자신이 괜히 댓글을 남겼다 나중에 문제가 될지도 몰랐다. 이 때문에 재경이 떠나기 직전 경고를 했을 것이다. 주형은 이번 실종 사건과 관련된 키워드들을 모두 검색했지만, 역시나 이미 널리 알려진 정보 외에 다른 정보는 없었고, 죄다 경찰의 무능함을 비판하고 있었다. 그러다 주형은 키워드를 '증발'로 변경해 검색했다. 역시나 검색 결과는 사전적 의미인 '증발' 관련 글과 영상이 대부분이었다. 힘이 빠졌지만, 혹시나 하는 마음에 끝까지 스크롤을 내리며 확인했다. 그러던 중 앞서 언급한 의미와 다른 '증발'을 발견했다. '님들 증발이라는 커뮤니티…'로 되어있는 한 SNS의 게시글이었다. 주형은 홀린 듯이 게시물을 클릭했다. 글이 올라온 날짜는 10월 5일이었다. 엄청 이슈 있지는 않았지만, 신기하거나 기묘한 현상에 관심 많은 이들에게는 상당한 흥미를 이끌었는지 공유된 숫자가 적지 않았다. 주형은 게시물을 차례대로 읽었다.

님들. '증발'이라는 커뮤니티 알고 있음? 몇 주 전에 자살하고 싶다고 글 올렸더니 나한테 DM으로 어떤 링크가 왔는데 ㅋㅋ 자살 커뮤니티인 거야. 근데 회원이 100명임 초대장 없으면 못 들어오는데. 그래서 와 뭐 이런 게 다 있나 하고 궁금해서 가입했다? 근데 ㄹㅇ 심상치 않음. 다들 이 커뮤니티 운영자를 존나 숭배함.

왜 그런가 했는데, 운영자가 자살을 원하는 사람들을 증발시켜주겠다고 하는 거 근데 여기 보면 조건도 ㅈㄴ 까다로워 운영자를 직접 만나야 하는 것도 있음;;; 암튼 좀 꺼림직하거든? 사이비 같아서 ㅋㅋ 근데 여기서 신기한 거 몇 개 발견해서 공유함. 차피 비공개라 뭐 나 알 방법도 없을 듯?　　　　　　　　　　　　　　　2022.10.05.　♥ 50 ○70

여기에 '증발 신청합니다' 라는 게시판 있는데, 거기에다가 신청했던 사람들 2주 이내로 활동 사라짐. 진짜로. 그리고 그 아이디도 운영진에 의해 정지된 계정으로 바뀜. 그리고 거기에 나처럼 못 믿는 애들 많았거든? 그래서 어떻게 시켜주냐고 했는데, 증발 과정이라면서 영상 올린 것도 있어. CCTV같이 화질은 안 좋은데, 진짜 사람 몸에서 연기 같은 거 나고 몸 투명해지더니 옷만 두고 증발해버려. 뭐 이건 합성일 수도 있으니까 난 ㅂㄹ 믿음 안 가는데, 거기 애들은 대부분 믿더라. 영상 캡처해서 공유함ㅇㅇ

2022.10.05. ♥90 ↺120

와 실화냐. 영상 공유하고 얼마 안 지나서 나 강퇴됨. ㅅㅂ 모를 줄 알았는데, 알았나 봐 개 소름 돋네;;   2022.10.07. ♥ 85 ↺105

SNS의 내용은 증발이라는 초대받아야만 들어갈 수 있는 자살 커뮤니티가 있고, 증발 신청을 하면 얼마 후 카페 내에서 활동이 없어진다는 내용이었다. 그리고 이 글을 공유한 사람들도 초대장을 받았다는 말이 있었다. 작성자와 같이 말도 안 되는 사이비 같은 곳이라 금방 탈퇴했다는 내용과 스팸이라 여기고 무시했다는 의견이 대부분이었지만 말이다. 주형은 언급한 영상이 꼭 수희의 마지막 모습과 유사하여 공유했다는 영상을 찾기 위해 작성자의 게시물을 모두 확인했지만, 찾을 수 없었다. 주형은 각종 사이트에 관련 검색어를 입력했지만, 언급한 내용과 같은 영상을 찾을 수 없었다. 결국 주형은 게시물 작성자에게 연락하기로 했다. 작성자에게 메시지를 보냈다. '증발 커뮤니티 글을 봤는데, 언급한 영상을 볼 수 없을까요?' 메시지를 보내자 얼마 지나지 않아 작성자에게 답장이 왔다.

처음에는 의심하며 영상을 주지 않을 것 같았지만, 커뮤니티 관련인이 아니고, 단순한 호기심 때문이라고 하자 알겠다며 바로 영상을 보내

증발   225

줬다. 동영상의 화질은 정말 좋지 않았다. 그래도 분간이 갈 수 있는 수준이었다. 영상의 배경은 병원인지 환자복을 입은 인물이 나왔고, 창문 앞에서 하늘을 바라보고 있었다. 그리고 '준비됐어.'라고 말하더니 화면 밖에서 손가락 튕기는 소리가 났다. 그러더니 환자복을 입은 인물의 몸에서 연기가 나기 시작하더니 이내 옷에 가려진 부분 제외 얼굴, 목, 손 등이 투명하게 변했다. 그리곤 입고 있는 옷만 남은 채 인물은 사라져 버렸다. 영상을 보던 주형의 손이 벌벌 떨려왔다. 주형은 떨리는 손으로 입을 막고 몇 번이나 영상을 돌려봤다. 영상 속 사라지던 모습이 수희의 마지막과 너무나 똑같다. 연기가 나고 투명해지더니 입고 있던 옷만 남은 채 사라져버리는 것까지. 주형은 떨리는 손에 힘을 줘 명함을 확인하고 재경에게 연락하기 위해 떨리는 손에 힘을 주며 번호를 눌렀다. 벌벌 떨리는 손이 계속해서 다른 번호를 누르는 탓에 전화번호를 다 입력하는 데 많은 시간이 소요됐다. 번호 열 한자리를 다 입력하고 통화버튼을 눌렀다.

─네. 이재경입니다.

얼마 신호가 가지 않아 재경의 목소리가 들렸다. 몇 번 만나지도 않았고, 자신을 온전히 믿어주는 사람도 아니지만, 현재 자신을 믿어줄 수 있는 유일한 인물이기 때문에 주형은 눈물이 나오기 시작했다. 형편없이 갈라진 목소리로 울먹이며 말했다.

횡설수설 울면서 말하는 주형에 의해 재경은 깜짝 놀랄 수밖에 없었다. 불과 한 시간 전만 해도 또박또박 자신의 의견을 말하고 따지던 주형이었다. 재경은 듣고 있으니 천천히 말하라 했고, 얼마나 우는 건지 헐떡이던 주형이 수희가 사라지는 모습과 똑같은 영상을 찾았다고 말했다. 재경은 자신에게 영상을 보내줄 수 있냐고 말했고, 주형은 알겠다며 통화는 끊겼다. 그리고 몇 분 후 주형에게서 영상이 도착했다. 영상은 주형이 주장하는 것과 같았다. 몸에서 연기가 났고, 투명해지더니 옷만 남은 채 사라졌다고 말이다. 하지만, 역시나 재경은 온전히 믿을 수 없었다. 요즘 같은 시대에 영상 조작은 손쉬운 일이다.

주형씨 이 영상 어디서 찾았어요?

SNS에서요. 주소 드릴게요.

http://Evaporation.com

주형이 보낸 SNS 주소를 클릭하자 '증발' 커뮤니티에 관한 이야기를 하고 있었다. 재경의 눈은 커졌다. 주형에게 커뮤니티에 대해 언급하지도 않았는데, 관련 글을 찾아온 것이다. 이 커뮤니티를 조사해야 한다. 재경은 지유정에게 영상을 전송하고 조작인지 확인해 달라고 했다. 그리고 바로 지유정에게 연락이 왔다.

－커뮤니티는 조사해서 파일 보냈으니 확인하고. 방금 보낸 영상 조작 아닌 것 같은데?

"어 고마워 근데 영상 제대로 확인해봐. 사람이 갑자기 사라졌는데, 어떻게 조작이 아니야?"

—촬영 기법에 따라 다를 수도 있지 뒤에 연기를 피워놓고 끊어 찍는 식으로…. 뭐 너 말대로 진짜 잘 찍은 조작 영상일 수도 있고, 아무튼 이건 확인하는 데 시간이 좀 걸릴 것 같다. 화질이 너무 안 좋아.

재경은 고맙다는 인사와 함께 전화를 끊은 뒤 메일을 확인했다. 지유정이 조사한 증발 커뮤니티 자료가 있었다. '증발' 커뮤니티 생성일 2022. 07. 22로 '충북 독거노인 연쇄 실종'사건의 첫 실종 접수 2주 전에 생성되었다. 익명 커뮤니티인 만큼 대부분이 비공개 처리되어있고, 초대장 없이는 절대 가입이 불가한 곳이었다. 운영자의 IP 추적 결과 30대 남성의 계정으로 확인되었으며, 커뮤니티 접속 방법은 IP 우회를 하고 있어 정확한 위치 파악과 접속 시간을 알기 어렵다고 정리되어있었다. 단순한 자살 카페에서 이렇게까지 비밀리에 운영되는 이유가 뭘까 재경은 뭔가 꿍꿍이가 있다고 생각했다. 하지만, 안타깝게도 가입이 불가한 곳인 만큼 많은 양의 정보 입수에는 실패했으며, 더 조사가 필요할 경우 커뮤니티 사이트에 수사 요청을 해야 했다. 현재 나온 증거로 이 커뮤니티를 조사하기 위한 영장을 받기 어려워 재경은 운영자를 찾아가기로 결심한다. 독단적인 결정인 만큼 팀원을 데리고 갔다 나중에 팀원마저 책임을 물을 수도 있기에 혼자 이동하기로 한다.

'김진호 33세 남성 현재 무직이며, 서울 강북구 수유동 거주. 악플, 인터넷 불법 거래 등으로 고소당한 전적이 있음'

*

"김진호 씨?"

김진호를 찾는 건 어렵지 않았다. 신상정보에 적힌 집을 찾아가자 고시원이었다. 고시원 관리자에게 김진호를 만나러 왔다고 하자 외부인은 출입 금지라며 거절하기에 어쩔 수 없이 신분을 밝혔다. 경찰이라는 자체만으로 겁을 먹은 관리자는 순순히 모든 걸 말했다. 김진호는 방에 없다며 얼른 경찰을 보내고 싶었던 것인지 관리자는 김진호가 매일 같이 가는 PC방 정보를 알려주며 내쫓듯이 배웅했다. 그리고 그 PC방에 도착해 김진호의 이름을 꺼내자마자 아르바이트생은 질린다는 듯이 '13번 자리요.'하며 답했다. 확실히 주변인들의 반응과 자료를 보아 결코 선한 인물은 아니었다. 재경은 김진호가 블랙박스에 나온 작은 체구의 인물일 것으로 생각했지만, 정반대였다. 키가 크진 않았지만, 살집이 있어 덩치가 매우 큰 남성이었다. 재경이 김진호가 맞는지 확인하려 이름을 부르자 바로 뒤돌아 물어보는 모습이 누가 봐도 저 김진호인데요? 하고 말하고 있었다. 신상정보에 있던 사진과도 얼굴이 일치했다. 커뮤니티를 비밀리에 운영하는 만큼 누군가에게 시켰을 수도 있고 또 자신이 운영하는 게 아닐 수도 있다.

"증발 커뮤니티 운영자 맞으시죠?"

"네? 증발? 그게 뭐예요"

재경이 본론부터 말했지만, 김진호는 전혀 모르는 얼굴이었다. 오히려 재경에게 반문했다.

"김진호 씨가 운영하고 계시는 자살 커뮤니티요."

"네? 제가요? 무슨 말도 안 되는 소리를…. 잠시만 당신 누구야. 누군데 갑자기 찾아와서 말 같지도 않은 소리를 하는 거야!"

의문이 가득한 얼굴로 재경에게 순순히 답하던 김진호는 이제야 이상함을 깨닫기라도 한 듯이 큰 소리를 내며 재경을 경계하기 시작했다. 재경은 작게 한숨을 쉬고 '경찰입니다. 수사 협조해주시죠?'라고 말하자 김진호는 눈을 크게 뜨곤 갑자기 말을 더듬거리며 변명을 중얼거리기 시작했다. '저 아무, 아무 짓도 안 했는데…' 역시나 뒤가 구린 인물이라 재경이 형사라는 것을 알자마자 바로 굽신거리는 태도로 전환했다. 재경은 김진호의 옆자리를 아예 차지하고 계속해서 질문했다.

"그래서 증발이라는 커뮤니티 모른다고요?"

"네 정말 몰라요. 말씀하신 계정은 세 달 전에 돈이 급해서 팔았어요."

"김진호 씨 계정을 사고파는 행위가 얼마나 위험한지 모르세요? 이번 기회에 알아두세요. 계정을 팔아서 자신이 범죄 용의자가 될 수 있고, 수사에 얼마나 피해를 주는지."

기껏 힘들게 서울까지 왔지만, 별다른 소득이 없었다. 커뮤니티 자체를 비밀리에 운영하는 만큼 본인 계정이 아닐 거라고 예상은 했지만, 실체로 다가오니 더더욱 힘이 빠지다 못해 화가 났다. 재경은 일부로 김진호에게 겁을 줬다. 사실 겁이 아니다. 정말 하고 싶은 말을 했고, 마음 같아서는 죄를 묻고 싶었지만, 독단적인 행동인 만큼 참은 것이다. 김진호는 재경의 말을 듣곤 고개를 위아래로 흔들며 연신 죄송하다고 중얼거렸다. 재경은 한숨을 쉬고 김진호에게 구매자의 계좌번호와 계정 거래를 할 당시 연락을 주고받은 SNS 아이디를 받아 PC방을 빠져나왔다. 그리고 다시 지유정에게 전화를 걸었다.

"운영자 계정 판 놈이었어. 실체는 따로 있어. 지금 문자로 SNS 아이디랑 계좌번호 좀 보낼 테니 알아봐 줄 수 있어?"

―그럴 줄 알았어. 그런 커뮤니티 운영하는 애들이 지 신상으로 하겠냐.

지유정이 알아보고 연락해주겠다며 연락을 끊었고, 지유정에게 메일을 전송하자마자 오태식에게서 지난번과 같은 정체불명의 흰 가루라는 답이 왔다. 이번에도 정체는 알 수 없었다. 그때 팀원인 박강준에게 연락이 왔다.

―어디야?

"아 나 잠깐 서울 왜?"

―서울? 또 혼자 뭐 하냐? 제발 2인 1조 좀 기억해. 무슨 일 당하면 어쩌려고 아무튼 말했던 사람 주변 CCTV 다 뒤졌는데 진짜 안 나오더라. 차량 블랙박스에만 흐릿하게 찍히던 거 사거리 넘어서 있는 번화가 있는 쪽 CCTV까지 뒤져서 겨우 찾았어. 아무래도 CCTV 있는 위치를 다

알 정도로 익숙한 사람인가 봐. 일반 사람이 이렇게 CCTV 피하는 게 쉬운 게 아닌 만큼 뭔가 이상하긴 하더라. 의도적으로 피한 것처럼…

"그래? 그래서 신원 파악은?"

—어 찾았지. 박유경. 28세.

재경은 조금 전 김진호와 흰 가루로 인해 받았던 답답함과 짜증이 의문의 인물을 찾았다는 소식과 함께 사라졌다. 얼른 내려가서 조사해야 한다. 자정부터 하루가 어떻게 지나가는지 모르고 지내다 보니 벌써 오후 6시가 넘어가고 있었다. 재경은 박강준에게 경찰청으로 데리고 가라고 말하곤 차에 올라탔다. 서울에서 청주까지 2시 30분. 혹시나 모를 도로 상황까지 생각해서 3시간 최대한 9시 이전에 도착하겠다는 생각으로 빠르게 밟았다. 다행히 생각한 시간보다 청주에 빠르게 도착했다. 아무래도 일주일 뒤면 재경에게 벌금 고지서가 쏟아져 내릴지도 모른다. 하지만 재경은 범인만 잡으면 그런 건 모두 상관없었다. 어쩌면 이번엔 정말 범인일지도 모른다. 아니 범인이 아니더라도 증발 커뮤니티의 운영자를 찾는 실마리가 될 것이다. 재경은 빠르게 건물 안으로 들어갔다. 박강준에게 도착한 문자를 확인하여 박유경이 있는 방으로 들어갔다.

"안녕하세요."

재경이 인사를 건네자 체구가 작은 인물은 슬쩍 보곤 다시 고개를 푹 숙였다. 블랙박스에서 본 인상착의와 똑같았다. 푹 눌러쓴 모자와 검은 후드티 그리고 검은 바지와 신발까지 모든 게 같았다. 하긴 이제 사건이 터진 지 약 24시간이 다 되어 가는 시간이었다.

"박유경 씨 맞으신가요?"

재경이 의자에 앉으며 다시 질문을 던졌고, 유경은 고개를 들지 않은 채 작게 고개를 끄덕였다. 재경은 테이블 위에 있는 서류를 읽어봤다. 오랜 시간 함께 일한 만큼 팀원들은 눈치 빠르게 유경의 신상정보를 정리해 준비해 두었다. 신상은 딱히 별 내용이 없었다. 나이, 사는 곳, 학력, 직업, 가족 관계가 전부였다. 빠르게 자료를 훑었다.

박유경, 28세, 여성, 무직(단기 알바로 생계를 이어나가는 중), 충청북도 제천시 교동 거주, 부모님 이혼 후 부 실종상태.

실종 상태? 재경은 이 점이 이상하다고 여겼지만, 이것은 재경의 궁금증을 해결하지 못했다. 재경은 읽던 서류를 다시 테이블에 올려두고 박유경에게 질문을 던지기 시작했다.

"혹시 채수희 씨 아시나요?"

"아니요."

"그럼 청전동 우정빌라는 아세요?"

"아니요."

역시나 '아니요.'로 대답은 통일이었다. 하지만, 보통 정말 모르면 '아니요.'라는 대답으로 끝나지 않는다. 현재 어떠한 연유로 이곳에 와서 조사받고 있는지 모르는 인물들은 의문이 존재한다. 겁을 먹어서 바로 질문을 못 해도 상대방이 계속해서 질문을 던지면 '아니요'라는 말에서 '요'인 끝부분의 음이 살짝 올라가기 마련이다. 하지만, 유경의 모든 대답은 일정하고 오히려 '요'인 끝부분의 음이 내려갔다. 애써 모른 척하는 것이다. 거짓말이겠지.

"다 모르시네요. 그럼 그 앞에 왜 계셨어요?"

그제야 유경의 고개가 들렸다. 모자를 푹 쓰고 있고, 방 안이 어두운 탓에 유경의 눈은 제대로 보이지 않았지만, 재경을 바라보는 그의 눈빛은 흔들릴 것이다.

"요즘 세상은 CCTV가 다가 아니에요. 다시 한번 물을게요. 우정 빌라 앞에 왜 계셨죠? 모르면서 그것도 한참을 아무것도 안 하고. 거짓말은 불리하니까. 사실대로 말하시는 게 좋을 겁니다. 협박은 아니고 조언이니 오해마세요."

유경이 빈틈을 보이자 재경은 그곳을 빠르게 파고들기로 작정했다. 정보를 얻는 데 큰 어려움이 없을 것이라 여겼다. 하지만, 유경은 그 순간부터 묵비권을 고집하기 시작했다. 재경이 타이르고 화를 내봐도 입을 열지 않았다. 결국 재경의 모습에 다른 팀원도 나서봤지만, 소용없었다. 일분일초가 아까운 시간이었다.

"유경 씨 계속 묵비권 행사하시면 본인한테 좋은 거 없어요."

마지막으로 애원하듯이 말하는 오민규를 밀어낸 재경은 준비하라며 지시를 내렸다. 재경이 거짓말탐지기를 쓰기로 마음먹은 것이다. 대답이 나오든 안 나오든 상관없다. 저렇게 묵비권을 행사할 때 경찰로서 할 수 있는 방법이 없다. 그저 본인에게 불리하게 작용할 뿐이지만, 증거도 뭣도 나오지 않은 상태에서 오히려 묵비권은 범인이라면 유리했다. 거짓말 탐지기로 질문에 따라 얼마나 동요하는지를 확인하기 위한 것이다. 박유경은 아주 간단한 질문인 왜 거기 있었느냐에 대한 질문에도 깜짝 놀랄 정도로 동요하던 인물이니 숨기지 못할 것이다. 팀원 두 명이 유경의 양옆에 서서 연행하듯이 거짓말 탐지기가 있는 공간으로 데리고 나갔다. 유경에게 선이 연결된 패드를 이마와 손등 그리고 집게를 손가락과 귀 등에 연결했다. 재경은 옆에 서 있던 오민규를 밖으로 내보냈다.

"채수희 씨 아세요?"

"아니요."

"우정 빌라는요?"

"몰라요."

노트북 화면에 보이는 선들은 일정한 높낮이를 유지하며, 거짓말이라는 결과가 나오지 않았다. 재경은 이 정도 상황은 예상했다. 거짓말 탐지기는 모든 거짓을 판단하는 완벽한 기계가 아닌 사람의 동요나 맥박 등을 통해 판단하는 기계이기 때문이다. 유경은 잠시 동안 나름 마인드 컨트롤을 한 것인지 같은 질문에는 동요하지 않았다.

"우정 빌라 앞에는 왜 있었어요?"

"…"

"경찰이 오더니 숨었다가 경찰이 가고 왜 다시 나왔어요?"

"…"

"유경 씨 지금 하는 거짓말 탐지기 대답 안 해도 연관이 있는지 없는지 정도는 나와요."

재경은 답이 없는 유경을 자극했다. 사실 살짝 동요하는 수치가 나왔지만, 이 정도는 오차 범위이기에 결과에 큰 영향을 주지 않는다. 그저 계속 묵비권을 행사하는 유경의 입을 열기 위함이었다. 그리고 다행히 그 수법은 통했다. 재경의 말이 끝나자 유경이 고개가 더 푹 내려가더니 노트북 화면에 나타나는 선들이 제법 높낮이의 폭이 커졌다.

"정확한 답이 안 나와도 관련이 있음이 밝혀지는데 묵비권을 행사하시면 안 좋은 방향으로 흘러갈 겁니다. 본인이 한 일이 아닌데도 오해받거나 범인을 숨겨준 죄를 물을 수도 있고."

여전히 유경은 대답하지 않았지만, 화면에 보이는 수치에서는 유경이 동요하고 있음이 잘 나타나고 있었다. 역시 잘 숨기지 못하는 타입이며, 걱정도 겁도 많은 성격이 분명하다. 재경은 다시 유경을 압박하기 위해 입을 열려고 하자 유경의 입에서 말이 튀어나왔다.

"물… 좀 마시고 답하면 안 되나요?"

허무한 말이지만, 재경은 고개를 끄덕이고 보이지 않는 유리창 너머로 고갯짓하자 곧 오민규가 물병을 들고 들어와 유경에게 건넸다. 아무래도 오래 말하지 않아 목이 잠겼는지 반 정도 가량을 물을 마시고 손을 입 근처에 가져가 큰 소리로 목을 가다듬었다. 큼큼- 재경은 그런 유경을 유심히 관찰하다 특이한 버릇을 발견했다. 처음이기에 버릇이라 확정할 수 없지만, 유경의 손 모양이 만두처럼 끝을 오므린 채 입에 가져간 뒤 큼큼거리며 핑거 스냅을 하듯이 중지를 튕기며, 검지와 엄지를 제외한 모든 손가락이 둥글게 말려 들어갔다. 결국 최종적인 모습은 평소 사람들이 목을 가다듬을 때 하는 손 모양과 비슷했다.

"준비됐어요?"

유경을 관찰하던 재경이 물었고, 유경은 고개를 끄덕였고, 오민규는 다시 물병을 받아들고 방을 나갔다. 그리고 재경은 다시 질문을 했다.

"다시 물을게요. 경찰이 오니 숨었다가 경찰이 가고 왜 다시 나왔어요? 집으로 돌아간 것도 아니고, 모르는 그 장소에 굳이."

"그냥 궁금해서요."

아까와 다르게 고개를 숙이고 있지 않은 채 컴퓨터를 바라보며 유경이 입을 열었다. 유경의 단순한 대답에 진실을 확인하기 위해 재경은 컴퓨터 화면을 확인했다. 그런데 컴퓨터 화면은 꺼진 상태였다. 마우스를 흔들고 버튼을 켜도 컴퓨터의 화면을 켜질 생각을 하지 않았다. 아니 단순히 컴퓨터 화면의 문제가 아닌 본체의 문제였다. 재경은 유리창 너머를 향해 손짓했고, 박강준과 다른 팀원이 문을 열고 들어와 상황을 파악하

곧 유경을 데리고 나가기 위해 입을 열었다.

"유경 씨 잠시 착각이 있었네요. 다른 방으로 이동하셔야 할 것 같습니다. 죄송합니다."

다른 방으로 착각했다는 것이 누가 봐도 어색한 변명이었다. 하지만, 워낙 거짓말에 소질 없는 박강준의 입장에선 최선을 다해 돌려 말한 것이다. 유경은 거짓말을 눈치챘지만, 고개를 끄덕이고 박강준을 따라나섰다. 박강준과 유경이 다른 방으로 이동했고, 재경은 팀원에게 빨리 다른 기계를 준비하라고 말했다. 하지만, 거짓말 탐지기 자체가 연결된 컴퓨터는 고가의 물건이며, 청주경찰청에는 몇 대 없는 존재였다. 신입이자 이런 일을 처음 겪은 오민규는 받을 징계에 얼굴이 새파랗게 질린 상태로 연락을 돌렸지만, 결국 현재 여분의 기계가 없다는 결론이 나왔다. 평소에 사용하지도 않는 기계들이 다른 사건으로 인해 사용 중이라는 말이었다. 재경의 머리가 아파왔다. 빨리 수리라도 가능하도록 경찰청 전속 기계를 수리하는 곳에 연락을 했다. 거짓말 탐지기 없이 수사를 진행해야 한다. 최대한 시간을 끌어 다른 팀의 수사가 끝나면 곧바로 기계를 사용하는 쪽으로 계획을 틀었다.

바로 옆방으로 옮겨진 유경의 앞에 재경이 앉았다. 이상하게도 여유가 생긴 모습이었다.

"궁금해서 있었다고요?"

"네."

"그럼 그곳에 왜 가셨는데요? 우정 빌라 모른다면서 왜 한참을 서 있었어요?"

"그냥 별이 예뻐서 하늘 본 거예요."

유경의 대답은 의문투성이다. 우정빌라도 모르고, 신상 기록에 있는 집 위치와는 전혀 다른 곳에서 하필이면 그날 별이 예뻐서 있던 곳에서 실종 사건이 일어난다는 게 말이 되는가. 하지만, 확실히 블랙박스에 찍힌 유경은 위쪽으로 고개가 향했다. 완전히 하늘을 보는 고개 방향이 아닌 건물 쪽이었지만, 선명한 영상이 아니기에 증거로 사용되기엔 무리가 있었다. 애초에 현재 유경이 이 사건과 연관 있다고 설명할 수 있는 증거가 없기에 선명하다고 하더라도 증거로 사용할 수 없지만 말이다. 이대로 수사를 마무리 지을 수 없다. 현재 유경은 확실한 용의자 신분도 아니기에 오랫동안 잡아 놓을 수도 없었다. 결국 재경은 이 사건에 가장 핵심인 키워드에 대해 묻기로 했다.

"증발."

유경의 눈이 심하게 흔들리기 시작했다. 재경의 입은 호선을 그렸다.

"증발 알죠? 사전적인 의미의 증발 말고요."

여유가 생겼던 유경의 모습이 처음 마주했을 때와 비슷하게 다시 고개가 숙여졌다. 유경은 주먹을 꽉 쥐고 있었다. 불안한 기색이 역력했다. 재경은 지금을 놓치면 안 됐다.

"증발, 자살, 실종."

유경은 아무 말 없이 고개를 푹 숙인 상태였다. 이번에도 묵비권을 행사하고 있다. 현재 확실한 증거는 없지만, 관련 단어만 나오면 묵비권을 행사하는 유경의 모습은 현재 녹화되고 있다. 확실한 증거만 찾으면 이러한 태도 또한 재판에서 검찰 쪽에 유리하게 적용될 것이다.

"영장... 영장도 없이 이렇게 사람을 오래 잡아둬도 되는 거에요?"

대답이 없던 유경이 꺼낸 말이었다. 재경의 미간이 찡그려졌다. 유경의 말이 맞다. 영장도 없이 오랫동안 강압적인 수사는 금지다. 그리고 영장을 발부 받을 만큼 유력한 증거가 있는 것도 아니기에 영장 신청조차 하지 않은 것이다. 일반인이 잘 쓰지 않던 단어를 쓰기 시작한 것은 결국 미디어의 영향이다. 범죄 수사 드라마, 영화가 다 망쳐놨다. 재경은 억지로 미소를 지으며 대답했다.

"강압적인 수사도 아니고, 참고인 조사 정도라고 생각해주세요. 수사에 필요한 증거를 찾기 위해서 관련인들을 조사해야 하잖아요? 박유경 씨가 관련인이라고 판단돼서 그런 거니까 협조 부탁드려요. 늦은 시간이긴 하지만, 워낙 큰 사건과 관련돼서요."

두 시간이 넘는 시간 동안 유경은 대부분의 대답에서 묵비권을 행사하거나 모른다는 답변으로 일축했다. 결국 밝혀낸 사실도 없으며, 유경이 관련이 있다는 심증뿐 아무런 증거가 나오지 못했다. 재경은 화가 났다. 거짓말 탐지기만 제대로 작동했어도 거짓말을 했다는 것을 핑계로 영장을 발부하여 유경을 잡아 둘 수 있었을 것이다. 하지만, 기계가 고장 난 탓에 그 꿈은 물거품이 되었다. 이제 한 번 유경을 증거 불충분으로 풀어주었으니 다시 유경을 이 자리에 앉히는 것은 거의 불가능에 가깝다. 새로운 증거가 나오지 않는 한 말이다. 재경은 한숨을 깊게 쉬며 오민규에게 유경을 귀가시켜주라고 말하곤 신경질적으로 담배에 불을 붙였다. 몇 년간 입에도 대지 않은 담배를 피우는 것은 이번 충북 독거노인 연쇄 실종사건이 시작되고 나서였다. 담배에 불을 붙이고 폐가 가득 찰 정도로 깊게 숨을 들이켰다. 그때 재경의 핸드폰에 전화가 울렸다.

─어 나야 지금 확인해봤는데, 애초에 계정을 산 것도 익명 채팅 사이트고 대포통장이야 그래도 내가 누구냐. 힘 좀 줘서 찾았는데, IP 접속한 곳도 다 다르더라고 지역별로 옮겨 다니며 PC방 이용했고, IP 우회도 했는데, 다행히도 2022년 8월 20일에 실수했는지 PC방 위치가 하나 잡혔어. 제천시 신백동 클릭 PC방이야. 오후 8시경에 접속했어.

재경은 고맙다고 황급히 전화를 끊고 아직 다 태우지 못한 담배를 발로 비벼 껐다. 경찰청에 들어가 다시 짐을 챙기고 떠나려는 재경의 앞에 수리기사가 도착해있었다. 팀원들은 이미 유경을 태우고 제천으로 떠난 뒤였고, 늦은 시간인 만큼 경찰청에는 많은 인력이 없었기에 어쩔 수 없이 재경이 수리기사를 데리고 거짓말 탐지 기계가 있는 곳으로 데리고 갔다. 바로 떠나려다가 왜 고장이 난 것인지 의문이 생긴 재경은 수리기사의 뒤에서 수리하는 과정을 지켜봤다. 수리기사는 컴퓨터의 전원과 연결된 선을 확인하더니 이상이 없는 것을 확인하곤 컴퓨터 본체를 열었다.

"이게 뭐야..?"

수리기사는 본체를 열자마자 무의식적으로 속마음을 그대로 꺼냈다. 재경은 수리기사의 말을 듣고 본체를 확인하고 심장이 미친 듯이 뛰기 시작했다. 본체 속에는 지금껏 피해자들의 집에서 수없이 본 정체불명의 흰 가루가 본체 밑바닥에 깔려있고, 본체 내부에 있어야 할 부품들이 사라진 상태였다. 흰 가루를 보자마자 재경의 머릿속에 유경의 특이한 버릇이 바로 떠올랐다. 갑자기 물을 달라 하고, 헛기침 하며 특이한 손 모양을 하곤 중지를 튕기며 주먹을 쥐던 행위는 소리를 감추기 위한 것이었다. 그 뒤 컴퓨터가 고장 났다. 아니 고장이 아니라 부품 일부분이 사라졌다. 주형의 말이 사실이라면 이 모든 상황이 퍼즐처럼 맞춰졌다. 재경은 실소를 터트렸다. 주형의 모든 말이 맞았다. 박유경은 설명할 수 없는 말도 안 되는 힘을 가진 존재였다. 재경의 등에 땀이 차기 시작했다. 두려움과 공포였다. 자신이 이 사건을 해결할 수 없을 것이라는 두려움과 이 흰 가루가 피해자들이었으며, 자신도 이렇게 될 수 있다는 공포였다. 그런데도 재경은 이것을 증거로 남겨야 한다는 생각이 들었다. 지독한 직업병이었다. 두려움과 공포에 가득 차 은근하게 떨리는 손에 힘을 주곤 수리기사에게 이만 가달라고 부탁했다. 수리기사는 아무래도 이상하다며 안에 부품도 없고 가루가 있다고 사용 중에 이렇게 된 거면 기계에 큰 이상이 생긴 것이라 말했고, 재경은 그를 돌려보내기 위해 거짓말을 할 수 밖에 없었다.

"용의자를 방에 두고 잠시 자리를 비웠는데, 그때 한 행동 같아요. 저희가 알아서 수사할테니 걱정 말고 귀가하십쇼."

단호한 재경의 말에 수리기사는 이상했음에도 별말을 하지 못하고 알 겠다며 자리를 떠났다. 그제야 재경은 힘을 풀고 의자에 앉았다. 짧지 만 긴 시간 동안 재경은 의자에 앉아서 머릿속으로 생각을 정리해야 했 다. 지금까지 부정하던 말도 안 되는 힘이 실제로 존재한다는 걸 이젠 부 정할 수 없게 되었다. 그게 아니면 설명 할 수 없다. 하지만, 이것을 국 민과 경찰의 상부는 믿지 못할 것이다. 아니 애초에 믿을 수 없다. 팀원 들은 어떻게 설득하면 믿을지도 모른다는 작은 희망이 있지만, 이마저 도 팀원들만 믿으면 무슨 소용이 있는가로 결론이 내려졌다. 결국 이 힘 이 있다는 것을 증거로 내세울 수 없다. 재경은 침착하게 생각하기로 했 다. 범인은 박유경이다. 지금까지 흰 가루가 범인이 무언갈 말하고자해 서 뿌리는 것으로 수사한 것은 잘못된 방향이었다. 흰 가루가 남은 것은 그저 어쩔 수 없이 남은 흔적이다. 박유경의 능력이 이 가루마저 지울 수 없었던 것이지. 그렇기에 피해자들의 집에서 발견된 가루의 양이 달랐 다. 컴퓨터에서 나온 양은 정말 소량이었다. 본체의 바닥에 겨우 빈틈없 이 메꿀 정도밖에 안 되는 양. 아무래도 처음에 자신 없었던 모습을 보였 던 것은 자신도 이 방법이 성공할지 몰랐던 것으로 의심 된다. 그리고 이 가설이 맞는다면 결국 능력 컨트롤이 완벽하지 못하다는 사실이겠지. 하지만, 이게 무슨 소용이겠는가. 재경은 지끈거리는 머리 때문에 관자 놀이를 눌러가며 다시 생각했다. 이 사건은 절대 무엇도 증명할 수 없 다. 어쩔 수 없다. 치졸하더라도 증발 커뮤니티와 엮는 방법밖에 없다. 하지만, 지난 실종자들은 독거노인이라 커뮤니티를 할리도 없다. 생각 할수록 해결이 안 되고 꼬리에 꼬리를 물기 시작했다. 결국 재경은 생각 을 멈추기로 한다. 유경의 능력을 인지하고 범인으로 둔 상태로 수사를 마저 이어가는 것으로 결론이 났다. PC방에서 유경의 흔적을 찾고, 주형이 보내준 영상의 병원을 찾아야겠다. 독거노인과 다르게 영상 속 주인공도 청년이었다. 비록 독거노인 연쇄 실종 사건의 범인으로 유경을 잡을 순 없더라도 채수희와 영상 속 주인공을 엮어서 하면 될지도 모른다. 살인자가 아닌 불법 사이트 운영으로라도…. 현재 자신의 행동이 영락없는 TV 드라마 속에 나오는 부패 경찰 같아서 잠시 이질감을 느꼈지만, 어쩔 수 없다. 더 이상의 피해자는 막아야 한다. 재경은 자신의 신분을 다시 한번 상기하며, 언제 증거가 될지 모르는 컴퓨터 본체를 사진 찍고, 흰 가루를 채취했다. 언젠가 이 증거가 사용될 날이 오길 바라면서 말이다. 재경은 그 상태로 오태식에게 연락해 흰 가루를 전달하고 짐을 챙겨 다시 제천으로 향했다. 신백동에 있는 클릭 PC방으로.

*

"경찰입니다. CCTV 확인 가능한가요?"

재경은 클릭 PC방에 도착하자마자 바로 카운터에 이동하여 경찰 신분증을 보여줬다. 작은 PC방인 만큼 좌석은 많지 않았다. 사장으로 보이는 인물은 처음엔 경찰이라는 신분에 당황하는 모습을 보였지만, 이내 익숙한 일인 듯이 며칠의 자료가 필요한지 물었다. 재경은 8월 20일을 언급했고, 이내 머쓱하게 웃으며 대답했다.

"아, 저희는 30일이면 CCTV 기록이 사라져요. 저희 쪽에 데이터가 남는 것도 아니고, 업체에서 자동으로 사라지게 설정해요."

대부분의 CCTV 기록 보관은 30일을 넘어가진 않았다. 특히나 업체를 끼고 할 때는 자동으로 폐기가 되는 부분이었다. 그래도 작은 PC방인 만큼 직접 설치해서 CCTV 기록이 자동으로 남지 않았을까 하는 바람이 있었지만, 역시였다. 그래도 여기서 포기할 수 없었다. 재경은 박유경의 신상정보에 있던 사진을 보여줬다.

"이 사람 여기 자주 오나요?"

"죄송합니다. 모르겠네요."

사진마저 소용이 없었다. 재경은 자신의 명함을 남기고 기억이 나거나 이 인물이 다시 올 경우 몰래 연락을 달라는 말을 남기고 PC방을 빠져나왔다. 유경이 '증발' 커뮤니티와 관련되었다는 처음이자 마지막일지 모르는 증거마저 날아가 버렸다. 재경은 머리를 헝클이며 한숨을 쉬었다. 답답함 때문이었다. 자신은 이 사건의 전말을 알아버렸음에도 왜 박유경이 그런 행동을 하는지에 대한 의문은 풀리지 않았으며, 사건의 범인이 박유경인 것을 주장할 만한 증거가 없기 때문이었다. 어떻게 해야 박유경을 연관 지을 수 있을지에 대한 생각을 가득 차 있었다. 재경은 우선 이 일을 팀원들에게 알려야겠다는 것으로 생각을 전환했다. 어쩌면, 팀원들은 믿을지도 모른다. 그러면 함께 수사해서 어떻게든 증거를 잡든 아니면 다른 방법을 이용해 유경을 사건과 엮어야한다. 재경은 팀원들이 있는 제천시 경찰서 수사과로 향했다. 충북 독거노인이라는 팀으로 충북 경찰청 소속이지만, 계속해서 제천에서 사건이 터지며, 충북 독거노인 연쇄 실종 사건 수사를 위한 장소를 제천 경찰서에도 따로 마련해

두었다. 그곳에 도착하여 팀원들이 있는 안쪽 방으로 들어가자 수많은 자료를 검토하고 있는 모습이 보였다. 확실한 용의자도 없는 사건인 만큼 결국 자료와 증거에 의존할 수밖에 없는 상황이었다. 재경은 팀원들에게 할 말이 있다 말하고 회의실로 이동했다. 지금까지 자신이 조사한 모든 것과 주형의 진술이 사실이라는 것을 오랜 시간 끝에 설명했다. 하지만, 팀원들의 반응은 재경이 바라던 것과 반대였다.

"아니. 재경 아니 이 팀장님 그게 말이 된다고 생각하세요? 오랫동안 매달리고 증거도 없고, 용의자도 없으니 급한 마음은 알겠지만 아무리 그래도 그렇지 이건….."

"맞습니다. 팀장님. 사람을 소멸시키는 능력이라뇨. 이게 무슨 소설이나 영화도 아니고."

"팀장님 죄송하지만, 저도 팀장님의 의견에 동의할 수 없습니다. 사람이 소멸하고 남은 게 그 가루였다면, 진작에 감식반에서 관련된 성분이 나왔어야 하는 거 아닌가요?"

박강준의 입장에선 더더욱 이해할 수 없었다. 재경은 워낙 자기 멋대로 행동했지만, 그래도 언제나 유능한 인물이었고 항상 완벽한 상황판단 능력과 증거를 찾아오는 인물이었다. 처음 충북 독거노인 연쇄 실종 사건이라는 증거도 용의자도 없는 사건에 팀원으로 들어온 이유도 그것이었다. 그런데 갑자기 나타나서는 말도 안 되는 주장을 하는 목격자 김주형과 같은 내용을 말하고 있다. 사람이 증발하는데, 그게 박유경이라는 그 작고 소심한 인물이 저지른 짓이라니. 사건이 너무 오랫동안 실마리가 없으니 조급함에 말도 안 되는 망상을 한 것이 분명했다. 결국 처음으로 박강준은 재경의 의견에 반대를 표했다. 그러자 나머지 팀원들 또한 박강준의 의견에 동의하기 시작했다. 재경의 입장에선 바라지 않았던 결과였지만, 예상했던 결과이기도 했다. 박강준은 항상 조용히 재경의 뒤에서 도움을 주던 인물이었지만, 재경과 수사 스타일이 맞지 않았다. 발로 뛰는 게 재경이라면 박강준은 사무실에서 자료만 확인하는 스타일이었다. 정반대이기에 맞았다. 밖에서 뛰는 재경이 증거를 찾아오면, 박강준은 지금껏 증명된 자료와 연관시켜주는 인물이었기 때문에 재경에게 있어 박강준은 팀원이자 믿을 수 있는 동료였지만, 박강준이 믿어주지 못한다는 사실이 씁쓸하게 느껴지는 것은 어쩔 수 없었다. 재경은 팀원들을 더 설득하기 위해 거짓말 탐지기가 고장 나 수리기사가 왔을 때 본체를 열었던 사진과 흰 가루를 보여줬다.

"연결된 선과 전원은 모두 정상이었지만, 컴퓨터 본체의 부품 일부분이 사라지고, 본체 바닥에는 흰 가루가 깔려있어. 이걸 봐도 너네는 이게 정상적인 사고로 수사할 수 있는 부분이라고 생각해?"

재경의 말에 팀원들은 입을 닫았다. 멀쩡하던 거짓말 탐지기가 갑자기 고장 났는데, 그 이유가 컴퓨터 본체의 부품 일부분이 사라진 것이라는 점이 현실적으로 설명할 수 없는 부분이었다. 애초에 없던 부품이라면 처음부터 거짓말 탐지 기계를 통한 수사가 불가능했을 것이다. 그런데 중간에 기계는 고장이 났는데, 부품이 사라졌고, 그 밑에는 똑같은 물질인지 아직 결과는 없지만, 눈으로 보기에 실종자의 집에서 나온 흰 가루와 같았기 때문이다. 다들 반박은 할 수 없었지만, 그런데도 재경의 의견에 동의하는 것은 아니었다.

"그래 네가 말하는 그 말도 안 되는 사람을 소멸? 증발? 그래 그런 능력이 있다고 쳐. 근데 그게 박유경이랑 무슨 상관이 있는데? 그걸 밝힐 수 있는 증거는 있고?"

"아직 없어."

재경의 대답에 박강준은 실소를 터트렸다.

"그럼 의미 없잖아. 재경아. 네가 지금 아니, 그래 다 힘들고 지쳤지, 그렇다고 해서 무고한 사람을 몰고 갈 순 없어. 우리가 징계받더라도 말이야. 왜 그러냐. 정신 차리고 현실로 돌아와."

박강준의 단호하고도 불신이 가득한 말과 함께 다른 팀원이 그의 말에 동조하며 재경을 설득했다. 그들이 바라보는 시점은 주형을 처음 대할 때 자신의 태도와 같았다. 재경은 그제야 주형의 심정을 이해할 수 있었다. 얼마나 답답했을까. 사실을 알고도 믿어주지 못하는 사람들이다. 심지어 자신은 같은 위치에 있기에 이정도지 일반인인 김주형이 느끼기에 그 공포는 이루 말할 수 없을 것이다. 재경은 한숨을 쉬곤 입을 열었다.

"그래 다들 믿지 못할 거란 거. 아니 애초에 나도 똑같았으니까. 근데 제발. 다들 생각 좀 해봐 이 사건 몇 달째 제대로 된 증거도 목격자도 용의자도 없어. 그런데 제발... 박유경이 말도 안 되는 힘을 가진 존재라고 생각하고 이 사건을 다시 바라봐. 풀리지 않았던 모든 것이 풀리니까."

재경은 그 말을 끝으로 회의실에서 나왔다. 그때까지도 팀원들은 아무 말 없이 조용히 고개가 바닥으로 향하고 있었고, 박강준은 재경을 똑바로 바라보고 있었다. 그런데 그 눈빛은 외면하는 팀원들보다도 재경을 더욱 힘들게 했다. 실망이 가득한 눈이었다. 재경은 결국 회의실을 빠져나와 경찰서 뒤로 향했다. 담배를 꺼내기 위해 주머니에 손을 쑤셔 넣었지만, 찾는 존재는 나오지 않았다. 생각대로 풀리지 않는 모든 것에 답답함을 넘어 화가 난 재경은 머리를 마구 헝클어뜨리며 건물 벽을 발로 찼다. 고통은 오로지 재경의 몫인 걸 알고도 한 행동이었다. 이러지 않으면 답답함에 미쳐버릴 것 같았다. 그런 재경의 뒤에서 목소리가 들렸다.

"팀장님"

뒤따라 나온 오민규였다. 우물쭈물하더니 입을 열었다.

"팀장님. 솔직히 팀장님의 의견 미친 소리 같지만, 전... 믿을래요."

오민규의 말엔 모순 투성이었다. 미친 소리지만 믿겠다. 결국 재경을 신뢰하고 재경을 따르겠다는 의미였다. 솔직히 이 말을 하는 인물이 박강준일 것으로 생각했는데, 전혀 다른 인물이라 재경도 처음 오민규를 보곤 놀랐다. 팀원 중 막내이자 가장 감정적이고, 실수도 많이 해 재경에게 교육도 많이 받았기에 재경을 제일 무서워하는 팀원이었다.

"해결 못 할 수도 있어. 내가 말한 게 사실이라면 그리고 정말 내가 돌아서 이런 소리를 하는 걸 수도 있고."

"…상관없어요. 지금 팀장님이 말씀하신 내용을 믿지 못하고, 외면하면 더 큰 후회를 할 것 같습니다."

단호한 오민규의 태도에 재경은 슬쩍 웃고는 고개를 끄덕였다. 벌써 채수희의 실종 사건이 터지고 이틀째 오전 4시를 지나가고 있었다. 그동안 잠도 자지 않고 달린 탓에 오민규의 얼굴이 말이 아니었다.

"조금이라도 자 둬 아침부터 다시 수사할 거니까."

팀원을 걱정하는 재경의 말이었다. 하지만, 재경 자신은 모르고 있었다. 오민규 못지않게 아니 그것보다 더 심하게 피곤함에 찌든 자신의 상태를 말이다. 오민규는 자신을 걱정하는 재경에 슬쩍 웃어 보이며, 팀장님도요 하고는 다시 경찰서 내부로 들어갔다. 재경은 그래 잠시 잠을 자고 나면 다시 머리가 돌아갈 것이다. 이틀 동안 너무나 많은 일이 있었다. 쏟아지다 못해 말도 안 되는 사실들이 밝혀지며, 머릿속은 복잡하고 정리가 안 되고 있다. 재경 또한 잠시 눈을 붙이기 위해 차로 돌아갔다. 현재 팀원들 사이에서 눈을 붙이는 것보다 차 안이 편하다는 결론이 내려졌다. 그렇게 재경은 짧고도 깊은 잠을 잤다.

＊

"네. 이재경입니다."

―아 형사님 맞으십니까? 여기 클릭PC방인데, 그 2022년 8월 20일 오후 8시쯤에 찍힌 CCTV가 있어서요. 그런데….

"지금 당장 갈게요. CCTV 보관 부탁드립니다. 감사합니다."

재경이 잠에서 깬 것은 클릭 PC방에서 온 연락이었다. 시간을 확인하니 19일 오전 8시로 약 4시간가량 잠을 잤다. 짧은 시간이지만, 잠깐이라도 잠을 잤다고, 머리가 맑아졌으며, 희망적인 연락까지 왔다. 재경은 오민규에게 연락할까 고민하다 자신을 믿어주기로 한 팀원인 만큼 함께 가는 것이 맞는다는 생각이 들어 연락했다. 다행히도 오민규는 진작에 일어나있었는지 바로 재경의 차 앞으로 달려왔다. 그렇게 둘은 신백동 클릭 PC방으로 향했다. 클릭PC방에서는 새벽에 봤던 인물과 다른 사람이 있었다. 아무래도 오전에 나온 이가 사장으로 추정되었다. 40대 중반으로 보이는 남성은 '형사님?'이라고 물었고, 재경은 고개를 끄덕이곤 카운터로 향했다.

"아 그런데, 이게 가게 전체가 아닌 일부분이에요. 그때 초등학생이 컴퓨터를 망가뜨려서 따로 빼놓은 영상이라."

"괜찮습니다. 바로 확인할 수 있을까요?"

PC방 사장이 보여준 CCTV는 가게 전체가 아닌 일부분만을 보여주고 있었다. 1시간 정도의 상황이 찍혀있었고, 재경은 1.2배속으로 영상을 확인했다. 다행히도 영상 속에 모자를 푹 눌러쓰고 있지만, 유경으로 추정되는 작은 체구의 인물이 있었다. PC방 벽 쪽 맨 끝에 있었고, 화면은 제대로 보이지 않는 상황이었다. 이후 초등학생 세 명 정도가 유경의 옆자리에 주르륵 앉아 게임을 하기 시작했고, 어린아이들인 만큼 게임을 하다 감정이 격해졌는지 소리를 지르는 행위를 하고 있었다. 그러자 모자를 푹 눌러쓴 인물은 초등학생들이 있는 쪽을 바라봤고, 그에 바로 옆자리에 있던 초등학생이 모자를 눌러쓴 인물에게 뭐라고 하는 듯한 입모양이 나온 뒤 유경으로 추정되는 인물은 한 10분 정도 컴퓨터를 하다가 갑자기 손가락을 튕기는 제스처를 하곤 자리에서 짐을 챙기고 일어나 사라졌다. 그리고 그 인물이 화면에서 사라지고 나선 초등학생 모두 컴퓨터에 이상이 생긴 걸 깨달았는지 허겁지겁 짐을 챙겨 밖으로 나가는 모습이 찍혀 있었다.

"컴퓨터는 어떻게 고장 났죠?"

"아 그게 이상한 게 CCTV에는 뭐 특별히 이상한 행동이 나오진 않거든요. 근데 컴퓨터가 먹통이라 열어보니 안에 하얀 가루가 있고, 부품 몇 개가 없었어요. 애들이 무슨 장난을 친 것 같은데, CCTV에는 나오는 것도 없으니 좀 자세히 보려고 빼둔 거거든요."

거짓말 탐지기가 연결된 컴퓨터와 같은 증상을 보여주고 있다. 아마 경찰청에서 유경이 보인 태도는 자신도 반신반의였을 것이다. 컴퓨터가 고장 난 반응을 보기 전에 이곳을 빠져나갔으니 될지 안 될지 몰랐겠지. 재경은 유경으로 추정되는 인물이 유경임을 확신 받기 위해 PC방 사장에게 이 초등학생들의 신상정보를 물었다.

"아, 전에 컴퓨터 수리비를 받으려고 받아둔 연락처가 있긴 합니다."

재경은 연락처를 받아들곤 CCTV 복사본과 함께 고장 난 컴퓨터 본체를 볼 수 있는지 물었다. 다행히도 창고에 있다는 말에 검사를 진행해도 되냐고 물었고, 사장은 괜찮다며 조용히만 수사해달라고 부탁했다. 재경은 곧바로 오태식에게 연락해 클릭 PC방에 와서 가루를 확인해 달라고 말했다. 오태식은 이럴 거면 자신도 팀원으로 넣으라는 불만 아닌 불만을 하곤 전화를 끊었다. 재경은 사장에게 다른 사람이 와서 진행할 거니 부탁한다는 말을 남기고 PC방을 빠져나왔다. 그리고 재경의 핸드폰이 울렸다.

[영상 조작 아니야, 사실 맞는 것 같다. 픽셀의 깨짐이나 우글거림도 없어 그냥 저화질의 카메라로 촬영된 거야. 아무래도 옛날 기종의 핸드폰 같아. 그리고 병원 위치까지 물어볼 것 같아서 확대해보니 제천 명성병원 환자복이야.]

지유정에게 온 메시지였다. 재경은 오민규에게 이야기를 공유하고 명성병원 환자 중 실종 신고가 접수된 인물이 있는지 조사했다. 역시나 입원 중 실종 신고가 접수된 일이 있다는 기록이 나왔다. 보통 병원에서 실종 신고가 접수되면 치매 환자일 경우가 높기에 연령대를 20대로 낮추니 딱 한 명 한태식이라는 남성이 나왔다. 2년 전 실종된 인물로 갑작스럽게 사라졌다. 병실에 들어가서 어디로 나간 흔적도 없이 말이다. 영상과 같은 장소가 맞는지 확인하기 위해 명성 병원에 도착해 영상의 일부분만 보여줬다. 저화질의 영상을 본 간호사는 3층의 입원실과 비슷하다고 말했다. 창문의 위치와 침대의 방향 그리고 벽의 색이 같다고 말이다. 환자복 또한 동일하다는 이야기를 듣고 재경은 한태식의 가족에게 연락했다. 가족은 생각 외로 재경의 연락을 반겼다. 바로 병원 앞 카페에서 가족을 만날 수 있었다. 그들의 몰골은 말이 아니었다. 정상적인 사람의 모습과는 거리가 있었다. 어딘가 공허하고 슬픔에 찬 모습이었다. 무슨 수사인지는 말할 수 없지만, 자제분과 연관된 것 같다는 이야기에 그들은 눈물을 흘렸다. 재경은 당시 상황을 말해줄 수 있는지 물었고 그들은 고개를 끄덕였다.

"태식이는 많이 아팠어요. 살 날이 얼마 남지 않았죠. 그런데 어느 날 갑자기 사라진 거예요. 옷을 벗어두고 병원 주변 CCTV에도 없고, 창문은 3층이니 뛰어내릴 수도 없죠. 아니 애초에 건물 밖 CCTV에도 안 찍혔어요."

"혹시 흰 가루가 있었나요?"

그들은 그 재경의 말에 어떻게 알았느냐고 물었다. 흰 가루가 옷에 있었다고 자신들은 그게 이상해 경찰에게 말했지만, 경찰은 그저 넘겼다고 말이다. 그러며 한태식과 마지막으로 만난 사람이 있다고 말했다.

"태식이랑 같이 병실에 들어간 사람이 있었어요. 그런데, 그 사람은 몇 분 후에 나왔고, 태식이와 연관된 것을 찾을 수 없어서 그냥 그렇게 넘어갔어요. 그냥 편의점 알바하면서 몇 번 만나서 잠깐 이야기 나눈 게 다라고 하더라고요."

"혹시 이 사람입니까?"

재경은 혹시나 해 박유경의 사진을 보여줬다. 그들은 한참을 자세히 보더니 맞다고 했다. 한 번 봐서 기억이 잘 나지 않지만, 이 얼굴이 맞다며 명성 병원 앞 편의점에서 알바하던 학생이라고 말이다. 재경은 협조해줘서 감사하다고 인사를 남기며 혹시나 사건에 대해 더 알게 되는 것이 있으면 말해주겠다고 하자 한태식의 부모는 재경의 손을 꼭 붙잡으며 말했다.

"고마워요. 정말 고마워..."

그들은 한참 동안 재경의 손을 붙잡곤 눈물을 흘렸다. 자식의 생사도 알지 못하는 이들의 고통과 슬픔이 고스란히 손을 타고 느껴졌다. 가슴에 묻은 일을 상기시킨 것 같았다. 아니 이들은 애초에 가슴에 묻은 적이 없다. 계속해서 살았는지 죽었는지 모를 자식을 그리워하며 찾고 있다. 이들은 평생을 이렇게 살아갈 것이다. 재경이 초반에 들었던 미안한 감정은 유경에 대한 분노로 바뀌었다. 자살을 원하는 자들을 증발시킨다. 남은 이들은 영문도 모른 채 평생을 죄책감과 그리움에 빠져 생사를 모르게 이렇게 평생을 찾아 다닐 것이다. 재경의 턱에 힘이 들어갔다. 그들을 보내고 재경과 오민규는 유경을 꼭 잡겠다는 의지를 다졌다. 그리고 주형으로부터 메시지가 도착했다.

[팀장님. 저 증발 운영자 만나기로 했어요.]

*

재경에게 영상을 보내고 답이 없는 시간 동안 주형은 매우 불안함을 느꼈다. 물론 자신은 일반인이자 사건과 관련된 목격자이기에 수사의 전반적인 상황과 내용을 알 방법도 권리도 없었다. 하지만, 그렇다고 손

놓고 마냥 기다릴 수는 없었다. 몇 번이고 재경에게 연락하고 싶었지만, 혹시나 급박하거나 중요한 상황인데 자기 때문에 피해를 줄 수 없다는 마음으로 꾹 참고 기다렸다. 하지만, 한 시간, 두 시간이 넘어 거의 하루가 넘어가는 시간까지 재경에게 답장이 없으니 스스로 다른 증거라도 찾고자 '증발' 커뮤니티를 조사했다. 재경에게 보낸 SNS 계정 주를 비롯하여 그 글에 공감하거나 연관된 글을 남긴 이들을 모두 조사해서 찾아낸 것은 다들 '자살'이라는 단어를 사용했다는 점과 주기적으로 우울한 내용의 글을 게시했다는 것이었다. 주형은 곧바로 새로운 SNS 계정을 개설하고 온갖 우울한 내용을 올리기 시작했다. '너무 힘들어.', '친한 친구가 사라졌어 공허하고 우울해.', '매일같이 불안하고 힘들다.'와 같이 짤막한 글을 올리기 시작했고, 얼마 지나지 않아 '증발' 커뮤니티 초대장이 주형의 SNS DM으로 도착했다. 주형은 곧바로 증발에 가입한 후 다른 회원들의 게시물을 참고하여 글을 올리고 일반 회원으로 등업한 뒤에야 카페의 모든 카테고리에 들어가 조사할 수 있었다. 주형에게 영상을 넘겨준 이가 말했듯이 이곳은 운영자를 찬양하고 있었다. '증발 신청합니다.' 카테고리에 가장 최근 게시글을 확인하고 주형의 가슴은 쿵 내려앉았다. 게시물 작성자의 아이디는 평소 수희가 자주 사용하던 아이디 CH_09였다. 영상은 조작이 아니었다. 영상에서 보이는 과정이 너무나 수희와 비슷해서 혹시나 실마리를 찾을 수 있을 까 싶어 들어온 것인데, 실마리 수준이 아니었다. 주형은 운영자가 수희를 사라지게 한 장본인이라는 것에 확신이 들었다. 수희의 게시물을 확인하기 위해 아이디를 눌러 다른 게시물 확인을 눌렀지만, 운영자에 의해 정지된 계정이라는 정보밖에 없었다. '증발 신청합니다'에 게시글을 올리면 사라지는 회원과 아닌 회원으로 나뉘었다. 주형이 하나하나 50개가 넘는 게시글의 회원이 활동 중인지 확인했고 정지된 계정은 채수희의 계정을 제외한 총 7명이었다. 소수였다. 커뮤니티 내의 분위기는 정지된 이들은 운영자에 의해 증발에 성공했다고 믿고 있었다. 그렇다면 즉, 충북 독거노인 연쇄 실종 사건의 피해자 9명을 제외하고도 7명이 더 존재해 총 16명일지도 모른다. 주형의 손이 공포로 인해 떨리기 시작했다. 만약 이 게시글에 글을 쓰면 운영자와 만날 수 있을 것이다. 하지만, 그에 따라 실종자들처럼 그 자리에서 증발할지도 모른다. 알아내겠다는 용기로 들어왔지만, 글을 작성하는 데는 많은 시간이 걸렸다. 떨리는 손을 멈추기 위해 노력했고, 계속해서 되뇌었다. 김주형. 수희가 사라졌어. 수희를 사라지게 한 범인 잡아야지…. 잡아…잡아..? 애초에 이곳은 자살 커뮤니티인데? 수희는 스스로 원해서 신청했는데? 수희를 죽인 범인을 잡기 위해 움직이겠다는 주형의 머릿속에 갑자기 의문이 들기 시작했다. 수희는 스스로 자살 커뮤니티에 가입하고, 사라지게 된다는 것을 알고 있었다. 누가 강제로 시킨 것도 아닌 스스로 신청해서 사라졌다. 수희의 마지막이 어땠지? 수희는 공포에 질린…. 주형의 떨리던 손이 멈췄다. 수희의 마지막 얼굴은 웃고 있었다. 거기다가 자신에게 무슨 말을 하려고 했다. 입을 열었고, 눈앞에서 사라졌다. 제일 중요한 사실을 잊고 있었다. 그저 증발한 것에 초점을 두고 자신이 범인으로 몰릴 수 있다는 불안함과 친구를 잃었다는 슬픔과 공포에 마지막 수희의 모습을 잊고 있었다. 이제야 근본적인 의문이 들었다. 수희는 왜 죽고 싶었을까. 주형은 '증발 신청합니다.' 게시물을 작성했다. 이름, 나이, 사는 곳 하나하나 기입하고 마지막 이유를 적었다. '죽음을 선택한 거야' 채수희에게 하고 싶은 질문에 '왜'와 물음표를 빼고 적었다. 티가 나면 안 된다 하지만, 주형이 이 게시글을 쓰는 이유였다.

게시글을 올리고 한참 후에 운영자로부터 쪽지가 왔다. 그 안에는 익명 채팅 사이트 주소뿐이었다. 주형은 그 주소를 클릭해 접속하자 이미 운영자로 추정되는 인물이 있는 상태였다.

익명 : 11월 23일 15:00 두학동 심혼사 앞 유암저수지 pm11:30

----- 익명님이 채팅방을 나가셨습니다. -----

주형은 물어보고 싶은 게 많았다. 어떤 질문부터 할지 고민하던 사이에 방을 나가버렸다. 채팅 사이트는 그저 장소와 시간을 알리기 위한 장치에 불과했다. 허무해진 주형은 그 상태로 한참 동안 그 사이트에서 나가지 못했다. 하지만, 이내 정신 차리고 생각해야 했다. 정말 이 사람을 만났을 때 어떻게 대처해야 할지. 지금처럼 아무것도 못 하고 놓쳐버릴 순 없다. 그런 주형에게 떠오른 인물은 재경뿐이었다. 자신을 지켜줄 힘을 가진 존재니까. 주형은 그런 재경에게 메시지를 보낼까 말까 한참을 고민했다. 분명 말을 하면 말릴 것이다. 하지만, 자신은 꼭 이 사람을 만나야했다. 그렇게 몇 시간을 고민하다 결국 메시지를 보냈다. 메시지를 보내자마자 주형의 핸드폰이 울렸다. 재경에게 온 것이었다. 주형이 전화를 받자마자 평소 보이던 재경의 침착함을 찾아볼 수 없었다.

—미쳤어요? 운영자를 만난다고? 주형 씨. 지금 어디예요?

"집이요."

―꼼짝 말고 있어요. 어디 갈 생각하지도 말고

주형이 대답을 하기도 전에 전화는 끊겨버렸다. 뭔가 단단히 오해한 것이 분명했다. 오늘이 아닌 5일 뒤인데, 주형은 멍하니 끊긴 전화를 바라보다 다시 재경에게 전화를 걸었지만, 재경은 전화를 받지 않았다. 재경의 말대로 꼼짝없이 기다리게 되었다. 난감한 상황이었다. 지금같이 바쁘게 수사를 하는 사람의 귀한 시간을 뺏었으니 말이다. 그리고 10분도 채 지나지 않아 주형의 집 초인종이 울렸다. 주형이 문을 열자마자 재경은 주형의 몸을 살핀 뒤 집을 살피기 시작했다. 주형은 재경에게 다급하게 말했다.

"오늘 아니고 5일 뒤에요. 아니 그러니까 왜 사람 말을 다 안 듣고..."

"…다행이네요. 무슨 일 생겼을까 봐 걱정했어요."

불과 하루 전 재경의 모습과 너무나도 달랐다.

"이제 제 말 믿으시나요?"

주형의 말에 재경은 고개를 끄덕였다. 그제야 주형은 안심됐다. 그리고 재경에게 연락하길 잘했다는 생각이 들었다. 주형은 재경에게 앉으라고 말했고, 그에 재경은 잠시만 기다려달라며 다시 문밖으로 나갔다가 오민규를 데리고 왔다. 혹시 모를 사태를 대비해 건물 밖에서 대기하고 있었다.

"이제 우리 얘기 좀 해볼까요?"

재경이 꺼낸 말이었다. 주형은 고개를 끄덕이고, 자신이 알아낸 것들과 어떻게 운영자와 대화 하게 되었는지에 대해 설명했다. 조용히 듣던 재경은 주형에게 고맙다고 말하곤, 자신이 약속 장소에 나가겠다고 말하며, 장소와 시간을 알려달라고 하자 주형의 입이 굳게 닫혔다. 이상함을 눈치챈 오민규가 주형을 불렀지만, 주형은 대답 없이 고개를 푹 숙이고 있었다. 그제야 눈치챈 재경이 주형을 바라봤고, 주형은 이내 결심한 듯 입을 열었다.

"제가 갈게요."

"안 돼요. 위험합니다. 이 정도면 충분히 해주셨어요. 수사에 빠지는 게 안전합니다."

"전 물어볼 게 있어요. 그리고 형사님 저에게도 수사한 거 말씀해주셔야죠. 이렇게 되면 얘기가 아닌 조사잖아요."

주형의 단호한 태도에 재경은 안 된다고 계속해서 주장했고, 오민규 또한 위험하다고 주형을 말리기 시작했다. 하지만, 주형은 계속 반대하면 혼자 만나러 가겠다는 의견을 굽히지 않았다. 그리고 수사내용을 공유해주지 않는다면, 자신은 더 이상 알아낸 것을 말해 줄 수 없다는 협박성 발언을 했다. 물론 주형은 이미 자신이 알아낸 모든 것을 거의 다 말한 뒤였다. 하지만, 이렇게 하지 않으면, 수사가 어떻게 진행되고 있는지에 대해 알 방법이 없었다. 그런 주형의 말에 이번엔 재경의 입이 닫혔다. 서로 입을 닫은 채 마주 보고 기 싸움을 하는 주형과 재경 사이에 있던 오민규가 결국 입을 열었다.

"혼자 가시는 건 절대 안 돼요. 하지만, 말씀드릴게요. 저희 주형 씨가 말한 인물 찾았고, 확실하진 않지만, 커뮤니티와 관련된 인물 같아요. 어쩌면 운영자일지도 모르…"

"오민규"

재경이 오민규의 말을 막았다. 주형은 평범한 일반인이다. 이 사건에 더 개입했다가 주형이 위험해질지도 모르기에 오민구의 말을 막은 것이다. 하지만 평소 재경의 눈치를 보던 오민규가 이번에는 단호한 행동을 취하고 재경을 잠시 바라보다 다시 말을 잇기 시작했다.

"모르고요. 그리고 주형 씨가 말 한 능력도 알 것 같아요. 근데 그걸 증명할 방법은 없죠. 현대 과학으로 설명이 불가해요. 그래서 제가 내린 결론은 아무래도 주형 씨가 저희에게 필요한 것 같아요. 위험할 수도 있는데 함께 해주실래요?"

"주형 씨 오민규가 한 말은 무시하세요. 장소와 시간을 알려주시…"

"네 함께 할게요."

재경의 말을 주형이 끊고 대답했다. 재경은 황당함에 말문이 막힌 채 그 둘을 봤고, 둘은 계속해서 이야기를 이어 나갔다. 재경은 그 상황을 지켜볼 수 없어 황급히 둘을 막았다.

"잠시만요, 아니 안 돼요. 주형 씨 일반인이야. 무슨 일이 생기면 어떡하려고."

재경은 오민규를 바라보고 단호하게 말했다. 자신들은 박유경의 능력에 대해 제대로 파악도 되지 않은 상태다. 고작 두 명의 평범한 경찰이 그런 능력이 있는 인물로부터 주형을 지킬 수 있는 확신이 없다. 최악의 경우 모두가 사망할 수도 있는 상황이었다. 주형은 그런 재경을 보고 입을 열었다.

"이미 형사님들은 이번 사건 수사하시면서 범인에게 얼굴 노출됐을 거에요. 저 인척 가서 뭘 하실 수 있죠? 범인도 애초에 미리 기다렸다가 어떤 사람인지 확인하고 다가올 텐데 그냥 놓치고 싶으세요?"

주형의 말에 할 말이 사라졌다. 맞다. 대포통장이며, 계정을 사고 아이피 우회를 하고 온갖 PC방을 다 옮겨 다닌 인물이 쉽게 잡히지 않을 것이다. 워낙 조심성이 많기에 이미 우리에 대한 파악도 모조리 끝낸 지 오래일 것이다. 사실 주형이 나서주면, 자신의 입장에선 이러한 점이 해결되어 좋지만, 너무나도 불안했다. 주형이 혹시나 잘못될까 봐 자신이 결국 한 명을 또 지키지 못해서 또 다른 희생자가 생길까에 대한 초조함이었다. 그런 재경을 눈치채기라도 한 듯 주형은 입을 열었다.

"저도 알아요. 위험한 거... 근데 지켜주실 거잖아요."

재경의 손을 잡고 바라보는 주형의 눈빛에 결국 재경은 항복할 수밖에 없었다. 주형의 눈빛은 지난 며칠간 봐온 공허하거나, 죄책감이 가득한 눈이 아니었다. 단호함과 믿음이 묻어있는 안광이었다.

"주형 씨 미안하지만, 우릴 좀 도와줄래요?"

재경의 말에 주형은 고개를 끄덕였다. 그제야 재경은 지난 사건에서 수사한 것들을 전부 풀기 시작했다. 증발 커뮤니티와 가로등 밑 인물 박유경이라는 존재부터 그가 물건을 없앨 수 있고, 없어진 물건의 크기에 따라 흰 가루가 생기고, 그것을 통해 주형의 말이 사실인 것을 알게 되었다는 점과 신백동 클릭PC방에 대해 이야기를 했다. 주형 또한 자신이 커뮤니티 내에서 발견한 것들을 말했다. 증발 신청자는 50명이지만, 운영자를 만나야 하며, 대화는 모두 익명 채팅 사이트에서 진행된다는 점과 수희와 같이 증발 글을 올리고 계정이 정지된 이들은 일곱 명이라는 사실을 말이다. 재경과 오민규의 얼굴이 어두워졌다. 밝혀진 아홉 명 외에 일곱 명이면 총 열여섯 명이라는 것이다. 재경은 그들의 신상정보를 알아내기 위해 주형의 계정을 지유정에게 전송했다. 주형은 재경의 태블릿에 있는 정보를 훑기 시작했고, 그 안에서 신백 클릭PC방의 CCTV를 확인하곤 말한다.

"클릭 PC방에서의 인물이 박유경인 것만 밝혀져도 증발 커뮤니티와 관련 있다고 어떻게든 할 수 있을까요?"

"그것 외에도 증거가 필요하긴 해요. 우연이라고 우길 수도 있어서 그렇지만, 지금 상황에선 그거 하나만이라도 생기는 게 좋죠?"

오민규의 대답에 주형은 고개를 끄덕이곤 말했다.

"아무래도 이 CCTV 박유경이라고 밝힐 수 있을 것 같아요."

다행히도 CCTV 영상에서 보이는 초등학생 중 한 명이 유경의 친척 동생이었다. 평소 작은 지역이라 한 다리 건너 모두가 아는 이 고립된 지역을 미워했는데, 살면서 처음으로 작은 지역이라 다행이라는 생각을 했다. 그것도 박유경의 바로 옆자리가 동생이니까. 몇 달 전 이모가 PC방 컴퓨터를 망가뜨려서 돈을 물어줬다며 엄마에게 이야기하는 것을 들었었다. 그게 유경과 연관되어있을 줄은 추어도 몰랐지만 말이다.

주형이 친척동생이라고 말 하자 재경과 민규는 속으로 다행이라고 생각했다. 독단적인 수사인 만큼 수사를 하는데, 어려움이 있었다. 특히나 초등학생 부모에게 연락 후 접촉해야하는데 분명 부모는 무슨 사건인지 묻고 무슨 일인지 하나하나 물어가며 자신의 자식에게 해가 가지 않는지 물을 것이다. 그러다 보면 자연스럽게 마찰이 생길 게 뻔하다. 그래서 어떤 핑계를 대고 연락할지 고민하고 있었다. 그런데, 주형의 친척 동생이라니 다행이었다. 주형은 곧바로 친척 동생에게 전화를 걸었다.

"정배야. 잠시 나와 누나가 아이스크림 사줄게."

토요일이기에 바로 정배를 만날 수 있었다. 아이스크림이라는 얘기를 꺼내자마자 환호하더니 친구들이랑 함께 있는데, 친구도 사주면 안 되냐고 조심스럽게 물어보는 정배에 주형의 눈이 빛났다.

"혹시 걔네가 그때 그 PC방 친구들이야?"

"엉... 안 돼..?"

주형은 알겠다며, 아파트 단지 앞에서 만나자고 얘기했다. 주형의 자취방에서 정배가 사는 아파트는 차로 7분이면 갈 수 있는 가까운 곳이었다. 혹시나 경찰과 함께 가면 아이들이 겁을 먹고 말을 안 할 수도 있으니 재경과 오민규는 근처에서 대기하고 주형이 녹음하는 것으로 협의했다. 주형은 놀이터 벤치에 앉아 정배를 기다렸고, 얼마 지나지 않아 정배와 친구들이 달려왔다. 주형은 약속대로 아이들에게 아이스크림 하나씩을 물려주고 본론부터 물어봤다.

"애들아 이 사람 알아?"

사진을 보여주자마자 정배와 아이들은 흥분하기 시작하더니 이내 침 튀기며 큰 소리로 소리를 질렀다.

"이 사람! 맞아! 이 사람! 아니 막 우리 보고 시끄럽다고 막 뭐라 그러고! 이 사람 나가고 나서 컴퓨터 고장 났다니까? 짜증나 엄마한테 이 사람 때문에 혼났어!"

"맞아! 이 사람 때문에 PC방 금지당했어요!"

"왜 이 사람 때문이라고 생각하는데? 그냥 나간 거잖아"

"아니 막 중얼거렸다니까? 나 옆자리였는데, 무슨 막 없애버리고 싶다 안돼 참아 이러면서 컴퓨터 부품도 없앨 수 있으려나? 막 이러고 이 사람이 무슨 수를 쓴 게 분명하다고 아니면 나가자마자 컴퓨터가 어떻게 고장 나 아 짜증나 진짜"

아이들은 한참을 화를 내며 유경을 비난했다. 주형은 끝이 안 날 것 같은 위기감에 알겠다며, 만원을 아이들에게 쥐어줬다. 부모님께 비밀로

하라는 말에 아이들은 빠르게 눈치채고 고맙다말하곤 뛰어갔다. 대학생으로 용돈이 빠듯한 주형의 돈이 순식간에 날아갔지만, 소득은 있었다. 이 사람이 능력을 썼다는 것과 물건이 사라지는지에 대한 확신이 없었다는 것. 그리고 그것을 경찰 조사 중에 알아냈다는 것은 이제 더욱 위협적으로 다가온다는 것이었다. 주형이 녹음해 온 것을 들은 재경과 오민규는 계획을 짜기 시작했다. 제천시 두학동은 하루에 버스가 몇 대 다니지 않으며, 특히나 심혼사 앞은 저수지가 있는 만큼 주변에 집이 없었다. 그리고 그렇게 외딴곳인 만큼 CCTV는 당연히 없었다. 만약 있더라도 마을 주민들이 자신의 밭이나 논 쪽에 사비로 설치한 것이기 때문에 영장 없이는 CCTV 확인이 어려울 것이다. 앞으로 5일간 철저하게 준비해야 한다. 마지막 기회일 가능성이 매우 크기 때문이다. 원래 움직이던 팀원의 절반은커녕 반의반 토막인 세 명이기 때문에 더욱더 철저한 준비가 필요했다. 눈치채지 못하도록 재경과 오민규는 계속해서 수사를 진행하며, 주형을 만나지 않는 것으로 했다. 조심성이 많은 인물인 만큼 유경이 언제 무슨 방법으로 연관성을 알아낼지 모르기 때문이다. 그리고 재경은 집 밖을 나가지 않은 채 홀로 시간을 보냈다.

5일 이라는 절대 길지 않은 시간 동안 오태식에게 PC방 컴퓨터에서 나온 가루 모두 일치한다는 정보를 전달 받고 실종자 7명의 행적을 찾았다. 결과 한 두 명은 실종 신고가 접수되어 있었고, 나머지 인물들은 실종도 사망 신고도 되지 않은 채 행적이 사라진 상태였다. 가족들에게 연락해본 결과 자신들도 어디서 어떻게 살고 있는지 모르니 연락하지 말아 달라는 냉정한 태도를 보였다. 그리고 그들의 주거지도 알 수 없었으며, 친한 친구들을 수소문했지만, 다들 연락이 끊겼고, 핸드폰 같은 경우는 몇 달째 요금이 끊겨 중지된 상태였다. 마지막으로 지냈던 집조차 '보증금을 다 까먹고, 월세 못 내니까 튀었지 뭐'라며 대수롭지 않게 여기는 집주인의 행동을 볼 수 있었다. 대부분 이들의 삶이 어땠을지 몰라도 보이는 결과로는 딱히 행복한 삶이 아니었다. 아니 불행에 가까웠다. 그래서 이들이 자살을 선택한 것일지도 모른다는 생각이 들 정도로 말이다.

그렇게 약속 하루 전 혹시 모를 사태를 대비해 재경과 오민규는 미리 약속장소에 가 숨을 곳을 모색하고, 시뮬레이션까지 하며 모든 준비를 맞췄다. 이 상황을 증거로 남길 카메라까지 미리 숨겨두고 주형이 있을 위치 근처 풀숲에 도청 장치까지 두면서 말이다. 그리고 약속 당일 5시간 전 그들은 각각 따로 유경에게 달려갈 수 있는 위치에 숨었다. 워낙 사람이 많이 오가는 절도 저수지도 아니기에 숨어있는 내내 근처에 주민 한두 명을 제외하면 지나가는 사람이 없었다. 약속 시간에 거의 맞춰 버스를 타고 온 주형이 미리 재경이 말해준 위치에 서서 기다렸다. 그리고 약속 시간 정각에 유경이 모습을 드러냈다. 약속대로 주형은 유경을 발견하고도 유경 쪽으로 걸어가지 않고 자리를 지켰다. 유경은 주형에게 천천히 걸어오곤 대뜸 손을 건넸다. 주형이 가만히 쳐다보고 있자 유경이 입을 열었다.

"심사."

주형은 찜찜했지만, 순순히 유경의 손을 잡았다. 유경은 세게 주형의 손을 잡고는 눈을 감았다 뜨곤 주형의 뒤쪽 허공을 바라봤다. 그러더니 다시 입을 열었다.

"탈락."

그렇게 말하고 유경은 미련 없이 손을 떼고선 뒤를 돌아 걷기 시작했다. 주형은 모든 일이 빠르게 진행됐기에 따라가는 데 시간이 걸렸다. 그런 유경을 붙잡고 주형이 왜 탈락인지 물었지만, 유경은 주형의 손을 뿌리치곤 다시 걸어갔다. 주형은 최대한 카메라 앞을 벗어나려 하지 않았지만, 지금 유경을 붙잡지 못하면 물어볼 수 없었다. 결국 주형은 카메라를 이탈해 유경을 다시 붙잡았다. 그러자 유경은 한숨을 쉬곤 말했다.

"알아서 뭐 하게? 넌 죽고 싶지 않잖아."

"내가 죽고 싶지 않은지 어떻게 아는데?"

유경은 대답해주지 않겠다는 의지가 굳건한지 주형을 바라보며 고개를 가로젓고는 다시 손을 뿌리쳤다. 그러곤 대답해줄 이유 없다며 다시 걸음을 재촉했다. 결국 그런 유경의 뒤를 바라보던 주형이 입을 열었다.

"채수희"

그 말을 들은 유경은 발걸음을 멈추곤 주형을 바라보더니 발걸음을 주형 쪽으로 옮기기 시작했다. 그런 둘을 보던 오민규가 일어나려는 모습을 취하자 재경이 황급히 신호를 주며 막았다. 현재 무슨 상황이 일어날 것같이 위험해 보이지만, 아직 타이밍이 아니다. 둘의 대화 내용을 도청 장치를 통해 듣던 재경의 판단이었다.

"채수희는 진짜 죽고 싶었던 게 맞아?"

주형의 말을 들은 유경은 '역시'라며 중얼거렸다. 게시글에 남긴 이유가 수상쩍었다. '죽음을 선택한 거야'라는 이유가 납득가지 않았기 때문이다. 보통 이유에는 구구절절하게 자신의 불행함을 이야기하거나 죽고 싶은 이유를 짤막하게 쓰는데 '선택한 거야'라는 말은 왠지 의문형 같다고 느꼈다. 혹시나 예전에 여러 상황을 생각해둔 적이 있었다. 증발한 이들의 지인이 찾아오는 경우. 아직 능력을 완벽히 쓸 수 있는 7일이라는 시간이 지나지 않았음에도 나온 이유가 그것이었다. 그리고 예상은 적중했다. 이런 경우 미리 싹을 잘라버려야 뒤탈이 없을 것이다.

"채수희는 죽고 싶어 했어. 원하던 걸 내가 이뤄준 거고."

그러곤 손가락을 튕기더니 말했다. 주머니에 손 넣어보라고 말하는 유경의 말에 주형은 손을 넣었다. 그러자 주머니에 있던 핸드폰이 없어졌다. 손에 미세한 알갱이들이 잡혔다. 주형은 그것을 손에 쥐고 꺼내 확인하니 채수희가 사라지고 남은 자리에 있던 흰 가루와 같았다. 더 알아내려 하면 이렇게 될 것이라는 경고이자 협박이었다.

"그럼 알려줘. 수희가 왜 그런 선택을 했는지 정말 원해서 한 게 맞는지"

"커뮤니티까지 직접 왔다는 건 알고 있다는 거 아니야? 채수희는 원했어. 그리고 확인했지 좀 전에 너한테 한 것처럼 당당히 합격해서 원하던 걸 이루어준 것뿐이야. 그러니 죄책감 같은 거 갖고 파내려고 하지 마."

"죄책감?"

"죄책감 갖고 이러는 거잖아 친구가 사라지는 걸 눈앞에서 봤고, 어떻게 알아냈는지 모르겠지만, 커뮤니티까지 찾아왔다면 흔적도 다 발견했을 거고, 죽고 싶어 했던 친구를 몰라줘서 그 죄책감에 어떻게든 알아내려고 하는 거잖아. 틀려?"

유경의 말에 주형의 입이 닫혔다. 사실 수희가 웃고 있다는 걸 깨닫자마자 떠오른 기억이 있었다. 과거 수희는 우울증을 달고 살았고, 항상 그것을 주형에게 말해왔었다. 너무 우울하다. 무기력하다. 그런 채수희에게 운동을 해봐라 맛있는 걸 먹자고 말하던 주형은 어느 날 그런 수희의 행동에 짜증이나 한마디 한 적이 있었다. '내가 감정 쓰레기통이야? 너 우울한 걸 왜 그렇게 말해? 네가 그러면 나도 우울해지니까 그만해.' 그 말을 하고 난 뒤 수희는 단 한 번도 주형에게 말 한 적이 없었다. 홧김에 한 말이었기에 나중에 사과까지 했지만, 수희는 괜찮다며, 자신이 생각이 짧았다고 고맙다고 말했다. 그 뒤론 괜찮아진 줄 알았는데, 그게 결국 수희 스스로 생을 끝내는 선택이 된 것이다. 처음 자살 커뮤니티에서 수희의 흔적을 발견하고 쿵 내려앉은 것은 그 때문일 것이다. 죄책감? 맞다. 죄책감을 느낄 수밖에 없다.

"참. 채수희가 전에 말한 적 있어. 넌지 정확히 모르겠지만, 자기가 자살하면 자책할 친구와 가족이 걱정된다고 그래서 자살이 아닌 증발을 원한 거야. 그러니 죄책감 갖지 마. 채수희도 그걸 원하지 않으니까."

"수희가 그런 말을 했어...?"

"그러니 죄책감 갖지 말고 네 삶을 살아. 아직 죽고 싶지도 않아 하던데. 네 영혼은"

주형의 손을 잡고 확인한 결과 영혼은 살짝만 거뭇한 것을 제외하면 밝은색을 띠고 있었다. 전혀 죽음을 원하지 않는 색이다. 아무래도 살짝 거뭇한 곳은 죄책감과 친구를 잃은 상실이겠지.

"진짜 어이없네. 살인자 주제에 무슨 신인 것처럼 구는 꼴이 우스워."

"뭐?"

"그래 수희가 우리 때문에 억지로 불행한 삶을 살아가는 것은 원하지 않아. 하지만, 평생에 걸쳐서 고민할 기회를 그리고 새로운 방향을 모색할 기회를 없애고 죽음이란 빠른 선택지로 몰아넣은 거잖아. 결국 네가 죽인 거야."

유경은 화가 난 듯 주먹을 꽉 쥐고 손을 부들거리기 시작했다. 그런 모습을 보고도 주형은 멈추지 않고 계속해서 말을 이어 나갔다. 유경이 두렵지 않을 리 없다. 두렵지만, 할 말은 해야 했다. 마치 신인 것처럼 심사하고, 남은 이들에게 죄책감 갖지 말라며 선한 사람인 것처럼 구는 것도 역겨웠다. 그저 박유경은 그런 행동을 하고 자신이 뭐라도 된 것처럼 우월감에 취해있는 것이다. 결국 그들이 더 고민하고 고민할 기회를 자신이 앗아가 놓고 말이다. 애초에 박유경이 없었더라면 더 고민했을 것이다. 그렇게 쉽게 목숨을 버리는 짓은 하지 않았을 것이다. 고민의 줄기를 잘라버리고 불을 지피고 바람까지 분 것은 박유경이다.

"너 아무것도 아니야. 너한테 그럴 권리는 없어. 네가 뭐라고 네가 신이라도 된 것 같아?"

"신? 신은 없어. 신이 있으면 왜 우리 같은 사람들이 있는데? 그래, 만약 있다고 쳐 그런 신보다 내가 더 나아. 나는 최소한 그들이 원하는 날 원하는 시간에 증발시켜줄 수 있으니까."

"누구나 한 번쯤은 죽고 싶다고 생각해. 근데 죽지 않고 사는 사람이 훨씬 많아. 최악의 상황일 때 고통 없이 사라지게 해줄게라는 선택지를 준다면 선택하지 않을 사람은 없어 그럼 이 세상에 남은 사람이 없지. 넌 그냥 모든 걸 포기하라고 포기하면 편하다고 유혹하는 악마 같은 존재야."

화가 난 유경은 다시 손가락을 튕겨 주변에 있던 물건을 없애 버렸다. 주형에게 한 번만 더 말을 함부로 했다간 저렇게 만들어버리겠다는 의미였다. 결국 그 상황을 지켜보던 재경은 오민규에게 신호를 주곤 유경의 정면에서 재경이 총을 든 채 시선을 끌었다. 순식간에 일어난 일이기에 유경은 손가락을 튕겨 재경의 총을 없앴지만, 미처 뒤에 오는 오민규를 상대하지 못했다. 오민규가 뒤에서 유경을 덮쳤고 곧바로 손을 쓸 수 없도록 붕대를 감아 손가락 전체를 감쌌다. 주형이 말하던 증언에서도 인터넷에 떠돌았다는 영상에서도 PC방 CCTV에서도 그리고 취조하던 그날에도 박유경은 손가락을 튕기는 행위를 지속했다. 그것을 알고 미리 준비해둔 붕대였다. 손을 고정해 움직일 수 없도록 말이다. 그런 손에 수갑을 채우곤 재경이 말했다.

"충북 연쇄 실종 사건이 아닌 살인 사건의 용의자로 체포합니다. 당신은 묵비권을 행사 할 수 있고 당신이 하는 말은 당신에게 불리한 증거가 될 수 있으며 변호사를 선임할 권리가 있습니다.”

재경은 미란다의 원칙을 빠르게 말했다. 바닥에 엎어진 채 제압당한 박유경은 소리쳤다.

“내가 뭘 잘못했는데!”

자신이 무엇을 잘못했는지 죽기 원하는 사람을 죽게 해준 게 뭐가 그리 큰 잘못인지 애초에 그들이 죽고 싶었던 이유에 관심도 없던 당신들이 뭐라고 자신을 처벌하려 하는지 울부짖었다. 그런 유경을 무시하고 재경은 경찰에 연락했다. 아무래도 거리가 있는 곳인 만큼 지원이 오기에는 20분은 족히 걸릴 것이다. 유경은 그 상태로 어떻게든 손을 풀어 능력을 쓰기위해 발버둥 쳤지만, 이미 꽁꽁 묶이고 제압당한 상태에서 저항은 힘들었다. 능력이 있을 뿐이지 평범한 신체를 가진 유경은 점점 힘이 풀리고 저항이 잦아들기 시작했다. 혹시 모를 사태를 대비해 차를 먼 곳에 주차했기에 이 상태로 유경을 끌고 가는 것도 그렇다고 한두 명만 남긴 채 차를 가져가는 것도 위험했다. 유경에게 또 어떤 능력이 있는지 아니면 다른 방법으로도 능력을 쓸 수 있는 것인지 알 수 없기 때문이다. 재경은 계속해서 유경이 어떠한 행동을 저지를지 모르기에 감시했다. 그리고 몇 분 흐르자 유경이 입을 열었다.

“내가 나쁜 짓을 한 것도 아니고 죽기 싫은 사람을 억지로 증발시킨 것도 아니고 원하는 사람을 증발시켜줬는데 뭐가 그렇게 큰 잘못인데…. 애초에 다른 사람들이 조금만 더 관심을 주고, 도와줬더라면 그런 선택

안 했을 거 아니야. 살인자는 내가 아니라 그런 이들을 외면한 너네야. 난 그들의 소원인 안식을 준거라고."

유경은 계속해서 같은 말을 되풀이했다. 도저히 제정신이 아닌 모습이었다. 재경은 이러한 사람을 많이 봤다는 듯이 주형에게 잠시 떨어져 있으라고 말하곤 유경의 말을 무시했다. 유경은 계속해서 뭐에 씐 사람처럼 중얼거렸다. 내가 이런 힘을 갖게 된 건 다 뜻이 있어. 이유가 있다고….

*

유경의 능력은 갑작스럽게 찾아왔다. 호기심과 순수함이 가득했던 시절 TV를 보며 어쩌면 나도 특별한 존재일지 모른다고 굳게 믿었기 때문인지 현실로 찾아왔다. 매일 같이 쓰레기가 가득한 바닥에 앉아 하루 종일 TV를 보던 유경에게 만화속 주인공들은 우상이었다. 손가락하나로 물건을 움직이는 것이 유경에겐 한 없이 부럽고 멋진 존재였다. 한참 손가락을 튕기며 놀던 중 술병 치우라는 무서운 아버지의 말에 눈치를 보던 유경은 그가 사라지자마자 다시 놀기 시작했다. 유리병을 향해 손가락을 튕기며 '사라져 버려'라고 외쳤다. 그러자 느리지만 소주병 하나가 희미해지더니 방에 흰 가루만 남은 채 사라져버렸다. 처음엔 놀랐지만, 이후에 바로 역시 나는 특별해. 유경이 처음 능력을 알게 되었을 때의 느낌이었다. 그 무렵부터 접촉한 사람의 뒤에 보이는 영혼의 색을 볼 수 있게 되었다. 세상 대부분 사람은 밝은 하얀색과 어두운색이 적절하게 섞인 것을 볼 수 있었다. 하지만, 자신의 부모님은 검은색 그 자체였다. 당시 유경은 그 색의 의미를 몰랐다.

그렇게 5년이라는 시간 동안 소소하게 능력을 사용했다. 집안의 쓰레기를 치워야 할 때 아버지가 집어던질 만한 물건을 없앨 때 매번 집을 나갈 준비를 하는 어머니의 물건을 없앨 때 등 몰래 사용했다. 하지만, 어느 날 학교에 다녀온 뒤 엄마는 이미 사라진 뒤였고, 그렇게 아버지와 단둘이 생활을 이어가야 했다. 한참 예민할 시기 유경을 돌봐주는 어른은 존재하지 않았다. 유경은 방치되었고 덕분에 학교에서는 항상 왕따였으며, 혼자였다. 자신과 접촉한 친구의 뒤에 있는 밝은 영혼의 색이 자신과 접촉하자마자 거뭇하게 어두워졌다. 그때 깨달았다 자기 눈에 보이는 것이 어떤 것인지. 검은색은 안 좋은 감정과 현재 상태였다.

"넌 태어나지 말았어야 해. 너만 아니었어도 결혼도 안 하고 난 멀쩡하게 하고 싶은 일 하고 있었겠지. 씨발 존나 짜증나네."

어머니가 나가고 아버지의 영혼의 색은 암흑 같이 변했다. 그리고 유경을 볼 때 더욱더 칠흑처럼 어두워졌다. 어두워지다 못해 참을 수 없었던 것인지 유경에게 폭언과 폭행이 더욱 심해지고 있었다. 그런데도 묵묵히 입술을 깨물고 울음을 참으며 맞는 증오에 가득 찬 눈으로 자신을 바라보는 유경을 보며 다시 한번 입을 열었다.

"소름 돋아. 병신새끼"

그날 유경은 간절히 바랐다. 죽었으면 좋겠다. 내가 아닌 저 사람이 죽어버렸으면 좋겠다. 제발 죽어버렸으면 간절히 바라며 고통을 견뎠다.

유경을 때리다 지쳤는지 바닥에 침을 뱉고 들어가는 아버지를 보며 유경은 처음 살인을 계획했다. 잠이 든 아버지를 보며 손가락을 튕겼다. 사라져 사라져 죽어버려 계속해서 중얼 거리며 손가락을 튕기기 시작했다. 평소 작은 물건까지만 가능했지만, 그날 유경의 증오와 간절함은 컸고, 결국 통했다. 사람의 몸에서 연기가 나기 시작하더니 얼마 지나지 않아 몸이 옅어졌다. 그때 느낀 유경의 감정은 행복도 죄책감도 아닌 그저 감상이었다. 아 사람은 몸에서 연기가 많이 나는구나. 그리고 사라진 가루를 보며 생각했다. 생각보다 가루가 많이 나오네. 유경은 그렇게 차분히 가루를 정리해 변기 물에 내려보냈다. 드디어 해방이다. 이 끔찍한 삶에서. 그것이 유경의 첫 살인이었다. 사라진 아버지에 대해 의아해하는 사람은 없었다. 워낙 술을 마시고 난동을 피우는 사람이었으니 그저 마누라 도망가고 지도 도망갔네 딸만 불쌍하다는 반응이었다. 덕분에 유경은 의심을 피하고 그저 불쌍한 아이가 되었다.

그렇게 성인이 되어 유경이 처음 아르바이트를 한 곳은 병원 앞 편의점이었다. 매일 밤 환자복을 입고 담배를 사 가는 자기 나이 또래의 아이와 매일 같이 마주하다 보니 말을 주고받는 사이가 되었다. 그 애는 매일 밤 편의점 앞에서 담배를 피워댔고, 손님이 많이 없는 시간이기에 유경은 그 옆에서 음료를 마시며 이런저런 이야기를 나눴다.

"넌 왜 그렇게 담배를 많이 피워? 몸도 안 좋아 보이는데, 빨리 나아야지."

"어차피 살 가망 없어. 그러니까 하고 싶은 거나 하고 죽게"

유경은 그저 고개만 끄덕였다. 그 애는 그런 유경을 슬쩍 보곤 다시 담배를 피웠다. 그 날 이후로 일주일간 그 아이는 보이지 않았다. 유경이 죽었다고 생각할 때쯤 다시 온 그 아이의 몰골은 말이 아니었다. 일주일 사이에 안 그래도 마른 몸은 더 말라져서 볼이 페일 정도였다. 다크서클도 내려온 그 애는 오늘도 담배를 샀다. 유경은 그 애를 따라 나갔다.

"왜 안 왔어?"

"아파서. 그냥 한 번씩 이래."

그 애는 말없이 담배를 연달아 계속 피워댔다.

"있지 그냥 죽을 사람 한 풀어준다 생각하고 들어줘라. 나 이번에 아플 때 드디어 죽는구나 했는데, 안 죽었어 사람 생명이 진짜 끈질긴가 봐 의사도 마음에 준비하라고 했는데, 근데 또 고비를 넘겼네? 그렇다고 완전히 나은 것도 아니고, 희망 고문이야. 이 희망 고문에서 난 그만 벗어나고 싶은데, 가족들은 아닌가봐… . 또 대출받았대. 이젠 내가 다 나아도 온 가족이 힘을 모아 돈을 벌어도 갚기 힘든 수준이야."

말을 하는 그 애의 모습이 안쓰러웠다. 유경은 결국 입을 달싹이다 말했다.

"내가 도와줄까?"

"네가 뭘 도와줘 그냥 말할 곳이 없어서 얘기한 거야."

"나 사실 초능력자야."

그 애는 반문하더니 이내 웃어버렸다. 웃겨줘서 고맙다고 다시 담배를 입에 물었다. 유경은 손가락을 튕겨 그 애의 입에 물린 담배를 없앴다. 이제 작은 것은 없애는 데 큰 시간이 걸리지도 않았다. 그 애는 입에 물려있던 담배가 사라지자 그제야 유경의 말을 믿었다.

"사람... 사람도 없앨 수 있어?"

능력을 알아차린 뒤 그 아이가 한 첫 말 이었다. 유경은 살짝 고개를 끄덕였다. 그러자 그 애는 유경의 손을 잡고 말했다. 오늘 날 없애줘.

그 애는 유경의 퇴근 시간까지 밖에서 기다렸다. 유경을 병실로 데려갔다. 며칠 전에 같은 방 쓰던 사람이 퇴원해서 지금은 혼자 쓰는 방이라며 CCTV가 있더라도 증발 시켜준다면 의심받을 일은 없을 거라고 말했다. 그래도 혹시나 가족이 죄를 묻는다면 영상으로 자신이 사라지는 것과 그리고 침대 밑에 붙은 유서를 보여주라고 말했다. 그 애는 이 순간만을 기다렸다는 듯이 준비해둔 것들을 말하곤 핸드폰 카메라로 자신이 보이는지 확인한 뒤 말했다.

"준비됐어."

유경이 손가락을 튕기자 얼마 지나지 않아 그 아이의 몸에서 연기가 나며 옅어지기 시작했다. 유경은 자신이 한 행동에 대해 후회되며 죄책감이 들기 시작했다. 하지만, 멈출 방법을 몰랐다. 서서히 사라져 가는 그 애를 보며 눈물이 터져 나왔다. 그 애는 그것을 알아차렸는지 사라지기 직전 말했다.

"고마워. 유경아."

그리고 사라졌다. 그 뒤부터였다. 유경은 일하다 힘들어 보이는 사람이 있으면, 말을 걸었고, 친분을 유지했다. 그렇게 알게 된 것이 김성배였다. 독거노인인 김성배는 나이대에 맞지 않게 점잖고 착한 인물이었다. 돈도 없어 보이면서 항상 음료를 살 때 1+1 상품이 있으면, 유경에게 하나를 주고 항상 '고생해요-' 하고 나가는 인물이었다. 밝고 열심히 살아가는 인물 같았지만, 그의 손을 잡았을 때 유경은 보았다. 아 이 사람도 죽고 싶구나. 그렇게 김성배에게 찾아가 말을 걸었다. 처음엔 역시나 믿지 않았다. 유경은 작은 물건을 없애며 보여줬고 그것을 본 김성배 또한 부탁했다. 나를 좀 없애달라고. 유경이 없애주는 그날 김성배는 고맙다는 말을 수 없이 되풀이하며, 죄책감 갖지 말아 달라고 자신 때문에 상처로 남을 유경이 걱정된다는 말까지 했다. 유경은 아니라며 고개를 젓고는 김성배의 소원을 이뤄줬다. 그때 유경은 느꼈다. 내 능력은 그들을 위한 선물이다.

*

재경은 유경을 태운 차가 떠나자 주변에 설치해둔 장치들을 수거해 영상을 확인했다. 초반을 제외하고 카메라에 찍힌 장면이 없지만, 유경이 말이 모두 작게나마 모두 녹음 되었으며, 마지막에 자신이 총을 들고 뛰어오는 장면에서 총이 사라지는 장면까지 담겨있다. 모든 증거 수집은 끝났다. 이제 유경에게 죄를 물어 벌을 주고, 사건을 종결하면 된다.

"주형 씨 정말 고마워요. 덕분에 잡은 거예요."

"근데, 팀장님. 박유경이 잘못했지만, 완전히 잘못했다고 할 수 있을까요?"

"무슨 말이에요? 주형 씨가 말했잖아요. 그들을 죽음으로 내몬 건 박유경이라고."

"그런데, 사실 수희 사라지기 직전에 웃고 있었어요. 전 그 표정을 잊을 수가 없어요. 누가 봐도 개운해보이고, 행복해 보였어요. 어쩌면, 정말 박유경의 말이 전부 사실이라면 수희의 소원을 이뤄 준거잖아요. 물론 박유경에게 그럴 권리는 없지만 어쩌면 그들에게 또 다른 희망일지…"

"주형 씨. 정신 차려요. 그들의 선택은 온전한 그들의 선택입니다. 그누구도 개입해선 안 됩니다. 주형 씨 말대로 박유경이 그들에게 새로운선택지를 주며, 시간이 지나 극복할 수 있는 걸 없앤겁니다. 성장을 막은거라고요. 그들에게 박유경이 없었더라면, 어쩌면 그들은 계속해서 생을이어 나가고 살았겠죠. 과거의 일로 남겨두고 홀홀 털고 일어나 살아갔을 거예요. 최악을 상상하지 말고. 자 어서 가요. 집에 데려다줄 테니."

재경의 말에 주형은 그저 고개를 끄덕이곤 재경의 차에 올라탔다. 재경과 주형은 유경을 잡아서 다행이라는 생각과 동시에 계속 찝찝했다. 어쩌면 최악의 상황에 있는 이에게 유경은 정말 희망 같은 아니 신처럼보였을 것이다. 하지만 그렇다고 유경이 정말 신도 아니고 죽음을 좌지

우지할 권리도 없다. 하지만…. 계속해서 꼬리에 꼬리를 물며 머릿속에서는 유경의 행동이 옳은지 아닌지 엎치락뒤치락하기 시작했다. 결론은 답이 없었다. 그들은 개운하지 못 한상태로 헤어졌다.

재경은 주형을 귀가시키고 바로 경찰청으로 넘어갔다. 오민규를 통해 미리 기본적인 증거들을 올린 상태였다. 조금 전 있었던 영상을 증거로 넘기면 이제 위에서도 못 믿겠다는 반응은 나오지 않을 것이다.

*

"없애. 이 사건 그냥 미제로 남겨."

경찰청에 들어가자마자 재경은 경찰청장실로 불려갔다. 그리고 들어가자마자 경찰청장에게서 나온 말에 재경은 상황 판단이 제대로 이루어지지 않아 그대로 반문해버렸다. 그러자 청장은 다시 한번 말했다. 미제로 남기라고. 그에 재경은 반박하기 시작했다. 약 3개월이라는 시간이 걸렸으며, 확인되지 않은 피해자까지 하면 총 16명인 연쇄 살인 사건이다. 그런데 이걸 저렇게 쉽게 미제사건으로 남기라니 받아들일 수 없었다.

"무슨 말이세요? 지금 피해자만 16명입니다. 이 사건을 미제로 남기라고요? 어떻게 잡았는데요."

"이걸 국민이 받아들일 수 있을 거로 생각하나? 우리가 글로만 올리면, 믿을 수 없다고 할 거고 영상 공개하라 요구하겠지. 그래 영상 공유하면? 아- 경찰들이 고생했네 하고 받아들일 것 같아? 국민들의 공포심만 더 커지지. 이런 능력자가 있다는 것 자체가 두려움 그 자체야."

"그렇다고 이 사건을 미제로 남기면 그건 받아들일 것 같습니까?"

"그러니까. 다른 놈 한 명 앞세워서 징계 내리는 걸로 묻어. 애초에 증거도 뭣도 없는 사건이었잖아."

청장의 반응에 재경은 말문이 막혔다. 이렇게 쉽게 미제로 남기면 국민은 받아들이지 못할 것이다. 9명의 실종자 무능한 경찰과 믿을 수 없는 충북 경찰청이라는 이미지로 낙인찍힐 것이다. 그렇게 충북 경찰청에 대한 자부심 있고, 언제나 이미지를 챙기던 사람이 이렇게 다른 태도를 보이는 것은 다른 의도가 있는 게 분명하다.

"위에서 묻으라고 합니까?"

"말조심해."

"절대 그렇게 안 둡니다. 제가 경찰복 벗는 한이 있더라도 밝힐 겁니다."

"너 하나 벗는다고 뭐 달라질 것 같아? 그리고 애초에 그 영상이 나간다고 한들 믿을 것 같냐고. 계속 조작됐다고 주장하면 그만이야. 그리고 이 팀장 잘 생각해. 계속 위로 올라가야지."

의도가 담긴 말이었다. 재경이 할 수 있는 일은 없었다. 경찰복을 벗어 진실을 알려도 시민 한 명의 의견을 묵살시키고, 없던 일로 만드는 것은 쉬운 일이다. 재경은 자신이 할 수 있는 일이 없다고 깨닫자 주먹에 힘이 들어갔다. 억울함과 분통함이 섞인 감정이었다.

"이유라도 알려주십쇼."

"이 팀장 멀었네. 아직 생각이 짧아."

총장은 그 말을 끝으로 재경에게 나가라고 명했다. 재경은 그 자리에 끝까지 남아 이유를 묻고 싶었지만, 어쩔 수 없었다. 재경에겐 그들을 이길 힘은 없었다. 이제 겨우 팀장 직급을 단 경찰일 뿐이었다. 재경은 그렇게 총장실을 나와 팀원들이 있는 곳까지 이동하는 발걸음은 그 어느 때 보다도 느리고 무거웠다. 권력에 무너진 자의 뒷모습이었다.

"팀장님! 총장님이 뭐라고 하셨나요?"

오민규의 기대에 찬 목소리에 재경은 더욱 할 말이 없어졌다. 재경은 한참을 입을 달싹였다. 하지만, 결과를 이야기해야 한다. 겨우 연 입에 선 낮게 가라앉은 음성이 나왔다.

"덮으래."

"네...?"

오민규의 반응은 조금 전 재경과 같은 반응이었다. 다른 팀원들은 오민규를 통해 사건의 모든 것을 알게 되어 재경에게 미안한 마음을 갖고 있었다. 사건을 해결한 재경이 나타나면 그동안 믿지 못해 미안하다며 사과하고 재경을 축하해주려 했다. 하지만, 들어온 재경의 모습은 차마 입을 열 수 없을 정도로 허망한 얼굴이었다. 그리고 나온 말에 팀원들은 자책하기 시작했다. 재경을 믿었더라면 자신들의 재경을 믿고 따랐다면 지금 이 결과가 달라졌을지도 모른다고 말이다. 연쇄 실종 사건을 해결한 팀이라고 믿을 수 없을 정도로 그들은 모두 자책, 후회, 허망, 미안함과 같은 우울함에 잠식되었다.

얼마 지나지 않아 재경은 위에서 덮으라는 의미를 알 수 있었다. 조금만 생각해도 알 수 있는 문제였다. 위에서는 사람을 증발시킬 수 있다는 능력자가 나왔다는 소식을 듣자 바로 그 능력을 탐낸 것이다. 이제 유경은 신분을 숨긴 채 그들의 사리사욕을 챙기기 위한 일을 할 것이다. 유경의 정보는 지워질 것이고 다음 날이면, 알 수 없는 곳으로 이동되는 유경을 재경은 마지막으로 찾아갔다.

"축하해요. 처벌 안 받겠네요."

여전히 죄가 없다고 무죄를 주장하고 있다는 유경을 재경이 비꼬듯이 말한 것이다. 하지만, 현재 자신의 상황을 모르던 유경이었기에 재경의 축하한다는 말을 이해하지 못 했다. 하지만 계속 중얼거리며 재경의 말을 곱씹던 유경의 얼굴에 웃음이 피어나왔다. 웃는 유경을 보며 재경은 끓어오르는 화를 누르고 입을 열었다.

"이젠 그 능력 마음껏 사용하면서 살겠어요. 뭐, 지금까지 살인은 살인이 아니라고 한 것처럼 앞으로 당신이 할 일도 살인은 아니라고 믿겠네요."

유경은 재경의 말을 이해할 수 없었다. 살인이 아니라고 한 것처럼 앞으로 내가 할 일? 앞으로도 계속해서 증발을 할 수 있다는 건가? 무죄라는 말인가? 유경은 이해할 수 없어 뭐라도 물으려는 찰나 재경은 그 상태로 일어나 문을 열고 나가 버렸다. 차마 유경을 계속 볼 수 없어 한계를 느끼고 빠져나온 것이다. 그리고 재경은 바로 짐을 챙겨 퇴직을 신청했다. 경찰이라는 직업에 회의를 느낀 것이다. 그다음 날 재경의 퇴직 소식을 들은 경찰청장은 골칫거리 하나를 해소했다는 듯이 바로 애매모호한 타이틀을 언론에 뿌렸다. [충북 독거노인 연쇄 실종 사건… 결국 미제? 담당 형사 옷 벗다] 재경이 옷을 벗는 게 마치 자진해서가 아닌 징계를 내린 것처럼 말이다. 끝까지 재경에게 실망을 줬다.

주형은 뉴스 타이틀을 보고 재경에게 연락했지만, 재경과의 연락은 닿지 않았다. 결국 오민규에게 연락해 사건이 어떻게 된 건지 물었다. 하지만, 오민규 역시 말해줄 수 없다며 주형에게 정말 미안하다고 연신 사과했다. 왜인지 더 묻고 싶었지만, 말을 하는 오민규의 목소리에 차마 물을 수 없었다. 그리고 제일 걱정 된 것은 재경이었다. 사건을 해결했는데, 옷을 벗다니… 주형이 재경에 대해 묻자 오민규의 목소리가 더욱 가라앉았다.

─이 팀장님 스스로 퇴사하셨고, 아무와도 연락 안 됩니다… 잠적하셨어요.

주형은 그 끝으로 재경과 유경에 대한 소식을 전혀 듣지 못했다.

결국 채수희는 미제로 남았기에 여전히 채수희는 사망자가 아닌 실종자였다. 실종 기간이 오래되면 결국 주민등록번호를 말소하며, 채수희의 사망이 인정될 것이다. 그리고 남겨진 주형은 평생토록 채수희를 기억할 것이다.

*

유경은 바로 다음 날 재경의 말을 이해할 수 있었다. 누군지 모르는 정장을 입은 남성들이 유경을 데리고 이동했다. 두려움에 떨며 도착한 곳은 온갖 범죄가 일어나도 아무도 알 수 없을 정도로 외딴곳에 있는 허름한 폐건물이었다. 그들은 유경을 안으로 데리고 이동했고, 그 안에는 유경을 둘러싼 남성들과 같은 또 다른 남성들 사이에 여유롭게 앉아 있는 인물과 그 앞에 다 죽어가듯 쓰러져 있는 인물이 보였다. 유경은 곧 자신의 미래일지도 모른다는 불안함에 다리에 힘을 주며 가까이 가지 않으려 했지만, 그들의 힘으로 억지로 다 죽어가는 인물의 앞에 힘없이 던져졌다.

"자, 없애."

여유롭게 앉아있던 자는 유경에게 명령했다. 유경은 이 모든 상황이 두려워 한 번에 그 말뜻을 이해하지 못했다. 두려움에 지배된 채 소리가 난 쪽으로 고개를 돌렸다.

여유로운 남성은 그제야 유경의 정보가 기억났다. 죽음을 원하는 자만 증발시켜줬다며 무죄를 주장했다는 것. 그렇다면 알량한 도덕성과 우월함에 취한 인물이다. 그래, 소중한 능력을 가지신 분이니 그렇게 대우해드려야지. 여유로운 남성은 생각을 끝 맞추곤 유경을 향해 부드럽게 웃어 보였다. 그러곤 입을 열었다.

"이 사람은 기업의 비밀을 유출한 장본인이야. 이 사람 때문에 몇 명이 실업자가 됐는지 알아? 그중에 자살한 사람도 있어. 그래서 기업의 비밀을 다시 돌려 달라고 데리고 온 건데, 이제 그냥 자기를 죽이라더군. 그래서 소원을 이뤄주려고. 그래서 박유경 널 데려온 거야."

남성의 말은 전부 사실이었다. 내놓으라는 대기업에서 바보같이 비밀 장부를 들고 사라졌다. 그 장부가 공개되면 정치가부터 임원들까지 전부 위험했고, 남성 또한 골치 아픈 일에 연관될 수도 있었다. 그래서 몇몇 사람에게 책임을 물었고, 두려움을 느낀 이들 중에는 자살을 한 사람도 존재했다. 물론 그가 죽인 이들도 무수히 많았다. 얼마 안 가 장부를 빼돌린 놈을 찾아 손쉽게 장부를 돌려받았지만, 시체 처리는 워낙 손이 많이 가 고민하던 중이었다. 그런데, 시체까지 전부 사라지게 하는 능력을 갖춘 이가 나타났다니 얼마나 탐나는 물건인가. 뒷일도 신경 쓸 필요 없는 간편함과 실종 처리되어버리면 이미지 타격도 없고, 손쉽게 죄를 뒤집어씌울 수도 있었다.

남성의 말을 이해한 유경의 손이 떨려왔다. 유경은 처참한 그의 손을 잡았고, 그의 뒤에 보인 것은 정말 어두운 영혼의 색이었다. 그제야 유경은 깨달았다. 죽고 싶은 이들 중 정말 스스로 죽음을 원하던 이만 존재하던 게 아니라는 것을 말이다. 결국 일이 해결되면 바뀔 수 있다는 것이다. 그 대표적인 예가 눈앞의 사람이었다. 이 사람은 이곳에서 벗어나면 숨어서라도 삶을 이어갈지도 모른다. 장부를 가져갔다는 것은 목숨을 걸어서라도 지키고 싶거나 알리고 싶은 사실이 있었을 것이다. 하지만 지금 그에겐 처절하게 고통받다 죽든지 깔끔하게 죽든지 두 가지 선택지뿐이었다. 만약 자신이 이곳에서 나가게 해준다면 이 사람의 인생이 바뀔까? 유경이 조용히 중얼거리며 물었다.

"만약 이곳을 나가게 도와준다면 살 건가요?"

그러자 처참한 상태의 그가 눈을 슬쩍 떴다. 그리고 그의 뒤에 보이던 죽음을 원하던 영혼의 색이 점차 밝은색으로 변했다. 아, 사람의 삶은 정말 작은 것 하나에도 바뀔 수 있구나. 유경은 과거 자신의 일들이 주마등처럼 스쳐 지나갔다. 자신이 증발시킨 이들에게 단순한 위로의 말이나 상황을 벗어날 수 있도록 도와줬더라면 그들은 살았을지도 모른다. 죽음으로 그들에게 안식을 취하는 것보다 이 능력을 다른 쪽으로 사용했더라면, 그들이 가장 큰 문제로 느끼는 것들을 없애줬더라면… 유경은 과거 자신의 행동에 대한 후회가 파도처럼 덮쳐왔다. 가만히 손만 잡고 아무런 행동을 하지 않는 유경의 모습에 인내심이 바닥난 남성은 입을 열었다.

"빨리해. 안 하면 너도 죽어. 시체 처리가 귀찮아서 부탁한 건데, 뭐 귀찮을 뿐이지 못 하는 건 아니니까."

뒤에서 들리는 소리에 유경은 눈을 꽉 감았다. 이 많은 사람을 없애는 건 불가능하다. 결국 유경에게 선택지가 없었다. 한 명을 증발시키고 나면, 그 후로 일주일간은 능력을 제대로 사용할 수 없을 정도로 유경에겐 사람 한 명이 한계였다. 유경은 떨리는 손으로 그에게 미안하다고 말한 뒤 손가락을 튕겼다. 유경의 말을 들은 그의 얼굴은 그동안 사라지던 이들과 똑같은 얼굴이었다. 체념과 고통에서 벗어나니 개운하다는 얼굴. 지금까지 그들이 정말 행복해서 지은 표정이라 생각했는데… 유경은 그 상태로 멍하니 증발되는 그를 바라봤다. 그러자 뒤에서 박수치는 소리가 들렸다.

"역시 대단하네."

유경이 들은 말 중 가장 소름 끼치는 말이었다.

그렇게 유경은 비슷한 일을 세 번째 하던 날 밤 사라졌다. 유경의 능력과 다르게 입고 있던 옷도 가루도 모든 흔적을 남기지 않고 사라졌다. 건물 밖에서 문을 여는 구조로 안에 있는 이는 어떤 방법을 써도 나올 수 없는 곳이었으며, 창문 하나도 없던 공간이다. 밖에는 무수히 많은 이들이 유경을 가둬두고 있었다. 그런데, 그곳에서 유경은 사라진 것이다. 유경이 사라진 것을 알자 고위권력자들은 소란스러워졌다. 유경이 해야 할 일은 산더미처럼 쌓여있고, 무엇보다도 유경이 어딘가에 가서 발설할 경우 관련된 이들은 모두 파멸이다. 지금까지 유경이 쓴 능력과 다른 흔적이기에 불안함을 느낀 이들은 어떻게든 유경을 찾아내기 위해 혈안이 되었다. 음지에서 사람 잘 찾기로 유명한 이들까지 전부 합류시켜 유경을 찾기 위해 애썼지만, 긴 시간이 흘러도 유경의 흔적을 찾을 수 없었다.

완벽한 증발이었다.

나의 별에게

권희연

어렸을 때 부모님을 잃고 할머니 품에서 자란 주인공 박하영. 유일한 가족이었던 할머니마저 돌아가시고 돈을 모으기 위해 여러 아르바이트를 하며 살아가고 있다. 그러다 우연히 죽음을 관리하는 남자를 만나게 되고 남자는 과거 자신이 해결하지 못했던 하영의 오류를 다시 해결하기 위해 그녀에게 계약을 요구한다. 자신이 살 방법은 그 남자와 가까이 지내는 거란 걸 알게 된 하영은 남자의 계약을 수락한다.

그렇게 주어진 두 사람의 새로운 운명이 그들은 어떤 결과를 가져올지 두 사람은 알지 못했다.

나의 별에게는 한 명이 죽지 않으면 다른 한 명이 죽게 되는 상황에 놓인 두 남녀의 사랑 이야기를 그려냈다.

급하게 집을 빠져나오는 하영. 정류장에 겨우 도착해 급하게 나오느라 구겨 신은 신발을 정리하고 가방에 넣어둔 카드지갑을 꺼낸 뒤 자신이 타야 할 버스의 시간을 확인했다. 하지만 버스가 떠나간 건지 정류정 화면에는 집에서 보고 나왔던 버스 도착 예정 시간과는 다른 시간이 찍혀 있었다. 아르바이트 지각을 막을 수 있던 마지막 버스를 놓친 하영은 다음 버스를 기다리긴 힘들 거라 판단하고 지나가던 택시를 잡아 올라탔다. 아직 이번 달 월급이 들어오지 않아 택시가 부담스러운 하영이었지만 지각을 하여 아르바이트에서 잘리는 것보단 나은 거라며 어쩔 수 없었던 일이었다고 자신을 설득했다.

몇 분을 달렸을까 아르바이트하는 가게에 거의 다 왔지만 좀 전까지 신나게 달리던 차들이 갑자기 요지부동이었다. 출근 시간은 다가오는데 차들은 움직일 기미가 보이지 않자 하영의 마음이 점점 초조해져갔다.

"이상하네···. 사고가 났나···."

초조하게 밖을 보는 하영을 봤는지 혼잣말을 하는 택시 기사. 그 말을 들은 하영이 시계를 확인하고 손에 쥐고 있던 현금을 택시 기사에게 전해주고 택시에서 내렸다. 그러곤 촉박하게 남은 출근 시간을 맞추기 위해 뛰기 시작했다. 멀리 건너야 할 신호등이 파란불로 바뀌자 더욱더 속도를 내 달리는 하영. 빠르게 달려오던 하영이 신호등에 발을 딛자 아슬아슬하게 하영의 앞을 지나쳐가는 오토바이 한 대. 갑자기 나타난 오토바이에 놀란 하영이 뒤로 넘어지며 바닥에 주저앉았다.

"아야…. 아파라…."

"괜찮아요?"

손바닥에 묻은 흙을 털던 하영에게 들려오는 목소리. 목소리의 주인공을 쳐다보자 앞에 서 있던 남자가 손을 내밀었다. 남자의 손을 바라보다 시야의 건너편에서 깜박이는 초록 불을 발견한 하영이 남자의 손을 잡을 새도 없이 일어나 횡단보도를 건넜다.

뛰어가는 하영의 뒷모습을 바라보던 남자가 떨어진 그녀의 다이어리를 주웠다.

"웬일입니까? 이런 큰일 시작 전에 먼저 오시고."

다이어리를 바라보고 있던 남자에게 검은색 정장을 입고 손에는 검은색 코트를 들고 있는 여자가 다가와 말을 걸었다.

"아, 이런 현장은 오류가 자주 일어나니까, 미리 와있었지."

"무슨, 평소에는 다 끝나고 오면서."

자신에게 다가온 여자를 보지도 않고 다이어리에 눈길만 주고 있는 남자.

"저기 너 찾는 거 같은데? 어서 가보지?"

남자가 사고 난 버스 옆 피에 젖은 채 서 있는 사람들을 턱으로 가리키며 말하자 여자가 한숨을 쉰 뒤, 들고 있던 코트를 입고 버스 쪽으로 천천히 걸어갔다. 사고 현장 가운데에서 사람들과 대화하는 여자를 한동안 바라보던 남자가 구경꾼들 사이를 유유히 지나쳐 사라졌다.

피로가 가득 찬 얼굴을 하고 집으로 향하고 있는 하영. 사고가 났던 도로를 지나치다 아르바이트 시작 전에 들었던 이야기가 떠오른다.

"너, 오는 길에 봤어?"

아슬아슬하게 지각하지 않은 하영이 흐트러진 옷을 다듬으며 탈의실에서 나오자 같이 일하는 수인이 기다렸다는 듯 하영에게 다가와 말을 걸었다.

"네? 뭐를요?"

하영이 뛰어오느라 풀린 머리를 다시 묶으며 수인의 물음에 대답했다.

"여기 앞 사거리에서 80번 버스 전복됐잖아!"

"네? 버스가요?"

수인의 말에 하영이 사거리 쪽 창문을 흘깃 쳐다봤다.

"구급차에 경찰차까지 장난 아니야 지금."

"아…. 그래서 차가 막혔구나…. 전 급하게 오느라 몰랐어요."

"저렇게 난리인데 몰랐다고? 너도 참…. 아, 그러고 보니 너 80번 타고 오지 않아?"

"그게, 버스를 놓쳐서 택시 타고 왔거든요. 저게 제가 놓친 버스 같은 데요?"

"와, 그럼 사고 날 뻔했던 거네? 운 좋았다."

"무슨…. 아, 어서 오세요."

때마침 들어온 손님으로 인해 두 사람의 대화가 끊겼다. 손님의 주문을 받은 하영이 창문을 잠깐 바라보곤 음료를 만들기 시작했다.

"만약 버스를 놓치지 않았으면 지금쯤 난 죽었을까…. 죽으면…. 돈 걱정 안 해도 되고 좋을 텐데…."

낮의 기억을 떠올린 하영이 사고가 난 도로를 바라보며 혼잣말을 중얼거렸다. 그런 하영을 멀리서 지켜보던 남자가 하영과의 과거 일을 회상했다.

때는 하영이 초등학생이던 시절. 가족들과의 여행 후 집으로 올라가던 중 일어난 전복사고. 그 현장에 저승사자가 도착하기 전 먼저 도착한 남자가 망자의 명부에 적혀있던 하영의 가족 이름을 하나씩 읽어가다 하영의 이름 옆에 흐릿하게 적혀있는 '死亡'과 피를 흘리며 정신을 잃은 하영을 번갈아 바라보다 하영에게 다가가 손을 뻗었다. 남자의 손이 하영의 얼굴에 다 와 갈 때쯤. 하영의 몸에서 작은 빛이 나며 남자의 손이 튕겨 나갔다. 처음 겪는 일에 당황한 남자가 멀리 떨어져 하영을 바라보다 다시 손을 뻗지만, 상황은 그대로였다. 뒤이어 도착한 저승사자에게 상황을 알린 뒤 하영의 인도를 잠시 보류하라는 지시를 남기고 현장을 떠났다.

이제는 멀리 걸어가 보이지 않는 하영. 그녀가 걸어가던 길을 바라보다 하영의 다이어리 첫 장에 적혀있는 그녀의 이름과 그 옆에 끼워져 있는 가족사진을 바라보는 남자.

며칠 뒤 하영이 일하는 카페에 들어온 남자가 카운터에 서 있는 하영에게 다가가 들고 있던 다이어리를 전해줬다. 잃어버린 줄 알았던 다이어리가 눈에 보이자 놀라 남자를 쳐다보는 하영.

"이걸 왜 손님이…."

"저번에 떨어트렸는데, 기억 안 나요?"

"네…? 아, 신호등?"

남자의 얼굴을 자세히 바라보던 하영은 며칠 전 신호등에서 오토바이에 치일 뻔한 자신에게 손을 내밀어준 남자란걸 떠올렸다.

"아 그때 잃어버렸구나…. 찾아주셔서 감사합니다. 근데, 제가 여기서 일하는 거 어떻게 아셨어요?"

"지나가다 일하는 거 봤었어요."

"그렇군요…. 아, 잠시만요."

하영이 다이어리를 잠시 옆으로 치워둔 뒤 커피를 만들어 남자에게 건네줬다.

"이거, 여기까지 가져다주셔서 감사해요."

커피를 받으며 두 사람의 손이 잠깐 스치며 지나쳤다.

"안 줘도 되는데, 고마워요."

커피를 받은 남자가 감사 표시를 한 뒤 카페를 빠져나왔다.

"그때처럼 튕기진 않는데."

아직 하영을 만질 수 없는지 확인하려고 일부러 하영의 손을 스친 남자. 과거처럼 자신을 튕겨내는 힘이 그녀에게 있지 않다는 사실을 확인하고 서둘러 집으로 향했다.

집으로 온 남자가 연도별로 정리된 책장에서 2009년의 파일들을 꺼내 빠르게 훑었다. 많은 망자의 서류들이 지나치다 이내 하영의 이름에서 멈추는 그의 손. 사건 당시보다 더 흐릿해진 '死亡'. 하영의 명부를 들고 그녀의 인적 사항이 적힌 파일을 꺼내 읽어 내려가는 그. 며칠 전 사망한 하영 할머니의 이름을 확인하고 과거의 기억을 떠올렸다.

"너구나. 망자의 인도를 방해한 자가."

하영이 입원해 있는 병원 앞. 덕순을 만난 남자가 덕순에게 다가가 말을 걸었다.

"아직 어린아이의 목숨을 가져가 뭣 하려고!"

남자를 발견한 덕순이 그를 향해 소리쳤다.

"인간의 수명은 정해진 법. 너 따위 인간이 막을 수 있는 게 아니다. 당장 그 아이를 내놔."

"하영인 데려갈 수 없어. 너 같은 존재는 손도 댈 수 없을 거다."

"하늘이 무섭지 않은 건가."

"죽을 날이 얼마 남지 않은 나에게 하늘은 무서운 존재가 아니지."

덕순이 손에 들고 있던 지팡이를 땅에 내려치자 남자에게 바람이 몰아쳤다. 세게 몰아치는 바람에 눈을 뜨지 못하게 된 남자. 이내 천천히 바람이 멈추고 눈을 뜨지만, 덕순은 이미 사라진 뒤였고 그에게 느껴지던 하영의 기운 또한 더 이상 느껴지지 않았다. 인간에게 당했다는 사실에 어이없어 한 그. 헛웃음을 지으며 사라진다.

"그자 때문이었구나. 네가 널 건드릴 수 있게 된 것과 너의 기운을 다시 느끼게 된 것도."

남자는 덕순의 인적 사항이 적힌 종이를 내려놓고 생각에 잠겼다. 덕순이 죽으며 그가 하영의 기운을 느끼게 된 건 맞지만 과거처럼 정확한 위치를 느끼게 된 건 아니었다. 대략적인 위치만 느껴졌던 것. 하지만 하영을 만질 수 있는 상황에서 기운이야 약해도 상관은 없었다. 약하게나마 알아낸 하영의 위치로 그녀에게 사고를 만든 뒤 망자로 만들고 인도하면 그만인 일이었다. 하지만 며칠 동안 그녀를 지켜보면서 여러 사고를 만들었지만 모두 그녀를 비켜나갔었다. 이 때문에 새로운 방법을 생각하는 남자였다.

며칠 뒤 아르바이트를 끝내고 집으로 돌아가던 하영을 뒤에서 보고 있던 남자가 멀리서 달려오던 자동차를 향해 손가락을 튕기자 그녀를 향해 빠른 속도로 자동차가 달려왔다. 순간적으로 달려오던 자동차를 피하지 못한 하영이 그대로 기절해버렸다.

시간을 멈추고 기절한 하영을 내려다보던 남자는 이내 하영의 꿈속으로 들어갔다.

"박하영."

카페에 앉아 잠시 쉬고 있는 하영을 부르는 남자.

"어서 오세…. 어? 오늘도 오셨네요."

남자를 발견한 하영이 일어나 카운터 앞으로 걸어가며 말을 걸었다.

"근데, 내 이름 어떻게 알아요? 난 이름을 알려준 적이 없는데."

"그것만 이상해? 여긴 어디고 방금까지 어디에 있었는지 기억 안 나?"

남자의 말에 하영이 주변을 둘러봤다.

"어? 그러고 보니 나 퇴근 중이었는데, 횡단보도를 건너다 차에 치였고…."

하영이 자신의 상황을 조금씩 인지하자 주변에 자리하던 카페의 의자와 책상. 원두의 냄새가 점점 사라지더니 무의 공간으로 변해갔다. 주변이 변해가는 모습에 놀라 두리번거리는 하영.

"여긴 너의 꿈속이야. 네가 꿈이란 걸 인지해서 주변이 아무것도 아닌 공간으로 변한 거고."

"여기가 내 꿈속이라고요? 그럼 손님은 어떻게 여기 있는 거예요?"

주변을 돌아다니며 구경하던 하영이 남자의 말에 남자 가까이 다가와 말을 걸었다.

"난 인간이 아니야. 인간의 죽음을 관리하는 관리자야."

"관리자요? 그게 뭔데요? 저승사자 같은 건가?"

"비슷한데, 나는 인간의 죽음을 결정해. 때로는 인간의 죽음에 있어 일어난 오류들을 수정하는 일도 하고. 저승사자는 그다음의 일들을 하는 거고."

"아… 근데 왜 내 꿈속에 당신이 있는 거예요?"

"'심덕순'이라는 이름, 알지?"

"우리 할머니 성함인데…."

남자의 입에서 할머니의 이름이 나오자 놀란 하영이 대답했다. 하영을 바라보던 남자가 입가에 살며시 미소를 띠며 이야기를 마저 이어갔다.

"그자가 너의 운명을 바꿨어. 아마 14년 전이었나. 너도 알지? 그때 어떤 일이 있었는지."

"14년 전이면…. 부모님이 돌아가신…."

"맞아. 넌 원래 그날 죽었어야 했어. 근데 심덕순 그러니까 너의 할머니가 손을 써서 그걸 막았어."

"할머니가…."

하영의 표정이 굳어지자 남자가 하영에게 한 발짝 다가가 자기 얼굴을 밀착시켰다.

"표정이 왜 그래? 할머니 덕분에 넌 더 살 수 있었던 거잖아. 좋아야 하는 거 아닌가?"

그녀의 표정을 가까이서 본 남자가 하영의 표정을 이해할 수 없다는 듯 갸웃거리며 굽혔던 허리를 펴며 말했다. 남자의 행동과 말투에 이해할 수 없다는 표정으로 그를 바라보는 하영.

"뭐, 그게 문제는 아니니까. 자, 그래서 내가 너의 꿈속까지 찾아와 하고 싶었던 말은 너의 할머니가 건들지 말아야 할 걸 건드렸어. 그래서 좀 복잡하게 됐고…. 아마 할머니가 죽은 지 이제 1년이 넘었나? 그럼 봤을 건데, 너의 할머니가 바꿔서 어긋난 운명의 모습들을."

남자가 말하면서 하영의 눈앞에서 양손을 까닥거리며 움직였다. 하지만 자기의 행동과 말에 그녀가 반응을 보이지 않자 잠시 생각하던 남자가 하영을 등지고 천천히 걸음을 옮겼다. 남자가 걸을 때마다 그 속도에 맞춰 주변의 모습이 천천히 변하더니 이내 빠른 속도로 며칠 전 하영이 출근하던 당시의 모습으로 변해갔다. 갑자기 변한 주위에 놀라 하영이 두리번거리다 멀리서 뛰어오는 자기 모습을 발견했다.

"저건 난데⋯."

자기 모습을 눈으로 좇던 하영이 멀어져가는 자신의 뒤를 천천히 따라갔다. 과거의 하영이 급하게 뛰어 버스정류장으로 향하지만, 버스는 이미 한참 전에 출발해 정류장을 떠난 뒤였다. 버스의 시간을 확인하며 절망하는 그녀의 모습을 바라보던 중 주변의 공간이 빠르게 바뀌며 버스 사고가 난 현장의 모습으로 바뀌었다.

"이게 무슨⋯."

갑자기 변한 공간에 놀라 발걸음을 멈춘 하영. 그런 하영의 곁으로 남자가 천천히 걸어오며 말했다.

"아마 네가 저 버스를 탔다면 넌 저 버스에서 죽었을 거야. 그리고 여기."

남자가 손가락을 가볍게 튕기자 두 사람이 사고 현장 건너편 횡단보도에 나란히 서서 빠르게 지나가는 오토바이에 놀라 주저앉은 과거의 하영의 모습을 바라보며 서 있었다.

"봐 이때도 아슬아슬하게 사고를 피했네. 하루에 두 번. 죽음을 피해 간 게 과연 우연일까? 아니지, 피해 간 게 아니라 하루에 두 번이나 죽을 뻔했다고 하는 게 말이 맞겠다. 어때 우연이라고 생각해?"

남자의 말에 하영이 그를 가만히 올려다봤다.

"우연이 아니지. 저게 내가 말한 어긋난 운명의 모습이야. 초반엔 저렇게 가벼운 모습으로 나타날 거야. 그러다 점점 무거워지고 커진 모습으로 널 찾아오겠지. 하지만 넌 죽지 않아. 넌 이미 오류로 인해 명부에 이름이 적히지 않는 상태거든. 그럼 널 찾아온 운명은 어떻게 될까? 빗나갈까? 아니. 죽지 않고 모든 운명을 겪게 될 거야. 그러다가 죽을지. 아니면 평생 그러고 살지는 모르는 일이야."

"죽음을 관리한다며, 그런데 모른다니요?"

드디어 남자의 말에 하영이 반응하고 그런 하영의 반응에 남자가 살짝 미소를 띠며 그녀의 질문에 답을 해주었다.

"운명이란 게 원래 그런 거야. 우리 같은 존재도 알 수 없어. 항상 멋대로 왔다 갔다 예측할 수 없는 게 운명이거든."

남자가 팔을 들어 어깨를 으쓱거리며 말했다. 남자의 말을 들은 하영은 횡단보도에 주저앉아 멈춘 과거 자기의 모습을 멍하니 바라보다 그 방향으로 천천히 걸음을 옮겼다. 한 걸음 한 걸음 움직이다 횡단보도의 중간 지점에 다다른 하영. 갑자기 옆에서 끼익- 하는 찢어질 듯한 타이어 마찰음 소리에 두 귀를 움켜쥐고 그 자리에 주저앉았다. 소리가 난 뒤에도 자신에게 아무 일도 일어나지 않자 살며시 눈을 떠 소리가 들렸던 위치를 슬쩍 쳐다보는 하영. 눈을 뜨자 코앞에 보이는 자동차 범퍼에 놀라 다리 힘이 풀려 바닥에 앉았다. 그런 하영의 뒤에서 남자가 천천히 걸어와 그녀 앞에 멈춰 섰다.

"여기까지. 이건 오늘 있었던 운명."

"하아…. 하아…. 원하는 게…. 뭐야, 당신."

놀란 마음에 가쁜 숨을 몰아쉬며 하영이 남자를 쳐다보았다. 하영의 말에 남자가 한쪽 다리를 꿇고 그녀와 눈높이를 맞춘 뒤 질문에 답을 전했다.

"원하는 거, 네 목숨. 말했잖아 난 죽음을 관리한다고. 어긋난 운명을 정리해야지."

"내 목숨?"

"그래 목숨."

남자가 숙였던 몸을 일으킨 뒤 조금 떨어진 거리에서 하영을 내려다보았다. 그런 그를 하영이 올려다보자 짧게 두 사람의 시선이 마주쳤다.

"아쉽네 벌써 일어날 시간이야. 다음엔 시간이 많을 때 찾아올게."

말이 끝남과 동시에 남자의 모습이 점점 흐릿해지며 이내 사라지고 흐릿하게 들려오던 사람들의 소음이 점점 선명하게 들려오다 살며시 눈을 뜨는 하영. 눈을 뜨자 하얀 천장과 함께 익숙한 목소리가 들려왔다.

"…아, …영아, 괜찮아?"

들려오는 소리를 따라 고개를 돌리는 하영. 시선의 끝에 있는 수인을 발견하고 자신의 상황을 파악했다. 아른아른 들려오는 앓는 소리와 코 끝에서 느껴지는 병원 특유의 냄새. 하영은 금방 자신이 병원에 있다는 사실을 깨달았다.

"아…. 병원이에요?"

잠긴 목소리로 수인에게 묻는 하영.

"그래! 너 사고 났다는 연락받고 얼마나 놀랐는지 알아?"

수인이 하영을 가볍게 툭 치며 장난 섞인 걱정을 늘어놓았다. 그런 수인의 말에 살짝 웃으며 그녀와 짧게 대화를 이어가는 하영.

"아, 저 퇴원은 언제 해도 된대요?"

"아, 이거 다 맞으면 가도 된다고 했어. 기다려 내가 수납하고 올게."

수인이 수납을 위해 응급실을 빠져나가고 하영은 침대에서 일어나 가지런히 놓여있는 소지품을 하나둘 챙기기 시작했다. 몇 없는 소지품을 챙기고 침대에 앉아 팔과 다리에 붙은 거즈를 바라보며 꿈에서 있었던 일을 생각하는 하영. 그러다 수납을 마치고 온 수인과 함께 병원을 빠져나갔다. 그리고 그 모습을 멀리서 바라보는 남자.

며칠 뒤 혼자 카페 마감을 하던 하영. 홀 청소를 마치고 가득 찬 쓰레기봉투를 버리기 위해 카페 밖으로 나오자 뒤에서 익숙한 목소리가 들려왔다.

"오랜만이야?"

하영이 소리가 나는 쪽을 바라보자 그녀와 조금 떨어진 가로등에 기대어 하영은 바라보며 서 있는 남자를 발견했다. 하영과 눈이 마주치자 그녀에게 천천히 다가오는 남자. 두 사람의 거리가 가까워지자 남자가 걸음을 멈췄다.

"싫어요. 난 내 목숨 그 쪽한테 안 줘요."

남자의 걸음이 멈춤과 동시에 말하는 하영. 자신은 아무 말도 하지 않았는데 하영이 자신에게 쏘아붙이듯 말하자 남자의 입에서 헛웃음이 새어 나왔다.

"허? 뭐라고?"

"내 목숨 그 쪽한테 안 준다고요! 내 목숨 당신한테 주면 난 죽을 텐데 당연한 거 아닌가요."

하영의 말에 남자가 어이없다는 웃으며 하영을 바라보았다.

"그럼, 말 다 했으니 이만 가볼게요."

웃으며 서 있는 남자를 뒤로하고 하영이 카페로 발길을 옮겼다. 걸어가는 하영의 뒷모습을 남자가 차가운 눈빛으로 쳐다보자 하영의 머리 위로 작은 화분이 떨어졌다.

"어! 조심해요!"

떨어지는 화분의 주인이 하영을 발견하고 조심하라며 소리쳤고, 그 소리에 하영이 떨어지는 화분을 발견했다. 빠르게 떨어지는 화분에 하영이 급하게 팔을 들어 자기 얼굴을 감싸자 순간 시간이 멈추며 화분이 그녀의 머리 위 공중에서 멈췄다. 그러다 들려오는 발걸음 소리에 하영이 얼굴을 감쌌던 팔을 내려 발걸음 소리가 나는 방향을 바라보았다.

"이건 제안이 아니라 통보야. 네가 좋다 싫다 할 문제가 아니라고."

차가운 표정으로 하영 앞에 선 남자가 말했다. 남자의 표정을 본 하영이 겁에 질려 얼어붙자 그런 모습이 우습단 듯 남자가 작게 웃어 보였다.

"아까의 당돌한 모습은 어디 가고 이렇게 얼어붙었나?"

남자의 말에 얼어붙었던 하영이 공중에 떠 있는 화분을 들어 남자에게 던졌다. 날아가던 화분이 남자에게 닿기 직전, 화분이 산산조각이냐며 공중으로 흩어졌다. 화분 조각들이 흩어지면서 옷에 튄 흙을 남자가 손으로 가볍게 툭툭 털어내고 하영을 쳐다보았다.

"통보? 통보면 이미 네가 날 죽였겠지, 근데 나한테 와서 그런 제안을 한다고? 웃기지 마. 날 죽이지도 못하면서 통보니 어쩌니 협박하지 마."

남자에게 말을 쏟아내고 급하게 카페 안으로 뛰어 들어가 문을 잠가버리는 하영. 그녀가 카페의 문을 잠그는 순간 멈췄던 시간이 다시 흐르기 시작했다. 흐르는 시간을 뒤로하고 잠겨진 문을 바라보던 남자가 짧은 미소를 띤 뒤 사라졌다.

현관에 들어선 하영이 그대로 바닥에 앉아 무릎에 얼굴을 파묻었다. 짧은 시간 동안 자신에게 일어난 일들에 두려움을 느낀 하영. 한동안 그 자리에 앉아 마음을 진정시켰다.

시간이 흐르고 마음을 진정시킨 하영이 방으로 들어와 침대에 그대로 쓰러졌다. 천장을 한없이 바라보던 하영. 순간 밤마다 할머니가 적던 일기가 떠올라 바로 일기를 모아둔 상자를 꺼내 한 권씩 빠르게 훑다 과거 사건이 있었던 날짜의 일기를 발견하고 신중히 읽어나가기 시작했다.

'2009년 X월 X일
꿈을 꿨다. 좋지 않은 꿈이었다. 딸과 사위 그리고 하영이에게 드리우는 죽음의 그림자. 딸과 사위는 희망이 없어 보여 하영이라도 살리기 위해 여행 가는 아이의 주머니에 부적을 넣었다. 다행히 부적의 효과가 있어 하영이는 화를 입진 않았다. … '

'2009년 X월 Y일
새벽에 인간이 아닌 존재가 찾아왔다. 하영이를 찾아온 것 같았는데 그자가 하영이를 찾지 못하도록 수를 써야 할 것 같다. …'

이다음의 일기는 평범한 내용뿐인 일기가 이어졌다. 이따금 사고를 언급하며 안성댁이라는 사람을 만났다는 일기가 보였고 하영은 어렸을 때 들었던 익숙한 이름에 덕순의 유품을 더 뒤져 안성댁의 전화번호가 적힌 수첩을 발견하였다.

'안성댁. 011-1234-5678 우물 뒤 파란 지붕 집'

"우물 뒤 파란 지붕…."

우물 뒤 파란 지붕이라는 글씨를 본 하영은 과거 덕순이 자주 찾았던 집이라는 사실을 기억했고 안성댁이라는 사람이 뭔가를 알고 있을 것 같다는 느낌에 하영은 수첩에 적힌 번호로 전화를 걸었다. 하지만 전화기 너머에서는 없는 번호라는 기계음만 들릴 뿐 신호는 가지 않았다. 전화 연결에 실패한 하영은 수첩을 이리저리 넘기다 예전에 살았던 집 주소를 발견했다. 마침 내일 일이 없어 쉬는 날이기에 안성댁을 찾으러 가겠다 다짐하는 하영 찾은 주소를 사진으로 찍고 차편을 알아봤다.

다음날 일찍부터 출발한 하영. 과거의 모습을 조금만 가지고 있는 마을에 도착한 하영은 추억을 되새기며 살았던 집을 찾아 나섰다. 몇 분을 걸었을까 이제는 다른 사람이 살고 모양도 많이 바뀐 옛집을 구경하던 하영은 기억을 더듬어 수첩에 적혀있던 우물을 찾아 나섰다. 얼마 가지 않아 흔적만 남은 우물을 발견하고 우물을 지나쳐 산길을 올랐다. 10분도 채 걷지 않아 시야에 나타난 파란 지붕을 발견하고 하영이 걸음의 속도를 올렸다.

"저…. 실례합니다. 계세요?"

마당에 들어서서 고요한 집 안을 향해 말하는 하영. 인기척 없던 집에서 하영이 소리를 내자 집 문을 열리고 할머니 한 분이 나왔다. 집에서 나온 할머니는 거리낌 없이 그녀에게 다가왔다.

"하영이 아니니? 오랜만이다."

할머니가 웃으며 하영에게 인사했다. 많은 시간이 지났음에도 자신을 알아보는 게 하영은 의아했지만, 자신이 어렸을 때 모습과 비슷했기에 그런 거라 생각하고 넘겼다.

"안녕하세요, 할머니 저 기억 하시네요."

"당연하지. 근데 보아하니…. 인간이 아닌 존재가 널 찾아왔구나."

하영의 얼굴을 보던 안성댁은 뭔가 알고 있다는 듯 표정을 굳히며 말했다. 그 말에 이곳에 잘 왔다고 생각한 하영이었다.

"네, 맞아요. 그자가 저의 목숨을 달라며 협박해 왔는데 어떻게 해야할지 모르겠어요…."

"그자는 널 해치지 못해. 단지 협박만 할 뿐. 너의 목숨을 가져가고 싶었다면 벌써 가져가고도 남았을 거야. 그 정도 능력은 되는 존재니까."

"그럼 어떡해요? 그냥 무시하고 살면 될까요?"

"아니. 넌 이미 너의 할머니 때문에 운명이 꼬여있는 상태야 꼬인 운명은 다시 제자리를 찾으려 할거고 넌 계속해서 위험에 노출될 거다. 죽진 않아도 죽을 만큼의 고통을 겪게 되겠지."

안성댁의 말에 해결법이 없다고 느낀 하영의 얼굴이 점점 굳어갔다.

"해결법이 없진 않아."

안성댁의 입에서 나온 말은 하영을 안심하게 했다. 하영이 안심하는 표정으로 안성댁을 바라보자 그녀가 말을 이었다.

"아마 널 계속 찾아올 게다. 그러곤 너에게 100일의 시간을 걸고 계약을 걸겠지. 그때 넌 그 계약을 승낙해. 그러곤 그자와 가까이 지내"

자신을 죽이려고 하는 존재와 가까이 지내라는 말에 하영이 당황해했다. 안성댁은 그런 하영을 눈치채고 말을 이었다.

"널 죽이려고 하는 존재와 가까이 지낸다는 게 쉽진 않을 거다. 하지만 그자와 가까이 지내다 보면 해결방안을 알게 될 게다."

안성댁의 말을 머리로는 이해하지만, 마음이 썩 내키지 않았던 하영. 생각이 복잡해져 갔다.

"힘들다면 그자를 꼬셔서 복수한다는 마음을 가지고 다가가 봐. 어느 정도는 효과가 있을 게다."

"꼬시라고요…?"

계속해서 이어지는 안성댁의 말에 하영의 머릿속은 이미 복잡해질 대로 복잡해진 뒤였다. 그 때문에 하영은 안성댁의 다음 말을 듣지 못하고 멍하니 서 있었다.

"쉽진 않을 거다. 아마 가슴 아픈 고통을 느끼겠지. 하지만 널 살릴 방법은 이뿐이다."

안성댁과의 대화 후 집으로 돌아가는 차 안. 창밖을 바라보며 머리에서 맴도는 낮에 들은 말을 곱씹는 하영. 안성댁을 찾기 전보다 머릿속이 혼란스러워져 정신이 없었다. '꼬시다' 이 한 단어를 생각하며 하영은 눈을 감았다.

일주일 정도의 시간이 흘렀다. 그동안 하영에게 죽음의 고비를 넘긴 일이 몇 번이고 일어났었다. 출근길에 지나치던 공사장에서 공구가 아슬하게 떨어졌던 일과 정신없이 일하다 칼에 베인 상처에서 난 피가 멈추지 않아 응급실을 갔던 일, 지나가던 차에 치일뻔한 일까지. 하영에게 정신없이 들이닥쳤다. 이러한 일들은 하영의 혼란스러운 머릿속을 정리할 수 있게 했다.

"오랜만이야."

편의점에 앉아 다이어리에 이것저것 적으며 시간을 보내던 그녀 앞에 남자가 모습을 드러냈다. 남자를 발견하고 급하게 다이어리를 덮어 자리에서 일어난 하영 남자를 밀쳐 지나친 뒤 쌓아뒀던 물품을 정리하기 시작했다. 그런 하영에게 남자가 다가가 하영이 들고 있던 빵을 낚아채 자신의 입에 넣었다. 남자의 어이없는 행동에 멍하니 그를 바라만 보는 하영.

"뭘 그렇게 쳐다봐."

"음식은 계산하고 드셔야 합니다. 손님."

하영은 남자에게 돈을 내라는 의미로 손을 내밀어 보였다. 하영의 행동에 미소를 띠던 남자가 하영의 손에 돈이 아닌 계약서 한 장을 내려놓았다.

"이건 돈이 아닌데요."

"돈보다 더 좋은 거지. 내가 너에게 100일을 준다는 계약서야. 지금 당장 죽을 뻔한 너에게 100일의 시간은 돈보다 더 값지지 않을까?"

남자의 말에 계약서를 읽어 내려가던 하영은 안성댁이 말한 계약이 이것이라는 사실을 깨닫는다.

"잘 생각해봐 너한테 나빠질 게 없는…."

"좋아요. 할게요. 그 계약"

남자의 말이 끝나기도 전에 하영은 계약의 의사를 밝혔다. 생각지 못한 하영의 대답에 남자는 놀라 그녀를 바라보았다.

"한다고요. 그 계약. 사인 어디에다가 해요?"

"어? 아, 어. 여기 적으면 돼."

남자가 사인의 위치를 알려주자 카운터로 걸어가 다이어리 사이에 껴두었던 펜을 꺼내 자신의 이름을 써 내려갔다. 하영이 이름을 적자 계약서가 파랗게 타오르다 사라졌다.

"뭐 이렇게 쉽게 할 줄 몰랐지만, 계약 성립. 아, 손 좀 줘봐."

남자가 손을 내밀었고 그 손 위로 하영이 자신의 손을 얹었다. 하영이 손을 올리자 남자가 하영의 손목에 자신의 다른 손을 얹었고 짧은 시간 뒤 남자가 손을 떼자 하영의 손목에 작은 문양이 생겨났다.

"나랑 계약했다는 표식이야. 너랑 나한테만 보이는 거니까 누가 볼까 걱정은 안 해도 돼."

손목에 생긴 문양이 신기하다는 듯 손가락으로 문양을 살살 문지르는 하영. 그런 하영의 모습을 바라보던 남자가 나중에 보자는 말을 남기고 편의점을 나갔다. 남자가 편의점을 나가고 하영이 다이어리에 적은 '가깝게 지낸다.'라는 글자에 밑줄을 몇 번 긋고 다이어리를 덮었다.

"언니, 남자는 어떻게 꼬셔요?"

카페 마감을 하다 문득 떠오른 말을 내뱉는 하영. 그녀의 입에서 나오지 않을 것 같았던 말이 들려오자 수인은 놀라 하영에게 달려갔다.

"뭐야, 박하영이 이런 말을 해?"

"아니, 뭐 갑자기 궁금해서"

"음…. 너 좋아하는 남자라도 생겼어? 이런 게 갑자기 궁금해질 리가 없는데"

수인이 하영에게 얼굴을 들이대며 의아하다는 눈빛을 보냈다.

"갑자기 궁금해질 수도 있지. 아 모르면 말고…."

부담스러운 수인의 눈빛에 견디지 못하고 뒤로 물러나 걸레질을 시작하는 하영. 그런 하영의 뒤를 따르며 수인이 한마디 했다.

"먼저 같이 시간을 보내야지. 무슨 접점이 있어야 꼬시든 말든 할 거 아냐."

수인의 말에 하영이 걸레질을 멈추고 그녀를 바라봤다.

"어? 시간을 보내라고?"

"그래, 시간을 보내면서 그 남자가 어떤 걸 좋아하고 싫어하는지 알아야 그 사람의 공략법을 만들 수 있을 거 아냐."

"아…. 시간을 보내라…."

수인의 말을 곱씹으며 생각에 잠기는 하영. 그런 하영을 옆에서 수인이 장난기 많은 말로 그녀를 괴롭혔다. 하영은 수인을 피해 급하게 청소를 마무리하고 탈의실로 향했다.

카페 마감을 하고 집으로 향하던 하영. 남자를 어떻게 만나야 하는지에 대해 생각하던 중 시야에 나타난 검은 형체에 놀라 우뚝 그 자리에 서서 형체를 바라보았다.

"내 생각해? 왜 이리 멍하니 걸어, 너 그러다 사고 난다?"

"어? 맞아요. 그쪽 생각했어요."

하영의 말에 살짝 당황한 듯 남자가 웃음을 지었다.

"그쪽, 언제 시간 돼요? 나 당신이랑 시간 좀 보내고 싶은데."

"어? 나랑 시간을 보내고 싶다고?"

"네, 이거 제 번호에요. 시간 되는 날 정리해서 보내줘요. 그럼 이만."

하영이 가방에 있던 다이어리를 한 장 뜯어 자신의 번호를 적은 뒤 남자의 손에 쥐여주고 집으로 향했다. 갑자기 일어난 일에 당황한 남자가 하영이 주고 간 종이를 천천히 살펴보았다. 하영의 번호가 적힌 종이를 보던 남자는 뒤늦게 상황을 이해하고 크게 웃었다.

"재밌는 애네."

하영이 걸어간 길을 물끄러미 바라보던 남자가 종이를 곱게 접어 주머니에 넣은 뒤 하영이 걸어간 길과 반대로 걸어갔다.

"핸드폰을 하나 사야 하나…."

그동안 살아가며 필요성을 느끼지 못했던 핸드폰을 하영의 말 한마디에 사야 하나 고민하는 남자였다.

샤워를 마치고 나온 하영이 책상에 올려져 있던 핸드폰을 들어 알림들을 확인했다. 여러 알림 중 저장되지 않은 번호로 온 문자가 눈에 들어와 문자를 확인하는 하영.

'이거 내 번호 저장해둬. ―갑―'

문자 마지막에 적힌 '갑'이라는 글자에 누구의 문자인지 깨닫는 하영이었다. 번호를 저장하며 이름에서 고민하다 이내 이름을 '갑'이라 적고 저장한다. 번호를 저장한 하영이 핸드폰을 내려놓고 침대에 누워 창문 너머로 보이는 달을 바라보다 문득 자신의 행동이 옳은지에 대한 생각에 잠기다 잠이 든다.

이른 아침 시끄럽게 울리는 알람 소리에 하영이 신경질적으로 알람을 껐다. 잠을 방해하던 알람 소리를 끄고 다시 잠을 자려던 순간 오늘 카페 오픈 조였다는 사실을 기억하고 몸을 일으켜 화장실로 향했다. 평소 일어나는 시간에 일어나는 바람에 준비시간이 부족한 하영이 분주하게 몸을 움직였다. 분주했던 움직임이 효과가 있었는지 아슬하게 집에서 나온 하영. 그녀가 신호등을 지나가려던 찰나 누군가 하영을 잡아끌었고 그 힘에 의해 하영이 뒤로 끌려갔다. 하영이 갑작스러운 상황에 놀라 감았던 눈을 뜨자 누군가에게 안겨있는 자신을 발견했다.

"조심해, 나랑 계약했어도 네가 조심하지 않으면 의미가 없어."

고개를 들어 남자를 확인한 하영이 놀라 뒤로 한 발짝 물러났다. 하영이 물러나자 남자가 자연스레 그녀를 잡고 있던 손을 놓았다. 남자를 멍하니 바라보던 하영이 정신을 차리고 뒤돌아 정류장을 바라보았지만, 그녀가 타야 할 버스는 이미 출발한 뒤였다. 멀어지는 버스의 뒤를 바라보며 하영이 발을 동동 굴렀다.

"저거 탔어야 했던 거야?"

"네, 오픈 조라 빨리 가야 하는데 저거 놓치면 지각인데….'

핸드폰을 켜 다음 버스의 시간을 찾아보며 난감해하는 하영의 모습이 귀엽다는 듯 남자가 살짝 웃으며 하영의 손을 잡고 그녀를 이끌었다. 갑작스러운 남자의 행동에 하영이 힘없이 그가 이끄는 데로 끌려갔다. 그러다 순간적으로 불어오는 바람에 눈을 질끈 감았다 뜨는 하영. 눈을 뜨자 보이는 곳은 조금 전 자신이 있었던 장소보다 20분이나 떨어진 카페 옆 골목임을 알아차린 하영이 놀라 남자를 쳐다봤다. 놀란 하영과는 다르게 차분한 표정의 남자.

"이, 이게 뭐예요? 난 분명 집 앞에 있었는데?"

"뭐 이 정도는 간단하지. 어서 들어가 봐 늦었다며."

"아, 맞다!"

남자의 말에 시간을 확인한 하영이 급하게 골목을 빠져나가려 걸음을 옮겼지만 남자가 잡고 있던 하영의 손에 힘을 주었다. 남자의 힘에 끌려 다시 제자리로 돌아온 하영이 뭐 하는 거냐며 물었고 이에 남자가 환하게 웃으며 하영에게 말했다.

"끝나는 시간 맞춰서 기다릴게."

다정한 목소리로 말하는 남자의 말에 당황한 하영이 그를 바라보았고 남자는 살며시 그녀의 손을 놔주었다. 남자가 손을 놔주었지만, 하영은 남자만 물끄러미 바라볼 뿐이었다.

"시간이 되는 날, 알려달라며."

"아…, 네, 그럼…."

하영이 남자에게 가볍게 인사 후 빠르게 카페 안으로 들어갔다. 그와는 항상 차갑기만 했던 일만 가득해서 그런지 갑자기 치고 들어온 남자의 따뜻한 말투에 하영은 묘한 기분을 느꼈다.

하영과 만나기 전 책상에 쌓여있는 밀린 서류들을 하나씩 처리하고 있는 남자. 사람의 이름과 나이, 그리고 며칠 뒤의 날짜가 적힌 종이에 '자연사', '심장마비' 등의 사망요인을 적어 도장을 찍는 일을 반복한다. 이따금 시계를 확인하며 하영의 퇴근 시간을 계산했다. 얼추 서류 정리가 마무리되자 남자가 기지개를 켜며 자리에서 일어났고 때마침 검정 코트를 입은 남 저승사자가 나타났다.

"아, 때맞춰서 왔네. 저기 정리해뒀어. 가져가."

남자가 턱 끝으로 책상에 쌓여있는 서류들을 가리켰다. 서류를 발견한 저승사자가 한숨을 쉬며 책상으로 걸어갔고 남자에게 자신을 여기에 부른 것에 대한 불만을 표출했다.

"안 그래도 바쁜데, 이런 일을 왜 저한테 시킵니까? 수습 사자도 있잖아요."

"아, 너한테 물어볼 게 있어서 오는 김에 네가 가져가면 편하고 좋잖아."

"관리자님이나 편하지, 저는 아니거든요? 그래서 뭡니까 절 여기로 부른 이유가."

서류를 한 장씩 넘겨보며 남자가 처리한 서류가 마음에 들지 않는다는 듯 저승사자가 투덜거렸다. 그런 그의 모습을 지켜보던 남자가 책장 한쪽에 따로 빼둔 서류를 꺼내 그에게 건넸다. 서류를 건네받은 저승사자가 서류에 적힌 사람의 인적 사항을 확인했다. 서류에는 덕순의 이름과 사망 연월이 쓰여있었고 그 밑에는 망자를 인도한 저승사자의 도장이 찍혀있었다.

"그 망자. 네가 인도했지?"

"네, 근데. 이 망자는 왜….'

"그 망자 인도하던 날 특별한 일 없었어?"

"어…. 아, 그날 삼신을 봤어요. 그 기축년에 누락 된 망자 기억하시죠? 그 망자를 바라보고 있더라고요."

남자는 삼신이라는 말에 인상을 찌푸렸다. 생각보다 일이 꼬였다는 생각에 이마를 짚었다.

하영과의 계약으로 하영을 자신의 관리 아래로 두긴 했지만 그렇다고 그녀를 망자로 만들 수 있는 건 아니었다. 뭔가가 하영이 망자로 되는 걸 막고 있었고 그 때문에 남자의 어떤 일도 그녀를 망자로 만들지 못했다. 만약 그 뭔가가 삼신과 연관이 있다면 먼저 삼신을 만나야 했다. 하지만 남자는 삼신의 위치를 알 수 없었다. 아이를 점지해 아이의 건강과 수명을 관장하는 삼신과 인간의 죽음을 정하고 때로는 인간을 사후세계로 인도하는 관리자는 상극의 관계이기에 각자의 기운을 느낄 수 없었다. 남자는 머리를 굴렸다. 숨어있는 삼신의 모습을 드러낼 방법에 대해.

"끝나는 시간 맞춰서 기다릴게."

이게 남자의 방법이었다. 삼신이라면 자신이 점지한 아이 근처에 있을 거다. 제 수명에 죽지 못하고 오류로 살아남은 아이라면 더더욱 그럴 것이고. 그 때문에 남자는 하영과의 시간을 늘린다면 분명 삼신이 모습을 드러낼 거라는 게 그의 생각이었다. 아마 조금씩 모습을 드러내고 있을 것이다. 남자와 하영이 만난 게 하루 이틀은 아니었으니까.

퇴근 시간. 카페를 나오는 하영을 발견하고 남자가 그녀에게 다가왔다.

"자, 나 이제 시간 되는데, 뭐할 거야?"

남자의 말에 그것까진 생각하지 못했다는 듯 뜸을 들이는 하영. 그러다 문득 남자가 하는 일이 궁금해져 남자에게 일하는 모습을 보여달라 요구한다. 하영과 만나기 전 일을 끝내고 왔더니 일하는 모습을 보여달라는 그녀의 부탁이 당황스러웠지만, 굳이 못 보여줄 이유는 없다고 판단한 남자가 하영을 어딘가로 데려간다.

남자가 하영을 데려온 곳은 작은 시골 마을의 인적이 드문 도로였다. 남자가 먼저 앞으로 걸어가고 그 뒤를 하영이 뒤따랐다. 끝없이 이어질 것 같은 길이 이어지다 멀리 길 끝에 나무에 박아 연기를 뿜고 있는 차 한 대가 모습을 보이기 시작했다. 차의 완전한 모습이 하영의 시야에 들어오자 놀란 그녀가 자리에 멈춰 섰다. 하영이 가만히 서서 차를 바라볼 때 남자는 이미 차 앞에 서서 안쪽을 들여다보고 있었다. 남자의 모습에 하영도 조금씩 그에게로 발걸음을 떼었다. 차 안을 들여다볼 수 있는 거리가 되자 그녀의 눈에 피를 흘리며 정신을 잃은 남자의 모습이 보였다. 피로 빨갛게 물든 얼굴과 운전석, 깨진 유리에서 뚝뚝 떨어지는 피. 그 모습을 본 하영이 과거에 있었던 사고의 모습이 떠오르며 숨을 거칠게 몰아쉬었다. 힘들어하는 하영을 보지 못한 것인지 남자가 그녀의 옆을 지나 뒷좌석으로 향했다. 남자가 문 앞에 서자 달칵하는 소리와 함께 문이 열리고 안에 의식이 붙어있는 초등학생으로 보이는 아이의 모습이 나타났다. 아이와 눈을 마주친 남자가 고개를 숙여 아이에게 손을 뻗자 그의 손에서 빛이 나기 시작했고 그 빛을 하영이 바라보자 어린 자신의 눈앞에 뻗어져 있던 손의 모습이 흐릿하게 떠올랐다.

남자의 손에서 나오던 빛이 점점 줄어들고 그 자리에 아이의 이름이 적힌 명부가 나타났다. 아이의 명부를 손에 들고 다른 손으로 명부를 향해 손가락을 튕기자 파란 불이 명부에 붙으며 활활 타올랐다. 불이 붙은 명부는 이내 흔적 없이 사라졌고 작게나마 눈을 뜨고 있던 아이는 명부가 사라짐과 동시에 눈을 감았다.

아이의 수명이 사라진 걸 확인한 남자가 자신을 바라보고 있던 하영에게 시선을 옮겨 그녀를 바라보았다. 두 사람의 시선이 맞닿고 이어지는 침묵이 어색한지 남자가 하영에게 말을 걸었다.

"이게 내가 하는 일이야. 별거 없지?"

"아이는, 죽은 거예요…?"

힘없이 축 처진 아이를 바라보며 하영이 말했다. 하영의 말에 남자가 아이에게 시선을 고정하며 그렇다고 대답했다.

"그쪽이 죽인 거예요?"

"내가 죽였다고 하기엔 좀 그런데…, 아니 저 아이는 내가 죽였다고 해도 되려나?"

남자의 말에 하영이 아이에게 두었던 시선을 남자에게로 옮겼다.

"가끔은 모성애나 부성애가 명부의 생성을 막는 경우가 있어. 하지만 그건 명부의 생성만 막을 뿐 그 아이에게 내려진 운명은 막지 못해. 그래서 사고는 일어났는데 명부가 없어 망자가 되지 못하는 경우가 발생하는데, 그 경우가 바로 내가 처리해야 할 오류 중 하나야. 방금 네가 본 건 아이의 명부를 빼내어 저승사자에게 보내는 과정이었고. 내 역할은 거기까지, 이제 그 명부를 들고 저승사자가 망자를 인도하게 될 거야. 아 마침 저기 오네 저승사자."

남자가 두 사람이 서 있는 위치의 반대편을 가리켰고 그 끝에는 검정 코트를 손에 든 저승사자가 걸어오고 있었다. 남자를 발견한 그녀가 그의 옆에 하영이 서 있는 걸 발견하고 인상을 찌푸리며 남자에게 다가왔다.

"왜 인간이랑 같이 계십니까."

무표정한 얼굴과 딱딱한 표정으로 하영을 힐끗 쳐다보며 저승사자가 말했다.

"내 일이 원래 인간이랑 같이 있는 거 아니었나?"

남자가 하영의 어두워진 표정을 발견하고 그녀의 손을 잡으며 능청스 럽게 말했다. 남자가 하영의 손을 잡는 걸 본 저승사자의 표정이 더욱 어두워져 갔다.

"내가 할 일은 끝났으니 이만 가볼게, 수고해라."

남자가 하영을 이끌고 왔던 길로 다시 걸어갔고 몇 걸음 지나지 않아 두 사람의 모습이 흩어지며 사라졌다. 두 사람이 걸어가는 모습을 쳐다보던 저승사자가 두 사람의 모습이 사라지자 뒤돌아 일하기 시작했다.

하영의 집 앞에 도착하고 꽤 많은 시간이 흘렀다. 하영의 정신이 온전히 돌아올 때까지 기다리던 남자가 하영의 표정을 보고 어느 정도 괜찮아졌다고 판단하고 잡고 있던 그녀의 손을 놓아주며 남자가 말했다.

"어땠어, 나랑 보낸 시간이 의미가 있었나?"

"그냥, 정신이 없네요. 꿈같기도 하고…."

"그래 보이네, 들어가."

남자를 한번 바라보는 하영. 그의 주변 풍경이 익숙하다는 걸 깨닫고 뒤를 돌아 자신의 집을 바라본다. 그러곤 남자에게 가볍게 인사하고 집으로 들어갔다. 하영이 집으로 완전히 들어가자 남자가 표정을 굳히며 몸을 돌렸다.

"드디어 나타나셨네, 삼신."

남자가 몸을 돌려 쳐다본 곳에 삼신으로 보이는 실루엣이 남자 쪽을 쳐다보고 있었다. 깜박거리던 가로등이 깜박임을 멈추고 주변을 환하게 밝혔다. 그 때문에 실루엣만 보이던 삼신의 모습이 드러났고 그 모습은 하영이 며칠 전 만났던 안성댁의 모습이었다.

"그 아이 건들지 마."

남자에게 천천히 걸어오며 삼신이 말했다.

"난 단지 내 일을 하는 것뿐인데."

"그 아이 데려가지 못한다는 건 네가 잘 알고 있을 건데."

"서로의 일은 터치하지 않는 게 규칙 아니었나?"

남자가 능청스러운 표정을 지으며 말했다. 남자와 삼신의 시선이 맞닿으며 묘한 긴장감을 일으켰다.

"건드렸다…. 그 아이의 수명과 난 관계가 없어. 그 아이가 살아있는 건 인간의 사랑으로부터 시작된 힘이었을 뿐."

삼신의 말에 남자는 알 수 없다는 표정을 지으며 그녀를 바라보았다. 삼신은 그런 남자를 바라보다 한마디를 남기고 사라졌다.

"그 계약은 누구에게도 행복을 가져다주지 못할 거다."

삼신이 사라진 자리를 바라보며 남자는 생각했다. 그녀가 말한 사랑으로 시작된 힘이라는 말과 하영의 일이 삼신이 한 일이 아니란 말에 대해. 단지 삼신은 자신이 점지한 아이를 보기 위해 근처를 맴돌았던 걸까. 그럼 하영의 수명을 건드리지 못하는 이유는 뭘까 하는 생각에 잠기는 남자였다.

침대에 누워 손을 천장 쪽으로 뻗어 보이는 하영. 자신의 손끝을 바라보며 낮에 있었던 일들을 떠올렸다. 아르바이트에 늦어 곤란해하던 자신의 손을 잡고 이끌던 남자의 모습과 묘하게 다정했던 말투, 저승사자를 보고 두려워하던 하영의 손을 잡아 등 뒤로 하영을 숨기던 남자의 모습이 차례대로 떠오르자 그녀의 얼굴이 상기됐다. 얼굴이 상기된 걸 느낀 하영이 놀라 침대에서 벌떡 일어났다.

침대에 앉아 마른세수하며 상기된 얼굴을 진정시키는 하영. 고개를 들어 거울에 비친 자신의 모습을 바라보다 문득 낮에 떠올랐던 흐릿한 과거의 기억이 떠오른다. 피를 흘리며 의식을 잃은 부모님의 모습과 눈을 잠깐 감았다 뜨자 보이는 커다란 손. 그 손 너머로 흐릿하게 형체만 보여 누군지 알 수 없는 남자의 모습이 하영의 머릿속에서 파노라마처럼 흘러간다. 갑자기 떠오른 기억에 단지 과거의 기억과 오늘 겪었던 일이 섞여서 떠오른 거라고 생각하는 하영.

책상에 올려진 시계로 시간을 확인한 하영이 시간이 꽤 흘렀다는 사실을 깨닫고 바로 잠자리에 들 준비를 했다.

"너 누구 기다려?"

손님이 간 자리를 치우던 하영에게 수인이 다가와 말을 걸었다. 행주로 상을 닦던 하영이 손을 멈추고 수인을 바라봤다.

"네? 그게 무슨 말이에요?"

"아니, 너 오늘 온종일 누구 기다리듯 문소리만 나면 그쪽 처다봤잖아."

"네? 제가 언제….."

두 사람의 대화가 오가던 중 카페의 문에 달린 종소리가 들리며 문이 열리자 수인과 대화하고 있지만, 시선은 문으로 향하는 하영이었다. 하영의 시선 움직임을 본 수인이 자기 말이 맞는다며 누굴 기다리는지 말하라고 하영을 부추겼다. 상을 정리하고 주방으로 향하는 행동으로 수인의 말을 무시하는 하영. 수인은 그런 하영을 따라가며 말을 걸었다. 두 사람의 신경전은 하영이 손님의 주문을 받으며 끝이 났다.

"그래서 누구야, 우리 하영이가 좋아하는 그분은!"

바쁘게 돌아가던 피크타임이 정리되고 퇴근 시간이 다가온 하영이 이제야 숨을 돌리겠다며 탈의실로 들어가자 수인이 그녀를 따라 탈의실로 들어와 아까 하지 못한 말을 꺼내었다.

"좋아한다니요? 그런 거 없다니까."

수인이 다가오자 지겹다는 듯 하영이 수인을 밀어내고 짐을 챙겼다. 하영의 대답이 없어도 그녀의 옆에서 말을 거는 수인을 무시한 채 짐을 챙기던 하영이 퇴근 준비를 마치고 수인에게 말했다.

"언니, 난 이만 가볼게, 일. 마저 열심히 하고, 나중에 보자."

하영의 퇴근 의사를 들은 수인이 시무룩한 표정을 하며 다음 출근 때는 꼭 그 남자가 누구인지 얘기해달라며 소리쳤다. 소리치는 수인을 무시하고 하영은 카페를 나와 집으로 향했다.

집에 도착하여 잘 준비를 마친 하영이 잠시 쉬던 중 누군가 하영의 집 문을 두드렸다. 이런 늦은 시간에 올 사람이 없다고 생각한 하영은 현관에 달린 작은 구멍으로 노크의 주인이 누구인지 확인했다. 구멍으로 본 밖에는 남자가 하영이 문을 열어주기를 기다리고 있었다. 남자를 확인한 하영은 문을 열어 남자를 맞이했다. 그녀의 집 안으로 들어온 남자는 집 안을 두리번거리며 하영의 집을 구경했다. 갑작스럽게 찾아온 남자가 당황스러웠지만, 집에 온 손님을 빈손으로 맞이할 수 없었던 하영은 마실 걸 꺼내기 위해 부엌으로 향했다. 하영이 주방으로 향하자 남자도 하영의 뒤를 따라 부엌으로 향했다. 자신을 따라오는 남자에 당황한 하영은 거실에 놓여있는 소파를 가리키며 앉기를 권유했다. 남자가 소파에 자리를 잡고 앉자 생각보다 남자가 말을 잘 듣는다는 생각에 피식하고 웃음이 나오는 하영이었다. 소파에 앉아 하영의 집 이곳저곳을 둘러보던 남자는 TV 앞에 놓여있는 하영의 가족사진과 그 옆에 놓여있는 덕순의 사진을 바라보았다. 남자가 사진을 가까이에서 보기 위해 TV 앞으로 다가가 사진을 바라보았다. 마실 걸 소파 테이블에 놓으며 남자를 바라본 하영이 그가 보고 있는 사진에 대한 설명을 늘어놓았다.

"사진 잘 나왔죠, 할머니가 어느 순간부터 거기에 뒀더라고요. 할머니 손 탄 건 건드리고 싶지 않아서 계속 거기에 뒀네요."

하영의 설명을 들은 남자가 덕순의 사진을 만지기 위해 손을 뻗었다. 남자의 손이 사진에 닿기 직전 보이지 않는 힘으로 인해 남자의 손이 뒤로 밀려났다. 갑작스럽게 일어난 일에 남자가 당황해하자 무슨 일이냐며 하영이 물었고, 하영의 물음에 아무것도 아니라며 남자가 둘러대며 하영에게로 향했다. 남자가 하영의 옆에 앉아 그녀가 가져온 음료를 한 모금 하자 하영이 입을 열었다.

"저 사진, 처음 부모님이랑 캠핑 간 날 찍은 건데 아직도 기억해요. 하늘에 쏟아질 것 같이 꽉 채워져 있던 별들이 아직도 눈에 선해요."

새벽이라는 조건이 주는 감성적인 기분에 자신도 모르게 마음에 있는 얘기를 털어놓는 하영. 자신이 과거 부모님이 돌아가시고 어떤 삶을 살았는지와 그런 자신에게 할머니는 어떤 존재였는지 등의 이야기를 털어놓았다. 이야기를 끝내고 짧은 침묵이 이어지다 침묵을 이기지 못하고 하영이 말을 이었다.

"너무 내 얘기만 했네요. 아, 새벽이라 나도 모르게 이런 말이 나오네."

하영의 말에 남자가 하영을 바라보며 하영의 표정을 읽었다. 붉어진 눈시울에 금방이라도 눈물을 흘릴 것 같은 그녀의 표정에 남자가 하영의 손목을 잡고 자리에서 일어나 현관으로 향했다. 현관을 활짝 열자 하영의 집 앞이 아닌 다른 장소로 와있는 두 사람. 현관을 나오면 보여야 할 장소가 아닌 다른 장소가 보이자 당황한 하영이었지만 이내 하늘을 바라본 순간 붉었던 눈시울에 생기가 가득해졌다. 남자가 하영을 이끌고 데려온 곳은 도시의 빛 공해가 닿지 않는 산 중턱에 있는 전망대였다. 빛 공해가 없어 하늘을 꽉 채우는 별을 본 하영은 좀처럼 보기 힘든 광경에 눈이 반짝거렸다. 한참을 고개를 들어 하늘을 바라보던 하영. 그리고 그 모습을 하염없이 바라보는 남자.

1시간 정도 흘렀을까 원 없이 별을 본 하영의 표정은 좀 전과는 다르게 밝게 빛나고 있었다. 바닥에 주저앉아 멀리 바라보고 있던 하영이 이 모습을 보여주어 고맙다며 남자에게 감사 인사를 전했다. 하영의 인사에 이 정도는 별거 아니라며 어깨를 으쓱거리던 남자는 추위에 어깨가 움츠러든 하영을 발견하고 자신이 입고 있던 외투를 벗어 하영의 어깨에 덮어주었다. 남자의 친절에 하영이 그의 얼굴을 바라보며 고맙다고 말하고 그런 하영의 얼굴을 본 남자는 묘한 감정을 느꼈다.

"그쪽의 과거는 어땠어요?"

서로의 눈을 바라보다 하영이 먼저 말을 꺼냈다. 그녀의 말과 눈빛에 남자가 당황하며 하영의 눈을 피하며 대답했다.

"내 과거…. 글쎄, 기억에 없어. 아마 망자가 된 후 차사가 되기 전에 기억을 지웠을 거야."

"관리자 이전에 차사였어요?"

"응, 차사를 해야 관리자가 될 수 있어. 너희들 회사생활로 따지면 승진이라고 할 수 있을 것 같네."

남자의 말이 신기하다는 듯 하영이 고개를 끄덕였다. 하영이 남자에게 그의 첫 기억은 무엇이냐는 질문을 하자 남자는 잠시 생각하더니 자살한 사람을 망자로 데려갔던 일을 하던 모습이 첫 기억이라는 말을 해주었다.

서로가 서로에 대해 알아가는 질문을 하던 두 사람. 그러다 문득 하영은 남자의 이름을 모른다는 사실을 깨닫는다.

"그러고 보니 그쪽 이름이 뭐예요? 계속 그쪽이라고만 불렀네."

하영의 물음에 남자는 자신에겐 이름이 존재하지 않는다는 사실을 얘기해주고는 생각에 잠긴다. 하영이 물었던 과거의 기억과 이름. 이 두 질문을 떠올리며 과연 자신은 과거에 어떤 이름을 불리며 살아왔을지에 관한 생각에 잠긴다.

"별. 별 어때요? 그쪽 이름."

긴 침묵 끝에 하영이 해맑은 표정을 하고 남자를 바라보며 말했다. 뜬금없이 지어진 자신의 이름에 남자가 피식 웃으며 하영에게 이유를 물었다.

"음…, 별은 언제나 존재하지만, 밤에만 보이잖아요. 뭔가 그런 게 그쪽 같아요. 언제나 인간들 옆에 존재하지만 죽음이라는 밤 앞에서만 보이는 그런 존재."

하영의 말을 듣던 남자가 생각보다 나쁘지 않은 이유에 웃으며 하늘에 떠 있는 무수히 많은 별을 바라보았다. 하영이 지어준 이름이 내심 마음에 드는 듯 작게 "별"을 읊조렸다. 그런 의 모습에 하영 또한 웃으며 같이 "별"을 읊조렸다.

별을 보고 돌아온 뒤 잠든 하영의 집에 조심히 들어온 남자가 TV 앞에 놓여있던 액자 쪽으로 손을 뻗어 공중에서 가볍게 흔들었다. 남자의 손짓과 함께 두 액자가 바닥으로 떨어지며 뒤쪽 커버와 분리되었다. 분리된 액자는 사진의 뒷면이 보이게 떨어졌고 액자의 뒤에는 이상한 문양이 있는 종이가 들어있었다. 덕순의 액자와 가족사진에 들어있는 모양은 달랐고 가족사진에 들어있던 종이는 하영의 바로 뒤에 존재하였다. 어딘지 모르게 익숙한 모양에 남자는 문양을 기억하고 액자를 정리 후 하영의 집을 빠져나왔다.

집에 도착한 남자는 책장에 꽂혀있던 두꺼운 서적을 꺼내 빠르게 장수를 넘겼다. 서적의 중간쯤 되자 액자에 들어있던 문양이 그려진 부분이 나왔고 남자는 그 부분을 빠르게 읽어나갔다. 내용을 다 읽은 남자는 묘한 표정을 지으며 책을 덮고 어딘가 마음에 들지 않는다는 듯 손으로 머리를 감쌌다.

아르바이트하러 가는 길. 하영은 새벽에 찍은 남자의 사진을 바라보며 자신도 모르는 사이에 웃고 있다는 사실을 발견했다. 가슴에서 느껴지는 묘한 감정에 하영은 이 감정이 궁금해졌다.

"그래서 다음 주는 일 하러 오지 않아도 돼."

카페에 도착하자 아직 퇴근하지 않은 사장이 하영에게 다음 주는 주방 리모델링으로 인해 카페를 운영하지 않으니 일을 하러 오지 않아도 된다는 말을 전해주었다. 사장의 말을 들은 하영은 퇴근하고 곧장 일하는 편의점 사장에게 부탁해 대타를 얻을 수 있었다. 다이어리에 일정을 정리하던 그녀는 애매하게 뜬 하루의 일정을 보고 한숨을 쉬었다. 매번 꽉 찬 일정을 소화하던 하영에게 붕 뜬 하루의 일정은 답답하게만 느껴질 뿐이었다. 정리하던 다이어리를 덮은 뒤 그 자리에 누워버리는 하영. 그대로 눈을 감고 생각에 잠긴다. 조용한 집 안을 느끼며 생각하던 하영은 문득 그동안 바빠서 마음 놓고 놀러 가보지 못했다는 걸 깨닫고 애매한 그 하루 동안 여행을 다녀오면 되지 않을까 생각했다. 생각을 마친 하영이 몸을 일으켜 여행지를 검색했다. 산속 휴양림이 유명한 지역과 도시적인 느낌을 주는 여행지 등등 많은 여행지가 나왔지만 검색하던 하영의 손을 멈추게 한 곳은 에메랄드빛을 가진 푸른 바다가 있는 지역이었다. 바다의 사진을 구경하던 하영은 가족들과 마지막으로 갔던 바다 여행의 기억을 꺼내었다. 머릿속 깊게 박혀있는 여행의 기억을 떠올리던 하영은 정신을 차리고 보니 어느새 바다로 가는 차표를 예매하고 있었다.

차표를 예매하고 설레는 마음으로 가고 싶은 장소를 찾아보던 하영은 문득 자신이 장소를 찾을 때 남자를 생각하며 찾고 있었다는 사실을 깨닫는다. 요 며칠 동안 남자가 자신의 머릿속을 점령한 사실에 혼란스러워진 하영. 이 감정을 남자를 만나 해결하고 싶었지만, 남자와 별을 본 뒤부터 남자가 모습을 나타내지 않아 하영의 마음은 답답해져 갔다.

결국 남자를 만나지 못하고 여행을 온 하영. 여행을 하는 중에 드문드문 남자가 떠올랐지만, 지금의 시간을 즐기고픈 하영은 머리를 저으며 생각을 떨쳐냈다. 해가 질 때까지 여기저기 돌아다닌 하영은 마지막으로 편의점에 들러 맥주를 들고 바다로 향했다. 겨울이라 바닷바람이 차가웠지만, 이미 만족스러운 여행을 즐긴 하영에게 차가운 바람 따윈 신경 밖이었다. 하영이 한적한 위치에 자리를 잡고 맥주를 따 벌컥 한 모금 마셨다. 계획했던 일정이 끝나 마음에 여유가 생기자 기다렸다는 듯 하영의 머릿속에 남자의 모습이 떠올랐다. 며칠 동안 모습을 보이지 않은 남자가 미웠던 하영은 떠오르는 그를 잊기 위해 애꿎은 맥주만 들이켰다.

"청승맞게 여기서 뭐 해."

언제 나타난 건지 모를 남자가 맥주를 들이켜던 하영의 손을 잡고 말했다. 고개를 들어 남자를 바라본 하영은 지금 자신이 보고 있는 남자가 상상인지 실제인지를 구분하기 위해 인상을 찌푸렸다. 그런 하영의 모습이 귀여운지 남자는 작게 미소를 띠며 하영의 옆에 앉았다. 남자가 하영의 옆에 앉으며 두 사람이 살짝 스치자 그가 상상이 아닌 실제라는 사실을 깨달은 하영이 벌떡 일어났다.

"어? 진짜네? 왜 그쪽이 여기 있어요?"

맥주의 효과인지 하영의 목소리가 한 톤 올라가고 행동의 폭이 넓어졌다. 갑자기 벌떡 일어나 과장된 말투와 행동을 하던 그녀가 웃기는지 웃음을 참으며 남자가 말했다.

"진짜? 그럼 가짜 나도 있어?"

"아니, 뭐 그건 아니지만. 근데 며칠 동안 뭐 했어요? 코빼기도 안 보이던데."

머쓱해진 하영이 다시 자리에 앉으며 말했다. 하영이 자리에 앉자 남자는 파도 치는 바다를 바라보며 그동안 잠시 바빴었다고 말했다.

"뭐, 바쁘신 사람이니 그러시겠죠."

남자의 말에 하영이 비꼬듯 말을 이었다. 잠깐의 침묵이 이어지다 남자가 침묵을 깨고 하영에게 이 멀리까지 왜 왔냐는 질문을 했다. 하영은 자신이 어쩌다 여기에 여행을 왔는지 설명했고 그 이야기를 하며 부모님이 생각나 그녀의 눈가가 촉촉해졌다.

"여기, 바다가 깨끗하다며 부모님이 좋아하셨어요."

하영의 촉촉해진 눈을 본 남자가 그녀의 말을 듣고 자리에서 일어나 하영에게 손을 내밀었다. 남자가 내민 손을 바라보던 하영은 이내 그 손을 잡고 자리에서 일어났다. 손을 맞잡은 두 사람이 바다 쪽으로 한 발짝 걸음을 떼자 주변이 밝아지며 멀리서 어린아이의 웃음소리가 들려왔다. 갑자기 밝아진 주변에 놀라 두리번거리던 하영이 멀리서 뛰어오는 아이의 모습을 발견하고 두 눈이 커졌다. 하영이 발견한 아이는 그녀의 어릴 적 모습이었고 그 모습 뒤에는 돌아가신 하영의 부모님이 어린 하영의 뒤를 따라 걷고 있었다. 그리웠던 부모님의 모습을 본 하영은 놀라 천천히 걸으며 부모님에게 걸어갔다. 이윽고 세 사람의 거리가 가까워졌고 걸어오던 하영의 모습을 보지 못하는 부모님은 투명한 영혼처럼 하영을 통과해 지나쳤다. 하영의 부모님이 그녀를 지나치자 밝았던 주변은 다시 원래대로 돌아왔고 하영을 따라오던 남자가 하영의 손을 붙잡았다. 남자가 하영의 손을 잡자 하영이 그를 바라봤다.

"이거…."

"맞아, 그냥 작은 이벤트. 보고 싶어 하는 거 같길래."

붉어진 눈시울로 남자를 바라보던 하영. 두 사람의 시선이 잠깐 맞닿았다. 그러다 처음보다 차가워진 바람에 하영의 얇은 옷이 신경이 쓰였

던 남자가 지신이 입고 있던 코트를 벗어 하영의 어깨에 덮어줬다. 남자
가 하영에게 코트를 덮어주며 두 사람의 거리가 숨소리가 들릴 정도로
가까워졌다. 그녀의 어깨에 코트를 덮어준 남자가 하영에게서 떨어지자
다시 두 사람이 서로를 바라보았다.

"나. 그쪽 좋아해요."

알코올이 주는 알딸딸한 정신 때문인지 묘한 감정에 하영도 모르게 튀
어나온 말이었다. 하영의 말에 놀란 남자가 잠시 그녀를 바라보다 고개
를 숙여 하영의 입술에 입을 맞추었다.

짧지만 길었던 시간이 지나고 두 사람의 입술이 멀어졌다. 서로의 눈
을 마주 보다 하영이 부끄러운 듯 시선을 피해 고개를 돌렸고 그런 그녀
의 손을 잡고서 남자가 하영을 자신 쪽으로 끌어당기며 말했다.

"춥다. 집에 가자. 데려다줄게."

두 사람이 손을 잡고 해변을 빠져나왔다. 해변에서 터미널로, 터미널
에서 하영의 집으로 오는 긴 시간 동안 두 사람은 한마디도 섞지 않은 체
손만 잡고 이동했다. 그렇게 어색한 분위기 속 하영의 집에 도착하고 땅
만 바라보던 그녀가 슬쩍 남자의 손을 놓으며 말했다.

"그…, 다 와 가자고, 이만 들어가 볼게요…."

"그래…. 또 보자."

하영이 집으로 들어가는 걸 확인한 남자도 집으로 향했다. 남자가 문

을 열고 집으로 들어오자 저승사자가 기다렸다는 듯 남자 앞에 나타나 서류 하나를 건네줬다. 서류를 받은 남자는 뭔지 안다는 듯 서류를 펼쳐 내용을 확인했고 서류를 읽고 있는 남자에게 저승사자가 궁금하단 표정으로 자료를 달라고 한 이유에 관해 물었다. 남자는 서류에 시선을 고정하고 저승사자에게 설명했다. 하영의 오류가 덕순이 자신의 수명을 하영에게 넘겨주는 방식으로 생겨났다는 것과 그 방식으로 인해 하영의 수명에 부작용이 발생했다는 것, 그 때문에 과거에 비슷한 일이 있었는지 사례를 그녀에게 찾아달라 부탁한 거였다.

"그래서, 그게 왜 필요한 건데요? 설마 그 여자 사랑합니까?"

그녀의 말에 잠깐 손이 멈춘 남자. 이내 다시 자료를 읽기 시작했다. 하영의 집을 찾아가 별을 본 그날. 하영과의 대화로 자신이 하영에게 관심이 생겼다는 사실을 깨달은 남자가 하영의 수명을 무심코 확인하다 그녀의 수명이 줄고 있다는 사실을 확인했다. 갑작스러운 변화에 당황한 남자가 그녀의 집에 갔을 때 가족사진에서 느꼈던 기운이 생각나 다시 찾아가 사진을 확인했고 덕순이 하영에게 수명을 넘겼다는 사실을 알게 되었던 거였다.

"찾으면서 보니까 보통 2년 내로 수명이 사라지던데. 그 애 곧 2년 아닙니까. 수명 조금씩 없어지고 있던데. 이제 계약 기간 얼마 안 남았죠. 그때 딴생각 말고 그 애 목숨 가져오세요."

저승사자가 하영의 목숨을 가져오라는 말을 들은 남자는 읽던 자료를 내려놓고 미간을 짚었다.

"계약이 끝나는 날 계약을 이행하지 않는다면 어떻게 되는지는 알고 있으시겠죠?"

"알아…."

저승사자의 말에 고개를 숙여 생각에 잠기는 남자. 먼 과거, 인간을 사랑했었던 자신의 모습을 떠올렸다. 과거 일하던 중 평범한 인간과 사랑에 빠졌던 남자는 자신이 그녀의 죽음을 결정하고 그녀의 죽음을 지켜봤던 기억이 좋지 못해 그 이후로는 인간과의 접촉을 피하며 살았고 다시는 사랑하는 이의 죽음을 지켜보지 않겠다 다짐했었다. 하지만 사랑은 뜻대로 찾아오지 않는 거였다.

저승사자가 떠나고 한참을 책상에 앉아 고민에 빠진 남자. 하영의 목숨을 가져가지 않는다면 계약을 하고 이행하지 않은 자신이 사라질 것이고, 하영이 죽는다면 모든 게 원점으로 돌아갈 것이다. 관리자로서는 후자가 남자에게 맞는 선택이지만 남자는 그 선택을 원하지 않았다.

[내일 뭐 해? 안 바쁘면 볼래?]

침대에 누워 멍하니 밖을 바라보던 하영. 남자에게 온 문자를 확인하고 그대로 일어나 침대에 앉았다. 남자의 문자에 하영은 바다에서 있었던 일이 떠올라 얼굴이 붉어졌다.

[네, 내일 만나요.]

문자를 보낸 하영은 새어 나오는 웃음을 막기 위해 베개에 얼굴을 묻고 발을 동동 굴렀다. 그러다 문득 뭔가 생각이라도 난 듯 내려놓았던 핸드폰을 들어 인터넷에 '첫 데이트 장소 추천'을 검색했다. 인터넷에 나온 예쁘게 꾸며진 여러 장소를 저장해 가며 내일을 기대하는 하영이었다.

"하영아."

하영이 집을 나오자 그녀의 집 앞에서 기다리고 있던 남자가 하영을 부르며 다가와 손을 잡았다. 하영은 남자를 바라보며 미소를 띠었고 두 사람은 거리로 향했다. 거리에는 곧 다가올 크리스마스를 맞이하기 위해 거리의 나무들과 건물에 어둠을 밝히는 일루미네이션이 가득했다. 그 사이를 다른 연인처럼 걷고 있던 두 사람. 하영은 남자와 손을 잡고 걷고 있다는 사실이 신기하다는 듯 자꾸만 그를 힐끗 쳐다보았다.

"왜 그렇게 쳐다봐?"

하영이 자신을 힐끗거리는 걸 눈치챈 남자가 시선은 앞에 두고 하영에게 물었다.

"아, 아니. 뭐 신기해서요…."

남자의 물음에 하영이 얼버무리며 대답했고 남자는 걸음을 멈추고 하영의 어깨를 잡아 자신을 보게 한 뒤 하영의 눈을 바라보며 말했다.

"많이 봐둬 익숙해지도록. 보지 못해도 머릿속으로 떠올릴 수 있게."

남자의 '보지 못해도'라는 말에 하영이 남자의 표정을 살폈고 묘하게 어두운 그의 표정에 하영의 얼굴에 걱정이 내려앉았다. 그녀의 걱정을 눈치챈 남자는 몸을 돌려 걷던 길을 마저 걸었다. 걸어가는 남자의 뒷모습을 바라보던 하영은 자신과 남자 사이의 계약이 떠올라 걸어가던 남자를 붙잡고 붉어진 눈으로 자신이 죽을 날이 얼마 남지 않았느냐며 물었다. 남자는 하영의 어깨를 감싸고 등을 토닥이며 그녀를 진정시켰다.

"아냐, 네가 죽는 일은 없어. 그러니까 걱정하지 마."

"정말이죠?"

"정말."

남자의 말에 하영은 진정이 된 듯 그를 세게 끌어안았다. 그런 두 사람 위로 하얀 눈이 내리기 시작했다.

남자를 만나고 집으로 돌아오는 길 하영의 앞에 저승사자가 나타나 그녀의 이름을 불렀다.

"박하영."

처음 보는 사람이 자신의 이름을 부르자 당황한 하영이 주변을 둘러보며 자신을 부른 거냐는 표정으로 저승사자를 바라보았다. 그런 하영의 반응에 아랑곳하지 않고 하영에게 점점 다가오는 그녀.

점점 자신을 향해 걸어오는 여자의 모습이 뚜렷하게 보이자 그녀의 정체가 얼마 전 만났던 저승사자라는 게 떠오른 하영. 저승사자를 굳이 아는 체하지 않는 게 좋겠다는 생각이 든 하영은 바닥을 바라보며 집 쪽으로 빠르게 걷기 시작했다.

"네가 한 계약. 얼마 안 남았지?"

자신을 지나쳐 걸어가는 하영은 신경 쓰지 않는다는 듯, 할 말을 내뱉는 저승사자. 뒤돌아 걸어가던 하영은 계약이라는 말에 다리가 굳은 듯 그 자리에 멈춰서 움직이지 않았다.

멈춰선 하영에게 다가온 저승사자가 하영의 손목을 잡고 계약의 표식을 들춰 보였다. 저승사자가 표식에 손을 스치자 표식이 점점 옅어졌다. 옅어지는 표식을 본 하영은 놀라 저승사자의 손을 뿌리쳤다.

"그날 딴생각 말고 그자에게 수명을 넘겨. 안 그러면 그자가 너 대신 죽을 거야."

그녀의 말에 저승사자에게 붙잡혔던 손목을 비비던 하영이 손이 멈추고 저승사자를 쳐다보았다.

"나 대신 그 사람이 죽는다니요⋯."

"운명이야. 한 명은 죽어야만 했던 거고, 한 명은 계약까지 했지만, 오류를 수정하지 못했어. 누구 하나가 죽어야 끝나는 거지."

저승사자의 말을 다 들은 하영은 멍하니 서서 그녀를 바라볼 뿐이었다. 저승사자는 그런 하영을 두고 사라졌고 그녀가 사라진 거리에 하영은 혼자 그 자리에 한참을 서 있었다. 그러다 뭐가 떠오른 듯 뛰어 큰길가로 나온 하영. 남자의 집을 찾아가고 싶어 무작정 뛰어나온 하영이었지만 막상 나오니 남자의 집을 알지 못해 길가 가운데 서서 눈물만 뚝뚝 흘릴 뿐이었다. 거리를 걸어가는 사람들 가운데 하영만이 가만히 주저앉아 눈물을 흘리고 있었다.

저승사자를 만나 그녀가 하영에게 사실을 전했다는 말을 들은 남자는 급하게 하영을 찾아왔다. 그러다 거리에서 울고 있는 하영을 발견하고 그녀에게 다가갔다.

"여기서 왜 울고 있어."

들려오는 남자의 목소리에 고개를 들어 위를 올려다보는 하영. 눈물로 젖은 하영의 눈가를 남자가 손으로 닦아내었다. 눈물로 보이지 않았던 남자의 얼굴이 또렷하게 보이자 하영은 다시 눈물을 흘렸다. 그런 하영을 남자는 말 없이 안아주었다.

그렇게 시간이 흐르고 진정이 된 하영은 남자에게 조심스럽게 물었다.

"알고 있었죠…. 둘 중 하나가 죽어야 하는 거….."

"응…. 근데 걱정하지 마. 네가 죽게 두진 않을 거니까."

"그럼 당신이 죽는 거잖아요…."

하영의 말을 끝으로 두 사람 사이에 침묵이 이어졌다. 그러다 침묵을 깨고 하영이 말했다.

"우리 얼마나 남았어요…?"

"하루… 안되게…."

"그럼 이러고 있을 시간 없네요. 일어나요!"

남자의 말을 들은 하영은 벌떡 일어나 남자의 손을 잡고 그를 끌고 거리로 향했다. 그러고는 길가에 있던 셀프 사진관으로 남자를 이끌고 들어가는 하영. 생전 처음 와보는 사진관에 남자는 주변을 두리번거렸다.

"사진 하나는 남겨야죠. 붙어요! 저기 카메라 봐요."

멀찍이 자신 옆에 서 있던 남자를 끌어당긴 하영은 리모컨을 들어 카메라를 가리키며 말했다. 하영이 가리킨 카메라를 남자가 바라보자 찍혀버리는 사진. 그렇게 하영이 이끄는 대로 사진을 찍는 두 사람. 찍은 사진을 보며 웃던 하영은 사진 하나를 잘라 남자의 핸드폰 뒤에 넣었다.

"잃어버리지 마요. 보고 싶을 때마다 꺼내 봐야 하니까."

말을 남기며 남자를 향해 환하게 웃어 보이는 하영. 그런 하영을 바라보며 남자가 슬픈 웃음을 지어 보였다. 남자의 눈빛을 읽은 하영은 억지로 더 환하게 웃음을 지었다.

사진관을 나온 두 사람. 그러다 하영이 뭔가 생각이라도 난 듯 남자를 붙잡고 말했다.

"우리 그쪽 집 놀러 가요."

"내 집?"

"네, 아까 찾아가고 싶었는데 아는 게 없더라고요. 그러니까 가요 우리!"

하영이 남자의 팔을 잡아끌자 남자가 못 이기는 척 그녀를 자신의 집으로 이끌었다. 그렇게 어영부영 남자의 집에 도착한 하영은 그의 집을 구경했다. 천장까지 닿아있는 책장을 꽉 채운 서류들을 구경하며 입을 다물지 못하는 하영. 그러다 책상에 올려져 있는 자신의 이름이 적혀있는 서류를 발견하고 서류를 들어 확인하는 하영. 사망 사유라고 적힌 칸에 아무것도 적혀있지 않은 걸 발견한 하영은 묘한 감정을 느낀다.

"뭐해? 이리 와서 차 마셔."

멀리서 들려오는 남자의 목소리에 서류를 다시 자리에 두고 남자에게 다가가는 하영.

"아 따뜻한 거 먹고 싶었는데 잘됐다!"

차를 마시며 가벼운 대화가 오고 가는 두 사람. 그렇게 긴 시간이 흐르고 두 사람의 시간이 얼마 남지 않은 시간이 되자 하영과 남자 둘 다 말 없이 가만히 앉아있다 남자가 먼저 입을 열어 별을 보러 가자고 했다.

"여기도 별이 많이 보이네요."

집 마당으로 나와 하늘을 올려다본 하영이 말했다. 주변에 집 한 채도 없는 외곽에 있는 남자의 집은 도시로부터 오는 광해가 없어 하늘에 별이 빼곡히 자리 잡고 있었다. 별을 보며 눈빛이 빛나는 하영을 보던 남자는 시간을 확인하고 하영의 손을 잡았다. 남자가 손을 잡자 고개를 남자 쪽으로 돌리는 하영. 하영이 자신을 바라보자 남자가 입을 열었다.

"네가 나 별 같다고 한 거 기억나?"

남자의 말이 이별의 말로 느껴진 하영은 눈시울이 붉어졌다.

"별은 항상 존재한다고. 맞아 별은 항상 존재해. 그러니까 내가 없어도 울지 말고 보고 싶으면 하늘을 봐. 밤에는 빛나는 별이, 낮에는 항상 떠 있는 태양이 돼서 곁에 있어 줄게."

남자의 말에 붉었던 눈시울에서 눈물이 떨어지는 하영.

"별 말고도 오늘 찍은 사진도 있잖아. 그러니까 슬퍼하지 말고 씩씩하게. 알았지?"

말하며 핸드폰 뒤에 있던 사진을 보여주며 웃는 남자. 표정은 웃고 있지만, 눈가엔 어느새 눈물이 고여있었다. 남자가 하영의 볼을 타고 흘러내리는 눈물을 닦은 뒤 그녀의 이마에 천천히 입을 맞췄다 떼었다. 남자가 하영의 이마에서 입을 떼자 천천히 사라지기 시작했다.

"아, 가지마요. 제발…."

사라져가는 남자의 모습을 본 하영이 오열하기 시작했다.

"울지마…. 괜찮을 거야."

이내 형체를 알아보기 힘들 정도로 흐려졌던 남자가 완전히 사라졌고 그가 사라지자 하영이 주저앉아 무릎에 얼굴을 파묻고 울기 시작했다. 그렇게 두 사람의 짧고도 긴 100일이 막을 내렸다.

"아이스 아메리카노 2잔 맞으세요?"

남자와 헤어진 지 한 달이란 시간이 흐르고 어느 정도 일상으로 돌아온 하영. 드문드문 그와 머물렀던 장소를 지날 때마다 그가 떠올라 눈시울이 붉어지곤 했지만, 그것도 시간이 흐르니 무뎌져 이젠 아무렇지 않은 척 지나칠 수 있었다. 그렇게 오늘도 똑같이 괜찮은 척 하루를 보내던 하영.

"음료 나오면 진동벨로 알려드릴게요."

계산을 마친 손님에게 진동벨을 건네주고 밖을 살피던 하영의 눈에 남자와 닮은 사람이 눈에 들어왔고 그 사람을 보자마자 하영은 밖으로 뛰쳐나갔다. 밖으로 나와 카페 주변을 살폈지만, 그녀가 찾는 사람이 보이지 않자 하영은 헛것을 봤다고 생각해 다시 카페로 들어갔다.

"갑자기 밖엔 왜 나갔어, 무슨 일이야?"

"아, 아니에요….."

"너 요즘 이상해. 무슨 일 있는 거야?"

하영의 표정을 본 수인이 걱정스러운 말투로 말했다. 수인의 걱정에 하영이 괜찮다고 말하고 일을 마저 하기 시작했다. 손은 일하고 있지만, 생각은 딴 데 두고 있는 하영을 지켜보던 수인이 그녀가 실수할 것 같아 조퇴를 요구했다.

결국 조퇴하고 집으로 향하던 하영. 핸드폰 뒤 케이스에 껴둔 남자와 찍은 사진을 바라보며 방금 본 남자의 모습을 떠올렸다. 그렇게 다른 생각을 하며 걷다 빨간불인 신호를 보지 못하고 그대로 걷던 하영. 그런 하영의 팔을 누군가 잡아당겨 인도로 끌었다.

갑자기 일어난 상황에 놀란 하영이 자신의 팔을 당긴 사람을 올려다보았다. 그 사람과 눈이 마주치자 하영의 눈에 눈물이 차오르다 그녀의 볼을 타고 흘러내렸다.

"오랜만이야, 잘 지냈어?"

한 달 전과 달라진 것 없이 똑같은 모습을 하고 하영을 내려다보며 남자가 환하게 웃었다. 남자가 하영의 볼을 타고 흐르는 눈물을 닦아주었고 자신의 눈앞에 있는 남자가 헛것이 아닌 실제라는 걸 안 하영은 남자를 세게 끌어안았고 그런 하영의 등을 남자는 살며시 토닥였다. 그렇게 이제는 끝나지 않을 두 사람의 새로운 사랑이 시작되었다.

Q피드

이미지

〈Q피드〉는 추억은 그 자리에 머물 뿐 사라지지 않는다는 메시지를 담아 구성해본 작품이다.

'현대 판타지'라는 주제를 통해 이야기 아이템에 대해 고민하고 있을 때, 사랑의 큐피드라는 소재가 생각났다. 큐피드라는 키워드를 임무를 수행해야 하는 큐피드와 큐피드를 볼 수 있는 지유라는 등장인물을 통해 판타지적 요소를 만들었고, 판타지적 요소와 대학 이야기, 등장인물들이 각자 가지고 있는 추억의 이야기들을 통해 메시지를 담아 집필했다.

주변에는 귀신, 외계인 등 말로 설명할 수 없으며 터무니없는 것들에 대한 이야기가 많다. 그리고 세상에는 사람과 사람의 사이를 이어주는 '사랑의 큐피드'가 존재한다. 큐피드들은 한 사람을 임무로 받고 기간 내에 임무로 받은 사람과 다른 사람 사이에 매듭을 만드는 역할을 한다.

누군가를 좋아하면 항상 실패하여 짝사랑만 셀 수 없이 많이 한 지유는 어느 날, 재현에게 호감을 가지게 된다. 재현을 향한 지유의 마음은 걷잡을 수 없이 커져 머릿속이 복잡한 지유의 앞에 Q가 나타났다. 자신을 큐피드라고 소개하는 Q와 지유의 만남으로 '짝사랑 프로젝트'가 시작된다.

01_ Q

문이 열리고 강의실에서 학생들이 우르르 빠져나왔다.

"지유야! 여기야."

보영의 목소리에 지유는 소리가 나는 쪽으로 고개를 돌렸다. 고개를 돌린 시선 끝에는 보영을 포함하여 지유를 기다리고 있었던 친구들이 있었다. 지유가 친구들을 발견하고 반갑게 인사를 했다. 반갑게 인사를 하던 중 승빈이 물었다.

"이번에도 꽝이야?"

지유는 과에서 친해진 현지를 통해 소개팅을 받았었다. 소개팅에 대해서 승빈이 장난스러운 말투로 물어보자 친구들도 덩달아 궁금한 표정으로 지유를 바라보자 지유는 머뭇거리다 어쩔 수 없는 표정으로 입을 열었다.

"꽝이야. 성격이 너무 안 맞는 것 같아."
"고등학교 때부터 봐왔지만 정말 대단하네."

승빈이 웃으면서 비꼬듯이 장난을 치자 지유는 불같이 승빈에게 달려들며 화를 내다가 재현과 눈이 마주쳤다. 재현은 지유의 서운한 표정을 보고 응원의 말을 했다.

"지유야 너무 상심할 필요 없어. 그렇다고 너와 맞지 않는 사람과 만날 수는 없잖아. 그러면 너만 힘들어질 거야."

"고마워. 재현아."

고등학생 때부터 지유는 짝사랑만 셀 수 없이 많이 했다. 지유가 상대방에게 호감이 생기면 상대방이 지유가 아닌 다른 사람을 좋아하거나 상대방이 이미 사귀고 있거나 여러 이유로 인해 상대방과 이어지지 않았었다. 짝사랑으로 인해 지유는 사귀고 있는 남자한테 꼬리치는 애로 소문이 돌기도 했었다. 고등학생 때는 힘들었지만 이젠 덤덤해진 지유는 웃음으로 넘기면서 점심 얘기를 꺼내 다른 이야기의 주제로 넘어갔다.

지유와 친구들은 지유의 기분이 풀릴 때까지 놀았다. 다 놀고 난 후 지유는 자취방으로 들어가다 바람이 불어오자 하늘을 바라봤다. 순간적으로 지유는 말로 표현할 수 없는 공허함이 드는 자신의 심리와 대비되는 맑고 깨끗한 하늘을 보며 눈에 눈물이 글썽거렸다.

다음 날, 카페에서 팀 과제 회의가 있는 지유는 늦잠을 자버려서 급한 마음에 나가다가 발을 헛디디고 넘어졌다. 넘어지면서 에코백에 있던 물건들이 바닥으로 쏟아졌다. 지유는 아무도 없어서 다행이라고 생각하며 물건들을 주우려는 순간 계단 위에서 내려오는 같은 팀원인 강주형과 마주쳤다. 지유는 창피한 마음에 아무 말도 못 하고 어색한 분위기 속에 주형은 걱정스러운 표정으로 지유에게 다가가 바닥에 있는 물건을 주우면서 지유에게 물었다.

"저기. 경영수업 같은 팀 남지유 맞지? 괜찮아? 다친 곳은 없어?"

주형은 지유가 대답을 하지 않자 옆으로 고개를 돌렸고 지유와 눈이 마주쳤다. 주형과 눈이 마주치자 친하지 않았던 팀원이 말을 걸어 당황함에 멍해져 있었던 지유는 그제야 정신을 차려 나머지 물건을 주우면서 괜찮다고 말하며 일어났다. 회의에 같이 가자고 한 주형의 말에 지유는 얼떨결에 같이 가게 되었다. 버스정류장에 도착한 둘의 주변은 어색한 공기가 흐르고 있었다. 지유의 신발끈이 풀려 있는 것을 본 주형은 버스 남은 시간을 힐끔 쳐다보며 지유에게 말했다.

"너 신발끈 풀렸어. 아직 버스 오려면 멀었으니까 묶어. 아까처럼 넘어지면 안 되잖아."
"아. 알려줘서 고마워."

지유가 신발 끈을 묶으려 하자 주형은 지유의 가방을 대신 들어주었고 지유는 그런 주형에게 고마움을 느꼈다. 잠시 후, 버스가 도착하고 나서 먼저 버스에 올라탄 주형은 자리를 둘러본 후, 지유에게 빈자리를 가리키며 앉으라고 한 뒤 주형은 지유가 앉은자리 옆에 섰다. 지유는 주형에게 자리를 양보하려고 했지만, 주형은 웃으면서 괜찮다고 하자 지유는 마음 한편에서 알 수 없는 기분이 요동쳤다. 지유와 주형은 아슬아슬하게 회의 시간에 늦지 않았고, 하루 일정을 마친 후 자취방으로 향하던 지유는 주형이 했던 행동들을 생각해보며 웃었다.

다음 날, 피곤해 보이는 지유를 보며 재현이 물었다.

"어제 잠 못 잤어? 너 엄청 피곤해 보여."
"진짜? 그렇게 보여?"

어젯밤, 지유는 주형을 생각하면서 핸드폰 알림을 확인한 주형에게 연락이 온 것을 보고 놀란 마음에 좋아서 말을 할 수 없었다. 이번 주 주말에 뭐하냐는 주형의 연락에 대해 그린 라이트인지 고민하다가 잠을 못 잤다. 어제 있었던 일들을 재현에게 말하면서 지유는 재현의 생각은 어떤지 물어봤다. 재현은 주형의 이름을 어디선가 들어본 듯한 생각이 들었지만 신난 지유에게 긍정적으로 대답을 해줬다. 재현의 대답을 듣고 지유는 더욱 신나 하며 연애라는 것에 한 발짝 다가갔다고 생각했다. 그렇게 지유는 신난 마음으로 주말을 기다렸고, 재현은 알 수 없는 찝찝함을 뒤로한 채로 지유를 응원했다.

기다림 끝에 주말이 되었고 지유는 약속 시간보다 일찍 일어나 어떤 옷을 입을지 고민하며 콧노래를 흥얼거렸다. 지유는 주형과 만난 후 영화를 보기 전에 밥을 먹고 커플 못지않게 하루라는 시간을 보냈다. 즐거운 시간을 보낸 후 방으로 들어온 지유는 침대에 누워 주형에 대해서 깊이 생각하기 시작했다. 하루 동안 지켜본 결과 주형이 자신에게 호감을 가지고 있다고 생각한 지유는 그동안의 부정적인 일들은 생각하지 않고 긍정적으로 생각하자고 다짐했다.

그 후 지유는 주형과 연락을 더욱 자주 하며 먼저 연락을 하거나 데이트 같은 약속을 여러 번 하는 등 주형에게 호감 있는 행동을 하기 시작했다. 주형이 행동들을 다 받아주자 지유는 썸이라고 생각하며 설레면서 시간을 보냈다.

하지만 시간이 지날수록 더 이상 주형과의 관계가 좁혀지지 않자 호감이 있었던 것이 아니었는지 고민에 빠지며 지유는 그동안 연락했던 것들을 다시 읽어봤다.

"썸이라고 생각했는데... 나 혼자 김칫국 마신 거였나? 에휴..."

그 후 2주라는 시간이 지났다. 친구들과 모인 재현은 연애로 발전 가능성이 있다고 신난 했던 지유가 어느새 잠잠해지고 표정이 좋아 보이지 않자 신난 연애사는 어디로 갔는지 지유에게 초콜릿을 주면서 물었다. 지유는 체념하듯이 강주형이 양다리 걸치기로 유명하다는 것과 자신 말고도 다른 여자들에게 똑같은 방식으로 작업을 걸었다는 이야기를 해주며 그 후로 연락하고 있지 않다고 알려주었다. 재현은 그제야 전에 과 동기가 해줬던 강주형 이야기가 생각이 나면서 전에 들었던 찝찝함이 무엇인지 깨달았다. 재현은 빨리 생각해내지 못했던 점에서 미안함을 느끼고 머리를 쓰다듬으면서 지유의 마음을 헤아리듯이 초콜릿을 주며 입을 열었다.

"지유야 힘내. 그동안 혼자 힘들었겠네. 더 알아가기 전에 쓰레기를 걸렀다고 긍정적으로 생각해보는 건 어때?"
"긍정적인지는 모르겠지만 고마워."

재현의 말에 지유는 피식 웃으며 재현을 뚫어져라 쳐다봤다. 그리고 어렸을 때부터 재현이 자신을 도와주고 챙겨주었던 것들을 생각하면서 재현의 다정함에 진심으로 고마움을 느꼈다.
그리고 지유가 자신의 얼굴을 계속 바라보자 재현은 고개를 갸우뚱거리며 물었다.

"왜? 내 얼굴에 뭐 묻었어?"
"아니야~"

지유는 웃으면서 재현이 준 초콜릿을 먹었고 친구들과 재밌게 놀기 시작했다. 그리고 지유는 더 이상 사랑에 쉽게 눈을 뜨지 않겠다고 다짐했지만 다짐한 다음 날부터 재현이 왠지 모르게 신경이 쓰이기 시작했다. 지유는 재현이 하는 말과 하는 행동이 왜 신경 쓰이는지 의문이 들었다.

"왜 신경이 쓰이지? 친구들 중에 강주형과 있었던 일을 아는 사람이 재현이 뿐이라서 그런가."

답답함이 가득한 지유는 산책을 하기로 마음먹고 준비를 한 뒤 나갔다. 산책하던 중 지유는 재현과 마주쳐 곧바로 괜히 나왔다는 생각을 하며 재현에게 애써 웃으면서 인사했다. 웃으면서 인사를 하던 재현은 지유가 애써 웃는 점을 놓치지 않고 걱정스러운 표정으로 지유에게 어디 아픈지 물었다. 그 순간 지유는 자신의 감정이 무엇인지 깨달았다. 지금까지 호감을 고마움으로 포장하고 있었고, 지유는 이제야 재현에게 향한 마음을 인정했다. 재현에게 향한 마음을 인정한 지유는 그 후 다정한 모습의 재현을 볼 때마다 마음이 살랑거렸다. 하지만 자신의 마음을 친구들에게 말한다면 반응이 상상이 가지 않아 선뜻 말할 수 없었고 지유의 머릿속에는 답답함으로 쌓여갔다.

"찾았다. 얘가 남지유구나."

뒤에서 자신의 이름이 들리자 지유는 천천히 뒤를 돌아봤다. 뒤를 돌아본 지유의 시선에는 하늘 위에 있는 소년이 보였다. 당황한 지유는 소년의 얼굴과 옷차림을 살피며 눈동자를 열심히 굴리다 소년과 눈이 마주쳤다. 소년은 눈 마주친 것을 기분 탓으로 여겨 하늘에서 땅으로 내려왔다.

"누... 누구세요?"

지유가 말하자 땅에 내려온 소년은 주변을 둘러보며 몹시 당황한 말투로 되로 물었다.

"혹시 나한테 하는 소리야? 설마 내가 보여?"
"네... 귀신같은 거예요? 저 혹시... 아직 연애도 안 해봤는데 죽나요?"

떨리는 목소리로 말하는 지유를 보고 아까 눈이 마주쳤던 것은 우연이 아닌 것을 알아챘다. 그리고 소년은 당황한 채로 지유의 앞에서 사라졌다. 물어보고 눈을 질끈 감은 지유는 소리가 들리지 않자 살며시 눈을 뜨며 주변을 확인했지만 아까 봤었던 소년은 안 보이고 혼자 덩그러니 남아있는 것을 확인하자 창피함에 얼른 자리를 떠났다.

"마지막 임무로 받은 남지유라는 인간이 저를 봤어요!"
"Q. 진정해봐."
"지금 진정하게 생겼습니까?"

자리를 떠난 소년은 본부로 돌아가 비상 보고를 말하며 마지막 임무의 인간을 바꿔달라고 요청했다. 하지만 본부에서는 요청을 거부하는 대신 소년에게 임무 기간을 늘려주었다.

"이건 말도 안 돼."

요청을 거부당하고 기간이 늘어난 결과를 받아들이지 못하는 소년은 절망했다. 절망에 빠진 소년은 이대론 안 될 것 같다는 생각에 일단 임무를 맡은 소녀와 다시 만나 이야기를 하기로 결정을 내렸다.
소년이 다시 나타나자 지유는 놀란 마음에 아무 말도 하지 못했고 그런 지유에게 소년은 당당하게 말했다.

"안녕. 나는 큐피드 Q야."

당황함에 Q의 말이 들리지 않은 지유는 이상한 귀신이라고 생각하며 급하게 몸의 방향을 틀며 자리를 피하려 했고, 그런 지유를 보며 Q는 말을 더듬으며 급하게 말했다.

"자! 잠깐만! 이야기 좀 들어줘!"

Q의 말에 멈칫한 지유는 두려운 마음에 겁에 질린 표정으로 천천히 뒤를 돌아봤다. 답답하고 억울한 표정을 하고 있는 Q와 눈이 마주치자 지유는 조심스럽게 입을 열었다.

"저... 맛없어요..!"

생각지도 못했던 지유의 대답에 Q의 입술이 씰룩거렸다. 참지 못한 Q는 손으로 입 주위를 가리며 웃음을 가라앉혔다. 말한 후 어리벙벙해진 지유는 웃음을 참으려는 Q의 모습을 보며 괜히 민망했다.

"미안. 네가 계속 도망가서 잡아먹으려고 했던 건 절대 아니야. 걱정하지 마."

Q의 말에 지유는 쥐구멍에 들어가고 싶다고 생각했다. Q는 민망해하고 있는 지유를 보고 싱긋 웃으며 다시 한번 자기소개를 했다.

"반가워. 나는 Q라고 해. 흔히 너 같은 인간들이 말하는 큐피드의 역할을 하고 있어."

지유는 주변에서 몰래카메라를 촬영 중인지 주변을 조심스럽게 두리번거렸다. 의심적은 눈으로 주변을 둘러보는 지유를 보며 덩달아 주변을 살피며 말했다.

"누구 찾아? 주변을 두리번거리네."
"네? 아니. 그게 아니라..."

지유는 화들짝 놀라며 눈을 똑바로 쳐다보며 말했다.

"진짜 사람이 아니에요?"
"응. 사람은 아니지..? 너희 주변에 외계인이나 귀신처럼 말로 설명할 수 없는 존재에 대한 이야기들 많잖아, 우리 큐피드의 존재도 비슷한 거야."
"근데 흔히 큐피드 하면 이렇게 생겼는데 왜 날개가 없어요? 그리고 어려 보이지도 않는데요."

인터넷에 큐피드를 검색한 사진을 보여주며 말하는 지유와 사진을 번갈아 보며 한숨을 내쉰 후 지유에게 물었다.

"보통 귀신 하면 어떤 게 떠올라?"

갑작스러운 Q의 질문에 지유는 당황한 표정으로 귀신에 대해 생각하면서 떠오르는 것들을 말하기 시작했다.

"머리가 긴 거랑... 피가 묻어 있는 거랑... 신체 일부가 없는 귀신?"
"그치. 귀신을 생각하면 피를 흘리고 있거나 머리가 길거나 신체 일부가 없는 귀신 이야기들도 있지. 그럼 귀신의 정의가 뭔데?"

점점 목소리가 작아지는 지유를 보며 Q는 다시 한번 물었다.

"음... 사람이 죽은 뒤에 남는 영혼?"
"그럼 네가 말한 거랑 비교를 해보면 머리 긴 사람만 죽은 뒤에 영혼이
남는 거야?"
"아뇨..."
"세상에는 목이 늘어난 귀신, 아기 귀신, 얼굴이 없는 귀신, 신체가 사
람 같지 않은 귀신 그리고 머리가 짧은 귀신도 있을 거야. 내가 말한 귀
신들만 해도 다양하잖아."
"네..."
"우리 큐피드들도 다양해 나처럼 생긴 큐피드는 나 하나이고, 아이부
터 성인까지 다양한 큐피드들이 존재해."
"그렇군요.. 고정관념적인 측면으로 생각하고 말해서 죄송해요."

Q의 말에 작아진 지유는 사과를 하며 시선을 아래로 떨궜다. Q는 미
안한 표정으로 아래를 보는 지유에게 손을 내밀었다.

"괜찮아. 너는 큐피드의 존재를 처음 보니까 그럴 수 있지. 정식으로
다시 인사할게. 나는 사람과 사람 사이를 이어주는 큐피드 Q야."
"고마워요! 저는 남지유라고 해요!"

지유는 Q의 손을 본 후 Q의 얼굴을 보는데 처음에 느꼈던 무서움이
사라졌고, 지유는 활짝 웃으며 Q의 손을 잡았다.

"근데 영어로 Q인 거예요?"

"응. 영어 알파벳 Q."

처음 웃는 지유를 보며 알 수 없는 친근함을 느낀 Q는 지유에게 말했다.

"근데 우리 만난 적 없지?"

"당연하죠! 처음 봐요."

02_드라마

"오 너 오랜만이다? 근데 임무로 맡은 인간이 네가 보인다며?"

Q가 허탈한 표정으로 멍하게 앉아 있자 동료인 제트가 다가와 장난 섞인 말투로 Q에게 말했다.

"장난칠 거면 가라. 그거 때문에 머리 터질 것 같으니까."

"당연히 그렇겠지. 우리가 사람 같이 생겼지만 하늘을 날 수 있고, 이리 갔다 저리 갔다 사라졌다가 갑자기 나타나는 것도 가능하니까 인간이 우리의 존재를 보면 무서워서 피하겠네. 근데 이게 너 마지막 임무인데 어떡하냐? 할 수 있겠어?"

"아 그런 문제는 대화로 잘 풀어서 상관없어."

"엥? 그럼 뭐가 문제길래 그렇게 죽상인 거야?"

"이게 마지막 임무인데... 희망이 없다."

지유와 자기소개 시간이 끝난 후 본격적으로 임무에 대해 설명하려는 순간 뒤에서 지유를 부르는 소리가 들렸다.

"너 부르네. 그럼 오늘은 서로 대화한 것만으로도 큰 발전이니까 여기까지 하고 나중에 이야기하자. 그리고 우리 서로 반말하자. 나는 반말하는데 너는 존댓말 하면 조금 그렇잖아."

"아! 그래."

지유는 친구들의 부름에 뒤돌아 뛰어갔다. 지유가 뛰어오자 보영은 뒤를 보며 지유에게 물었다.

"근데 너 누구랑 대화하고 있지 않았어?"

"어? 아, 무선 이어폰 끼고 전화하고 있었는데 그렇게 보였나 보네."

보영의 말에 지유는 당황한 기색을 숨기며 능청스럽게 말하며 넘어갔다.

다음 날, 지유는 혼자 카페에 앉아 무선 이어폰을 낀 후 노트북을 켰다.

"여보세요? 이제 말해."

지유의 옆에 있는 Q는 웃음을 참지 못해 깔깔거리며 배를 잡고 웃기 시작했다. 지유는 민망함을 뒤로하고 말했다.

"아니. 이렇게 안 하면 사람들이 이상하게 보니까 그런 거잖아! 왜 계속 웃어!"

"아 미안. 미안. 그래도 이어폰 끼고 여보세요.라고 말한 게 너무 웃겨서."

Q는 계속 웃다가 지유의 살벌한 표정을 본 후 자세를 바로 한 뒤 옆에 앉아 얼굴에 웃음기를 빼며 말했다.

"자 이제 본격적인 이야기를 시작할까?"
"제발 시작하자."

지유는 노트북에 있는 메모장을 열어 Q의 임무에 대해 작성하기 시작했다.

"일단 어제 말했던 내용을 바탕으로 큐피드인 네가 사람과 사람 사이의 매듭을 짓는 역할을 하는데 마지막 임무로 내가 되었다는 거지?"
"응. 정확하게 이해했네. 쉽게 말해서 사람과 사람을 이어주는 역할이라고 생각하면 편해."

지유는 Q의 말을 듣고 머릿속에서 재현이 스쳐 지나갔다.

"나랑 다른 사람 사이를 이어주기만 하면 되는 거야?"
"아니. 무작정 사이를 이어줄 수 있는 것은 아니야. 두 가지의 경우에만 이어줄 수 있는데 첫 번째로는 두 사람이 서로 첫눈에 반했을 경우이고, 두 번째로는 서로 어느 정도 호감을 가지고 있는 경우에만 이어줄 수 있어."

조건이 있다는 말에 지유는 시무룩해하며 메모장에 작성하는 것을 이어갔다.

"왜? 누구 좋아하는 사람 있어?"

Q의 물음에 보이지 않는 팩트를 맞은 지유는 억지웃음을 지으며 고개를 살짝 끄덕였다.

"아. 몰랐네. 누구 좋아하는데?"

"이재현이라고 친한 친구 중 한 명이야. 어릴 때부터 친하게 지냈고 지금 내 주변에서 제일 오래된 친한 친구야."

"그렇게 오래된 친구야?"

Q의 물음에 지유는 지나온 시간들을 천천히 생각하면서 재현과 친해진 계기를 생각하며 과거를 생각해봤지만 잘 기억이 나지 않아 그냥 넘겼다.

"잘 생각이 나지 않을 정도로 오래된 친구사이야."

"그렇구나. 신기하다. 그러면 짝사랑도 오래 했어?"

지유는 고개를 저으며 주형과 있었던 일을 말해주며 옆에서 따뜻하게 위로해주는 재현에게 호감을 느꼈다고 말했다.

"헐. 큰일이네."

"왜? 무슨 문제 있어?"

토끼 눈을 하며 더욱 놀란 지유가 물었다.

"물론 이 이야기만 들었을 때인데 너 금사빠 같아. 금사빠면 임무 수행하기 힘들거든..."

"음? 아니거든!"

"아니긴~ 주형이라는 애 같은 경우는 뭐 그 애도 호감 표시 같은 걸 해서 호감을 가질 수는 있지만 근데 재현이라는 너 친구의 경우를 보면 너를 위로해주고 나서 호감을 느낀 거라면서."

지유는 반박할 수 없는 Q의 말을 듣고 곰곰이 재현에 대한 감정을 생각했다.

"아무래도 나 재현이를 좋아하게 된 게 그때가 아닐지도 몰라."
"그건 또 무슨 소리야?"

생각에 잠긴 지유의 기억은 고등학교로 올라갔다. 고등학교 시절, 이번에도 어김없이 짝사랑에 실패한 지유는 아무도 없는 집에서 눈물을 흘리며 우울해하고 있었을 때 재현이 집으로 찾아가 아무 말 없이 옆에 같이 있어 주었던 그때 이후 재현에 대한 호감을 따뜻함으로 포장하고 있었다는 것을 깨달았다.

"네가 봤을 때 재현이는 나한테 호감이 있는 것 같아 보여?"
"글쎄. 잘 모르겠네."
"그렇구나. 그러면 우리의 목표가 생겼네!"
"어?"

갑자기 지유가 생기 넘치는 얼굴로 당당하게 말하자 Q는 놀랐다.

"너는 너 임무 끝내는 것! 나는 재현이랑 이어지는 것! 이름하여 짝사랑 대작전!"

지유의 말을 듣고 Q는 웃으면서 생각에 잠겼다. 생각할 시간이 조금 더 필요할 것 같다고 생각한 Q는 카페 창문 밖을 보며 말했다.

"오늘은 일단 여기까지 하고 끝내자. 벌써 저녁 시간이야."
"그러네. 좋아!"
"아 그리고 너 강의 시간표 좀 알려주라."
"그래! 혹시 모르니까 알려줄게."

Q는 지유와 헤어지고 난 후부터 지유의 주변 사람들을 분석하기 시작했다. 몇 주 분석한 결과 Q는 한 편의 드라마를 보는 기분이었다.
Q는 인물관계도를 정리해보며 각 인물들의 사이를 정리했다.

"일단 주변 사람들은 이재현이랑, 김승빈이랑, 조보영, 최현지 이렇게 인가? 음~ 지유랑 가장 오래된 친구는 이재현이고, 고등학교 때 친해진 친구들이 조보영이랑 김승빈이고, 최현지는 대학교에 와서 친해졌다고 했지. 그리고 지유가 이재현을 좋아하는데 이재현의 마음은 모르겠고, 근데 김승빈이 지유에게 호감이 있어 보이는 것 같고, 박현지는 김승빈을 좋아하고... 뭔 관계가 이러냐..."

인물관계도를 그리는 Q는 복잡한 관계에 최대 난제를 겪고 있다는 생각을 하며 허탈한 표정으로 하늘을 바라보기 시작했다.

"야! 그래서 다음 편 언제 나오냐? 이 드라마 재밌네."

Q의 이야기를 들은 후 제트는 흥미진진한 표정으로 드라마를 보듯이 말하자 Q는 할 말을 잃어 어이없다는 표정으로 제트를 바라봤다. 그러

자 제트가 사과를 하면서 웃으며 말했다.

"미안. 야 그래도 희망은 있네! 임무로 맡은 애를 김승빈을 좋아하게 만들거나 이재현이랑 잘 되게 도와주거나 둘 중 한 가지를 하면 되는 거 잖아."

"말이니까 쉽지 진짜로 쉽겠냐?"

"아니. 절대 쉽지 않지. 그래도 희망은 있는 거잖아. 드라마 또 나오면 알려주고 나도 일하러 가야겠다 수고해라."

"어. 너도 수고해."

Q는 지유의 주변 인물 관계도를 보며 지유가 말했었던 짝사랑 대작전의 방안에 대해 생각했다.

03_ 짝사랑 대작전

짝사랑 대작전에 대해서 생각하며 학교 이곳저곳을 다니고 있던 Q는 걷고 있는 재현을 발견하자 재현에게 다가갔다. Q는 재현의 주변을 빙글빙글 돌며 재현을 뚫어져라 쳐다봤다.

"내가 더 잘생겼네."

Q는 진지한 표정으로 손을 허리에 감싼 채로 말했다.

"아닌데."

주변을 지나가고 있던 Q의 동료가 이상한 눈으로 본 후 한심하듯이 고개를 저으며 말하자 Q는 동료의 답변에 강하게 부정하며 동료를 따라 갔다.

전에 받았던 수업 시간표를 통해 Q는 발장난을 하면서 지루한 표정으로 지유가 수업 끝나는 것을 기다리고 있었다. 지유가 강의실에서 나오자 웃으며 지유의 뒤를 쫄래쫄래 따라갔고, 지유는 Q와 눈을 마주친 후 아무도 없는 곳으로 발걸음을 옮겼다.

"3가지가 있어!"

"3가지?"

"응! 짝사랑 대작전이 3가지가 있어."

주변에 아무도 없자 Q가 힘찬 말투로 지유의 앞에서 손짓으로 숫자 삼을 나타내며 말했다. 당황한 지유는 눈을 깜빡이며 Q의 얼굴을 본 후 손을 바라봤다.

"일단, 그전에 너한테 묻고 싶은 게 있어. 만약에 너를 좋아하는 사람이 나타났는데 그 사람과 이어질 생각은 없어?"

"나를 좋아하는 사람?"

"응. 너를 좋아하는 사람. 근데 만약이야."

"아, 만약이지. 깜짝이야 나를 좋아하는 사람이 있는 줄 알았네."

"그래도 있다고 가정하는 거야. 그래서 그 사람과 이어질 생각은 있어? 없어?"

지유는 자신을 좋아하는 사람과 자신이 좋아하는 사람에 대해서 심각한 표정으로 고민하며 선뜻 대답하지 못하고 머뭇거렸다. 그런 지유의 반응을 보며 Q도 심각하게 자신이 생각했던 방안에 대해서 다시 생각하기 시작했다. 오랜 고민 끝에 지유는 입을 열었다.

"나는 나를 좋아해 주는 사람보다 그래도 내가 좋아하는 사람과 이어지고 싶은 편이 좋은 것 같아. 나를 좋아하는 그 사람 내가 싫어할 수도 있잖아."

"그래?"

"근데 만약이어도 왜 물어본 거야?"

"그냥 네가 이어지기 전에 너를 좋아하는 사람이 나타나면 너는 어떤 사람을 선택할지 궁금했어."

"그랬구나."

"그럼 본격적으로 세 가지 방안에 대해 설명할게."

Q가 비장한 말투로 지유의 눈을 똑바로 쳐다보며 말하자 알 수 없는 긴장감이 지유의 몸을 감쌌다.

"응. 빨리 말해줘."

"첫 번째로는 재현이 좋아하는 거나 싫어하는 거, 음식에 대한 거랑 싫어하는 행동은 뭐가 있는지 같은 이재현의 취향을 파악해서 취향을 공략하는 방법이고, 두 번째는 내가 방금 물어본 거인데 재현이 아닌 너를 좋아하는 다른 사람과 이어지는 방법이야. 이 방법은 네가 그 사람에 대한 호감만 있다면 가능해서 한 번 생각해봤고 마지막으로 세 번째는 그냥 이재현한테 좋아하는 것을 표현하는 거야."

"엥? 뜬금없이 내가 좋아하는 걸 그냥 재현이한테 표현하라고?"

지금까지 짝사랑을 수없이 실패해온 지유는 자신의 감정을 표현하는 것에 민감하게 반응했다. 지유에게 있어 재현은 소중한 친구이기에 짝사랑을 표현했다가 재현이 자신을 피한다면 표현하기 전처럼 친구로 지내기 어려울 것 같다고 생각했다. 지유는 소중한 친구를 순식간에 잃고 싶지 않다는 듯 간절한 눈빛으로 Q를 바라봤다. Q는 무슨 생각을 하고 있는지 표정에서 다 드러나는 지유를 바라보며 차분하게 지유를 안심시키듯이 말했다.

　"응. 근데 세 번째 방법은 운에 달렸어. 내가 저번에 이어줄 수 있는 경우 두 가지 말해줬던 거 기억해?"
　"하나는 서로 첫눈에 반한 경우랑 하나는 서로 호감을 가지고 있는 경우?"
　"맞아. 지금 이재현이 너를 어떻게 생각하고 있는지에 대한 마음을 모르기 때문에 좋아하는 것을 표현했을 때 걔가 그거에 대한 싫어하는 반응을 보이면 희망이 없지만, 만약에 그 표현으로 걔가 너를 신경 쓰기 시작하고, 신경 쓰이는 감정이 호감 쪽으로 간다면 둘의 사이를 잇는 것 정도는 쉽게 할 수 있어."
　"아... 그렇구나."
　"네가 뭘 걱정하는지는 알고는 있지만 나는 좋아하는 걸 표현하는 것도 하나의 방법이라고 생각해. 일단 너 반응을 보니 1번으로 해야 할 것 같고, 내가 생각해본 방법은 이게 끝이지만 더 좋은 방법이 있는지 같이 고민해보자."
　"고마워."
　"너를 누군가와 이어주는 게 내 역할인데 뭐."

지유가 자신을 위해 신경 써준 Q에게 고마움을 느끼고 있을 때 Q가 이어서 말했다.

"그러면 이재현에 대해서 다 말해줘. 나도 알아두면 좋으니까."

"웅! 재현이는 잘생겼고! 착해! 그리고 남을 잘 도와줘."

"그리고?"

"또? 재현이 생일이 7월이야."

"그게 아니라 착하면 어떤 면에서 착하다든가 아니면 음식 취향이나 좋아하는 거 싫어하는 거 등등 구체적으로."

"재현이는 일단 뒤에서 험담하는 것을 싫어해! 그리고 거절을 잘 못해서 주변 사람들이 부탁 같은 걸 하면 거의 받아주고 거절하는 것을 진짜 열 손가락에 들 정도로 없고..."

"웅. 없고?"

"잠시만..."

지유는 말을 하지 못하고 당황해하며 재현에 대해서 생각하기 시작했다. 재현에 대해서 구체적으로 알고 있는 것이 없다는 것을 깨달았다. 지유는 Q의 눈을 마주치지 못하고 고개를 떨구며 말했다.

"미안..."

쥐구멍에 들어간 것처럼 작은 목소리로 지유가 사과하자 Q는 당황한 표정으로 어쩔 줄 몰라하며 말했다.

"갑자기? 왜? 무슨 일 있어?"

"그게 내가 재현이에 대해서 잘 몰라…"

"음? 잘 모르다니?"

"나는 소꿉친구라서 재현이에 대해서 많이 아는 줄 알았는데… 아는 게 별로 없어…"

"그게 왜 큰일이야. 괜찮아. 모를 수도 있지!"

"그래도 미안해."

"괜찮아! 그냥 지금부터 알아가면 되니까 상관없어."

"진짜 고마워. 나도 열심히 할게!"

그 순간 지유의 핸드폰 진동이 울렸다. 승빈에게 전화 온 것을 확인한 지유는 전화를 받았다. 지유가 전화를 하고 있는 동안 Q는 둘의 사이를 어떻게 이어줄지에 대해 다시 곰곰이 생각했다.

"진짜 나 오늘 왜 이렇게 미안한 것밖에 없지? 김승빈이 급한 일이 있다고 빨리 와보라고 하네…"

전화를 끝낸 지유가 우물쭈물하며 조심스럽게 입을 열었다.

"괜찮아. 그러면 일단 1번으로 결정하고, 지금은 갑자기 생각하려고 해서 생각이 안 나는 걸 수도 있어. 그러니까 이재현에 대해서 생각나는 게 더 있으면 나중에 말해줘."

"응. 알았어."

지유는 Q와 헤어지고 나서 재현에 대해서 아는 것이 별로 없는 것을 생각하면서 재현에게 미안함을 느꼈다. 생각하면 생각할수록 답답함만

늘었고 발걸음이 무거워졌다.

그 시각 승빈은 지유의 반응을 생각하며 웃으면서 기다리고 있던 순간 초인종 벨이 울렸다. 3번의 초인종 벨이 울린 뒤 지유에게 전화가 왔다. 승빈은 다급한 목소리로 비밀번호를 말해주며 얼른 들어오라고 말한 뒤 끊었다. 지유는 급해 보이는 승빈의 목소리로 인해 급하게 들어오며 말했다.

"무슨 일인데 그래!"

"안녕. 내가 손이 닿지 않아서 그런데 혹시 불 좀 꺼줄 수 있니?"

승빈의 장난에 평온했던 공기는 싸하게 바뀌며 지유가 말없이 죽일 기세로 쳐다봤다.

"죽을래?"

승빈은 순간적으로 잘못된 것을 느끼고 전화했을 때보다 더 다급한 목소리로 말했다.

"아 진짜 미안! 다른 애들도 온대. 사실 놀려고 불렀어!"

승빈이 벌떡 일어나자 다시 나가려던 지유는 멈칫했다.

"누구 오는데?"

"누구겠냐. 이재현이랑 조보영이지."

지유는 재현의 이름을 듣고 기회라고 생각했다. 지유는 슬쩍 돌아와 앉으며 승빈을 째려봤다.

"애들이 온다고 해서 앉는 거야. 두 사람 아니었으면 너는 죽었어."

생명의 위험을 느꼈던 승빈은 재현과 보영에게 고마움을 느꼈고, 지유가 자연스럽게 편안히 앉는 것을 보고 승빈이 장난스러운 말투로 말했다.

"너 너무 편안하게 있는 거 아니냐?"
"어쩔."

지유는 표정을 찌푸리며 말했다.
그 시각 Q는 마지막 임무에 대해 보고하러 본부에 올라갔다.

"임무에 대한 지금까지의 진행 보고서입니다."
"그래? 잠시만 기다려."
"네."

매번 진행 보고서를 두고 가라는 말과 다른 말이 나오자 Q는 당황한 채로 가만히 서서 기다렸다.

"마지막 임무인데 단순히 임무 기간만 늘려줘서 많이 원망하나?"
"사실대로 말해도 되는 건가요?"
"그럼. 사실대로 말해봐."
"솔직히 처음에는 원망했습니다."
"그렇겠지. 그런데 과거형이네? 지금은 원망하지 않고?"

Q가 질문에 머뭇거리며 입을 열었다.

"아직까지 조금은 원망합니다. 아니면 혹시 바꿔주시지 않은 이유가 있었던 건가요?"

"하하. 글쎄. 보고서 거기에 두고 가봐."

"네."

자신의 질문에 대답을 피하는 것을 보며 괘씸하다고 생각하며 억지웃음을 지으며 나갔다. 그 후 Q는 지유가 알려주는 정보 외에 재현에 대한 정보를 얻기 위해 재현의 주변 사람들을 파악하기 시작했다.

04_ 머릿속

짝사랑 대작전을 위해 어김없이 머리를 맞대어 고민 중이던 지유는 문득 궁금증이 생겼다.

"나 궁금한 게 있는데 나처럼 큐피드라는 존재를 본 사람 없었어?"

"응. 네가 처음이야. 내가 임무를 맡았던 사람들 중에서도 그렇고, 큐피드들 사이에서도 들어본 적 없어."

"그러면 인간이 큐피드의 임무로 맡게 되는 기준이 뭐야? 갑자기 궁금해졌어 알려줘!"

Q는 잠시 머뭇거리며 대답하는 것을 망설였다. Q가 자신의 눈치를 보는 것을 느끼자 지유는 대수롭지 않듯 말했다.

"영업비밀이면 말 안 해도 괜찮아."

"영업비밀은 아닌데 말을 어떻게 해야 할지 모르겠네. 일단 큐피드에 대한 것부터 말하자면, 저번에 말했듯이 귀신이나 외계인 같은 존재와 비슷해. 모든 사람들에게는 죽은 후에 영혼의 상태에서 환생이라는 기회가 주어져. 그 기회를 얻기 위해서 귀신이 돼서 영혼의 규정을 깨고 떠돌아다니는 영혼을 잡든지, 큐피드가 돼서 사람과 사람을 이어주는 역할을 하던지 등 여러 방법이 있어. 큐피드 같은 경우에는 말했듯이 사람과 사람을 이어주고 귀신같은 경우에는 조금 달라. 사람이 죽으면 살아있었던 모든 기억이 사라지는데 영혼의 규정을 깨고 세상을 떠돌아다니는 영혼들을 잡는 역할을 하고 있어. 귀신 외에도 다른 것들도 있어. 근데 환생의 기회를 잡는 건 영혼의 마음이야. 나는 큐피드의 역할을 선택해서 지금 임무를 수행하고 있는 거야.

"대박! 귀신이 환생의 기회라고?"

지유가 호기심이 가득한 눈빛으로 물어보자 Q는 싱긋 웃으며 말을 이었다.

"응. 인간 세계에서는 귀신이 무서운 존재로 인식되어 있지만, 귀신들도 그렇고 큐피드들도 그렇고 다른 역할을 수행하고 있는 영혼들 모두 환생이라는 목표를 가지고 있어. 그리고 그것을 관리하는 곳이 본부야. 본부에서 임무가 나오고 우리는 임무를 하면서 보고를 해. 쉽게 말하면 본부가 너희 세계에 있는 회사라고 생각하면 편할 거야. 부서가 귀신, 큐피드 등 나눠져 있고 임무 맡을 때마다 보고하고."

"그러면 큐피드의 임무로 맡게 되는 사람의 기준은 뭐야?"

"그거는 본부에 모든 인간에 관련된 확률이 나와 있어. 다른 곳은 모르는데 큐피드는 사랑과 관련된 확률을 통해서 본부에서 인간을 추려내고, 본부에서 정해준 그 인간을 큐피드가 임무로 맡아서 이어주는 역할을 하는 거지. 근데 어떤 기준으로 추려내는지는 확실하게 알지 못하고 큐피드들도 정확하게는 몰라."

"그렇구나. 그러면 너 살았을 때의 기억이 없어서 원래 이름은 모르는 거야?"

"그렇지."

Q와 대화할 때 어쩌다 한 번은 주변에서 이상한 시선으로 볼 때가 있어 지유는 그동안 주변을 인식했었다. 사람과 사람을 이어준다는 소리만 듣고 재현과 이어질 수 있다는 생각에 제대로 알지도 않는 존재와 무작정 손을 잡은 것은 아닌지, 다른 사람들 눈에는 보이지 않고 자신에게만 보여 귀신에게 홀린 것은 아닌지 등 여러 걱정을 하고 있었던 지유는 큐피드와 관련된 생소한 이야기를 들으면서 걱정으로 가득했던 머릿속은 신기함으로 새롭게 자리를 채우고 있었다.

"아쉽다. 이름 궁금했는데."

"나도 몰라서 아쉽네."

"그러면 큐피드들은 임무를 수행하다가 전에 살았던 삶을 우연히 알게 되면 어떻게 돼?"

"글쎄. 근데 과거에 큐피드 중에 죽기 전에 삶을 궁금해했었던 큐피드가 있었어."

"정말?"

"응. 그래서 그 큐피드는 역할을 하면서 자신이 살았던 삶을 찾으러 다녔어."

"그래도 괜찮은 거야?"

"임무에 지장이 생기지 않는 선에서 행동하는 건 상관없는 걸로 알고 있어."

"그러면 너도 죽기 전의 삶이 궁금하지 않아?

"궁금할 때가 많이 있었지만, 보통 큐피드에게 주어지는 임무 수행 기간이 짧기도 해서 그냥 임무를 수행하고 있어."

멋쩍은 웃음을 지으며 대답하는 Q를 보면서 괜히 머쓱해진 지유는 당차게 말하며 일어났다.

"그러면 이제 내 매듭과 너 환생을 위해 짝사랑 대작전을 성공해야겠네!"

주먹을 쥐고 일어서자 만약 지나가는 사람이 자신의 모습을 본다면 다른 사람들 눈에는 Q가 보이지 않으므로 혼자 당차게 일어나며 말하는 모습을 머릿속에서 생각한 지유는 민망해하듯 다시 앉았다.

"그래서 이재현에 대해서 알아본 건 있어?"

Q가 박수를 치며 물어보자 지유는 차분하게 웃기 시작했고 비장한 표정으로 Q를 보며 말했다.

"내가 엄청난 걸 알아냈지."

"오! 뭔데?"

"그게 말이지..."

지유가 긴장감을 주며 뜸을 들이자 반응을 기대하는 지유의 표정에 Q는 살짝 웃으며 기대에 부응해주듯 덩달아 긴장한 표정을 지었다.

"저번에 김승빈 때문에 갔었잖아. 그때 재현이랑 보영이도 왔었거든?"

"응. 그때 수확한 게 있었구나?"

"맞아! 내가 엄청난 걸 알아냈어."

"그래서 뭐 알아냈는데?"

"재현이는 귀여운 여자를 좋아한대."

Q는 잠시 나사가 빠진 듯 멈춰있었다가 정신을 차렸다. 지유는 초롱초롱한 눈빛으로 칭찬을 바라는 듯한 강아지 같이 기다리자 실소하며 말했다.

"와~ 대단한 정보네!"

반쯤 영혼이 담겨있지 않는 Q의 반응이 못마땅한 지유는 부루퉁한 얼굴로 말했다,

"애들한테 안 들키게 물어보기 위해서 내가 얼마나 노력했는데..."

당황한 Q는 안절부절 어쩔 줄 몰라하며 지유를 달래줬다.

"친구인 만큼 들키지 않고 알아내는 게 얼마나 힘든지 당연히 알지..!"

지유는 횡설수설하는 Q를 보다가 웃음이 터졌다. Q는 지유의 반응에 안도하며 서로 장난치기 시작했다.

"아 참 그리고 내일모레 친구들이랑 노는데 너도 갈래?"

지유가 물어보자 Q가 놀라며 대답했다.

"나도?"

"응! 오면 짝사랑 프로젝트에 도움이 될지도 모르잖아."

"그래."

05_ 마음의 감정

"남지유 뭐야? 뭔가 달라졌다?"

친구들과 노는 날이 된 지유는 평소에 입지 않고 있던 옷들과 시도해 보지 않았던 스타일로 옷을 입어 친구들의 눈길을 사로잡았다.

"오버하지 마. 그냥 옷장에 박혀 있어서 빛을 내지 못하는 친구들을 좀 입어봤어."

지유는 약속 전날에 Q에게 힘들게 옷 컨펌을 받았던 전 날 밤을 생각했다.

"아니야. 다른 거 입어봐."

"별로야? 내가 볼 때는 괜찮은 것 같은데..."

다음 날 입을 옷을 봐주고 있는 Q를 보며 평소에 장난이 많았던 모습과 달리 객관적으로 바라보며 옷에 대해 컨펌해주고 있는 것을 보며 조금 낯설었다.

"어울리긴 하는데, 너무 꾸민 느낌이야. 같이 만나는 친구들이 네가 이 재현 좋아하는 걸 알아?"

"아니. 몰라..."

"평소에는 무슨 특별한 일 아닌 이상은 편한 스타일로 많이 입었잖아. 그러니까 꾸안꾸 스타일로 가자."

"지금 내가 입은 것도 꾸안꾸인데..."

"아니 평소 너 기준으로 봤을 때는 꾸민 쪽에 속한다고 생각해."

"그럼 옷을 정해보든가!"

"그래!"

"얼마나 잘 정하나 보자!"

Q는 지유가 가지고 있는 옷들을 살펴보며 지유와 어울리는 색과 계절을 생각하면서 심각한 표정으로 고민하며 옷을 고르기 시작했다. Q가 골라준 대로 옷을 입자 지유는 감탄하며 거울을 봤다.

"우와. 대박이다."

"어때? 네가 입었던 옷들보다는 자연스럽지?"

지유의 칭찬 한마디에 의기양양해하는 Q의 반응에 반박하고 싶었지만 지유는 자신의 눈에도 전보다는 Q가 선택한 옷들이 훨씬 낫다는 생각에 반박하지 못하고 계속 감탄했다.

"진작에 이렇게 입었어야지!"

친구들 중 가장 놀라며 좋아하는 보영은 지유를 쓰다듬으며 귀여워했다. 지유는 반응이 없었던 재현을 바라보면서 말했다.

"어때? 혹시 별로야..?"

기대 가득한 표정으로 바라보는 지유는 재현의 입이 열리기만을 기다리고 있었다.

"아니. 정말 잘 어울려."

재현이 칭찬하자 지유는 웃으며 Q 쪽으로 시선을 옮겼다. Q와 눈이 마주친 지유는 활짝 웃으며 엄지를 살짝 올렸다. 친구들 모두 칭찬하자 괜히 기분이 좋으면서 이상했다.

"어! 얘들아 안녕~"

칭찬으로 가득했던 분위기에서 뒤쪽에서 익숙한 소리가 들리자 뒤를 돌아본 친구들과 지유의 시선에는 현지가 있었다.

"지유야! 무슨 일이야? 평소랑 다르네?"

지유는 동물원 속 원숭이가 된 것 같은 느낌에 민망한 웃음을 지었다.

"왜 그동안 후줄근하게 입었던 거야!"

지유는 보영의 말에 친구들의 칭찬과 다른 감정이 들었고, 보영은 지유에게 어깨동무를 하며 지유를 치켜세웠다.

"그치! 너무 이쁘지!"

보영이 현지의 말에 동감하며 말을 이으려던 순간 현지가 먼저 말했다.

"근데 너희 어디가?"

현지는 지유와 보영, 재현을 바라보며 마지막에는 승빈을 바라보며 말했다.

"우리 그냥 술 마시러 가는 중이야."
"아, 진짜?"

보영이 말을 이으려던 순간 뒤쪽에서 부르는 소리가 나자 보영은 아쉬운 표정으로 말했다.

"아 나는 일행이 있어서 먼저 가봐야겠다. 잘 가!"

보영이 자리를 떠나자 지유의 마음속에서 어딘지 모를 편안함이 느껴졌다. Q는 걸어가는 보영을 보면서 지유에게 다가가 속삭였다.

"평소에도 귀여우니까 마음에 담아두지 마."
"고마워."

지유는 보영의 말로 인해 자신감이 떨어질까 걱정해준 Q에게 고마움을 느꼈고 마음이 일렁였다.

06_ 최영빈

"무슨 작은 팬클럽도 아니고 이게 뭐냐... 스토커같이..."
Q는 지유와 재현에 대한 것을 공유하면서 재현에 대해 파악해보지만 별다른 소득이 없자 재현을 따분해하며 따라다니고 있었다.

"앤 진짜 무슨 낙으로 사는지 모르겠단 말이야."

따라다니면서 지루해하고 있던 찰나에 재현이 평소와 다른 방향으로 가는 것을 보자 Q는 뜻밖의 수확이라고 생각하며 재현을 뒤쫓아갔다. 재현이 들어간 곳은 납골당이었다. Q는 의아한 표정을 지으며 따라 들어갔다. 어느 한 유골함에 멈춰 아무 말 없이 바라보고 있자 Q는 고개를 돌렸다.

Q는 재현의 시선 끝에 있는 것을 보기 전에 다른 유골함 옆에 있는 사진에 눈길이 갔다. 유리창으로 비친 Q의 얼굴은 금세 어두워졌고, Q의 시선에 들어온 것은 유골함 옆에 있는 Q와 닮은 어린아이의 사진과 방금 찍었다고 해도 이상하지 않을 정도로 똑 닮은 Q의 사진이 있었다. 당황한 Q는 자신의 유골함으로 추정되자 놀란 표정에서 아무 말도 할 수 없었다.

재현은 오랜 시간 동안 바라보다가 한숨을 쉰 후 오는 길에 사 온 꽃을 두고 자리를 떠났다. 그 자리에 홀로 남은 Q는 사진을 본 후 이름을 봤다.

"최영빈... 최영빈..."

재현이 떠난 걸 알아차리지 못할 정도로 패닉에 빠진 Q는 유골함에 적혀 있는 이름을 되새기며 말하기 시작했다. 그 후 Q의 시선에 들어온 것은 옆에 있는 지유라고 해도 될 만큼 닮았지만 지유보다 조금 어린 여자아이와 같이 찍은 사진이었다. Q는 사진을 보자마자 눈물을 흘렸다. 과거에 지유와 알던 사이였는지, 자신의 죽음에 지유가 연관이 있는지 등 의문점이 들며 자신의 본부에서 지유를 바꿔주지 않았던 이유와 관련이 되어있는 건인지 많은 생각으로 머릿속이 복잡해졌다. 그리고 이유도 모른 채 눈물을 흘리며 그 자리에 주저앉았다.

Q가 혼란스러움으로 정신이 빠져 있는 그 시각, Q는 짝사랑 프로젝트에 관해 지유와 회의하기로 약속했었다. 지유는 항상 약속한 시간 전에 먼저 나타났던 Q가 보이지 않자 카페에서 지루해하며 기다리고 있었다.

"왜 안 오지? 오늘 회의하기로 한 약속을 까먹은 건가?"

지유는 Q와 처음 만났던 순간을 생각했다.

"처음에는 엄청 당황스럽고 무서웠는데. 지금 생각해보면 진짜 정신이 없었던 하루였네."

지유는 지금까지 자신이 고민을 들어주거나 과제가 있으면 응원해주고, 자신의 옆에서 격려해준 Q를 생각하면서 짧은 기간 동안 많은 일이 있었다고 생각하며 Q와 관련된 추억에 잠겨있었다.

"마지막 임무로 맡은 남지유. 혹시 저와 연관이 있어서 바꿔주시지 않았던 겁니까?"

Q는 정신을 차린 후 본부에 찾아가 말했다.

"연관이라니? 무엇을 봤길래 확정을 짓는 거냐?"

Q의 말에 본부에 있는 Q의 임무를 담당하는 신이 서류를 보다가 내려놓으며 덤덤하게 말했다.

"제 죽음과 지유가 연관되어 있어서 임무를 안 바꿔주시는 것인지 여쭤보는 겁니다."

"글쎄. 이미 너는 하나의 답을 바라고 여기 온 것 아니냐?"

신은 Q의 질문에 못마땅한 표정으로 Q에게 물었다. Q는 질문에 답을 얻지 못하자 자리를 떠났고 신은 나가는 Q의 모습을 본 후 내려놓았던 서류를 마저 보기 시작했다.

"영빈아!"

본부에서 나와 최영빈의 유골함 앞에서 생각하다가 잠이 들었던 Q는 눈을 떴다. Q는 지유를 닮은 어린 여자아이가 자신을 향해 달려오며 영빈이라고 말하는 꿈을 꿨다. 아직 몽롱한 Q는 정신을 차리며 자리를 떠났다.

"정말로 미안!"

"괜찮다니까 계속 사과하네."

Q는 지유에게 저번 약속을 지키지 못한 것을 사과하며 지유를 따라다녔다. 지유는 3시간 동안 기다려도 오지 않았기에 화가 났었지만, 진심으로 사과하는 Q를 보며 화가 풀려 괜찮다고 말했다.

"진짜 괜찮으니까 다음부터는 그러지 마."

"알았어! 절대 이런 일 없어!"

화가 풀리지 않을 것이라고 생각했던 Q는 지유의 반응이 괜찮자 눈치를 보며 물었다.

"그런데 지유야."

"응?"

"그게..."

"뭐길래 그렇게 뜸을 들여?"

"너는 주변의 친구가 죽은 적 있어?"

Q는 자신이 최영빈이라고 가정한 후 사진 속에 있는 사람이 지유라면 자신의 죽음과 어떤 연관이 있는지 최영빈과 관련하여 물어보고 싶지만, 어떻게 물어봐야 할지 모르겠다는 생각에 고민하다가 무작정 질렀다. 지유의 얼굴에는 당황스러움이 드러났다. 지유가 대답이 없자 Q는 다급함에 거짓말로 둘러댔다.

"아니..! 너를 슬프게 하려던 게 아니고! 어제 같은 큐피드인 동료를 보는데 나도, 동료도 죽은 사람이었다는 게 생각나서... 그래서 혹시 너 친구 중에도 있나 궁금해서 물어봤는데, 그냥 다른 주제로 넘어갈까?"

Q는 자신이 무슨 말을 하고 있는지 모를 만큼 다급함이 보였다. Q의 생각지도 못한 질문에 당황한 지유는 더 당황해하고 있는 Q를 보며 진정되어 대답했다.

"갑자기 물어서 놀랐네. 근데 나는 없어. 헐, 근데 만약에 죽은 친구를 큐피드나 귀신으로 다시 만나면 기분이 좋으면서 슬플 것 같다..."

Q는 지유의 대답에 납골당에서 봤던 사진에 있던 사람이 지유가 아녔는지 혹은 지유가 자신에게 숨기는 것인지 의아했다.

"자! 그러면 이제 저번에 못한 걸 말해볼까?"

"그래!"

지유는 박수를 치며 정신이 딴 데로 가있는 Q에게 말했다. Q는 확실한 것이 없자 평소처럼 반응하며 지유를 대했다. 지유가 곧 친구들과 놀러 간다는 이야기를 꺼내며 짝사랑 프로젝트에 관해 대화하고 있을 때 임무 수행 남은 시간 알림이 떴다.

07. 속다짐

"너는 죽기 전에 어떤 삶을 살았을지 궁금하지 않아?"

Q는 최영빈의 유골함을 보면서 큐피드가 되어 친하게 지냈었던 동료 K를 생각했다. Q와 K는 서로 장난을 밥 먹듯이 할 정도로 친했었다. 큐피드 중에서 K는 유일하게 죽기 전의 삶을 궁금해했다. 하지만 K는 그것을 파헤치다가 주어진 임무를 수행하지 못해 사라졌다. K를 그리워하며 추억에 잠겨있을 때, 임무 수행 기간 알림이 떴다.

Q는 기간을 확인한 후 임무에 집중하자고 생각하며 정신을 바짝 차리기로 다짐했고, 그 뒤로 납골당에 가지 않았다.

시간은 흘러 시험 기간이 되었다.

"친구들이랑 놀러 가는 거 시험 끝나고 방학에 간다고 했지?"

"웅! 너무 기대돼~"

카페에서 시험공부하고 있는 지유 옆에서 Q는 날짜를 확인한 후 지유와 재현을 이어줄 방법에 대해 고민하기 시작했다. 지유는 옆에서 진지한 표정으로 생각하고 있는 Q를 보며 왠지 모를 든든함을 느끼며 Q에게 장난치기 위해 쓴웃음을 지으며 Q에게 말했다.

"표정이 엄청난데? 나 그렇게 답이 없을 정도로 심각해?"

당황한 Q는 표정을 풀며 지유를 쳐다보며 말했다.

"어? 아니! 그게 아니야. 그냥 쉽게 이어줄 수 있는 방법이 없는지 생각해보고 있었어."
"장난이야~"

웃으며 말하는 지유를 보고 그제야 Q의 표정이 원래대로 돌아왔다.

"요즘 무슨 일 있어? 평소보다 표정이 좋아 보이지 않아."

Q는 자신의 이야기를 많이 하지 않아 무슨 일이 있는 것인지 걱정되었던 지유는 얼굴을 들이대며 눈이 마주친 상태에서 말했다.

"너무 무리하는 거 아냐?"
"그래 보여? 아닌데."

Q가 시선을 피하자 지유가 일어났다. 그리고 짐을 챙기기 시작했다.

"지유야?"

말을 걸어도 아무 말 없이 자리를 정리한 후 밖으로 나가자 Q는 지유를 따라갔다. 지유는 근처 편의점에 들어가기 전에 Q를 쳐다보며 말했다.

"잠시 여기서 기다리고 있어."

비장한 표정으로 말한 뒤 지유는 Q를 편의점 옆에 있는 테이블에 남겨두고 혼자 들어갔다. 앉아서 가만히 기다려도 편의점에서 지유가 나오지 않자 들어가려던 순간 지유가 큰 봉지를 들고 나왔다.

"뭘 그렇게 많이 샀어?"
"가자!"
"어? 어디를?"
"나만 따라와."

지유가 앞장서서 가자 Q는 영문도 모른 채 따라가기만 했다.

"어디 가는 거야? 너 공부 안 해도 되는 거야?"
"웅! 친구가 기분이 꿀꿀한 것 같은데 공부만 하고 있을 수는 없지!"
"공부하기 싫어서 하는 변명은 아니지?"

Q의 대답에 발끈하는 지유를 보며 Q는 내심 자신을 생각해주는 지유에게 고마움을 느꼈다.

지유와 Q가 도착한 곳은 공원이었다. 어느새 시간은 저녁을 지나 밤이 되어 있었고, 지유는 편의점에서 사 온 것들을 꺼내기 시작했다.

"어때? 야경 이쁘지?"
"웅. 이런 곳도 알고 있네."

"당연하지~"

지유는 뿌듯해하며 캔맥주를 따서 벌컥벌컥 마셨다. 그 후 같이 산 과자를 먹으며 말했다.

"너 기분이 별로인 것 같아서 야경 보고 힐링하라고 데려온 거야."

능청스러운 말투로 마시고 있던 맥주를 원샷한 후 새로운 맥주를 꺼냈다.

"근데 그렇다고 네가 술을 마실 이유는 없지 않아? 대체 몇 개를 산 거야?"

"에이! 대신 기분 내주는 거지. 한 캔만 사기엔 아쉽잖아. 그래서 4캔 샀어. 얼른 마시고 집에 가자."

지유는 웃으며 새로운 맥주를 깠다. 여러 생각으로 인해 머리가 복잡했던 Q는 마음의 휴식을 가졌다. 힐링하고 있는 Q를 보며 아무 말도 하지 않고 싱긋 웃으며 맥주를 마셨다.

집에 도착하자 취기가 올라온 지유는 Q에게 다가가 얼굴을 당기며 말했다.

"오늘 어땠어!"

"으어?"

"너! 고민 같은 거 있으면 이 누나한테 말해! 알았지?"

"엉."

Q의 말에 지유는 잡아당기던 볼을 놓고 잠이 들었다. 그리고 순간적으로 놀란 Q는 웃으며 자신을 걱정해준 지유를 보며 더 이상 걱정하지

않게 하겠다는 다짐을 하면서 지유가 귀엽다고 생각했다.

"음? 내가 방금 무슨 생각을 한 거야?"

Q는 자신의 생각을 부정하며 지유가 자고 있는 것을 확인한 후 떠났다. 새벽에 잠이 든 Q는 지유와 닮은 아이의 꿈을 꿨다.

"영빈아 얼른 와~"

꿈속에서 자신을 향해 부르는 아이를 보며 허무한 표정으로 꿈이라고 생각하고 있는 순간 뒤에서 아이가 Q를 지나쳐 여자아이에게 달려갔다.
Q는 쓸쓸한 표정으로 두 아이를 쳐다봤다. 그리고 영빈을 보면서 말했다.

"네가 나라서 꿈에 나오는 거니?"

둘의 모습을 뒤로한 채로 자리를 뜨려던 순간 영빈의 다급한 소리가 들렸다.

"지유아!"

황급히 뒤를 돌아본 Q는 영빈과 지유이 사고를 당하려던 찰나에 꿈에서 깼고, 식은땀을 흘리고 있었다. Q는 숨을 가쁘게 내쉬며 전 삶에 대한 기억에 관해 생각해냈다.

"설마 지유가 지윤이?"

08. 과거의 실마리

Q는 갑작스러운 기억에 머리를 잡으며 고통스러워했다. 잠시 후 고통스러움에서 진정된 Q는 본부로 향했다.

"지유가 혹시 제가 살아있었을 때 구했던 아이가 환생한 것입니까? 그래서 마지막 임무로 그 아이를 맡게 하신 겁니까?"

자리에서 여전히 자료를 훑어보고 있는 신에게 눈살을 찌푸리며 Q가 말했다.

"지윤이를 말하는 걸 보니 전 삶에 대한 기억이라도 돌아왔나 보군. 근데 그걸 물어보려고 여기까지 온 건가?"

눈을 마주치지 않고 자료를 확인하며 신이 말하자 Q는 허탈한 표정을 지었다.

"역시 부정은 안 하시네요? 지윤이가 저에게 어떤 존재였는지 아시잖아요!"

Q가 화난 말투로 다그치듯 말하자 신은 자료를 내려놓으며 말했다.

"그 애의 환생을 원했던 건 너 아니었나? 그걸로 온 거라면 이제 그만 가지? 보다시피 해야 할 일이 많아서."

신의 대답에 Q는 반박하지 못하고, 억울한 표정으로 밖으로 나갔다. Q가 나가고 난 후 노크 소리와 함께 신의 비서로 보이는 영혼이 들어와 말했다.

"그냥 저렇게 돼도 괜찮은 겁니까?"

신은 흥미롭다는 듯 표정을 지었다.

"괜찮아. 알아서 잘하겠지."

신은 웃으며 콧노래를 부르면서 서류를 다시 보기 시작했고 신의 비서는 이해할 수 없다는 표정으로 바라봤다.

"아!"

본부에서 나온 Q는 화를 주체할 수 없어 힘차게 말을 내뱉었다. 그리고 죽기 전의 삶에 대해 생각하기 시작했다.

Q의 죽기 전 삶에서의 이름은 최영빈이었다. 18살 영빈에게는 소중한 사람이 있었는데 그 사람이 바로 이지윤이다. 둘은 12살 때 동네 길고양이가 위험한 곳에 있어 둘이서 길고양이를 구해주다가 친해졌다. 영빈은 중학교 때 지윤을 향한 좋아하는 감정을 품고, 18살이 되어 영빈이 고백하여 둘은 친구에서 사귀는 사이로 발전하게 되었다.

얼마 후 학교 끝나고 영화 보기로 한 영빈과 지윤은 신나 하며 횡단보도 신호가 바뀌기를 기다렸다.

"얼른 보고 싶다~"

신호를 기다리며 핸드폰으로 영화 티저를 보고 있던 지윤이 말했다.

"영화 보는 게 그렇게 좋아?"

"당연하지! 게다가 너랑 같이 보는 거여서 더 좋아!"

영빈은 부끄러움에 시선을 다른 곳으로 향했다. 횡단보도 신호가 바뀌자 지윤이 뛰어가다가 웃으며 뒤를 돌아 영빈을 불렀다.

"영빈아 얼른 와~"

영빈은 웃으며 지윤을 보다가 옆을 보자 트럭이 속도를 줄이지 않고, 지윤을 향해 다가오고 있자 Q는 다급하게 지윤을 외치며 지윤 쪽으로 달렸다.

"지윤아!"

다급한 표정으로 다가오는 영빈을 보고 고개를 옆으로 돌리자 트럭이 오고 있었다. 지윤의 표정은 금방 창백해졌다. 끌어당길 시간이 없자 영빈은 지윤을 감쌌다. 피하지 못한 둘은 트럭에 치였다. 둘은 머리에 피를 흘리며 도로에 쓰러져 있었고, 서로 손을 잡고 있었다.

눈을 질끈 감으며 Q는 지유를 처음 봤을 때 들었던 친근감이 생각났다.

"그러면 그때 들었던 친근감이 지윤이가 환생한 거여서 그랬던 건가?"

그렇게 Q는 복잡한 심정으로 하루를 보냈다. 다음날, 지유는 시험을 끝낸 후 콧노래를 부르며 집으로 향했다. 지유는 곧 Q를 볼 생각에 그때 진상 부렸던 것이 생각나 부끄러움과 즐거운 감정을 동시에 느꼈다. 지유는 친구들과의 약속에 대한 기대보다 Q와의 만남에 대한 기대가 더 컸다. 즐거움으로 웃으며 집에 가는 순간 Q가 나타났다.

"저번에 술 그렇게 마시더니 시험 잘 봤나 봐?"

전 날 밤 Q는 납골당에서 자신의 유골함 앞에 서서 지윤과 같이 찍은 사진을 바라봤다. 그동안 지유의 행동들이 지윤과 닮았다는 생각을 했고, 생각할수록 Q는 지윤에 대한 그리움에 눈물을 흘렸다. 눈물에 잠겨 있었던 Q는 끝내 지유는 지유일 뿐이라고 생각했다. 하지만 다음 날 강의실에서 시험을 보고 있는 지유를 밖에서 바라보자 지윤이 생각나 눈물을 글썽였다. 감정을 추스른 후 집에 가고 있는 지유에게 다가갔다.

지유는 갑작스러운 Q의 등장에 어쩔 줄 몰라하며 Q의 눈을 피하며 말했다.

"어? 뭐야? 어디에 있다 나타난 거야?"
"지금 그날 일 때문에 부끄러워서 눈 피하는 거야?"

Q가 자신의 생각을 꿰뚫자 지유는 말을 더듬으며 부정했다.

"어? 아.. 아닌데?"

Q는 피식 웃으며 시선을 피하는 모습이 지윤과 비슷하다는 생각을 하다 Q는 고개를 저으며 지유의 뒤를 따라갔다. Q는 지유의 자취방에 도착하자 정신 차리며 지유와 재현을 이어주는 것을 생각하며 열정적으로 임무에 더 집중했다. Q는 계획을 생각하며 지유에게 물었다.

"놀러 가는 거 며칠 남았어?"

"한 2주 정도?"

Q는 지유와 재현의 마음을 어떻게 열게 할 것인지, 지금까지 지켜본 재현의 취향을 반영하여 옷 코디를 어떻게 할지 등 짝사랑 프로젝트에 관해 말하며 중간중간에 장난도 치며 즐거운 시간을 보냈다.

이야기를 마치고 지유의 집에서 나온 Q는 집 앞에서 다리에 힘이 풀려 주저앉았다. 일어나려고 한 순간 누군가 Q의 앞에 나타났다.

"큰일이네. 계속 닮아 보여..."

Q는 얼굴을 붉힌 상태로 한동안 앉아 있었다. 지유는 방에서 다음에 만날 때까지 스스로 옷 코디를 하자는 생각에 옷장 문을 열어 옷들을 스캔하기 시작했다. 그 순간 초인종이 울려 놀란 지유는 문쪽으로 다가갔다.

문에서 갑작스럽게 Q가 나타나자 지유는 당황했다. Q가 한 손으로 당황해하는 지유의 입을 살짝 막으며 다른 한 손으로는 말을 하지 말라는 제스처를 하자 지유는 고개를 끄덕였다. 그러자 밖에 있는 사람이 문을 발로 차며 말했다.

"야. 거기에 있는 거 다 안다. 나와라. 네가 말했냐?"

지유는 목소리를 듣고 강주형인 것을 알아챘다. Q는 작은 목소리로 지유의 귀에 대고 말했다.

"쟤 지금 깨진 술 병을 들고 있어. 경찰에 얼른 신고해. 여자 친구랑 깨진 것 같은데 그게 너 때문이라고 생각하고 있어. 초인종 누르기 전에 문

앞에서 계속 중얼중얼 거리더라고."

Q의 말에 당황한 지유는 핸드폰으로 경찰에 신고하면서 현관문 외시경을 보자 강주형이 밖에서 거칠게 문을 두드렸다. 그러자 지유는 소스라쳤고 Q는 지유의 손을 잡아 자신 쪽으로 끌어당겼고 정색하며 현관문을 쳐다봤다.

"아.."

지유가 고마움을 전할 틈도 없이 밖에서 강주형이 쿵쿵대며 소리쳤다.

"야! 안에 있는 거 다 안다고. 나오라고! 너 때문에 지연이가 헤어지자고 하잖아! 아 짜증 나네."

지유는 안쪽으로 들어가 경찰에게 상황을 설명한 후 전화를 끊었다. 지유가 전화를 끊자 Q가 물었다.

"오는데 어느 정도 걸리신대?"
"어느 정도 걸리는지는 안 알려주시고 얼른 오겠다고만 했어."

지유가 작은 목소리로 떨며 말하자 Q는 의자에 걸려있는 담요를 발견해 지유에게 담요를 둘러주며 말했다.

"괜찮아. 경찰 빨리 올 거야."
"고마워..."

지유는 Q에게 고마움을 느꼈다. 곧 경찰이 도착했고, 지유는 경찰들이 묻는 몇 가지 질문에 대답했다. Q는 지유가 안심할 수 있게 옆에서 손을 잡아 주었다. 그 후 경찰은 강주형과 함께 떠났고 지유는 그제야 긴장이 풀리며 문을 닫았다.

"괜찮아?"

지유의 표정이 좋지 않자 Q가 물었다.

"괜찮아... 덕분에 살았어. 고마워."

Q는 애써 웃으며 감정을 숨기는 지유를 보자 지윤이 생각나 안아주며 말했다.

"애써 괜찮은 척할 필요 없어. 무서우면 무섭다고 말해도 괜찮아."

지유는 Q가 안아주자 안도감에 눈물을 흘렸다. 한동안 Q의 품에 안겨 있다가 잠이 든 지유를 보며 Q는 덜 덮여 있는 이불을 덮어주고 지유의 머리를 쓰다듬었다.

"잘 자."

다음날, 카페에서 보영이 지유를 이리저리 살피며 화난 말투로 말했다.

"우리 지유! 괜찮아?!"
"응?"

의문이 가득한 표정으로 보영을 바라보자 옆에 있는 승빈이 학교 게시판에 어제 지유가 겪은 일이 게시물로 올라왔다고 말했고, 재현은 핸드폰으로 게시물을 보여줬다. 보영이 화난 말투로 울먹이며 말했다.

"왜 우리한테 말 안 했어?!"

당황한 지유는 보영을 달래주며 걱정 가득한 눈으로 바라보고 있는 Q와 재현과 승빈을 보며 말했다.

"게시물이 올라와 있을 줄은 몰랐네.. 문 열기 전에 구멍으로 확인했는데 깨진 술 병을 들고 있길래 바로 경찰에 전화해서 나 정말 괜찮아..!"

지유는 Q를 슬쩍 보며 말했다.

"정말 괜찮아. 고마워."

Q는 싱긋 웃자 승빈이 말했다.

"걔는 살아있으면 안 돼. 처벌받고 고문당하면서 고통스럽게 천천히 죽어도 될 놈이야."

보영은 진지한 표정으로 말했다.

"아니. 그걸로는 모자라. 감히 지유를 건드렸겠다."

Q는 고개를 끄덕이며 공감했고 재현은 지유를 걱정스러워하며 말했다.

"그래도 안 다쳐서 천만다행이야. 게시물은 내려달라는 요청 해놨어."
"다들 고마워."

지유는 눈물을 글썽이며 대답하자 보영도 눈물을 글썽이며 말했다.

"우리 지유... 우리 이번에 꼭 재밌게 놀자!"
"아 맞다. 박현지도 가고 싶대."

승빈의 말에 보영이 눈살을 찌푸리며 대답했다.

"박현지? 우리가 아는 박현지?"
"어. 걔가 방학 때 뭐하냐고 물어서 너희랑 곧 여행 간다니까 자기도 가고 싶다는데?"

지유와 재현은 괜찮다고 했지만, 보영과 Q는 내키지 않았다. 고민 끝에 보영이 승낙하자 승빈이 단톡방을 다시 만들었다. 이후 여행 간다는 소식을 전해 들은 몇몇 대학 동기들까지 함께 가게 되자 보영은 단체 채팅방에 말했다.

－김승빈 너 다음부터 말조심해라. 인원이 너무 많아졌잖아.
－미안. 나도 이렇게 될 줄 몰랐다."

승빈도 예상치 못한 상황에 사과를 했고, 지유는 둘을 진정시키며 말했다.

－인원이 많으면 더 재밌을 거야. 우리끼리는 나중에 가자~

강주형이 왔었던 후 Q는 지유가 잠들 때까지 같이 있어줬다. 지유가 여행으로 들떠있는 동안 Q는 흐뭇한 표정으로 바라봤고, 한편으로는 쓸쓸한 감정을 느꼈다.

09. 마음

여행 당일, 지유는 마지막으로 짐을 체크한 뒤 옆에 있는 Q에게 물었다.

"옷 코디 어때? 괜찮아?"

지유의 물음에 웃으며 바라보는 지유가 지윤과 닮아 Q는 넋 놓고 바라보다가 정신을 차리면서 웃으며 말했다.

"응! 괜찮아."

들뜬 지유를 바라보던 Q는 전날 밤 임무와 상관없이 지유와 최대한 많은 시간을 함께할 것을 다짐했기에 마음 한편으로 아무것도 모르고 있는 지유에게 미안함이 들었다. Q의 웃음을 보자, 지유는 어느새 자신의 마음이 Q에게 향하고 있다는 것을 깨달았다.

계곡에 놀러 간 지유와 친구들은 재밌게 놀기 시작했다. Q는 지유의 근처에서 편히 앉아서 쉬고 있던 중 임무에 대한 알림이 울리자 상황을 지켜보다가 아무 문제가 없을 것 같다는 생각에 지유에게 잠시 본부에 갔다 오겠다는 말을 한 뒤 자리를 떠났다. 별 탈 없이 하루가 지나간다는 생각도 잠시, 지유가 승빈과 웃으며 말하는 것을 보고 현지는 질투심에 다논 후 평소에 재현에게 호감을 가지고 있었던 수현에게 다가가 말했다.

"수현아 너 재현이 좋아하잖아. 근데 지유랑 보영이 때문에 재현이랑 제대로 말도 못 했잖아. 지금 지유 혼자 밖에 있는데 우리 지유한테 골탕 좀 먹여볼래?"

"응? 어떻게?"

"너는 그냥 내 말에 반응만 해주면 돼."

수현은 재현과 대화하며 가까워질 수 있는 기회라고 생각하며 현지와 뒷정리를 하고 있는 지유에게 다가갔다.

"지유야 우리 나중에 담력 시험하기로 했는데 저기에 준비해놨거든? 한 번 확인해 줄 수 있어?"
"우리 담력 시험해? 그런 얘기는 못 들었는데."

담력 시험을 한다는 것을 친구들과 이야기를 한 적이 없어 의아해하며 지유가 물어보자 현지 옆에 있었던 수현이 싱긋 웃으며 말했다.

"아까 이야기 나왔었는데 너 화장실 갈 때였나 보다."
"그래? 가서 뭐 확인하면 되는데?"
"그냥 세팅해 놓은 게 있는데 그것만 확인해주고 오면 될 것 같아. 그 동안 나랑 다른 애들은 저녁이랑 다른 것들 준비해 놓고 있을게. 해줄 수 있어?"

지유는 어쩔 수 없다는 듯이 부탁을 받아줬다. 가려는 순간 지유의 핸드폰이 울리기 시작했고 지유는 전화를 받으며 현지와 수현이 알려준 곳으로 가기 시작했다.

"근데 괜찮겠지?"

수현이 지유의 뒷모습을 바라보며 자신이 한 행동에 대한 불안함에 입을 열었다.

"장난인데 뭐. 좀 당해보라고 해. 재수 없어."

둘은 지유와 대화를 끝낸 뒤 숙소로 들어갔다.

"지유는 밖에 없어?"

보영은 지유가 보이지 않자 방금 들어온 현지와 수현에게 물어봤다.

"아... 지유 밖에서 전화하고 있어."

지유가 전화받은 것을 생각하며 말한 뒤 자리를 피했다. 그 시각 지유는 오르막길을 올라가며 전화하고 있었다.

"엄마. 나 지금 해야 할 게 있어서 내가 나중에 전화할게."

지유는 전화를 끊은 후 거친 숨을 내뱉으며 멈췄다가 다시 걷기 시작했다.

본부에서 돌아온 Q는 숙소에 지유가 없자 지유를 찾기 시작했다. Q가 지유를 찾은 순간 지유는 발을 헛디뎌 넘어졌다. 지유가 넘어지자 하늘에 있었던 Q가 걱정스러운 표정을 지으며 내려갔다.

"괜찮아? 왜 여기에 있어?"
"Q. 잘 갔다 왔어? 근데 나 여기에 있는 거 어떻게 알았어?"

지유가 아무렇지 않은 표정으로 물어보자 Q는 더 걱정스러운 말투로 말했다.

"돌아왔는데 네가 숙소에 없어서 찾아다녔어."

"진짜? 감동이네~"

Q가 걱정하자 괜히 민망해진 지유는 다시 걸으려는 순간 아까 넘어질 때 발목에 통증을 느꼈다. 그것을 눈치챈 Q는 겉 옷을 벗으며 허리에 둘러주며 말했다.

"나한테 업혀. 너 발목 삐어서 제대로 못 걷잖아."
"어. 괜찮은데. 혼자서 갈 수 있어. 그리고 나 무거워."
"잔말 말고 업혀. 나중에 병원 가보고."

Q에게 업힌 지유는 점심을 많이 먹은 것을 후회하며 민망함에 입을 열었다.

"다른 사람들이 보면 내가 둥둥 떠다니는 줄 알려나?"
"그렇겠지?"

Q는 지유의 말과 생각에 피식 웃으며 발걸음을 옮겼다. 숙소까지 가면서 지유가 왜 밖에 있었는지 이유를 듣게 되었다. 이야기를 들으면서 Q의 표정은 굳어졌다. Q가 아무 말 없자 지유는 아무 말도 하지 않았다.
Q가 숙소 앞에서 내려주자 지유가 말했다.

"정말 고마워!"
"얼른 들어가서 치료해."
"너는?"
"나는 해야 할 게 있어서 본부에 다시 갈 거야."

지유는 Q와 인사를 한 뒤 숙소로 들어갔다.

"지유야! 뭐했길래 전화 중이다가 핸드폰이 꺼져있는 거야?"
"어?"

놀란 지유의 옷차림과 손에 상처가 보이자 보영은 놀라며 물었다.

"너 상태 왜 이래? 넘어졌어?"
"넘어지긴 했는데 전화하고 나서 배터리 없어서 꺼졌나 봐, 근데 오늘
담력 시험하는 거 아니야?"
"담력시험? 무슨 담력시험?"
"아. 아니야~ 넘어진 건 내가 전화받다가 넘어져서 그래. 그래서 발목
도 삐었어…"

보영이 의문스러운 표정을 짓자 지유는 일을 크게 만들고 싶지 않다는
생각에 넘겼다. 그리고 방에 들어간 후 옷을 갈아입었다. 다 갈아입은
후 지유는 현지와 수현을 불러 따로 이야기했다. 수현은 지유의 눈치를
봤고 현지는 아무렇지 않게 핸드폰을 하고 있었다.

"혹시 오늘 담력 시험한다는 거 나한테 거짓말한 거야?"
"뭐?"

현지의 표정이 돌변하며 지유를 쳐다보자 지유는 움츠리며 말을 이
었다.

"보영이도 그렇고 다른 친구들 반응 보니까 오늘 담력시험 같은 건 모
르고 있는 것 같아서."

"아. 그거 장난 좀 쳐본 건데 미안. 근데 우리도 네가 늦게 오길래 전화 했는데 전원이 꺼져 있어서 어쩔 수 없었어."

현지가 적반하장으로 짜증 섞인 말투로 말하자 지유는 어쩔 줄 몰라하 며 난감해하고 있던 순간 노크하는 소리가 났다.

"야 남지유. 여기 있어? 너 넘어졌다며 발목 괜찮냐?"

승빈의 목소리인 것을 알아채자 현지는 웃으며 문을 열어줬다.

"승빈이구나 우리도 지유 괜찮나 보러 왔던 참인데."
"아 그래?"
"응. 이제 지유 쉬어야 하니까 우리 얼른 나가자~"

방에 수현과 지유가 남게 되자 수현이 조심스럽게 입을 열었다.

"저기. 지유야 미안해... 장난이 너무 심했던 것 같아..."
"아... 왜 그런 거짓말을 한 거야?"

수현은 아까의 상황을 말해주며 눈물을 흘리며 지유에게 진심으로 사 과했다.

"정말 미안해. 이러려고 그랬던 건 정말 아니었는데..."
"다음부터는 이런 장난은 안 해줬으면 좋겠어. 사과해줘서 고마워."

지유는 수현의 사과를 받아주었고, 진정된 수현은 방에서 나갔다. 지 유는 혼자 생각을 정리하다가 Q가 생각났다.

"보고 싶다..."

그렇게 지유는 마음이 불편한 채로 여행을 보냈고, 여행 이후로 Q는 보이지 않아 허전함을 느꼈다. 그렇게 시간은 흘러 개강까지 일주일 남았다.

10. 기억

"왜 벌써 개강이지... 지유야 왜 벌써 개강이야?"

카페에서 보영이 우울해하며 말했지만 지유는 보영의 말이 들리지 않았고 오직 Q에 대한 생각뿐이었다. 지유가 말이 없자 보영은 멍하게 있는 지유를 쳐다보며 개강 때문에 영혼이 나갔다고 생각하며 보영도 멍 때리기 시작했다.

"오늘 수업은 여기까지 하겠습니다."

개강한 후, 교양 수업이 끝난 지유는 전공 수업을 들으러 가고 있었다.

"쟤 아니야?"
"야. 조용히 해. 들려."

지유는 순간 자신을 향해 말하는 것 같은 기분을 느끼고 고개를 돌렸다. 지유가 고개를 돌리자 지유를 쳐다보며 말하던 사람들은 빠르게 발걸음을 옮겼다.

"뭐지?"

전공 수업 시작하기 전에 떠들썩했던 강의실은 지유가 문을 열자 조용해졌다. 이상함을 느껴 들어가지 못했던 지유의 뒤에서 보영이 나타났다.

"지유야~ 안 들어가고 뭐해?"
"어? 아냐."

지유와 보영이 들어가자 강의실에 있는 몇 동기들은 수군거리기 시작했다. 자리에 앉은 지유는 고등학교 때가 생각나 패닉 현상에 빠졌고, 보영은 이상함을 느껴 옆에 앉아있는 친구들에게 물었다. 친구는 지유의 눈치를 보며 보영에게 귓속말로 방학에 지유가 현지를 심하게 괴롭혔다는 이야기를 말하며 현재 지유에 대한 좋지 않은 소문이 돌고 있다고 알려주었다.

보영은 고개를 돌려 지유를 바라본 순간 지유의 상태가 좋지 않자, 보영은 지유를 데리고 나갔다.

"너 무슨 일 있어?"

진정된 지유에게 음료를 건네며 보영이 물었다.

"또 나랑 관련된 소문이 돌고 있는 것 같아... 아까 수업 들으러 갈 때도 그렇고, 강의실에서도 내가 문을 여는 순간 다들 날 보면서 아무 말도 하지 않더라..."

보영은 지유를 자취방에 데려다준 뒤 승빈과 재현을 불렀다.

"너희 지유에 대한 소문 돌고 있는 거 알아?"
"어. 오늘 들었어."
"혹시나 해서 물어보는 건데 너희 이 소문 믿어?"
"믿겠냐?"

승빈이 짜증 섞인 말투로 대답했다. 보영은 곰곰이 생각하다 입을 열었다.

"근데 이 소문 박현지가 피해자잖아. 그럼 걔한테 물어보면 되겠네."
"걔 오늘 수업 안 나왔어. 게다가 전화도 안 받아서 소문이 더 그럴싸하게 왜곡되고 있어."

재현이 말하자 3명은 다시 소문의 근원이 어디서부터 시작되었는지 원점으로 돌아왔다. 심각한 표정으로 생각하고 있던 중 3명에게 누군가 다가와 말을 걸었다.

그 시각 Q는 학교서 지유를 찾아다니고 있었다. 여행 때 Q는 얼마 남지 않은 임무 수행 기간을 더 늘려달라는 본부에 요청을 했지만 거절당했다. 하지만 포기하지 않고 계속 요청했고, 본부에서 기간을 늘려주는 대신 두 달 동안 신의 업무를 보조하는 조건을 내밀었다. 그렇게 방학 동안 지유를 만나지 못해 미안함에 지유를 찾다가 지유에 대한 소문을 듣게 되었고, Q는 황급히 지유가 갈만한 곳을 생각해내며 찾아다니다가 보영과 승빈과 재현을 발견했고, 세 명에서 다가가자 누군가와 대화하고 있는 것이 보였다.

"저기.. 할 말이 있는데.."

보영과 승빈과 재현의 앞에는 나타난 사람은 수현이었다. 수현은 자리
에 앉은 후 소문을 퍼트린 사람이 현지 같다는 말을 꺼내며 여행 당시에
있었던 일을 말하기 시작했다. 이야기를 들으며 세 사람의 표정은 굳어
졌고, 화가 치밀어 올랐지만 참기 위해 애썼다.

"이걸 우리한테 알려주는 이유는 뭐야?"
"나도 물론 소문에 대해 말하고 있는 사람들한테 헛소문이라고 말하
고 있긴 하지만 사람들이 내 말을 백 퍼센트 믿진 않더라고 너희는 지유
와 오랜 친구라고 했으니까 헛소문을 믿지 말라고 지유가 걱정돼서 말
하는 거야."
"말해줘서 고마워. 근데 우리도 지유가 그럴 거라는 생각은 하나도 안
하고 있었어."

보영은 흐뭇한 표정으로 말했고, 수현은 안심한 표정으로 웃으며 일어
났다. 수현이 가자 보영은 표정이 바뀌며 말했다.

"그럼 이제 어떻게 할까? 우리 다 고등학교 때 지유한테 도움받았었잖
아."

세 명은 진지하게 이야기를 나누기 시작할 때 Q는 지유의 자취방으로
향했다. 자취방 앞에 도착한 Q는 막상 들어가지 못했다. 현재 지유에게
자신이 도움이 될지, 괜히 소문에 대해 이야기를 꺼냈다가 더 힘들게 하
는 것은 아닌지 등 여러 생각들을 하며 머뭇거리던 순간 옆에서 물건이

떨어지는 소리가 들렸다. 고개를 돌리자 지유와 눈이 마주쳤다. 지유는 Q를 보자마자 눈물을 흘렸다. 우는 지유를 보며 어쩔 줄 몰라하며 토닥여줬다.

"뭐야..."
"음... 이야기하려면 긴데..."
"그럼 들어가서 얘기하자."

Q는 지유의 소문을 꺼내기 전에 그동안 임무에 기간을 늘리기 위해 보조 업무를 했다는 것을 알려주며 사과한 후, Q는 자신의 이야기보다 소문을 언급하며 괜찮은지 묻자 지유는 쓴웃음을 지으며 애써 괜찮다고 하려고 했지만 지유가 말하기 전에 Q가 끼어들어 말했다.

"지유야 상처가 나서 아프든 마음의 상처나 나서 아프든 아프면 아프다고 해도 괜찮아."

Q의 진심 어린 한 마디에 눈물을 흘리며 말했다.

"사실은 너무 무서워... 나는 그러지 않았는데 소문은 나를 그렇게 행동한 사람으로 만들어... 이건 고등학생 때 일이지만 내가 아무리 말을 해도 사람들은 소문을 믿었어서 더 두려워..."

Q는 울고 있는 지유를 토닥여주며 자신이 해줄 수 있는 게 옆에 있어주는 것밖에 없다는 현실이 너무 싫었다.

"근데 기간이 얼마 남았었길래 기간을 늘려달라고 요청까지 했어?"

마음이 조금씩 진정된 지유는 의문이 생겨 Q에게 물었다. Q는 지유의 물음에 머뭇거리며 대답했다.

"음... 삼일?"
"삼일? 일주일도 아니고 삼일? 왜 말 안 했었어?"

지유는 놀라며 걱정하기 시작했다.

"이렇게 걱정할까 봐 말 안 했었어. 근데 지금은 두 달 늘어나서 괜찮아~"

지유는 서둘러 달력에 체크했고, Q의 임무를 도와야겠다고 생각했지만, 임무가 끝나면 Q를 볼 수 없다는 사실에 허전한 마음과 슬픈 감정을 느꼈다. 지유는 짧은 정적 속에서 슬픈 주제가 아닌 방학 때 있었던 일을 말하며 새로운 이야기를 이어갔고 Q는 그것을 들으며 공감하며 반응해주었다. 그렇게 둘은 시간이 지나가는 줄도 모른 채 즐겁게 이야기했다. 잠시 후 지유가 잠든 것을 확인하고 Q는 착잡한 표정으로 자리를 떠났다.

시간은 흘러 월요일이 되었다. 지유는 시선과 수군거림을 생각하며 들어가는 것을 망설였다.

"지유야. 힘든 너의 마음은 충분히 이해해. 하지만 이렇게 숨어버리면 그게 더 슬플 것 같다는 생각이 들어. 너의 말을 한 번 더 말해봐. 옆에 나도 있고 너 친구들도 있잖아."

지유는 전에 토닥여주며 조언을 해준 Q의 말을 떠올리며 문을 열고 앞으로 나아갔다. 들어가자 웃고 떠들거나 자고 있거나 평소와 다를 바 없는 풍경이었다. 지유는 조심스럽게 자리에 앉았다. 그러자 몇 동기가 지유에게 다가갔다.

"저... 지유야. 미안해!"

"응?"

의아한 표정으로 동기들을 바라보자 동기들은 여행에 있었던 이야기와 헛소문인 것을 확인도 하지 않고 믿은 점에 대해 말하며 다시 한번 더 사과했다.

"아... 괜찮아."

지유가 우왕좌왕하고 있을 때 보영이 지유를 해맑게 불렀다.

"지유야!"

보영이 오자 동기들은 멋쩍게 웃으며 지유에게 인사를 한 후 자리를 떠났다. 보영은 동기들을 바라보며 지유에게 귓속말로 물었다.

"혹시 쟤네가 너 괴롭혔어?"

"아니! 헛소문 확인 안 하고 믿어서 미안하다고 사과했었어."

보영과 승빈은 웃으며 지유에게 말했다.

"아 네가 박현지 표정을 봤어야 했는데~"

"응?"

재현은 현지를 불러 동기들 앞에서 헛소문인 것을 밝혀냈고, 결국 질투심에 헛소문을 퍼트린 것으로 드러났다. 재현은 웃으며 승빈을 바라보며 말했다.

"더 자세한 이야기는 주인공께서 해주시죠?"

"아, 화나니까 그 소리 하지 마라. 뭔 주인공이야."

"아 맞아 고백의 주인공~"

보영이 재밌다듯이 말을 이었다.

"그때 소문을 박현지가 낸 거랑 헛소문인 거 다 밝혀지고 박현지가 재 보고 나는 너 좋아해서 그랬다면서 1학년 학기 초에 전공 팀플에서 난처한 상황에서 구해줘서 그때부터 좋아하기 시작했는데 왜 혐오하는 표정으로 바라보냐고 나를 좋아해 줘야 하는 거 아니냐고 재한테 화냈잖아~ 그러다 재 엄청 화나서 나랑 재현이가 막았어."

지유는 깜짝 놀라며 승빈을 바라봤다. 승빈은 소름 끼친다는 듯한 제스처를 하며 입을 열었다.

"으. 소름 끼쳐."

지유는 자신의 소문에 먼저 나서 도와준 친구들에게 고마움을 느꼈고, 울먹이며 말했다.

"고마워."

지유가 울려고 하자 보영은 토닥여주며 말했다.

"지유야 친구잖아. 당연하지! 게다가 나는 중학교 때 소문이 안 좋아서 친구가 없었는데 고등학교 올라와서 네가 먼저 다가와줘서 나는 그게 기뻤고, 김승빈은 인성이랑 여자 관련해서 소문이 안 좋았었는데 너는 소문 따위 신경 쓰지 않고 김승빈한테 손을 내밀었고 나 그 당시에 지유 옆에서 얘는 뭐하는 애인가 했잖아. 그리고 이재현은 여자애들이 고백하는 걸 계속 거절해서 쓰레기로 소문났었는데 그 시기에 재현이 할머니 돌아가셔서 힘든 시기였는데 재현이 토닥여주면서 험담하고 있는 여자애들한테 가서 말도 안 되는 이상한 소문내지 말라고 경고까지 했잖아."

"그건 내가 봤을 때는 그럴 것 같지 않아서 먼저 다가간 거고 내 친구를 욕하니까 경고 준 건데 내 소문이 돌 때는 너희까지 욕먹고 있어서 너무 미안해서... 말을.. 못 했어."

또다시 지유가 울먹이며 말하자 재현이 말했다.

"너는 우리 힘들 때 도와줬는데 우리는 너 관련 소문 돌고 있는 줄도 모르고 그때 우리가 도와주지 못했을 때 얼마나 마음이 아팠는데. 너도 우리의 친구니까 도와준 게 당연해."

"고마워."

지유가 활짝 웃으며 말하자 보영과 재현은 흐뭇한 표정으로 바라봤다. 승빈은 이번 일로 인해 소문으로부터 벗어나게 해 주었던 지유를 좋아하는 마음을 전하지 않고 마음속에만 품은 채 이 관계가 지속될 수 있게 하겠다고 다짐했다.

많은 일이 있었던 지유의 일상에 평화가 찾아왔다. 시간은 흘러 Q의 임무가 이제 겨우 한 달하고 일주일이라는 시간이 남자 지유는 카페에서 음료를 마시며 어떻게 자신의 마음을 Q에게 전할 수 있을지 고민에 빠졌다.

"뭐해?"

옆에서 Q가 얼굴을 빼꼼 내밀자 지유는 부끄러움에 놀라며 얼굴이 빨개지며 시선을 피했다. 시선을 피하자 Q는 지유에게 무슨 일이 있는지 걱정스러운 말투로 물었다.

"아니! 아무 일도 없어~!"

지유가 무선 이어폰을 끼면서 흥분한 말투로 손사래를 치며 강하게 부정했다. 그러자 Q는 그런 지유를 보며 웃자 지유는 민망함에 시선을 돌렸다.

Q와 지유는 만난 뒤 짝사랑 프로젝트에 관해 이야기를 하나도 하지 않고 서로 대화하거나 산책하는 등 즐겁게 시간을 보낸 후 헤어지려던 순간 지유가 말했다.

"아, 그러고 보니 오늘 짝사랑 프로젝트에 관해서 말하지도 못했네..!"

놀라며 말하는 지유를 보며 Q는 잠시 머뭇거리다 싱긋 웃으며 대답했다.

"괜찮아~ 나중에 하면 되지! 아직 시간 남았잖아."

그렇게 Q와 지유는 서로 짝사랑 프로젝트를 잊어버린 채 영화를 보거나 바다에 가거나 놀이공원, 공원 산책 등 많은 것을 같이 하며 시간을 보냈다.

어느 날 밤에 같이 산책하다가 계단을 오르고 있는 지유는 재밌는 생각이 들어 위쪽을 가리키며 말했다.

"저기 위에 먼저 도착하는 사람 소원 들어주기! 너 날면 안 돼~ 나처럼 걸어야 해!"

지유가 뜬금없이 말하고 난 후 바로 출발하자 당황한 Q는 허둥지둥 댔다. 지유는 위에서 Q를 보며 웃으면서 말했다.

"Q. 얼른 와!"

지유를 바라본 순간 임무가 끝났다는 알림이 떴고, 큐는 머리가 핑 돌면서 쓰러졌다. Q가 쓰러지며 사라지기 시작하자 지유는 황급히 Q에게 다가갔다. 사라지고 있는 Q를 만지자 Q가 가지고 있는 전생의 기억이 보였고, 지유는 자신도 모르게 눈물을 흘렸다.

그렇게 짝사랑 프로젝트는 실패로 돌아갔다. Q가 완전히 사라진 후에 지유는 상황 파악이 되지 않아 혼란스러워했고 그러던 중 지유의 앞에 신이 나타났다.

"누구.. 세요?"

신은 자기소개를 하며 전생의 기억에 관해 말해줌과 동시에 Q가 사라진 이유를 말했다. 지유는 이야기를 듣고 허무함과 허탈함이 들었다. 신은 지유에게 하나의 편지를 건넸다.

안녕, 지유야. 이걸 보면 나는 사라지고 난 후일 것 같네. 일단은 기간을 속여서 미안하다는 말부터 할게... 정말 미안해. 근데 있잖아, 우리 전생에 연인이었다? 신기하지? 저번에 짝사랑 프로젝트를 생각하다가 이재현 따라 납골당으로 가다가 거기서 내 유골함을 발견했어. 유골함 옆에 너와 닮은 어린아이도 있었어서 내 죽음이 너와 관련되어 있을 수도 있다는 생각에 너한테는 말할 수 없었어. 한동안 혼란스러워하던 중 전생에 대한 기억이 꿈으로 나왔었어.

일어났을 때는 기억이 완전히 난 상태여서 더 혼란스러웠어. 근데 전 삶에 나는 최영빈이고 너는 이지윤이었는데 지유랑 지윤 이름이 비슷하다. 그치? 내가 큐피드 생활을 하면서 전생에 대한 기억을 가지고 있는 것은 좋은 건 줄 알았는데 그건 또 아니었어.

네가 너무 지윤이랑 닮았고, 너를 보면 지윤이가 생각나서 나는 너랑 이재현을 이어주는 게 너무 힘들었어. 그래서 내 이기심으로 임무를 포기하고 임무 수행 기간을 늘려서 그 뒤로 너랑 시간을 보내야겠다고 다짐했어. 전 삶의 기억이 돌아오고 난 후 처음엔 네가 지윤이 전생이라는 점 때문에 너한테 관심이 갔는데 어느샌가 지윤을 닮은 지유가 아닌 남지유 너 자체를 좋아하고 있더라고. 그냥 네가 뭐 하는지 궁금하고, 걱정되고, 보고 싶고 그랬어. 그래서 내 마음을 전하고 싶었는데 전 삶의 기억 때문에 너무 미안해서 용기가 나지 않아 전하지 못하고 이렇게 마지막 편지로 남겨...

지유는 Q의 처음이자 마지막 편지를 읽으며 눈물을 흘렸다.

"제발... Q를 살려주세요."

신은 왜 슬퍼하는지 모른다는 표정으로 지유에게 말했다.

"왜 슬퍼하는 거지?"
"Q가.. 사라졌어요..."

신은 살짝 미소를 지으며 다시 입을 열었다.

"Q는 환생해서 그렇단다."
"진짜요..? 근데 저는 누구와 이어지지 않았는데요..."
"Q가 임무가 끝나기 직전에 자신과 이었었단다."
"사람이 아닌 큐피드랑 이어지는 건데 괜찮은 간가요?"
"Q가 큐피드의 역할로 언제 이어줄 수 있는지 잘 생각해보거라."
"두 가지의 경우에만 이어줄 수 있는데 첫 번째로는 두 사람이 서로 첫 눈에 반했을 경우이고, 두 번째로는 서로 어느 정도 호감을 가지고 있는 경우에만 이어줄 수 있다고... 혹시 서로 호감을 가지고 있어서 이어질 수 있었던 건가요?"
"그렇단다."

지유는 Q가 영영 사라지지 않았다는 것에 안심한 뒤 신에게 물었다.

"그런데 이걸 왜 저에게 알려주시는 건가요?"
"Q에게 너와 다시 만날 수 있는 기회를 줬으니 너에게도 기회를 줘야 공평하지 않느냐?"
"네? 그러면 혹시.. Q와 다시 만날 수 있는 건가요? 근데 이렇게까지

해주시는 이유가 있나요?"

"나를 구해준 답례란다."

지유는 신의 대답에 도저히 모르겠다는 표정으로 신의 얼굴을 쳐다보던 중 전생에 영빈과 함께 구해줬던 고양이가 생각났다.

"설마..! 전생에서 영빈이와 지윤이 구해줬던 고양이가 신님이신 건가요?"

"똑똑하구나. 나는 언제나 사람이든 동물이든 어떠한 형태로든 인간들 주변에 있지. Q에 대한 너의 의지도 한 번 보겠다."

지유는 신이 아무 단서도 주지 않고 사라지자 절망에 빠졌다. 혼란에 빠져 한동안 답답해했다.

시간은 흘러 지유는 대학교 2학년이 되었다. 수업을 마치고 Q와 함께 했었던 추억을 생각하며 돌아다니다가 머릿속에 Q가 좋아하는 장소에 대한 기억에 스쳐 지나갔다. 곧바로 지유는 발걸음을 옮겼고, 전에 장소를 소개해주며 Q가 머리가 복잡하거나 무슨 일이 있을 때 이 장소로 오면 마음이 편안해져 좋아한다는 곳으로 황급히 달려갔다.

지유가 도착한 곳은 인적이 드문 작은 공원이었다. 지유가 공원을 둘러보다가 익숙한 실루엣이 보였고, 지유는 뒤돌아 있는 사람을 향해 거친 숨을 내쉬며 입을 열었다.

"Q?"

뒤쪽에서 소리가 들리자 뒤를 돌아본 Q와 닮은 사람은 지유를 보자마자 큐피드 때의 기억이 돌아와 활짝 웃으며 지유를 반겼다. 지유는 Q를 향해 달려가 안겼고 Q는 지유를 안아주었다.

"그런데 내가 거기에 있었던 건 어떻게 알았던 거야?"

지유를 데려다 주기 위해 발걸음을 옮기다 문득 의문이 든 Q는 지유에게 물었다.

"Q, 너 사라지고 신님이 나랑 다시 만날 기회를 줬으니 나한테도 줘야 공평하지 않겠냐면서 기회를 주셨어. 근데 전에 네가 좋아하는 장소라면서 알려준 게 생각나서 바로 와봤어. 너는 왜 거기에 있었어?"

"나는 신께서 처음에 인간이 될 때 그동안 수고했다며 인간과 큐피드가 이어지는 건 처음이라면서 호탕한 웃음을 지으면서 기억을 지우신 뒤 이제부터 유지훈이라는 이름과 대학생이라는 신분으로 인간 세계에서 생활하라고 하셔서 눈을 감았다가 떴더니 아까 그 공원이었어. 근데 공원이 계속 생각나서 매일 그 공원에 갔었어. 근데 너를 본 순간 기억이 돌아왔어."

"이름이 지훈이구나."

지유가 웃으며 말하자 지훈은 발걸음을 멈췄다.

"지유야 Q일 때 전하지 못했던 마음을 지금 전해도 될까? 나와 사귀어줄래?"

"좋아!"

지훈과 지유가 전생에 영빈과 지윤이었지만 추억은 그 자리에 머물러

있다고 신은 생각했다.

신은 추억을 그리며 지유와 지훈을 지켜봤다.

11. 에필로그

"재현아 오늘 게임할래?"

수업을 마친 재현이 강의실을 나가려던 순간 동기가 재현을 불렀다.

"나 약속 있어서 안돼."

재현이 발걸음을 옮긴 곳은 납골당이었고, 재현이 슬픈 표정으로 웃으며 말했다.

"할머니 나 오늘도 왔어. 오늘은 많은 일이 있었다?"

시간은 흘러 저녁이 되었고 재현은 지유와 보영과 승빈과 약속이 있어 가게 안으로 들어갔다. 모두 모인 자리에서 지유는 친구들에게 남자 친구 지훈을 소개했다.

"여기는 내 남자 친구 지훈이! 다들 인사해~"
"오. 드디어 우리 지유가! 남자 친구가 생겼구나."

1학년이 끝나고 진로에 대한 고민으로 휴학한 보영은 웃으며 인사했고, 승빈은 지훈을 빤히 쳐다보며 경계했다. 재현은 반갑다고 인사하자 지훈은 밝게 인사했다.

2학년이 되어 익숙하면서 달라진 서로의 근황을 물으며 즐거운 시간을 보냈다.

  그날 밤 지유는 오늘 있었던 일을 바탕으로 일기를 쓰고 있었고, 지훈은 옆에 앉아서 지유를 빤히 쳐다봤다.

  "이렇게 바라보고 있는데 안 놀아줄 거야? 나 심심한데."

  옆에서 펜으로 장난치자 지유가 웃으며 대답했다.

  "심심하면 나랑 같이 쓰자. 오늘도 나중에는 추억이 될 테니까 기록하는 거야~"

드림체이서와
무너지는 세계의 나

신다영

요즘은 누구나 화면을 빤히 바라보며 영상 콘텐츠를 즐긴다. 자연스러운 일상이 되었다. 그만큼 부정적인 면도 드러난다. 특히나 아이들에게 좋든 나쁘든 영향력이 크다. 앞으로도 꾸준히 글을 쓰고 콘텐츠를 만들어 나가고픈 한 사람으로서 책임감도 느낀다. 누구나 영상을 찍고 인터넷에 올릴 수 있는 현대 사회에 분명히 고려해봐야 할 문제로 보인다. 그런 우려에 상상이 더해져 이 소설이 탄생했다.

작품 소개는 아래의 독서 시 행동 강령으로 대신하겠다.
(1) 자신이 평소 쓰는 손을 번쩍 드시오. (오른손잡이라면 오른손, 왼손잡이라면 왼손, 양손잡이라면 마음대로)
(2) 엄지와 검지만 놔두고 모두 접으시오.
(3) 그 집게 손을 볼에 가까이에 가져가시오.
(4) 어떤 충동이 들어도 그 볼을 손가락으로 잡아당기지 마시오.
만약 잡아당긴다면 당신은 세상을 진실을 알게 될 것이다.

21세기, 바야흐로 영상의 시대.

드림체이서. 잘나가는 어린이 만화. 유튜브 조회수 회당 일억뷰. 국산 애니의 새로운 역사. 주인공 이준의 피겨는 없어서 못 구한다.

번쩍번쩍 화려하게 돌아가는 화면에 눈을 떼지 못하는 아이들. 초점을 잃은 눈동자는 이준의 움직임만 쫓아 이리저리 움직인다. 그래 죽여, 죽여. 네오본 다 죽여버려. 아이들의 입에서 폭력적인 말이 자연스레 튀어나온다. 부엌에서 밥 먹으라는 엄마의 말은 그저 소음으로 취급한다. 아아 이것만 보고. 대충 얼버무린다. 엄마가 텔레비전을 확 꺼버리니 눈이 획 돌아가며 소리 지른다. 바닥에 드러누워 엉엉 운다. 아 켜. 키라고. 빨리 키라고오오오오. 마지못해 다시 전원 버튼 누르면 그제야 울음을 뚝 그친다. 밥 먹을 때에도 손에서 핸드폰을 놓지 못한다. 화면 속 네오본은 빌딩 사이로 우당탕탕 넘어지고 있다. 그에 맞는 효과음이 보급형 스마트폰의 저사양 스피커를 째질 듯 뚫고 나온다. 아이는 거기서 멈추지 못하고 볼륨을 높인다. 대한민국 아이들은 대체 어디서부터 잘못된 걸까. 이 만화가 나온 뒤부터일까. 아니면 학원 관리용으로 아이들의 손에 일찍이 쥐어지는 핸드폰이 원인일까. 아니면 대책 없을 때마다 아기 상어 틀어준 그때부터일까. 시시비비 따질 겨를도 없이 아이들은 네모난 화면 속으로 빠져들었다. 화면 속 세계와 현실의 경계가 빠르게 무너지고 있었다.

다시 한번 밝힌다. 이 이야기는 내 꿈의 일부일 뿐이다.

내 꿈의 파편들을 엮어 만든 하나의 이야기이다. 현실이 아니다. 꿈을 자주 꾸는 건 깊은 잠을 자지 못하고 있다는 방증이라지만, 내가 매일 밤 꿈을 꾸는 건 오히려 행운이지. 꿈을 모두 기억할 수 있는 건 행운이지. 드디어 글의 소재가 떠올랐다. 매일 아침 녹음기를 켜 빠짐없이 기록한 보람이 드디어 빛을 발한다. 여기에다 대고 별 쓸데없는 얘기까지 하고 있었네. 이제, 그만 끊어야겠다.

1장. 한적한 꿈의 도시

이분은 '적당히'를 몰라. '적당히'를. 강희재는 구시렁대면서도 바닥에 널브러진 잔해들을 집게로 콱 집어 폐기통에 담았다. 워낙 버릴 것이 많은 탓에 금방 폐기통이 꽉 차버렸다. 희재는 작업복의 다리를 걷어 올렸다. 발로 한 번 폐기통 안을 지르밟아 공간을 만들었다. 나머지 잔해들을 주워 담았다. 그렇게 두어 번 반복하다 더 이상 그 방법이 통하지 않자 희재는 폐기통의 뚜껑을 돌려 닫아 트럭에 실었다.

오늘 총 몇 통 나온 거지? 한석이 물어왔다.

한석, 20세. 드리머이자 네오본처치본부 강력 2팀 후처리직 청소 요원이다.

어디 보자. 이, 사, 육, 팔… 헐랭 아홉 통. 희재는 오랜 시간 굽히고 있었던 허리를 펴며 대답했다. 저절로 입에서 끙, 소리가 났다.

―곧 깰 시간이야. 서둘러.

한 쪽 귀에 꽂은 이어폰에서 재촉하는 목소리가 들려왔다. 네네. 알겠슴돠. 희재는 트럭에서 밀대를 꺼내와 더러운 바닥을 빡빡 닦았다. 점성이 강한 초록색 액체가 솔에 닿는 족족 스며들었다. 그러다 너무 축축해졌다 싶으면 미리 준비해놨던 물통에 밀대를 담근 후 꺼내 또다시 바닥을 닦았다. 마무리로 더러워진 물통의 물을 버리고 거기다 새로운 물을 받아 바닥에 뿌려주었다. 찰싹찰싹 물이 바닥에 부딪히며 소리를 냈다. 거리는 어느새 말끔해졌다. 여기저기 부서진 곳은 있었지만 꿈 속 세계에서는 별 의미 없었다. 네오본의 흔적들만 꼼꼼히 잘 회수해가면 된다.

희재가 두 팔을 뻗어 올리며 소리쳤다. 청소 끝! 아 나 너무 잘해. 자화자찬도 빠지질 않았다.

야 빨리 타. 희재가 자아도취에 빠져 있는 동안 이미 한석은 운전석에 올라탄 지 오래였다. 창문으로 고개를 빼 희재를 불렀다.

갑니다. 가. 희재가 긴 다리를 뻗으며 조수석에 올라타려는 순간 화단에서 보호색을 띠며 흩뿌려져 있는 네오본의 핏자국이 희재의 시선에 걸렸다. 와 나 눈썰미 보소. 잠시만요. 희재는 차 문턱에 올려놨던 발을 다시 땅에 내린 후 뒤 칸 청소도구함에서 솔이 달린 밀대를 하나 뽑아 들었다.

야 여기서 포탈까지 멀다고. 뭐해.

남김없이 싹 치우고 가야지. 안 그럼 우리 생고생한 거잖아. 후딱 하고 옴.

브러쉬를 화단에 올려놓는 순간, 갑자기 공간이 흔들리기 시작했다. 이내 저 멀리 보이는 소실점에서부터 빠른 속도로 건물과 도로가 부서져 내리기 시작했다.

—갑자기 의식이 돌아오고 있어. 일단 내버려 두고 얼른 나오기나 해.

이어폰에서 다급한 목소리가 들려왔다. 한석도 희재에게 빠르게 손짓했다. 아, 시발 뭣 됐네. 희재는 붕괴하는 도로와 화단을 번갈아 보며 빠르게 걸레질했다.

그냥 타라니까. 강희재 명령이다. 어서 타. 희재에게 소리치는 목소리들이 겹쳐 귓가에서 뭉개졌다. 희재는 아랑곳하지 않았다. 마치 드림체이서의 인기 2위 캐릭터 이랑처럼. 이랑은 주인공 이준 못지않은 정의감과 사명감을 가지고 있어 많은 지지를 받았다. 하지만 앞뒤 안 가리고 뛰어드는 성격에 항상 없던 위험까지 스스로 만들어내 일각에선 욕도 많이 먹은 캐릭터다. 그래도 어린이 만화 세계관에선 정의 빼면 시체지.

기어코 바닥을 다 닦아낸 희재는 트럭을 향해 달렸다.

형 그냥 밟아.

시동을 켜고 기다리던 한석은 희재의 말을 듣자마자 액셀을 밟았다. 희재의 뒤로 계속해서 도로가 부서져 내렸다. 오 미터도 채 떨어지지 않은 거리였다. 희재는 손을 최대로 뻗었다. 가속이 붙은 트럭은 닿을 듯 닿지 않았다. 다리의 힘도 점점 풀려갔다.

희재는 잠만 형 좀만 속도 낮춰봐, 라고 다급하게 소리쳤지만 한석은 겁에 질려 속도를 높일 뿐이었다. 상부에선 계속 무언가 지시하는 듯했지만 하나도 귀에 들어오질 않았다.

이렇게 한순간에 이렇게 골로 가는 건가. 발을 디뎠는데 지면에 닿지 않았다. 바닥이 느껴지지 않았다. 꿈인데도 중력이라는 물리적 법칙이 작용한다는 사실이 야속했다.

희재는 금세 부서져 내린 도로 밑으로 쑥 빠져버렸다. 아래는 새까맣고 깊은 심연이었다. 무엇이 있을지 모를 두려운 공간. 부서져 내린 허상들이 아래로 뚝뚝 떨어졌다. 희재도 함께 뚝뚝 떨어졌다. 더 이상의 희망은 없다고 생각했다. 지상의 빛을 바라보며 (그마저도 가짜 세상일 뿐이지만) 추락해갔다. 그래도 여느 영화에서처럼 무언가라도 잡히지 않을까 하는 희망에 본능적으로 손을 위로 뻗었다. 정말 누군가의 손이 맞잡아올 줄은 미처 상상하지 못했다. 긴 금발 머리를 흩날리며 손을 내민.

박하?

희재는 괴력에 순식간에 위로 끌어 올려져 오토바이 뒷자리에 태워졌다.

꽉 잡아.

하니는 그렇게 말하는 동시에 손잡이의 레버를 당겼다. 희재를 태운 오토바이가 앞바퀴가 약간 들리더니 속도를 내며 도로를 질주했다. 백

라이트의 잔상이 선을 그리며 그 궤적을 뒤따랐다. 멀리서 사라져 가는 포탈이 보였다. 희재는 하니의 허리 부근 셔츠 자락을 꽉 붙잡으며 오토바이의 엔진 소리에 자신의 목소리가 묻히지 않도록 크게 소리쳤다.

왜 왔어?

하니도 고개를 뒤로 슬쩍 돌아보며 되받아쳤다.

너 구해야지.

그래, 이 꿈속 세계관에서도 정빼시(정의 빼면 시체) 공식은 통한다. 현실판 이랑은 여기 있다. 이랑은 내가 아니라 하니다.

박하니, 17세. 드리머이자 네오본처치본부 강력 2팀 소속 선발전투직 요원이다.

생존 여부가 오가는 와중에 머릿속이 시끄러운 강희재, 이 타이밍에 생각나는 한 사람이 더 있다. 먼저 오늘의 임무를 끝내고 링크 아웃한 그가 본인을 지켜보고 있을 것이란 생각이 든다. 강희재는 고개를 휘저으며 그의 이미지를 지운다.

무너지는 도시를 뒤로 둘은 포탈에 무사히 도달해 꿈을 빠져나갔다.

김모랑/ 11세/ 여ー제102호 네오본 퇴치 완료.

2장. 시끄러운 교실

희재의 눈 틈으로 일광이 스며들었다. 느린 속도로 눈꺼풀을 들어 올린다. 뿌연 시선에 초점이 맞춰지며 인영 하나가 눈에 들어왔다. 마치 거울을 마주하고 있는 것처럼 또 다른 강희재가 보인다. 눈꼬리를 반쯤 접으며 가지런한 윗니를 활짝 보이고 웃고 있다. 후광의 은은한 햇살이 그를 둘러싸고 있는 테두리를 약간 흐리게 했다. 영화에서 신성한 존재를 눈앞에 두고 있을 때의 연출과 유사하다.

주변으로 반 아이들이 하나둘 몰려들었다. 희주쓰, 무슨 일? 그중 하나가 물었다.

강희주, 17세. 강희재의 쌍둥이 동생이자 드리머이다. 하니와 마찬가지로 강력 2팀의 선발전투직 요원.

희주가 말을 건 친구에게 윙크를 날리자 그 친구가 질색했다. 그래도 물러나진 않았다. 오히려 자신의 친분 증명이라도 되었다는 듯 더 가까이 다가왔다.

희재는 졸린 눈을 비비며 책상에 붙이고 있던 머리를 서서히 일으켰다. 2교시 중간쯤에 잠든 것 같은데 벌써 점심시간이다. 원래였다면 드리머 특별반은 12시 등교 허용이지만 모의고사가 있는 날이라 어쩔 수 없이 아침부터 학교에 나왔다. 시험도 일반인들과 같이 본다. *여기서 드리머 특별반이니 일반인이니 웬 말이냐 묻는다면 잠자코 읽어 보길 권유한다. 구구절절 설명하는 건 소설이 아니라 생각한다.*

희재는 자신의 책상, 그 불가침 구역을 원처럼 동그랗게 둘러싼 아이들이 비단 희주의 존재감 때문만은 아니라는 사실을 직감했다. 전혀 달갑지 않은 직감. 순간적으로 키득거리는 소리가 볼륨 버튼을 돌리듯 점차 데시벨이 크게 들려왔다. 그러고 보니 오늘 아침 교실에 들어오자 유난히 아이들의 시선이 휙휙 돌아가며 끈덕지게 붙어왔다. 자의식과잉이라고 스스로를 자조했지만 틀린 것 같다.

희재는 상황 파악을 하려 사위를 살폈다. 증거를 신속히 수집해야만 했다.

일순, 희주가 희재의 셔츠 깃을 멱살 잡으며 자리에서 끌어올렸다.

야, 그러고 보니 네가 나인 척하면서 김수연 찼지?

희주의 물음에 침묵한 희재는 방어하지도 못하고 그대로 희주의 손에 끌려갔다. 희주의 말 한마디에 주위에선 변성기 온 사춘기 소년들의 괴성이 들끓었다. 둘이 교실을 완전히 벗어날 때까지 그 소음은 계속됐다.

무슨 소리야?

라고 아무것도 모르는 순한 고양이처럼 말하긴 했지만 조금 전 희주의 발언은 팩트가 맞다. 그렇지만 희재는 '아무것도 모르는'의 상태를 유지했다. 미간을 찌푸린 희주의 표정은 복도를 나오자 한층 더 심각해졌다. 그 일이 그렇게 정색할 정도임?

희주는 속삭이듯 말했다. 그러다 희재가 분위기 파악을 못 하자 서서히 언성이 높아졌다.

너 오늘 아무것도 하지 마. 그냥 책상에 잠자코 엎드려 있어.

그게 원래 내 일상이야. 상관 노.

됐다, 그냥 꺼져. 네가 먼저 멱살 잡았잖아. 희재와 희주가 실랑이를 벌이던 도중 복도 끝에서 누군가 달려왔다. 고도의 기술로 슬리퍼 바닥을 이용해 브레이크를 걸어 두 사람 앞에서 정확히 멈춰 섰다. 끼이익.
그러곤 자신의 에이패드를 들어 보였다.

희재는 생각했다. 뭐야, 자랑하려는 거? 자세히 들여다보니 에이패드
화면 가운데 세로 영상 하나가 반복되고 있었다. 희재는 순간 놀라서 말
을 더듬었다. 뭐… 뭐야?

숏츠. 내가 올린 거. 연출, 편집 한유영.

한유영, 17세. 영화과 지망생으로 영화제작부 회장이자 요튜브 채널
을 운영하고 있다. 기시감이 든 희재는 얼굴을 화면에 빨려 들려갈 정도
로 가까이 가져갔다. 익숙한 형체가 보였다. 헬멧 뒤로 삐져나온 탈색
머리에 교복 셔츠, 치마와 그 아래로 겹쳐 입은 학교 체육복, 그리고 검
정 컨버스 신발까지. 그 뒤의 볼캡을 푹 눌러쓴 점프슈트 남자는….

자세히 보니 어젯밤, 아니 불과 오늘 새벽의 일이 담겨있는 영상이었
다. 꿈속 도시와 도로가 무너지고 희재가 그 붕괴에 쫓기는 장면을 익스
트림 풀샷으로, 희재가 심연 속으로 빠져 떨어지는 장면을 하이 앵글로,
하니가 희재의 손을 붙잡는 장면을 클로즈업 인서트로, 또다시 오토바
이를 타고 두 사람이 포탈로 빠져나가는 장면을 풀샷으로, 마지막 화룡
점정으로 희재가 하니의 허리께를 꽉 붙잡은 손에 줌 인이 들어가며 끝
이 나는 1분 남짓의 짧은 영상이다. (조잘조잘 유영의 설명 참고) 조회수
340만 회. 이거 큰일이다.

이거 어디서 났어?

희재는 두 손으로 제 머리카락을 잡았다 놓았다 반복했다. 머리칼이 그 손길에 따라 점점 삐죽 솟아났다. 그 리액션을 유영이 에이패드의 카메라 앱을 켜 찍으려다 다시 내려놓았다. 대신 희재의 물음에 대해 답변했다.

내가 영상 구한 건 아니야. 오늘 아침부터 드체 커뮤니티에 전체 파일 올라왔어. 이미 다 퍼진 영상 난 짜깁기한 것뿐이다. 넌 그래도 특별전형 있잖아. 나도 내 미래를 위해서 뭐라도 해야 하지 않겠냐. 미안하다, 친구야. 어차피 꿈이랑 찐 너랑 다르니까 전국적으로 얼굴 팔릴 일은 없을 거야. 이거 봐. 왕가위 오마주 제대로야. 아주 그냥 21세기의 타락 천사임. 근데 이제 남녀 위치가 뒤바뀜.

타락 천사인지 나락 천사인지는 됐고. 난 이렇게 관심을 받고 싶진 않았는데.

희재는 황급히 드림체이서 커뮤니티 게시판에 들어갔다. 매일 확인하는 곳이었는데 자신의 얘기로 도배되는 일을 상상도 못 했다. 아니, 조금은 했지만 이런 식은 아니었다.

놀라 힘이 풀린 다리를 비틀거리며 교실로 발걸음을 옮겼다. 동생 희주가 어깨에 손을 짚으며 위로해주었지만 인중을 늘리며 삐져나오는 웃음을 애써 참고 있는 게 너무나 잘 보여서 울컥했다. 희재를 누구보다 잘 알기에 심각한 척 장단 맞춰주었지만 웃음이 피식 나오는 건 이성보단 본능적인 영역이라 어쩔 수가 없었다. 희주는 타락 천사의 이가흔처럼 아련한 표정으로 오토바이 뒤에 올라탄 희재를 상상했다. 네, 〈타락천사

)는 청소년관람불가 등급의 영화 맞습니다. 혹시 17살인 애들이 어떻게 그 영화를 봤느냐 의아하다면 당신의 학창 시절을 떠올려보세요. 희재는 그런 희주의 손을 뿌리치고 교실의 여닫이문을 열고 들어갔다. 책상에 미끄러지듯 엎드렸다. 순식간에 잠에 빠져들었다. 꿈은 전혀 꾸지 않았다. 꿈이라면 생각하기도 싫었다.

아무리 그래도 애들 열심히 시험 보고 있는데 이렇게 자는 건 너무한 거 아니냐? 아까 보니까 옆 반 수연이도 문제는 풀더라. 영어의 카랑한 목소리가 귓바퀴에 꽂혀왔다.

희재는 눈을 떴다. 아이들의 시선이 영어와 희재에게로 번갈아 이동했다. 종이 치고 아이들이 영어를 욕했다. 자는 애들 널렸는데 영어는 왜 갑자기 지랄. 아 영어 땜에 시험 졸라 망함.

그 욕이 왠지 희재 자신을 향한 것 같아 이어폰으로 귓구멍을 틀어막았다. 자신이 최근 가장 즐겨듣는 노래를 틀었다. 그리고 생각했다. 그냥 운수 좋은 날이었으면 좋겠다. 아니, 그건 결말이 안 좋게 끝나잖아. 운수 좋은 날 반대였으면 좋겠다, 제발.

그러나 아직 희재의 하루가 끝이 나려면 한참은 멀었다는 사실은 불가항력처럼, 네오본의 끈덕진 혈흔처럼 쉽게 지워낼 수 없었다.

3. 흰색 작전 본부

브리핑 시작하겠다

정장 차림의 장 팀장이 무겁게 목소리를 깔았다.

장 팀장, 37세. 네오본 처치 본부 강력 2팀 팀장. 철제 케이스에서 입가심용 민트 사탕을 꺼내 어금니로 아그작 씹었다. 블레이저 끝자락을 뒤로 펄럭 넘겼다. 이어서 작전 테이블에 두 손을 짚었다. 고개를 푹 숙이며 다시 한번 말했다. 얼굴에 긴 그림자가 졌다. 자… 브리핑 시작하겠다.

배경 말고 내 위주로 찍으라니까. 다시.
찰칵
다시.
찰칵
다시.

카메라 셔터음이 네오본 처치 본부 강력 2팀 내부를 가득 채웠다. 다시 고개를 든 장 팀장이 주변을 돌아봤다. 하니가 작전실의 한 벽면을 이루고 있는 대형 모니터를 배경으로 모델처럼 포즈를 취하고 있다. 희주가 이리저리 움직이며 하니를 카메라에 담고 있다. 셔터음 하나하나에 희주의 옅은 한숨 소리도 섞여 나왔다. 그 옆에선 표정을 잃은 희재가 의자에 앉아 핸드폰의 스크롤을 계속해서 내리고 있다. 노이즈 캔슬링 헤드폰을 낀 한석은 두 눈을 감고 들려오는 음악 리듬에 맞춰 발 까딱이고 있다.

장 팀장은 침잠하듯 생각에 빠져들었다. 사이버 범죄 전담팀 에이스인 자신이 어쩌다 네오본 처치 본부 강력 2팀 청소년 양육자로 전락하게 됐는가에 대하여.

그 시각, 강희재는 침잠하듯 생각에 빠져들었다. 네오본 처치 본부 강력 2팀 소속 무존재감 청소부인 자신이 어쩌다 요튜브 조회수 1020만 회 '구멍남'으로 전락하게 됐는가에 대하여. 그래, 애초에 내가 이 일을 지원했으면 안 됐다. 첫 단추부터 잘못된 거야. 내 팔자 내가 꼰 거지. 희재가 신세를 한탄하는 도중 누군가의 무의식 혹은 상상이 감응되기 시작했다. 또 시작이네. 정신력이 흐트러진 틈을 타서. 마치 영화 상영 중간에 다른 필름으로 교체되듯 갑작스럽게.

교체된 영화의 장면은 이러하다. 무스를 잔뜩 바른 이 대 팔 가르마의 남자가 단상 위에 서 있다. 교육부 장관이 대국민 브리핑을 했던 그때 그 장면이다. 일순 희재는 장 팀장에게로 눈길을 주었다. 장 팀장은 아무것도 모른 채 희재의 홉뜬 시선을 마주했다. 팀장님도 저와 같은 생각을 하고 계셨군요. 완전 이상동몽.

같은 공간 두 남자는 이 모든 폐해의 시초에 대해 떠올리고 있었다.

교육부 장관: (카메라를 응시하며) 정부는 13세 이하 아동의 꿈속에 괴생명체가 출연하는 현상의 확산을 인지하였습니다. 또한 그 괴생명체가 최근 유행하는 유아동 애니메이션 '드림체이서'에 등장하는 괴물인 네오본이라는 사실이 확인됐습니다. 피해 아동이 그 작품에 과도하게 몰입한 나머지 무의식에 반영되어 나타나고 있는 것으로 보입니다. 이 현상은 일종의 수면 장애로 정신 착란을 일으키며 심하게는 분열형 성격 장애 증상을 보이는 사례도 나타나고 있습니다. 정확한 원인은 현재 파악 중이지만 태양 흑점의 활동이 활발해진 점과 이에 따른 전자기적 교란을 주요 원인으로 두고 조사 중입니다. …이 사태는 무엇보다 저출산

시대에 하나의 국가적 재난으로 정부에서 적극적으로 대응하여… 아이들의 꿈과 희망이 파괴되지 않도록… 즉각적으로 '드림체이서'의 방영을 중단시키고… 출산율의 저해하는 또 하나의 요소가 되지 않도록 우리 정부가 발 벗고 나서서 해결하도록 하겠습니다.

기자: (브리핑에 끼어들며) 구체적인 해결 방안이 있는 겁니까?

교육부 장관: (기다렸다는 듯) 네. 물론 있습니다. 조사 본부는 정신적 순수와 뛰어난 교감과 공감 능력을 갖춘 일부의 청소년 또한 어린이들과 같은 현상이 가능해졌을 것으로 예상, 이후 조사를 통해 검증을 완료했습니다. 그들이 아이들의 꿈에 접근해서 네오본을 처치하는 것이 일차적 목표입니다.

이 말이 끝나기가 무섭게 기자들의 질문 세례가 이어졌다. 장관은 모든 질문에 침착하게 답변했다. 중간에 손수건으로 한 번 턱으로 흘러내린 땀을 닦긴 했다. 장 팀장은 그 모든 광경을 사이버 범죄 전담팀 수사본부에 설치된 작은 TV 화면을 통해 목격하고 있었다. (참고로 당시는 팀장이 아니었다. 경사 진급을 목전에 앞두고 있었다) 의자에 상체를 완전히 기대 자신에게는 하등 상관없는 제삼자의 일이라는 듯 무심하게.

그 시각, 희재 역시 요튜브 생중계를 통해 그 모든 광경을 목격하였다. 희재 또한 자신에게는 전혀 상관없는 일이라고 생각했었다.

(익스트림 클로즈업으로)
최상급 고감도.
(효과음)

쾅.

검사서에 큼지막하게 도장이 쾅 찍혔다. 무슨 고기에 등급 매겨지는 것도 아니고.

이후 정신 차려보니 덜컥 희재는 희주와 함께 네오본 처치 본부 (줄여서 네처본)에 입성하고 있었다. 상기된 희주는 높은 천장을 올려다보며 탄성을 내질렀다. 흰색 조로 통일된 내부는 매체에서 흔히 묘사되는 정신병동과 유사하게 느껴지기도 했다. 넓고 높지만 갑갑하게도 느껴지는 희한한 공간. 출입 카드를 띡 찍으니 조기 취직이 실감이 났다. 강형제의 동네에는 큼지막한 플래카드가 달렸다. '축 강희주 강희재 고감도인 인정·네오본 처치 강력 2팀 취업 축'

(서두가 묶음 처리되며)

… 발령이다.

잘 못 들었습니다. 모니터에 코 박고 보고서 처리하고 있던 장 팀장은 뒤로 다가온 상사의 말을 정말로 듣지 못했다. 그리고 알지 못했다. 코 앞으로 닥쳐온 자신의 운명을.

제가 사이버 범죄 전담팀인 거랑 이 사건이랑 대체 무슨 연관이 있다는 거죠?

그냥 까라면 까 새꺄.

정신 차려보니 덜컥 장 팀장은 네처본에 입성하고 있었다.

드높은 천장을 바라보며 이곳의 존재감을 느끼는 그딴 거 없었다. 앞만 보고 걸었다. 플래카드? 필요 없었다. 있다면 갈기갈기 찢어버릴 수도 있었다. 갑작스러운 인사이동에 뿔난 직장인은 웬만하면 누구도 막을 수 없었다.

그는 한 달 후 찍힌 월급 명세를 확인하자마자 분노를 가라앉힐 수 있었다, 는 후일담이 전해진다.

그렇게 비슷한 듯 다른 두 사람의 기억이 동시에 상영되다 갈림길을 맞아 다시 온전히 나뉘게 된다. 잠시 감화되었던 희재는 감고 있던 눈을 서서히 떴다. 눈을 찌르는 듯한 쨍한 조명 빛. 그런 조명을 난반사하는 하얀 벽. 과도하게 밝은 공간. 이 모든 설계가 드리머의 잠을 쫓으려는 속셈이 분명하다. 붙여진 이름과는 다르게도. 따라서 하얀 빛에 적응하는 데에 시간이 좀 걸렸다. 희재는 눈꺼풀을 세게 깜박였다.

장 팀장은 자신에게 찾아온 상념을 쫓으려 고개를 여러 번 저었다. 쓸데없는 기억 회상에 빠져 있을 시간 없었다. *세계관 설명을 위해선 필요했다.*

조금 전 비상 대책 회의가 열렸다. 모니터링 영상 유출 건에 대한 논의가 진행됐다. 본래 작전 수행 시 녹화되는 모니터링 영상은 비공개 문서이다. 그런데 얼마 전부터 인터넷에 업로드되기 시작했다. 내부자의 소행일 가능성이 높았다.

장 팀장은 주변을 둘러보았다. 해맑게 웃고 있는 아이들이 보였다. (물론 해맑게 웃고 있다는 건 다소 미화라고 할 수 있겠다) 낮에는 학교 가랴, 밤에는 괴물 퇴치하랴, 불철주야의 아이들을 의심하는 어른은 되지 못했다. 되고 싶지 않았다.

장 팀장이 맡아보지?

조금 전 회의에서 들은 본부장의 말이 귓가에 맴돌았다. 지금 애들 뒤
치다꺼리하기도 바쁜데, 라고 그 당시에 반박하지 못했다. 계속해서 본
부장의 시선을 회피하던 임원들. 계속해서 심각한 표정으로 귓속말로
본부장에게 소식을 전하던 수행비서. 덩달아 심각해지는 본부장의 상
판. 기다란 타원형 테이블 위로 떨어지던 조명. 조명이 수직으로 직격하
며 지는 삭막한 얼굴 그림자. 삭막한 분위기. 그리고 얼떨결에.

그냥 까라면 까, 새꺄. 후두부를 울리던 선배의 한마디는 그의 원동력
이자 유언이 되었다, 는 후일담이 전해진다.

―팀장님 서두르셔야 합니다.

김 실장의 다급한 전언이 귓전에 울렸다. 현실을 일깨우는 소리였다.
장팀장은 한 쪽 귀에 끼고 있던 작전용 무선 이어폰을 매만졌다.

김실장의 말이 계속해서 들려왔다. 수면실에서 재우는 거 엄청 힘들었
어요. 지금 아니면 안 됩니다. 작전 브리핑 다 끝내셨죠? 왜 대답이 없으
십니까. 당장 링크 들어가야 한다니까요.

애들아, 들어가자….

한숨 섞인 장 팀장이 낸 낮은 데시벨에도 우리의 드리머들은 즉시 반
응했다. 가야지. 가야지. 우린 또 실전파잖아. 모두 자유로운 영혼처럼
제각기 존재하다가 어느 순간 명령이 입력된 로봇처럼 자신의 할 일을
찾아갔다. 이어폰을 귀에 착용했다. 자신의 캡슐로 입장했다. 표정도 사

못 진지해졌다.

장 팀장은 기억한다. '고감도인'이란 다소 거부감이 드는 단어로 불리다 정식으로 '드리머'라고 명명되던 날, 아이들의 기쁜 표정을. 좀 유치하긴 한데 그래도 인정받는 것 같아 좋다는 그 말을. 그러니 이제는 정말 이 회의감에서 빠져나와만 했다. 장 팀장 또한 자신의 할 일을 해야만 했다.

작전 브리핑 들어가겠다. 오늘은 수면 상태가 불안정한 의뢰자이니 빠르게 진행해야 한다. 후처리팀도 바로 링크에 들어가서 꿈속에서 대기하고 있다. 필요시에는 둘도 네오본 처치에 합류해야 한다. 무엇보다 알아 두어야 할 부분이 있다. 이 의뢰자는 선천적….

박하니 링크 인. 강희재 링크 인. 한석 링크 인. 강희주 링크 인. 장 팀장의 브리핑이 끝나기도 전에 줄줄이 꿈에 접속했다. 가장 중요한 말을 듣지 못한 채로.

대형 모니터의 스피커에서 서라운드로 아이들의 목소리가 들려왔다.

여기 뭐야.

아무것도 안 보여.

얘들아, 어딨어.

나 여기.

안 보여.

그리고 꿈과 연결된 모니터 화면은 암흑이었다.

4. 암흑의 세계

끼이이이이이야야야야이이익

유난히 네오본의 울음소리가 크게 들려왔다. 꿈속은 온통 새까매서 네오본의 위치를 제대로 파악할 수 없었다. 지금까지는 대부분 '드림체이서'에 등장하는 배경인 도시 전경이 꿈의 세계로 펼쳐졌다. 이번엔 아니었다. 그저 암흑의 세계였다.

아이들은 그제야 사태를 파악하고 의뢰인의 프로필을 전달받았다. 당황…, 하고 있을 시간은 없었다. 누구보다 재빠르게 이 일을 완수하는 게 현재 팀의 유일한 목표였다.

손전등. 손전등. 상상하자. 손전등.

희주가 주문을 외우듯 읊조렸다. 서서히 손잡이가 빨간 손전등이 나타났다. 다른 아이들의 눈엔 손전등만 공중에서 떠다니는 것처럼 보였다. 장 팀장이 말했다.

─얘들아, 빛이 없어서 보이지 않는 게 아니라 원래부터 실체가 없는 거라 소용없어. 일단 가시화가 필요한 최소한만 채워 나가보자.

아까부터 해보고 있었는데 잘 안 돼요.

드리머들은 다른 사람의 꿈에 링크되면 그 공간을 변화시키지 않는 선에서 어느 정도 자신의 상상대로 무언가를 만들어낼 수 있다.

아이들은 우선 꿈속에서 자신의 껍데기가 되어줄 외면을 상상했다. 희주가 가장 먼저 모습을 완성했다. 희주는 강희주인데 프로그램으로 보정한 것처럼 현실보다 이목구비가 뚜렷하고 키도 더 컸다. 팔다리가 1.5 배는 더 길어 보였다. 그러나, 얼마 안 가 암흑에 섞여들어 보이지 않게 됐다. 어 뭐야. 왜 이래. 하니는 꿈에서의 트레이드 마크인 금발 머리만 보였고 한석과 희재는 작업복만 희미하게 떠오를 뿐이었다.

─애들아, 됐니? 시간 없어. 자기 자신의 모습을 상상하는 것보다 서로 의 모습을 생각해주기로 하자.

넵. 팀원 전체가 동시에 대답한 뒤, 하니가 상황을 다시 한번 정리했 다. 너희 형제들끼리 하고. 한석 오빠랑 나랑 한 번 서로 떠올려보자.

몇초 뒤, 네 명 모두 완전한 모습을 드러냈다. 물론 현실의 모습과는 엄청난 괴리감이 있긴 했지만.

으악, 이 하이힐 뭐야.
으악, 이 털보 뭐야.

타락 천사의 이가흔. 토끼 인형 탈. 금발 머리 여고생, 그리고 3등신 비율의 강희주(혹은 강희재), 이 넷의 모습을 하고 있었다. 오합지졸이 었다.

서로의 모습을 완성 시킨 하니와 한석이 말다툼했다. 난 왜 이 털보야. 털보 아니고 토끼 인형 탈이에요. 오빠는 보면 볼수록 귀여운 얼굴을 한 인형 탈 속 피곤함에 찌든 알바생 같거든요. 대체 그게 무슨 소리니.

─애들아, 잡담할 때가 아니다 지금.

장 팀장이 자세한 상황을 파악하지 못한 채 까만 화면만을 응시하며 재촉했다. 하니를 제외한 모두가 각자의 불평을 중얼거렸다. 장 팀장은 계속해서 명령을 내렸다. 석이랑 희재는 포탈 가시화를 맡자. 임무 끝나면 바로 빠져나갈 수 있도록. 그리고 하니랑 희주는… 스피커를… 상상해보자.

스피커요?

─그곳에서 가장 거슬리고 유일한 실체는 소리야. 소리를 없애야 해. 완전한 제거에 성공할 지는 모르겠지만 일단, 일단은 그곳 세계와 연결되는 스피커를 상상해보는 거야.

그런 다음요?

─음량을 줄여보는 거지. 음 소거가 될 때까지.

이럴 거면 링크하기 전에 알려주지. 그러면 미리 형체를 생각해 놓을 수 있었잖아요.

맞아요.

애초에 너희들이 내 말에 집중했으면 됐잖아, 라고 변명하진 않았다. 대신 장 팀장은 숨을 크게 한 번 들이마셨다. 제멋대로인 아이들을 진두지휘하려면 평정심이 필요했다.

희주와 하니는 매일 바주카포나 레이저건 같은 전투 무기를 만들어 네오본을 처치하다가 완전히 다른 물체를 떠올리려니 혼란스러웠다. 게다가 상상하는 대로 바로 나타나지도 않았다. 희주는 작전실에 있는 스피커를 떠올려보자고 하니에게 제안했다. 문득 하니는 궁금해졌다.

팀장님, 근데 소리를 없애면 이제 이 아이는 꿈속에서 소리를 듣지 못하는 거 아닌가요?

거의 동시에 포탈의 외관을 거의 완성해가던 한석 또한 질문을 던졌다.

근데 소리를 없앤다고 해결될까요?

장 팀장은 (속으로는 울고 싶었지만) 침착하게 대답했다.

─나라고 백퍼센트 확신할 수는 없겠지만 어차피 이 꿈은 오늘 하룻밤의 꿈일 뿐이야. 우리의 목적은 네오본의 존재, 즉 그곳에선 소리를 완전히 지우는 것이고. 네오본의 소리를 없앤다고 다른 꿈의 소리까지 없어지진 않을 거야. 걱정하지 마. 그래, 솔직히 말할게. 이 작전은 성공 여부가 불확실해. 그래도 우리는 시도해보는 수밖에 없어.

아이들은 그 미래가 불투명한 반쪽짜리 답변을 듣고도, 장 팀장의 마지막 말처럼 시도해볼 수밖에 없었다. 그래, 아무것도 안 하는 것보단 낫겠지.

끼이이이이이이이이이이이이야.
끼이이이이야이이이이이이이이이익.

네오본의 울음소리가 점점 극대화되고 있었다.

지효선/ 9세/ 여─제107호 네오본 퇴치 중. (성공 여부 불확실)

5. 또다시 교실

〈지난 이야기〉

꿈의 공간이 무너지는 위기 속 싱크홀로 추락하던 청소부를 구출, 그리고 탈출에 성공한 뒤 이제는 암흑의 세계에 링크된 드림체이서. 스피커를 상상해내란 황당무계한 명령을 받고 마는데. 과연 그들은 무사히 작전에 성공할 수 있을 것인가.

.

.

.

금발(하니): 스피커는 얼추 만들었는데 음량 조절할 버튼이 없잖아. 어떡해.

3등신(희주): 동그랗게 돌리는 거 떠올리자.

금발(하니): 왜 그냥 소리 낮추는 버튼이 편하잖아.

3등신(희주): 왜 동그란 게 편하지.

금발(하니): 버튼은 그냥 누르고 있으면 되는데?

드림체이서 둘의 말다툼이 이어지던 와중 잠자코 포탈을 가시화하고 있던 이가혼(?)이 불쑥 나타나 스피커의 음 소거 버튼을 만든다. 그리고 그 버튼을 재빠르게 누른다. 순간 고요해진다. 더 이상 네오본의 괴성이 들리지 않는다. 드림체이서의 말소리도 들리지 않는다. 끔뻑이는 입 모양만 보일 뿐이다. 멀리서 포탈 앞에 서 있는 토끼탈이 손짓한다. 토끼탈의 손짓을 해석해보자면 이러하다.

토끼탈(?): 빨리 가자. 혼자 이러고 있기 힘들어.

스피커 쪽 세 사람은 포탈을 향해 달린다. 토끼탈까지 합류하여 무사히 탈출하나 싶지만 돌발상황 발생. 토끼 탈의 발이 포탈에 벗어나지 못하고 껴버린다. 그러고 보니 토끼탈 발바닥이 아주 새애애애까만 게 알바 좀 굴렀나 보네. 꿈 주제에 디테일이 장난 아니네. 아니 그게 문제가 아니지. 어찌 이들은 하루라도 쉽게 풀리는 일이 없다.

불쑥 포탈 밖에서 여러 개의 손이 튀어나온다. 마치 사람이 고픈 좀비 떼처럼 토끼 탈을 발목을 휘감아 잡는다. 포탈에 덩그러니 튀어나와 있던 발은 순식간에 끌려 들어간다. 오늘도 작전 성공이다!

To be continued.

추천 영상〉 현실판 드림체이서, 이들은 누구?

네오본 사태, 대체 언제까지 지속될 것인가.

영상이 끝나자 희재는 핸드폰을 책상 서랍 안으로 집어넣었다. 타이밍 좋게 수업 시작종이 울렸고 담임이 교실로 들어왔다. 담임은 이 특별반뿐만 아니라 1학년 2반 담임도 맡고 있다. 그래서인지 날이 갈수록 다크서클이 짙어지고 있다. 퀭한 눈을 한 그는 종이 뭉치를 손에 들고 교탁 앞에 섰다. 교탁 앞자리인 김지소에게 그 종이를 전달했다.

김지소, 19세. 드리머로 현재 네처본 후속 2팀 소속이다.

지소가 자리에서 일어나 한 명 한 명에게 나눠주었다. 창가 자리의 희재도 받아 종이의 존재를 읽어 내려갔다. 용지 상단 중앙에는 이렇게 쓰여 있다. 진로 희망서.

너희들은 딱히 걱정 없겠지만. 그래도 의무니까 이건 내일까지 꼭 써

와라. 다음주부터 상담한다.

　대학 가는 게 인생의 목표라고 한다면 물론 걱정 노프라블럼이라고 할 수 있겠지만. 당장 석이 형만 봐도 인생은 그게 다가 아니라는 사실을 희재는 알 수 있었다.

　희재는 진로 희망서를 이미 교과서와 학습지로 만석인 책상 안에 억지로 구겨 넣었다. 고개를 창가로 향해서 책상 위에 엎드렸다. 창가의 바람이 희재의 잠을 재우기 위한 요람처럼 살랑거렸다. 잘 준비 완료. 미래의 계획보단 현재의 수면욕을 해결하는 게 급했다. 집에서 챙겨온 안대까지 썼다. 점심도 두둑이 먹었겠다. 이제 잠에만 들면 됐다.

　지이이이잉

　볼이 경련했다. 정확히는 볼과 맞닿은 책상이 경련했다. 책상 서랍에 넣어둔 핸드폰이 그 진원이었다. 호랑이도 제 말 하면 온다고. 한석에게서 메신저가 왔다. 담임은 핸드폰 진동 끄라며 한 번 경고했다.

　[긴급 상황]

　무언가 다급한 일이 생긴 모양, 이라고 당신들은 생각하겠지만 한석의 패턴을 너무나도 잘 아는 재희는 달랐다. 여전히 엎드린 채 책상 밑으로 핸드폰만 살짝 꺼내 답장을 보냈다. 아주 심드렁한 표정을 하고서는.

　[오또케 오또케]
　[왜 그래요?]
　[너무 심심해…]

그럼 그렇지. 예상 적중이었다. 그래도 희재는 매번 반응해주는 수밖에 없었다. 안 그러면 마음이 편하지 않았다. 착해서 그런 게 아니다. 동정심에서 발현한 것이 아니다. 이건 거울 치료다. 딱히 효과는 없으니까 치료는 빼고 그냥 '거울'이다. 희재는 미래의 자신을 마주하고 있었다.

일순 정수리로 무언가 얹히는 기분이 들어 손을 가져갔다. 진로 계획서와는 또 다른 종이가 팔랑거리며 손에 잡혔다. 고개를 드니 지소가 서 있었다. 희재가 뭐야? 라는 입 모양을 보이니 뒤의 칠판을 가리켰다. 칠판에는 크게 자작시 창작이라고 쓰여 있었다.

담임은 반 아이들에게 시를 짓게 했다. 20분의 시간을 주었다. 그런 다음 자신은 교탁 의자에 풀썩 걸터앉았다. 지겹다는 표정으로 핸드폰 화면의 스크롤을 중지만을 이용해서 반복적으로 내렸다. 아이들은 하기 싫다고 아우성쳤지만 얼마 안 가 소강상태가 되었다. 금세 침묵 속 필기구 사각거리는 소리만 들려왔다.

여전히 볼을 책상에 딱 붙인 채 한석에게 답장을 보냈다. 희재의 핸드폰 화면 위론 의미 없는 말풍선이 오갔다.

지금 뭐 하는데요? 동방에서 그냥 드러누움. 형도 동아리 해요? 엉 코딩 동아리. 올ㅋ 근데 형 철학과 아니에요? 다들 코딩하더라. 아하, 거기서 뭐 해요? 몰라 그냥 어려워. 아하 열심히 해용. 응 아 맞다 저번 의뢰인한테 감사 편지 왔다 간식들이랑ㅋㅋ 부럽쥐. 누구요? 그 효선 어린이. 아 왜... 형한테만;; 토끼 좋아한대 토끼 키우나 봐. 그래도 잘 지내는 것 같아서 다행. 그니까.

대화가 더 이상 이어지지 않고 종료되었다. 희재는 핸드폰을 다시 서랍 속에 쑤셔 넣었다. 잠도 오질 않고 가만히 있자니 따분한 기분이 들어 샤프를 들어 무언가 적을 결심을 했다. 종이에 닿기 직전까지 샤프를 가져갔지만 결국 다시 책상 위에 내려놓았다. 옆을 보니 희주는 이미 다 적고 뒷자리 친구와 잡담을 나누고 있었다.

희재는 어린 시절 희주와 나란히 학교 문집에 각자 지은 시와 수필이 실렸던 때를 떠올렸다. 다시 고개를 돌려 종이에 시선을 처박았다. 그 흰 식물성 섬유를 원료로 하여 만든 얇은 물건을 뚫어져라 쳐다봤자 영감이 떠오르지 않았다.

희재는 창의력과 상상력이 부족했다. 스스로 그 사실을 수용하고 있었다.

청소년 전수 이능력 측정이 있었던 작년, 모든 측정을 통과하고 마지막 임무 배치 검사에서, 머리에 전극을 부착하고 암실에서 반복해서 드림체이서 영상을 봐야만 했다. 그러고는 흰 가운을 입은 사람에게 영상을 보고 떠오르는 아무거나 그려보라고 통보받았다. 희재는 자신이 본 그대로를 그렸다. 3일 동안 반복해서 진행됐지만 희재는 매일 똑같은 그림을 제출했다. 이후 최상급 고감도인 판정을 받고도 선발전투직이 아닌 후처리직을 맡아야 했다.

희재의 머릿속이 시끄러웠다. 그래도 저번 작전에선 나름 선발대 전투에 투입돼서도 잘했지 않나. 내가 음 소거 안 만들었으면 우리 지금 어떻게 됐을지 모름. 응응 나 활약했음. 그게 나야. 그리고 그때 내가 무슨 창의력, 상상력 그딴 거 검사하는 줄 알았나. 그냥 그리라니까 본대로 그린 거지. 나도 마음만 먹으면 작품 하나 나올 수 있다, 진짜.

희재는 숨을 한 번 크게 들이마신 뒤 예술가의 마음으로 종이 위에 선을 그었다. 지렁이 같은 형체가 나왔다. 수습하려 선을 몇 개 더 이어 그렸다. 다리가 몇 개 없는 거미 같았다. 자포자기하고 아무렇게나 선을 뻗어나갔다. 이제는 출구 없는 미로처럼 보였다. 그 기하학적(이라고 포장할 수 있는) 무늬 그리기에 어느새 몰입했다. 미로의 크기를 불리는 와중 귓가에 배경음처럼 하니의 또렷한 목소리가 들려왔다. 하니는 자리에서 일어나 본인의 시를 낭송했다. 담임은 발표를 시켜놓고 감상하는 척 턱을 괴고 두 눈을 감고는 자신의 수면욕을 채우고 있는 듯했다.

제목 긴 꿈

새벽 2시 긴 꿈을 꾸었다
오전 7시 동네빵집에서 빵집만 한 메론빵을 팔았다
오전 10시 학교가 수족관이 되어 있었다
오전 11시 친구들이 상어, 거북, 말미잘로 변했다.
오후 정오 학교를 아니 수족관을 탈출했다
오후 2시 퓨마가 동물원을 탈출했다
오후 4시 퓨마에게 잡아 먹혔다
오후 6시 다시 살아나 퓨마와 친구가 됐다
오후 9시 빵집만 한 메론빵을 사서 나눠 먹었다
오후 11시 도시가 무너지기 시작했다
오전 자정 길을 걷다가 싱크홀에 빠졌다
새벽 2시 긴 꿈을 꾸었다

하니는 웃음기 하나 없는 얼굴로 시를 낭송하고는 제자리에 착석했다. 창문으로 고요하게 불어오던 산들바람이 왠지 서늘하게 느껴졌다. 천장에 달린 미색 커튼이 바람에 따라 나부꼈다. 수초간 정적이 감돌다 하나둘 웅성거리기 시작했다. 몇 없는 반 아이들의 음성이 점차 커져 교실 내부를 가득 채웠다. 담임은 그제야 눈을 번쩍 뜨고 뜬금없이 손뼉을 쳤다. 저런 기묘한 시를 듣고도 아무런 말이 없다니 졸았던 게 분명했다.

담임이 이제는 희재를 콕 가리키면서 교실의 화재는 빠르게 전환됐다. 희재는 미로를 그린 종이를 두 손으로 꽉 쥔 채 벌떡 일어났다. 의자가 뒤로 밀리는 소리가 요란하게 났다. 한참을 머뭇거리다 조심스럽게 입을 벌렸다. 제목…… 미로….

희재가 얼떨결에 서두를 내뱉긴 했지만 다음은 없었다. 종이 위 그은 미로가 이제는 거대한 소용돌이로 변모해 울렁거렸다. 그걸 바라보던 눈동자도 소용돌이처럼 뱅글뱅글 돌았다. 그 와류가 자신의 육신을 금방이라도 잡아먹을 것만 같았다. 그 와중에 거봐, 나 상상력 나쁘지 않다니까 하는 생각이 드는 자신이 야속했다. 종국에는 모르겠다, 그냥 안 썼다고 솔직히 말해야겠다 싶던 찰나에.

구세주가 등장했다. 새벽의 꿈에서처럼 누군가 손을 불쑥, 내민 건 아니다.

대신 불쑥 끼어든 건. 다름 아닌 종소리였다. 딩동댕동.

오 하느님, 부처님, 알라신, 태양신, 세상에 존재하는 모든 신들 감사합니다. 희재는 누구보다 재빠르게 팔로 의자를 더듬어 끌어오며 자리에 앉았다. 담임은 다음 시간에 계속을 외치며 교실을 나섰다. 희재의 손목에 감겨있던 스마트워치에서 경고음이 울렸다. 희재는 두근대는 심장을 아래위로 쓸어내렸다.

조금 진정이 되니 문득 아까 전의 시를 낭송했던 하니가 떠올랐다. 마치 학교 공포물의 제일 첫 장면에 등장해 작품의 스산한 분위기를 조성하는 인물 1 같았던 하니는 아무 일 없었다는 듯 무감하게 귀에 이어폰을 꽂고 책을 읽고 있었다. 아무도 다가오지 마시오. 그 행위가 품고 있는 메시지였다.

하니 스스로 쳐놓은 결계에 희재는 도저히 다가갈 수 없었다. 대신 SNS에 접속했다. 지난번 작전 때 희주가 열의를 다해 찍어준 하니의 사진이 메인에 떠 있었다.

작전실에서 찰칵 #임무수행_직전 #오늘도_파이팅 #드림체이서 #네오본뿌셔 @hee_Zoo0123 얘가 찍어줌. 좋아요 3973개

사진 속 흰 바탕의 대리석으로 도배된 본부 뒤로 하고 햇살처럼 환하게 웃고 있는 하니. 지금의 하니와는 네오본 사태 이전의 세계와 이후 세계만큼의 차이가 있었다.

하니는 학교에서 누구와도 대화하지 않았다. 희재는 본부에서의 하니와 교실에서의 하니 중 어떤 모습이 진짜 하니인지 헷갈렸다. 사진 속 하니는 또 다른 사람 같았다. 희재는 게시물 아래 좋아요 아이콘을 눌렀다. 하니의 사진 정 가운데의 하트가 펑, 하고 터졌다 사라졌다.

그때

어이, 구멍남 씨.

애써 잊고(외면하고) 있었던 세글자가 송곳처럼 콕, 콕, 콕 귓바퀴에 박혔다. 와 마침 나 귀 뚫으려고 했는데 돈 주고 안 뚫어도 되겠네(억지 개그).

희재는 그 소리의 출처로 돌아보지 않을 수 없었다. 2반 수연이 혀를 빼꼼 내밀고 볼에 손을 붙여 브이자를 하고 있었다.

최수연, 17세. 전교 성적 뒤에서 두 번째이자 영화감상부 '머릿결엔 미장센' 회장.

희재는 황급히 못 본 척 정면을 보았다. 수연은 희재가 그러든 말든 태연하게 희재가 그린 미로를 손가락으로 느리게 훑으며 말을 이어갔다.

이 반은 문학 시간에 막 시 짓고 소설 쓰고 그런다며? 부럽다 야. 그건 그렇고… 우리 정산할 거 있지 않아?

마지막 문장에서 희재는 핏기가 가셨다. 프레임 수가 부족한 화면처럼 목을 부자연스럽게 움직이며 수연을 돌아보았다. 자신을 내려다보는 수연의 검은자위. 희재는 그대로 정지 화면처럼 얼어붙었다. 드리머들의 교실에 갑작스러운 수연의 등장에 희주도 희재 곁으로 다가왔다. 언제 온 건지 유영도 함께였다.

수연이 하이.

안눙.

너 왜 여깄냐?

네 알 바는 아님.

수연은 희주가 인사하자 블랙홀처럼 새까만 눈동자에서 안광이 도는 초롱초롱한 눈동자로 갈아 끼웠다. 또 유영의 말에는 눈빛을 죽이고 냉랭하게 대답했다. 세상에 다중인격이 이렇게 많아도 되는 걸까.

여기서 할 얘기는 아니고.

수연은 희재의 팔목을 홱 잡아끌었다. 희재는 저항 없이 끌려 나갔다. 이제 이런 것도 익숙했다. 희주에게 눈빛으로 SOS 신호를 보냈지만 거절당했다. 희주는 머리 위로 엑스자를 보였다. 이내 유영과 함께 손을 흔들었다. 혼자서 잘 헤쳐 나가란 의미로 보였다. 역시나 오늘도 예감이 좋지 않았다.

옥상 한가운데에 수연과 희재는 서로를 바라보며 서 있다. 키 차이가 족히 20cm는 나 수연이 턱을 들어 희재를 노려보고 있지만 어쩐지 우위 관계는 그 반대인 것 같다. 희재는 버티지 못하고 수연의 시선을 회피했다. 대신 옥상 바닥의 갈라진 틈을 관찰했다. 수업 종이 울린 지 오래였지만 발을 뗄 수 없었다. 햇볕이 정수리를 따갑게 쪼아댔다.

수연은 희재 코앞에 종이 하나를 들이밀었다. 희재는 오늘 아무래도 조심해야 할 것이 이 종이인 것 같았다. 손짓 몇 번이면 갈기갈기 찢어 없앨 수 있는 유약한 존재가 오히려 희재의 마음을 종일 헤집어 놓았다. 아침에 본 오늘의 운세에선 분명 노란 옷만 조심하면 된다고 했는데. 어, 그러고 보니 수연이 입고 있는 카디건의 색깔이.. 병아리처럼... 노랗다.

이게 뭔데?
너 우리 동아리 들어와라. 거절 없고 수락만 있음.

수연은 희재에게 입부 신청서를 들이밀었다. 가슴팍의 교복 주머니에 꽂아둔 볼펜을 꺼내 건넸다. 삼초 줄 테니까 빨리 사인해. 희재가 받아들지 않자 희재의 손을 억지로 펴 쥐여 주었다.

나 내일까지 인원 더 안 모으면 영제부(영화제작부)랑 합치게 생겼거든. 걔네랑 합치면 걔네가 우리 예산 다 잡아먹을 게 뻔한데 그렇게 놔둘 수는 없지 않겠어? 그래, 이거 '강제 징집'이야. 근데 넌 할 말 없지?

단어 선택이 기가 막혔다. 강제 징집. 오랜만에 듣는 단어였다. 작년 이맘때쯤 본부 앞에 늘어선 시위대가 자주 썼던 단어다.

그보다 할 말 없지? 에 많은 의미가 함축되어 있었다. 희재는 귀 끝이 화끈 달아오르는 걸 느꼈다. 당장이라도 달려가 정수기에서 냉수를 가득 뽑아 들이키고 싶었다. 이 상황을 빨리 모면하는 수밖에 없었다. 희재는 빠르게 신청서에 자신의 인적 사항을 적어 넣었다. (인)이라고 적힌 부분에 알아볼 수 없을 정도로 이름을 휘갈겨 사인했다.

그때

옥상 하늘에 엄청난 수의 새 떼가 날아들었다. 푸른 하늘은 금세 점묘화처럼 까맣게 색칠됐다. 순간 쨍하던 태양 빛도 가려져 그늘이 드리웠다. 깍깍거리는 새 울음소리가 교향곡처럼 장엄하게 울려 퍼졌다. 수연은 잠시 그 광경을 가만히 바라보며 감탄했다. 와 뭐야. 입이 저절로 벌어졌다. 새 떼는 그 상공을 잠시 배회하나 싶더니 순식간에 학교 뒷산 너머로 멀어졌다. 수연이 감상에서 벗어났을 때는 이미 희재는 사라지고 난 뒤였다. 초록색 페인트칠이 듬성듬성 까진 바닥에 종이와 볼펜만 가지런히 놓여 있었다. 수연은 그것들을 주우며 입가엔 미소를 머금었다.

강희재 사칭 고백 거절 사건의 전말을 간략히 서술하자면 이러하다. 분명 희주에게 조르고 졸라서 수연은 희재와 단둘이 만날 기회를 만들어냈다. 그런데 웬걸 희재는 수연이 희주를 불러냈다고 착각하고 희주인 척하고 있었다. 영화 보러 가자는 제안을 거절했다. 수연은 모른 척하며 오히려 그 상황을 즐겼다. 속으로는 파안대소하고 있었지만 겉으로는 상처받은 얼굴로 울상을 지었다. 위기를 기회로. 수연의 모토이자 특기이다. 그리고 그 일을 이렇게 써먹게 된다니. 크크크. 수연은 얼굴에서 한동안 미소를 지우지 못했다. 시간의 흐름에 따라 점점 빨개지던 희재의 귀 끝이 자꾸만 생각났다.

〈에필로그〉

소크라테스는 코딩 못하지, 한석이 소속된 철학과 코딩 동아리의 이름이다. 동아리방의 빈백에 혼자 덩그러니 드러누워 있던 한석. 곧이어 팀원들이 문을 박차고 줄지어 입장한다.

어이 우리 에이스 뭐하냐.

팀원 한 명의 부름에 한석은 그제야 몸을 일으킨다. 하나의 루틴처럼 깍지 낀 손을 이리저리 흔들어대며 손을 푼다. 결의에 찬 비장한 눈빛으로 변한다. 컴퓨터 앞에 착석한다. 팀원들이 그 주위로 자리 잡는다. 화면으로는 알 수 없는 수식들이 산재한다. 화면에서 뿜어져 나오는 파란 불빛이 한석의 얼굴 위로 드리운다. 한석은 키보드 위에 손가락을 살포시 올려놓는다. 세계적인 피아니스트가 연주에 들어가기 직전 장내에 감도는 긴장감과 동일한 공기가 형성된다. 한석이 운을 뗀다. 우리 어제 어디서 막혔더라.

띠링

일순 흐름을 방해하는 알림음이 뜬다. 한석은 핸드폰을 한 번 들춰 보더니 다시 내려놓는다. 팀원 한 명이 경과를 보고하고 한석이 키보드와 마우스를 두드리며 작업을 시작한다. 두 눈은 컴퓨터 화면을 뚫어져라 응시한다. 그러나 자세히 보니 한석의 얼굴이 어딘지 불편해 보인다. 그가 아랫입술을 말아 짓씹는다. 한석의 핸드폰에 메시지가 하나가 떠 있다.

[알림]

한석님, 20번째 생일 축하드립니다.
생일을 맞아 일주일 뒤 4월 5일에
정기 이능력 측정이 진행됩니다.
잊지 말고 받으러 오세요.

ㅡ네오본 처지 본부 부속 연구소

5. 걸어서 미로 속으로

나 이제 드리머 아니래.

형은 무슨 그런 얘길 이런 데서 해요.

희재와 한석은 지금 각자의 몸을 감싸는 캡슐 안에 정자세로 누워 있다. 다소 관작 같이 생긴 이 캡슐은 기존의 수면 캡슐을 개조해 만들어졌다. *수면 캡슐에서 자면 그렇게 잠이 잘 온다던데, 나도 거기서 한 번 푹 자봤으면.*

관작 아니, 캡슐의 뚜껑 안쪽에는 작전실의 대형 스크린과 같은 화면이 조그맣게 재생된다. 그걸로 상황을 주시하면서 후처리 대기조는 투입을 기다린다. 기술적 한계로 실제 꿈에서 벌어지는 일과는 딜레이가 5분 정도 있다. 대기조는 이미 벌어진 과거를 바라보며 어떤 일이 일어났을지 모를 공백을 잠자코 기다려야 한다. 실제 벌어지는 상황은 오직 아이들의 목소리를 통해서만 전달된다. 그마저도 뇌파의 전기신호를 인공지능을 통해 실제 목소리로 바꿔서 출력해내는 것이다.

네처본이 돌아가는 메커니즘은 마치 하나의 거대한 꿈만 같다고, 희재는 생각한다.

대기하는 이 순간은 언제나 긴장된다. 심장이 빠르게 박동한다.

아무튼 그러던 와중, 한석이 고백했다. 희재의 심장 박동은 역치를 갱신했다. 더 이상 드리머가 아니란다. 희재는 수정이 (희주인 줄 알고) 고백했을 때도 이렇게 당황스럽지 않았다. 말문이 막혔다. 형이 더 이상 드리머가 아니라면 여기서 저러고 있는 이유는 무엇이고, 형이 더 이상 내 파트너가 아니게 된다면 난 이제 어떻게 살아가야 한단 말인가, 그 많은 괴수의 잔해는 또 누가 다 치우고. 에이, 설마 새로운 파트너 붙여주겠지. 걱정이 꼬리에 꼬리를 물었다. 종국에는 눈물이 한 방울 흘러나오려고 했지만 다시 쏙 들어갔다. 꿈속에서 한바탕 벌어지고 있는 미로 탈출을 캡슐의 화면을 통해 목격하고 나서는.

한편, 하니와 희주는 키의 두 배가 훌쩍 넘는 높은 벽으로 사방이 가로막힌 미로에 갇혀 헤매고 있다. 드림체이서 3기에 나왔던 그 배경이다. 어른들의 사정으로 담당 PD가 교체된 후 초절정 인기 애니메이션을 맡은 부담감이 심했는지 뜬금없이 미로 설정을 끼워 넣는 바람에 (성인) 극성 팬들의 원성을 들었다. 알고 보니 담당 PD가 〈메이즈 러너〉 오타쿠라는 게 밝혀지며 자기 취향을 대놓고 끼워 넣다니 엄청난 깡이다, 라는 긍정적인 반응으로 바뀌었다고 바다위키에 적혀있다. 물론 미로 설정이 너무 산으로 가서 대충 꿈속의 꿈이었다는 어디서 본 듯한 전개로 얼버무리며 금세 버려졌지만. 그래도 어딜 가나 마이너한 취향의 팬은 있는 법이다.

하니가 앞장서고 희주가 바짝 뒤따른다. 몸에 줄을 연결하여 포탈부터 지나온 길을 표시하고 있긴 하지만 까딱하다 집중력을 잃으면 줄이 사라지고 만다. 그때는 영원히 이 미로의 세계에 붙박여 살아가야 할지도 모른다. 테세우스가 될 것인가, 미노타우루스가 될 것인가. 그들은 엄청난 삶의 갈림길에 서 있다. *한국에서 나고 자랐다면 그리스·로마 신화 정도는 다들 꿰고 있겠지.*

상상으로 만들어낸 연약한 줄 한 가닥이 이들에겐 지금 탯줄과도 같은 생명선이다. 희주의 관자놀이에 식은땀이 타고 내렸다. 엄습하는 공포감을 애써 감추려 하니에게 말 걸었다.

너 그 시 뭐야? 학교에서 썼던 시.

뭐가.

솔직히 그 시 뭔 얘기인지 모르겠음.

그게 현대 시의 미덕이야. 됐고, 일에 집중이나 해.

링크 안전 원칙 제1조 1항 타인의 꿈에 너무 깊게 감응되지 말 것. 2항 현실과의 끈을 놓지 말 것. 기억 안 나? 너무 이 줄 따위에 집착해서도 안 된다고,

희주는 괜히 줄을 기타 줄 튕기듯 당겼다 놨다. 반등에 줄이 위아래로 왔다 갔다 움직였다. 하니는 부들거리는 줄을 단숨에 움켜쥐었다. 정지하는 줄의 움직임.

집중해. 하니는 차분한 목소리로 말했다. 희주는 그런 하니가 오싹하게 느껴졌다. 마치 학교에서의 하니를 보는 기분이었다. 평소에 입 다물고 있었지만, 왠지 지금은 충동적으로 묻고 싶었다.

학교에서는 왜 그러는 거야?

(5분 뒤 모니터하고 있던 희재의 반응: 저걸 왜 물어보는 거야? 그러면서 내심 궁금해서 귀를 가까이 가져간다)

…

오키. 말하기 싫은 걸로 알겠음.

(5분 뒤 모니터하고 있던 희재의 반응: 원하던 답을 얻지 못해 실망한다)

…

말하고 싶어질 때 말해. 기다려줄게. 근데 우리 이미지 관리 잘해야 하

는 거 알지? 내 입으로 말하긴 유치하긴 한데 우리는 히어로라고. 어린이의 영웅. 너 벌써 이중인격, 인성 논란 뭐 이런 걸로 영상 올라오고 그러더라. 그니까 조심해.

하니는 묵묵히 네오본의 괴성이 나는 방향으로 걸어갔다. 회주는 가만히 멈춰서 그 뒷모습을 지켜봤다. 하니는 머리통에 눈이라도 달린 듯 말했다. 장 팀장님, 얘 집중 안 해요. 혼내주세요.

─큼큼, 장 팀장 아니다. 자 집중하고 작전 변경한다.

김 실장이었다. 장 팀장은 현재 딸의 네오본 퇴치 대기 순번을 조작한 혐의로 징계를 받는 중이다. 워낙 심각한 상황이라 조작된 대기 순번을 변동하지 않고 긴급 투입이 진행되긴 했다. 그리고 이 마이너한 취향의 의뢰자가 그 딸이다. 까다로운 작업이기에 제일 실력 있는 2팀에 맡았다. 아니, 맡았었다. 임시 팀장직을 맡은 김 실장 아니, 김 임시팀장이 말을 이어갔다.

─지금까지 너희가 개척한 진로는 모두 모니터링을 통해 확인 완료했다. 너희가 축적한 데이터로 기술부가 나머지 미로를 예측, 3D 모델링을 통해 구현하고 있다. 나머지 네오본과의 전투는 3팀에서 진행할 거다. 너희는 이제 그대로 포탈로 빠져나오면 된다. 링크 아웃, 그게 임무이다. 후처리팀은 그대로 캡슐에서 대기한다. 선발팀 또한 포탈로 빠져나온 후 바로 다른 꿈에 링크한다.

에? 왜 나가요? 싫어요.

우리가 길 다 닦아놓은 거 걔네가 숟가락만 얹는 거잖아요.

김 임시팀장은 앞머리를 쓸어 넘겼다. 그동안 장 팀장의 고충이 이해됐다. 아이들은 까라면 까, 가 통하지 않았다. 일일이 설득해 반발을 잠재워야만 했다.

—링크 안전 원칙 제3조가 뭐였지? 얘들아? 의뢰인과 감정적 교류 및 대면을 절대 금한다, 이잖아. 그런데 장팀장님 딸을 우리가 맡으면 그 원칙에 위반돼. 아무리 너희가 장팀장님 자녀분을 만난 적 없다고 해도 위쪽에서는 꺼림직하고 그런가 봐. 너희가 밖에서 아무리 영웅이라고 칭송받고 그런다고 해도 우린 지금 일을 하는 거야. 좀 더 이성적일 필요도 있단다. 그러니까 나와.

하니와 희주는 여전히 납득이 가진 않았지만 잔소리를 더는 듣기 싫어 왔던 길을 돌아갔다. 온몸 바짝 주고 있던 힘이 저절로 풀렸다. 탈력감이 들었다. 긴장감이 허무함으로 바뀌는 순간이었다. 포탈을 빠져나온 뒤 눈을 떠도 무언가 빠져나간 듯한 그 느낌은 사라지지 않았다. 현실 감각이 완전히 되돌아오기도 전에 둘은 또 다른 꿈속에, 또 다른 전장에 링크되었다.

장현지/ 9세/ 여—제138호 네오반처리본부 강력 2팀에서 강력 3팀으로 인수인계 완료.

6. 익숙한 꿈의 도시

질릴 정도로 익숙한 대도시의 풍경. 초고층 빌딩 숲. 도시 중앙을 시원하게 가로지르는 6차선 도로. 도로 옆 반복적으로 나열된 가로수와 가로등. 저 금룡 빌딩에서 한 블록 더 가면 드림체이서가 다니는 문명고등학교. 금룡 빌딩 끼고 코너 돌면 나오는 게 주인공 이준네 할아버지가 운영하는 세탁소. 재개발 반대하고 양옆으로 건물이 들어서는 데도 18년간 그 자리 굳건히 지킨 준이네 세탁소. (애들 만화면서 쓸데없이 현실적이다) 도시에서 유일하게 인간성을 느낄 수 있는 곳이라 도시 사람들 모두가 찾는 온기의 공간.

희주는 이 자리에서 주인공의 서사까지 줄줄이 읊을 수 있었지만 이쯤에서 각설하고 양궁을 소환했다. 이내 희주의 손에 궁이 들렸고 등 뒤로 화살통이 생겨났다. 이 짓은 언제 해도 적응이 안 되네. 부끄러운 사춘기 소년은 귀 끝이 빨개졌다.

옆을 돌아보니 하니의 손엔 우람한 화염 방사기가 들려있다. 레버를 누르니 불이 불같이 뿜어져 나온다. (불이니까)

오… 박력.
반하진 말고.

사춘기 소년은 제 손에 들린 양궁이 초라하게 느껴졌다. 희주는 양궁을 머리에서 지우고 석궁을 떠올렸다. 석궁의 무게감이 손의 감각으로 느껴졌다. 그러나 그 표면이 반짝거리다 이내 녹아내리며 사라졌다. 석궁의 복잡한 구조는 도저히 떠올릴 수 없었다. 하니는 저런 걸 어떻게 상상해낸 것임? 희주는 의문만 품은 채 다시 양궁으로 무기를 변경했다.

　형광의 피부색을 가진 네오본은 금산 빌딩의 표면에 붙어 우리의 히어로들을 주시하고 있었다. 공격 타이밍을 기다린 채 이를 까드득 까드득 갈면서.

　네오본은 어느 형태로도 변형할 수 있었다. 처음엔 도마뱀 같은 모습을 하고 있다가 길게 늘어진 꼬리가 점점 줄어들고 다리가 넓어지더니 거대한 독수리 같은 모습으로 탈바꿈했다. 다시 꼬리가 기차처럼 길어지더니 날개도 더 비대해졌다. 용인가? 싶었는데 갑자기 도로 위로 툭 떨어졌다. 이제는 슬라임처럼 불투명해져 점성을 가지고 흐물거렸다. 저게 뭐람.

　그렇게 제140호 네오본이 혼자서 북 치고 장구 치고 하는 동안, 유일하게 변하지 않은 특징이 있었다. 바로 외눈박이 눈이다. 네오본의 눈이 느리게 껌벅거렸다. 저 반들거리는 각막에 희주의 화살촉을 박아넣어야 한다. 저게 네오본의 약점이다.

　희주는 네오본의 눈알에 정조준했다. 한쪽 눈을 감고 활시위에 입술을 가져다 댔다. 활을 최대로 당겼다. 호흡을 참았다. 그렇다. 어디서 본 건 있었다. 할 수 있다. 할 수 있다. 우리는 주몽의 후손이라고. 주문을 외웠다. 이곳은 할 수 있다 믿으면 다 이뤄지는 꿈의 세계!

　그 순간 얼마 전 암흑의 세계가 떠올랐다. 저 네오본도 눈을 다치면 그런 세상을 살아가야 하잖아. 아니, 어차피 죽일 건데 뭐 어때. 갑자기 이런 생각이 드는 건 왜일까. 집중이 흐트러진 희주는 팽팽해진 활을 어설픈 타이밍에 놓았다. 화살이 포물선을 그리며 힘없이 날았다.

빗나갔다. 오마이갓.

야 눈알이 저렇게나 큰데 그걸 못 맞추냐.

지켜보다 못 참은 하니가 금세 석궁을 소환해 조준했다. 어느 준비 자세도 없이, 고민도 없이 방아쇠를 당겼다. 화살이 직진했다. 하니의 금색 머리칼과 교복 치마가 화살이 일으킨 바람에 휘날렸다. 날카로운 촉이 네오본의 눈에 도달하나 싶었다. 싶었는데.

정지 화면처럼 가만히 있던 네오본은 위험을 감지했는지 도마뱀으로 변해 건물 외벽으로 뛰어들었다. 하니의 공격은 각막에 작은 생채기만을 줬다. 그 결과 괴물을 더 자극했을 뿐이었다. 네오본이 도로 위 건물을 이리저리 옮겨 다니며 날뛰었다.

야, 타.

어느새 난폭한 엔진음이 들리며 하니가 바이크에 올라타 있었다. 희주는 그 뒤에 안착했다. 빠른 속도로 사라지는 네오본을 뒤쫓았다. 애니메이션 속 세계는 유한하지만 꿈속 세계의 확장은 무한하다. 이대로 놓치면 끝장이다. 하니는 헬멧의 고글을 내리고 기어를 돌려 가속했다.

너 쏠 수 있겠어?

아니, 불가능.

안 되겠다. 너 이 골목에 내려. 그리고 내가 신호하면 바로 화살 쏴. 너 할 수 있어.

하니의 바이크가 곡선을 그렸다. 둥근 스키드 마크를 남기며 잠시 정차했다. 양궁을 등에 멘 희주가 군말 없이 내렸다. 저 밖의 사람들은 이 긴박한 상황을 알지 못하겠지. 지금쯤 네오본이 몇 번이나 탈바꿈하는 장면을 보고 있겠지.

실제로 그랬다. 소리로만 급박한 상황임을 인지하고 있었다. 숨죽이고 기다리며 하니와 희주가 퇴치에 성공하길 빌고 있었다.

희주는 활시위를 다시 한번 당겼다. 심호흡했다. 할 수 있다. 할 수 있다.

희주는 잠자코 기다렸다. 하니가 신호를 줄 때까지. 희주의 뒤로 오렌지빛 노을이 지고 있었다.

하니는 핸들에 손을 놓고 바주카포를 쏘며 네오본을 희주가 기다리고 있는 골목으로 유도했다. 경고합니다. *어린이분들 절대 따라 하시면 안 됩니다. 절대 불가능한 일입니다. 모두 꿈이니까 가능한 일입니다.*

영겁 같은 시간이 지나갔다. 불과 하니와 헤어진 지 30초 정도밖에 되지 않았는데도.

희주는 팔이 저려 왔다. 그래도 참고 기다렸다. 하니의 신호 만을.

그때

쏴아아아아아!

하니의 외침이 들린 직후 네오본이 골목 사이 모습을 비췄다. 그 찰나. 희주는 슬로우모션처럼 세상이 느리게 보였다. 네오본이 건너편 건물로 뛰어넘으려 다리를 힘껏 뻗었다. 희주는 그 순간을 한 프레임, 한 프레임, 나노 단위로 포착했다. 햇빛을 정면으로 받아 정확히 보이는 네오본의 까만 동공, 저 괴물의 약점, 내가 겨눠야 할 조준점. 이곳은 할 수 있다 믿으면 다 이뤄지는 꿈의 세계!

희주는 당겼던 활시위를 놓았다.

이분은 '적당히'를 몰라, '적당히'를. 이제는 조금 질려버린 똑같은 레퍼토리. 희재는 밀대로 네오본의 끈적한 핏덩어리를 닦으며 툴툴댔다. 조금 전 상황을 떠올리고는 토하는 시늉을 했다. 입을 동그랗게 말고 혀를 밖으로 길게 꺼냈다. 웩.

약점인 외눈을 가격당하고 지면 위로 힘없이 쓰러진 네오본에게 무자비한 폭격을 날리던 하니, 폭죽처럼 허공으로 떠오르는 네오본의 내장과 살점. 이윽고 중력을 이겨내지 못하고 하나둘씩 툭툭 우박처럼 묵직하게 떨어지는 살덩이들. *이거 전체관람가 심의 통과 불가인데. 조속히 화면 조정 화면으로 전환 바람.*

희재는 오늘도 청소했다. 광나게 빡빡. 오직 청소에 대한 명령어만 입력된 기계처럼 쓸고 닦았다. 그러다 불현듯 인간성을 되찾았다. 한석의 의미심장한 발언이 뇌리의 수면 위 떠올랐기 때문이다. 동요하지 않고 하던 일을 계속하며 무심한 듯 한석에게 물었다.

형 근데 아까 한 말 대체 뭐예요? 드리머 어쩌고 한.

여기서 할 말은 아니고.

아잉 난 형 없으면 못 살아요. 그러니까 아무 데도 가지망.

평소와 달리 기운이 없는 한석을 향해 희재는 애교를 부렸다. 한석은 반응해주지 않고 머쓱하게 웃었다. 희재도 다시 걸레질에 집중했다. 정적이 지속됐다. 정적의 시간과 비례 되게 도시는 깨끗해졌다.

청소 끝! 희재는 언제나처럼 기지개를 켜며 소리쳤다. 한석은 청소도구를 싣고 트럭의 운전석에 올라탔다. 희재도 조수석에 앉으려는 순간, 희재의 눈에 띄었다. 남은 잔해가. 형 잠시만. 한석은 이마를 짚었다. 이제는 질려버린 똑같은 레퍼토리.

한석은 남은 잔해를 처리하러 가는 희재를 바라보며 생각했다. 질려버린 똑같은 레퍼토리라도 이 일상을 잃기 싫다.

한석은 12시 종 땡 쳤다고 그토록 금기시되던 술, 담배와 유흥이 허용되는 이 세상이 정말로 이상하다고 생각해왔지만 그제야 자신이 어엿한 어른이 되어감을 몸소 깨닫는 중이다.

올해로 20살이 된 한석, 예정된 시나리오대로 그는 점점 능력을 잃어가고 있다.

ㄴ 토끼러버: 이런 스토리 결사반대입니닷!

7. 낯선 동아리방

어제 자 드림체이서 영상/ 미로 세계관 등장/ 하니와 희주, 의미심장한 대화/ 에필로그 있음!

박하니를 둘러싼 인성 논란, 그녀가 직접 언급했다!?

드림체이서 3기 EP01 (금방 잘리니까 빨리 다운하세요)

[속보] 네처본, 드리머에게 프로포폴 투약 의혹

[shorts] 하니 쏴아아아아아아!

[shorts] 폭죽 터짐

[shorts] 구멍남 이번엔 한 건 했음

[shorts] 구멍남 이번엔 한 건 했음 [shorts] 구멍남 이번엔 한 건 했음 [shorts] 구멍남 이번엔 한 건 했음 [shorts] 구멍남 이번엔 한 건 했음 [shorts] 구멍남 이번엔 한 건 했음 [shorts] 구멍남 이번엔 한 건 했음 [shorts] 구멍남 이번엔 한 건 했음

∨

전설의 301 미로 ㅋㅋㅋ 어째 점점 스펙타클해진다

https://www.yotube.com/watch?v=DR25f1Er6M 이거 찐?

하니좌 활약상 클립 ㄷㄷㄷ 조회수 올리러 고고

희재는 오늘도 어김없이 요튜브와 커뮤니티를 넘나들었다. 온통 자극적인 제목과 내용뿐이었지만 스크롤을 멈출 수 없었다. 엄지를 화면 아래에서 위로. 무의식에 가까운 행동이었다. 이미 희재의 에피소드는 사람들에게 잊힌 지 오래였다.

그 영상의 바닷속에서 우연히 자신에 관한 영상을 발견했을 땐 반복해서 되돌려봤다. 마치 심해 한가운데에 빠진 사람처럼 헤어나지 못했다. 열 번 넘게 보고서야 그곳 지대를 벗어날 수 있었다. 희재의 얼굴 위로 핸드폰에서 흘러나온 블루라이트가 넘실댔다.

교실 벽면에 내려진 스크린에선 〈인셉션〉의 마지막 장면이 투영되고

있었다. 주인공인 레오나르도 디카프리오가 임무를 끝내고 아이들을 만나러 가는 엔딩 장면.

희재는 전혀 집중할 수 없었다. 밖의 세상에선 하루에도 몇십 명의 아이들이 네오본으로 인해 고통받고 있는데 이렇게 태평하게 앉아 영화 감상을 하는 것은 모순이다. 아이들은 그 좋아하던 만화를 금지당했는데 우리는 무엇을 봐도 상관없다. 아무리 희재 자신이 학교에서 허송세월을 보내왔다고 해도 이야말로 절대적으로 무의미한 일이라 느껴진다. 세상이 어떻게 돌아가고 있는 걸까. 언제부터인가 자신들의 모니터링 영상이 편집되어 드림체이서라고 불리고 있다. 진짜 드림체이서 영상도 누군가 꾸준히 유출을 시도한다. 하니와 희주의 SNS 팔로워는 하루가 다르게 늘어간다. 어제는 희주에게 소속사 제의도 왔다. 누구나 알만한 대형 아이돌 기획사. 희주가 만약 회사와 계약한다면, 연예인이 된다면. 더 많은 TV 화면, 컴퓨터 화면, 노트북 화면, 핸드폰 화면, 태블릿 화면 속에서 희주가 움직이게 되겠지. 그걸 또 더 많은 사람들이 보게 되겠지. 희주를 향한 더 많은 이야기들이 생겨나겠지.

책상 위 디카프리오의 토템인 팽이가 클로즈업된다. 팽이의 중심축이 위태롭게 흔들리지만 계속해서 회전한다. 팽이의 운동이 멎으면 저 공간은 현실임이 된다. 그러나 팽이는 멈출 듯 멈추지 않으며 영화는 불친절하게도 끝나버린다. 과연 꿈일까, 현실일까에 대한 의견은 분분하다. 그런데 한 인터뷰에서 작가의 발언이 출연 배우에 의해 공개되어 결말의 진실이 밝혀졌지.

희재가 영화를 제대로 본 적 없음에도 이렇게 잘 아는 이유는?

사실 다 필요 없고, 영화에 집중할 수 없었던 진짜 이유는 따로 있었다. 희재는 147분짜리 〈인셉션〉을 본 적 없지만 요튜브에 올라온 '20분 만에 보는 〈인셉션〉'이라는 제목의 요약본 영상, '놀란 감독의 논란작 〈인셉션〉 완전 정복'이라는 제목의 해석 영상을 본 적 있다. 그 이후에도 알고리즘을 타고 타며 관련 영상을 모두 섭렵했으니 당연히 흥미가 생기지 않을 수밖에.

지난 새벽 늦게까지 일하느라 정신이 멍한 희재는 바지 주머니에서 요깃거리를 꺼냈다. 알사탕이었다. 디카프리오가 토템을 회전시킨 것처럼 알사탕의 중앙을 쥐고 바닥에 살짝 돌려보았다. 잘 돌아가나 싶더니만 금세 회전력을 잃고 정지했다. 역시 현실인가, 싶던 찰나에 옆에 있던 수연이 사탕을 낚아챘다. 그리고 껍질을 까 제 입속으로 집어넣었다. 부어오른 볼을 우물거리며 말했다. 오, 나 레몬 맛 좋아하는 거 어떻게 알고.

그리고 꿈인지 생시인지 구분할 땐 이게 직방이지.

수연은 희재의 볼을 잡아당겼다. 무방비하게 당겨지다 통각이 느껴질 때쯤 반사적으로 수연의 손을 뿌리쳤다. 아프다고 느껴진 건 현실이라는 것.

희재는 너무 수연을 세게 내쳐버린 것 같아 사과했다. 수연은 말없이 잡아당겼던 희재의 볼을 몇 번 손끝으로 눌러보더니 뒤를 돌아 스크린 앞에 섰다. 그러고는 마치 레오나르도 다빈치의 인체 비례도처럼 두 다리와 두 팔을 활짝 뻗는 오버 액션을 하며 소리쳤다.

다음 상영 영화는 바로, 바로, 바로 〈인사이드아웃〉이 되겠습니다!

몇 없는 부원들이 그 말에 반응하여 일제히 박수했다. 혹시 여기 공산당이야? 희재의 머리는 의아해하면서도 몸은 다른 부원들과 똑같이 움직이고 있었다. 일정한 박자에 맞추어 짝 짝 짝 짝 짝 드르륵 짝 짝 짝.

손뼉 마찰음 사이로 다른 소리가 틈입했다. 동아리방의 낡은 문을 열고 모습을 드러낸 사람은 다름 아닌 하니였다. 쟤가 왜 여기서 나와, 희재가 의아해하는 와중에 수연은 타이밍 좋게 왔다며 하니를 반겼다. 하니도 희재와 다를 바 없는 의아한 표정을 안면 위로 자막처럼 띄운 것을 보니 희재처럼 '강제 징집' 당한 게 분명했다. 하니를 끌고 들어온 수연은 하니의 어깨에 손을 짚으며 소개했다.

우리 '머릿결엔 미장센'의 마지막 멤버, 박하니. 다들 알지?

무표정을 일관하는 박하니. 바닥에 모여 앉아 하니를 뚫어져라 쳐다보던 부원들이 하나둘씩 수군거리기 시작했다. 싸가지 없단 거 사실인가봐, 컨셉 잡는 거라 던데, 대충 이런 얘기를 떠들고 있겠지.

하니는 이럴 때일수록 이미지 관리를 해야 한다던 희주의 말이 문득 떠올랐다. 하니는 왠지 (사실은 이유를 알지만) 또래 앞에서는 조그만 미소조차 짓기 힘들었다. 그나마 편한 희재의 옆에 자리를 잡고 앉았다. 한 칸 정도 건너뛰어 앉아있던 부원 한 명이 담요를 건네 바닥에 깔아주었다. 고마워, 입 모양을 만들고는 담요 위에 앉았다. 하니는 그런 호의에 고마움을 표현할 줄 아는 아이였다.

희재는 하니에게 귓속말로 이곳의 부원이 된 계기 그러니까 어떤 꼬투리가 잡혀서 들어오게 된 것인지 물었지만 어깨만 으쓱할 뿐이었다. 희재의 반대편 옆에 앉아있던 수연이 희재의 옆구리를 툭툭 쳤다. 스크린을 콕콕 가리켰다. 영화에 집중하라는 뜻이었다.

방해꾼은 또 한 번 등장했다.

드르륵, 영화제작부 '인생내컷' 부원들이 문을 열고 들어왔다. 수연은 급기야 재생바의 정지 버튼을 눌렀다.

수연이 발로 뛰어 영화감상부의 정원을 채웠지만 학교의 수녀부들은 내세운 공략과 상관없이 이미 두 동아리의 통합을 결정해놓은 상태였다. 그대로 체념하지 않은 수연은 유영과 단합하여 하루 간의 급식 단식 투쟁 끝에 동아리방을 함께 사용하는 조건으로 합의를 봤다.

영화감상부 아이들은 어깨에 멘 장비를 하나둘 교실 벽면에 줄줄이 세워둔 후 앉을 자리를 찾기 시작했다. 교실 뒤편에 얼기설기 쌓아둔 책걸상의 소복한 먼지를 가볍게 털어낸 다음 그 위에 걸터앉았다.

희재는 고개를 비틀어 뒤에 앉은 영화제작부의 일원인 유영과 희주에게 손을 흔들었다. (희주는 동아리 부장인 유영의 권유가 아닌 자진해서 동아리에 들어갔다. 영제부 이외에도 뜨개질부, 맛집 탐방 동아리, 해부 동아리 등 다양한 동아리에서 활동 중이다)

멈춰진 오프닝 화면만 보고 무슨 영화인지 알아낸 유영은 〈인사이드 아웃〉이 자신의 인생 영화라며 흥분해 있느라 희재의 인사를 보지 못했고, 희주는 윙크로 응했다. 희재도 윙크로 다시 되돌려주었다. 희주가 엄지손가락을 아래로 내리며 야유했다. 희재가 가운뎃손가락을 올려 되돌려주었다. 그러다 희재에게 쪽지 하나가 건네졌다.

[집중 안 하면 이곳에서 추방하겠음]

수연에게서 온 쪽지였다. 오히려 추방당하면 좋겠다고 생각했지만 잠자코 볼 수밖에 없었다. 모두 영화에 진지하게 집중하는 분위기였기에, 다행히 희재도 이 작품의 요약본은 시청한 적 없었기에 금세 이야기에 빠져들 수 있었다.

존재조차 몰랐던 복도 구석의 버려진 교실. 정규 동아리 시간을 훌쩍 넘겨 어둠이 짙어진 저녁. 끼니도 거른 채 영화를 보기 위해 모인 아이들. 곧 시작될 야자 시간. 들키지 않기 위해 꺼놓은 불, 꼼꼼히 쳐놓은 커튼, 스크린에서 반사되는 불빛에 오로지 의지한 채 한데로 모인 시선. 하나로 집약된 감정.

빙봉이 슬픔이 대신 희생할 때 희재는 눈에서 뜨거운 액체가 흐르는 게 느껴졌다. *안 보셨다면 스포일러 죄송합니다.* 그런 자신에게 놀란 희재는 재빠르게 눈물을 훔쳤다. 돌아보니 하니도, 희주도 마찬가지로 울고 있었다. 모두의 얼굴에 일률적으로 찍힌 눈물 두 줄기를 발견하고 안심했다.

주인공의 머릿속 모든 시설과 섬이 붕괴하고 있다. *다시 한번 스포일러 죄송합니다.*

그 절정의 순간, 가려놓은 커튼 틈으로 희고 길게 뻗은 빛줄기가 침입했다. 거기 나와, 하는 무게 잡은 목소리도 함께였다.

수연은 반사적으로 일어나 컴퓨터에 꽂혀 있던 USB를 사수했다. 야자 감독관이 있는 반대편 문을 열어 다 함께 뛰었다. 손전등을 든 감독관이 있는 힘껏 그들을 쫓아 봤지만 혈기 왕성한 청소년의 체력을 따라갈 수는 없었다. 멈추라는 목소리가 점차 희미해졌다. 그동안 아이들은 계단을 내려가, 운동장을 가로질러, 후문 앞 건널목을 건너, 주택가의 골목길에 들어설 때까지 쉬지 않고 뛰었다. 한 명의 낙오자도 없이.

절대 뒤돌아보면 안 되는 오르페우스처럼 무작정 뛰다, 결국 호기심을 이기지 못한 오르페우스처럼 하니가 고개를 돌려 더 이상 뒤쫓아오지 않는다는 사실을 깨닫고 나서야 뜀박질을 멈추었다. 가로등 불빛 아래에서 숨을 고르다 일제히 웃음이 터졌다. 한동안 그 웃음은 멈추질 않았다. 유영이 상기된 목소리로 말했다.

거기부터 하이라이트인데 그걸 못 봤네. 아니 근데 진짜 그 영화 만든 사람들 다 천재 같아. 어떻게 감정들을 그렇게 캐릭터로 이용할 생각을 했을까? 기억 구슬 아이디어도 그렇고. 내 핵심 기억은 파란색이 많을까? 노란색이 많을까? 아무래도 노란색이 많겠지? 아 개행복해.

영화감상부 부원이 쉼 없이 뱉어내는 유영의 말에 호응해주었다. 둘은 분명 한 번도 대화도 나눠보지 않은 사이였지만 몇 년 지기 친구처럼 자연스러웠다.

그럼 유미의 세포들이 이거 보고 따라 한 거임?

노노. 작가가 말했는데 그거 구상하고 있었을 때 영화가 먼저 나온 거래. 자기도 억울하대.

아 그래?

생각해보니 나도 어렸을 때부터 내 꿈으로 영화 만들어보는 게 꿈이었는데. 존나 표절 아님?

그거랑 영화에 나온 거랑은 좀 다른 것 같은디. 그래도 이제 꿈 녹화하는 기술 나왔으니까 그거 상용화되면 곧 실현되겠네.

내 꿈 너무 기발해서 편집까지 기가 막히게 하면 천만 그냥 찍을 수 있음.

응 그래.

대화를 종료 당한 유영은 주머니와 가방을 뒤지더니 자신의 캠코더를 챙기지 않았다며 절규했다. 그러나 유영 답게 금방 회복하고 에이패드의 카메라 동영상 모드를 실행시켰다. 녹화 시작을 알리는 효과음이 나오며 화면에 빨간 동그라미가 점멸했다. 유영은 그곳에 모인 인원 한명 한명에게 다가가 태블릿 뒷면, 네오본의 외눈 같은 렌즈를 들이댔다. 그러고는 모두에게 똑같은 질문을 던졌다.

〈막간 인터뷰〉

Q. 당신의 꿈은 무엇인가요?
A. 하니: …… 평화로운 삶?

Q. 당신의 꿈은 무엇인가요?
A. 부원1: 쿠엔틴 타란티노

Q. 당신의 꿈은 무엇인가요?
A. 수연: 세상에 존재하는 모든 영화 보기

Q. 당신의 꿈은 무엇인가요?
A. 부원 2: 세계여행을 하다 만난 남자와 국제 연애를 하면서 커플 유튜브를 3년간 운영하다 장거리 연애를 극복하지 못하고 결국 헤어지게

되고 그 실연의 아픔을 극복하기 위해 아프리카로 자원봉사를 떠났다가 치명적인 바이러스에 걸리게 되어 한국에 돌아와 치료를 받던 도중 자신의 주치의에게 첫눈에 반하여 운명적 만남을 갖게 되는 일련의 이야기를 소설책으로 출간하여 베스트셀러에 등극해 돈방석에 앉는 것

Q. 당신의 꿈은 무엇인가요?
A. 부원 3: 의사

(유영: 오, 그냥 둘이 사귀면 되겠네)

Q. 당신의 꿈은 무엇인가요?
A. 희재: 없는데…

Q. 당신의 꿈은 무엇인가요?
A. 희주: 당연히 세계 평화. 근데 이거 출연료 나오나요?

인터뷰를 끝낸 희주는 희재의 어깨를 툭 밀며 퉁명스럽게 말했다. 어이, 동생 저기 맥오날드 가서 1966 버거 좀 사와라. 형님 배고프다. 희재는 네가 왜 내 형이야, 라고 반박하려 했지만 하지 못했다.

오 나 맥오날드 그 근처에 사는데 같이 가자. 그러기도 전에 맥세권에 거주하는 수연에게 붙잡혔기 때문이다.

희재의 구조 신호는 오늘도 희주에게 닿지 못했다. 희주는 나 몰라라 유영과 반대편으로 걸어갔다. 나머지 아이들도 각자의 집을 향해 흩어지기 시작했다.

희재는 그래도 남자인 제가 수연의 집 앞까지 데려다주는 게 예의라

느껴 수연을 따라갔다. 둘은 높게 세워진 아파트 담벼락을 따라 한참을 걸었다. 벚나무가 하나둘 꽃봉오리를 맺기 시작한 아직은 쌀쌀한 초봄. 숨을 들이마시면 산뜻한 풀냄새가 콧구멍을 통해 들어왔다. 이따금 도로의 승용차가 지나가며 둘 사이의 적막을 채워주었다. 희재는 왠지 어색한 분위기를 타파하기 위해 대화를 시도했다.

넌 맥오날드 햄버거 뭐 좋아해?

너 좋아해.

아…, 어?

뻥이고. 너 오늘 쉬는 날인데 이러고 있어도 괜찮아?

어… 이제 가서 자야지.

이제 집 다 왔어. 가.

가볼게.

어느새 수연의 아파트 단지 정문에 서 있었다. 맞은 편에선 노란색의 M 마크가 세상을 뒤덮은 꽃가루에 산란하여 희뿌연 빛을 내뿜고 있었다. 희재는 그쪽으로 차마 발걸음이 떨어지지 않았다. 꽃샘추위에 얼어버린 것처럼 가만히 수연을 바라보고만 있었다. 오히려 수연이 그 시선을 잠시 피했다. 다시 희재를 쳐다봤을 땐 희재는 두 눈을 감고 있었다. 이건 무슨 시추에이션? 설마… 쌍비읍으로 시작하고 쌍비읍으로 끝나는 그걸 바라는 건 아니지?

희재는 두 눈을 감고 수연에게로 감응되었다. 의도한 건 아니었다.

안개 낀 것처럼 희미하게 보이던 기억이 점차 선명해졌다. 높아진 해상도에서 희재는 자신을 마주했다.

몇시간 전, 집중해서 영화를 보았던 자기 모습이 수연의 시선으로 담겨있었다. 문제의 장면에서 눈꼬리를 타고 떨어지는 물방울까지 선명하게 포착되었다. 파노라마처럼 장면은 넘어가 같이 학교를 탈출하던 상황에서의 자신이 보였다. 두 팔을 휘적거리면서 있는 힘껏 뛰는 자신, 무릎에 손을 짚고 헐떡거리는 자신, 유영의 깜짝 질문에 머리를 긁적이던 자신의 자취가 차례대로 지나갔다.

그리고 지금

수연을 바라보고 있는 자신이 보였다. 이게 수연이 네 노란 기억이구나, 행복한 기억이구나. 찰싹.

아파.

아프다고 느껴지는 건 현실이라는 것. 감상에 빠진 희재에게 수연은 손찌검을 날렸다. 희재의 고개가 속절없이 돌아갔다. 아무래도 희재의 행동을 곡해한 모양. 희재가 해명하기도 전에 수연은 얼굴이 빨개져서는 아파트 단지 안으로 황급히 들어갔다. 희재는 그런 수연을 붙잡지 못하고 아픈 볼을 매만지며 멀어져 가는 수연을 바라보았다.

그러다 얼마 안 가 핸드폰에서 벨이 울렸다. 김 임시팀장에게서 온 전화였다.

모처럼 휴일인데 미안하다. 긴급 호출이다.

8. 라비린스 인 더 드림

그러게 진작에 저번에 끝냈으면 됐잖아.

왜 이렇게 일을 비효율적으로 처리하냔 말이야. 그놈의 원칙, 규칙이 뭐가 그렇게 중요하다고. 하니는 생략된 주어의 대상에게 똑똑히 새겨 들으라는 듯 하늘을 향하여 소리쳤다. 하지만 사방이 가로막힌 공간에 서 하니의 목소리는 메아리쳐 부메랑처럼 돌아올 뿐이었다. 분한 마음 에 철옹성 같은 시멘트벽을 맨주먹으로 쾅 쳤다.

옳소. 옳소.

어김없이 하니를 뒤따르던 희주도 주먹을 불끈 쥐며 호응했다. 순전히 하니의 이미지를 지키기 위해서였다고는 굳이 말하지 않아도 다들 눈치 챘겠지.

지난번에 처리했으면 이 시간에 또 다른 아이를 구할 수 있었을 텐데, 그렇지, 하니야? 어린아이를 타이르듯 나긋하게 물었다. 그니까. 하니는 다시 한번 애꿎은 벽을 공격하며 대답했다. 쿵. 그 소음에 네오본도 반 응했는지 부르짖는 소리가 멀리서 울려왔다.

지난번 3팀으로 넘겨졌던 임무가 다시 2팀에게로 돌아왔다. 일정 시 간마다 미로가 변형된다는 원작 설정이 그대로 꿈에서도 반영되어 일전 의 모델링 지도는 무용지물. 네오본의 털끝조차 보지 못하고 의뢰인이 깨어나 빠져나와야 했다는 것이다. (실제로 이곳 네오본에게 털이 존재 할지에 대해서는 아무도 모르는 일이지만, 그냥 비유적 표현이다)

의뢰인이 정신 분열 직전인 초긴급 상황으로 오랜만에 휴가를 받았던 2팀이 늦은 밤 소환됐다.

장 팀장은 딸의 발현에 충격이 컸던 건지, 정직 같은 중징계 처분이라도 받은 건지 행방이 묘연했다. 징계 여부와 내용에 대해서도 공식적으로 발표된 바 없었다. 아, 일단 그게 중요한 게 아니고.

이번으로 세 번째 시도, 또다시 미로의 구조가 바뀌었다. 원점으로 돌아가 다시 시작이라는 뜻이다. 다 함께 손 모아 파이팅 외치며 경험이 있으니 잘 해낼 수 있을 것이라 했던 긍정적 다짐은 링크된 지 3분 만에 깨져버렸다.

쿵. 쿵. 쿵. 쿵. 쿵.

하니의 벽을 향한 타격은 계속됐다.

아이고, 우리 하니가 화가 많이 났구나. 희주가 변함없이 온화한 화법을 구사하며 손을 뻗어 하니를 제지하려고 했다.

잠시만.

하니는 그런 희주를 막아섰다. 벽을 두드리며 청각을 곤두세웠다. 소리에 집중했다. 미세하지만 점점 네오본의 괴성이 가까워지는 게 느껴졌다. 이거다.

하니는 신속히 지시를 내렸다.

너도 빨리 두드려.

희주를 쳐다보는 하니의 눈동자는 그 자체로 빛을 내는 항성처럼 반짝였다. 사방이 어두운 이 공간에 하니의 두 동공만이 온전한 빛을 뿜어냈다. 그 안광을 보고 있자니 희주는 영문도 모른 채 홀린 듯 벽을 치기 시작했다. (실제로는 희주의 이마에 달린 헤드라이트에서 나오는 빛이 비쳐 보이는 것뿐이다)

왜 아무도 이 생각을 못했지. 우리가 굳이 찾아내는 것보다 이쪽으로 부르는 게 훨씬 빠르잖아.

그제야 하니의 의도를 완벽히 간파한 희주가 발까지 동원하였다. 마치 인디언 부족처럼 발을 구르며 소리를 질렀다. 하니도 마찬가지였다. 네오본이 나타날 때까지 계속했다.

현실 세계에서 대기하고 있던 희재와 한석은 장착하고 있던 이어폰을 동시에 뺐다. 귀를 찢는 듯한 굉음이 들려왔기 때문이었다.

미로를 구성하고 있는 사면 전체가 흔들렸다. 하니와 희주가 만들어낸 소음에 흥분한 네오본은 잔뜩 화가 났는지 울부짖으며 빠른 속도로 다가오고 있었다. 둘은 엄청난 진동에 소음을 만드는 일을 멈췄다. 팔과 다리를 넓게 벌려 넘어지지 않으려 노력했다.

하니는 마른침을 꿀꺽 삼켰다. 희재는 턱 끝에 모인 땀을 느린 속도로 쓸어 닦았다. 긴장감이 맴돌았다. 둘은 본능적으로 직감했다. 이제 곧 네오본이 모습을 드러낼 것이란 걸. 이제 저 코너만 돌면.

헤드라이트가 만들어낸 동그란 구획 안으로 검은 괴생명체가 들어왔다. 그것도 두 마리였다.

2대2? 쪽수 맞고 좋네.

하니는 온몸에 들러붙은 긴장감을 떨쳐내듯 너스레를 떨었다. 실제로 몸도 가볍게 털었다.

8개의 가는 다리 하나하나 자아를 가진 듯 기괴하게 움직였다. 이번에는 거미처럼 생긴 네오본이었다. 벽면에 매달린 네오본들은 하니와 희재를 보더니 곡성을 내질렀다. 그 성대의 진동이 만들어낸 엄청난 바람이 두 사람에 맞불어왔다. 네오본의 벌려진 목구멍에서 빼곡하게 배치된 이빨이 보였다.

희주는 가만히 얼어붙은 채 입만 나불나불 움직였다. 극도의 공포심에 횡설수설했다.

저 저 애들 보는 만화 빌런이 저렇게 디테일하게 무서워도 돼? 좀 귀여운 맛이 있어야지. 그나저나 이거 방영되고 고소 안 당했나요? 보니까 완전 메이즈 러너 따라 했는데. 미로 구조가 바뀐다는 설정도 그렇고, 저 거미 새끼도 그렇….

거미의 다리 하나가 순식간에 두껍고 기다란 원통 관처럼 변했다. 리볼버의 형상이었다.

어. 아니네.

이윽고 총성이 들렸다. 희주보다 한 발자국 앞에 있던 하니가 비틀거리더니 앞으로 엎어졌다. 희주는 입마저 얼어붙어 가만히 하니를 바라보았다. 쓰러진 하니의 가슴으로 검은 구멍이 생겼다. 몸을 관통한 구멍에서는….

검붉은 피가 흘러나오진 않았다.

희주야, 빨리 무기.

축 처져있던 하니는 마치 터미네이터처럼 팔 하나를 번쩍 들어 올렸다. 꿈에서 발생한 네오본은 자아가 없지만 링크된 드리머는 자신이 꿈속에 있단 자각이 존재하기 때문에 상해를 입지 않는다.

응. 페이크야~.

잔뜩 과장해 놀란 표정을 하고 있던 희주가 금세 진지한 얼굴로 바꾸더니 무기를 소환했다. 지난번 것보다 큰 슈퍼 바주카였다.

5분 뒤 김 임시팀장: 어, 안 되는데 저거.

하니가 재빠르게 일어나 포신을 어깨에 걸쳤다. 희주가 하단의 구멍으로 탄환을 밀어 넣었다. 준비됐어. 희주의 신호에 하니가 반사적으로 반응하여 방아쇠를 당겼다. 포구에서 머리통만 한 쇠구슬이 발사됐다. 폭음에 잠시 귀가 먹먹해져 왔다. 둘은 발포의 반작용으로 미로의 골목 끝까지 밀려났다.

탄환은 네오본 두 마리의 몸체를 동시에 꿰뚫었다. 같은 지점에 나란히 생겨난 커다란 공혈 두 개. 몸통이 뚫려 넝마가 된 네오본은 바닥으로 추락했다. 사체가 지면에 닿자 뒤이어 흙먼지가 소용돌이처럼 불어왔다. 네오본이 매달려 있던 자리, 바늘구멍처럼 꿰뚫린 잔해가 드러났다. 발사된 탄환은 네오본을 관통하고도 계속해서 나아가 겹겹이 놓인 벽에 모두 구멍을 냈다.

5분 뒤 김 임시팀장: (이마를 짚으며) 최대한 망가트리지 말라니까. 안
그래도 바쁜데.

5분 뒤 희재와 한석: 아, 또 복구반 출동하게 생겼네.

꿈은 무의식의 내면에서 스스로 구축해낸 하나의 세계다. 형체를 알아
보기 어려울 정도로 꿈속 구조물이 파괴되었을 땐 복구반이 투입되어 재
건 업무가 진행된다. 그렇지 않으면 정식적인 후유증이 지속될 수 있다.

어찌 됐든 또 하나의 사건이 해결되었다. 이제 희재와 한석이 꿈에 들
어가 네오본의 잔재를 모두 지워내고 복구반이 진입할 수 있도록 빠르
게 자리를 피해주기만 하면 됐다.

형, 가보자고.

그래. 가보자고.

강희재 링크 인. 한석 링크 인.

단 한 번의 폭격으로 황폐해진 내부 정경과 반대로 상황 자체는 평화
로웠다. 한바탕 몰아친 꿈의 세계는 인적 드문 시골 마을처럼 고요했다.
안정제를 주입한 의뢰인의 수면 리듬과 바이털은 안정적이어서 복구까
지 순조로울 듯했다.

희재와 한석은 꿈에 접속한 이후 대화 하나 없이 청소에 몰두했다. 점
점이 튀긴 네오본의 혈흔 한 방울까지도 용납하지 않겠다는 생각으로
사다리를 타고 올라가 박박 닦았다. 단순히 의뢰인이 장 팀장의 딸이라
는 사실을 알고 있어서가 아니었다. 일을 해오며 저절로 생겨난 사명감

이 둘의 인생에 많은 부분을 차지하게 되었다.

우리 생활의 달인에 나와도 되겠어. 희재는 넉살을 피웠다. 이제는 청소의 달인들이 된 희재와 한석. 마지막 쓰레기를 눌러 담으며 둘은 손뼉을 맞부딪혔다. 쓰레기통을 수레에 실었다. 희재가 앞에서 끌고 한석이 뒤에 밀며 포털로 향했다. 포털을 진입하는 순간, 희재는 왠지 수레가 좀 전보다 묵직해진 기분이 들었다.

형, 지금 안 밀고 있지?

그 말을 하며 희재가 뒤돌아봤을 땐, 한석은 보이지 않았다. 수레 뒤편으로 가도 한석은 보이지 않았다. 희재는 곳곳을 돌아다니며 한석을 불러 봤지만 대답이 없었다.

아, 장난치지 마. 진짜.

한적한 시골 마을같이 고요한 공간이 섬뜩한 공간으로 변모하는 순간이었다. 희재는 온몸의 솜털이 곤두서는 것이 느껴졌다. 자신이 혼자 남았단 사실을 부정했다. 그도 그럴 것이 분명 자신이 앞서 있었는데 포털을 빠져나가는 한석은 보지 못했다. 한석이 자신을 놔두고 갈 사람도 아니다. (아니지, 전적이 있긴 하지)

희재는 망연히 주변을 살폈다. 위로 시선을 두니 수직으로 뻗은 벽의 천장이 더욱 높게 느껴졌다. 어느새 포털으로부터 멀리 떨어진 곳까지 와 버린 희재는 고민했다. 나 혼자라도 빠져나갈 것인가, 아니면 한석을 더 찾아볼 것인가. 어느 쪽으로도 몸은 좀처럼 움직이지 않았다.

그때

황급히 들려오는 무전음. 분명 하니였다.

빨리 거기서 나와.

그 말을 신호탄으로 희재는 포털을 향해 경주마처럼 달렸다. 그 희미
한 빛만 바라보고 뛰는 도중에도 머릿속은 미로처럼 복잡했다.

9. 라비린스 인 더 리얼리티

꿈에서 빠져나오니 다급한 목소리가 여기저기서 들려왔다. 하얀 가운
을 입은 의료진 다수가 한석의 캡슐 자리에 몰려있었다. 희재가 일어나
그 틈을 비집고 들어가려니 김 임시팀장이 물러나라며 희재를 제지했다.

하얀 가운 한 명이 의식을 잃고 누워 있는 한석 위에 올라탔다. 못 알
아들을 말들을 외치며 제세동기를 가동했다. 한석의 상체가 덜컹 들어
올려졌다.

심장 박동 미약.
심장 마사지 실시.
처음 있는 일도 아니잖아. 침착해.
빨리 여기 있는 애들 다 나가라고 해.
얘 무조건 살려내. 안 그러면 끝이야.

작전 본부가 아수라장이 된 가운데, 어른들의 날카로운 목소리가 귓가
에 스쳐 지나갔다. 희재와 아이들은 누군가의 손에 붙들려 의지와는 상

관없이 끌려 나갔다. 하니는 희주의 어깨에 매달려 눈물을 쏟았다. 희주도, 희재도 마찬가지로 눈시울이 빨개졌다. 인사이드 아웃을 봤을 때처럼. 하나로 집약된 감정.

삐. 삐. 삐. 삐. 일정한 심전도음이 희재의 고막을 꿰뚫었다.

삐ㅡ. 이 소음은 외부에서 들려오는 소리인지 자신 내부의 이명인지 구분되지 않았다. 종일 탈출구를 찾아 미로를 헤맨 사람처럼 머리가 핑 돌았다. 정신이 아득해지더니 본부의 벽면이 제게로 다가오는 것처럼 눈앞이 새하얘졌다.

10. 〈지난 이야기〉

2 Month Later

꿈 링크는 처음과 끝이 중요하다. 그 처음과 끝을 확실히 해주는 것이 바로 포털이다. 그러나 한석은 그 끝을 맺지 못하고 접속이 끊어졌다. 그로 인해 의식을 잃었던 한석은 의료진의 신속한 대처로 의식을 되찾았다.

이 일은 공론화되며 국가적인 파장을 불러일으켰다. 이능력 정기 검사로 요원의 능력 퇴행을 확인했던 본부가 무리하게 작전을 강행한 것이 원인으로 벌어진 인재로 판명되며 본부장과 관련 임원들이 고개 숙이고 대국민 사과를 했다.

'네오본 처치 본부'는 '아동 정신 존속 본부'로 이름을 바꾸며 활동을 이어 나갔다. 본부장을 비롯한 일부 임원과 직원이 자리에서 물러났을 뿐이다. 네오본의 정신 교란 현상은 날이 갈수록 악화했다. 따라서 아예 조직이 해체될 수는 없었다. 하루에도 몇백 명에 달하는 아이들에게서 증상이 발현됐다. 네오본의 출현율은 현재 인력으로 따라잡을 수 없을 정도였다.

네오본 사태의 장기화에 따라 피해자 집계 재난 문자에도 사람들은 무관심 해져갔다. 연일 속보로 뜨던 뉴스도 이제 잠잠해졌다. 그저 아이를 둔 부모가 접속하는 맘카페와 피해 아동 카페에서만 활발히 정보가 공유될 뿐이었다.

한편, 불확실한 정보와 루머를 담은 요튜브 영상의 조회수는 꾸준히 증가하였다. 관심을 잃은 사람들도 한 번씩 시간 때우는 용도로, 흥미의 도구로, 지하철에서, 침대에서, 회사에서, 영상을 시청했다. 요튜브를 비롯한 스트리밍 서비스를 국가적으로 차단해야 한다는 여론이 형성되기도 했지만 대부분 해외에 본사를 둔 기업이라는 명목과 헌법에 명시된 자유 권리의 침해라는 다수 국민의 반발로 인해 실패했다.

이 혼란의 희생양이 된 네오본 처치 강력 2팀은 해체되었다. 모두 뿔뿔이 흩어졌다. 당시 총괄했던 김 임시팀장은 직무 해제 처분받았다. 하니와 희주는 본인들의 의지로 각자 다른 1팀과 4팀에 소속되어 선발대 직무를 계속했다. 한석은 무수한 아이들을 구한 국민의 영웅과 무자비한 정부에 희생당한 피해자라는 타이틀을 동시에 얻으며 명예 퇴역했다. 본부장과 명패를 들고 찍은 한석의 어색한 미소가 담긴 사진이 본부 입구 왼편에 크게 자리 잡았다.

희재는 여전히 그날의 충격에서 벗어나지 못해 휴직을 부여받았다. 실상은 학교에도 나가지 않고 방에만 처박혀 있었다. 국가에선 정기적인 정신과 상담을 지원했지만 인력이 부족하다는 이유로 희재가 돌아오길 매일같이 설득하는 이중성을 보였다.

희재는 침대 구석에 앉아 무릎을 끌어안았다. 아니, 천장을 보고 누워 있었나. 희재는 밤새 한숨도 자지 못했다. 이젠 다 잊었다고 생각했는데 눈을 감으니 눈꺼풀 아래 그날의 기억이 재생됐다. 책장 틈에 억지로 책을 끼워 넣듯 불쑥불쑥 나타났다.

기억 속에서 희재는 어두컴컴하고 광막한 미로에 홀로 덩그러니 서 있다. 한석에겐 미안한 얘기지만 홀로 남겨졌었다는 공포가 한석을 잃을 수도 있었다는 마음보다 컸다. 그 생각이 오히려 걸림돌이 되어 희재를 죄책감에 더더욱 옴짝달싹 못 하게 붙들었다.

희재는 우울한 기분에 벗어나려 협탁에 손을 뻗어 핸드폰을 붙들었다. 그동안 번 돈으로 산 고급형 게임기도 이제는 질렸다.

화면에 빼곡한 문자 메시지. 조금만 보지 않아도 하룻밤 쌓인 눈처럼 메시지가 축적되어 있었다. 대부분 수연에게서 온 것이었다. [뭐해?] [뭐하냐니까] [답장 좀 해라] [나 심심해] [영화도 재미없다]

이런 시시한 맥락의 문자였다. 그래도 항상 자신을 잊지 않고 연락을 해주는 수연에게 고마운 마음이 들었다. 아주 가끔 답장하기도 했다. 오늘도 오랜만에 답장을 보내려 키보드 자판에 손가락을 가져갔다.

[난 그냥 평소랑 똑같이 누워 있어. 부럽지?]

애써 괜찮은 척 글을 적어 전송 버튼을 눌렀다.

방에 난 창문으로 햇빛이 비스듬히 들어와 흰색 이불을 노란색으로 물들였다. 지금쯤이면 한창 학교에선 3교시 수업이 한창 진행될 시간이었다.

청록색 칠판. 바람에 나부끼는 블라인드. 비뚤배뚤하게 놓인 책걸상. 매끈한 광택이 도는 교실 바닥. 점심시간이 다가올수록 풍겨오는 급식 냄새. 복도를 뛰어다니는 애들의 발소리. 수업 시작을 알리는 종소리. 창밖으로 들려오는 운동장에서 뛰노는 소리. 여러 가지 감각이 희재의 안에서 재현됐다. 매일 잠만 잤던 학교였기에 이렇게 그리움이란 감정을 느끼게 될 줄 상상도 하지 못했다. 희재는 학교가 그리웠다. 친구들이 그리웠다. 일상이 그리웠다.

또 무의식적으로 요튜브에 접속했다. 여전히 희재의 알고리즘은 드림체이서와 드리머에 관한 것들로 가득했다.

그중 동생 희주가 큼지막이 나온 섬네일의 영상을 발견했다. 8시간 전이 찍힌 얼마 안 된 영상으로 일정 브리핑과 간단한 질의응답 인터뷰를 한 모양이었다. 섬네일 속 희주는 땀에 젖어 머리칼이 가닥가닥 나뉜 채 헝클어져 있었다. 마치 메달을 딴 국가대표 스포츠 스타의 인터뷰처럼 보이기도 했다. 화면에 비치는 희주의 모습은 '열심히 세상을 구하느라 땀에 흠뻑 젖어 조금 지친 채 인터뷰하는 영웅' 그 자체였으니까.

지금 곤히 자고 있을 옆 방의 희주와는 전혀 다른 사람같이 느껴졌다. 아니, 둘 사이엔 벽 하나만 존재할 뿐인데 너무나 먼 존재처럼 느껴졌다.

요즘 희주는 학교에 가지 않았다. 거의 밤낮없이 네오본 퇴치에 전력을 다하고 있었다. 오늘도 집에 돌아오자마자 침대에 뛰어들어 금세 곯아떨어졌다.

희재는 잠결에 희주가 방을 들어가는 소리를 들었지만 이불을 정수리까지 끌어당기며 귀를 막았다. 최대한 동생을 피하고 있었다. 집 안에서 없는 사람처럼 마치 유령처럼 지냈다. 희주를 볼 낯이 없었다. 두려움에 맞서지 않고 도망친 자신이 원망스러웠다. 하지만 이젠 돌이킬 수 없었다.

Q. 많이 힘들어 보이시는데 컨디션은 괜찮으신가요?

A. (젖은 머리를 가볍게 쓸어 넘기며) 네. 괜찮습니다. 이 정도는 거뜬합니다. 하루빨리 아이들 모두가 안전한 세상이 왔으면 하는 바람입니다.

희주의 당찬 목소리는 귀를 통과해 지나갈 뿐 희재는 오히려 영상 밑으로 달리는 댓글에 집중했다.

ㄴ 살암: 우리나라 고3 다 그렇게 삽니다. 이분만 잠 못 자고 힘든 거 아닙니다. 영웅처럼 받들어 주는 건 좀 과한 듯.

갑자기 명치에서부터 무언가 뜨겁게 타오르는 것이 느껴졌다. 참지 못하고 댓글 밑에 대댓글을 달았다.

ㄴ 이웃집청소부: 그럼 당신이 해보든가

막상 써놓고 나니 자신도 나서지 못하는 마당에 얼굴도 모르는 사람에게 이렇게 말할 자격이 있는 건가, 하는 회의감이 들었다. 명치의 불씨가 귀로 옮겨갔는지 귀 끝이 화끈거렸다. 54초 전, 56초 전, 57초 전… 작성 시간을 알려주는 지표가 1분 전이 되기 전에 얼른 댓글을 삭제했다.

징ㅡ. 핸드폰이 진동했다.

저절로 일시 정지된 화면. 희주가 두 눈이 뒤집힌 조금은 우스꽝스러운 찰나에 멈춰있었다.

원인은 화면 위로 뜬 긴급 재난 문자였다.

안전 안내 문자

[아동정신존속본부]

네오본 정신 감염 사례 폭증/ 5세 이상 12세 이하 아동 스트리밍 서비스 및 기타 영상 콘텐츠 시청 자제 바람/ 보호자의 강력한 규제와 지도 필요

희재는 무감하게 알림창을 넘겨 버렸다. 다시 눈을 흘겨 뜬 희주가 보였다. 중앙의 세모 모양을 눌러 영상을 재생시켰다.

징ㅡ. 얼마 안 가 또 진동이 울렸다. 수연으로부터 온 문자 메시지였다.

[아 부럽네]

딱히 뭐라 할 말이 없어서 답을 하지 않고 넘겼다. 다시 영상을 재생했다.

이번엔 영상이 말썽이었다. 자동으로 10초 건너뛰기라도 되는 것처럼 희주가 부자연스럽게 뚝뚝 끊겨 나왔다. 다른 영상을 틀어도 마찬가지였다. 와이파이에 이상이 있나 싶어 데이터로 전환했지만 여전히 문제는 똑같았다.

[봤으면 뭐라도 답장 좀 해]

[야]

[야]

[야]

문제 원인을 찾지 못하는 와중에 계속해서 수연의 문자가 화면 상단에 띄워졌다. 하는 수 없이 답장 하나를 했다.

[요튜브 재생이 안 돼]

[잘 만 되는데?]

수연의 말에 갸우뚱하며 다시 요튜브에 접속했다. 어리둥절하게도 말끔하게 영상이 나왔다. 이로써 서버 문제가 아닌 일시적인 네트워크나 핸드폰 문제인 것으로 판단했다.

희재는 심신의 안정을 위해 평소 좋아하는 새끼 나무늘보가 나오는 동영상을 틀었다. 똘망똘망한 눈을 껌뻑이는 나무늘보가 너무나도 귀여웠다. *아니잖아. 사실은 느릿느릿 하릴없이 나무에 매달려 하루종일 잠만 자는 애한테 동질감을 느낀 거잖아.*

어디선가 들리는 목소리에 희재는 두리번거리며 주변을 살폈다. 방 안엔 확실히 본인 말고 아무도 없었다. 모골이 송연해졌다. 밤잠을 설쳐 환청이라도 들은 건가 싶었다.

머리를 마구 흔들어 불순한 정신을 떨쳐보려 노력했다. 보던 나무늘보 영상에 싱숭생숭한 마음을 돌려보려고 했지만 화면은 까맣게 변해있고 동그란 모양의 로딩 중 표시만 계속해서 굴러갈 뿐이었다. 전원을 꺼보려고 해도 무용지물. 당황해 동공이 확대된 희재의 얼굴만 거울처럼 비처 보일 뿐이었다.

그때

삐이이익. 알람이 울렸다. 긴급 재난 문자였다. 거의 동시에 수연으로부터 메시지가 도착했다. 나는 여상히 재난 문자를 넘기고 수연의 것을 확인했다.

[나도 갑자기 요튜브 안 됨 죄송]

아니, 잠시만. 보통이라면 무음 모드로 해놓아서 진동으로만 울릴 재난 문자가 요란한 소리를 내며 등장했다. 등골을 타고 흐르는 불길한 예감.

아무 생각 없이 넘겨 버린 재난 문자를 다시 자세히 읽어 보았다.

긴급 재난 문자

[실제 상황]

잠실 제2롯데월드 부근 네오본으로 추정되는 괴생물체 약 6마리 출현, 현재 정확한 출현 개체 수 파악 중, 해당 구역에 병력 배치 중입니다. 인근 10km 이내 계신 분은 교통 차량을 이용하여 신속히 대피하시길 바랍니다.

뭐야… 이거… 실화야?

10. 〈지난 이야기〉 2

바야흐로 호랑이 담배 피던 시절에 네오본 처리 본부 강력 2팀엔 장 팀장이란 인물이 있었다. 부성애 빼면 시체인 장 팀장은 자신의 아이를 구하겠다는 일념 하나로 회사 내규를 어기고 부정을… 아무도 안 궁금해할 테니까 각설하고.

아무튼 아무도 모르게 정직 먹고 아무도 모르게 복귀했더니 글쎄 팀이 없어졌다는 사실. 먼 훗날 역사서를 읽던 아이가 이렇게 질문하겠지. 엄마 왜 네오본처리본부 아니, 아동정신종속 본부에는 강력 1팀, 3팀, 4팀, 5팀 쭉 다 있는데 2팀만 없어요? 응, 그게 말이야. 없어졌어. 원래 있었는데요? 원래 있었는데 사고가 있었나 봐, 그래서 사라졌대. 아니다, 원래부터 없었나?

길다 길어. 잘라. 잘라.

장 팀장은 자신의 왼쪽 어깻죽지를 주물렀다. 복귀 첫날, 신임 본부장이 자신을 쥐었던 손아귀의 악력이 여전히 그 부근에 남아있었다.

본부 건물 맨 꼭대기 층, 호출 받아 들어간 본부장실은 기묘할 정도로 넓었다. 광활하다는 표현이 어울릴 정도로. 몇 없는 가구 탓에 더 그렇게 느껴진 것일 수도 있다. 책걸상과 책장, 오렌지빛 스탠드 조명, 그 앞에 덩그러니 놓인 손님용 녹색 가죽 소파를 기억한다.

본부장은 책상 위로 올린 두 손을 깍지 낀 채 장 팀장을 기다리고 있었다. 형광등을 켜지 않아 온통 어두운 공간에 오직 본부장만이 오렌지빛 조명을 받아 빛났다. 역으로 얼굴 아래 깊게 드리운 그림자가 섬뜩함을 자아냈다.

어이쿠, 이러다 눈 다 나빠지십니다.

장 팀장은 너스레를 떨며 불을 켰다. 잔뜩 무게 잡고 있네.

팟, 하며 바둑판처럼 천장에 설치되어 있는 형광등이 일시에 빛을 냈다. 본부장실은 순식간에 환해졌다.

으악.

본부장은 눈을 찡그리며 손으로 빛을 가로막았다. 이내 명순응이 됐는지 다시 체통을 지키며 엄숙한 태도로 돌아갔다. 민망했는지 목을 몇 번이나 가다듬었다.

장 팀장은 가까이 다가가 관등성명을 했다. 둘은 악수했다. 하얀 불빛 아래 드러난 본부장의 얼굴은 생각보다 더 앳돼 보였다. 젊은 개혁 어쩌고 하면서 어린놈이 낙하산으로 들어왔다더니 진짜네. 또 뭔 일 생기면 이리 새파랗게 젊은 놈한테 책임 전가하고 꽁지 빼겠네.

왠지 측은한 마음이 들었다. 하지만 누굴 동정할 처지는 못 됐다. 장 팀장은 본부장이 가리키는 소파에 얌전히 앉았다.

모니터링 비디오 유출 건을 담당하셨다고 들었습니다.

…얼추 그렇습니다.

계속해서 그 일을 맡아주시면 좋겠습니다. 되도록 빨리 처리해주세요. 유능하셨다는 소문이 자자합니다. 기대가 큽니다.

그 말을 하며 본부장을 장 팀장에 다가와 어깻죽지를 짚었다. 무언의 압박인가. 하지만 무엇을?

그로부터 일주일이 지났다. 장 팀장은 아직 아무것도 밝혀낸 게 없었다. 내부 조사를 위해 몇몇 통제 구역과 기밀 정보 접근에 권한을 부여받긴 했지만 이건 빙산의 일각일 뿐. 여전히 접근이 차단된 영역이 더 많다는 것쯤은 형사의 본능으로 알 수 있었다.

위에선 보고서 제출을 계속해서 독촉했다. 오늘 퇴근 전까지 무엇이든 써서 올려야 했다. 그러나 쓸 내용이 없었다. 쥐꼬리만 한 단서라도 잡아야 할 때였다.

아 뭐라도 찾아야 하는데, 라고 중얼거리며 장 팀장은 그래도 일반 사원이라면 들어올 엄두도 못 냈을 10층 연구실 구역을 어슬렁거렸다. 점심으로 먹은 갈비탕에 불룩해진 배를 두드리면서.

지금 몇 시지? 디저트가 당기네. 입맛을 다시며 핸드폰의 시간을 확인했다.

그의 핸드폰 배경 화면엔 딸과 함께 찍은 사진이 담겨있다. 딸이 정신 교란 현상을 겪은 이후, 가족과 보내는 시간을 제1순위로 생각하게 됐다. 지금 맡은 직무는 야근할 필요도 없고 칼같이 퇴근할 수 있기에 장 팀장은 매일 딸과 놀 궁리에 가득 차 있었다. 매일 같이 고통받는 아이들을 마주하고 전투 현장을 목격하는 피폐한 삶에서 완전히 분리되어 장 팀장은 다른 일상을 맞았다. 외면? 이라고 말한다면 부정은 못 하겠지만 그는 지금의 삶이 좋았다.

이윽고 보고서 걱정은 잊고 어떤 카페의 디저트가 맛있을까 배달 앱을 켜고는 얼굴에 싱글벙글 미소를 지었다. 마카롱? 아, 여기 허니브레드도 맛있겠는데. 뭐야, 홍콩식 와플? 이것도 맛있어 보이네.

장 팀장은 가던 길도 멈추고 한참을 몰두하며 보고 있다가 멀리서 끙끙 앓는 소리가 들려 그제야 고개를 들었다. 그리고 그 소리를 내는 사람은….

저거 좀비 아니야?

복도 저 끝에서 관절을 뚝뚝 꺾고 축 처진 어깨와 다리를 질질 끌며 걸어오는 인영은 의심할 필요도 없이 좀비 같았다.

하다 하다 이제 좀비까지. 장 팀장은 황급히 반대편 출구를 향해 뛰었다. 셔츠에 맨 넥타이가 뒤로 흩날렸다. 출구 앞 이곳에 출입하기 위해선 홍채 인식이 필요했다. 눈알을 스캐너에 바투 갔다 댔다. 제발 빨리, 빨리, 빨리.

아까의 느릿했던 좀비는 어디 가고 광포하게 장 팀장을 향해 뛰어오고 있었다. 아 무슨 한국은 좀비도 빠른 거냐고.

시스템이 먹통인 건지 장 팀장이 나가는 것이 허가되지 않았다. 일순 장 팀장의 목덜미가 덥석 잡혔다. 그리고 새빨간 손이 뒤에서 들어오더니 입을 막았다. 공포에 질린 장 팀장은 조심스럽게 뒤를 돌아보았다. 그 짧은 순간 주마등이 파노라마처럼 스쳐 지나갔다. 인생 이렇게 허무하게 끝이구나. 우리 딸 보고 싶다.

쉿. 조용히 좀 하세요.

장 팀장을 붙잡은 좀비가 말을 했다. 입술에 검지를 갔다 대면서.

좀비가 원래 말도 하나?
무슨 좀비예요.

턱 끝까지 내려온 다크서클. 부르튼 입술. 부스스한 머리카락. 늘어진 티셔츠 목. 자세히 보니 좀비가 아니라 그냥 몰골이 말이 아닌 사람이었다. 장 팀장은 가슴을 쓸어내렸다. 아, 근데 아까 그 손의 피는 뭐였지.

그 피… 피…!

이거 피가 아니라 잉크예요. 빨간 잉크. 그리고 제발 좀 조용히 해주세요. 저 여기 탈출 좀 하게요.

탈출…? 당신 대체 누구야? 여기 직원 맞아?

직원 맞고. 아, 여긴 위험하니까 자세한 건 어디 숨어서 얘기하시죠.

좀비 아니, 사람은 목에 걸린 사원증을 보여주며 신원을 인증했다. 그러면서 장 팀장을 근처 화장실로 끌고 들어갔다. 깡마른 몸의 사람은 건장한 중년을 마음대로 움직일 만큼 괴력을 발휘했다. 진짜 좀비 아냐?, 장 팀장은 의지와 상관없이 끌려가며 그렇게 생각했다.

둘은 화장실의 좁은 칸을 비집고 들어갔다. 난 어엿한 대한민국의 남성이라고. 난 여자 화장실에 들어오면 안 되는 몸이야. 에잇, 지금 그게 중요한 게 아니잖아요.

장 팀장을 핀잔한 사람은 몸을 웅크리며 그에게 가까이 다가오라 손짓했다. 그러고는 아주 작은 데시벨로 이야기하기 시작했다. 장 팀장은 하는 수 없이 사람의 말에 귀 기울였다.

안녕하세요. 정식으로 제 소개할게요. 사원증에서 보셨겠지만 전 김채령이라고 합니다. 여기서 실시간 모니터링 영상의 배경을 그리는 작업을 하고 있죠.

영상을 그려?

그건 차차 설명하도록 하고. 순서대로 얘기할 테니 일단 잠자코 들어주세요. 저도 이 대사 외우기 정말 힘들었거든요.

….

전 원래 드림시스 직원이었어요. 옛날 드림체이서 제작사 아시죠? 지금은 없어진. 드림체이서가 방영 중단되면서 회사는 주 수입원을 잃으니까 그때부터 완전 망조였어요. 전 직원이 해고 통보받고 난리였죠. 그러고 한 일 년쯤 있었나 갑자기 드림시스 측에서 재직 재의가 온 거에요. 정확히는 전 드림시스의 드림체이서 팀 총괄 CP였던 사람에게서요. 그때 전 제 일에 대한 회의감이 들어서 계속 쉬고 있었어요. 이제 일할 때도 됐다 싶어서 받아드렸어요. 공공기관에서 일하는 거기도 하고 일도 하루 6시간, 새벽에만 바짝 일하면 임금도 두둑이 챙겨준다고 하길래 밑져야 본전이지 뭐 하면서 냉큼 계약했죠. 뭐 국가와 어린이에게 마지막 책임을 지고 떠나겠다는 명분으로 드림시스가 남은 돈 다 끌어모아 여기에 투자한 게 그래도 마지막 불씨로 작용했나보다 했어요. 드림시스랑 저희의 피, 땀, 눈물이 담긴 드림체이서가 부활할 수 있는 불씨요. 솔직히 저도 그 작품 배경 보조 막내로 일하면서 애착이 장난 아니게 생겼거든요. 워낙 작품이 잘 되기도 했고. 아이코, 너무 제 얘기를 떠들었네요. 혼나겠다. 다시 본론으로 들어가서.

여기서부터 진짜 집중해서 들어야 해요. 힘들어서 한 번만 얘기해드릴 거니까.

전 여기서도 배경을 맡았어요. 처음에 오니까 그냥 애들이 묘사한 대로 빠르게 배경을 그리면 된대요. 그냥 묘사한 부분만 살려서 제 마음 가는 대로 그리면 된다는 거예요. 그러면 3D 팀이 다 알아서 할 거라고. 장 팀장님은 지금까지 그 모니터링 영상 진짜 녹화본인 줄 알았죠? 천만에요. 그거 다 노가다에다 사람 갈려 나가는 거예요.

사실 실시간 보고 팀이 있어요. 성인 되고 링크 불안정한 애들 데리고 와서 만든. 그 친구들이 계속 포털을 왔다 갔다 하면서 꿈속 세계를 묘사하고요. 그리고 그걸 듣고 영상 제작팀이 미친 듯이 그려요. 묘사가 부족한 부분은 자기 상상력을 발휘해서 채워 넣죠. 그렇게 만들어진 거예요, 그 영상 하나하나가. 그래서 딜레이가 있는 거고요. 솔직히 5분밖에 안 밀리는 것도 기적이죠. 기적.

그렇다면 왜 거기에 들어간 다른 드리머들은 그 영상이 가짜란 걸 모르는 거지?

당신은 꿈을 꾼 다음 그 세계가 어떻게 생겼는지 정확히 기억한 적 있으세요? 없죠? 똑같은 거예요. 막상 포털을 빠져나오면 제대로 기억나는 건 하나도 없죠. 다들 자기 나름대로 중요한 부분만 기억하거나.

….

드림시스의 잔재 세력이 모니터링 영상 제작에 인력 지원을 그렇게나 열심히 한 데는 다 큰 그림이 있었죠. 언젠가부터 그 영상을 빼돌리기 시작했어요. 인터넷에 영상 원본을 퍼트렸죠. 대중들은 그 원본을 가지고 나름대로 편집해서 2차 가공했어요. 동시다발적으로 관련 영상이 여기저기서 올라오니까 정부의 감시망을 피하면서 홍보 효과도 얻을 수 있었어요. 그로써 드림시스는 제2의 드림체이서를 만들기 위한 발판을 마련한 거예요. 원작과 유사한 서사와 구조를 가진 드리머와 모니터링 비디오를 이용해 대중에게 잊히지 않기 위해서. 원본이 유출된 그 시초를 찾으면 분명 이곳 IP가 찍히겠죠. 아무래도 여기 물갈이된 윗선이랑은 다 얘기된 모양이던데. 추적해봤자 소용은 없겠네요. 애초에 여기 만들던 때부터 정부랑 거래 끝났다고 봐야 하기도 하고. 뭐 다 짜고 치는 고스톱이죠. 뭐 이래 세상이.

김채령씨, 당신은 왜 이런 중요한 얘기를 처음 본 나한테 해주는 거지? 애초에 말단 계약직인 당신이 나도 모르는 정보를 왜 줄줄 읊고 있는 거고.

말했잖아요. 전 이제 여기를 탈출해야 한다고. 마지막으로 누구한테든 털어놓고 싶었어요. 원래 이런 밀폐된 공간에서 소문은 쉽게 퍼지고요. 여기까지가 제 대사이고. 진실은 이 망할 게으른 작가 놈이 대책 없이 키워놓은 세계관 때문에 저를 이 게임의 NPC로 등장시켜서 제 입을 빌려 어떻게든 쉬운 방법으로 수습해보려 하는 거죠.

…무슨 소리야, 그게?

더 이상 묻지 말아주세요. 드리머가 꿈을 드나들며 얘기해준 토대로 애니메이터가 그걸 그려 실시간 영상을 만드는 게 현실적으로 가능한 거냐고 의문도 가지지 말아주세요. 그냥 작가 놈 머리에서 나온 어이없는 상상일 뿐이니까. 저의 정신 상태를 의심하진 말아달란 말이에요. 자, 어서 탈출이나 합시다.

그래….

장팀장은 김채령이 출력해내는 엄청난 양의 이야기를 모두 이해할 수는 없었다. 그러나 왠지 이 모든 상황과 이해관계가 납득되고 종국에는 김채령의 탈출에 도모할 수밖에 없었다.

당신의 눈을 빌려주세요.

무… 무슨 소리야?

저희가 따로 다니는 비밀 통로가 있는데 거기로는 숙소로만 연결되고, 저희 출입 정보가 다 기록돼요. 즉, 거기로는 절대 탈출할 수 없죠. 그러니까 팀장님이 들어오신 곳으로 나가야만 한다는 소리예요. 그니까 당신의 홍채가 필요해요. 홍채 인증이 되면 마치 한 사람인 것처럼 몸을 겹쳐서 통과하죠. 어때요?

무슨 소리인지는 알겠어.

화장실 문을 열고 나서려는 그때

삐이이익. 텅 빈 내부를 울리는 경적이 울렸다. 무슨 소리지? 두 사람은 근방에서 난 소리의 출처를 찾아 두리번거렸다. 분명 건물 천장에 설치된 스피커에서 난 소리는 아니었다.

아무래도 당신 핸드폰이 켜진 거 보니 그쪽에서 난 것 같은데요. 애초에 전 핸드폰도 안 가지고 나왔고.

장 팀장은 그 말을 듣고는 얼른 핸드폰을 확인했다. 긴급 재난 문자가 와있었다.

긴급 재난 문자

[실제 상황] 잠실 제2롯데월드 부근 네오본으로 추정되는 괴생물체 약 6마리 출현, 현재 정확한 출현 개체 수 파악 중, 해당 구역에 병력 배치 중입니다. 인근 10km 이내 계신 분은 교통 차량을 이용하여 신속히 대피하시길 바랍니다.

뭔 소리야, 이게?

뭔데요?

김채령은 장 팀장의 핸드폰을 뺏어 들어 알림 문자를 확인했다.

아, 엿 됐네.

딸… 우리 딸한테 가봐야 해.

장 팀장은 황급히 출구로 향했다. 구두를 신고 계속 달린 탓에 뒤꿈치가 쓰라려 왔다. 신경 쓸 겨를은 없었다. 홍채 스캐너에 눈을 가져갔다. 이번엔 제발. 열리라고, 제발.

파란 불이 뜨며 자동문이 열렸다. 장 팀장은 얼른 이곳 출입 금지 구역을 빠져나가려고 발의 보폭을 크게 벌렸다.

그 경계를 넘어서는 순간, 안타깝게도 장 팀장은 다시 뒷덜미를 붙잡히고 말았다. 매일 아침 아내가 정성스레 다려준 정장의 깃이 여지없이 구겨졌다. 빨리 가야 한다는 마음만 앞서고 붙들린 몸은 도저히 움직이질 않았다. 앞으로 가려 할수록 목이 죄었다. 놔. 놓으라고.

김채령은 그런 장 팀장에게 미소 지으며 다른 한 손에 그의 핸드폰을 흔들어 보였다. 장팀장은 김채령이 이제는 좀비가 아닌 어둠에 씌인 악마로 보였다.

저도 같이 가요. 핸드폰 저한테 있는데. 따님한테 연락을 어떻게 하려고.

장 팀장은 옅은 한숨을 내쉬며 김채령에게 손을 내밀었다. 김채령은 그 손을 냉큼 붙잡았다. 1년여간 이곳에 처박혀 노예처럼 그림만 그렸던 김채령도 드디어 탈출이었다. 세상이 망가졌건, 부서졌건, 파괴됐건, 멸망했건, 어찌 됐건 드디어 지옥 생활은 청산이다. 으하하.

지옥으로 통하는 문은 저절로 스르륵 닫혔다. 둘은 뒤도 안 돌아보고 빠르게 건물을 빠져나갔다.

이미 세상은 혼비백산이었다.

11. 벽을 뚫고 하이킥

최초 재난 문자가 온 뒤 30분이 지난 시각, 요튜브 한국 지사의 네트워크가 복구되었는지 여러 채널에서 실시간 현황을 생중계하고 있었다. 아무래도 민간인 통제가 전혀 되지 않고 있는 상황 같았다. 원래였으면 인산인해였을 대낮의 서울 한복판, 지진을 감지한 개미 떼처럼 사람들이 모두 빠져나간 자리에 겁을 상실한 일부가 남아 핸드폰을 들고 라이브 방송을 했다.

희재는 여전히 방구석 침대에 틀어박힌 채 지상파 방송사의 요튜브 생중계를 틀었다. 아무래도 일반 시민의 라이브 방송은 보기 힘들 것 같았다.

방송사의 중계 헬기가 그 상공을 빙빙 돌고 있다. 군용 헬기와 섞여 무질서하고 아찔한 광경이 펼쳐졌다. 하늘 위도 그리 안전해 보이진 않았다.

현실 세계까지 모습을 드러낸 괴물, 혹은 인간의 창조물, 네오본 무리가 롯데타워에 달라붙어 옥상을 향해 기어오르는 모습은 재난 영화의 한 장면처럼 보였다. 어디서 많이 본 광경이다 싶었는데 마치 킹콩의 한 장면 같았다. 아니면 혹성탈출? 네오본의 생김새도 마치 유인원 계보의 어느 한 지점에 있는 동물처럼 보였다.

한산한 도로에서는 버려진 차량과 가로등이 찌그러지거나 박살이 나서 희멀건 연기가 피어오르고 있었다. 그 뒤로는 군대의 행렬이 이어졌다. 장갑차나 총을 무장한 군인들이 상급자의 지시에 따라 일정한 진형을 이루었다.

명령이 떨어졌는지 일시에 네오본을 향해 포병 사격이 가해졌다. 폭음과 함께 네오본의 살갗에 총탄이 박히며 수포 같은 구멍이 났다. 그렇게 네오본의 움직임이 잠잠해지나 싶었지만 몇초 뒤 폭주하기 시작했다. 모습을 바꾸더니 기괴한 음성을 내며 전방의 병사들에게 달려들기 시작했다. 마치 방사능에 피폭돼 다리가 생긴 메기 같은 형체였다.

최전방부터 무너지기 시작했다. 메기의 두 다리에 사지가 둘로 찢겨나갔다. 꼬리에 내장이 짓눌려 풍선처럼 터졌다. 이빨에 뼈가 과자처럼 으스러졌다. 혼비백산으로 모든 화력을 퍼부었지만 오히려 역효과를 내어 네오본의 분노에 장작을 불어넣을 뿐이었다.

몰두하여 보다가 뒤늦게 이거 방송돼도 괜찮은 건가, 싶은 찰나에 네오본 하나가 하늘을 향해 던진 병사 하나가 순식간에 헬기 모터에 말려들어가며 폭발을 일으켰다. 화마에 잡아먹힌 헬기는 폐곡선의 궤적을 그리며 아래로 추락했다. 그 결과, 근방에 있던 비행체에 연쇄적으로 불이 옮겨붙기 시작했다. 희재가 보고 있던 방송도 폭풍처럼 불어오는 거대한 불길에 잡아 먹히는 장면을 끝으로 화면 조정 화면으로 대체되었다.

시청자들의 댓글이 빠른 속도로 올라갔다. 네오본의 광기와 그리 차이가 나 보이지 않았다.

ㄴ 뭐임?

ㄴ ㅁㅊ

ㄴ 사지 절단 ㄷ ㄷ ㄷ ㄷ

ㄴ 이럴 때 우리의 '히어로'들이 등장해줘야 하는 거 아님?

ㄴ 신인류 어디 갔냐 ㅋㅋ

ㄴ 살려줘

ㄴ 드림체이서 도와줘여 ㅕ ㅕ

어느 한 명이 우리 이야기를 꺼내자, 파도에 휩쓸리듯 여론이 형성되기 시작했다.

'난' 시작되는 경련에 핸드폰을 이불 위로 떨어트렸다. 손, 다리, 머리까지 온몸이 떨려왔다. 어느새 진동음이 귓가에 들려왔다. 날개를 파닥이는 벌레에게서 소리가 나듯 내 몸도 너무 떨려서 이런 소리가 나나보다 생각했다. 그건 말도 안 되는 착각이었다.

엎어놓은 핸드폰과 이불 사이로 새어 나오는 불빛에 들춰 보니 전화가 오고 있었다. 발신자는 다름 아닌 하니였다.

떨리는 손을 다른 한 손으로 꼭 붙잡고 자성에 이끌리듯 통화 버튼을 눌렀다. 왠지 거절하면 안 될 것 같다는 생각이 들었다. 난 조심스럽게 또 차분한 척 수화기에 귀를 가져갔다.

그런 연기를 할 필요도 없었다는 사실을 금방 깨달았다. 수화기 너머

하니의 목소리는 나보다 더 떨려왔고 더 다급했으니까.

너 지금 어디야?

집이지.

당장 튀어와.

어딜?

어디겠어. 지금까지 네가 화면으로 바라보기만 하고 있었던 곳으로.

그 음성이 귓바퀴를 타고 들어와 체내에 전류라도 흘려보낸 듯 몸이
또 한 번 부르르 경련했다. 살가죽에는 오돌토돌한 돌기가 돋아났다.

무… 무슨 소리 하는 거야?

댓글 보고 있지? 모두가 우리가 나타나길 원해.

난 필요 없잖아.

무슨 소리야. 너도 드리머잖아. 그동안 우리가 구해낸 애들이 몇인데
벌써 다 잊은 거야?

…해결책은 있는 거야?

솔직히 없어.

그런데 어딜… 가려고 그래.

그래, 무모할 수 있어.

하니는 말을 이어 나갔다. 우리가 나선다면 누군가 그래도 희망을 얻
고 살아갈 용기를 얻지 않겠냐고. 적어도 어른들이 다른 대안을 생각해
낼 시간이라도 벌 수 있지 않겠냐고. 네오본 앞에 서는 것, 그게 우리가
드리머로서 할 일이라고. 그럴 수밖에 없는 운명이라고. 열변을 토했다.

그렇게 말하는 하니는 좀 전의 떨림은 온데간데없고 확신에 찬 목소리였다. 단어 하나하나 똑똑히 발음해낸 문장은 귀보단 가슴에 쿡쿡 박혀왔다.

난 그 첨예한 송곳과 같은 열변을 잠자코 듣고 있다가 이내 부정했다. 그딴 거 다 모르겠어.

뭐가 우리가 할 일이고 운명인데.

정말 모르겠어?

내 말소리를 들은 건지 옆 방의 희주가 반응했다. 방 사이 내벽을 쿵쿵 치며 소리쳤다. 형. 형. 거기 있어? 뉴스 봤어? 형, 아무래도 우리가 가봐야 할 것 같아.

여기나 저기나 왜 이렇게 나를 가만 못 둬서 안달이지. 난 벽에 대고 반격했다. 엄마랑 통화 안 했어? 아빠랑 여기 오고 있다니까. 잠자코 기다리기나 해.

희주는 노이즈 캔슬링 이어폰처럼 선택적으로 소리를 받아들이는 건지 내 반박에는 반응하지 않고 계속 벽만 두드려댔다. 형, 지금 형이 필요해. 나 혼자 가기엔 솔직히 무서워. 근데 형이 같이 가준다면 얼마든지 갈 수 있을 것 같아.

그 반복적인 소음과 지속되는 하니의 열변까지. 사방에서 나를 괴롭혔다. 구멍 난 가슴으로 영혼이라도 빠져나가는 건지 정신이 아득해져 왔다.

그때

정신 차려. 네가 이 드라마의 주인공이니까 어서 정신 차리라고. 누군

가 내게 이렇게 외치는 것 같기도 하지만 역시 그럴 일은 없다. 나에게서 빠져나간 영혼의 외침일 가능성은 조금 있을지도.

난 희주 그리고 하니와 다르다. 그들처럼 사람을 구해야겠다는, 세상을 구해야겠다는 정의감 따윈 존재하진 않는다. 얘네는 태초부터 정빼시 현실판 이준과 이랑이었잖아. 이 소설의 주인공은 애초에 얘네였다고. 잠시만. 소설? 갑자기 왜 이 단어가 튀어나왔는지는 모르겠지만. 아무튼, 일에 대한 사명감. 나도 있기야 했지. 그런데 그런 거창한 단어로 포장할 거리는 사실 못 된다. 따분하고 시시한 인생에서 그나마 사람답게 살 수 있는 방법이었으니까. 우연히 얻은 능력으로 유일하게 행할 수 있는 의미 있는 일이었으니까. 그마저 하지 않으면 삶을 살아가는 이유를 완전히 상실할 것만 같았으니까.

내가 확답을 주지 않자 이내 하니는 체념한 듯 차분해진 목소리로 고백과 같은 이야기를 늘어놓았다.

솔직히 말할게. 전에 있던 학교에서 왕따였어. 같이 다니던 친구들이 내가 판정받은 이후로 날 피하기 시작하더라. 드리머로 인정받고 본부에 들어간 뒤로는 본격적으로 날 무시했어. 내가 다 들리는 데에서 주어만 쏙 빼놓고 수군거린다거나, 은근슬쩍 내가 지나가는데 발도 걸었어. 이런 교묘하고 증명하긴 어려운 따돌림이 계속됐어. 뭐 우리에게 유리한 제도나 그깟 능력 하나로 얻게 된 명성 그런 게 부러웠던 거겠지. 지금 학교에서도 마찬가지야. 그 은근한 눈빛, 말투, 행동을 보면 알 수 있어. 머릿속에선 우릴 어떻게 생각하고 있는지. 난 너무나도 빨리 알아버린 거야. 사람이 얼마나 이중적인 존재인지. 다들 환하게 웃는 얼굴 반대편에서 음침하고 못난 마음을 숨기고 있지. 난 인간이 너무나도 무서워. 그러면서도 사랑받고 싶어. 밤만 되면, 꿈에 들어가면, 내가 네오본을 죽이면, 학교에서 당한 일은 모두 없었던 일로 해버릴 수 있을 만큼 많은 사람들이 나를 사랑해주거든. 나를 바라봐 주거든. 응원해주거든. 난 그걸 놓을 수 없어. 내가 이런 얘길 왜 하고 있는지는 모르겠지만. 마지막 촬영인 마당에 말해도 되겠지. 내가 이 얘길 하는 것 자체가 하나의 관문일지도 모르지. 널 무조건 네오본 앞에 서게 만들어야 하거든.

대체 의중을 파악할 수 없는 얘기였다. 내 맘을 아는지 모르는지 하니는 숨을 한 번 크게 들이쉬고는 말을 이어갔다.

마지막으로 그동안 부끄러워서 못 했던 말도 그냥 해버릴게. 그래도 너희가 있어서 다행이었어. 전에 있던 학교에선 드리머가 한 명도 없었거든. 너희가 있어서 안심됐어. 우린 그냥 의지에 상관없이 이능력을 얻게 된 것뿐이잖아. 우린 차별의 대상이 아니라 아이들과 같은 억울한 피해자일 뿐이야. 그리고 이 세상을 구할 영웅이기도 하지. 지금 그동안의 시기와 질투, 무관심의 벽을 뛰어넘고 모두 하나가 되어서 우리가 나타나길 바라고 있어. 난 이 기회를 포기할 수 없어.

하니의 진솔한 고백은 내 맘을 흔들기 충분했지만 그래도 여전히 섣불리 나서기엔 무모하단 생각이 더 컸다.
솔직한 내 의사를 전달했다.

그래도 이건 아닌 것 같아. 미안.

드리머가 아니어도 괜찮았다. 따분하고 시시한 인생이라도 괜찮았다. 어른들이 만들어낸 제도와 교육 환경, 학교의 불합리 그런 건 잘 모르겠고, 그 울타리 혹은 담장 안에서 저마다의 꿈을 품고 살아가는 친구들이 너무나도 소중했다. 남들이 보기엔 별것 아니라 보이더라도 무언가를 좋아하는 그 반짝이는 마음들이 부러웠다. 그 반짝이는 별들에게 가까이 다가갈 수 없을 정도로. 나만이 타버릴까 봐. (7장 낯선 동아리방 참고)

나도 이제 그렇게 되고 싶었다. 아니, 이미 무언가를 좋아하고 있었을지도 모른다. 단지 인식하지 못했을 뿐. 인생은 그렇게 거창할 필요 없으니까. 우주먼지처럼 아주 사소한 것이라도 삶의 이유가 될 수 있으니까.

그리고 그 무언가는

아 진짜 답답하네. 네가 가야지 이 이야기가 끝난다고. 이해를 못 하겠어? 이렇게까지 했는데 안 가? 네가 너 저주할 거야. 죽어도 지옥까지 쫓아갈 거야.

하니는 여전히 알 수 없는 말들과 저주를 퍼부으며 전화를 끊었다.

수연.

수연. 수연. 수연. 수연. 어느 이름 긴 영화에 나오는 주인공처럼 난 수연, 그 이름에 사로잡혀 하니에게 더는 신경 쓸 겨를이 없었다.

수연이는 어떻게 됐지? 얼른 그녀에게 전화를 걸었다. 수신음만 반복될 뿐 내 간절한 마음이 응답받진 못했다.

그때

희주의 말소리가 들려왔다. 그제야, 라는 표현을 추가해야 옳을지도 모르겠다.

야, 강희재. 미친 네오본들이 움직이고 있어. 곧 있으면 우리 학교에도 들이닥칠지도 몰라.

희주의 목소리에서 다급함이 느껴졌다. 다급한 건 희재도 마찬가지였다. 지켜야 할 것들이 머릿속에서 귀납적으로 나열됐다.

수연, 친구들, 좋아하는 마음, 우리의 노란 기억, 그리고 그 모두를 둘러싸고 있는 우리의 학교를 잃고 싶지 않았다.

난 얼른 겉옷을 입고 나설 채비를 했다.

문고리를 잡았다. 오랫동안 열지 않아 안에서 녹슨 건지, 망가진 건지 문고리는 돌아가지 않았고 꼭 내가 나가길 허락하지 않는 것만 같았다.

흥분해서는 발로 나무 재질의 방문을 꽉 찼다. 내 발바닥만 아플 뿐이었다. 다음엔 어깨로 밀어붙였다. 하나둘셋, 숫자를 세고 마치 수영장에 빠지듯 문에 뛰어들었다. 그렇게 세 번을 반복하니 쩌억, 하고 나무 갈라지는 소리가 나더니 문 한가운데가 뚫려 넘어갔다.

그리고 그 뚫린 구멍 옆으로 비스듬하게 인영이 보였다. 마치 거울을 마주하고 있는 것처럼 또 다른 강희재가 보인다. 뒤로는 거실의 통창에서 들어온 빛이 후광처럼 비쳤다.

강희주는 나를 아무 말 없이 끌어안았다. 그래, 네가 있어서 다행이다. 너도 내가 있어서 다행이지? 서로의 맞닿은 온기가 그렇게 이야기하고 있었다.

눈물겨운 형제 상봉에 취해 있을 여유는 없었다. 다시 현실로 복귀해 집 밖을 나섰다. 오랫동안 마주하지 않았던 햇빛이 나를 너무나도 반갑게 맞아주었다. 급기야 앞머리 사이로도 비집고 들어와 내 눈을 찔렀다. 그 바람에 눈물이 찔끔 났다.

곧장 지하철역으로 갔지만 하행선은 이미 운행이 중단된 지 오래였다. 버스도 마찬가지였다. 택시는 말할 것도 없었다. 평소에 길거리에 아무렇게나 던져져 있을 전동 킥보드도 보이지 않았다. 네오본 떼는 세포분열 하듯 점차 개체 수를 증식하며 남쪽으로 향하고 있었다

희주는 어디에 홀린 사람처럼 저벅저벅 걸어가더니 도로변 수풀에서 버려진 자전거 하나를 발견했다. 옆으로 넘어진 자전거의 앞바퀴가 회전하며 끼익 끼익 소리를 냈다. 마치 잃어버린 주인을 찾는 강아지처럼.

우리 둘은 유기된 자전거의 새로운 주인이 되었다. 희주가 안장에 오르려는 걸 밀치고 내가 핸들을 잡았다. 희주는 뒤로 주춤하며 짐받이에 앉았다.

페달을 밟았다. 거리의 행인과 스쳐 지나갔다. 그들과 완전히 반대 방향을 향해 질주했다. 사람들은 겁에 질린 표정으로 저마다 핸드폰 화면의 속보를 주시했다. 희주도 내 뒤에서 라이브를 보며 네오본의 위치를 확인해주었다. 자전거로도 얼마 안 걸리는 거리에 네오본이 근접해있다.

뉴스에서 아나운서가 상기된 목소리로 말했다.

저희 MBB 측 인공지능 데이터 분석에 의하면 앞으로 8분 30초 뒤 네오본의 예상 경로는 문명 고등학교로 예측됩니다. 아직 그곳에 계신 학생과 교원을 비롯한 모든 인원이 즉시 대피하시길 바랍니다. 다시 한번 말합니다….

나는 페달을 밟는 힘에 박차를 가하며 다짐했다. 내 따분하고 시시한 삶을 지키고 말겠다고.

12. 익숙한 이중 도시

여기서부터 통제 구역입니다.

헬멧에 눈이 반 틈 가려진 군인이 앞을 막아섰다. 그 뒤로 바리게이트도 설치되어 있었다. 현재 전 배치 부대 후퇴 작전 수행 중입니다. 민간인은 절대 들어가실 수 없습니다.

어차피 후퇴하는 마당에 왜 들어가지 말라 그래. 우리는 어쩔 수 없이 멈춰 섰다. 기울어진 자전거에 한쪽 발을 땅에 대고 비스듬히 섰다. 군인의 단호한 목소리와 달리 눈동자는 하염없이 흔들리고 있다는 것을 가려진 상태에서도 충분히 느낄 수 있었다. 그러고 보면 석이형이랑 별로 나이 차이도 안 날 텐데.

이내 희주가 자전거에서 내려 군인에게 다가갔다. 그리고 망설임 없이 입을 열었다.

저희 네오본처리 아니, 아동… 뭐더라. 아, 아동정신존속본부 소속 드리머 강희주, 강희재라고 합니다. 뭐 증명할 건 지금 없지만. 등록된 정보랑 저희 얼굴이랑 대조해보면 확인하실 수 있을 겁니다.

그렇다고 멋이 있었던 건 아니었지만.

군인은 상관에게 보고했다. 얼마 안 있고 낯선 남자가 어디선가 튀어나와 우리에게로 다가왔다. 그곳의 군인들과 달리 위아래 정장을 빼입고 포마드 머리로 이마를 시원하게 드러내고 있었다. 옆에는 비슷한 용모의 남자가 또 한 명 그의 곁을 졸졸 따라다녔다. 포마드 남자는 잠시 주춤하다가 그 옆의 남자에게 잠시 귓속말을 듣더니 우리에게 인사를 건넸다.

안녕하세요. 기다리고 있었습니다. 아동… 아동…. 포마드가 머뭇거리자 다시 옆의 남자가 귓속말을 속삭였다.

아, 아동정신존속본부의 새로 취임한 본부장 김한길이라고 합니다. 저희 보좌관이 안내해드릴 테니 가시죠.

본부장이란 남자는 우리에게 악수를 청했다. 특히 나를 뚫어 쳐다보며 말했다. 강희재님, 만나 뵙고 싶었습니다. 드디어 이렇게 얼굴을 보네요.

휘주가 아니고 왜 나를. 그렇지만 그런 세세한 것까지 짚고 넘어가기엔 시간이 없었다. 서둘러야 했다.

통제 구역 안쪽으로 들어갔다. 점점 깊숙이. 경찰 제복을 입은 두 명이 우리에게 네오본의 위치까지 안내했다.

6차선 도로 한 가운데를 걸어도 차에 치일 걱정하지 않아도 됐다. 그만큼 통제된 도시의 거리는 한산했다. 다른 차선으로는 후퇴하는 탱크 행렬이 이어졌다. 저들은 이제 어디로 가는 것일까. 나라를 지키는 군인들도 저렇게 도망가는데 우리가 할 수 있는 일이 있을까.

내 안에 싹트는 두려움이 발목을 잡기도 전에 금세 다른 의문으로 덧씌워져 잊혀갔다. 그러고 보니 여기가 원래 이렇게 생겼었나. 이 익숙한 6차선 도로. 이 익숙한 가로수길. 저기 롯데타워가 있을 자리에 저건 금룡 빌딩 아니야? 뭐야. 그러고 보니 우리 학교 이름 문명고, 드림체이서 애들도 문명고 다니지 않았나? 작품이 현실을 따라 한 건지. 아니면 작품이 현실을 바꿔놓은 건가. 내가 제정신이 아닌 것뿐인가.

동시다발적으로 생성되는 의문들로 뇌내 활동이 활발해지나 싶었지만 이내 모든 사고회로는 원동력을 잃고 정지하고 말았다.

내 눈 앞에 펼쳐진 참혹한 광경을 보고는.

13. 최종장

역시나 우리가 할 수 있는 일은 없었다.

우리가 도착했을 땐 이미 학교는 학교라고 부를 수 없을 정도로 망가져 있었다. 한때 학교가 있었던 터, 라고 칭해야 할 것 같았다.

네오본은 그제야 진정이 됐는지 그 터에 자리를 잡았다. 각자로 존재했던 몸체를 뭉쳐 거대한 한 마리의 네오본이 되었다. 물컹거리는 형광 슬라임 같은 형체, 그들의 기본 외형으로 돌아갔다. 평정심을 되찾았단 뜻이기도 했다.

그것(들)은 지면에 눌어붙어 평화로운 식사를 즐겼다. 운동장의 축구 골대를 먹었다. 창문을 뜯어 먹었다. 그 안으로 몸을 뻗어 의자와 책상을 꺼내 먹었다. 책을 먹었다. 사물함을 먹었다. 칠판을 먹었다. 옥상의 피뢰침을 먹었다. 씹어 삼킬 때마다 그들의 내장이 꿀렁거리는 게 시야에 보였다.

그건 한낱 인간에게 전혀 평화로운 풍경이 아니었다. 우리의 기억, 마음, 일상이 한순간에 괴물의 먹잇감으로 전락하고 말았다. 이런 일이 생길 것이라고 누가 예상했겠나.

이 시점에서 좋은 소식과 (더 나빠질 것도 없지만) 나쁜 소식이 있다. 당신이라면 무슨 소식을 먼저 듣겠는가. 그래도 좋은 소식을 먼저 듣는 게 낫겠지.

좋은 소식 하나, 불행 중 다행히도 교내 전원이 이미 탈출해서 임시 대피소로 대피했다는 사실이었다.

나쁜 소식 하나, 불행 중 불행히도 우리의 능력은 이곳에서 전혀 발휘되지 않는다는 사실이었다. 혹시나 하는 일말의 희망을 품었지만 상상력은 현실에서 아무런 기적을 만들지 못했다.

우리는 무력했다. 그냥 무기 하나 손에 들지 않은 나약한 인간일 뿐이었다. 마치 레고처럼 온몸이 뻣뻣하게 굳은 채 교문(이었던 곳)에 서서 네오본을 바라보고만 있었다.

하나 아니고 둘. 불행 중 불행히도 나쁜 소식 둘.

네오본은 이제는 배가 부른지 몸을 꿈틀거리기 시작했다. 몸집을 부풀린 네오본의 조그만 동작에도 주변 땅이 진동했다. 급기야 땅에서 쩌억, 하고 갈라지는 소리가 들리기 시작하더니 딛고 있던 두 발 사이로 금이 가기 시작했다. 그리고 난 순식간에 그 갈라진 틈으로 떨어졌다. 끝을 알 수 없는 검은 심연으로. 희주가 나에게 팔을 뻗었다. 손끝이 닿을 듯 닿지 못하고 엇나갔다. 결국 난 이렇게 빠져 죽을 운명이었나.

하나 아니고 둘. 불행 중 다행히도 좋은 소식 둘.

누군가 허우적대던 나의 손을 붙잡았다. 흩날리는 금발 머리가 시야

모서리에 들어왔다. 나를 지상으로 끌어올렸다. 하니였다. 꿈속에서만 보던 금발 머리 교복 차림의 하니였다.

난 땅에 두 손을 짚고 거친 숨을 몰아쉬며 하니에게 물었다.

왜 왔어?

너 구해야지.

아까는 저주했잖아.

무슨 소리야?

하니는 정말로 모르는 건지 아니면 능청을 떠는 건지 나에게 퍼부었던 저주를 없던 일로 치부했다.

어찌 됐든 덕분에 산 난 무릎에 묻은 흙먼지를 털고 일어났다. 희주, 나, 하니 셋이 일자로 섰다. 정면에서 돌풍이 불어왔다. 우리 여전히 한 발자국도 움직이지 않았지만 그렇다고 뒤로 물러나지도 않았다. 우릴 말리는 사람도, 막을 사람도 없었다.

둘 아니고 셋. 불행 중 다행히도 좋은 소식 셋.

좋은 소식이 추월했다. 이 정도면 그래도 살만한 세상이 아닌가.

우리의 불행을 함께 나눌 친구들이. 우리의 세상이 붕괴하는 광경을 함께 지켜볼 목격자들이 하나둘 모여들었다.

어디선가 한석이 뒤로 다가와 나에게 어깨동무를 걸었다. 그는 잔디처럼 짧아진 머리칼을 어색한 듯 매만지며 우리에게 인사했다.

어, 형 머리 왜 그래요?

나 곧 군대 가. 그냥 일찍 가려고.

곧이어 한때 야자 감독관을 피해 뛰었던 골목길 저편에서 영화감상부 그리고 영화제작부 팀원 모두가 걸어오는 것이 보였다. 유영은 거기서부터 캠코더를 들고 우리를 촬영하고 있었다. 하여튼 이 상황에서도, 저 열정은 못 말린다.

그 무리 사이에선 수연도 있었다. 이내 다른 친구들은 초점이 나가 블러 처리된 것처럼 수연만 보였다. 살아 있었구나. 다행이다. 다행이다.

어느새 내 뒤로 매일 학교에서 나를 깨워 프린트를 나눠주던 지소 누나를 비롯한 다른 드리머들도 합류해 진을 쳤다. 그러고 보니 내가 진로 희망서를 냈었나. 뭐라고 써냈더라.

세상이 망해가는 와중에 그런 걱정이나 들었다.

어디선가 프로펠러 소리가 들려왔다. 양쪽에 두 개의 날개를 단 대형 드론이 날아들었다. 헬기로는 안 되겠다 싶었는지 드론이 빨간 점을 깜박이며 우리를 찍고 있었다. 전 세계로 아무것도 하지 않는 우리의 모습이 방영되고 있었다.

시간은 흘러 해가 지기 시작했다. 노을빛이 허물어진 외벽에 반사되어 주변을 온통 주황색으로 물들였다. 네오본도, 부서진 학교도, 운동장도, 가로수도, 갈라진 도로도. 우리도.

사무치게 아름다운 그 광경을 눈에 담았다. 드리머는 서로에게 감응하여 그 광경을 겹치고 겹쳐 재생하고 또 재생했다. 일종의 연대 의식이었다. 우리의 기억에 확실히 저장하기 위해. 저 위에서 우리를 가만히 지켜보고 있는 저들과 달리 우리는 도망치지 않았다는 사실을 잊지 않기 위해.

이런 우리를 응원하러 온 친구들에게도 포옹을 건네며 그 연대의 마음을 전달했다.

둘 아니고 셋. 불행 중 불행히도 나쁜 소식 셋.

다시 동점이었다.

드론이 사방에서 몰려들기 시작했다. 하나가 시도하니 이곳저곳에서 우리를 찍으려고 안달이 난 것이다. 사람들은 우리를 보고 뭐라고 하고 있을까. 비난하고 있을까. 그래도 우리를 응원해주고 있을까. 우리는 저기 네오본과 다를 바 없었다. 동물원에 갇힌 야생동물처럼 이름 모를 불특정 다수에게 함부로 찍히고 함부로 사랑받고 함부로 위협의 대상이 되었다.

늘어난 드론 때문에 회전하는 날개의 소음으로 주위가 소란스러워졌다. 저마다가 내는 소리가 엇박자로 겹치고 겹쳤다.

네오본은 그 불협화음이 거슬렸는지 몸을 부글거렸다. 일순 고무 고무 팔처럼 몸의 어느 부분이 죽 늘어나더니 드론 하나를 파리 잡듯 잡았다. 드론은 일순 가루가 되었다.

하필 드론이 우리의 정수리 상공을 까마귀 떼처럼 빙빙 돌며 촬영하고 있단 이유로 네오본은 점차 우리에게로 다가왔다.

'우리가 대체 여기 있는 이유가 뭐였지? 아무도 대책을 강구하지 않는 상황에서 우리가 할 일을 뭔데? 이제 그냥 가고 싶어.' 정신이 공유되고 있는 가운데 누군가 이런 생각을 하자 다른 드리머에게도 흘러들며 정신을 오염시켰다. 이 오염된 정신은 '도망'이란 단어로 함축되며 모두에게 잉크처럼 번져갔다.

다들 그런 생각을 하는 것을 알면서도 어느 하나 도망치지 않았다. 주춤거리며 어서 빨리 누군가 나서 주길 빌고 있었다. 자신이 첫 번째 도망자가 되기는 죽어도 싫었다.

그때

셋 아니고 넷. 불행 중 다행히도 좋은 소식 넷.

다시 역전이다.

빵빵거리는 경적음이 들려왔다. 파란색 102번 시내버스였다.

어떤 여자가 창문을 열고 우리를 불렀다.

애들아, 너네 뭐해. 가만히 보고만 있을 거야? 그러다 개죽음당해. 빨리 타.

운전석을 보니 장 팀장님이 타고 있었다. 반가운 마음에 소리쳤다.

어! 장 팀장님.

여긴 희망이 없어. 이미 이 세계는 버려졌다고. 지금은 어서 도망쳐야 할 때야.

어쩌면 어엿한 어른의 그런 한마디를 여태 기다리고 있었을지도 모른다. 그래, 도망가자.

망설일 이유 없었다. 선두자는 없었고 일제히 버스에 올라탈 뿐이었다. 갈라진 땅을 폴짝 뛰어넘어 도로를 가로질러 세워진 버스를 향해 달려 나갔다. 뒤도 돌아보지 않고.

나는 운전석 바로 뒷좌석에 앉았다. 들이찬 숨을 헐떡이며 장 팀장에게 말 걸었다.

구하러 와주신 거예요?
아니, 딸에게 가려다 길을 잃었어.
그래도 우릴 지나치지 않아 주셔서 감사해요.

버스는 네오본을 뒤로 하고 반대편 지평선을 향해서 달려갔다. 네오본은 화가 머리끝까지 난 듯 폭주하며 버스를 뒤쫓고 있었지만, 그런 위험천만한 상황이지만 웬일인지 이 안은 그 어디보다도 안전하게 느껴졌다. 기필코 살아남을 수 있을 것만 같았다.

안도감이 들자 이 상황 모두가 믿을 수 없게 느껴졌다. 네오본이 현실에 나타나다니. 다 함께 나타난 드리머와 친구들도. 우연히 마주친 장팀장의 버스도. 진정으로 나에게 벌어진 일이 맞는 걸까. 현실 감각은 하나도 없고 모두 꿈만 같았다.

조금 전 창문을 열고 소리치던 여자가 나에게 다가왔다. 이름은 김채령이랬다.

그녀가 내 귀에 입을 가져와 속삭였다.

현실인지 꿈인지 헷갈릴 때 어떻게 해야 하지?

그 말을 하고는 김채령은 나에게서 떨어졌다. 다시 얼굴을 마주하니 그건 김채령이 아니라 수연이었다. 나에게 속삭인 사람은 수연이었다. 수연은 나의 볼을 냉큼 꼬집었다.

아프지 않아.

전혀 통증이 느껴지지 않았다. 반대쪽 볼을 스스로 꼬집어 봤지만 감 각이 없었다.

현실이 아닌 거야?
현실이 아닌 거야?

내가 왜 이러고 있는 거지?
내가 왜 이걸 쓰고 있는 거지?

난 누구지?
난 누구지?

난 분명 내 꿈을 소재로 소설을 쓰고 있었다. 아니, 드라마를 만들고 있었어. 그게 아니라 영화였나. 연극이었나. 애니메이션이었나. 게임이 었나.

난 분명 내 꿈을 소재로 소설을 쓰고 있었다. 애초에 그건 내 꿈이 아 니라 현실이었나. 꿈도 소설도 아닌 나에게 실제로 벌어진 일이었나.

그래, 녹음. 녹음본을 들어야 해.

난 혼돈에서 벗어나기 위해 내 목소리가 녹음 된 테이프를 틀었다. 17 살 때부터 현실 감각을 잃지 않기 위해 녹음해 왔다. 모두 들을 수는 없 어 중요 표시로 스티커가 붙여져 있는 테이프만 들었다. 그것만 해도 밤 새 들어야 할 정도였다.

그걸 일일이 다 듣고 나서야 현실이 무엇인지 정확히 파악할 수 있었 다. 지금 세계에선 녹음은 선택이 아닌 필수였다. 푸른 새벽, 난 오늘을 잊지 않기 위해 또다시 녹음기를 켰다.

내 이름 강희재, 69세이고 소설가다.

그래, 난 2023년 제1차 네오본 학살 사태에서 유일하게 살아남은 드리머였어. 찾아보니 유튜브에도 내 생존 인터뷰가 올라와 있더라고. 나무위키에도 기록되어 있고 말이야.

아무튼 그 이후 세상은 망가졌지. 아직도 네오본이 왜 나타났는지 그 진실은 아무도 몰라. 아는데 숨기고 있는 걸지도 모르지. 네오본은 미국에서 한국이 아닌 첫 정신감염자가 발생한 이후로 급속도로 퍼져 전 세계에서 출몰하기 시작했어.

현재 인간은 네오본과 공존하며 살아갈 뿐이야. 그들은 건들지만 않으면 그래도 가만히 있거든. 우리의 공간을 조금 나눠준다고 생각하고 무시하고 살면 돼. 가끔은 그들이 심기가 불편할 때는 날뛰기도 하지만 그 정도는 이제 감수할 수 있어. 2023년 이후로 태어난 아이들에겐 그건 불편함도 공포도 아닌 일상일 뿐이지.

[긴급 알림]
용산 제3구역에서 네오본 출현. 즉시 지하 벙커로 대피하시기 바랍니다.
현재 기동대가 출동하여 영역 쉴드 전개 중입니다. 3분 뒤 제3구역의 출입이 제한됩니다.

마침 대피 경고 알림이 울렸어. 우리 집에서 바로 지하 벙커로 연결되어 있어. 버튼을 눌렀으니까 곧 승강기가 도착할 거야.

내 정신은 너무 낡고 지쳤어. 젊은 날의 불타오르던 패기는 전부 휘발되고 연소하여 하나도 남지 않았지.

난 이제 젊은 청년들에게 세상을 맡길 수밖에 없어. 그래도 되겠지? 오늘도 그들이 우리의 세상을 지켜낼 수 있겠지?

아, 소설의 마지막은 그냥 이렇게 끝내는 게 좋겠어.

강희재는 어린 날의 습관처럼 자신의 볼을 꼬집어 봤다. 현실인지 꿈인지 판단하는 데엔 아무래도 그게 직방이었다.

기억 저편, 그대 너머

임상희

기억을 잃어 허정인이라는 사람에게 발견된 '그'는 정인으로부터 무명이라는 이름을 얻는다. 그들이 사는 세상에는 인간이 평소에 인지할 수 없는 미지의 생명체, '공허'가 존재하고 있다. '공허'는 아무 죄 없이 살아가던 인간의 기억, 존재, 몸 등 모든 요소를 빼앗아 그들을 대신해 인간인 척 살아가는 영악한 존재이며 정인은 그것들로부터 인간을 구하는 기관 '충실' 소속의 사람이었다. 무명 또한 공허로부터 기억을 빼앗겨 버린 피해자로 정인은 그에게 함께 살자는 제안을 한다. 그 후 함께 공허를 물리치며 일상을 살아가던 그들에게 공허라는 존재에 대한 진실을 맞닥뜨릴 순간이 다가오고 있었다.

　본 작품은 판타지 소설하고는 거리가 먼 사람의 작품으로 아직 미숙한 투성이의 글이다. 그로 인해 분량 조절 실패로 하나의 거대한 프롤로그로 끝을 맞이했다. 언젠가 기회가 된다면 정인과 무명의 이야기를 끝까지 볼 수 있으면 좋겠다.

귀 먹먹한 소음에 눈을 떴다. 몇 명이 있을지 모를 만큼 뒤엉킨 발소리. 높낮이 다른 갖가지의 대화 소리. 예민한 자동차 경적. 끝이 보이지 않는 높은 건물이 흐릿하게 올라가는 눈꺼풀 사이로 지나간다. 고개를 뒤로 젖혀 올려다보면 구름 한 점 없는 새파란 하늘과 해가, 그대로 앞을 향해 제 자리를 쳐다보면 인간과 자동차 어느 하나 빠짐없이 빠르게 움직이고 있었다. 조용할 날 없는 도시 한복판에 그는 서 있었다.

픽, 누군가 그의 어깨를 밀쳐버리고 만다. 종이처럼 펄럭거리며 몸이 바닥에 엎어진다. 부딪히는 소리가 컸다. 동시에 바삐 몸을 움직이던 주변 사람들의 행동이 멈춘 듯한 느낌을 받았지만, 시간이 흘러가듯 사람들 또한 하나의 흐름처럼 관심을 끊고 각자의 인생을 살아가기 위해 움직이고 있었다. 아무도 그를 위해 손을 건네줄 사람은 없었다. 지독하게도 평범했다. 일어날 생각이 없어 보이던 그의 얼굴을 상세히 보면 이상하게도 불안에 떨고 있었다. 평범함인 척하는 사회적 무시로 인해서가 아닌 자신이 누구인지, 왜 여기 있는지에 대한 머릿속의 물음에 대답할 수 없는 무지의 사내였기 때문이었다.

옷에 묻은 자잘한 먼지를 털어내고 가장 먼저 바닥에 떨어졌던 뻐근한 손을 매만지는 그는 여전히 사람들 무리에 섞여 그 형체가 완벽히 보이지 않았다. 뭐든 희미했다. 신기루와도 같았다. 그는 목적 또한 떠올릴 수 없었다. 애초에 가지고 있었는지도 모른다. 주변이 너무 빠르게 돌아가 버리자 머릿속도 그만 다 태운 재만 남긴 채 연기가 새어 흘러나오고 있었다. 그는 답답했다. 바람을 느끼고 싶었다. 좀 더 사람이 없는 곳으로 걸어가기 시작한다. 주변을 헤집어 걸어 다니다 해가 중천인 한낮임에도 몸에서 털었던 게 무색할 만큼 먼지가 가득 쌓인 싸늘한 분위기를 풍겨오는 골목 입구 앞에 멈춰 선다. 오직 그곳만이 검게 색칠되어 있었다. 그는 골목 근처를 살폈다. 아무래도 갈 곳은 이곳뿐인 것 같았다. 기억과 함께 인지 능력도 나가떨어졌는지 무식하게 앞을 나아간다. 힘찬 걸음과는 달리 정돈 안 된 머리카락을 소심하게 긁적이며 깜깜한 그 길을 걷던 그때, 조금 전 느꼈던 어깨 밀침과는 차원이 다른 밀림으로 또 한 번 바닥과의 진득한 만남을 겪을 수밖에 없었다. 다행스러운 건 범인이 뺑소니처럼 사라져버리지 않고 떳떳하게 서 있었다는 점일까. 잘 됐다. 이번에는 뭐라도 말은 해야겠다고 놀란 눈을 잠재우며 고개를 들었다. 그것이 무슨 일을 가지고 올지 모르면서.

황갈색 머리카락의 여성이 카페에 홀로 앉아 있다. 꽤 큰 카페였다. 곳곳에 남녀노소 맛있는 디저트와 음료를 테이블에 두고 이야기보따리의 매듭을 풀고 있었다. 그녀는 창가에서 바로 보이는 건너편 골목을 주시하고 있었다. 앞에 놓인 음료의 빨대를 둥근 컵 모양 따라 돌리면서. 어쩌다 손에 쥐어 들고는 조금씩 빨아 마시고는 했으나 잔 속의 액체가 줄어들 기미가 보이진 않았다. 어째선지 조금 기분이 좋지 않아 보이는 표정이었다. 이마의 주름이 한가득 해 말 걸고 싶지 않은 그런 얼굴. 인상 쓰면서까지 바라보는 골목은 유독 어두운 것 말고는 특이한 점이 없었다. 결국 원하는 것이 보이지 않는지 크게 한숨을 내쉬며 빨대 아닌 직접 잔의 내용물을 들이키고는 국밥집에서나 자주 들릴 법한 구수한 소리가 구강을 타고 울려 퍼진다. 그리고 그대로 자리에서 일어나 카페 밖으로 나간다. 강인한 햇살 아래, 그녀의 머리카락은 밝게 빛나고 있었다. 당당한 발걸음으로 계속 주시하고 있던 골목 안으로 들어가는 그녀의 모습과 아리따운 머리카락이 그대로 어둠에 집어삼켜지고 만다.

터벅, 터벅. 그녀의 발소리 하나하나 골목 전체에 울려 퍼진다. 골목은 양팔을 길게 펼치면 딱 맞아떨어지는 크기였다. 손목에 걸려 있던 머리끈을 잡아당겨 머리카락을 한데 모아 묶는다. 지금 그녀는 인상 따위 쓰고 있지 않은 여유 있는 모습이었다. 긴 골목 끝에는 넓고 평평한 콘크리트 지대가 나타났고 그 위에는 검은 정장의 사람들이 한가득 서 있었다. 빙고구나. 그녀는 비로소 웃었다. 그리고 주머니에서 엄지 크기의 큐브 하나를 꺼내 든다. 허리를 숙이고 왼발을 뒤로 빼내어 추진력을 위해 힘껏 내미는 순간, 눈 깜짝할 새 검은 정장 무리의 중심부로 비집어 들어온 그녀는 유일하게 평범한 옷을 입어 그대로 덩치 큰 남성의 어깨에 들쳐져 있는 사내 한 명을 발견한다.

펑!

조금 전까지 무리로 가득했던 곳이 하얀 연기로 가득 메웠다. 연기 속에서 하나둘 검은 정장의 사람들이 내팽개쳐져 튀어나와 바닥에 뒹군다. 바람을 따라 차차 연기가 사그라지자 실루엣이 보이기 시작했고 마침내 연기가 모조리 다 사라지고 난 뒤에는 그녀, 허정인만이 혼자 떳떳하게 서 있었다. 그녀의 어깨에는 의식 없는 그를 둘러메고 있었다.

"뭐야? 신호가 있어서 왔더니만 공허는 코빼기도 안 보이고. 혹시 몰라서 왔는데 어쩐지 납치 현장을 발견해버린 것 같지? 어? 이게 맞나?"

정인은 어리둥절했다. 분명 신호기에 신호가 잡혀 골목의 위치를 찾아냈고, 신호의 주인이 나오기만을 위해 카페에서 죽치고 기다렸다가 한국인의 빨리빨리 본능으로 인해 제 발 걸어 직접 찾아온 것이다. 그런데 어느샌가 신호기는 울리지 않고 있을뿐더러 오히려 사악한 깡패들 사이에서 공주처럼 쓰러진 사내 한 명을 구해내고 말았다. 이거 인신매매겠지. 괜히 건드린 건 아닐까 하는 걱정이 앞선다. 아무래도 요즘 깡패는 뒤끝이 장난 아니라고 들었기에. 그런들 어찌하랴. 이미 벌어진 일이었다. 곳곳에 널브러진 검은 정장의 사람들은 여전히 정신 차리지 못하고 있었다. 그중 가장 가까운 하나를 톡, 발로 쳐보자 반응하는 모습을 보이니 죽지는 않아 다행이라는 생각과 함께 증원이 올 것 같은 틈을 타 재빠르게 장소에서 벗어난다. 정인은 그만 사람 하나를 주워버렸다.

***

"으, 으음."

"오, 일어난다. 일어난다."

시끄러운 도시도 어두컴컴한 골목 안도 아닌 새로운 장소의 천장이 보인다. 정신 하나 차리기도 전에 온몸의 근육이 먼저 비명을 지르기 시작한다. 으윽, 상황 판단을 위해 억지로라도 일어나보려 했으나 역시 무리였다. 검은 정장의 사람과 부딪히고 찍소리 한 번 내지도 못한 채 그대로 두들겨 맞아 기절했던 게 마지막 기억이었다. 그렇다면 여기는 저승인 걸까. 사후 세계는 꽤나 세련됐구나. 그럼 이 옆에 있는 사람은.

"저승사자?"

"푸하핫!"

정인이 어깨를 들썩이고 침까지 뿜어대면서까지 웃는다. 뭐, 뭐? 저승사자? 으하학! 과한 그녀의 태도가 그는 당황스러웠다. 너무 웃어대는 그녀가 무서울 지경이었다. 무거운 눈꺼풀을 힘껏 들어 돌리며 자기 모습을 살펴보니 신체 곳곳에 붕대가 감겨 있었고 그 위에는 푹신한 이불이 따스하게 덮어져 있었다. 거기다 주변까지 둘러보면 그냥 평범한 사람의 방 안처럼 보였다. 저승이 아니었다. 다행스럽게도 그는 살아있었다. 자신의 안전이 확보됨을 확인하자 긴장이 풀리기도 했지만, 더 큰 감정이 머리부터 발끝까지 온몸을 휩쓸고 있었다. 창피함이었다.

"아, 아하학! 저승사자? 푸학!"

"…그만 웃어주시면 안 될까요."

그는 양손으로 얼굴을 가려버리고 만다. 거울이 없어도 알 수 있었다. 이미 얼굴은 빨갛게 익은 홍다무임을. 그녀는 여전히 웃음을 자제하지 못하고 있었고 그는 이대로 뛰쳐나가고 싶었다. 한 3분은 더 웃었을 것이다. 결국 정말 창문을 향해 달려가려던 그를 급하게 붙잡고 나서야 폭풍파도 같았던 이 상황이 얌전할 수 있었다.

"그래서, 기억이 없다고?"

정인은 생각보다 담담했다.

"그냥 눈을 떠보니 어딘지도 모르는 곳에 서 있었어요. 어떻게든 기억해보려 했는데 아무것도 기억나지 않아서…. 제가 누구인지 왜 그곳에 있었는지 그 어떤 것도 기억나지 않아요."

그녀는 잠시 고민하는 듯 눈을 내리 깐다. 아마 믿어야 할지 말아야 할지 난감할 것이다. 하기야 이런 뜬금없는 이야기를 누가 들어줄까. 본인조차도 믿을 수 없는 부분이다. 사지 모두 멀쩡한데 기억만 없다니. 어처구니가 없다. 어디선가 병원에서 탈출한 위험환자일지도 모른다. 점점 자신의 존재에 대한 의구심만이 가득 찰 때 정인이 입을 열었다.

"그 이유, 내가 알지도 모르겠다."

정인은 내일 말해줄 테니 오늘은 그냥 안정을 취하는 게 좋을 것 같다며 짧게 자신의 소개와 상황을 설명해주고 난 뒤 방에서 나갔다. 그제야 혼자가 될 수 있었다. 사실 자신이 이곳에 있는 이유든 몸에서 느껴지는 고통이든 별로 신경 쓰이지 않았다. 오로지 내가 누구인지에 대한 대답을 그녀에게서 들을 수 있다는 기대와 혹여 좋지 않은 말은 아닌지에 대한 두려움이 사무치고 있었다. 이런 이상한 감정은 별로 느끼고 싶지 않았다. 차라리 지금 말해주었으면 좋았겠지만, 그녀 나름의 배려일 터이다. 이미 그녀는 처음 보는 사람을 구해주고 자기 집으로까지 데려와 돌봐주기까지 했다. 이보다 더한 착한 사람이 어디 있을까. 그러니 은인으로부터 향한 의심 따위 갖지 말자. 주먹을 꽉 쥔다. 일종의 결심이었다. 어렴풋이 밝은 부분을 따라 고개를 돌려보니 창문이 하나 있었다. 활짝 열려있다. 조금씩 시원한 바람이 흘러 들어왔다. 처음 세상에 눈을 떴을 때 보았던 푸릇한 하늘이 아닌 구름이 잔뜩 끼어 달의 일부분만 보이는 밤이었다. 꽤 오랜 잠을 잤던 것 같았다. 조금은 편안했다. 또한 여전히 이불은 푹신했고, 따뜻했다. 침대 옆 작은 협탁 위엔 조금 식은 차가 놓여 있었다.

방문을 닫고 거실로 향한 정인은 조금 피곤한 몸을 소파로 던졌다. 단순히 사람 한 명을 도와주었다고 생각했지만, 아무래도 본인이 생각했던 것보다 복잡한 사정이 뒤얽혀 버린 듯했다. 오히려 나을지도 모른다. 그는 분명 자신이 찾고 있던 신호의 정체와 깊은 관련이 있음을 확신했다. 한동안 조용했던 존재들이 있음을 입증한 것이다. 이번에는 기필코 잡아내고 말 터이다. 그러면 그의 기억을 되찾아줄뿐더러 자신의 오랜 염원을 이룰 수 있는 또 하나의 발판이 된다는 기쁨을 만끽할 수 있을 것이다. 고개를 돌린다. TV 서랍장 위에 몇십 년 지난 액자 몇 개가 놓여 있었다. 그중 하나가 유독 눈에 띄었는데 정인으로 추정되는 어린 소녀와 더 어려 보이는 작은 소년이 함께 찍혀있었다. 둘은 정말 행복해 보였다. 정인은 하루빨리 그때 그 행복을 다시 느끼고 싶었다.

"아, 맞다."

정인은 뒤늦게 그의 이름을 모른다는 걸 깨닫고 만다. 그러고 보니 어떻게 불러야 할까. 아마 오랜 기간 이 집에서 함께 동거해야 할지도 모른다는 말이라도 하고 나와야 했으나 싶다.

다음 날, 아침이 찾아왔다. 어느새 잠이 든 그는 창문을 타고 얼굴에 내리쬐는 햇빛에 눈을 떴다. 다행스럽게도 개운했다. 몸도 어제보다 확실히 가벼웠다. 타이밍 좋게 노크 소리가 들리더니 문이 열린다. 정인이었다.

"잘 잤니? 아침 먹자."
"아, 그래도 괜찮나요?"
"당연하지!"

어제는 구경조차 할 수 없던 방문 바깥의 공간을 훤히 들여다볼 기회가 생겼다. 거실 및 주방 등 모든 곳이 깨끗했다. 역시 천사는 다르다는 건가. 사실상 자신이 머물렀던 방의 상태만 보아도 그녀가 얼마나 집을 소중히 여기는지 알 수 있었다. 평범하지만 아늑한 가정집. 너무 낯설지도 불편하지도 않은 그런 집. 어째선지 이런 안락함을 오랜만인 것처럼 느끼다 이내 맛있는 냄새에 이끌리고 만다. 2인용 정도의 작은 식탁에는 반찬들이 잔뜩 놓여 있었는데 마치 임금님 수라상, 까지는 아니더라도 둘이 먹기에는 과분한 양이었다. 이에 배는 벌써 준비가 되었는지 소리를 내었고 침 또한 꼴깍 삼켜 먹음직스러움을 한껏 만끽했다. 정인은 피식, 웃으며 얼른 먹자고 의자를 빼내 주었다. 식사 시간은 그야말로 극락이었다. 맛있는 밥을 먹어본 건 거의 처음이었다. 그녀를 헤아릴 수 없을 정도로 대단한 사람이라 느꼈다. 포만감을 가득 느끼고 식사를 끝냈다. 어제 몇 번 홀짝거렸던 차와 같은 향이 코를 간지럽혔다. 정인은 차를 끓이고 있었다. 그는 그녀를 빤히 쳐다보았다. 뭐가 묻었냐고 물어보는 그녀의 질문에 그는 고개를 저었다.

"그냥 좋아서요."
"잠시만, 그거 꽤 위험한 발언인 거는 알지요?"

그런가요? 그는 조심스레 웃어 보였다. 익숙하면서도 그리웠던 이 간질거리는 느낌이 단순한 기분 탓이 아닌 것 같았다.

"그래서 말이야. 무명 어때. 무명."
"무, 명, 이요?"
"그대 이름. 내가 어제 새벽 내내 생각해봤는데 지금으로써는 이게 최선이지 않을까 싶어서 말이지?"

무명. 내 이름.

"마음에 드신다면 그렇게 불러주세요."
"정말? 진짜로?"
"네. 어쩔 수 없잖아요. 계속 그대, 그, 당신이라고 부를 수도 없는 노릇이고요."

사실 별로라고 의견을 말해버리면 지금까지 자신이 받았던 호의에 대한 결례가 아닐까 생각했다. 모든 걸 잘하는 완전무결한 사람인 줄 알았으나 이런 센스 쪽에서는 큰 힘을 발휘하지 못하고 있구나 하며 그녀에 대해 서서히 알아가고 있었다. 하지만, 지금은 이런 것보다 훨씬 더 큰 무언가를 원했다. 어제 애매하게 끊긴 본인에게는 중요한 이야기. 그것이 알고 싶었다. 그는, 무명은 눈을 깜박이며 그녀에게 신호를 준다. 정인은 눈빛을 보자마자 고개를 끄덕이고는 호흡을 가다듬기 시작한다. 아까 전과는 사뭇 다른 분위기를 풍기며 메인 이야기를 꺼낼 태세를 보이고 있었다.

"무명이가 기억을 잃게 된 건 아마도, 아니 확실할 거야. '공허'라는 존재 때문임이 확실해."
"…공허요?"

정인은 고개를 끄덕인다.

"공허란 건 말이지."

그녀를 통해 귀로 들어오는 모든 이야기는 마치 동화책에서나 나올 법한 내용이었다. 무명의 어처구니없는 이야기를 들어줄 때 큰 타격이 없어 보였던 건 아마 이거 때문이었을까. 이미 정인은 자신이 처한 상황보다 더한 비현실적인 세계에 발을 담그고 있었다. '공허'란 일종의 미지 생명체로 실제 모습을 본 사람은 없으며 결과적으로 인간에게 해를 가하는 무서운 존재라고 한다. 진짜 모습은 우리 눈을 통해 확인하고 만질 수도 없지만, 유일하게 그들과 마주 볼 수 있는 순간이 있다고 한다. 바로 '공허'가 아닌 '인간'이 되어버린 상태. 공허는 인간을 노리는 존재이다. 정확하게는 인간의 삶을 노리고 있다. 인간의 기억, 존재 모든 요소를 빼앗아 마치 예전부터 자신이 그 인간인 것처럼 살아가는 기생충과도 같은 존재. 그들은 지금, 이 순간에도 사회의 틈 속에서 살아가고 있음을 정인은 진지하게 이야기했다.

"그래서 그 공허라는 건 일종의 외계인… 이네요?"

"오, 좋은 비유."

"하지만 이상하잖아요. 제가 보기엔 그들이 훨씬 더 상위적인 존재 같은데 왜 인간이 되려 하는 거죠?"

"예리한 질문이야. 하지만, 그 질문에 대한 답은 나도 할 수가 없어."

"왜죠?"

"아무도 모르기 때문이야."

정인은 비워진 무명의 찻잔에 다시 차를 가득 담아 채웠다. 갓 우렸던 때와는 달리 열기가 조금 없어진 듯했으나 여전히 맛있어 보였다.

"공허가 왜 인간이 되고 싶은지에 대한 건 아무도 몰라. 하지만 확실하게 그들은 인간이 되고 싶다는 목적이 있어. 가장 유력한 추측으로는 공허는 감정을 느끼지 못하는 존재이기 때문이라나."

"그렇다면 그 공허란 게 제 기억을 가져갔다는 건가요? 이 부분도 이상해요. 가져갈 거면 다 빼앗으면 되잖아요. 기억만 가져가 버린 건 무슨 이유인 거죠?"

"무명이는 아마 전교 1등이었을 것 같아."

"이상한 말은 그만해주세요. 아니, 그것보다 왜 벌써 반말이에요? 제가 정인 씨보다 나이 많으면 어쩌려고요."

"그건 기억을 되찾고 나서 이야기해보자고. 왜, 동안처럼 보이고 좋잖아?"

그런 부분은 기분 좋게 넘어가고, 본론으로 들어가 보자고. 정인은 의자에서 일어난다. 그리고는 거실로 사뿐히 걸어간다. TV 서랍장 앞에 멈춰 선 그녀는 많은 서랍 중 하나를 열어 낡은 종이를 꺼내 든다. 그것을 들고 가져와 식탁 위에 놓는다. 종이에는 공허에 대한 이야기가 잔뜩 쓰여 있었다. 이걸 오랜만에 꺼낼 줄 몰랐어. 정인은 어깨를 으쓱이고는 다시 길고 긴 설명을 재개했다.

사실 무명은 이후에 이어지는 이야기들을 완전히 다 이해하지 못하고 말았다. 정인이 쉽게 설명해주기는 했으나 웬만하면 인간의 영역에서는 일어나기 힘든 요소 천지였다. 자신이 공허에 기억을 빼앗겼다는 것, 사람마다 입맛이 다르듯 공허들 또한 다르다는 것. 기억을 앗아간 공허를 찾고 물리치면 원래대로 돌아온다는 것. 그나마 고개를 끄덕이며 납득할 수 있는 건 이 정도뿐이었다. 반대로 가장 이해하기 힘들었던 건.

"공허에게 모든 걸 빼앗긴 사람은 돌아올 수 없어. 이 점은 아직도 큰 부분이긴 해. 오랜 기간 연구를 해온 사람들이 있지만, 그 해결 방법을 찾지는 못했어."

기억뿐만 아닌 모든 자신에 대한 존재 자체를 빼앗겨버리면 그대로 끝이라는 것. 그 이야기를 들었던 순간, 무명은 자신이 기억만 잃었음을 무척이나 다행이라 여겼다. 만약 자신과 맞닥뜨린 공허가 욕심이 많은 부류였다면 깡패들에게 잡혀 장기를 파헤쳐 사망하는 것보다 더한 죽음을 겪어야 했을지도 모른다. 무명은 이 상황을 마치 해리포터에서 나오는 9와 4분의 4 승강장 벽을 처음으로 넘어설 때의 느낌을 직접 겪는 기분이었다. 이런 건 또 잘 기억한다. 정말 하찮고 쓸데없었다. 정인은 낡은 종이를 가지라고 손에 쥐여주었다. 그녀가 말했던 것보다도 방대한 정보들이 적혀 있었는데 따로 필기한 부분도 있었다. 아무래도 정인이 직접 쓴 것이라 여겼다. 이제부터라도 헷갈릴 때마다 이 종이를 들여다보면 될 것 같았다. 그녀는 공허에 대한 존재를 처음 알았을 때 무슨 기분을 느꼈을까. 무명은 알지 못할 음을 흥얼거리며 설거지 중인 정인의 뒷모습을 쳐다보았다. 입을 뻥긋 열어보려다 잠시 멈칫한다. 무명은 물어보지 않는 게 좋다는 판단을 내렸다. 잠깐이나마 눈에 비치던 TV 서랍장 위에 놓인 액자 속의 어린아이들이 환하게 웃고 있었기 때문이었다. 그리고는 자신이 상상한 게 아니기를, 자신이 묵었던 그 방이 손님방이기를 바란다고 조용히 속삭였다.

무명은 정인이 집안일을 끝내기 전까지 소파에 앉아 골똘히 생각했다. 기억을 잃기 전의 자신이 어떠한 사람이었는지, 지금쯤 가족이 찾고 있는 건 아닐까. 무명은 첫날에 입고 있던 옷가지를 살폈다. 평범한 청바지에 검은 티. 그리고 후드집업. 후드집업 쪽 주머니에 손을 넣어봐도 텅 비어 있었다. 즉, 무명은 처음부터 휴대폰을 갖고 있지 않았다. 결과적으로 연락할 수단조차 없어진 것이다. 정인은 몸이 완전히 낫는 대로 처음 눈을 떴던 거리를 돌아보자 제안하였다. 만약 그곳에서조차 단서 하나 찾지 못한다면 더는 자신이 있을 곳이라고는 땅바닥뿐이라는 불안감이 엄습해왔다. 이러다간 무엇도 이루기 전에 노숙 신세로 살다 죽게 생겼다.

"무슨 생각을 그리 오래 하시나? 어때. 소지품은 찾았어?"

무명은 고개를 저었다. 암울한 그의 표정을 살피던 정인은 슬며시 옆자리에 앉는다.

"불안하지?"

"…네."

"당연해. 아무것도 모른 채로 살아간다는 건 고통스럽긴 하지."

정인은 무명을 쳐다봤다. 슬픈 눈과 마주친다. 조금만 톡, 건드려도 눈물이 쏟아질 듯했다. 잠깐의 정적이 흐른다.

"하지만, 과거를 잃어버린 만큼 현재를 열심히 살아가면 된다 생각해. 왜냐하면 무명이는 아직 이 자리에 있고, 살아있으니까."

정인은 자리에서 일어난다. 씩씩했다.

"사람은 생각보다 기회의 순간이 많단다. 그러니까 우리 너무 낙담하지 말자. 조금이라도 더 행복해지려 해보자."

정인의 등은 무척이나 넓어 보였다. 무명보다 체구는 작아도 무언가를 담는 그릇만큼은 무척 큰 것이 분명했다. 얼굴이 보이지는 않지만 조금 쑥스러워 보이기도 했다. 무명은 그만 푸핫, 소리를 내며 웃는다.

"뭐! 왜 웃어!"

"그냥, 그냥요. 흐핫!"

"그러니까 왜 웃는 건데?!"

무명은 자신이 이런 웃음을 지을 수 있는 사람임을 조금 낯설면서도 기뻐했다. 적어도 감정을 표출할 줄은 아는구나. 안심이었다. 다소 산만한 아침을 마무리 지었다. 그럼에도 불편함 없는 여유롭고 따스했다.

어느덧 시계의 시침이 2시를 향해가고 있을 때 정인은 조금 빠듯하게 움직인다. 바깥에 나가야 할 무명에게 입을 옷이 단 하나도 없었기 때문이다. 아무래도 정인의 집은 여자 혼자가 살고 있었기에 여분 옷이라고는 모조리 무명의 등치하고는 맞지 않았다. 아직 환자이기에 섣불리 나갈 수 없는 무명을 대신해 정인은 눈대중으로 사이즈를 재고 나서 근처 대형마트로 달려가 세일하는 것들을 추려 사 돌아왔다. 무명은 미안하다고 말했으나 옷 갈아입히기 놀이하는 기분이라 오히려 좋다며 다른 걱정은 하지 말라고 정인이 그를 달래주었다. 새로 산 옷들을 하나둘씩 입혀보고 벗겨보고 다시 입히면서 반복할 때 무명은 그녀가 한 말이 어떤 의미였는지 조금 이해 가기 시작했다. 살짝 수치심을 느끼기도 했다. 그러나 절대 입 밖으로 내보낼 수는 없었다. 한참 옷과의 실랑이 끝에 무명은 파스텔 계열의 옷이 잘 어울리는 쿨톤의 사람으로 판명이 났다. 화려한 것보다는 무던한 느낌의 스타일과 잘 맞기도 했다. 과정이 험난했던 만큼 전신 거울을 통해 바라보는 자기 모습이 조금 멋지다고 생각했다.

"오늘의 코디는 성공이네. 음! 만족!"

"감사합니다. 잘 입을게요."

"열심히 입어줘야 해. 그러면 옷도 입었겠다. 몸만 나아지면 바로 같이 나가보자."

"하지만 역시 저 혼자 가는 게….."

정인은 무명의 말대꾸가 마음에 들지 않았다. 그를 째려보기까지 했다. 그러나 무명은 말을 멈추지 않았다.

"그야 더는 정인 씨에게 손을 빌리기가 뭐해요. 벌써 이것저것 준비까지 해주셨는데. 거기서 무조건 단서를 찾을 수 있을 거라는 보장도 없고…. 이제는 저의 문제라고 생각해요. 물론 고맙기도 합니다. 당연히 고맙고요. 그리고…."

"그리고 뭐?"

어떻게든 평계를 대본답시고 횡설수설한 것이 무색하게도 돌아오는 대답은 짧고 강렬했다. 더는 어떤 말을 해야 할지 생각나지 않았다. 정인은 무명 쪽으로 성큼 다가와 얼굴을 들이민다.

"나는 공허를 잡는 게 직업이야. 그리고 넌 그 목표로부터 피해를 받은 사람이고. 애초에 너를 데리고 오고 도와주고 싶은 건 내 선택이고 당연한 거야."

무명아, 나는 널 최대한 돕고 싶어. 무명은 자신이 바보임을 깨달았다. 그녀는 진심으로 나를 도와주고 있었다. 행동 하나가 나를 위한 것이었다. 그런데 무명은 그것을 빚이라 여겼다. 언젠가 자신이 갚아야만 하는 무거운 빚. 그렇기에 늘리면 안 된다는 압박감에 그만 그녀에게 실례되는 말을 해버린 것이다. 착각인지도 모르고 말이다. 무명은 부끄러웠다. 너무나도 부끄러워서 그대로 현관문을 박차 뛰어나가고 싶었다. 지금 자신이 서 있는 처지에 대해 다시 한번 생각해봐야 했다.

"정인 씨가 그렇게 생각해주신다면."
"주신다면?"

"부탁… 드려도 될까요."

무명은 정인을 똑바로 응시했다. 그녀는 말하지 않아도 그에게 답을 해주었다. 절대 무너지지 않을 강인한 미소였다. 무명은 그 미소를 좋아했다. 보면 볼수록 어떤 불안도 헤쳐 나갈 미소. 믿고 있기에 무명은 그녀에게 도와달라는 부탁을 할 수 있었을지도 모른다.

"내가 누군데! 이래 봬도 기관에서 꽤 유망 받는 사람이시란 말이야!"
"기관?"

무명 학생? 아침에 뭘 들으신 거죠? 아주 낙제 감이에요? 그러니까 기관이 있는데 충실이라고 부르고 공허를 잡는 세계 유일 조직으로…….

무명은 정인의 동료가 되는 것으로 일단락이었다. 적어도 쉬고 먹을 수 있는 공간이 생겼다. 이것만으로도 큰 메리트였다. 대신 정인을 도와주어야 했다. 그녀의 서포터가 되어 공허를 찾아내고 처치한다. 정확하게 무엇을 서포트해 주어야 할지에 대해선 나중에 알려준다고 했다. 무명은 기억을 잃었다는 끔찍한 사실에 비해 과분한 복지를 누릴 수 있었다. 그녀와 본격적으로 일하기 전까지는 몸을 회복하는 데에 집중하기로 하며 그는 정인의 집에서 약 3일을 더 노닥거렸다.

"이제 슬슬 활동해도 괜찮을 것 같아요. 더는 아프거나 뻐근한 부분은 없어요."
"다행이네. 건강한 모습 보니까 좋다."

3일간의 휴식은 무명에게 있어 최고였다. 밥은 삼시세끼 나오고 후식으로 차는 필수였다. 늘 따뜻한 이불과 함께 잠에 들 수 있었으며 무엇보다도 더는 불안감에 휩싸이지 않아도 됐다. 최고의 안식처였다. 덕분에 예상 날짜와는 훨씬 더 빠른 쾌유를 맛볼 수 있었다. 드디어 무명은 바깥 활동이 가능하다는 사실이 가까워졌음을 느꼈고 이는 두근거림으로 이어졌다. 하루빨리 기억을 되찾고 싶었던 마음이 컸기에 지금, 이 순간 그는 누구보다도 비교할 수 없는 열정을 불태우고 싶었다. 그 흐름을 막아버린 건 다름 아닌 정인이었지만 말이다.

"전투는 금지!"

"어째서죠?!"

"당연하지, 넌 일반인이잖아? 네가 무슨 스파이더맨이야? 공허한테 공격당해서 엄청난 힘이 생긴 줄 아는 히어로가 아니란 말이야."

"그건 맞지만⋯."

"일단 수업처럼 멀리서 바라보는 걸로 하자. 어때."

"알겠습니다⋯."

어찌 보면 당연한 행동이었다. 그녀 말대로 무명은 기억을 잃었을 뿐 능력치가 향상하거나 특별한 힘을 얻은 건 아니었다. 그는 여전히 일반인이었다. 사실 무명 또한 정인을 일반인처럼 보이기는 했다. 애초에 그녀가 자신을 구해주었을 때 그는 기절해있었으므로 그녀의 실력이 어느 정도인지 알 턱이 없었다. 그녀를 도와주고픈 욕심이 너무 앞서버리고 말았다. 오히려 혼나버리니 무명은 속상했다. 입술을 쭉 내민 채 정인의 뒤를 졸졸 따라다니는 그 모습은 영락없는 강아지였다. 정인은 한숨을 내쉬었다. 벌써부터 이러면 안 되는데 말이지.

그들은 함께 집 밖을 나서 무명을 처음 발견한 골목길과 그가 처음 눈을 뜬 사거리를 찾아갔다. 정인의 손에는 신호기라 불리는 작은 스마트폰을 들고 있었는데 화면 안에는 레이더망이 그려져 있었다. 이 기기를 이용해 공허를 찾는다고 했다. 무명을 찾아낸 것도 신호기 덕분이었다. 조금 이상한 점은 신호기가 울렸던 시점이 이미 무명이 골목길로 들어섰을 때와 비슷했다. 즉, 무명이 공허에게 당했을 유력한 장소, 사거리에는 공허가 없었다는 것. 그렇다면 그는 이곳이 아닌 다른 곳에서 공허와 맞닥뜨렸다는 새로운 문제가 생겨버리고 마는 것이다. 이뿐만이 아니었다. 신호기가 알려준 건 공허가 아닌 무명을 뜻하는 게 돼버리기도 한다. 둘은 이 사실을 깨달았을 때 황당해하고 말았다. 정인은 신호기의 고장이 아닐까 생각해보기도 했지만, 무명이 집에서 쉬고 있던 날에 혼자 작업했던 적이 몇 번 있었던 것을 보아 단순한 고장은 아님을 확신했다. 결과적으로 아무것도 얻지 못하고 해가 지는 것을 바라봤다. 꼬리를 물면 물수록 늘어나는 의문점들을 한꺼번에 해결하기란 무리였다. 신호기의 고장이 아닌 무명에게 남아있던 공허의 흔적에 잠깐이나마 반응한 게 아닐까 하는 예측이 가장 가깝다는 것 정도? 이것 말고는 소득이라곤 근처 맛있는 떡볶이집을 발견한 것이다.

"생각보다 복잡해지네."

"역시 저 혼자라도…."

"지금부터 혼자라는 단어 쓰는 순간 밥은 없다."

"…."

에라이! 정인이 길거리 바닥에 널브러진 돌 하나를 힘껏 차버린다. 돌은 저 멀리 날아가 근처 강가로 툭, 떨어진다. 무명은 우울해졌다. 적어도 하나 정도는 찾을 줄 알았다. 그런데 오히려 더 큰 숙제로 넘어가 버렸다. 이대로 괜찮을까. 영원히 기억을 되찾지 못한다면 나는 어떻게 되는 걸까. 툭, 정인이 무명의 등을 감싼다. 괜찮아. 무명아. 그 짧은 말이 큰 힘을 안겨주었다. 그리고 위로해주는 정인의 손은 꽤 따뜻하다고 느꼈다.

"이렇게 된 거 다른 놈이라도 잡자."

"다른 놈이 나타났나요?"

"응. 한 3분 전에 신호기에 떴어. 어디로 이동하고 있는 듯해. 거기다 이쪽으로 말이야. 먹잇감이 알아서 찾아오고 있단 말이지."

무명은 침을 삼켰다. 어쩐지 긴장했다. 실전을 본다는 중압감 때문일까. 어차피 멀리서 구경만 하는 입장일 터이다. 그런데도 마치 자신이 직접 상대해야만 하는 기분처럼 이상했다.

"100m 앞이야."

정인은 걸치고 있던 재킷 속으로 손을 집어넣었다. 무명은 공허로 추정되는 사람 한 명을 발견한다.

두근두근, 무명의 심장이 크게 요동치고 있었다. 어렴풋이 다가오는 형체는 다름 아닌 평범한 사람이었다. 고이 정리된 긴 생머리카락에 하늘색 원피스를 입고 천천히 걸어오는 여성. 그것 외에는 별다른 이점이 보이지는 않았다. 혹시 몰라 정인을 흘깃 쳐다보니 아무래도 같은 사람을 응시하고 있음이 분명했다. 무명은 그동안 신호기가 얼마나 큰 역할을 하고 있었는지 이러한 기기를 만들어낸 충실이라는 기관을 향해 감탄할 수밖에 없었다. 꿀꺽, 아까부터 입 안에는 침이 고이고 손이 떨렸다. 이성적으로는 그가 공허임을 이해할 수 없지만, 몸만큼은 본능적으로 위험한 존재가 가까이하고 있다 비상 신호를 외치고 있는 듯했다. 정인은 조용히 속삭였다.

"잘 봐. 무명 학생. 오늘은 실습이니까."

정인이 재킷 속 무언가를 꺼내 든다. 무려 총이었다. 무명은 그만 육성으로 소리를 내지르고 만다. 정인은 그 어떤 반응에도 담담하게 장전하고 여성을 향해 겨눈다. 대놓고 일어나는 이 상황을 무명은 감당할 수 없었다. 무명은 여성과 눈이 마주쳤다. 그녀 또한 몹시 당황스러워 보였다. 시선이 점점 총으로 향해가더니 그대로 비명을 지른다. 정인은 시끄럽다는 듯 인상을 찌푸리며 그대로 방아쇠를 당겼다.

탕, 총알이 여성을 향해 나아가고 무명은 눈을 질끈 감았다. 봐야만 하는데 그럴 용기가 나지 않았다. 잠깐의 정적. 그리고 또 한 번 들려오는 비명. 죽지 않은 건가? 그것이 더 괴로울 텐데. 무심코 궁금하다는 생각이 들었다. 호기심이 두려움을 이겨낸 것이다. 슬쩍, 떨리는 눈꺼풀을 조심스레 들어 올리자 자동으로 탄식이 흘러나왔다. 여성은 온 데 간 데 사라지고 온몸이 촉수처럼 늘어나 정인을 공격하는 모습이었다. 주변은 하얀 연기로 가득하였고 여성으로 추정되는 촉수가 휘둘러질 때마다 연기도 따라 퍼진다. 정인은 사이를 여유롭게 피했다. 그리고는 여성, 아니 공허를 똑바로 바라보며 연발을 갈기기 시작했다. 탕탕탕, 이러다가 누가 나타나지는 않을까 주변을 둘러보았다. 신기하게도 그들 말고는 인적 따위 느끼지 않았다.

"하찮은 인간이 감히 날 공격해?"
"하찮은 인간한테 당하고 있는 너는!"

탕! 계속해서 발사 소리가 귀를 크게 내리친다. 무명은 그녀가 왜 전투를 원치 않았는지 알 수 있었다. 보는 것만으로도 위험해 보이는 이 상황에서 무명은 그 어떤 행동을 취하기가 어려웠다. 그녀 말대로 그저 멀리서 구경하는 게 고작이었다. 빠르게 휘둘러지는 촉수를 피하거나 총으로 막아내며 무려 근접으로 싸우는 그녀는 절대 일반인이라고 하기 어려운 경지였다. 끼에에엑! 아까와는 다른 이질적인 목소리에 눈살을 찌푸렸다. 정인의 총에 제대로 맞은 것이다. 그리고 또 한 번의 발사 소리에 공허는 그대로 철퍼덕 쓰러졌다. 압도적인 정인의 승리였다. 주변에 남아있던 연기가 점차 사그라지면서 멀쩡히 서 있는 그녀를 명확하게 확인할 수 있었다. 그러다 뒤를 돌아 무명을 쳐다보는데 그 모습이 조금 무섭다고 느껴지기도 했다.

"일로 와볼래?"

전투가 끝났음을 알리는 정인의 목소리 덕에 넋이 나간 무명이 정신 차린다. 아, 네. 화들짝 놀라며 그녀의 곁으로 달려갔다. 공허의 모습은 처참했다. 평범한 여성이 괴물로 변해있었다. 정인에게 호되게 당한 탓에 형체는 조금 징그러웠다. 피 같은 건 없었다. 곳곳엔 빈 탄환들이 떨어져 있었다. 정인은 흘린 땀을 닦는다.

"이게 공허에요?"

정인은 고개를 끄덕였다.

"얘는 조금 약한 편이야. 보통은 이렇게 쉽게 끝나지는 않아. 잘 보고 있었지?"

"아, 네. 초반에는 눈을 감아버려서 잘 보진 못했는데….."

"그래…. 궁금한 점이라던가 있어?"

아, 그게. 무명이 정인에게 물어보려던 찰나, 흉측하게 변해버린 공허의 시체가 서서히 빛을 내더니 이내 작은 먼짓가루로 변해버리고 만다. 이것이 바로 공허의 말로인가. 무명은 저릿한 기분을 느꼈다.

"공허에 대해선 웬만하면 종이에 쓰여 있어서 어떻게든 이해가 될 것 같은데 혹시 연기도 공허의 공격인가요?"

"아, 이건 내가 한 거야. 일종의 신호탄이라고 해야 하나."

"신호탄?"

"그래, 이 연기는 특수한 연기로 원래는 이런 작은 큐브에 들어 있어."

정인은 주머니에서 몇 개의 큐브를 꺼내 보여주었다. 엄지 크기의 작은 큐브들 안에 연기가 있다고 하니 신기한 물건이었다.

"기관으로 보내는 신호. 이 연기가 공중에 흩뿌려지면 기관 쪽으로 신호가 가는데 그럼 그쪽 담당들이 알아서 조처해주지."

"무슨 조치요?"

"내가 마구 무기를 쓰게 도와주는 조치! 우리 눈에는 보이지 않지만, 이 모든 곳에 사람들의 눈과 귀를 막아주는 투명 보호막이 있다고 해야 하는 게 이해하기 쉬우려나? 평소에는 작동되어 있지 않은데 그걸 작동시켜줘서 보다 안전한 싸움이 가능해. 뭘 하든 주변 사람들에게는 아무런 영향이 없다는 말씀! 기관에서 주는 물건 그 어떤 것만 갖고 있어도 보호막의 눈가림을 막을 수 있어. 네 주머니 보면 큐브 하나 있을걸? 그리고 이 총은 특수 제작된 무기로 공허에만 반응해. 이렇게 사람에게 쏴도."

탕!

"으아아악!…. 아무렇지 않네?"

정인은 냅다 무명에게 총을 쏴버렸다. 빈 탄환이 떨어졌지만, 무명의 몸엔 구멍 하나 나 있지 않았다.

"이것도 기관에서 제공해준 거야. 공식적인 기관 소속이 되면 자신에게 맞는 무기를 주거든."
"마구 갈기는 거 보면 맞을지도 모르는, 으악! 아파요!"

아무래도 정인의 손은 물리적인 접촉이 가능했기에 매섭게 날아오는 등짝 스매시에 그대로 아픔을 느낄 수밖에 없던 무명이었다.

"크흠, 어쨌든 대충 이해는 됐지?"
"네…. 아파라…."

그럼 우리 배도 고픈데 떡볶이나 먹으러 가자. 정인은 방금 전 있었던 격렬한 전투가 단순한 일인 것처럼 자신의 배를 쓰다듬으며 무명의 손을 잡아당겼다. 아직 무명은 모든 것에 대해 납득하고 받아들일 상황이 아니었지만, 그녀의 부탁을 거절할 수는 없었기에 잠자코 끌려다녔다. 잠깐이지만 꽤 큰 수확들을 얻은 기회였기도 했다. 이를 토대로 계속해서 보고 느끼다 보면 무명도 정인의 서포트를 해줄 수 있는 단계가 될 수 있지 않을까 하는 희망을 걸어보기로 했다. 어쩐지 뒤따라 배고픔이 느껴졌다. 그 역시도 떡볶이가 먹고 싶었다.

＊＊＊

　유독 비가 내리는 날이었다. 다리 아래 작은 강가는 비를 머금자 몰아치는 폭풍과도 같은 매서움을 보여줬으며 그 주변을 모조리 집어삼키었다. 흙탕물로 변질되어 불어난 물이 위협한다. 그리고 그 끝에는 교복을 입은 한 사람이 쓰러져 있었다. 그는 숨이 멎기 직전의 상태였다. 끄나풀이라도 잡기 위한 발악이었을지는 몰라도 그는 짜낼 수 있는 온 힘을 내어 허공을 향해 손을 뻗는다.

　"있, 잖아⋯. 만약 네, 가 내 소원을 들어, 주기 위해 나타, 난 요정, 님이라면⋯."

　내 소원 들어줄 수 있어?

　"저기, 무명이는 아직 공부 중인가요?"

"방해하면 쫓아낼 거예요."

하지만 여기는 제집인걸요? 정인이 흑흑, 우는 시늉을 부린다. 그녀의 뜬금없는 상황극에 나날이 익숙해진 무명은 그녀를 무시한 채 메모에 열중이었다. 이젠 대답조차 안 한다는 거지?

"바보, 멍청이 무명!"

쾅, 가만히 계시던 문을 세게 닫아버리고는 그대로 나가버린다. 아무래도 삐진 것 같아 보였다. 그제야 필기를 멈추고 한숨을 내쉬었다. 가끔은 그보다도 더 철없어 보이는 행동을 하는 그녀가 어쩐지 귀찮아졌다. 하지만 잠깐의 순간에도 갓 내린 차를 놓고 떠난 그녀를 미워할 수는 없을 것 같았다. 이미 공부할 분위기가 아니었다. 기지개를 켜고 의자에서 일어난다. 다리에서 우둑, 소리가 났다. 오래 앉아 있던 탓이다. 시간을 보니 벌써 4시간이 훌쩍 지나 있었다. 그녀가 왜 그랬는지 조금 알 것 같았다. 기분 좀 낼 겸 차가 담긴 찻잔을 들고 창문으로 향한다. 무명이 정인의 집에 눌러앉은 지 벌써 한 달이 다 지나갔다. 그 시간 동안 무명은 레벨업을 했다. 물론 이론적인 부분에서만 말이다. 실습은 꽝이었다. 그나마 할 수 있는 건 전투에 집중하는 그녀를 위해 연기 큐브를 대신 던져주는 것 정도? 하지만 많은 정보를 획득하고 나만의 것으로 만들어내기엔 충분했다. 전투 참가에 대해 떠본 적이 몇 번 있었다. 정인은 아직 때가 아니라며 조금만 더 기다려보자는 대답만 반복했다. 무명은 어느 정도 의미가 있겠지 생각하며 이론을 깊게 파고들기로 결심했다. 그리고 지금 그는 방 벽마다 빼곡히 적혀 있는 메모들을 보며 뿌듯했다. 홀짝, 차를 마시며 창문 너머를 바라본다.

"그러고 보니 비 엄청나게 왔었지."

한동안 비가 멈출 새 없이 계속 퍼부었다. 그런 비를 맞아가며 현장을 뛰었는데 확실히 체력이 금세 바닥났다. 머리는 괜찮아 보이지만, 몸은 영 아닌 것 같았다. 겨울은 오지 않고 뒤늦은 장마가 계속되는 모습을 보니 계절 또한 무명의 마음처럼 마음대로 되지는 않아 보였다. 그러나 드디어 비는 멈췄고 무지개도 떠 있었다. 다행히 더는 올 생각이 없어 보이는지 하늘의 구름은 거의 보이지 않았다. 창문을 통해 보이는 동네 길거리에 비 웅덩이들이 자리 잡고 있다. 산책이나 하러 나갈까. 무명은 아직은 쌀쌀한 바람으로 인해 쉬이 식어버린 차를 벌컥, 들이킨다. 순식간에 비운 찻잔을 들고 굳세 닫힌 문을 열고 나가자 정인이 거실을 분주히 돌아다니고 있었다.

"나가자! 신호 떴어!"
"아, 네."

이내 무명도 그녀 따라 옷을 갈아입기 시작했다.

위치를 알려주는 신호기가 윙윙거린다. 그들은 레이더망에 떠오르는 목표 지점을 따라 찾아 나섰다. 정인이 선두로, 무명은 그 뒤를 따랐다. 물웅덩이를 밟아가며 빠르게 도착한 곳은 다름 아닌 하교 시간의 고등학교였다. 정인은 학생들이 빠져나오는 교문을 통과해 그대로 학교 안을 살피려 했으나 그 앞에 서 있던 경비원이 그녀 앞을 막아선다.

"무슨 일로 오셨죠? 여긴 외부인은 출입 금지라서요."

"아, 그 찾고 싶은 학생이 있는데."

"이름을 알 수 있을까요? 연락드릴게요."

"그게… 쳇."

대놓고 앞에서 혀를 차도 되는 건가? 그녀의 행동은 너무나도 학교에 범죄를 저지르려 하는 악당의 행위로밖에 보이지 않았다. 결과적으로 학교 안으로 들어가는 건 실패하고 말았다. 그렇기에 할 수 있는 방안이라고는 여전히 학교에 머무는 신호를 기다릴 수밖에 없었다. 하지만 그들은 간과하고 있었다. 고등학교는 야자가 있다는 사실을 말이다. 다행스러운 건 그 근처가 자주 가는 떡볶이집이 있었다는 것. 그곳을 아지트로 삼아 야자가 끝나는 밤 10시까지 감시하는 못난 꼴을 보여야만 했다. 당연히 오래 앉아 있어도 될 값은 지불했다. 조금 신경 쓰이는 게 있다면 눈앞에 쌓여있는 헤아릴 수 없을 높이의 빈 그릇이 탑을 쌓았고 초반에만 해도 퍼뜩퍼뜩 그릇을 챙겨가던 사장님도 어디까지 가볼지 그릇을 방관한 채 주방에서 우리를 노려보고 있었다. 아무리 맛있다고 하지만, 이렇게 많이 먹는 건 처음 아닌가? 물론 무명은 3접시가 최대였다. 나머지는 정인, 그녀 혼자의 몫이었다. 차라리 나가는 게 나을지도 모른다. 만약 더 있다가는 존재하지 않는 명예가 나락으로 떨어지는 기분을 느껴야만 할지도 모른다. 사장님이 그들을 노려보듯 정인 또한 학교에 눈을 떼지 않고 있었고 더는 참을 수 없던 무명은 빵빵한 배를 불잡고 더를 외치며 반항하는 그녀를 질질 끌고 나갔다.

"아직 어묵 몇 개 더 있었는데…."

"여기 마감 시간 9시 30분이었던 거 몰랐어요?"

"아, 그러네. 몰랐어."

우리 일단은 명색이 단골이긴 한데. 정인은 고개를 저었다. 어쩐지 오늘 하루는 귀찮음 투성일 것 같다.

어! 정인이 눈을 번쩍이며 학교를 향해 검지손가락을 가리켰다. 밤 10시 조금 안 된 시간에 야자가 끝난 학생들이 나오고 있었다. 누군지 확실치는 않더라도 저 중에 목표인 공허가 있다. 무명은 여전히 이 상황을 어렵게 느꼈다. 어느 학생들을 살펴봐도 모두가 평범한 학생이다. 조금 지쳐 보이지만 아무래도 아침 일찍 나와 저녁 늦게까지 공부해야 한다는 것은 무명조차 지친다. 그런 사람들의 틈을 노려 사람인 척하는 공허는 정말 악질이라는 생각이 든다.

"쟤다. 저기 녹색 가방. 안경 쓰고 앞머리가 좀 짧은 눈 큰 귀여운 상."

학교 근처이기 때문에 가로등이 없다면 일절 학생들의 모습을 구분해 낼 수 없었을 테다. 무명은 눈살을 찌푸리며 정인이 말하는 생김새의 학생, 아니 공허를 찾아낼 수 있었다. 여전히 평범한 모습이었다. 그들은 조용히 공허의 뒤를 뒤따라가기 시작했다. 인적이 드문 곳으로 들어설 때였다. 길을 비춰주던 가로등이 더는 보이지 않았다. 쥐새끼 한 마리조차도. 공허의 모습을 찾는 데에도 힘들었다. 동네 자체가 한산해 보이는 그곳은 곳곳에 철거를 금지한다는 현수막과 입주민에게 나가라는 협박성의 글씨들이 쓰여있었다. 재개발 예정 지역이었다. 철컥, 정인이 총을 꺼내 든다. 무명 또한 혹시 모를 대비책을 위해 큐브를 손에 들고 있었다. 숨을 죽이고 그를 관찰하고 있던 찰나, 공허의 움직임이 멈췄다. 무명과 정인은 계속 응시했다. 불안한 정적이 흐르고 무명이 잠시나마 숨을 고르기 위해 내뱉던 순간, 공허가 그대로 달리기 시작한다.

"젠장, 언제 들켰지?"

탕! 탕!

정인이 총을 발사함과 동시에 무명이 큐브를 내던져 연기를 피운다. 공허는 총을 쉽게 피해 도망친다. 탕탕, 정인은 계속해서 총을 쏘고 무명은 그녀 대신에 신호기를 들어 위치를 확인했다. 이번에는 조금 위험한 공허일지도 모른다는 두려움이 엄습해왔다. 한밤중에 한바탕 달리다 공허가 도착한 곳은 막다른 길이었다. 정인은 그 틈을 노리지 않고 앞을 막아선다. 무명은 뒤늦게 허덕이며 도착한다. 역시 체력을 키우자. 이 일이 끝나면 헬스장을 제안해봐야겠다. 공허를 비롯해 그곳에 있는 모든 사람이 숨을 헐떡인다. 정인은 어깨를 들썩이며 총을 겨눈다.

"자, 이제 도망칠 곳은 없어."
"난 아직 아무 짓도 안 했어!"

공허가 외친다. 그동안 말이 통한 공허들이 몇 있었으나 이토록 절박해 보이는 공허는 처음이었다.

"넌 이미 인간 한 명을 죽여 삶을 얻었잖아. 그게 어디가 아무 짓도 하지 않은 거야."

정인의 말은 무척이나 냉철했다.

"아니야. 내가 빼앗은 게 아니야…."

더는 들어줄 필요 없다는 의미로 탕, 총을 쏜다. 점차 공허에게로 날아가던 탄환이 갑작스레 빛을 뿜으며 터져버린다.

"기다려봐! 내 말을 들어줘!"
"싫거든!"

이번에는 총성 소리가 들리지 않았다. 오히려 옆에 있던 정인이 사라지고 없었다. 그녀는 자기 몸을 내세운 것이다. 빠르게 달려오는 그녀의 대담한 행동에 공허가 놀란다. 그는 황급히 손을 치켜세웠다. 손이 빛나고 있었다. 그 빛은 서서히 커지더니 분열했다. 그리고는 정인을 향해 재빠르게 날아갔다. 탕, 탕! 정인이 총을 쏘자 빛과 탄환이 맞물려 터진다. 화려한 폭죽과도 같은 모습에 눈이 아팠다. 공허 또한 영향이 있어 보였다. 정인은 그 틈을 놓치지 않고 사이를 파고들어 공허의 교복 옷자락을 붙잡는 데까지 성공한다. 공허는 잡힌 손을 물리적인 힘을 통해 뿌리치려 시도했지만, 공허의 이마에 차가운 총구가 들어서는 것이 훨씬 빨랐다. 비소 짓는 그녀가 세 번 총을 쏴버리는 것으로 하나의 큰 구멍이 뚫린 채 움직임을 멈추는 공허였다.

공허의 몸뚱아리는 축 늘어져 그대로 바닥으로 떨어진다. 별다른 변신 없이 사람인 체 죽어있는 그 모습은 영락없는 사람의 주검이었다. 무명은 이 또한 아직 익숙해지지 못했다. 속이 울렁거렸다. 피 하나 튀기지 않았음에도 불구하고 말이다.

"오늘도 임무 완료⋯. 좀 피곤하네."

"고생하셨어요."

"우리 무명 학생 아직 큐브 던지는 명중률이 낮은 것 같아요?"

"하아, 알겠는데요. 원래 보통 저렇게 빛났던 건가요?"

"응?"

쾅! 큰 폭발음으로 인해 귀가 먹먹해지고 이명이 들린다. 폭풍 같은 바람이 몸을 마구 휘갈긴다. 눈을 감고 최대한 넘어지지 않는 데만 집중했다. 머리가 어지럽다. 충격이 컸나 보다. 바람이 약해지자마자 숨을 힘겹게 내쉬며 흐릿하지만, 천천히 선명해지고 있는 시야였다. 분명 재가되어 사라져야만 한 공허의 시체가 왜 폭발한 것인가. 그 이유는 쓰러져 있어야 할 공허의 몸이 없어진 것을 확인하며 알아챌 수 있었다. 그들은 공허를 놓치고 만 것이다.

매일 학교를 찾아가 밤 10시까지 기다려보았지만, 찾고 있는 학생의 모습은 코빼기도 보이지 않았다. 적어도 명함을 볼 걸 그랬나 봐. 놓치고 난 뒤 다음 날, 정인이 힘 빠진 목소리로 나지막이 이야기했다. 이미 엎질러진 물. 최대한 찾아보려 모든 방법을 동원했으나 무명 혼자 서 있는 지금, 이 순간에도 공허를 찾지 못했다. 정인은 전날의 과도한 음주로 인해 온종일 침대에 누워 있었기에 결국은 무명 혼자만이 탐색해야만 했다. 그런 존재와 싸울 무기가 없는 그는 찾는 데에만 집중했다. 가지고 있는 거라곤 큐브 두세 개가 끝이었다. 당연히 싸움을 걸 생각조차 없었다. 그저 어디 있는지 정도만 알고 싶었다. 그동안 처치했던 공허와는 다른 반응을 보인 공허였다. 이야기를 들어달라고 했던 그의 억울한 목소리를 무명은 기억하고 있었다. 그러니 적어도 이야기를 들어준다고 한다면 그가 공격할 일은 없지 않을까 하는 안일한 생각에 잠기고 만다.

"이대로 돌아가기는 좀 그렇긴 하지…."

무명은 머리를 긁적였다. 좋은 생각 하나 떠오르지 않던 참이었다. 머리를 세게 내리쳐야 하나. 콩콩, 어째선지 머릿속에서 텅 빈 소리가 들리는 듯했다. 벌써 일주일이 지났으니 다른 곳으로 도망쳤을지도 모른다. 혹여 다른 지역의 기관 소속 사람이 처리했을지도 모른다. 그렇기를 바라는 게 지금 할 수 있는 유일한 수단이었다.

정인은 쳇소리는 내며 눈을 떴다. 새벽부터 토해낸 속은 여전히 메스꺼웠다. 우욱, 급작스레 올라오는 구토 증세에 몸을 일으켜 화장실로 달려갔다. 몇 분 뒤 변기 물이 내려가는 소리가 들리면서 천천히 화장실 문이 열린다.

"내가 다시는 술을 처먹을까보다…."

아쉬운 마음에 술이라도 입에 댄 것뿐인데 어쩐지 살짝 댄 수준이 아닌 과음을 해버리고 말았다. 한심한 표정으로 자신을 바라보던 무명이 떠올랐다. 나중에 나만 죽지 않을 거야. 정인은 다시 올라오는 느낌을 받고 그대로 화장실로 백스텝 한다.

무명은 신호기를 매만졌다. 반응은 없었다. 적어도 하나라도 떠주면 얼마나 좋을까. 하아, 한숨을 나날이 늘어가고 있었다. 이제 더는 시간을 지체할 수도, 방법이 떠오르지도 않았기에 일단은 집으로 돌아가 도움 안 될 재정비라도 하는 것이 좋다고 판단했다. 그렇게 퇴근 시간에 맞춰 몰려드는 사람들 무리 속으로 무명은 따라 들어가 집으로 돌아가려던 찰나, 깔끔하게 차려입은 교복, 녹색 가방, 안경과 짧은 머리카락의 익숙한 인상이 빠르게 깜박이는 시야에 닿는다. 기어코 찾아내고 말았다. 사람들 사이에 자연스레 숨어들어 조용히 길을 걸어가는 그것을. 무명은 자신이 숨을 쉬지 않고 있다는 사실조차 망각한 채 그대로 그가 있는 곳으로 힘껏 달려들었다. 사람들 사이를 헤치고 가까워져 가는 그를 향해 덥석, 손을 뻗어 팔을 붙잡는 데 성공한다. 놀라는 그와 눈이 마주친다.

"너는!"
"…우리 이야기나 할까요?"

모두가 바삐 움직이고 있는 와중에 둘만이 시간이 멈춘 듯 그저 서로를 바라보기만 했다. 무명은 자신이 굉장히 위험한 상황에 부닥쳐있음을 인지하고 있었다. 당연하게도 그의 손짓 한 번에 목이 나가는 건 십상이었다. 그런데도 달려들 수 있었던 건, 그는 사람이 많은 곳에서 절대 그런 짓을 하지 않는다는 믿음 때문이었다. 무명과 정인이 자신을 노리며 다가오고 있었다는 걸 알았음에도 바로 공격하지 않고 인적이 드문 곳으로 유인했다. 거기다 먼저 싸움을 걸지 않았을뿐더러 이야기하자는 제안까지. 아까도 생각했지만, 그는 다른 공허와는 다르다. 분명 싸움만이 아닌 다른 방법으로도 가능할지도 모른다. 그렇게 되면 지금껏 공부해왔던 모든 지식이 쓸모없어지게 되지만, 그걸 신경 쓸 겨를 따윈 없었다.

둘은 근처 카페로 들어섰다. 요거트 스무디를 맛있게 빨아 먹는 공허였다. 무명은 조용히 눈치만 봤다. 분명 둘 사이를 갈라놓고 있는 건 작은 테이블임에도 불구하고 그것보다 몇 배는 더 멀게 느껴졌다. 어느 정도 스무디를 먹었는지 그는 컵을 테이블에 툭, 놓는다. 드디어 이야기할 마음이 들었나 보다. 무명은 최대한 얼그레이 차가 담긴 컵을 들지 않으려 했다. 손이 떨리는 걸 보여주고 싶지 않았기 때문이다.

"어제는 그렇게 때려눕혀 놓고 이야기를 들어주신다니 신기하긴 하네요. 어른은 참 변덕스러운 것 같아요."

"아, 음. 네. 그렇죠."

"아니면 이야기한다고 믿게 하고 몰래 나 잡으려는 거죠? 어디선가 그 망할 여자가 있지는 않고?"

"어, 음. 아니요."

"…아저씨. 이야기를 들을 마음이 있기는 한 거예요?"

아저씨라니. 무명은 조금 상처받았다.

"긴장해서 그렇습니다. 저는 들을 준비가 되어 있어요. 그럼 제가 질문부터 할까요? …당신이 이렇게 저와 대화할 수 있는 건…."

"아니에요."

"그거, 저번에도 말해주셨어요. 그렇게 애매하게 말하지 말고 제대로 말해주세요. 그래야 대화란 거잖아요. 학생이지만, 속은 다르니, 제 말 뜻은 알고 있지 않겠어요?"

무명은 힘껏 용기를 냈다. 그 어느 때보다 훨씬 사나운 말투로 겁먹지

않았음을 자신에게 암시한다. 여기 앞에 있는 사람은 그냥 평범한 사람
이다. 사람이다. 사람이다. 무섭다.

"아저씨, 재미없다는 말 많이 들었죠?"

또 아저씨. 무명은 어째선지 화가 나는 것 같았다.

"그래서 말 안 하신다고요? 그 여자 부릅니다? 협박해요?"
"아, 알았어요! 말해주면 되잖아요."

정인은 옆에 없어도 큰 역할을 하는구나. 무명은 여러 의미로 깊은 깨
달음을 얻었다.

"어찌 됐든 저도 억울한 입장이에요. 그러니까…."

가요. 이번엔 그가 무명의 팔을 붙잡는다. 무명은 당황했다. 자기 팔을
붙잡은 그 힘이 너무나도 강해 아팠기 때문이다. 그대로 카페에서 나온
둘은 조용히 걷기 시작했다. 그 침묵이 어찌나 답답한지 무명은 어느 때
보다 말을 걸고 싶었다.

"그…."
"이연우예요."

그 또한 같은 마음이었을까. 마치 그렇게 불러달라고 보채는 것 같았다.

"그래요. 연우 학생."

잠깐이었다. 연우의 입꼬리가 슬며시 올라간 것을. 무명은 착각이길

바랐다. 그리고 지금부터라도 정신을 차려야만 했다. 이연우라는 이름은 그가 아닌 빼앗긴 몸의 이름이라는 사실을. 무명은 도착할 때까지 입을 닫고 말았다. 익숙한 풍경의 이곳은 자주 산책하던 강가였다. 불과 며칠 전까지만 해도 많은 양의 비로 인해 침수당한 곳이기도 했다. 지금은 그 물이 다 빠졌는지 말짱할뿐더러 사람들도 꽤나 있었다. 연우는 강가를 유심히 쳐다본다. 마치 그곳에 뭔가를 남겼다는 아쉬운 감정이 가득한 눈빛으로.

"여기서 만났어요."

"누구를?"

"연우요. 진짜 연우."

"…!"

무명은 놀랐으나 최대한 아무렇지 않게 행동했다. 무슨 꿍꿍이지. 혹여 무슨 일이 일어나지는 않을까? 주머니 속 큐브를 인식하며 긴 이야기 하나를 듣게 된다.

연우는, 아니 연우가 되기 전의 공허는 방금 전 그가 빤히 쳐다보던 그곳에 서 있었다. 공허는 비가 거세게 오던 날, 출입 금지 테이프로 감겨 있는 다리 위를 아무렇지 않게 건너고 있던 그 아이를 그저 바라보고 있었다. 공허에게는 아이가 보였고 아이에게는 공허가 보이지 않았다. 아이는 우산 하나 없이 비를 맞으며 소용돌이처럼 넘쳐흐르는 강가를 쳐다보더니 그대로 첨벙, 아래로 떨어진다. 공허는 아무것도 하지 않았다. 그래야만 했다. 자신의 목적을 위해서라도 그는 방관해야만 했다. 그리고 한 번의 거센 바람이 작은 파도를 일으켜 공허가 있는 곳을 덮쳤다. 뿌려진 물살이 다시 물줄기를 타고 강가로 흘러 내려가고 공허는 여전히 그 자리에 머물러 있었다. 그리고 옆에는 떨어진 아이가 엎드려 있다.

공허는 아이를 살릴 수 없었다. 공허에겐 누군가를 살릴 힘 같은 건 없었다. 반대로 빼앗을 순 있었다. 죽음을 빼앗고 삶을 빼앗는 신기한 존재. 폐 속 가득 물을 머금고 몸을 덜덜 떨면서 흐릿한 시선으로 허공을 바라보는 아이를 공허는 어떻게 할 수 없었다. 그때 아이는, 진짜 연우가 손을 뻗는다.

"있잖아…. 만약 네가 내 소원을 들어주기 위해 나타난 요정님이라면… 내 소원 들어줄 수 있어?"

공허는 닿지도 않을 손의 감촉이 느껴지는 것만 같았다.

"책에서 봤어…. 목숨을 대가로 소원을 들어주는 요정이 있다고…."

아이는 그 말을 끝으로 툭, 손을 떨어뜨림으로써 죽음을 암시했다. 공허는 알 수 있었다. 아직 저 몸 안에 희미한 그의 영혼이 있음을. 이대로 몇 초 후에는 완전히 소멸할 것을. 공허는 미처 다 듣지 못한 미련 덩어리가 욕심이 났다. 그리고 그 말에 응해주었다. 꼼짝도 하지 않던 몸에 생기가 돋고, 기침해대니 입 속에서 물이 흘러나온다. 홀딱 젖은 몸에 덜덜 떨리는 감각. 깜박이는 눈. 그렇게 공허는 이연우로 대신 살게 되었다. 연우의 이야기를 듣고 있던 무명이다. 그의 몸이 그날의 연우처럼 떨리고 있었다. 힘껏 주먹을 쥐고 고개를 숙인다. 연우는 담담하게 진짜 연우와 만났던 그 자리를 하염없이 바라보았다. 무명은 이 사실을 믿고 싶지 않았다. 단순한 이야기가 아니었다. 한 사람의 죽음이 달린 무거운 이야기. 그 이야기가 전해진 입은 사람의 입이 아닌 믿을 수 없는 적의 입에서부터 흘러나온 것이다. 그저 살기 위한 핑계로 만든 가짜 이야기라면 어떡하는가. 그러나 무명은 거부할 수 없었다. 믿을 수밖에 없었다. 연우의 눈빛은 자신보다도 더 큰 욕망을 가지고 있었다. 삶에 대한 갈망이었다.

"믿든 말든 아저씨 마음대로 생각하세요. 하지만 저는 소원이 이뤄질 때까지 절대로 죽을 순 없어요."

무명은 사건이 벌어졌던 쪽을 무심히 바라보았다.

"소원이 이뤄지고 난 뒤에는 마음대로 하세요."
"그 소원이 뭔지 알아요?"

연우는 대답하지 않았다. 무명 또한 재촉하지 않았다. 둘은 침묵을 통해 서로의 신뢰를 보여주고 있었다. 무명은 지금 자신이 느끼는 바람을 믿을 수 없었다. 도와주고 싶은 마음. 그동안 눈앞에서 재가 되어 사라졌던 공허들이 무색하게 지금 이 앞에 있는 공허는 진정한 인간처럼 보였다. 정신을 차려야 한다고 했던 게 불과 몇십 분 전이었다. 무명은 이런 자신이 한심했다. 머릿속이 복잡해졌다. 진짜 연우가 자살을 시도해 죽을 위기에 처해 있었다. 그리고 그곳에 마침 아무것도 하지 않은 공허가 존재했다. 그가 말했던 걸 다시 떠올려보면 연우는 죽지 직전이었지, 죽지는 않았다는 것이다. 그렇다면 연우는 살 수 있었던 게 아닐까? 살 수 있는데도 불구하고 공허의 개입으로 인해 비운의 죽음을 맞이한 게 아닐까. 공허만 없었더라면…. 아니, 공허가 없었더라면 연우는 세상에 존재하지 않았을 것이다. 공허가 있었기에 지금, 이 순간에도 연우는 존재하고 있다. 인간으로서. 그러나 그걸 인간이라 할 수 있을까. 겉은 인간일지라도 속은 완전히 다른 존재가 있을 터. 무명은 아무것도 결정하지 못하는 자신에 위화감을 느꼈다. 정인 씨가 보면 환장했겠다. 무명은 결국 인정했다. 지금 가장 하고 싶은 것은….

"무명아!!! 머리 숙여!!!!!"

익숙한 울림이 하늘에서 울려 퍼진다. 무명은 본능적으로 목소리를 따라 머리를 숙였다.

탕! 이 또한 익숙한 총성 소리. 무명의 눈에는 아무것도 보이지 않았지만, 무슨 상황이 일어날 것인지는 알 수 있었다.

"이 자식 우리 귀엽고 사랑스러운 무명이를 홀리려고!"

정인이었다. 무명은 급하게 연우를 바라보았다. 빗나간 공격에 무사한 그 모습이 무명은 안도의 한숨을 내뱉는다. 그러다 정인의 손에 목덜미가 잡히고 그대로 끌려 연우와 거리가 멀어지고 만다. 동시에 연우를 향해 날아가는 큐브가 근처 바닥과 부딪혀 연기가 일어나고 있었다.

"망할 아저씨!. 약속과 다르잖아!"
"아, 아니야. 그게 아니라!"
"아저씨라면 도와줄 줄 알았는데…. 역시 인간이란 족속은! 어른이란 것들은! 하나같이!"

다 거짓말쟁이야! 연우의 몸이 서서히 빛이 나더니 그 주변이 폭발을 일으킨다. 일어날 일 없을 거센 바람이 불어와 먼지와 섞여 시야를 가린다.

"정인 씨! 이거 놓으세요! 저 학생은 아무런 잘못이!"
"하, 무슨 개소리를 했는지 몰라도 저 녀석은 나쁜 새끼야!"
"아니! 이야기 듣고서 좀!"
"공허 놈 중에 이야기 통하는 놈은 한 번도 못 봤어!"

정인은 보이지 않는 먼지와 연기 폭풍 속에서 마구잡이로 총을 갈겼다. 아무런 소리가 들리지 않는 걸 보니 맞지 않은 듯했다. 점점 주변이 선명해지더니 연우의 모습이 나타났다. 연우는 몹시 화난 표정으로 무명과 정인을 째려보고 있었다. 그의 주변은 빛으로 가득한 상태였다. 위험했다.

"어른들은 다 똑같아. 아이의 말을 들어주지 않지. 억압하고, 협박하고 늘 강요해. 내 마음은, 연우의 마음은 아무도 모르고!"

연우가 짧게 손짓하자 주변의 수많은 빛이 무명과 정인을 향해 날아온다. 피할 타이밍을 놓치고 말았다. 무명은 눈을 질끈 감아버린다.

"괜찮아, 겁먹지 마."

옆에서 정인의 작은 목소리가 귀를 타고 흘러온다. 무명은 조심스레 눈을 뜬다. 넓혀져 가는 시야 속에 무명과 정인은 멀쩡히 그 자리에 있었다. 빛은 사라지고 없었다. 어떻게 했는지는 몰라도 무명은 자신이 아직 살아있음에 꾹 참고 있던 숨을 크게 뱉었다. 허억허억, 잠깐이었지만 다가온 죽음의 손길이 아직도 느껴졌다.

"정인 씨 부탁이에요. 제발 절 연우 학생한테 보내주세요."
"통성명도 한 거야? 아주 그냥 끝내주는 데이트를 하셨는데."
"그는 우리가 아는 공허와 다릅니다. 아마도요. 대화가 통했어요."
"그것만으로는 믿을 수 없겠는 걸. 그들은 누구보다도 인간이 되고 싶어 하는 존재야. 너에게 거짓말을…."

정인은 무명과 눈을 마주쳤다. 무명의 눈은 평소와 달라 보였다. 자기 나름대로 계획이 있어 보였다. 그러나 이 급박한 상황에 정인은 원치 않았다. 하루빨리 처치가 우선이었지만, 무명의 욕심 있는 확신의 눈빛이 거슬렸다. 정인은 어이가 찼다. 몇 년 넘게 공허를 잡아내고 처치했던 자신보다 이번에 처음 겪어보는 무명이 훨씬 더 잘 안다고 잘난 체하는 기분이었다. 그런데도 정인은 무명을 무시할 수 없었다. 그를 믿어봐도 되었다.

"대체 어떻게 할 셈인지는 모르겠지만, 네 목숨 괜찮겠어?"

무명은 끄덕였다. 정인은 어쩔 수 없다는 듯 웃었다.

"그래 좋아. 이론은 끝내주지만 실습은 염병인 주제에!"
"네?"
"던져줄 테니까 잘 날아가 보세요!"

"네으아아악!"

무명은 정인으로부터 잡힌 목덜미가 어느새 비어 있음을 깨달았고 대신 오른팔에 강한 악력을 느꼈다. 정인의 손이 이동한 것이다. 그리고는 그대로 힘껏 발돋움하여 연우에게로 달려들기 시작한다. 정인의 팔에 잡힌 무명 또한 함께 끌려간다. 연우는 아까 전 같은 공격을 날렸다. 그녀는 날아오는 공격을 빠른 스텝으로 피하면서 점차 연우와의 거리를 좁혀왔고 그런 그녀의 능력에 당황한 연우는 다시 한번 몸에서 빛을 끌어낸다. 이번에는 조금 달랐다. 빛이 모이고 모여 양쪽에 형체를 만들어낸다. 형체는 점차 사람으로 변해 연우가 되었다. 연우가 세 명으로 늘어나버렸다. 그때 총알 박힌 시체는 더미였던 거구나. 세 명의 연우가 동시에 공격을 퍼붓는다. 정인은 급하게 브레이크를 걸어 멈춘다. 그리고는 무명을 잡고 있던 팔을 힘껏 들어 올린다. 그 힘에 따라 종이처럼 휘날리던 무명의 몸은 그녀가 위로 던짐으로써 하늘로 높이 날아든다.

"잠, 잠깐! 으아아악!!"

무명이 비명을 내지르며 공중에 붕 뜬다. 훨씬 편해졌는지 아까보다 빠른 속도로 움직이며 연우의 공격을 피하거나 총으로 되받아치는 그녀였다. 연우는 무명이 하늘 높이 난 것에 관심이 없었다. 오히려 위협이 되는 정인에게로 시선을 몰았다. 그 덕분인 걸까.

"뭐, 뭐야! 우아앗!"

"으악!"

몇 초간 공중에 붕 뜨던 무명의 몸은 중력의 영향으로 인해 그대로 연우와 부딪히고 만다. 옆에 있던 또 다른 연우들도 빛으로 돌아와 이내 사라져 버린다. 무명의 머리와 연우의 머리가 제대로 부딪쳤다. 신기하게도 무명은 그것을 빌미로 어떤 꿈을 꾸게 된다.

"이제 고3이잖니. 우리 모두 연우를 믿고 있단다."
"연우야, 등급이 이게 뭐야? 이래 놓고 서울대에 갈 수 있다고?"
"우리 집안에 명문대가 아닌 사람은 필요 없다. 무슨 뜻인지 알 수 있지?"

연우는 의사가 되고 싶지 않았다. 연우는 명문대에 대한 욕심이 없었다. 하고 싶은 것을 하며 살고 싶어 했다. 그러나 어른들은 그런 연우의 마음을 무시했다. 밟고 또 짓밟았다. 연우는 가족에 대한 애정이 깊었지만, 그것을 표현할 수 없었다. 자연스레 마음의 문을 닫고 사는 사람이 되어버리고 말았다. 어느 날, 연우는 도서관에서 낡은 책 하나를 발견한다. 목숨을 대가로 소원을 이뤄주는 요정에 대한 책이었다. 친구 하나 없이 외롭게 지내던 한 사내아이가 목숨을 내던짐으로써 요정을 만나 소원을 이루는 조금은 이상하면서도 유치한 동화 이야기. 연우에게는 솔깃한 이야기이기도 했다. 더욱 거세지는 압박감을 참지 못했던 연우였다. 더는 도망칠 곳도 없던 그에게는 이런 삼류 이야기조차도 도움이 되었다. 일말의 희망이라도 잡기 위해서였다. 그러나 결국 연우는 터지고 말았다. 도저히 감당할 수 없었다. 자신의 한계에 부딪히다 못해 짓눌리고 만 것이다. 나는 이런 집안에 어울리지 않아. 나는 쓸모없는 존재야. 부정적인 생각들이 연우 근처를 감싼다. 결국 연우는 비가 잔뜩

오는 그날에 그곳으로 향했다. 그리고는 행복하게 읽었던 동화책 내용 그대로 몸을 던짐으로써, 공허라는 요정을 만나게 된다.

"적어도 부모님께 좋은 자식이었다고 기억에 남았으면 좋겠어…."

무명의 입에서 진짜 연우가 원했던 소망이 드러난다. 연우는 그와 부딪힌 영향으로 바닥에 깔려 있었고 그 위를 무명이 엎어져 있었다. 연우는 바로 가까이 들리는 무명의 속삭임에 놀라고 만다.

"네가… 어떻게."
"그래서 연우를 대신해서 살고 있었던 거예요?"
"…"
"연우란 학생도 당신이란 존재도 참…. 바보인 것 같아요."
"연우는 바보라는 말 싫어해요."
"착한 바보는 괜찮잖아요."

투, 투툭. 마른 바닥이 젖기 시작한다. 정인은 하늘을 올려다봤다. 이상하게도 짙은 비구름은 없었다. 오히려 아까 전 보았던 빛처럼 하늘 또한 태양에 환히 빛나고 있었다. 다름 아닌 여우비였다. 정인은 다시 고개를 돌려 쓰러져 있는 그들을 보았다. 기분은 좋지 않았지만, 더는 싸움을 일으키지 않아도 되었다. 그녀는 총을 집어넣는다. 편의점이라도 가서 우산을 사 와야 할 것 같았다.

"싫어."
"어째서죠?"

"공허니까."

이제는 단골이 된 떡볶이집에서 다 식어 눅눅해진 떡볶이 사이를 두고 셋은 경쟁을 벌이고 있었다. 무명은 연우를 해치지 말자는 의견을 펼쳤고 정인은 그것을 완전히 부인했다. 공허에 대한 인식이 너무나도 달랐다.

"하지만, 연우 학생은 이렇게⋯."
"이렇든 저렇든 죽어가는 사람을 도와주는 공허? 있을 수 없는 일이야! 오히려 사람들의 목숨을 앗아간다고. 사실상 그 연우라는 학생도 살 수 있었는데 공허가 자리를 빼앗는 거 아니야? 그건 단순한 핑계야."
"그래도⋯."
"무명아. 네 마음은 이해해. 하지만 네가 그러면 안 되지. 네야말로 공허로 인한 피해자잖아."

정인이 말은 사실이었다. 사실상 여기서 공허를 감싸주고 있는 무명의 위치는 굉장히 위태로웠다. 무명은 아무런 대꾸도 할 수 없었다. 주먹을 꾸깃, 쥐기만 하며 공허와 정인 둘의 눈치를 보기만 해도 바빴다. 정인은 이마를 부여잡는다. 그런 무명의 행동을 이해할 수 없다는 듯 고개를 절레, 저었다.

"무명이 네가 착한 애라서 그렇다고 치자. 하지만, 역시 나는 공허를 믿을 수 없는 위치야. 지금까지 인간을 해한 공허가 셀 수 없다는 걸 증명해줬잖니."
"아저씨는 그렇다 치고 아줌마 쪽은 아무 상관 없는 일이잖아요."

쾅, 정인이 테이블을 쳤다. 히끅, 연우가 세게 놀랐는지 딸꾹질한다. 그녀의 입은 웃고 있었지만, 눈은 전혀 아니었다. 연우는 그녀가 아줌마라는 단어에 발작한 게 아닐까 하는 생각에 미안한 말을 꺼내려 했지만, 어쩐지 그녀의 뒤에서 붉게 타오르는 불길이 보이는 것 같아 그저 다른 곳으로 시선을 돌린다. 무명도 최대한 시선을 피했다. 여기서 더 건들면 연우를 포함해 자신도 혼날 것 같았기 때문이다.

"2년 전, 내 동생이 의식불명에 빠졌어."

동생? 무명은 처음 들어보는 이야기에 귀를 쫑긋 세웠다. 그리고 보니 여태까지 그녀와 함께 동거하며 집에서 볼 수 없었던 게 하나 있었다. 바로 액자에서 자주 보였던 한 남자아이.

"그 공허는 비열했어. 대부분을 빼앗고서는 정작 몸을 차지하지 않아. 그대로 튀어버리고! 그렇게 텅 빈 인간만이 남아있지. 동생은 지금까지 눈조차 뜨지도 못하고 있어. 공허 때문에!"

정인의 호흡이 거칠어졌다. 그녀답지 않았다.

"그런 나에게 공허를 도와 달라? 가능하겠어? 난 무리야. 아무리 좋게 생각하고 싶어도 한계가 있어. 그러다가는 동생을 버리게 되는 못난 누나가 되어버린단 말이야…."

아무도 그녀에게 뭐라 할 자격이 없었다. 무명과 연우는 고개를 숙이고 만다.

"후…. 어느 정도 봐줄게. 연우 너."

"…네."

"처분은 내일 하는 걸로 할 테니까 그때까지 소원을 이루든 둘이서 데이트하든 맘대로 해."

정인은 카드를 테이블에 놓고 자리를 떠났다. 무명과 연우는 고개를 들지 못했다. 뒤늦게나마 무명이 카드를 들고 일어서 결제하였고 둘은 말 한 번 꺼내지 못한 채 쫓겨나 가다시피 가게 문을 나설 수밖에 없었다. 정인에게도 과거가 있을 거라고 예상은 했었다. 그렇기에 그녀가 이 일을 하고 있었던 거겠지. 그런데 그것이 이렇게나 깊고 어두운 이야기였다는 건 깨닫지 못했다. 무명은 자신이 한심하다고 느껴졌다. 벌써 두 번째였다. 늘 밝고 친하게 대해주던 그녀를 배신한 입장이 되어버렸다. 그런 무명의 마음을 이해하듯 연우는 무명의 등을 토닥였다.

"저도 알아요. 제가 다른 공허와는 사뭇 다르다는걸. 그러니까 아저씨도 연우인 나도 겁도는 게 당연할지도 몰라요."

사람을 해하는 공허지만, 사람을 도와주는 공허. 공허에 의해 기억을 빼앗긴 인간이지만 공허를 도와주는 인간. 어찌 보면 둘은 닮았을지도 모른다. 무명은 피식 웃었다. 어린아이가 어른인 자신보다 훨씬 더 삶에 대해 잘 아는 이유로 말이다.

"처음엔 말이에요. 연우가 되고 나서 그 집에 갔었을 때 집은 난리가 났어요. 자식이 사라졌으니까요. 걱정하는 게 당연하잖아요. 그런데 말이에요. 생각했던 것과는 달랐어요. 공부 안 하고 어디로 사라졌냐고 말부터 꺼내왔죠. 그들은 연우의 목숨보다 연우의 있지도 않을 미래가 훨씬 중요했던 거예요. 그래서 저는 더더욱 욕심냈어요."

참고 참아 그들에게 좋은 인상을 남기고 방심할 때 콱, 배신해버리려는 목표가요. 그는 표정의 변화 없이 덤덤하게 이야기 중이었다.

"그러기 위해선 어떻게든 이번 고3을 무사히 잘 보내 서울대에 가야만 해요. 연우가 하지 못한 걸 대신 이뤄주고 소원도 들어주고. 그 망할 어른들한테도 엿도 날려주고 얼마나 좋아요?"
"이상한 녀석."
"아저씨도요."

결국 무명은 아무런 대책 없이 연우와 작별 인사를 해야만 했다. 연우는 어떻게든 될 거라며 꼭 살아남을 거라는 다짐과 함께 떠났다. 무명은 그런 그의 확고한 목표를 부러워했다. 나는 어떻게 해야 할까. 공허조차도 열심히 살아가는데 아무것도 없는 본인이 살아가도 괜찮은 걸까. 걱정이 한 가득이었다. 무명은 무거운 발걸음으로 최대한 천천히 정인과 함께 사는 집으로 돌아갔다. 그러나 집은 아무도 들어오지 않아 차갑게 식은 상태였다.

집주인 정인은 다른 목적지를 향해 걸어가고 있었다. 병원이었다. 입구를 통해 병원 안으로 들어가 데스크에 있는 직원들과 인사를 한다. 그대로 쭉 걸어 복도 끝 엘리베이터를 타 병실이라 쓰인 층 버튼 하나를 눌러 타고 올라간다. 띵, 엘리베이터 문이 열리고 정인은 김시언이라는 이름이 적힌 1인 병실로 향했다. 문을 열면 한 남자가 침대에 누워 평안하게 자고 있었다. 정인은 조용히 옆에 놓인 의자에 앉아 그를 빤히 쳐다보고는 머리를 몇 번 쓰다듬는다.

"시언아, 누나 왔어."

그러다 정인의 어깨가 몇 번 들썩이고는 울음소리가 병실을 가득 메운다.

무명은 밤 10시가 넘어서도 돌아오지 않는 정인이 걱정스러웠다. 혹시 몰라 부족한 실력으로 저녁 밥상까지 차려놨지만, 결국 모든 반찬은 냉장고로 향했다. 무명은 이제야 자신이 얼마나 큰 잘못을 저질렀는지 깨달았다. 시간을 함께했음에도 그녀에 대해서는 하나도 모르고 있었다. 이미 엎지른 물이다. 어찌해야 하나 머리카락을 쥐어뜯는 행위 말고는 할 수 있는 게 전혀 없었다. 일단 머리를 조아리는 게 좋을까? 죄송하다는 말을 하염없이 해야 할까? 여러 시뮬레이션을 돌리며 발을 동동 구르는 무명은 손톱까지 뜯고 있었다. 그만큼 그는 불안했다. 더는 그녀와 함께할 수 없을지도 모른다는 미래를 받아들일 준비 따위 할 수 없었다.

그때였다. 소리와 함께 잠금이 풀리며 현관문을 열고 들어오는 정인의 모습에 무명은 그만 눈물부터 흘리고 만다.

"뭐야! 새삼스레 울어?! 우는 거야?!"

얼른 미안하다고 말해야 하는데. 말이 나오지 않는다. 무명은 그저 눈물을 뚝뚝, 흘리며 정인을 바라본다. 그런 그가 부담스러운지 정인은 당황스러워하며 안절부절 못하였고 옆집에서 시끄럽다는 민원이 들어오기 전에 재빨리 현관문을 닫는 게 우선이었다.

"아휴, 진짜 아기는 따로 있네. 따로 있어."

"죄송, 합니다…. 킁."

정인의 요청에 따라 소파에 앉은 무명은 코를 훌쩍이고 마른 휴지로
눈물 가득한 눈가를 닦았다. 휴지 한 장으로는 얼룩진 뺨까지 닦진 못했
다. 그래서 정인이 대신 새로운 휴지를 뽑아 남은 부분을 닦아준다. 그
녀가 손을 움직이는 방향 따라 무명의 피부가 늘어난다. 그런 무명이 정
인은 하찮게 느껴졌다. 조금 진정되는 모습이 보이자 정인은 다행이라
며 그의 머리를 토닥였다.

"미안합니다. 제가 정인 씨에게 그런 사정이 있는지도 모르고…."

"말을 안 했는데 어떻게 아니. 그래도 조금 서운했어."

"도와준 은인의 마음도 모르고 그냥 무작정 의견을 내세워서 죄송스
러워요."

정인은 따스한 미소를 보이며 토닥이던 손을 그의 허벅지로 옮긴다.

"알면 됐습니다. 어쩌겠어. 사람이란 게 그런 거지 뭐."

평소의 그녀였다. 여전히 따뜻하고 잘해주는 그녀.

"괜찮아. 결심했거든. 우리 모자란 무명이를 한 번 더 믿어보기로."

"그 소리는…."

"그 아이. 아무 짓도 안 할 거라고."

"정말요?! 진짜로요?!"

아하학, 정인이 빵 터진다. 무명은 당황스러워한다. 정인은 오늘 내내 처음 보는 무명의 모습이 무척이나 신기했다. 짜증은 나지만, 공허 덕에 이렇게 다채로운 무명의 감정을 볼 수 있다는 것에 감사하다는 생각이 들었다.

"그래. 그러니까 다음에는 혼자서 행동하지 말도록. 알았지요?"
"네. 명심할게요. 감사드려요 정말."

자자, 이제 귀찮은 이야기는 끝! 정인이 기지개를 켜다 냅다 무명의 허벅지에 머리를 얹는다. 무명은 어찌할 바를 모른다. 손은 갈 길을 잃고 허공에 떠 있었다. 그런 그를 정인은 재미있어했다. 손으로 입을 가려 끅끅, 웃어댄다. 무명은 다시 그녀와 함께할 수 있어서 다행이라 생각했다. 더는 버림받지 않아도 돼. 기억이 없음에도 가슴을 간지럽히는 이상한 감정을 느꼈다.

***

"가만두지… 않을 거야…."

삼류 악당에게서나 나올법한 대사를 하며 사라지는 공허를 정인과 무명은 무미건조하게 바라보고 있었다. 이제 무명은 웬만한 전투 현장에는 익숙해진 상태였다. 그 사건 이후로 공허와 싸우기는 싫어하는 줄 알았건만 평소처럼 잘만 공허를 처치하는 데 서포트해 주었다. 조금 달라진 거라면 무작정 싸움을 걸지 않게 하려 하고 상황을 본다는 것 정도. 그런데도 아직 연우 같은 공허는 나타나지 않았었다.

"오늘도 수고! 오랜만에 떡볶이 먹으러 가자."
"그러고 보니 근처네요. 로제 먹어도 될까요?"
"무명이는 생각보다 느끼한 타입이란 말이야."

여전히 농담과 함께 자연스러운 대화가 오갔다.

"에? 후히이요?"
"어휴, 보는 내가 뜨겁다. 다 먹고 나서 말해줄 수는 없는 거야? 그러다가 턱에 구멍 난다."

꿀꺽, 충실이요? 입 안 가득 뜨거운 김이 나오는 떡볶이를 담고 있던 볼이 목 넘김 한 번으로 홀쭉해졌다. 정인은 뿜을 뻔했다. 프로답게 정신을 차리고 그의 질문에 대답하는 것으로 회피한다.

"이제 슬슬 무기를 쥐어주려고 해. 그동안 마음고생 심했지? 이제 1인분으로써 잘하고 있는 걸 증명하고 있으니 회원증 만들어야지."
"다행이에요. 저 어느 정도 잘하고 있나 봐요."
"거기다 지원금도 2배!"
"그건 그냥 돈이 목적인 거 아니에요?"

정인이 헛기침한다. 부정하지 않는 모습을 보니 더욱 확실했다. 그렇다고 무명은 따지진 않았다. 아무래도 그동안 그녀가 감당했던 본인의 몫을 생각하면 토를 다는 건 예의가 아니었다.

"뭐든 좋아! 다 먹으면 바로 가자."

둘은 떡볶이를 말끔히 해치웠다. 정인은 만족한 얼굴로 배를 친다. 우렁찬 소리가 들린다. 무명도 만만치 않았다. 분명 충실은 공허를 잡기 위해 만들어진 집단으로 정부와도 깊이 연결되어 있을뿐더러 조직 크기 또한 무척 크다고 배웠다. 무명은 조금 두근거렸다. 비밀결사 조직에 들어가는 기분이었다. 떡볶이집을 나서 길을 걷는 정인을 쫄쫄, 따라다녔다. 번화가를 지나 점점 인적이 드문 골목길을 몇 번 돌았다. 무명은 그녀와 처음 만났던 날을 기억했다. 그때도 이런 음침한 골목과 비슷한 분위기를 풍겼지. 그렇게 한창 과거에 심취해 있을 때, 무명은 그대로 딱딱한 무언가에 부딪혀 튕겨 나간다. 다름 아닌 정인의 등이었다.

"자, 도착했다."

그녀는 금이 간 오래된 콘크리트 벽을 바라보며 말했다. 평범한 벽이었다. 여기가 정말 입구가 맞나? 의문스러웠다. 그런 그의 반응을 예측한 듯 정인은 피식, 웃으며 슬며시 벽에다 손을 얹는다.

지이잉-.

그녀의 손과 맞닿은 부분에서부터 빛이 나오더니 넓게 퍼져 벽 전체를 휘감는다. 그리고는 윙윙거리는 소리와 함께 자연스레 옆에 입구 하나가 나타났다. 무명은 놀라웠다. 모든 과학은 군대에서부터 시작하기 때문에 우리가 알지 못하는 과학기술이 넘쳐흐른다고 들었다. 그리고 지금 그 순간을 확인해버리고 만 것이다. 현대는 생각했던 것보다 훨씬 큰 과학의 힘을 갖고 있었구나. 정인은 마치 자신이 한 것처럼 자랑스러운 표정을 지었다. 무명은 그 표정을 보자마자, 기대감이 훅 내려가 버렸다. 정인은 당황하더니 이내 얼른 들어가자며 손짓했다.

터벅, 터벅. LED 불빛으로 가득 찬 긴 통로를 걸었다. 발소리는 전혀 울리지 않았다. 신기한 바닥이었다. 그러다 끝이 보이고 통과하자 작은 콘크리트 벽 안이라고는 상상조차 할 수 없는 웅장한 돔 하나가 무명의 눈에 가득 들어왔다. 곳곳엔 사람들과 최첨단 시스템들이 자리 잡고 있었으며 그 모습은 무명에게 엄청난 충격과 기대감을 안겨주었다. 정인은 뒤로 돌아 무명을 바라본다.

"공허 전문 기관 '충실' 서울지부에 온 걸 환영합니다!"
"서울지부?"
"여기가 바로 전 세계에 위치한 지부 중 하나인 서울 지부. 이곳엔 공허에 대한 대부분이 관련된 곳이기도 해. 공허를 연구하는 연구원들이나 공허를 잡기 위한 훈련장이나 교육기관 등. 다양하지."

정인이 찬찬히 설명해주고 있던 차, 무명은 한 가지 궁금증이 생겼다.

"그럼 가장 먼저 이곳에 와도 괜찮지 않았나요?"
"그게…."

무명은 고개를 갸웃거렸다. 보기 힘든 그녀의 머뭇거림이었기 때문이다.

"오, 우리 화끈한 정인 씨께서 오셨네? 얼마 만이야!"

"뭐? 정인 선배?"

"진짜?! 반년만 아니야?!"

무명은 급작스레 몰려오는 사람들로 인해 몇 발짝 뒤로 물러선다. 정인은 아무렇지 않게 그들을 향해 인사를 건네주었다. 그들과 이야기하는 그녀는 아무리 봐도 인기스타였다. 그녀가 능력 있고 성격 좋은 사람인 건 잘 알고 있었지만, 그 영향이 일하는 곳에서도 크게 작용하고 있다는 사실은 예상치 못했었다. 모두가 그녀에게 오랜만이라고 말하며 서로의 안부를 묻기 시작한다. 무명은 자연스레 그 뒤로 빠져나와 멀리서 행복해하는 정인을 쳐다봤다. 어쩌다 보니 그녀의 주변으로 사람들로 이루어진 원이 생성됐다. 자신과는 확연히 다른 사람이었다. 어찌 보면 당연할 텐데 별로 그러기를 바라지 않았던 것 같았다. 이때만큼은 정인이 조금 낯설어 보였다. 누구보다 가까이 있다고 했는데 조금만 멀어져도 한순간에 남이 될 것 같은 그런 낯섦이었다.

"이 아이는 누구? 신참?"

"정인이 신참을 데리고 왔다고?"

"또 데리고 왔어? 인재 발굴 하나는 끝내준다니까."

어느 순간 그들의 대화 주제가 무명으로 바뀌고 있었다. 무명은 당황해하며 슬쩍 고개를 숙인다. 바라보는 눈빛을 감당하기엔 무명은 내성적이었다. 그런 그를 잘 아는 정인이 가까이 와 무명의 손을 잡아준다.

"내 애제자에게 눈독 들이지 말라고? 그리고 우리는 지금 갈 길이 바빠. 나중에 만나서 이야기하자! 다들 즐거웠어!"

정인과 무명은 사람이 몰린 곳을 무사히 빠져나와 한적한 공간으로 도망치다시피 걸어 나온다. 잠깐의 숨 쉴 시간이 생기자 정인도 무명도 걸음을 멈춘다.

"미안, 되도록 너를 데리고 오고 싶지 않았어. 무명이는 사람들이 많은 거 안 좋아하는 것 같아서."

"아, 아니에요. 괜찮아요. 오히려 새로운 걸 봐버린걸요."

"으흠! 그렇죠. 제가 좀 잘났습니다."

"그런데…."

무명은 머뭇거리다 조심스레 입을 연다.

"저 같은 사람…. 많이 데리고 오셨었나 봐요."

그녀와 그들의 이야기를 어렴풋이 듣고 있었다. 그때 신경 쓰이는 단어 몇 개가 귀를 따끔거리게 했다. 신참, 제자, 또. 잘 생각만 하면 이 역시도 당연한 일이었다. 그녀가 구해준 사람이 얼마나 있겠는가. 두 손으로는 셀 수 없을 만큼 그녀는 많은 활동을 이루었다. 그런데도 무명은 자신의 감정을 믿을 수 없었다. 얄밉고 서운한 감정이었다. 그녀를 위해 도움을 주는 사람과 도움을 받는 사람이 나뿐이지는 않을까 하는 이기적인 생각을 무의식적으로 하고 있었던 게 분명했다. 무명은 그녀의 얼굴을 마주 볼 수가 없었다. 정인은 멍하니 눈을 깜빡였다. 의외라고 느껴졌다. 평소라면 감정을 잘 드러내지 않고 무심히 대화를 청하던 그가 오늘따라 귀여운 행동을 보여주고 있는 게 아닌가. 정인은 늘 그가 아직 철없다는 어린아이라고 생각했다. 최근에는 믿음직한 모습을 보여주었기에 적어도 청소년기는 지나갔나 생각했다. 아마도 그는 청소년기 중에서도 사춘기에 들어섰나 보다. 아직 한참 배울 게 많은 사랑스러운 아이. 정인의 대답이 들리지 않자 무명은 불안했다. 부끄러웠다. 내심 용기를 내보인 건데 소용이 없었다. 오히려 질색하며 버리지는 않을까 하는 걱정이 앞섰다. 결국엔 그녀로부터 잡힌 손을 빼내는 무명이었다.

"죄송합니다. 제가 별 이상한 소, 으앗."

빠져나가던 손이 되려 붙잡힌다. 이번에는 두 손 다였다. 무명은 놀라 그대로 삐끗할 뻔했지만, 정인이 받쳐주어 무사히 중심을 잡을 수 있었다. 슬쩍, 그녀의 눈을 바라보니 그녀는 장난기 가득한 표정을 짓고 있었다.

"그래도 애제자라고 한 건 무명이가 처음이야."

짧은 그 한마디에 무명은 알 수 없는 감정을 느꼈다. 그대로 화악, 얼굴이 새빨개진다.

"그, 그, 그게 아니라!"
"음음, 알지. 알아요. 우리 무명이 칭찬받고 싶었죠? 우웅, 이런 귀여운 구석이 조금 정도는 있을 줄은 알았는데 이렇게 보니 이 정인 선생님은 행복해요?"
"그런 게 아니라니까요!"

하하, 정인이 쾌활하게 웃는다. 무명은 부끄러워 그대로 숨고 싶었다. 화를 내며 얼른 가자고 호통치는 무명이 웃긴 덕분에 깔깔 웃음을 터트

려대며 그의 등을 쳐대는 평화로운 모습을 누군가가 멀리 바라보고 있었다.

"무명님 신체검사 이상 없음이시고요. 신청 이력서도 확인됐습니다. 오늘부터 우리 기관 소속이 된 걸 축하드려요. 지원금 및 기타 사항은 따로 우편물로 배송될 예정이고요. 무기와 지원 물품은 무기고에서 찾아가 주세요."

기관 신청은 빠르게 진행됐다. 오히려 이래도 되나 싶은 정도로 빨랐다. 그가 한 거라고는 신체검사와 이력서 작성뿐. 순식간에 처리된 소속 신청을 무명은 따라가지 못했다.

"이래도 되는 거예요?"
"뭐를? 아, 한국이 좀 빨라."

빠른 정도가 아닌 것 같은데요? 무명은 조금 걱정스러웠다. 하지만 그 것보다 자신에게도 무기가 생긴다는 사실이 우선이었다. 정인을 따라 함께 무기고에 들어갔다. 그리고 그곳에서는 정인과는 같은 총이지만 생김새가 다른 무기를 얻을 수 있었다.

"오, 나랑 같은 총!"
"성능은 다르지만."
"역시 오늘도 끝내주는 스타일이야."
"정인이 너도!"

무기고의 직원과도 아는 사이인 그녀였다. 우락부락한 덩치에 짙은 피부색이 인상적이었다. 짧게 인사를 마치고 다시 길고 긴 복도로 나온다. 무명은 꿈같았다. 손에 쥐어지는 차가운 감촉이 좋았다. 드디어 본격적인 활동을 할 수 있게 됐다. 그토록 바라던 목표를 이뤘다는 행복한 감정은 잠시, 느끼면 안 될 서늘한 감각이 온몸을 타고 퍼져나간다. 그동안 공허와 싸워왔던 경험 때문인지 무명은 예전과는 다르게 감각이 예민해진 상태였다. 그 원인을 찾기 위해 뒤를 돌아본다. 그곳엔 사람이 있었다. 찢어진 눈, 얇은 입술, 검은 머리카락. 그는 가만히 서 있었다. 그런데도 엄청난 위압감을 뿜고 있었다. 눈동자조차 굴릴 시간 같은 건 없었다. 얼른 이 자리를 벗어나야만 할 것 같은 두려움을 느끼고 있자 정인이 한 발짝 나서 무명의 앞을 막는다. 겁에 질린 무명과는 다른 화가 난 표정의 그녀였다.

"허, 우리 도련님께서 여긴 무슨 일이래?"
"네가 왔다는 소리를 듣고 찾아왔지. 안녕. 오랜만이야. 그리고 네가 그 무명이구나?"

정인은 더더욱 나를 감쌌다.

"워워, 그렇게 경계하진 말자고."

신기한 친구잖아? 그는 마치 먹음직스러운 음식이 눈앞에 있듯이 바라보는 눈빛과 함께 혀를 내둘렀다. 무명은 정체 모를 그로부터 싫은 감정이 피어오르고 있었다. 본능이었다.

"애가 싫다잖니. 우리 무명이한테 뭔 짓하는 건 아니겠지?"

"내가 그럴 사람으로 보여?"

"당연하지. 고집불통에 막무가내. 내내 사고만 치며 공허와 어울리는 불량 도련님을 믿는 사람이 어디 있겠어?"

허, 그의 눈빛이 돌연 바뀌었다. 정인의 말이 탐탁지 않아 보였다. 바보같이 싱글벙글 웃던 얼굴은 온 데 간 데 사라지고 살기만이 주위를 맴돌고 있었다. 무명은 숨이 턱, 막혔다. 자신과는 비교할 수 없는 다른 높이의 레벨이었다. 정인과 비슷한 레벨. 즉, 그도 베테랑임을 알 수 있었다. 하지만 무명의 예상과는 다르게 정인은 경계에 집중하고 있었다. 불만이 있다면 진작에 뛰쳐나가 주먹이라도 날렸을 그녀였다. 섣불리 나서지 못하는 그녀의 모습이 그가 위험한 인물임을 강조시켜주고 있었다.

"무명이는 볼 일 없댄다. 얼른 가시지?"

"너, 굉장히 위험한 녀석을 주운 거 알아? 조심하는 게 좋아. 강아지는 제대로 훈련시키지 못하면 주인을 물거든."

왕. 어울리지도 않는 개 흉내를 내던 그는 손을 흔들며 조용히 그림자 속으로 사라져버린다.

털썩, 무명은 주저앉았다. 정인도 뒤돌아 함께 쭈그려 앉고 상태를 살펴었다.

"괜찮아?"

"아, 네. 괜찮아요. 감사합니다."

무명은 혼란스러웠다. 그는 마치 무명에 대해 알고 있는 것처럼 말을 걸었다. 이것은 무명에게 있어 큰 충격이었다. 그러나 이상했다. 위험한 녀석이라고 칭한 이유를 무명은 이해할 수 없었다. 과거의 자신이 대체 무슨 짓을 하고 살았었는지 무명은 두려워하기 시작했다. 한편으로는 흥미가 생기었다. 조금이라도 그에게서 이야기를 듣고 싶었다. 이렇게 마주 보고 서 있는 것만으로도 몸이 떨리는 상태라면 아마 만나기는 쉽지 않아 보였다. 혹여 정인에게 부탁해보면….

"믿지 마. 거짓말이야."

"예?"

"그 녀석이 하는 말 중에 진실은 없어. 늘 거짓말이지. 심성부터 좋은 인간이 아니야."

정인은 무명을 부축하며 일으켜 세웠다. 그의 정체는 무려 이 서울지부를 통솔하는 지장의 손자였다. 그러나 그는 공허를 쓰러뜨리기는커녕 어울려 다니기를 선택했다. 공허와 손을 잡은 인간이라는 것이다. 그게 가능한가? 연우를 생각하면 못 할 짓은 아니라는 생각이 들었다. 공허는 사라져야만 할 존재라는 걸 주장하는 기관에서 그는 자연스레 이단아 취급받았다. 불리한 입장임에도 불구하고 기관의 소속인 데다가 기관의 무기를 쓰고 기관을 자주 돌아다니며 활동하는 그는 평소 행세도 말이 아니었다. 하지 말라는 지장의 말은 가뿐히 무시하며 자기 마음대로 살아가는 사람이었다. 그렇다면 기관 쪽에서 그를 일찍이 내다 버리는 게 당연했겠지만, 한편으로 그는 유용한 인재기도 했다. 그가 엇나가기 전까지만 해도 세기의 천재라는 말을 들으며 살았다고 한다. 누구보다 공허를 빠르게 무찔렀던 그가 어느 날을 기점으로 완전히 달라져 버렸다는 것이다. 어느 곳에서는 그가 공허에게 당했다는 이야기가 오가기까지 하는 수수께끼의 인물. 그와는 완전한 반대인 정인은 그를 무척 싫어했다. 당연했다. 소중한 사람을 공허에게서 잃은 자와 공허와 어울리며 살아가는 자. 비교할 수 없는 큰 차이였다. 더는 기관에 볼일이 없어진 둘은 아까 들어왔던 방향반대로 걸어 바깥으로 나올 수 있었다. 오후의 쌀쌀한 바람이 불고 있었다. 무명은 그에게 좀 더 이야기를 듣고 싶다는 생각을 놓지 않았다. 비록 그것이 거짓말이더라도. 만약 이 사실을 정인에게 고하면 그녀는 화를 낼 것이다. 그래서 조용히 가슴 속에 묻기로 했다. 평소처럼 똑같이 행동하면서 그와 다시 마주치기를 바라며. 하지만 되도록 그녀가 걱정하지 않도록. 왜냐면 무명은 허정인의 하나뿐인 애제자이기에.

기관에서 공식적으로 인정받은 후 약 3주가 지나던 날이었다. 무명은 흘러간 시간 동안 정인과 함께 직접 공허와 싸우는 경험을 마구 쌓았다. 처음에는 무기 사용이 미숙한 탓에 자잘한 실수는 물론 큰 실수까지 범해 목숨을 잃을 뻔한 적도 있었지만, 끝내 이기고 또 이겼다. 자연스레 체력도 늘고 시야까지 넓어졌다. 그는 정말 어엿한 전투 요원이 된 것이다. 무명은 뿌듯했다. 정인과 나란히 무기를 쓰며 공허를 쓰러뜨릴 때의 쾌감은 그 어떤 것보다 비교할 수 없었다. 그렇기에 무명은 조금 기고만장해졌다. 이젠 혼자 물리칠 수 있을 거라며.

"건배!"
"건배."

정인과 무명은 나란히 식탁 사이를 두고 앉아 술잔을 들었다. 오늘 처음으로 무명이 혼자서 공허를 잡은 기념의 건배였다. 정인이 바라보는 앞에서 깔끔하게 처리한 무명은 아직도 생생히 그 순간을 되돌리며 기뻐하고 있었다. 그러나 그런 기쁨에 비해 사실상 잔을 술로 가득 채운 건 정인뿐이었다. 무명은 술의 맛을 그다지 좋아하지 않았다. 대신하여 포도 주스를 택했다. 그나마 와인과 비슷한 색깔이라서라는 분위기를 중요시하는 정인의 선택이었다. 꿀꺽꿀꺽, 정인이 힘껏 잔을 비우고 계속 채워나간 지 1시간이 조금 지났다. 술을 좋아하지만 세지는 않은 그녀는 결국 취해버리고 만다. 무명도 분위기에 취해버렸는지 헤헤 웃으며 그녀와 계속 건배를 외쳤다. 그러다 2시간을 더 먹고 나서야 정인이 테이블에 얼굴 박아 쓰러지는 것으로 파티가 끝난다. 무명은 멀쩡했다. 분위기에 취한 것뿐이었지 그것도 이내 빠르게 풀렸었다. 조금 자제시킬 걸 그랬나. 무명은 가만히 그녀의 뒤통수를 바라보았다. 남은 포도 주스를 비우고 난 뒤에야 자리에서 일어나 식탁을 정리하던 중 주머니에 있던 자신의 신호기가 울리는 것을 느낀다. 정인의 것 또한 울렸지만, 그녀는 일어날 기미가 없었다. 무명은 이것이 찬스라고 생각했다. 그녀의 눈에 보이지 않아도 잘 할 수 있다는 기회. 그는 망설임 없이 그대로 현관문을 박차 나갔다.

신호기가 알려주는 위치를 찾아 목적지에 도착했을 때는 벌써 새벽 2시를 넘어서고 있었다. 그곳은 작업이 중단된 공사터였다. 사람이 없어 실력을 행사하기엔 충분했다. 대체 이 시간에 돌아다니는 목적이 뭐지? 사람이라면 이미 진작에 눈을 붙이고 있을 시간이란 말이야. 무명은 조금 짜증을 낸다. 주변을 둘러보지만, 이상하리만치 사람의 인적은 보이지 않았다. 신호기의 고장이라 여기기에는 받은 지도 얼마 되지 않았을 뿐더러 험하게 쓴 기억은 없다. 여전히 울리고 있는 진동을 무시할 수는 없었다. 정인과 함께 산 핸드폰 후레쉬를 켜보았다. 건설을 위한 철 부자재들이 잔뜩 쌓여 있는 곳이었다. 무명을 제외하면 사람의 그림자라고는 없는 이곳에서 무명은 도통 신호기의 위치를 알아차릴 수 없었다. 그때였다.

"크윽…!"

퍼억, 아무것도 보이지 않았음에도 머리로부터 둔탁한 타격음이 들린다. 적의 기습인가. 여전히 텅 빈 공사터를 보자니 단순한 우연이 아님을 깨닫는다. 무명은 힘껏 정신을 차렸다. 신호기마냥 머리가 울렸다. 두 다리에 힘을 주어 쓰러질 틈을 보이지 않았다. 그러다 한 번 더 큰 타격이 등을 향했다.

"윽!"

결국 다리에 힘이 풀려 그대로 주저앉아버린다. 재빨리 자세를 취해야만 했으나 적의 모습이 보이지 않는 탓에 어떤 대응을 해야 할지 막막하다 보니 반응이 느려진다. 이어서 연달아 온몸을 강타하는 고통에 바닥에 엎드려 그대로 몸을 돌돌 만다. 점점 흐릿해져 가는 시야를 붙잡고 위를 쳐다보면 떨어진 핸드폰 후레쉬를 따라 비치는 먼지밖에 보이지 않았다. 큐브와 총을 꺼낼 틈조차 주지 않은 공격이었다. 어떡하지? 어떡해야 하지? 머리가 잘 돌아가지 않았다. 그야말로 무용지물이었다. 난생처음 겪어보는 상황에 무명은 한낱 쓰레기와도 같은 취급처럼 계속 맞왔다. 그러다 타격이 줄어들더니 나중에서야 사람으로 추정되는 형체가 모습을 드러낸다. 비니를 쓰고 허리에 재킷을 둘러멘 한 남성이었다.

"뭐야. 네가 한 말이랑은 다르잖아."

무명은 그가 내뱉는 말에 무슨 의미가 있는지 알 수 없었다. 애초에 본인을 향한 말인지조차 파악할 겨를이 없었다. 온몸에서 느껴지는 고통이 뇌를 녹이는 것만 같았다. 비니의 남성은 발로 약하게 두어 번 정도 무명을 차본다. 죽었는지 확인하는 듯했다. 본능적으로 꿈틀거리는 몸을 보고 웃는 게 얄미웠다.

"적어도 시간은 줘야지. 일방적인 폭행은 나쁘다고 했잖아."

비니 쓴 남성의 옆에 또 다른 누군가가 나타났다. 그였다. 기관에서 만난 도련님. 그의 목소리를 듣자마자 무명은 자신이 처한 상황이 무엇인지 단번에 할 수 있었다. 명백히 그가 자신을 낚기 위한 함정. 무명은 아차 싶었다. 그는 다른 사람들하고 다르다는 사실을 잊어버리고 있었다. 무명은 어떻게든 그 자리를 피하고 싶으나 더는 몸에 힘이 들어가지 않은 상태였다. 숨을 헐떡이며 그들을 째려봤다. 그러다 갑자기 몸이 공중에 붕 뜨는 기분을 느낀다. 누군가 자신을 드는 것이었다. 무명은 나무에 매달린 시체마냥 그들 앞에 무방비 상태로 떠 있었다. 도련님과 비니의 남성은 뭐가 그리 좋은지 웃으며 나를 벌레처럼 바라보고 있었다. 하나, 둘, 그리고 셋. 아무래도 일행은 총 셋인가. 무리였다. 한 명도 벅찬 상황에서 무명은 깜깜한 미래부터가 보였다.

"기억을 잃더니 바보가 되어버렸구나."

무명은 정인에게서 어렴풋이 들었던 그의 이름을 나지막이 속삭였다.

"탄문···주."

"오, 내 이름 기억해주는 거야? 난 말해준 기억이 없는데. 아무래도 허정인 쪽에서 얘기한 듯하구나."

그와 다시 만나고 싶다고는 생각했으나 이런 식으로 만나고 싶지 않았다. 적어도 대화는 가능할 줄 알았는데 아니었다. 그는 공허와 다름없는 괴팍한 존재였다. 욕지거리를 내뱉고 싶은 마음 가득하지만, 지금은 숨을 쉬는 게 고작이었다.

"아마 기억을 잃기 전의 너였다면 이런 것쯤은 순식간에 물리쳤을 텐데 말이야."

"어떻게 해야 기억을 돌려놓을 수 있는데? 먹어 치우면 되나?"

비니를 쓴 남성의 혀는 사람의 것이 아니라고 증명하는 듯 뱀처럼 얇고 길었다. 그는 인간이 아니었다. 탄문주, 그가 공허와 어울리고 다니고 있다는 소문은 진짜임을 무명은 눈앞에서 확인할 수 있었다.

"머리를 한 번 더 치면 가능할지도 모른다."

그리고 뒤에서 조용히 들려오는 중후한 목소리는 무명을 잡고 있는 자의 것이었다.

"아마 그럴지도 몰라. 하지만 그러다가는 정말 죽을지도 몰라. 지금은 완전 약골이 되어버렸잖아."

탄문주는 계속해서 무명을 약올렸다. 거기다 자꾸 무명에 대해 아는 듯이 말하고 있었다. 무명은 그가 분명 자신에 대해 알고 있다고 생각했다. 확신이었다.

"아무래도 과거의 저는 당신하고 꽤나, 안 좋은 사이였나 보군요."

어떻게든 시간을 끌기 위해 무명은 무슨 말이든 내뱉어보기로 했다. 다행스럽게도 탄문주는 반응했다.

"…눈치는 빠르네. 그래서 어쩌시려고? 너는 지금 굉장히 불리한 상황인데."
"당신의 목적이 무엇인지는 몰라도 저를 죽이지 않을 것 같은데 말이에요."
"하하, 맞아. 하지만 죽기 직전까지 만들어 놓을 수는 있지."

퍽, 탄문주의 발이 그대로 무명의 명치를 향해 날아온다. 그로 인해 숨이 턱 막혀 도저히 호흡을 할 수 없었다. 무명은 너무나도 고통스러웠다. 그들의 목적은 무명이었고, 정확하게는 과거의 무명이었다. 무명은 버텨야만 했다. 맞아도 맞아도 돌아오지 않는 기억이었다. 차라리 조금이나마라도 떠오르면 좋을 텐데. 이제 그에게 남은 건 버티기뿐이었다. 품속에 숨겨져 있는 긴급발신기를 떠올린다. 가능성은 희박하지만 분명그녀는, 정인은 찾아올 것이다.

"기억이 없는 너에게 한마디 해줄게. 아직도 네가 인간인 줄 아나 보지?"

예상치 못한 이야기가 흘러나왔다. 아픈 와중에도 당황한 기색을 보이는 무명을 바라보던 탄문주는 마치 물고기가 미끼를 물기라도 한 듯 비열한 웃음을 냈다.

"그러면 내가 천천히 알려주도록 하지."

동족을 죽이는 건 즐거웠나?

무명은 이 말을 믿으면 안 됐다. 정인의 말을 믿어야 했다. 그는 거짓말쟁이고 그가 하는 말에는 진심이 없다는 것을 인지하고 있어야만 했다. 그러나 지금의 무명은 그러질 못했다. 제대로 휘말려 버린 것이다. 만에 하나라도 저 말이 진실이라면 무명은 자신에게 짊어진 죄를 마주봐야 한다.

"흐아아, 흐아아악…."

무명은 절망했다. 가장 먼저 든 생각은 처음 정인과 함께 한 날이었다. 자신의 기억을 앗아간 공허의 흔적을 찾기 위해 탐색하던 날. 그러나 해결은커녕 알 수 없는 의문점들만 늘어가던 날. 결국은 아무렇지 않게 넘어가던 날. 거기서부터 하나둘씩 탄문주의 충격적인 발언을 향한 증거들이 터져 나오기 시작한다. 무명은 필사적으로 고개를 저었다. 맞춰져 가는 퍼즐을 보고 싶지 않았다. 자신을 향해 떠오르던 신호기. 찾을 수 없는 공허. 아니야. 아니란 말이야.

"자신의 존재를 거부하는 모습을 보잖니 참 안쓰럽게 여겨지는걸."

무명은 정인을 떠올렸다. 다른 사람들보다도 다른 공허들보다도 그녀에게 가장 큰 죄를 지어버리고 말았다. 그녀를 위해 살려고 한 게 아니었다. 그녀의 힘 뒤에 숨어 빨아먹고 있는 게 무명, 자신이었다. 그렇다면 나는 허정인에게 무슨 짓을 한 거지? 무명은 그만 모든 걸 내려놓아버린다. 비록 이 말이 거짓말이라 하더라도 탄문주가 일부러 도발을 위한 말이더라도 몸이 증명해주고 있었다. 이 몸은 마치 내 것이 아니라는 듯이 내 멋대로 꿈틀거리는 몸이 무명은 끔찍하기만 했다. 무명이 받은 충격은 너무나도 컸다. 아직 성장 중인 무명에게는 감당할 리 만무했다. 그렇기에 무명은 포기해버렸다. 지금까지의 모든 기억이 나락을 향해 떨어지고 있었다. 무명의 몸에서 점차 검은 연기가 흘러나오기 시작하고 그것을 바라보던 탄문주는 희번덕 눈을 뜨며 놀라운 표정을 짓고 있었다. 검은 연기는 마치 뱀처럼 무명의 몸을 휘감았다. 무명을 붙잡고 있던 자의 손도 함께였다. 무언가 위화감을 느낀 그자는 급히 손을 뗐다. 믿을 수 없게도 연기에 잡아 먹힌 손은 이미 몸과 분리돼 감쪽같이 사라지고 없었다. 검은 연기의 폭은 넓어져 가며 빠르게 공사터 전체를 휩쓸기를 시전했다. 검은 연기가 완전히 먹어버리기 전을 틈타 탄문주 일행은 근처 다른 건물로 몸을 피신한다. 공사터는 순식간에 검은 연기로 가득 찬 하나의 폭풍으로 바뀌어 몰아쳤다.

정인은 땅이 떠나가랴 울리는 발신기 소리에 눈을 떴다. 다른 건 몰라도 이 소리를 무시하면 안 됐다. 소리의 정체는 바로 무명이 위험했을 때를 대비해 정인이 직접 준 긴급발신기였다. 혹여나 그와 멀리 떨어져 있을 상황을 위해 준비한 물건이었다. 승승장구하는 그를 보면서 쓰일 리 없을 거라고 생각했지만, 발신기는 그가 위험하다며 힘껏 소리를 내고 있었다. 정인은 자신만 있는 집을 멍하니 바라보았다. 앞에 있어야 할 그가 없었다. 또 다른 진동이 울리는 것에 식탁을 바라보자 자신의 신호기 또한 진동을 내고 있었다. 정인은 상황을 파악할 겨를 없이 그대로 무기를 챙겨 현장으로 달려갔다.

술을 잔뜩 먹은 상태였기에 정인은 몸 상태가 아주 좋지 않았다. 토기까지 올라오고 있어 중간에 한 번 멈출 수밖에 없었다. 차라리 속을 게워내는 게 나았다. 이대로 또 뛰다가는 숨조차 쉬지 못할 것만 같았다. 발신기와 신호기 모두 한곳을 가리키고 있었고 무명으로부터 큰일이 일어나고 있음을 알 수 있었다. 그저 무명이 무사하기를 바라던 정인은 좀 더 속력을 냈다. 마침내 도착한 곳은 이미 장소라고 하기에는 터무니없이 크면서도 조용한 연기의 폭풍이었다. 그것과 맞닥뜨린 정인은 그만 다리에 힘이 풀려 쓰러질 뻔했다. 그녀는 분명히 이 안에 무명이 있음을 확신했다.

그동안 많은 싸움을 겪어왔던 덕분일까. 이 거대한 연기 폭풍은 공허가 한 짓이 분명했다. 대체 얼마나 도발해댔으면 이런 사태가 일어난 것인지. 요즘 들어 무명에게 허세가 들이찬 것 같은 기분을 느끼기도 했지만 대수롭지 않게 넘겼던 정인이었다. 그게 이토록 큰 화를 일으킬 줄은 꿈에도 몰랐을 것이다. 어떻게 들어가야 할지 입구조차 보이지 않는 폭풍이었다. 정인은 이 폭풍이 신기하게도 더는 커지지 않는 걸 발견했다. 대신 그 주변에 있던 풀들이 검은 연기와 맞닿자 순식간에 사라지는 것 또한 봐버린다. 정인은 도저히 앞으로 나아가기란 무리라는 판단이 들어섰다. 하지만 저 안에는 그가 있었다. 아니 이미 일찍이 검은 연기로 인해 사라져 버렸을지도 모른다. 너무 많은 가설이 정인에게 혼란을 주었다. 솔직히 정인은 그대로 도망치고 싶었다. 이 일을 모른 척하고 싶었다. 본능은 그러했다. 그런 본능과 반대로 이성은 들어가고 싶다고 외쳤다. 발신기가 여전히 소리를 내고 있었기 때문이다. 만약 정말 그가 사라져버렸다면 발신기조차 신호가 끊겨버릴 테니까. 일말의 희망이라도 남아있음을 이성은 알려주고 있었다.

정인은 본능을 이겨냈다. 만약 그라면 들어갔을 것만 같았기 때문이다. 예전에도 이런 무모한 짓을 한 적이 몇 번 있었지. 직접 공허의 입속으로 들어가 내부에서 해치웠던 일이라던가. 자신을 미끼로 죽기 직전까지 몰린다던가. 무기는 둘째치고 냅다 몸으로 들이 박치기를 하던가. 참 당황스럽기 그지없었다. 그것들의 일부분은 정인에게서 따온 거라 하였다. 정인은 자신이 그렇게나 무모한 사람인가 물어보니 어이없는 표정으로 자신을 바라보는 무명을 잊을 수 없었다. 왜 지금 그게 생각난 걸까. 정인은 조금 마음이 편안해진 기분이었다. 떨어질 일 없던 정인의 두 발이 서서히 앞으로 나아가기 시작했다. 터벅, 터벅, 그 어느 때보다 비장한 발걸음이었다. 탄문주는 조용히 용기 내는 정인을 바라보고 있었다.

정인은 검은 연기로 가득한 폭풍으로 들어갔다.

무명은 여전히 돌아오지 않는 기억에 더 큰 혼란을 맛보아야 했다. 이미 조절의 범주를 넘어선 검은 연기였다. 분명 자기 몸에서 나오는데도 무명은 그 연기를 어떻게 할 수 없었다. 인간인지도 공허인지도 모를 이 애매한 상황이 고통스러웠다. 그러다 검은 연기 속으로 누군가 들어왔다는 것을 깨달았다. 그녀였다. 무명은 그녀가 이곳에 오기를 바랐건만, 막상 와버리니 얼른 다시 보내버리고 싶었다. 이곳은 위험하다. 절대 정인이 발을 들이면 안 되는 곳이었다. 만에 하나라도 검은 연기가 그녀를 잡아먹어 버리면 무명은 더 큰 죄를 짊어져야만 했다. 그런 생각과는 다르게 무명은 자신이 미소를 짓고 있음을 알아차리지 못했다.

천만다행으로 정인은 검은 여기로부터 공격받지 않았다. 이 틈을 타 얼른 무명을 꺼내 와야 했다. 그러나 한 발짝 두 발짝 걷다 보면 자신의 것이 아닌 감정이 흘러들어오는 기분을 느꼈다. 아, 이건 무명이구나. 검은 연기는 무명의 감정과 연결되어 있었다. 의도치 않게 그가 느꼈던 감정이 들춰지는 순간이었다. 정인은 그가 얼마나 불안에 떨며 살고 있었는지 알게 된다. 그리고 유독 자신과 있을 때 행복했던 감정이 정인은 다행이라 생각했다. 그것도 잠시였다. 조금 전에 느꼈던 무명의 감정이 느껴지자마자 정인은 걸음을 멈추었다. 탄문주를 만난 것이다. 정인은 그대로 들어오는 무명의 부정적인 감정으로 인해 숨을 쉬지 못했다. 공허라니. 무명이 공허라고?

정인이 오랜 기간 활동하면서 탄문주를 만난 건 4번 정도였다. 그중 한 번은 탄문주와 싸울 뻔하기도 했었다. 그만큼 그의 행동 하나하나가 정인은 마음에 들지 않았다. 마치 모든 걸 아는 듯이 비아냥거리는 태도가 정인의 신경을 긁은 것이다. 그가 아무리 유능한 인재라 할지라도 그는 늘 공허는 나쁘지 않아라며 어이없는 말을 해댔다. 정인은 그가 공허에게서 무언갈 빼앗겨본 적이 없기 때문에 하는 개소리로만 여기며 무시했다. 그토록 싫어하는 탄문주가 결국 자신의 애제자를 건드렸다. 거기다 말도 안 되는 소리를 해대며 무명을 불안케 했다. 분명 그는 이 근처에서 조용히 구경하고 있을 것이다. 정인은 화가 났다. 꼭 만나면 머리에 총을 갈겨주고 싶었다. 하지만, 그 전에 이 사단을 해결해야만 했다. 검은 연기 속으로 들어온 것에는 성공했지만, 머리가 아플 만큼 부정적인 감정으로 가득 찬 검은 연기는 정인의 마음을 좋지 않게 만들고 있었다. 거기다 이 검은 연기의 원천이 바로 무명이라는 사실이 정인의 결심을 조금씩 건드리고 있었다. 만약 그가 정말 공허라면, 이 현상이 그가 공허이기에 일어난 것이라면. 정인은 무명을 어떻게 해야 할지 고민의 갈림길에 서 있는 순간이었다.

무명은 정인이 이곳까지 오다 멈춘 것을 알 수 있었다. 그대로 뒤로 돌아가면 돼. 마음속으로 연신 외쳤다. 이대로 연기와 사라지고 싶었다. 하지만 그런 무명의 바람은 이뤄지지 않았다. 끝까지 무명이 원하는 대로는 없었다. 그녀가 자신의 앞에 서 있었기 때문이다. 정인은 조용히 무명을 바라보고 있었다.

"아무 말도 하지 마."

"…."

"내가 너 기필코 돌려낼 거야."

"그게 무슨."

"그러니까 책임져."

정인의 고민은 생각보다 어렵지 않았다. 당연했다. 무명은 자신의 애제자인 것을. 비록 아직 부족함 투성이인데다가 갓난아이처럼 아무것도 모른다는 듯이 행동하는 그의 모습에 몇 번은 답답하다 느끼기도 했지만, 사람이란 건 원래 미숙한 존재이다. 기억도 잃고 자리도 잃어버린 무명을 정인은 책임감을 느끼고 있었다. 어느 정도 혼자서 잘 살아가기만 된다면 그를 일찍이 보내려고 했다. 그래서 그가 최대한 기관에 가는 것을 막으려 했다. 그런데 왜, 정인은 끝내 그를 자신과 함께하기 위해 묶으려 했던 것일까. 단순했다. 그와 있는 것이 즐거웠다.

혼자 살기엔 널찍한 집에서 정인은 늘 누군가를 그리워했었다. 처음에는 그것이 동생인 줄 알았다. 무사히 눈을 뜬 동생이 현관문을 열기 바라는 줄 알았다. 하지만 동생 대신에 찾아온 무명과 살아가면서 그것은 오해라는 걸 깨달았다. 정인은 그저 자신의 곁에 있어 줄 사람을 기다리고 있었다. 무명은 정인을 배려해주고 정인을 위해 일하려는 모습을 보여주었다. 처음이었다. 어떻게든 보답해주고 싶지만 잘 안되어 속상해하는 무명을 정인은 오래오래 곁에 두고 싶어 했다. 그렇기에 그녀는 망설임 없이 기관 사람들에게 애제자라는 별명을 외친 것이다. 무명은 정인에게 있어 특별한 존재로 자리 잡은 것이다. 정인은 이제 그가 공허든 인간이든 상관 쓰지 않았다. 무명이라는 사람 자체가 필요했을 뿐이다. 그가 무엇이든 간에 정인은 그가 있기를 바랐다. 사라지는 걸 원치 않았다. 차라리 좀 더 성숙해지고 제 갈 길 가면 눈물을 흘려서라도 잘 가라 외쳐주고 싶었을 테다. 그러나 지금은 아직이었다. 무명은 아직 제 손에 있어야 할 사춘기 가득한 청소년이었다.

정인은 웃으며 총을 꺼내고 빠르게 무명에게로 달려들었다. 무명은 차라리 이대로 그녀의 손에 죽는 것도 나쁘지 않겠다는 안도감이 들었다. 그러나 그런 무명의 바람은 또 한 번 이뤄지지 않았다. 검은 연기가 문제였다. 검은 연기는 자유 자재로 움직이며 정인이 쏘아대는 총알을 그대로 소멸시켜버린다. 정인은 혀를 찼다. 무명의 감정과 연결되어 있어 보이면서도 자의식을 가진 검은 연기가 무척 까다롭게 느껴졌다. 정인은 좀처럼 무명에게로 갈 길이 보이지 않자 결국엔 도박을 걸기로 작정했다. 아마 검은 연기는 총에 대한 두려움으로 막고 있는 게 분명했다. 즉, 검은 연기는 적이라고 판단하는 것들만 없애고 있다. 그것은 무명의 감정을 기반으로 만들어지고 있는 것일 테다. 그렇기에 정인은 총을 쏘는 걸 멈추고 그대로 보이지 않는 바닥에 던져버린다.

"그걸 왜 버려요!"
"조용히 하라니까."

어차피 더는 앞도 뒤도 없는 꽉 막힌 상황이었다. 누가 죽든 간에 이상하지 않을 그런 급박한 상황. 정인은 이미 모든 걸 결심한 상태였다. 아직도 고민에 빠져 허덕이는 무명과는 차원이 달랐다. 무명으로서는 정인을 막을 수 없었다. 정인은 천천히 걸어오기 시작했다. 검은 연기 또한 그녀를 향한 공격을 멈추었다. 정인의 예상대로였다. 모든 살기를 버리고 오로지 가장 중요한 목표만을 가슴 속에 태우고 있었다. 점차 가까워진 정인이 무명은 부담스러웠다. 무명은 그녀의 행동을 이해할 수 없었다. 그녀가 대체 무슨 생각으로 여길 들어왔는지, 무슨 생각으로 자신을 죽이지 않고 있는지 그 어떤 것도 알아챌 수 없었다. 무명의 감정은 싫다는 감정으로 들이차기 시작했다. 그것에 반응한 검은 연기가 다시 움직이기 시작하더니 그녀를 향해 날아간다. 정인은 놀라 피해 보려 했지만, 뒤늦게 피한 탓에 오른쪽 어깨와 맞닿게 돼버린다. 정인은 따끔했다. 그리고 검은 연기가 지나간 자리는 살갗이 까져 피가 흐르고 있었다. 다행스럽게도 소멸이 아닌 단순히 날카로운 공격 같아 보였다. 자기가 오는 건 싫었어도 사라지기는 원치 않는다는 뜻일까. 정인은 이 애매한 공격이 무명과 똑같다고 생각했다. 그러니 더더욱 구해주어야만 했다. 정인은 슬슬 화가 나기 시작했기 때문이다. 검은 연기는 계속해서 공격을 퍼부었다. 정인은 이제 피하지도 않았다. 날아오는 모든 공격을 맞기만 했다. 그런데도 그녀는 멈추지 않았다. 온몸에는 생채기가 가득해 피를 줄줄 흘리고 있음에도 그녀는 아픈 기색 없이 불타오를 것 같은 눈빛으로 무명을 바라보며 걸어오고 있었다. 오히려 무명이 도망치고 싶었다. 한 발짝씩 뒤로 가려던 순간.

"거기 꼼짝 말고 있어 이 바보야!"

무명은 강아지마냥 그대로 멈추었다.

"말만 번지르르, 하는 행동은 생각보다 대담하지. 가끔 어이없기도 하고 답답하기도 하지. 뭘 하고 싶은지도 모르지! 기억을 잃었으니 그러려니 했어. 근데 그냥 성격이더라. 나하고는 하나도 안 맞는 거, 너는 몰랐지!"

정인의 한탄이 계속됐다.

"아주 그냥 자식 한 명 생긴 줄 알았어. 괜히 주웠나 싶기도 해. 내가 너한테 든 돈이 얼마인 줄 알아?"

당황해하는 무명처럼 검은 연기도 동요하고 있었다. 덕분에 검은 연기로부터의 공격이 멈추었다.

"아휴, 몰라!"

무명은 정인이 무섭게 느껴졌다. 그녀가 하는 말 한마디 한마디가 마치 회초리같이 느껴졌다. 무명은 자신이 지금 잔소리를 듣는 기분이었다.

"이번에도 그래! 아주 그냥 무기 하나 쥐었다고 기고만장해져서는 내 말은 더 안 듣기 시작했지!"

점차 정인의 발걸음이 대담해졌다.

"아주 그냥!"

그리고 그 어떤 때보다 가까이 무명 앞에 서고 만다.

"혼나야 해!"

덥석, 정인은 무명을 껴안았다. 무명은 그녀가 얼마나 큰 용기를 가지고 이곳에 들어왔는지 그녀의 몸으로부터 전달되는 떨림으로 알 수 있었다.

"미, 미안해요."

무명은 조심스레 그녀를 따라 안았다. 알고 있던 따뜻한 등이었다.

"알면 됐어. 팍시, 나 부끄러우니까."

이제 집에 가자. 그 말 한마디로 주변의 검은 연기가 순식간에 사라진다. 철 부자재들과 잡초들로 가득했던 공사터는 텅 빈 모래사장으로 변해 있었다. 그리고 그 중앙에는 서로 껴안고 울고 있는 두 남녀가 있었다.

그 모든 상황을 멀리서 보고 있던 탄문주는 조용히 속삭였다. 잘 됐다고. 아까의 광기 어린 미소가 아닌 정말 다행이라는 온화한 미소로 말이다.

"우리 할 일은 끝났어. 가자."
"네." "예."

모든 구경을 끝낸 탄문주 일행은 그 주변을 벗어나 멀리 사라져버린다.

정인과 무명은 눈이 퉁퉁 부은 채 손을 잡고 집으로 돌아가고 있었다. 무명은 눈치가 보였다. 그녀도 이제 자신이 누구인지 알고 있을 것이다. 그런데 왜 아직 곁에 두는 것일까. 그 이유가 너무 궁금했다.

"그, 정인 씨."
"왜."

쌀쌀맞게 구는 정인이 왠지 모르게 귀여웠다.

"정인 씨도 이제 알잖아요."

"…뭐를."

"거짓말하지 마세요."

정인은 걸음을 멈추었다. 무명도 따라 멈춘다.

"기억, 돌아왔어?"

무명이 고개를 젓는다.

"아니요."

"그럼 된 거야."

무명은 그 뜻을 알아챘다. 그녀는 받아준 것이다. 소중한 사람을 잃게 만든 존재와 같은 동족임에도 불구하고 말이다. 무명은 순간 벅차올랐다. 이젠 나오지도 않을 눈물이 또 한 번 쏟아졌다. 정인은 아무렇지 않게 그 눈물을 닦아주었다.

"얼른 가자."

무명은 죽어서도 갚지 못할 큰 은혜와 책무를 받아버린 것 같았다.

***

그로부터 이틀 뒤, 이제는 평화로워질 줄 알았던 정인의 집은 또 한 번 난장판이 될 위기에 처해있었다. 다른 것도 아닌 탄문주가 직접 정인의 집을 찾아온 것이다. 비밀번호를 알려주지 않았는데 자연스레 집 안 현관문에 서 있었다. 그것을 처음 보았던 무명은 그대로 기절하다 눈을 떴을 정도였다. 크게 다쳤던 정인과 무명은 휴식을 취하고 있었다. 아직 성치 않았던 몸이기에 탄문주와 대결하기에는 불리한 상황이었다. 그런데도 화가 단단히 났던 정인은 프라이팬과 냄비뚜껑을 들고 탄문주를 향해 싸움을 걸려 했던 것을 기절하다가 눈을 뜬 무명에게 막히게 된다.

"워워, 진정해. 난 정말 이야기하고 싶어서 그런 거야."
"네 이놈! 네 녀석이 우리 사랑스러운 무명이를 괴롭혔다면서!"
"잠, 잠깐만요. 정인 씨. 그대로 가다가는 다 죽어요!"

이것 참 마음 아프네. 탄문주는 장화 신은 고양이와도 같은 구애의 눈빛으로 약 1시간을 버텨냄으로써 무사히 정인으로부터의 콜 사인을 받게 되었다. 그때 탄문주는 자신의 얼굴 근육이 그대로 굳는 줄 알았다는 짧은 소감을 지었다. 어찌 됐든 손님이라는 입장으로 들어온 탄문주였기에 정인은 무명과 함께 그들의 침을 잔뜩 섞은 지옥의 차를 건네주며 싱글벙글 웃었다. 그러나 그 작전은 같이 숨어 들어왔던 비니 쓴 인간이 모습을 드러내자마자 고발하여 들통나버리고 만다. 손이 날아간 중후한 목소리의 남성은 없었다.

"아, 그 친구? 그 친구는 무명이 덕분에 왼손이 날아가 돌아오지 않길래 휴식 겸 놓고 왔지."

무명은 가슴이 저렸다. 하지만 원인은 저놈들이었다. 업보라고 생각하고 미안하다는 말은 꺼내지 않았다. 탄문주는 그런 무명의 행동에 웃는다.

"다행이네."

"…당신이 해놓은 짓인데?"

"그거에 대한 사과 및 정말 전하고 싶은 진실을 알려주기 위해 온 거인걸."

사람을 깔보고 싫어하고 과격한 행동만을 보여줬던 탄문주와는 분위기가 사뭇 달라 보였다. 오히려 온화해 보였다. 정인은 내심 놀랐다. 자기가 알고 있는 그가 맞는지.

"일단은 미안해."

"죄송합니다."

비니 쓴 남성과 탄문주가 동시에 고개를 숙였다. 정인과 무명은 서로 눈빛을 교환했다. 이 사과를 받아줄까? 아무래도 역시 고개를 숙이면 받아주는 게….

"사과는 받아주지 않아도 돼. 우리의 잘못이 100% 맞으니까. 용서받기 위해 온 건 아니야. 하지만 이것만큼은 알아줬으면 해. 우리가 무명을 괴롭혔던 건 나름의 이유에서였어."

"그거 이유 좀 들어봅시다."

정인은 대감마님의 포스를 뿜어댔다.

"일단 자기소개부터 다시 하지. 나는 탄문주. 너희들이 알고 있던 탄문주는 연기였단다. 충실의 눈을 피하고자 만든 컨셉인 거지. 정확하게 내가 하는 일은 공허와의 공존을 위한 집단에서 수장을 맡고 있어. 나 꽤 연기 잘하지?"

"저는 공허 비온이라고 합니다. 어제 일은 미안했습니다. 문주 형님께서 힘껏 밟으라고 했길래 밟았을 뿐이에요."

무명은 어이없었다. 이걸 믿어야 하나 싶었다. 그러나 그가 지금까지 우리에게 했던 말들은 진실이었다. 터무니없게도 하나같이 거짓이라는 건 없었다. 하지만 무명은 조금 의아해했다. 자신이 무명이라는 것을 그들은 알고 있었다. 그렇다면 가장 먼저 자신의 과거에 관해 이야기해주어야 하는 게 아닌가?

"당신들은 제가 공허라는 걸 알고 있었어요. 그 뜻은 제 과거를 알고 있다는 건데. 그렇다면 저는 당신들과 같은 부류의…."

"그건 아니야. 미안하지만 무명이에 대해서는 공허라는 사실밖에 몰라. 그 공허라는 것도 나와 함께하는 공허들이 알려주었을 뿐이지."

정인이 날을 세운다. 그렇다면 거짓말인 셈이잖아? 탄문주를 고개를 저었다. 오해에 대한 건 사과드리나 실질적으로 그의 과거에 관해서 이야기한 부분은 없었다고 반박했다. 사실 맞는 말이었다. 무명은 자신이 너무 과대 해석을 했음을 뒤늦게 깨달았다. 그런데도 정인은 마음에 들지 않는 대답인 듯 보였다.

"말을 그렇게 하지 말란 소리야. 결과적으로 이런 꼴을 당한 건 무명인데 당당하게 반박하는 게 말이 안 되지 않아?"

"우리가 무명을 괴롭혔다는 건 다시 한번 사과하지. 하지만 그건 일종의 테스트였다. 우리는 너희 둘을 보자마자 알았지. 우리와 같이 활동할 수 있는 사람들이란 걸. 그렇기에 가장 먼저 무명이 자신이 공허라는 사실을 인지하고 있어야만 했었어. 그 과정이 조금 과격하기는 했지만, 아무런 죽음 없이 무사히 돌아오지 않았나?"

허, 정인은 어이가 찼다. 공허와 공존을 위한 거랍시고 하는 행동들이 정인에게는 핑계라고 느껴졌다. 그런 정인을 이해하고 있다는 반응을 보이는 탄문주는 계속해서 말을 이었다.

"미안해. 이것도 한 번 해본 소리였어. 우리가 그를 직접 막을 수 있다고 생각했지. 하지만 무명은 굉장히 강력한 공허였어. 그때 그 사라져버린 공사터 기억하고 있겠지? 우리도 약간은 위험한 상황이었다는 거지. 그래서 정인, 당신이 도와준 것에는 큰 감사라고 생각해."

"흥, 그래도 역시 믿을 수 없어. 너희가 말하는 공허와의 공존이 가능하다니 말이 되는 소리냐고."

"그렇다면 그것은 무명의 존재를 부정하는 건가?"

정인이 당황한다. 그거랑 무명이랑은 다르단 말이야. 탄문주는 웃는다. 그녀를 놀리는 것이 여간 재미있어 보였다. 무명은 탄문주가 조금 부러웠다.

"필요한 게 있다면 뭐든 보상해줄게. 어찌 됐든 우리는 무명이에게 잘못을 한 건 틀림없으니까. 자, 그러면 진짜 하고 싶은 말은 따로 있는데 해도 될까?"

정인은 의심 가득한 눈초리로 그들을 쩨려보다 한숨을 내뱉는다. 알아서 해.

"고마워. 그럼 단도직입적으로 말하지. 공허는 너희들이 생각한 것과는 완전히 다른 존재야. 즉, 나쁜 존재가 아니라는 말이지. 오히려 가엾은 존재라고 나는 말하고 싶어. 충실은 말이야. 공허에 대해 숨긴 것투성이야."

공허란 이 세상에 살아가기를 포기한 사람들을 대신해 살아가는 존재야.

정인은 벌떡 일어났다.

"그게 진짜야?"

탄문주는 정인을 쳐다보며 고개를 끄덕였다. 그 이후 그가 꺼내는 진상들은 그동안 알고 있던 공허의 대한 것과 너무나도 달랐다. 공허는 인간의 삶을 빼앗는 존재가 아닌 삶을 포기해 죽기를 시도한 사람들을 대신하여 그들의 삶을 연명하는 존재임을. 몸을 빼앗아 간 공허를 처치하는 것이 목적이기 때문에 진짜 인간의 진짜 속사정을 모르고 있었음을. 충실은 그것을 전략적으로 사용해 사람들을 모으고 그들을 처단하기 위해 움직이고 있다는 사실을 탄문주는 담담하게 이야기했다. 문득 정인과 무명은 연우를 떠올렸다. 그 또한 진짜 연우가 죽음으로써 연우가 된 것이다. 하지만 그렇다면 왜 공허는 그 사실을 알리지 않은 것일까?

"인간이 되어버린 그들은 인간으로 살아가기 위한 욕망만이 남게 돼. 즉, 인간에게 빙의하게 된 본질적인 이유를 까먹어버리고 말지. 오히려 너희들이 말한 이연우라는 사람은 특이 케이스라고 볼 수 있어. 마치 이 비온처럼 말이야."

비니 쓴 남성은 부끄러워했다. 정인은 그 비온이라는 단어가 어쩐지 익숙하다 느껴졌다. 비온, 비온. 비온? 아니 비온이면 한때 유명했던 가수잖아! 시끄럽게 구는 정인과는 반대로 무명은 갈등에 휩싸였다. 지금까지 공허를 해치웠던 순간이 필름처럼 빠르게 지나간다. 탄문주가 하는 얘기들은 무명이 가슴 깊숙이 고이 모셔둔 의문점들을 완전히 해결하지 못했다. 그렇다면 자신은 왜 반대로 모든 기억을 잃어버린 것일까.

"아마 무명 같은 경우도 특이 케이스라고 생각해. 사람마다 개성이 있는 것처럼 공허들도 여러 스타일이 있기 마련인 거지. 그리고 이 책을 한 번 보자고."

탄문주는 가방에서 동화책 하나를 꺼내 무명과 정인에게 보여주었다. 공허라는 제목 말고는 그림이 일절 없는 텅 빈 책이었다. 무명은 이 책을 본 기억이 있었다. 정확하게는 진짜 연우의 기억에서. 무명은 연우와 있었던 일을 빠짐없이 탄문주에게 알려주었다. 자신이 연우와 부딪히며 진짜 연우의 기억을 보게 되었다는 것도. 탄문주는 놀랍다는 듯 그 이야기를 선뜻 들어주었다. 탄문주는 이러한 상황은 자신도 처음이라며 나중에 알아보겠다는 말을 끝으로 다시 동화책에 대한 이야기를 꺼냈다.

"이 책을 누가 썼는지는 아무도 몰라. 하지만, 이 이야기가 공허에 대한 이야기인 것은 확실해. 목숨을 내놓음으로써 소원을 이루는 조금은 이상한 동화책. 우리는 이 작가를 찾고 있어. 우리가 알아본 바, 이 작가는 아직 살아있고, 공허와 가장 큰 밀접한 자라는 것 또한 알 수 있었지. 그 자를 찾는 것으로 우리는 한 발짝 더 공허와 인간의 공존에 가까워질 수 있어."

"그래서?"

"너희들도 함께해주었으면 좋겠다는 말이다. 물론 책의 저자를 제외하고도 다른 일들도 잔뜩 있어. 지원금이나 보상은 충실보다도 몇 배 이상으로 주겠어."

탄문주는 함께 하기를 원하는 의지를 강하게 표출했다. 어차피 무명은 지금 이 상태로 기관에 가는 것은 무리라고 생각했다. 혹여 갑작스레 검은 연기가 튀어나올 수 있고, 신호기에 잡히는 상황도 일어날 수 있다. 거기다 무명은 충실에 대한 충성심은 없는 상태였다. 그저 정인과 함께 할 수 있는 수단 중 하나였다. 그러나 정인은 어떻게 생각하고 있을지 감이 오지 않았다. 그런 걱정은 하지 말라는 듯 정인은 이미 확신의 표정을 짓고 있었다.

"과정이 마음에 들지는 않지만, 이런 귀중한 이야기를 해주었으니 그에 따른 보답이 필요하다고 생각해. 좋아. 제안 받아줄게."

"좋은 판단이야. 집단에 대한 소개는 나중에 해줄게. 아, 그리고 이 동화책은 선물이야. 오늘은 그저 둘이 편히 쉬었으면 좋겠어. 비온 슬슬 일어날까?"

둘은 다른 일정이 있는지 짧게 인사를 건네며 집을 나섰다. 무명과 정인은 그들과 연락처를 공유했다. 그렇게 평소처럼 집 안은 둘만이 남게 되었다. 무명은 정인에게 미안해졌다. 그녀는 아직 공허에 대한 미움이 남아있을 것이다. 그런데도 혹여 자신 때문에 이러한 결정을 한 거라면 거부해도 된다고 말하고 싶었다. 그러나 무명은 정인과 함께 있고 싶었기에 선뜻 그 말을 내뱉을 수 없었다. 거기다 무명은 다른 점도 걱정이 되었다. 탄문주의 이야기가 진실이라면 공허로 인해 눈을 뜨지 않는 정인의 동생은…. 더는 생각하기 싫었다. 무명까지도 부정적이고 싶지 않았다. 탄문주의 이야기 중 공허와 사람마다 완전히 집어삼키지 않는 이유는 죽어가는 사람의 살고 싶다는 욕망이 조금씩 남아있기 때문이라고 했다. 그러나 의지만 있을 뿐 몸은 죽어가는 게 당연했기 때문에 사람들은 어떤 선택도 할 수 없다는 조금 비참한 이야기를 들었던 무명은 지금 자신이 차지한 이 몸의 주인에게 이야기해주고 싶었다. 미안하다고. 살리지 못해서. 정인은 아무렇지 않아 보였다. 조금 후련해 보이기까지 했다. 이제 무명과 정인은 공허를 처치하는 것이 아닌 공허와 공존을 권하고 그들의 존속을 도와주는 입장이 되고 말았다. 지금까지 해치워 왔던 공허들의 수를 생각하면 아찔했지만, 이미 일어난 마당에 되살릴 수는 없었다. 무명과 정인은 둘 다 납득이 빨랐다. 그 점을 다행이라 여기며 둘은 조용히 손을 맞잡았다. 정인이 조금 떠는 듯했다. 역시 그녀는 괜찮은 척을 하고 있었다. 무명은 위로해주고 싶었다. 그래서 잡은 손에 좀 더 힘을 주었다. 나 여기 있다는 신호처럼. 정인은 조용히 속삭였다. 고마워.

이로써 정인과 무명은 그 어떤 관계보다 진득한 사이가 되어버렸다. 사랑은 아니었다. 그것보다 귀중한 관계였다. 말로 형용할 수 없는 오직 둘만의 관계. 믿을 수 있는 동료. 지금껏 함께해온 동료들과는 작별 인사를 건네야만 했다. 그러나 티를 내지는 말아야만 했다. 겉으로는 충실의 소속으로 계속 살아가야 했다. 그래야만 충실의 눈을 피해 진정한 목적을 이룰 수 있다는 탄문주의 조언이 있었다. 아직 완전히 이 세상이 돌아가는 것에 대해 이해할 수 없는 것들은 넘쳐났지만, 정인과 무명은 그냥 그러려니 했다. 더 이상 머리를 혹사하기 싫었다. 머리 쓰는 거라면 더는 진절머리가 났다.

"밥이나 먹을까?"
"떡볶이, 시킬까요?"

그렇기에 더더욱 평소처럼 행복해하고 싶었다. 돌아올 수 없는 강을 건넜기에 지금, 이 순간만이라도 평범한 사람처럼 살아가는 공허처럼. 시간은 계속 흘러가고 사람은 움직인다. 그리고 그 안에서는 우리가 상상하지도 못할 존재들이 뒤엉켜 살아가고 있었다. 우리는 그것을 공허라고 불렀고, 가엾은 존재라 여겼다. 수많은 사람이 죽어가는 가운데 사람 한 명 더 구해내고픈 욕망으로 가득 찬 고귀한 존재. 여기, 공허와 인간이 하나씩 있다. 둘은 인간도 공허도 지키고 싶어 했다.

아직, 진짜 이야기는 시작되지 않았다.